P

JO NESBØ BIJ UITGEVERIJ CARGO

De roodborst
Nemesis
Dodelijk patroon
De verlosser
De sneeuwman
De vleermuisman
Headhunters
Het pantserhart
De schim
De kakkerlak

Jo Nesbø

Politie

Vertaald door Annelies de Vroom

CARGO

2014

DE BEZIGE BIJ

AMSTERDAM

Voor Knut Nesbø,
voetballer, gitarist, kameraad, broer

Cargo is een imprint van Uitgeverij De Bezige Bij, Amsterdam

Eerste druk juni 2013
Tweede druk juni 2013
Derde druk juli 2013
Vierde druk augustus 2013
Vijfde druk januari 2014
Zesde druk juni 2014
Oorspronkelijke titel *Politi*
Oorspronkelijke uitgever Aschehoug, Oslo
Omslagontwerp Wil Immink Design

Foto auteur Cato Lein
Vormgeving binnenwerk Peter Verwey
Druk Koninklijke Wöhrmann, Zutphen
ISBN 978 90 234 8655 8
NUR 305

www.uitgeverijcargo.nl

Deel 1

PROLOOG

Het sliep daarbinnen, achter de deur.

In de hoekkast rook het naar oud hout, kruitdamp en wapenolie. Als de zon door het raam scheen, viel er een streepje licht in de vorm van een zandloper door het sleutelgat naar binnen en als de zon precies vanuit de juiste hoek kwam, glom het pistool dat op een plank in de kast lag een beetje.

Het pistool was een Russische Odessa, een kopie van het bekendere Stechkin-pistool.

Het wapen had een reizend bestaan achter de rug, het was vanuit Litouwen met de koelakken naar Siberië gereisd, heen en weer getrokken tussen de verschillende hoofdkwartieren van de Urka's in Zuid-Siberië, was eigendom geweest van een ataman, een Kozakkenleider die gedood was door de politie terwijl hij zijn Odessa nog in zijn hand had, tot het terechtkwam bij een wapens verzamelende gevangenisdirecteur in Tagil. Ten slotte was het lelijke, hoekige machinepistool naar Noorwegen meegenomen door Rudolf Asajev, die voordat hij verdween het drugsmilieu in Oslo had gemonopoliseerd met het op heroïne gelijkende opiaat violine. Dezelfde stad waar het wapen zich nu bevond, om precies te zijn in de Holmenkollvei, in het huis van Rakel Fauke. De Odessa had een magazijn waarin twintig kogels van het kaliber Makarov 9×18 mm pasten en het kon zowel losse flodders afvuren als salvo's. Er zaten nu nog twaalf kogels in het magazijn.

Drie van de kogels waren afgevuurd naar de Kosovo-Albanezen, rivaliserende drugsdealers, slechts één kogel had zich kunnen vastbijten in vlees.

Twee andere schoten hadden Gusto Hanssen gedood, een jonge dief en drugsdealer die Asajev geld en drugs afhandig had gemaakt.

Het pistool rook nog steeds naar de laatste drie schoten die het hoofd en de borst hadden geraakt van de voormalige politieman Harry Hole tijdens het onderzoek naar de dood van die bewuste Gusto Hanssen. De plaats delict was dezelfde geweest: Hausmannsgate 92.

De politie had de Gusto-zaak nog steeds niet opgelost, de achttienjarige jongen die daarvoor eerst was gearresteerd was weer vrijgelaten. Onder andere omdat men er niet in was geslaagd een link te vinden tussen hem en het moordwapen. De jongen heette Oleg Fauke en hij werd elke nacht wakker omdat hij de schoten weer hoorde. Niet degene die Gusto hadden gedood, maar die andere. Die had hij afgevuurd op de politieman die tijdens zijn jongensjaren als een vader voor hem was geweest. De man die er ooit van had gedroomd met zijn moeder Rakel te trouwen. Harry Hole. Zijn blik brandde in het donker voor Olegs ogen en hij dacht aan het pistool dat ver weg van hem in een hoekkast lag en hij hoopte dat hij het nooit van zijn leven weer zou zien. Dat niemand het ooit weer zou zien. Dat het voor eeuwig zou slapen.

Hij sliep daarbinnen, achter de deur.

De bewaakte ziekenhuiskamer rook naar medicijnen en verf. De monitor naast hem registreerde zijn hartslag.

Isabelle Skøyen, wethouder van Sociale Zaken op het gemeentehuis van Oslo, en Mikael Bellman, de pasbenoemde commissaris van politie, hoopten dat ze hem nooit weer zouden zien.

Dat niemand hem ooit weer zou zien.

Dat hij eeuwig zou slapen.

HOOFDSTUK 1

Het was een warme, lange septemberdag geweest met licht dat de Oslofjord omtoverde tot gesmolten zilver en de lage hellingen, die de eerste herfsttinten al lieten zien, deed gloeien. Een van die dagen die de inwoners van Oslo deed zweren dat ze nooit, maar dan ook nooit zouden verhuizen. De zon was bezig achter Ullern te zakken en de laatste zonnestralen streken over het landschap. Over lage, eenvoudige boerderijen die getuigden van de bescheiden geschiedenis van de stad, over prijzige appartementen die vertelden van het oliesprookje dat het land ineens een van de rijkste landen ter wereld had gemaakt, over de junkies in het Stenspark in deze kleine, goedgeorganiseerde stad waar het aantal sterfgevallen ten gevolge van een overdosis acht keer hoger lag dan in andere Europese steden. Over de tuinen met trampolines waaromheen netten stonden en waarop de kinderen volgens de gebruiksaanwijzing niet meer dan drie keer achter elkaar mochten springen. En over de hellingen en het bos die in een halve cirkel rond Oslo lagen. De zon wilde de stad nog niet loslaten, stralen strekten zich uit als vingers bij een uitgesteld afscheid door een treinraampje.

De dag was gestart met een koude, heldere lucht. Het licht was zo fel als dat van lampen in een operatiekamer. In de loop van de dag was de temperatuur gestegen, de lucht had een diepere blauwe kleur gekregen en deze helderheid van de hemel maakte september tot de heerlijkste maand van het jaar. Toen de schemering kwam, heel zacht en voorzichtig, rook het in de villawijken bij het Maridalsvann naar appels en opgewarmde naaldbomen.

Erlend Vennesla naderde de top van de laatste heuvel. Hij voelde zijn benen nu verzuren, maar hij concentreerde zich op de juiste verticale stand op de klikpedalen zodat zijn knieën licht naar binnen wezen. Want de juiste techniek was belangrijk. Vooral wanneer je moe werd en je hersenen de stand wilden veranderen waardoor het spierstelsel minder zwaar, maar ook minder effectief werd belast. Hij voelde hoe het stugge fietsframe elke watt die hij opwekte absorbeerde en gebruikte, hoe hij meer vaart kreeg als hij schakelde naar een zwaardere versnelling, van het zadel kwam en op de pedalen ging staan terwijl hij hetzelfde tempo probeerde aan te houden, ongeveer negentig omwentelingen per minuut. Hij keek op zijn horloge. Honderdachtenzestig. Hij richtte zijn hoofdlantaarn op de gps die hij aan het stuur had bevestigd. Die liet een gedetailleerde kaart van Oslo en omgeving zien en had een actieve zender. De fiets en de extra uitrusting hadden meer gekost dan een onlangs gepensioneerde moordonderzoeker strikt genomen kon uitgeven. Maar het was belangrijk om in conditie te blijven nu het leven andere uitdagingen vergde.

Minder uitdagingen, als hij eerlijk was.

Het melkzuur beet nu in zijn dijen en benen. Het was pijnlijk, maar ook een heerlijke belofte voor wat komen zou. Het endorfinefeest. Soepele spieren. Goed geweten. Samen met zijn vrouw een biertje op het balkon als de temperatuur na zonsondergang niet te snel daalde.

En ineens was hij boven. De weg werd vlak en het water van het Maridalsvann lag voor hem. Hij minderde vaart. Hij zag het boerenland. Eigenlijk was het absurd dat je na vijftien minuten flink fietsen vanuit het centrum van een Europese hoofdstad plotseling werd omgeven door boerderijen, akkers en dicht bos met wandelpaden die verdwenen in de duisternis. Door het zweet onder de donkergrijze Bell-helm kreeg hij jeuk op zijn hoofd. Die helm alleen al had net zo veel gekost als het fietsje dat hij voor de zesde verjaardag van hun kleindochter Line Marie had gekocht. Maar Erlend Vennesla hield zijn fietshelm op. Doodsoorzaak nummer één onder fietsers was hersenletsel door een val.

Hij keek op zijn horloge. Honderdvijfenzeventig. Honderdtweeënzeventig. Een welkom briesje voerde het geluid van gejuich uit de stad mee. Dat moest uit het Ullevaal-stadion komen, daar werd vanavond een belangrijke wedstrijd gespeeld, maar Erlend Vennesla stelde zich een paar seconden voor dat het gejuich voor hem was. Het was een poos geleden dat men voor hem had geklapt. De laatste keer moest tijdens de afscheidsceremonie bij Kripos in Bryn zijn geweest. Taart en een toespraak van de chef, Mikael Bellman, die nadien was doorgestoomd naar de positie van politiecommissaris. En Erlend had het applaus in ontvangst genomen, had hun blikken gezien en tijdens zijn korte, geheel volgens de tradities binnen Kripos op feiten gebaseerde bedankwoordje, was hij zelfs een beetje schor geworden. Hij had hoogte- en dieptepunten gekend als rechercheur bij Moordzaken, maar grote blunders had hij kunnen vermijden. In elk geval voor zover hij wist, je wist het immers nooit voor honderd procent zeker. Dat wil zeggen, nu de DNA-methodes zo geavanceerd waren en de politieleiding had gezegd dat men die bij sommige oude zaken zou gaan gebruiken, liep je dat risico nu wel. Antwoorden. Nieuwe antwoorden. Resultaten. Zolang het om onopgeloste zaken ging was dat goed, maar Erlend begreep niet waarom ze die methodes ook wilden gaan gebruiken bij reeds lang opgeloste en afgesloten zaken.

Het was donkerder geworden en zelfs in het licht van de straatlantaarns zag het er nog net zo uit. Hij reed voorbij een bordje dat het bos in wees. Maar het was er. Precies zoals hij het zich herinnerde. Hij verliet de weg en kwam op een pad dat door het dichte bos liep. Hij fietste zo langzaam als hij kon zonder zijn evenwicht te verliezen. De lichtbundel van de lantaarn op zijn helm danste over het pad en stopte bij de donkere muren van sparrenbomen aan weerszijden van het pad. Schaduwen schoten voor hem uit, bang en gehaast, veranderden en zochten dekking. Zo had hij het voor zich gezien toen hij zich haar situatie probeerde voor te stellen. Rennend, vluchtend met een lantaarn in haar hand, drie dagen lang opgesloten en verkracht.

Toen Erlend Vennesla op datzelfde moment zag dat een lantaarn vlak voor hem werd aangedaan, dacht hij even dat het haar lantaarn was en dat ze weer probeerde weg te rennen en dat hij op de motor zat die achter haar aan kwam en haar weer pakte. Het licht voor Erlend ging even heen en weer voor het op hem werd gericht. Hij stopte en stapte van de fiets af. Richtte zijn lantaarn op zijn horloge. Al onder de honderd. Niet slecht.

Hij maakte het riempje onder zijn kin los, trok zijn helm van zijn hoofd en krabde zich. Mijn god, dat was lekker. Hij deed de hoofdlantaarn uit, gespte de helm aan het stuur en duwde de fiets in de richting van de zaklantaarn voor hem. Hij voelde de helm tegen het handvat stoten.

Hij bleef voor de lantaarn staan, die omhoog werd gericht. Het sterke licht deed pijn aan zijn ogen. En terwijl hij verblind was, dacht hij dat hij zichzelf nog steeds zwaar hoorde ademhalen, maar dat was vreemd want zijn pols was laag. Hij voelde een beweging, iets werd buiten de grote bewegende cirkel van licht opgetild, hij hoorde een zacht gefluit van lucht en op dat moment dacht hij vreemd genoeg dat hij het niet had moeten doen. Hij had zijn helm niet af moeten zetten. Doodsoorzaak nummer één onder fietsers was...

Het was of die gedachte stokte, als een hapering in de tijd, alsof de beeldverbinding een ogenblik werd verstoord.

Erlend Vennesla staarde verbaasd voor zich uit en voelde een warme zweetdruppel over zijn hoofd lopen. Hij sprak, maar de woorden waren zonder betekenis, alsof er een fout was opgetreden in de verbinding tussen zijn hersenen en zijn mond. Opnieuw hoorde hij het zachte gefluit. Toen was het geluid weg. Al het geluid was weg, zelfs zijn eigen ademhaling kon hij niet horen. En hij ontdekte dat hij op zijn knieën zat en dat zijn fiets langzaam in een greppel zakte. Voor hem danste het gele licht, maar het verdween toen zweetdruppels zijn neusbrug bereikten, zijn ogen in liepen en hem het zicht ontnamen. Nu begreep hij dat het geen zweet was.

De derde klap voelde als een pikhouweel die in zijn hoofd, nek en lichaam werd geslagen. Alles bevroor.

Ik wil niet dood, dacht hij en hij probeerde zijn arm op te tillen om zijn hoofd te beschermen, maar toen hij niet in staat bleek ook maar iets te bewegen, begreep hij dat hij verlamd was.

De vierde klap registreerde hij niet, maar door de geur van natte aarde concludeerde hij dat hij nu op de grond lag. Hij knipperde een paar keer en kreeg in één oog zijn zicht terug. Vlak voor zijn gezicht zag hij een paar grote, vuile laarzen in de modder. De hakken kwamen iets los van de grond. En landden weer. Dat herhaalde zich nog een keer. De hakken kwamen los van de grond. Alsof degene die sloeg nog meer kracht achter de klappen wilde zetten. En de laatste gedachte die door zijn hoofd schoot, was dat hij zich moest herinneren hoe zijn kleindochter heette, hij moest haar naam niet vergeten.

HOOFDSTUK 2

Politieagent Anton Mittet pakte het halfvolle plastic bekertje uit de kleine, rode Nespresso D290-machine, boog zich voorover en zette het op de grond. Er was geen tafeltje om het op te zetten. Toen draaide hij de langwerpige doos zo dat er een nieuwe koffiecapsule in zijn hand gleed, hij checkte automatisch of het aluminiumfolie niet was geperforeerd, de capsule dus niet was gebruikt, en stopte hem in de espressomachine. Hij zette een leeg bekertje onder het kraantje en drukte op een van de oplichtende knoppen.

Hij keek op de klok terwijl het apparaat begon te puffen en te kreunen. Bijna middernacht. Wisseling van de wacht. Ze zaten thuis op hem te wachten, maar hij meende dat hij haar eerst moest helpen met haar taken. Ze was immers slechts studente op de politieacademie. Silje, heette ze niet zo? Anton Mittet staarde naar het kraantje. Had hij koffie gehaald als het om een mannelijke collega ging? Hij wist het niet, misschien wel, maar hij was opgehouden zichzelf antwoord te geven op dergelijke vragen. Het was zo stil dat hij de laatste, bijna heldere druppel in het plastic bekertje hoorde vallen. Er was niet meer kleur en smaak te halen uit de capsule, maar het was belangrijk om alles mee te krijgen, het zou een lange nachtdienst worden voor het meisje. Zonder gezelschap, zonder dat er iets gebeurde, zonder iets anders te doen dan staren naar de binnenkant van de kale, ongeschilderde betonnen muren van het Rikshospital. Dus had hij bedacht dat hij een kopje koffie met haar zou drinken voor hij vertrok. Hij pakte beide bekertjes en liep terug. De muren weerkaatsten het geluid van zijn voetstappen. Hij liep langs gesloten, op slot gedraaide deuren. Hij wist dat er niets en niemand achter die deuren zat, alleen maar kale muren. Met het Rikshospital hadden de Noren eens iets gebouwd voor de toekomst, in het besef dat steeds meer mensen ouder, zieker en hulpbehoevender zouden worden. Langetermijndenken, zoals de Duitsers hadden gedaan met hun autosnelwegen en de Zweden met hun vliegvelden. Maar hadden de mensen dat ook zo prettig gevonden, de weinige automobilisten die in de jaren dertig over de eenzame, majestueuze betonnen wegen het Duitse boerenland doorkruisten of de Zweedse passagiers die zich in de jaren zestig door de overdreven grote hallen van Arlanda haastten? Hadden zij ook het gevoel gehad dat het spookte? Het spookte er ondanks het feit dat alles gloednieuw en onbezoedeld was, dat er nog niemand was omgekomen na een auto-ongeluk of een vliegtuigcrash. De koplampen konden elk moment een familie in het licht vangen die uitdrukkingsloos aan de kant van de weg stond te staren naar een gespietste, bebloede vader, een moeder met haar hoofd achterover geknakt, een kind met slechts aan één kant ledematen. Of tussen de plastic flappen van de bagageband in de aankomsthal van Arlanda kwamen ineens verbrande lijken die nog nagloeiden en het rubber deden smelten. Hun monden geopend in stom, rokend geschreeuw. Geen van de artsen had hem kunnen vertellen waarvoor de vleugel uiteindelijk zou worden gebruikt, het enige dat vaststond, was dat er mensen achter deze deuren zouden sterven. Dat hing al in de lucht, onzichtbare lichamen met rusteloze zielen waren al opgenomen.

Anton sloeg een hoek om en een nieuwe gang strekte zich voor hem uit, spaarzaam verlicht, even kaal en zo symmetrisch hoekig dat het een grappig optisch effect opleverde: het geüniformeerde meisje dat helemaal aan het eind van de gang op de stoel zat leek wel op een schilderijtje recht voor hem tegen een vlakke muur.

'Kijk, ik heb ook een kopje koffie voor jou meegenomen,' zei hij toen hij voor haar stond. Twintig jaar? Iets ouder misschien. Tweeëntwintig?

'Bedankt, maar ik heb mijn eigen koffie bij me,' zei ze, een thermosfles optillend uit het rugzakje dat ze naast haar stoel had gezet. Er zat een haast onmerkbare tongval in haar manier van spreken, een residu van een noordelijk dialect misschien.

'Deze is beter,' zei hij terwijl hij zijn arm nog steeds had uitgestrekt.

Ze aarzelde. Pakte het aan.

'En het is gratis,' zei Anton en hij legde discreet een hand achter zijn rug en wreef de pijnlijke vingertoppen tegen de koude stof van zijn jack. 'We hebben het apparaat zelfs helemaal voor ons alleen. Het staat in de gang bij...'

'Ik heb het gezien toen ik hier kwam,' zei ze. 'Maar in de instructies staat dat we onder geen beding de kamerdeur van de patiënt uit het oog mogen verliezen, dus daarom heb ik koffie van huis meegenomen.'

Anton Mittet nam een slok uit zijn plastic bekertje. 'Goed gehandeld, maar er is slechts één gang die hierheen leidt. We zitten op de derde verdieping en er zijn geen deuren naar andere trappen of ingangen tussen hier en het apparaat. Het is onmogelijk om ongezien langs ons te komen, zelfs als we koffie halen.'

'Dat klinkt geruststellend, maar ik geloof dat ik me aan de instructies hou.' Ze glimlachte even naar hem. En vervolgens nam ze, misschien als tegenwicht tegen de impliciete kritiek, een slok uit het plastic bekertje.

Anton voelde een lichte irritatie opkomen en wilde iets zeggen als dat zelfstandig denken hand in hand ging met ervaring, maar het lukte hem niet om het zo snel te formuleren toen zijn oog viel op iets aan het begin van de gang. De witte gedaante leek zwevend boven de grond op hen af te komen. Hij hoorde hoe Silje opstond. De gedaante nam een vastere vorm aan. Werd een mollige, blonde vrouw in het eenvoudige uniform voor verpleegkundigen van het ziekenhuis. Hij wist dat ze nachtdienst had. En dat ze morgenavond vrij was.

'Goedenavond,' zei de verpleegkundige met een geamuseerd lachje, ze hield twee spuiten omhoog, liep naar de deur en legde haar hand op de deurklink.

'Wacht even,' zei Silje terwijl ze op haar af stapte. 'Ik moet om je ID-kaart vragen. En weet je het wachtwoord van vandaag?'

De verpleegkundige keek Anton verbaasd aan.

'Tenzij mijn collega hier garant voor je staat,' zei Silje.

Anton knikte: 'Ga maar naar binnen, Mona.'

De verpleegkundige opende de deur en Anton keek haar na. In de schaars verlichte kamer kon hij de apparaten rond het bed zien staan en de tenen die aan het voeteneinde onder de deken uitstaken. De patiënt was zo lang dat ze een groter bed hadden moeten laten komen. De deur gleed weer dicht.

'Goed,' zei Anton en hij glimlachte naar Silje. Hij zag aan haar dat ze het niet leuk vond. Dat ze hem zag als een autoritaire man die zojuist een cijfer had gegeven aan zijn jongere, vrouwelijke collega. Maar verdomme, ze was een studente, het was de bedoeling dat je in je praktijkjaar leerde van ervaren politiemensen. Hij wipte heen en weer op zijn voeten, hij twijfelde hoe hij dit moest aanpakken. Ze was hem voor:

'Ik heb, zoals ik al zei, de instructies gelezen. En je gezin zit vast op je te wachten.'

Hij bracht het koffiebekertje naar zijn lippen. Wat wist zij van zijn privéleven? Insinueerde ze iets, iets over Mona Gamlem en hem bijvoorbeeld? Dat hij haar een paar keer 's avonds naar huis had gebracht met de auto en dat het daar niet bij was gebleven?

'De kindersticker op je tas,' zei ze met een lach.

Hij nam een grote slok van zijn koffie. Schraapte zijn keel. 'Ik heb de tijd. Aangezien het je eerste dienst is, zou je van de gelegenheid gebruik kunnen maken om vragen te stellen als je iets niet duidelijk is.' Hij wisselde van standbeen. Hij hoopte dat ze de onderliggende boodschap begreep.

'Zoals je wilt,' zei ze met de irritante zelfverzekerdheid die je je als vijfentwintigjarige kon veroorloven. 'De patiënt daarbinnen. Wie is dat?'

'Dat weet ik niet. Dat staat ook in de instructies. Hij ligt hier anoniem en dat moet ook zo blijven.'

'Maar je weet iets.'

'Is dat zo?'

'Mona. Je spreekt iemand niet met de voornaam aan zonder dat je over iets hebt gepraat. Wat heeft ze je verteld?'

Anton Mittet keek haar aan. Ze was wel knap, maar zonder warmte en charme. Een beetje te slank naar zijn smaak. Haar haar zag er niet verzorgd uit en haar bovenlip leek iets te strak te staan, waardoor de twee ongelijke boventanden te zien waren. Maar ze had de jeugd. Strak en goed getraind onder dat zwarte uniform, dat wist hij gewoon. Dus als hij haar vertelde wat hij wist, zou dat zijn omdat hij er onbewust van uitging dat zijn kans om door zijn welwillendheid met haar in bed te belanden met nul komma nul één procent zou stijgen. Of omdat meisjes als Silje in de loop van vijf jaar inspecteur of technisch rechercheur werden, ze werden zijn chef terwijl hij zelf agent zou blijven, een slechte agent omdat die Drammen-zaak er altijd zou zijn. Een muur, een vlek die zich niet liet wegpoetsen.

'Moordaanslag,' zei Anton. 'Hij heeft veel bloed verloren, ze zeggen dat ze zijn pols nauwelijks konden voelen toen hij hier arriveerde. Hij ligt sindsdien in coma.'

'Waarom wordt hij bewaakt?'

Anton haalde zijn schouders op. 'Potentiële getuige. Als hij het overleeft.'

'Wat weet hij dan?'

'Iets met drugs. Op hoog niveau. Als hij wakker wordt, heeft hij waarschijnlijk relevante informatie die grote jongens in het drugsmilieu van Oslo in de problemen kan brengen. Plus dat hij kan vertellen wie hem heeft geprobeerd te vermoorden.'

'Dus ze denken dat de dader zal terugkomen om het werk af te maken?'

'Als ze te weten komen dat hij leeft en waar hij ligt, ja. Daarom zijn wij hier.'

Ze knikte. 'En blijft hij leven?'

Anton schudde zijn hoofd. 'Ze denken dat ze hem een paar maanden in leven kunnen houden, maar de kans dat hij uit de coma komt, is erg klein. Maar goed...' Anton wisselde weer van standbeen, haar onderzoekende blik werd zo langzamerhand onplezierig. 'Tot die tijd moeten we hem bewaken.'

Anton Mittet verliet haar met het gevoel een nederlaag te hebben geleden, hij liep de trappen af naar de receptie en stapte de herfstnacht in. Pas toen hij in zijn auto op de parkeerplaats ging zitten, viel het hem op dat zijn mobieltje ging.

Het was de meldkamer.

'Maridalen, moord, nul één. Ik weet dat je klaar bent voor vandaag, maar ze hebben assistentie nodig om de plaats delict af te zetten. En aangezien jij al in uniform bent...'

'Hoe lang?'

'Je krijgt binnen drie uur aflossing.'

Anton was verbaasd. Ze deden tegenwoordig van alles om te voorkomen dat mensen moesten overwerken, de combinatie van strakke regels en gekrompen budgetten stond zelfs praktische oplossingen in de weg. Hij hoopte dat het niet om een kind ging.

'Prima,' zei Anton.

'Ik stuur je de gps-coördinaten.' Dat was nieuw: gps met een gedetailleerde kaart van Oslo en omgeving en een actieve zender waardoor de meldkamer kon zien waar je je bevond. Daarom hadden ze hem vast gebeld: hij was het dichtstbij.

'Goed,' zei Anton. 'Drie uur.'

Laura lag al in bed, maar vond het toch fijn als hij direct na het werk thuiskwam. Dus voordat hij de auto in de versnelling zette en richting het Maridalsvann reed, stuurde hij haar een sms.

Anton hoefde niet op zijn gps te kijken. Bij het begin van de Ullevålsetervei stonden vier politieauto's geparkeerd en iets verderop wees oranje-wit afzetlint de weg.

Anton pakte zijn lantaarn uit het handschoenenvak en liep op de agent af die voor de afzetting stond. Hij zag de bewegende lichten tussen het struikgewas, maar ook de lampen van de technische recherche die je altijd deden denken aan een filmset. Iets wat niet eens zo ver bezijden de waarheid was, want tegenwoordig maakten ze niet alleen foto's, maar ze gebruikten ook HD-videocamera's die niet alleen de slachtoffers filmden, maar ook de hele plaats delict zodat ze die later opnieuw konden bekijken, het beeld stil konden zetten en details konden vergroten die in eerste instantie niet relevant leken.

'Wat is er gebeurd?' vroeg hij aan de agent die met zijn armen over elkaar geslagen stond te rillen.

'Moord.' De stem van de agent was schor. Zijn ogen waren rood en zijn gezicht was onnatuurlijk wit.

'Dat had ik al gehoord. Wie is de chef?'

'Technische recherche. Lønn.'

Anton hoorde gebrom van stemmen uit het bos komen. Er waren veel mensen. 'Nog niemand van Kripos of Geweld?'

'Er komen nog meer mensen, het lichaam is net gevonden. Wil jij het van mij overnemen?'

Nog meer mensen. En toch hadden ze hem opgeroepen. Anton keek beter naar de agent. Hij droeg een dikke jas, maar het rillen was niet minder geworden. En het was eigenlijk niet eens zo koud.

'Was jij als eerste ter plaatse?'

De agent knikte zwijgend en keek naar de grond. Hij stampte met zijn voeten.

Verdomme, dacht Anton. Een kind. Hij slikte.

'Zo, Anton, heeft nul één jou gestuurd?'

Anton keek op. Hij had de twee niet aan horen komen hoewel ze uit het dichte struikgewas kwamen. Hij had het eerder gezien, hoe de mensen van de technische recherche zich op een plaats delict bewogen, als onhandige dansers, ze wrongen zich in allerlei bochten om zo min mogelijk aan te raken, ze zetten hun voeten neer alsof ze astronauten op de maan waren. Of misschien kwam die associatie door hun witte overalls.

'Ja, ik moest het voor iemand overnemen,' zei Anton tegen de vrouw. Hij wist heel goed wie ze was, iedereen wist dat. Beate Lønn, hoofd van de technische recherche, er werd van haar gezegd dat ze een soort *Rain Man*-vrouw was vanwege haar talent om gezichten te herkennen dat werd gebruikt bij de identificatie van overvallers op korrelige, schokkerige beelden van bewakingscamera's. Ze zeiden dat ze zelfs in staat was gemaskerde overvallers te herkennen als ze eerder waren veroordeeld, dat ze een database van vele duizenden mugshots in dat kleine, lichtblonde hoofd van haar had opgeslagen. Dus het moest om een bijzondere moord gaan, anders stuurden ze de chef niet midden in de nacht.

Naast het bleke, bijna doorzichtige gezicht van de tengere vrouw leek dat van haar collega bijna te blozen. Zijn wangen met sproeten waren versierd met twee knalrode schiereilanden van baardhaar. Zijn ogen puilden licht uit, alsof er daarbinnen te veel druk was, waardoor hij een licht verbaasde uitdrukking op zijn gezicht had. Maar het opvallendst was zijn muts die tevoorschijn kwam toen hij de witte capuchon wegtrok: een grote rastamuts in de Jamaicaanse kleuren: groen, geel en zwart.

Beate Lønn legde een hand op de schouder van de rillende agent. 'Ga maar naar huis, Simon. Zeg niet dat ik het heb gezegd, maar ik stel voor dat je een stevige borrel neemt voor je naar bed gaat.'

De agent knikte en drie seconden later was de gebogen rug opgeslokt door de duisternis.

'Is het erg?' vroeg Anton.

'Heb je geen koffie bij je?' vroeg de rastamuts terwijl hij een thermosfles opendraaide. Al na die paar woorden kon Anton vaststellen dat hij niet uit Oslo kwam. Ergens uit het noorden, maar zoals de meeste mensen uit Østlandet had hij geen verstand van dialecten en er vooral geen interesse in.

'Nee,' zei Anton.

'Het is altijd verstandig om je eigen koffie mee te nemen naar een plaats delict,' zei de rastamuts. 'Je weet nooit hoe lang je daar moet blijven.'

'Nou nou, Bjørn, hij heeft wel eerder geassisteerd bij moordonderzoeken,' zei Beate Lønn. 'Drammen, toch?'

'Klopt,' zei Anton en hij wipte heen en weer. Een keertje geassisteerd bij een moordonderzoek was een betere formulering. En hij had helaas een vermoeden waarom Beate Lønn zich hem kon herinneren. Hij haalde diep adem. 'Wie heeft het lichaam gevonden?'

'Dat was hij,' zei Beate Lønn knikkend in de richting van de auto van de agent die op dat moment werd gestart en ronkte.

'Ik bedoel, wie heeft het gevonden en de politie gewaarschuwd?'

'Zijn vrouw belde toen hij niet was teruggekomen van een fietstocht,' zei de rastamuts. 'Hij zou hoogstens een uur wegblijven en zij was bang voor zijn hart. Hij had een gps met een actieve zender bij zich, dus ze hadden hem snel gevonden.'

Anton knikte langzaam, zag het voor zich. Twee politiemensen die aanbelden, een man en een vrouw. De politiemensen die hun keel schraapten, de vrouw aankeken met een ernstige blik die al vertelde wat ze vervolgens met woorden, onmogelijke woorden zouden herhalen. Het gezicht van de vrouw dat tegenstribbelde, dat niet wilde, maar dat zich binnenstebuiten leek te keren, de binnenkant liet zien, alles liet zien.

Het beeld van Laura, zijn eigen vrouw, dook op.

Een ambulance kwam zonder sirenes of zwaailicht aangereden.

Het begon Anton te dagen. De snelle reactie op een gewone melding van vermissing. De gps met zender. De grote opkomst. Overwerk. De collega die zo geschokt was over de vondst dat hij naar huis werd gestuurd.

'Het gaat om een politieman,' zei hij zacht.

'Ik gok dat de temperatuur hier anderhalve graad lager ligt dan in de stad,' zei Beate, die intussen een nummer intoetste op haar mobieltje.

'Mee eens,' zei de rastamuts en hij nam een slok van zijn koffie. 'Nog geen verkleuring van de huid. Dus ergens tussen acht en tien uur?'

'Politieman?' herhaalde Anton. 'Daarom zijn al die mensen hier, toch?'

'Katrine?' zei Beate. 'Kun je iets voor me checken? Het gaat om de Sandra Tveten-zaak. Precies.'

'Sodeju!' riep de rastamuts uit. 'Ik had ze toch gevraagd te wachten tot de lijkzak kwam.'

Anton draaide zich om en zag twee mannen van de technische recherche zich door het struikgewas heen worstelen met een baar tussen zich in. Een paar fietsschoenen stak onder het laken uit.

'Hij kende hem,' zei Anton. 'Daarom trilde hij zo, of niet?'

'Hij zei dat ze op Økern hadden samengewerkt tot Vennesla bij Kripos begon,' zei de rastamuts.

'Heb je daar de datum?' vroeg Lønn door de telefoon aan Katrine.

Er klonk een kreet.

'Maar in...' zei de rastamuts.

Anton draaide zich om. Een van de baardragers was gestruikeld in de greppel. De lichtbundel van zijn lantaarn gleed over de baar. Over het laken dat was weggegleden. Over... over wat eigenlijk? Anton staarde. Was dat een hoofd? Dat wat aan de bovenkant van een menselijk lichaam zat, was dat echt een hoofd geweest? In de jaren dat Anton op de afdeling Geweld had gewerkt, vóór de grote fout, had hij vele lijken gezien, maar nooit zoiets als dit. De substantie deed Anton denken aan de te kort gekookte eieren van Laura tijdens het zondagsontbijt. De restanten van de eierschaal die nog aan het eigeel kleefden dat over de rest van het ei was gedropen en bezig was op te drogen terwijl het snotterige eiwit nog in de eierschaal zat. Kon dat echt... huid zijn?

Anton stond ontzet met zijn ogen te knipperen terwijl hij de achterlichten van de ambulance in het donker zag verdwijnen. Hij besefte dat hij dit eerder had gezien: die in het wit geklede gedaantes, de thermosfles, de voeten die onder het laken uitstaken, hij had zojuist hetzelfde gezien in het Rikshospital. Alsof dat al een teken was geweest. Dat hoofd...

'Bedankt, Katrine,' zei Beate.

'Waar gaat dit over?' vroeg de rastamuts.

'Ik heb op precies deze plek met Erlend gewerkt,' zei Beate.

'Hier?' zei de rastamuts.

'Ja, precies hier. Hij gaf toen leiding aan de recherche. Zeker tien jaar geleden. Sandra Tveten. Verkracht en vermoord. Nog maar een kind.'

Anton slikte. Een kind. Herhaling.

'Ik herinner me die zaak,' zei de rastamuts. 'Het is wel een merkwaardig lot, sterven op je eigen plaats delict. Stel je voor. Was die Sandrazaak ook niet in de herfst?'

Beate gaf geen antwoord, ze knikte slechts.

Anton bleef met zijn ogen knipperen. Het was niet waar, hij hád een lijk gezien dat erop leek.

'Sodeju!' vloekte de rastamuts zacht. 'Je bedoelt toch niet dat...?'

Beate Lønn pakte de beker van de thermosfles uit zijn handen. Nam een slok. Gaf hem weer terug. Knikte.

'Satan,' fluisterde de rastamuts.

HOOFDSTUK 3

'Déjà vu,' zei Ståle Aune en hij keek naar het dichte gordijn sneeuwvlokken boven de Sporveisgate. De decemberochtendduisternis was bezig plaats te maken voor een korte dag. Toen draaide hij zich weer om naar de man in de stoel voor het bureau. 'Déjà vu is de gewaarwording dat men iets al eerder heeft gezien of meegemaakt. We weten niet hoe dat kan.'

Met 'we' bedoelde hij de psychologen in het algemeen, niet alleen de therapeuten.

'Sommige mensen denken dat wanneer we moe zijn er een vertraging optreedt in de informatievoorziening naar het bewuste deel van de hersenen, waardoor het al in het onbewuste deel is geweest voor het in het bewuste deel aankomt. En daarom zouden we het ervaren als een herkenning. Dat met de vermoeidheid zou kunnen verklaren waarom een déjà vu meestal aan het eind van de werkweek optreedt. Maar dat is ongeveer wat de wetenschap heeft bij te dragen aan het onderzoek. Dat vrijdag een déjà vu-dag is.'

Ståle Aune had misschien een glimlach verwacht. Niet omdat een glimlach iets te betekenen had in zijn vakmatige pogingen mensen te veranderen, maar omdat de kamer het nodig had.

'Zo'n déjà vu bedoel ik niet,' zei de patiënt. De cliënt. De klant. De persoon die over ongeveer twintig minuten bij de receptie zou betalen en op die manier zou bijdragen aan de dekking van de gemeenschappelijke kosten van de vijf psychologen die samen in dit drie verdiepingen hoge, karakterloze maar toch niet moderne gebouw ieder hun eigen praktijk hadden. Het gebouw stond in een redelijk chique buurt aan de Sporveisgate. Ståle Aune keek stiekem op de klok op de muur achter het hoofd van de man. Achttien minuten.

'Het is meer als een droom die ik steeds weer heb.'

'Als een droom?' Ståle Aunes blik gleed weer over de krant die hij opengeslagen in de geopende la van het bureau had liggen zodat de patiënt die niet kon zien. De meeste therapeuten zaten tegenwoordig op een stoel recht tegenover hun patiënt, dus toen het massieve bureau Ståles kantoor binnen werd gezeuld, hadden zijn grijnzende collega's hem geconfronteerd met het feit dat het volgens de moderne therapietheorie beter is om zo min mogelijke feitelijke barrières op te werpen tussen de therapeut en patiënt. Ståles antwoord was kort geweest: 'Het beste voor de patiënt misschien.'

'Het is een droom. Ik droom.'

'Steeds terugkerende dromen zijn heel normaal,' zei Aune met een hand over zijn mond wrijvend om een geeuw te verbergen. Hij dacht verlangend aan de goede, oude sofa die zijn kantoor uit was gedragen en die nu in de gemeenschappelijke ruimte stond samen met fitnessapparaten. Patiënten op een sofa maakten het stiekem lezen van de krant veel eenvoudiger.

'Maar het is een droom die ik niet wil hebben.' Een bescheiden, zelfbewust lachje. Dun, keurig gekapt haar.

Welkom bij de droomexorcist, dacht Aune en hij probeerde net zo bescheiden terug te lachen. De patiënt droeg een kostuum met een smal grijs streepje, een grijs-rood gestreepte stropdas en zwarte, glimmende schoenen. Aune zelf droeg een tweedjas, een vrolijk vlinderstrikje onder zijn dubbele onderkinnen en bruine schoenen die al een hele poos geen schoenborstel hadden gezien. 'Misschien kun je me vertellen waar die droom over gaat?'

'Dat heb ik toch net verteld?'

'Precies, maar misschien kun je wat meer in detail gaan?'

'Hij begint, zoals ik al zei, waar *Dark Side of the Moon* stopt. De tonen van "Eclipse" sterven uit als David Gilmour zingt...' De man tuitte zijn lippen voor hij overging in een aanstellerig soort Engels. Aune kon al haast het theekopje van en naar de getuite mond zien gaan. '... *and everything under the sun is in tune but the sun is eclipsed by the moon.*'

'En dat droom je?'

'Nee! Nou ja, de plaat eindigt in werkelijkheid ook zo. Optimistisch. Na drie kwartier dood en verderf. Dus je denkt dat alles goed zal aflopen. Dat alles weer in harmonie is. Maar op het moment dat het album eindigt, kun je nog net een stem op de achtergrond horen die iets mompelt. Je moet het geluid harder zetten om de woorden te verstaan. Maar dan versta je ze ook heel goed: *There is no dark side of the moon, really. Matter of fact, it's all dark.* Alles is donker. Begrijp je?'

'Nee,' zei Aune. Volgens de leerboeken zou hij hebben moeten vragen: 'Is het belangrijk voor jou dat ik het begrijp?' of iets dergelijks. Maar hij kreeg het niet over zijn lippen.

'Slechtheid bestaat niet omdat alles slecht is. Het heelal is donker. We worden slecht geboren. Het slechte is het uitgangspunt, het natuurlijke. Maar af en toe is er sprake van een beetje licht. Alleen is dat maar tijdelijk, we gaan terug naar het donker. En dat is precies wat er in de droom gebeurt.'

'Ga verder,' zei Aune, hij draaide zich om met zijn stoel en keek nadenkend uit het raam. Die pose nam hij alleen aan om het feit te verbergen dat hij zin had om ergens anders naar te kijken dan de gezichtsuitdrukking van de ander – een mengeling van zelfmedelijden en zelfingenomenheid. De man zag zichzelf overduidelijk als een uniek persoon, een geval waarin een psycholoog zijn tanden kon zetten. De man was onmiskenbaar eerder in therapie geweest. Aune zag beneden op straat een parkeerwacht wijdbeens als een sheriff lopen en hij vroeg zich af voor welke andere beroepen Ståle Aune geschikt was. En de conclusie kwam al snel. Voor geen enkel. Bovendien hield hij van de psychologie, hij vond het navigeren tussen wat we weten en wat we niet weten heerlijk, de combinatie van feitelijke kennis en intuïtie en nieuwsgierigheid. Dat was in elk geval wat hij zichzelf elke ochtend voorhield. Dus waarom wenste hij nu slechts dat die persoon zijn bek hield en zijn kantoor verliet, uit zijn leven verdween? Ging het om de persoon of om zijn werk als therapeut? Het was Ingrids nauwelijks verborgen gehouden ultimatum geweest dat hij minder moest gaan werken en meer tijd moest vrijmaken voor haar en hun dochter Aurora dat hem had gedwongen tot veranderingen. Hij was gestopt met het tijdrovende onderzoek, zijn baan als adviseur voor de politie en het geven van colleges aan de politieacademie. Hij was een gewone therapeut geworden met vaste werktijden. Het was simpel een kwestie van prioriteiten stellen geweest. Want wat miste hij eigenlijk door dat op te geven? Miste hij het om zieke geesten die mensen vermoorden te profileren? Handelingen te beoordelen die zo afschuwelijk waren dat ze hem zijn nachtrust kostten, en – als hij eindelijk toch in slaap viel – gewekt te worden door inspecteur Harry Hole die zo snel mogelijk antwoord wenste op onmogelijke vragen? Miste hij het hoe Hole hem had veranderd in een uitgehongerde, behoedzame, monomane jager slechts op jacht naar dat ene dat volgens hem het belangrijkste was en die kefte tegen iedereen die hem in zijn werk stoorde? Een man die langzaam maar zeker collega's, familie en vrienden van zich af duwde?

Nou verdomd dat hij het miste. Hij miste het belang van dat werk.

Hij miste het gevoel levens te redden. En dan ging het niet om de rationeel denkende suïcidale patiënt die hem af en toe voor de vraag stelde: als het leven als zo'n kwelling wordt ervaren, waarom kan een mens dan niet gewoon sterven? Hij miste het om de actieve persoon te zijn, de persoon die kan ingrijpen, degene die de onschuldige van de schuldige kan redden, te doen wat niemand anders kan doen omdat hij, Ståle Aune, de beste was. Zo simpel was het. Ja, hij miste Harry Hole. Hij miste die lange, mopperende, dronken man met zijn grote hart die hem belde en opdroeg – of beter gezegd commandeerde – de samenleving een dienst te bewijzen, van hem te eisen dat hij zijn gezinsleven en nachtrust opofferde om een van de rotte appels in de samenleving te vangen. Maar er was geen inspecteur meer met de naam Harry Hole op de afdeling Geweld en er was niemand meer van de politie die hem belde. Zijn blik gleed weer over de krant. Er was een persconferentie geweest. De moord op een politieman in Maridalen was bijna drie maanden geleden en de politie had nog steeds geen spoor of een verdachte. Voor zo'n zaak hadden ze hem vroeger gebeld. De moord had plaatsgevonden op dezelfde plaats delict en dezelfde datum als een oude, niet-opgeloste zaak. Het slachtoffer was een politieman die toentertijd aan het onderzoek had deelgenomen.

Maar dat was toen. Nu draaide zijn leven om de slapeloosheid van een overwerkte zakenman die hij niet mocht. Zo meteen zou Aune vragen gaan stellen die een posttraumatisch stresssyndroom moesten uitsluiten, de man in zijn kantoor werd niet in zijn werk gehinderd door zijn nachtmerries, hij wilde slechts zijn productiviteit weer op zijn oude topniveau hebben. Aune zou hem daarna een kopie meegeven van het artikel *Imagery Rehearsal Therapy* van Krakow en... Hij herinnerde zich de andere naam niet meer. Hij zou hem vragen zijn nachtmerrie op te schijven en dat de volgende keer mee te nemen. Dan zouden ze samen een alternatief bedenken, een prettig einde aan de nachtmerrie, dat zouden ze instuderen waardoor de droom prettiger terug zou komen of helemaal zou verdwijnen.

Aune hoorde het gelijkmatige, slaapverwekkende gezoem van de stem van de patiënt en dacht aan de moord in Maridalen en het onderzoek dat vanaf dag één geen steek verder was gekomen. Zelfs toen de opvallende gelijkenissen met de Sandra-zaak wat betreft datum, plaats en persoon duidelijk waren geworden, was Kripos of Geweld niet dichter bij de oplossing gekomen. En nu werd het publiek opgeroepen om extra goed na te denken en te bellen met tips, hoe irrelevant ze ook mochten lijken. Het betrof de persconferentie van gisteren. Aune verdacht de politie ervan dat het slechts een toneelstukje was geweest om te laten zien dat ze iets deden, dat ze niet volledig vastzaten. Hoewel het eigenlijk precies was hoe het er nu voor stond met het onderzoek: een hulpeloze en stevig bekritiseerde leiding die zich wanhopig wendde tot het publiek met een kijken-of-jullie-het-beter-kunnen.

Hij keek naar de foto van de persconferentie. Hij herkende Beate Lønn en Gunnar Hagen, hoofd van de afdeling Geweld, die steeds meer op een monnik ging lijken met zijn dikke haar dat als een lauwerkrans rond zijn verder kale schedel lag. Zelfs Mikael Bellman, de nieuwe commissaris, was aanwezig want het ging immers om moord op een van hun eigen mensen. Strak gezicht. Slanker dan Aune zich hem herinnerde. De lange haarlokken die altijd zo interessant hadden geoogd op televisie waren kennelijk ergens tussen zijn functie van chef van Kripos en Georganiseerde Criminaliteit en zijn positie van politiecommissaris geofferd. Aune dacht aan de bijna jongensachtige schoonheid van Bellman, onderstreept door de lange oogwimpers en de bruine huid met de karakteristieke witte pigmentvlekken. Niets daarvan was zichtbaar op de foto. Een onopgeloste politiemoord was uiteraard de slechtst denkbare start voor een commissaris die tot dan toe een bliksemcarrière had gehad. Hij had het drugsmilieu van Oslo schoongeveegd, maar dat kon snel vergeten zijn. De gepensioneerde, vermoorde Erlend Vennesla was weliswaar strikt gesproken niet zijn verantwoordelijkheid, maar de meeste mensen begrepen wel dat de moord op de een of andere manier te maken had met de Sandra-zaak. Dus Bellman had van de eigen mensen iedereen gemobiliseerd die maar lopen of kruipen kon plus mensen van buiten. Maar hem, Ståle Aune, niet. Hij was van hun lijsten geschrapt. Natuurlijk, hij had er zelf om gevraagd.

En nu viel de winter vroeg in en daarmee het gevoel dat de sneeuw de sporen bedekte. Koude sporen. Geen sporen. Dat had Beate Lønn tijdens de persconferentie gezegd, er was een bijna opvallend gebrek aan technische sporen. Natuurlijk hadden ze iedereen gecheckt die op een of andere wijze betrokken was geweest bij de Sandra-zaak. Verdachten, verwanten, vrienden, en zelfs collega's van Vennesla die aan de zaak hadden gewerkt. Maar ook dat had niets opgeleverd.

Het was stil in de kamer en Ståle Aune zag aan de gezichtsuitdrukking van de patiënt dat hij hem zojuist een vraag had gesteld en nu een antwoord van zijn psycholoog verwachtte.

'Hm,' zei Aune, hij legde zijn kin op een vuist en kruiste de blik van de ander. 'Wat vind je er zelf van?'

Er kwam verwarring in de blik van de man en een ogenblik vreesde Aune dat hij gevraagd had om een glas water of zoiets.

'Wat ik ervan denk dat ze glimlacht? Of wat ik denk van het felle licht?'

'Allebei.'

'Soms denk ik dat ze glimlacht omdat ze me wel mag. Een andere keer denk ik dat ze het doet omdat ze wil dat ik iets doe. Maar als ze stopt met glimlachen, dan dooft het felle licht in haar ogen en dan is het te laat het haar te vragen want dan wil ze niet meer praten. Dus ik denk dat het misschien de versterker is. Of niet?'

'Eh... de versterker?'

'Ja.' Stilte. 'Daar had ik het over. Die mijn vader altijd uitzette wanneer hij in mijn kamer kwam omdat hij vond dat ik de plaat lang genoeg had gedraaid, dat hij vond dat ik wel gek leek. En ik vertelde dat ik dan dat kleine rode lampje naast de uitknop langzaam zwakker zag worden tot het verdween. Als een oog. Als een zonsondergang. En ik dacht dat ik haar kwijt was. Daarom wordt ze ook stom aan het eind van de droom. Ze is de versterker die zwijgt als die wordt uitgezet. En dan kan ik niet met haar praten.'

'Jij draaide platen en je dacht aan haar?'

'Ja, de hele tijd. Tot ik ongeveer zestien was. En niet platen. Maar de plaat.'

'*Dark Side of the Moon*?'

'Ja.'

'Maar ze wilde jou niet?'

'Dat weet ik niet. Waarschijnlijk niet. Toen niet.'

'Hm. Onze tijd zit erop. Ik zal je voor de volgende keer iets te lezen meegeven. En verder wil ik dat je een nieuw slot maakt voor het verhaal van de droom. Ze moet praten. Ze zal iets tegen je zeggen. Iets wat je graag wilt dat ze tegen je zegt. Dat ze je leuk vindt misschien. Kun je daar voor de volgende keer over nadenken?'

'Goed.'

De patiënt stond op, pakte zelf zijn jas van de kapstok en liep naar de deur. Aune ging recht voor zijn bureau zitten en keek op de agenda die oplichtte vanaf zijn pc-scherm. Die zag er deprimerend vol uit. En hij besefte dat het weer was gebeurd: hij was de naam van de patiënt volkomen vergeten. Hij vond hem terug in de agenda. Paul Stavnes.

'Volgende week zelfde tijd, Paul?'

'Ja, goed.'

Ståle vulde het in. Toen hij opkeek was Stavnes al vertrokken.

Hij stond op, pakte de krant en liep naar het raam. Waar bleef verdomme de opwarming van de aarde die ze hadden beloofd? Hij keek naar de krantenpagina, maar had ineens geen zin meer en gooide de krant weg. Weken en maanden spitten in de kranten was genoeg. Doodgeslagen. Grof geweld gericht op het hoofd. Erlend Vennesla laat een vrouw, kinderen en kleinkinderen na. Vrienden en collega's in shock. 'Aardig, fatsoenlijk en vriendelijke man, had absoluut geen vijanden.' Ståle Aune haalde diep adem. *There is no dark side of the moon, not really. Matter of fact, it's all dark.*

Hij keek naar de telefoon. Ze hadden zijn nummer. Maar hij bleef zwijgen. Net als het meisje in de droom.

HOOFDSTUK 4

Het hoofd van de afdeling Geweld, Gunnar Hagen, ging met zijn hand over zijn voorhoofd en verder door de laguneachtige opening van haar. Het zweet dat zich had verzameld op zijn handpalm, werd opgevangen door de stevige atol van haar op zijn achterhoofd. Voor hem zat het onderzoeksteam. Bij een gewone moord zou het normaal gesproken om twaalf personen gaan. Maar moord op een collega was niet normaal en K2 was dan ook tot op de laatste stoel bezet. Er waren ongeveer vijftig personen, als je de zieken meetelde bestond het team uit drieënvijftig man. En binnenkort zouden er meer ziekmeldingen komen, de media-aandacht begon zijn tol te eisen. Het beste wat je over deze zaak kon zeggen, was dat de twee grote moordonderzoekteams – afdelingen Geweld en Kripos – dichter naar elkaar toe waren gekomen. Alle rivaliteit was aan de kant geschoven en voor deze keer werkten ze als een groep samen zonder een andere agenda dan de dader vinden die hun collega had vermoord. De eerste weken hadden ze dat met zo'n intensiteit en gedrevenheid gedaan dat Hagen ervan overtuigd was dat de zaak snel opgelost zou worden ondanks het gebrek aan technische sporen, getuigen, mogelijke motieven, mogelijke verdachten en mogelijke en onmogelijke aanknopingspunten. Gewoon omdat de wil zo enorm was, het net zo fijnmazig, de fondsen waarover ze konden beschikken bijna onuitputtelijk leken. Maar toch.

De grauwe, vermoeide gezichten staarden hem aan met een apathie die met de week toenam. En de persconferentie van gisteren – die nogal had geleken op een capitulatie met hun smeekbede om hulp van wie dan ook – had de moraal ook niet opgekrikt. Vandaag waren er twee ziekmeldingen terwijl die mensen niet snel in bed kropen. Bovendien bleek, naast de Vennesla-zaak, de Gusto-zaak niet opgelost te zijn toen Oleg Fauke was vrijgelaten en Chris 'Adidas' Reddy zijn bekentenis had ingetrokken. Er was echter één positief punt te melden wat betreft de Vennesla-zaak: de moord op de politieman overschaduwde de moord op de drugsjongen Gusto zo volledig dat de pers geen woord had geschreven over het feit dat die zaak weer helemaal openlag.

Hagen keek naar het papier dat voor hem op de lessenaar lag. Er stonden twee zinnen op. Dat was alles. Een ochtendbespreking met twee zinnen.

Gunnar Hagen schraapte zijn keel. 'Goedemorgen mensen. We hebben zoals de meesten van jullie weten meerdere tips binnengekregen na de persconferentie van gisteren. In totaal negenentachtig tips, waarvan de meeste nu worden nagetrokken.'

Hij hoefde niet te zeggen wat iedereen al wist: dat ze na drie maanden op de bodem zaten, dat vijfennegentig procent van de tips gewoon bullshit was, de gebruikelijke gekken die altijd belden, dronken lui, mensen die de aandacht wilden vestigen op iemand die ervandoor was gegaan met hun geliefde, een buurman die nooit de portiek schoonmaakte, practical jokes of gewoon mensen die wat aandacht wilden, iemand met wie ze konden praten. Met 'de meeste' bedoelde hij vier. Vier tips. En toen hij zei 'worden nagetrokken', was dat ook een leugen; ze waren al nagetrokken. En ze hadden geleid tot waar ze al waren: tot niets.

'We hebben vandaag hoog bezoek,' zei Hagen en hij had direct door dat het sarcastisch kon klinken. 'De commissaris wilde hier ook een paar woorden zeggen. Mikael...'

Hagen klapte zijn map dicht, sloeg ermee op de punt van de lessenaar alsof er een stapel nieuwe, interessante papieren over de zaak in zat in plaats van één A4'tje. Hij hoopte dat hij het woord 'hoog' had gladgestreken door Bellmans voornaam te gebruiken en hij knikte naar de man die naast de deur stond.

De jonge politiecommissaris leunde met de armen over elkaar geslagen tegen de muur, wachtte op het moment dat iedereen zich had omgedraaid om naar hem te kijken, voor hij zich met een krachtige en soepele beweging haast los leek te rukken van de muur en met snelle, besliste passen naar de lessenaar liep. Hij had een klein lachje op zijn gezicht alsof hij aan iets leuks dacht en toen hij bij de lessenaar even lenig op zijn hakken balanceerde, vervolgens vooroverboog en zijn onderarmen op de lessenaar legde en hen strak aankeek alsof hij wilde onderstrepen dat hij geen uitgeschreven speech bij zich had, dacht Hagen dat Bellman nu ook moest brengen wat hij met zijn entree beloofde.

'Sommigen van jullie weten misschien dat ik klim,' zei Mikael. 'Wanneer ik wakker word op een dag zoals vandaag, en ik kijk uit het raam, er is nul procent zicht, er wordt meer sneeuw en een aanwakkerende wind verwacht, dan denk ik aan de berg die ik ooit van plan was te beklimmen.'

Bellman laste even een pauze in en Hagen constateerde dat deze onverwachte inleiding werkte: Bellman had hun aandacht. Voorlopig. Maar Hagen wist dat de bullshittolerantie van dit overwerkte team op een heel laag niveau stond en dat men geen moeite zou doen om dat te verbergen. Bellman was te jong, zat te kort op de stoel van de leidinggevende en was daar te snel gekomen om een beroep te kunnen doen op hun geduld.

'De berg heeft toevallig dezelfde naam als deze kamer. De naam die sommigen van jullie de Vennesla-zaak hebben gegeven. K2. Dat is een goede naam. De op een na hoogste berg ter wereld. *The Savage Mountain.* De moeilijkste berg om te beklimmen. Want voor iedere vierde persoon die de top bereikt, is er één omgekomen. We wilden de zuidzijde van de berg beklimmen, ook wel *The Magic Line* genoemd. Dat was slechts twee keer eerder gedaan en voor velen stond dat gelijk aan een rituele zelfmoord. Een kleine verandering in het weer en de wind, en de berg en jij worden gehuld in sneeuw en de temperatuur zakt tot waarden waarin geen van ons kan overleven. In elk geval niet met de beperkte hoeveelheid zuurstof die je bij je hebt. En aangezien het om de Himalaya gaat, weten we allemaal dat het weer en de wind zullen veranderen.'

Een korte pauze.

'Dus waarom wilde ik juist die berg beklimmen?'

Opnieuw een pauze. Een langere, alsof hij verwachtte dat iemand zou antwoorden. Nog steeds dat lachje. De pauze duurde lang. Te lang, dacht Hagen. Politiemensen houden niet van theatraal effectbejag.

'Omdat...' Bellman tikte met zijn wijsvinger op de lessenaar, '... omdát het de moeilijkste berg ter wereld is. Zowel fysiek als mentaal. Je hebt geen seconde plezier tijdens het beklimmen, alleen maar zorgen, enorme vermoeidheid, angst, hoofdpijn, zuurstofgebrek, momenten van levensgevaarlijke paniek en van nog gevaarlijker apathie. En als je op de top bent, kun je niet genieten van de triomf, maar ben je bezig om een bewijs te krijgen dat je er inderdaad bent geweest, je neemt een paar foto's, houdt jezelf niet voor de gek dat je het ergste nu hebt gehad, je mag niet vervallen in een overwinningsroes, je moet geconcentreerd blijven, je moet alle belangrijke handelingen blijven verrichten, systematisch als een voorgeprogrammeerde robot, maar tegelijkertijd moet je niet vergeten de situatie te beoordelen. De hele tijd moet je de situatie bekijken. Hoe is het weer? Wat voor signalen geeft het lichaam? Waar zijn we? Hoe lang zijn we hier? Hoe gaat het met de andere teamleden?'

Hij deed een stap achteruit.

'Want de K2 is een permanente strijd en een loodzware beklimming. Zelfs als je op de terugweg bent. Strijd en loodzwaar. En daarom willen we het proberen.'

Het was stil in de zaal. Doodstil. Geen demonstratief gegaap of geschuifel van voeten onder de stoelen. Mijn god, dacht Hagen, hij heeft ze.

'Twee woorden,' zei Bellman. 'Niet drie, maar twee. Uithoudingsvermogen en saamhorigheid. Ik heb overwogen om er nog ambitie aan toe te voegen, maar dat woord is niet belangrijk genoeg, niet sterk genoeg ten opzichte van de andere twee. Jullie zullen je nu misschien afvragen wat er zo belangrijk is aan uithoudingsvermogen en saamhorigheid zonder dat er een doel is, een ambitie. Het gevecht om het vechten? Eer zonder beloning? Ja, zeg ik, het gevecht om het vechten. Eer zonder beloning. Als er over een paar jaar nog steeds wordt gesproken over de Vennesla-zaak, dan is dat om de loodzware beklimming. Dat het onmogelijk leek. Dat de berg te hoog was, het weer te slecht, de lucht te ijl. Dat alles fout ging. En het is het verhaal van de loodzware beklimming die de zaak tot een mythe maakt. Die maakt dat het zo'n kampvuurverhaal wordt dat zal worden doorverteld. Net zoals de meeste bergbeklimmers in de wereld nooit verder zullen komen dan de voet van de K2, kun je een heel leven als rechercheur werken zonder ooit aan een zaak als deze te hebben gewerkt. Beseffen jullie wel dat als de zaak binnen een paar weken was opgelost, die over een paar jaar vergeten was? Want wat hebben alle legendarische misdaadzaken met elkaar gemeen?'

Bellman wachtte. Hij knikte alsof ze hem het antwoord hadden gegeven dat hij herhaalde: 'Dat ze tijd kosten. Dat ze loodzwaar zijn.'

Er klonk een fluisterende stem naast Hagen: 'Churchill, *eat your heart out.*' Hij keek opzij en zag dat Beate Lønn naast hem was gaan zitten en naar hem glimlachte.

Hij knikte even en keek de zaal rond. Een oude truc misschien, maar hij werkte wel. Terwijl hij een paar minuten geleden slechts een zwart, gedoofd vuur gezien had, had Bellman kans gezien de kooltjes weer te laten gloeien. Maar Hagen wist dat dat snel afgelopen zou zijn als resultaten nog steeds uitbleven.

Drie minuten later was Bellman klaar met zijn peptalk en hij verliet het podium met een brede grijns en nam het applaus in ontvangst. Hagen klapte loyaal mee en zag ertegen op weer naar de lessenaar te moeten gaan. Met de gegarandeerde showstopper dat het team zou worden teruggebracht naar vijfendertig man. Order van Bellman, maar ze waren het erover eens geweest dat hij het niet zou vertellen. Hagen liep naar voren, legde de map neer, kuchte, deed alsof hij door de papieren bladerde. Keek op. Kuchte weer en lachte ongemakkelijk. '*Ladies and gentlemen, Elvis has left the building.*'

Stilte, geen gelach.

'Goed, er zullen een paar veranderingen zijn. Sommigen van jullie zullen aan een ander onderzoek gaan werken.'

Morsdood. Gedoofd.

Terwijl Mikael Bellman in het atrium van het hoofdbureau uit de lift stapte, meende hij een glimp van een gedaante op te vangen die net in de lift naast hem stapte. Was dat Truls? Kon haast niet, hij was nog steeds geschorst na de Asajev-zaak. Bellman liep door de hoofdingang naar buiten en vocht zich door de sneeuwbui een weg naar zijn wachtende auto. Toen hij de functie van commissaris op zich nam, had men hem uitgelegd dat hij in principe recht had op een chauffeur, maar dat zijn laatste drie voorgangers die hadden afgeslagen omdat ze vonden dat dat een verkeerd signaal afgaf, per slot van rekening moest er op allerlei gebieden worden bezuinigd. Bellman had een eind gemaakt aan die praktijk en duidelijk aangegeven dat hij zich niets gelegen liet liggen aan dergelijke sociaaldemocratische benepenheid en dat zijn werkdag veel effectiever zou zijn. Bovendien, meende hij, was het belangrijk om aan de mensen lager in de hiërarchie te laten zien dat hard werken en promotie bepaalde privileges meebrachten. De persvoorlichter had hem naderhand even apart genomen en hem voorgesteld, mocht de pers daar vragen over stellen, dat hij het antwoord zou beperken tot de effectievere werkdag en dat met die privileges beter wegliet.

'Het Rådhus,' zei Bellman terwijl hij op de achterbank plaatsnam.

De auto gleed weg van de trottoirrand, sloeg af bij de Grønland-kerk, reed in de richting van Plaza en het postgebouw dat ondanks de uitbreiding rond het Operahus nog steeds de bescheiden skyline van Oslo domineerde. Maar vandaag was er geen skyline, alleen maar sneeuw, en Bellman dacht drie verschillende dingen: klote december, klote Vennesla-zaak en klote Truls Berntsen.

Mikael had Truls niet meer gezien of gesproken sinds hij zijn jeugdvriend en ondergeschikte begin oktober had moeten schorsen. Dat wil zeggen, Mikael dacht hem vorige week in een geparkeerde auto voor het Grand Hotel gezien te hebben. Aanleiding voor de schorsing was de grote som geld die op Truls' rekening stond. Toen hij daar niets over kon – of wilde – zeggen, had Mikael als chef geen andere keus gehad. Zelf wist Mikael uiteraard waar het geld vandaan kwam: Truls' werk als mol – het saboteren van bewijs – voor de drugsliga van Rudolf Asajev. Geld dat die idioot gewoon op zijn rekening had gezet. De enige troost was dat noch het geld, noch Truls in de richting van Mikael wees. Er waren slechts twee personen die Mikaels samenwerking met Asajev konden verraden. De ene was de wethouder van Sociale Zaken en medeplichtige, en de andere lag in coma op een bewaakte afdeling van het Rikshospital en was stervende.

Ze reden door Kvadraturen. Bellman keek gefascineerd naar het contrast tussen de donkere huid van de prostituees en de witte sneeuw in hun haar en op hun schouders. Hij zag ook dat een nieuwe groep drugsdealers het vacuüm na Asajev had ingenomen.

Truls Berntsen. Hij had Mikael tijdens zijn jeugd in Manglerud gevolgd zoals een zuigvisje een haai volgt. Mikael met de hersenen, de leidersambitie, zijn spreektalent, zijn uiterlijk. Truls 'Beavis' Berntsen met zijn lef, vuisten en bijna kinderlijke loyaliteit. Mikael die waar hij zich ook maar vertoonde vrienden maakte. Truls die je zo moeilijk sympathiek kon vinden dat iedereen hem actief ontliep. Toch bleven ze bij elkaar: Berntsen en Bellman. Ze werden in de klas en later op de politieacademie na elkaar opgeroepen, eerst Bellman, dan Berntsen gelijk erachteraan. Mikael kreeg een relatie met Ulla, maar Truls was steeds twee stappen achter hen aan gekomen. In de loop van de jaren was alles bij Truls langzamer gegaan, hij had niets van Mikaels natuurlijke geldingsdrang in zijn privéleven of carrière. Meestal was Truls een man die zich makkelijk liet sturen. Meestal sprong hij als Mikael sprong. Maar hij kon ook die donkere blik krijgen en dan werd hij iemand die Mikael niet kende. Zoals die keer met die arrestant, die jongen, die Truls blind had geslagen met zijn gummiknuppel. Of die kerel bij Kripos die homo bleek te zijn en die Mikael probeerde te versieren. Collega's waren getuige geweest, dus Mikael had iets moeten doen zodat het niet leek of hij dit liet passeren. Later had hij Truls meegenomen naar waar die kerel woonde, hij had hem naar de garage gelokt en daar had Truls de man met de knuppel bewerkt. Eerst gecontroleerd, toen steeds kwader, terwijl zijn blik steeds donkerder werd, tot hij in shock leek met zijn wijd opengesperde, zwarte ogen en Mikael hem moest stoppen omdat hij die kerel anders had doodgeslagen. Jazeker, Truls was loyaal. Maar hij was ook een ongeleid projectiel en juist dat baarde Mikael Bellman zorgen. Toen Mikael hem had verteld dat de tuchtraad had besloten hem te schorsen totdat Truls duidelijk had gemaakt waar het geld op zijn rekening vandaan kwam, had Truls slechts herhaald dat dat een privékwestie was, vervolgens had hij zijn schouders opgehaald alsof het hem niet uitmaakte en was vertrokken. Alsof Truls 'Beavis' Berntsen iets had om naartoe te gaan, een leven naast zijn werk. En Mikael had zijn ogen donker zien worden. Het leek op het aansteken van een lont, het zien branden in de donkere groeve en geen reactie zien. Maar je weet niet of de lont alleen maar lang is of dat hij is uitgegaan, dus je wacht in spanning af, want iets in je zegt dat hoe langer het duurt hoe heftiger de explosie zal zijn.

De auto reed naar de achterkant van het Rådhus. Mikael stapte uit en liep de trappen naar de ingang op. Sommige mensen beweerden dat dit de eigenlijke hoofdingang was zoals de architecten Arneberg en Poulsson het ergens in de jaren twintig hadden bedoeld, dat door een misverstand de tekening was gedraaid. Toen dit eind jaren veertig werd ontdekt was de bouw al zo ver gevorderd dat men erover zweeg en deed alsof er niets aan de hand was. Men hoopte dat de reizigers die via de Oslofjord de hoofdstad binnen kwamen niet in de gaten hadden dat ze eigenlijk naar de dienstingang van het Rådhus keken.

De Italiaanse leren zolen tikten zacht tegen de stenen vloer toen Mikael Bellman naar de receptie marcheerde, waar een vrouw achter de balie hem met een stralende lach ontving met de woorden: 'Goedendag, commissaris. Ze zit al te wachten. Negende verdieping, aan het eind van de gang links.' Onderweg naar boven bekeek Bellman zichzelf in de spiegel van de lift. En bedacht dat dat precies was wat hij deed: onderweg zijn naar boven. Ondanks deze moordzaak. Hij trok zijn zijden stropdas recht die Ulla voor hem in Barcelona had gekocht. Dubbele windsorknoop. Op de middelbare school had hij Truls geleerd hoe je een stropdas moest strikken. Maar alleen de simpele knoop. De deur aan het eind van de gang stond op een kier. Mikael duwde hem open.

Het kantoor was kaal. Het bureau was opgeruimd, de kasten waren leeg en het behang had lichte plekken van de foto's die er hadden gehangen. Ze zat in de vensterbank. Haar gezicht had de conventionele schoonheid die vrouwen graag 'mooi' noemen, maar zonder dat het schattig of lief genoemd kon worden. Ondanks het blonde poppenhaar dat in komische guirlandes rond haar gezicht leek gedrapeerd. Ze was lang en atletisch gebouwd met brede schouders en brede heupen die voor deze gelegenheid in een strakke leren rok waren gehuld. Ze had haar dijbenen over elkaar geslagen. Het mannelijke in haar gezicht – onderstreept door de markante adelaarsneus en een paar koude, blauwe wolvenogen – gecombineerd met een zelfbewuste, uitdagende blik hadden de eerste keer dat Bellman haar zag geleid tot een paar snelle conclusies. Dat Isabelle Skøyen het initiatief nam en een poema was, bereid om risico's te nemen.

'Doe de deur dicht,' zei ze.

Hij had het niet verkeerd gezien.

Mikael deed de deur dicht en draaide de sleutel om. Hij liep naar een van de andere ramen. Het Rådhus stak een stuk boven de huizen met drie en vier verdiepingen uit. Aan de andere kant van het plein troonde de zeshonderd jaar oude Akershus-vesting op zijn hoge wallen met oude, door de oorlog beschadigde kanonnen. De kanonnen stonden gericht op de fjord, die kippenvel leek te hebben omdat het water licht beefde door de ijskoude wind. Het was gestopt met sneeuwen en onder de blauwgrijze wolken baadde de stad in blauwwit licht. De kleur van een lijk, dacht Bellman. Isabelles stem echode tussen de kale muren. 'Nou schat, wat vind je van het uitzicht?'

'Imposant. Als ik het me goed herinner had de vorige wethouder van Sociale Zaken een kantoor dat kleiner was en een paar verdiepingen lager zat.'

'Niet dat uitzicht,' zei ze. 'Maar dit.'

Hij draaide zich naar haar om. Oslo's nieuwe wethouder van Sociale Zaken en drugsproblematiek had haar benen gespreid. Haar slipje lag in de vensterbank naast haar. Isabelle had meerdere malen gezegd dat ze de charme van gladgeschoren schaamlippen nooit had begrepen, maar Mikael meende dat er een tussenweg moest zijn terwijl hij in de wildernis staarde en mompelend herhaalde hij de kwalificatie van het uitzicht. Absoluut imposant.

Ze stampte stevig met haar hakken op het parket en liep op hem af. Veegde een onzichtbaar pluisje van zijn revers. Zelfs zonder stilettohakken zou ze een centimeter groter zijn dan hij, maar nu leek ze boven hem uit te torenen. Dat vond hij niet intimiderend. Integendeel, haar fysieke grootte en dominante persoonlijkheid waren een interessante uitdaging. Dat vergde van hem als man meer dan Ulla's tengere gedaante en milde toegeeflijkheid deden. 'Ik vind het gewoon niet meer dan redelijk dat jij mijn kantoor mag inwijden. Zonder jouw... wil tot samenwerking had ik deze functie niet gekregen.'

'En vice versa,' zei Bellman. Hij snoof haar parfum op. Die rook bekend. Dit was de geur van... Ulla? Die Tom Ford-parfum, hoe heette die ook alweer? Black Orchid. Die hij altijd voor haar moest kopen als hij naar Parijs of Londen ging omdat die in Noorwegen niet te krijgen was. Dat het toeval was leek onmogelijk.

Hij zag de geamuseerde blik in haar ogen toen ze zijn verbazing zag. Ze vlocht haar handen achter zijn nek in elkaar en leunde lachend achterover. 'Het spijt me, ik kon het gewoon niet laten.'

Wel verdomd, na het inwijdingsfeest van hun nieuwe huis had Ulla inderdaad geklaagd dat haar flesje parfum weg was, dat een van de deftige gasten die hij had uitgenodigd het gestolen moest hebben. Zelf was hij er tamelijk zeker van geweest dat een oude jeugdvriend de schuldige was, Truls Berntsen namelijk. Het was beslist niet zo dat hij niet wist dat Truls al sinds hun jeugdjaren smoorverliefd was op Ulla. Maar dat had hij uiteraard nooit uitgesproken tegen haar of Truls. Ook zijn verdenking van de diefstal niet. Ondanks alles was het beter dat Truls Ulla's parfum jatte dan haar slipjes.

'Heb je al bedacht dat het wel eens jouw probleem zou kunnen zijn?' vroeg Mikael. 'Dat je het gewoon niet kunt laten?'

Ze lachte zacht. Sloot haar ogen. De lange, brede vingers maakten zich los in zijn nek en gingen langzaam over zijn rug naar beneden en verdwenen achter zijn broekriem. Ze keek hem met een lichte verbazing aan.

'Wat is er aan de hand, stiertje van me?'

'De artsen zeggen dat hij het overleeft,' zei Mikael. 'En het laatste nieuws is dat hij uit de coma lijkt te komen.'

'Hoe dan? Beweegt hij?'

'Nee, maar ze kunnen veranderingen in het eeg zien, dus ze zijn begonnen met neurofysiologische onderzoeken.'

'En wat dan nog?' Haar lippen waren vlak bij die van hem. 'Ben je bang voor hem?'

'Ik ben niet bang voor hém, maar voor wat hij gaat vertellen. Over ons.'

'Waarom zou hij zoiets doms doen? Hij is alleen, hij heeft daar niks mee te winnen.'

'Laat ik het zo zeggen, liefje,' zei Mikael, haar hand wegduwend. 'De gedachte dat er iemand is die kan getuigen dat jij en ik hebben samengewerkt met een drugsdealer ten behoeve van onze eigen carrières...'

'Luister eens,' zei Isabelle. 'Het enige wat we hebben gedaan, is voorzichtig ingrijpen zodat de krachten in de markt niet alleen de controle hebben. Dat is een goede, beproefde methode in de politiek, schat. We hebben Asajev het monopolie gegeven op de verkoop van drugs en we arresteerden alle andere drugsbaronnen omdat Asajevs drug tot minder sterfgevallen door een overdosis leidden. Iets anders zou een verkeerde drugspolitiek zijn geweest.'

Mikael moest lachen. 'Ik hoor dat je retoriek door de debatcursus al aardig is opgepoetst.'

'Zullen we overgaan op een ander onderwerp, schat?' Ze wikkelde zijn stropdas om haar hand.

'Je snapt toch wel hoe dat bij een rechtszaak zal overkomen? Dat ik de functie van commissaris heb gekregen en jij die van wethouder omdat het leek of we persoonlijk de straten van Oslo hebben schoongeveegd en het aantal drugsdoden naar beneden hebben gekregen. Terwijl we in feite Asajev bewijsmateriaal hebben laten vernietigen, concurrenten van het leven hebben laten beroven en een drug hebben laten verhandelen die vier keer zo sterk en verslavend is als heroïne.'

'Hm. Ik word zo geil als je praat als een...' Ze trok hem omhoog.

Haar tong was in zijn mond en hij kon het schurende geluid van haar panty horen toen ze haar dij tegen die van hem wreef. Ze trok hem mee en waggelde ondertussen naar achteren in de richting van het bureau.

'Als hij wakker wordt in het ziekenhuis en begint te babbelen...'

'Hou je mond, ik heb je niet hierheen gevraagd om te praten.' Haar vingers peuterden aan de gesp van zijn riem.

'We hebben een probleem dat we moeten oplossen, Isabelle.'

'Ik begrijp het, maar nu je commissaris bent moet je prioriteiten gaan stellen, schat. En op dit moment vindt de wethouder dat dit de hoogste prioriteit heeft.'

Mikael kon haar hand wegduwen.

Ze zuchtte. 'Goed. Laat maar horen wat je hebt verzonnen.'

'Dat we dreigen hem te vermoorden. Hij moet een niet mis te verstane waarschuwing krijgen.'

'Waarom dreigen, waarom niet direct vermoorden?'

Mikael lachte. Totdat hij begreep dat ze het serieus meende. En dat ze niet eens bedenktijd nodig had gehad.

'Omdat...' Mikael hield haar blik vast en probeerde een ferm antwoord te geven. Hij wilde dezelfde soevereine Mikael Bellman zijn die een halfuur geleden voor het onderzoeksteam had gestaan. Hij trachtte met een antwoord te komen. Maar ze was hem voor.

'Omdat je niet durft. Zullen we kijken of we iemand in de Gouden Gids kunnen vinden in de rubriek "Actieve hulp bij doding"? Je geeft orders om de bewaking op te heffen vanwege verkeerd gebruik van financiën blabla en daarna krijgt de patiënt onverwacht bezoek van de Gouden Gids. Onverwacht voor hem dus. Of nee, nog beter, je stuurt jouw schaduw. Beavis. Truls Berntsen. Hij doet alles voor geld, toch?'

Mikael schudde sceptisch zijn hoofd. 'Ten eerste heeft de chef van Geweld, Gunnar Hagen, de bewaking bevolen. Als de patiënt vlak nadat ik de bewaking heb opgeheven wordt vermoord, zal het er niet best voor mij uitzien, om het zacht uit te drukken. Ten tweede mag het niet op een moord lijken.'

'Luister eens, schat. Geen politicus is beter dan zijn adviseurs. Het is een voorwaarde om aan de top te komen dat je je altijd omringt met mensen die slimmer zijn dan jijzelf. En ik begin eraan te twijfelen dat jij slimmer bent dan ik, Mikael. Ten eerste lukt het je maar niet om die politiemoordenaar te vangen. En nu weet je niet hoe je een simpel probleem met een man in coma moet aanpakken. Dus als je liever niet met me wilt neuken, moet ik me afvragen: wat moet ik eigenlijk met hem? Kun je daar antwoord op geven?'

'Isabelle...'

'Ik vat dat op als een nee. Dus luister, we doen het zo...'

Hij kon niet anders dan haar bewonderen. Dat gecontroleerde, bijna koelbloedige professionalisme gecombineerd met haar onverwachte lef om risico's te nemen deden haar collega's steeds ongemakkelijker op hun stoel schuiven. Sommige mensen zagen haar als een ongeleid projectiel, maar zij begrepen niet dat onzekerheid scheppen voor Isabelle Skøyen een onderdeel van het spel was. Zij was van het type dat in kortere tijd verder en hoger kwam dan ieder ander. En dat – als het viel – ook des te dieper en lelijker viel. Het was niet zo dat Mikael Bellman zichzelf niet herkende in Isabelle Skøyen, maar ze was een extreme uitgave van hemzelf. En het merkwaardige was dat ze in plaats van hem mee te trekken, hem behoedzamer maakte.

'Voorlopig is de patiënt nog niet ontwaakt, dus we doen niks,' zei Isabelle. 'Ik ken een anesthesieverpleger uit Enebakk. Erg dubieus type. Hij voorziet me van pillen die ik als politicus niet zomaar op straat kan kopen. Hij doet – net als Beavis – heel veel voor geld. En alles voor seks. Trouwens...'

Ze ging op de rand van het bureau zitten, tilde haar benen op, spreidde ze en rukte zijn broek open. Mikael greep haar stevig bij haar handen: 'Isabelle, laten we wachten tot woensdag in het Grand.'

'Laten we niet wachten tot woensdag in het Grand.'

'Jawel, ik stem voor.'

'O ja?' zei ze, ze trok haar handen los en ging in zijn broek. Ze voelde. Haar stem klonk gutturaal: 'Na het tellen van de stemmen is het nu twee tegen één, schat.'

HOOFDSTUK 5

De zon was ondergegaan en daarmee was de temperatuur ook gezakt en een bleek maantje scheen door de ramen van de jongenskamer van Stian Barelli toen hij zijn moeders stem uit de kamer hoorde.

'Het is voor jou, Stian!'

Hij had hun vaste telefoon horen overgaan en gehoopt dat het niet voor hem was. Hij legde de controller van het Wii-spel naast zich neer. Hij was twaalf onder par met drie holes, dus stond hij op het punt van kwalificatie voor de Masters. Hij speelde als Rick Fowler, aangezien hij de enige coole speler in de Tiger Woods Masters was en ongeveer van zijn leeftijd, eenentwintig. Bovendien hielden ze beiden van Eminem en Rise Against en van oranje kleding. Nu had Rick Fowler uiteraard geld genoeg voor een eigen appartement, terwijl Stian nog steeds op zijn jongenskamer zat. Maar dat was maar tijdelijk, tot hij een beurs kreeg voor de universiteit van Alaska. Iedere beetje fatsoenlijke Noorse skiër werd daar op grond van zijn prestaties tijdens de juniorkampioenschappen toegelaten. Het probleem was natuurlijk dat tot nu toe nog niemand daar een beter skiër was geworden, maar wat dan nog? Vrouwen, wijn en skiën. Kon het beter worden? Misschien zelfs een examen als hij daar tijd voor had. Een diploma dat hem een redelijke baan kon opleveren. Geld voor een eigen appartement. Een leven beter dan dit, slapen in dit iets te korte bed onder de foto's van Bode Miller en Aksel Lund Svindal, moeders gehaktballen eten en de regels van vader volgen, brutale rotjochies trainen die volgens hun sneeuwblinde ouders het talent hadden van een Aamodt of een Kjus. De skilift van Tryvannskleiva bedienen voor een uurloon dat ze verdomme een kind in India nog niet zouden betalen. En daarom wist Stian dat het de baas van de skiclub moest zijn die belde. Hij was de enige van wie Stian wist dat hij mensen niet op hun mobieltje belde omdat dat iets duurder was en je daarom dwong de trap af te rennen naar de grotten van het stenen tijdperk waar de vaste telefoon nog aanwezig was.

Stian pakte de telefoon aan die moeder voor hem ophield.

'Ja?'

'Hoi Stian, met Bakken. Ik ben gebeld dat de Kleiva-lift gaat.'

'Nu?' zei Stian en hij keek op de klok. Kwart over elf. De sluitingstijd was negen uur.

'Kun je even langsgaan en kijken wat er aan de hand is?'

'Nú?'

'Tenzij je het extreem druk hebt natuurlijk.'

Stian deed of hij de ironie in de stem van de baas niet hoorde. Hij wist dat Stian twee teleurstellende seizoenen achter de rug had en dat dat niet te wijten was aan een gebrek aan talent, maar aan te veel tijd die Stian als de beste wist te vullen met luieren, fysiek verval en algehele apathie.

'Ik heb geen auto,' zei Stian.

'Je kunt die van mij lenen,' zei zijn moeder snel. Ze was niet weggelopen, maar stond met haar armen over elkaar naast hem.

'Sorry Stian, maar dat hoorde ik,' zei de baas droog. 'Het is vast een van die brutale Heming-jongens die heeft ingebroken en denkt dat hij grappig is.'

Het kostte Stian tien minuten om de bochtige weg naar de Tryvannstoren te rijden, de televisietoren die als een speer van 118 meter op de noordwestelijke hellingen van Oslo stond.

Hij parkeerde op de besneeuwde parkeerplaats en stelde vast dat de enige andere auto een rode Golf was. Hij pakte zijn ski's uit de skibox, klikte ze onder en skiede langs het hoofdgebouw over de gemarkeerde route naar de top van de skiliften van Tryvann Ekspress. Daarvandaan kon hij naar het meer kijken en de kleinere lift van Kleiva zien. Zelfs in het licht van de maan kon hij niet zien of de stangen van de sleeplift bewogen, maar hij kon het horen. Het gezoem van de machinerie daarbeneden.

Toen hij er langzaam en met grote bochten heen slalomde, viel het hem op hoe stil het hier 's nachts eigenlijk was. Het leek wel of het eerste uur na sluitingstijd nog steeds gevuld was met de echo's van het vrolijke geschreeuw van de jeugd, het overdreven, geschrokken gegil van meisjes, het geschraap van de stalen kanten van de ski's over de bevroren sneeuw, het geschreeuw om aandacht van de met testosteron gevulde jongens. Zelfs als ze de schijnwerpers uitdeden, leek het of het licht nog een poos bleef hangen. Maar langzaam werd het stiller. En donkerder. En nog stiller. Totdat de stilte alle kuilen in het terrein had gevuld en de duisternis uit het bos kwam gekropen. En dan leek Tryvann een andere plek te worden, een plek waar zelfs Stian, die het hele terrein als zijn broekzak kende, zich een vreemde voelde alsof hij op een andere planeet was. Een koude, donkere en onbewoonde planeet.

Door het gebrek aan licht moest hij behoedzaam slalommen en proberen de sneeuw en hobbels onder zijn ski's in te schatten. Maar dat was precies zijn talent: dat hij altijd op zijn best was als er weinig zicht was door sneeuwval, mist, laagstaande zon. Hij kon voelen wat hij niet kon zien, hij had die clairvoyance die sommige skiërs gewoon hadden en andere – de meeste – niet. Hij streelde de sneeuw, skiede langzaam om zo lang mogelijk te genieten. Toen was hij beneden en kwam tot stilstand voor het liftstation.

De deur was opengebroken.

Er lagen houtsplinters in de sneeuw en de zwarte deuropening gaapte hem aan. Op dat moment besefte Stian pas dat hij alleen was. Dat hij midden in de nacht op een plek was die nu volkomen verlaten was en waar zojuist was ingebroken. Waarschijnlijk ging het om een kwajongensstreek, maar toch. Helemaal zeker kon hij daar niet van zijn. Dat het slechts een kwajongensstreek was en dat hij inderdaad alleen was.

'Hallo!' riep Stian uit boven het gebrom van de motor en het geratel van de stoeltjes die aan de stalen kabel boven hem kwamen en gingen. En op hetzelfde moment had hij daar al spijt van. De echo kwam terug van de bergwand en daarmee het geluid van zijn eigen angst. Want hij was bang. Omdat zijn gedachten niet waren gestopt bij 'inbreken' en 'alleen', maar verder waren gegaan. Naar de oude geschiedenis. Dat was niet iets waaraan hij bij daglicht dacht, maar als hij af en toe avonddienst had en er bijna geen skiërs waren, dan kwam die geschiedenis met het donker uit het bos gekropen. Het was ergens in de jaren negentig op een avond tijdens het skiseizoen geweest. Het meisje was duidelijk ergens in het centrum verdoofd en met een auto naar de parkeerplaats gebracht. Ze had handboeien om en een muts op. Ze was van de parkeerplaats hiernaartoe gebracht, de deur van het liftstation was opengebroken en binnen was ze verkracht. Stian had gehoord dat het vijftienjarige meisje zo klein en tenger was geweest dat ze als ze bewusteloos was geweest makkelijk door de verkrachter of verkrachters van de parkeerplaats had kunnen worden gedragen. Je hoopte maar dat ze de hele tijd bewusteloos was geweest. Stian had ook gehoord dat het meisje met twee grote spijkers tegen de wand was genageld. De spijkers waren precies onder het sleutelbeen gegaan, zodat de dader of daders haar staande, met minimaal lichaamscontact met de wanden, de vloer en het meisje, had of hadden kunnen verkrachten. Om die reden had de politie geen DNA, vingerafdrukken of kledingvezels aangetroffen. Maar dat kon ook niet waar zijn. Hij wist wel dat het meisje op drie plekken was gevonden. Op de bodem van het Tryvann hadden ze haar hoofd en torso aangetroffen, in het bos aan het eind van de Wyllerloipe de helft van haar onderlichaam en aan de oever van het Aurtjern de andere helft. En omdat de twee helften zo'n eind van elkaar waren gevonden en elk ook een eind van de plek waar ze was verkracht, ging de politie uit van de theorie dat ze te maken hadden met twee daders. Dat was ook het enige wat ze hadden, een theorie. De mannen – als het mannen waren geweest, want er was geen sperma aangetroffen – waren nooit opgepakt. Maar de baas en andere grapjassen vertelden graag aan jonge medewerkers die voor het eerst avonddienst hadden bij de skiliften dat men in stille nachten geluiden hoorde uit het liftstation. Gegil dat al het andere geluid overstemde. Het geluid van spijkers die in de wand werden geslagen.

Stian maakte zijn laarzen los van de bindingen en liep naar de deuropening. Hij liep met licht gebogen knieën, duwde zijn benen stevig in zijn laarzen en probeerde het feit te negeren dat zijn hart sneller sloeg.

Mijn god, wat dacht hij aan te treffen? Bloed en smerige zaken? Geesten?

Hij stak zijn hand naar binnen, vond de schakelaar en deed het licht aan.

Hij staarde de verlichte kamer in.

Op de ongeverfde wand, hangend aan een spijker, hing een meisje. Ze was bijna naakt, alleen een gele bikini bedekte de zogenaamd strategische delen van haar zongebruinde lichaam. Het was de maand december en de kalender was van vorig jaar. Op een erg stille avond, een paar weken geleden, had Stian zich zelfs voor die foto afgetrokken. Ze was sexy genoeg, maar wat hem vooral had opgewonden was het feit dat er meisjes langs het raam kwamen. Dat hij met zijn stijve pik in zijn hand zat terwijl er slechts vijftig centimeter tussen hem en hen zat.

Vooral de meisjes die alleen plaatsnamen op de sleeplift. Die met een geoefende hand de stang tussen hun dijen duwden en hun benen tegen elkaar drukten. De lift die hun billen optilde. Die licht gebogen rug op het moment dat de veer, die bevestigd zat tussen de stang en de kabel, weer terugveerde en de meisjes van hem wegtrokken, uit het zicht over het lifttracé.

Stian stapte naar binnen. Er was zonder twijfel iemand binnen geweest. De plastic schakelaar waarmee ze de lift starten en stilzetten was afgebroken. Die lag in twee stukken op de grond, waardoor de metalen punt van de schakelaar uit het controlepaneel stak. Hij pakte de koude punt tussen zijn duim en wijsvinger en probeerde hem rond te draaien, maar zijn vingers gleden slechts weg. Hij liep naar de kleine stoppenkast in de hoek. Het metalen deurtje was dicht en de sleutel die normaal gesproken aan een touwtje aan de muur hing, was weg. Vreemd. Hij liep terug naar het controlepaneel. Probeerde het plastic van de schakelaar die de schijnwerpers en het licht bediende los te krijgen, maar hij begreep dat hij die alleen maar ook zou vernielen, dat het plastic zat vastgelijmd of -gekit. Hij had iets nodig wat hij rond de metalen punt kon klemmen, een tang of zoiets. Op het moment dat hij een la in de tafel voor het raam opentrok, kreeg Stian een vreemd gevoel. Hetzelfde gevoel dat hij had tijdens het skiën zonder dat hij iets zag. Hij kon voelen wat hij niet zag: dat er iemand buiten in het donker naar hem stond te kijken.

Hij keek op.

En keek in een gezicht dat hem met wijd opengesperde ogen aankeek.

Zijn eigen gezicht, zijn eigen verschrikte ogen in het dubbele spiegelbeeld van de ruit.

Stian haalde opgelucht adem. Verdomme, wat was hij bang.

Maar toen, terwijl zijn hart weer rustig sloeg en hij een blik wierp in de la, leek het of hij iets zag bewegen buiten, een gezicht dat losgerukt werd van het spiegelbeeld en snel naar rechts verdween, uit het zicht. Hij keek weer op. Nog steeds was daar zijn eigen spiegelbeeld. Maar hij zag dat nu niet dubbel. Of had hij dat wel gezien?

Hij had altijd al te veel fantasie gehad. Dat hadden Marius en Kjella tegen hem gezegd toen hij hun vertelde dat hij zo geil werd van het denken aan dat verkrachte meisje. Niet dat ze verkracht en vermoord was natuurlijk. Of, nou ja, die verkrachting was iets waaraan hij dacht, had hij verteld. Hij dacht aan dat mooie, tengere meisje. Dat ze hier binnen was geweest, naakt en met een pik in haar kutje... ja, die gedachte maakte hem geil. Marius had gezegd dat hij ziek was en Kjella, de idioot, had het natuurlijk verder verteld en toen het verhaal bij hem terugkwam, was het dat Stian graag bij de verkrachting aanwezig was geweest. En dat is dan je vriend, dacht Stian, en hij doorzocht de la. Liftkaarten, stempel en stempelkussen, pennen, tape, een schaar, een hakmes, een kwitantieblokje, schroeven, moeren. Verdomme! Hij ging verder met de volgende la. Geen tang, geen sleutels. Ineens bedacht hij dat hij gewoon de stang voor de noodknop moest pakken die ze naast het gebouwtje in de sneeuw zetten zodat degene die op de lift paste die direct kon pakken en ermee op de rode knop boven op de stang kon slaan als er iets gebeurde. En dat was nogal eens het geval: kinderen die de liftstang tegen hun hoofd kregen, beginners die achterovervielen maar zich toch vasthielden en door de sneeuw over het tracé werden getrokken. Of idioten die zich wilden bewijzen en die op hun knieën op de stang gingen zitten om naar beneden te kunnen pissen.

Hij doorzocht het gereedschap. De stang moest hij toch kunnen vinden, ongeveer een meter lang, van metaal en met aan één kant een punt zodat de stang makkelijk in vastgestampte en bevroren sneeuw kon worden gedrukt. Stian schoof verloren wanten, mutsen en skibrillen aan de kant. Volgende kast, brandblusapparatuur. Dweilemmer en dweilen. Eerstehulpspullen. Een zaklantaarn. Maar geen stang.

Ze konden hem natuurlijk vanavond bij de sluiting vergeten zijn binnen te zetten.

Hij pakte de lantaarn en ging naar buiten, liep rond het gebouw.

Ook geen stang te vinden. Verdomme, hadden ze die gestolen? En ze hadden de liftkaarten laten liggen? Stian dacht dat hij iets hoorde en draaide zich om naar de bosrand. Zwaaide het licht over de bomen.

Een vogel? Een eekhoorn? Er kwam hier wel eens een eland, maar elanden deden niet hun best om zich te verstoppen. Als hij die verrekte lift nu maar eens uit kon zetten, dan kon hij beter luisteren.

Stian ging weer naar binnen, hij merkte dat hij het binnen prettiger vond. Hij pakte de twee plastic stukken van de schakelaar, probeerde ze rond de metalen knop te klemmen en te draaien, maar ze gleden gewoon van elkaar.

Hij keek op zijn horloge. Bijna middernacht. Hij had zin om dat potje golf op Augusta verder af te spelen voordat hij ging slapen. Hij overwoog om de baas te bellen. Verdomme, hij hoefde die schakelaar maar half om te draaien!

Zijn hoofd schoot automatisch omhoog en zijn hart stond even stil.

Het ging zo snel dat hij niet zeker wist of hij het echt had gezien. Wat het ook was, het was geen eland. Stian probeerde het nummer van de baas in te toetsen, maar zijn vingers trilden zo dat hij zich een paar keer vergiste.

'Ja?'

'Met Stian. Er heeft iemand ingebroken en de schakelaar kapotgemaakt. De noodstang is ook verdwenen. Ik kan de lift niet uitzetten.'

'Stoppenkast...'

'Op slot en de sleutel is weg.'

Hij hoorde de man zacht vloeken. Vertwijfeld zuchten.

'Blijf daar, ik kom eraan.'

'Neem een tang en zo mee.'

'Een tang en zo,' herhaalde de baas zonder zijn verachting te verbergen.

Stian had allang begrepen dat het respect van de baas afhing van hoe hoog je op de resultatenlijst stond. Hij stopte zijn mobiel in zijn zak. Staarde naar de duisternis buiten. En hij besefte ineens dat door het licht in het gebouwtje iedereen hem van buiten kon zien en hij niemand. Hij stond op, gooide de deur met een klap dicht en deed het licht uit. Hij wachtte. De stangen met de lege stoeltjes die van de helling boven hem kwamen, leken te accelereren voor ze aankwamen bij het eind van de lift en de bocht omsloegen op weg naar boven.

Stian knipperde met zijn ogen.

Waarom had hij daar niet eerder aan gedacht?

Hij draaide alle schakelaars op het controlepaneel om. En tegelijk met het licht van de schijnwerpers schalde Jay-Z's 'Empire State of Mind' uit de boxen en het dal werd gevuld met geluid. Zo, nu was het tenminste gezelliger hier.

Hij trommelde met zijn vingers, keek weer naar de metalen knop. Er zat een gat door de punt. Hij stond op, pakte het touwtje van de sleutel van de stoppenkast, sloeg het dubbel en peuterde het door het gat. Sloeg het een keer rond de punt en trok voorzichtig. Misschien ging dit werken. Hij trok iets harder. Het touwtje hield het. Nog iets harder, de punt bewoog. Hij trok flink.

Het geluid van de machinerie van de lift stierf uit met een langgerekte zucht die overging in gejank.

'*There, motherfucker!*' riep Stian.

Hij boog zich over zijn mobiel om de baas weer te bellen en te melden dat de opdracht was volbracht. Hij bedacht dat de baas het waarschijnlijk niet zou kunnen waarderen als hij midden in de nacht rapmuziek door de luidsprekers liet schallen en zette de muziek uit.

Het geluid van het rinkelen van de telefoon, dat was het enige dat hij hoorde, het was ineens zo stil. Neem nou op! En toen was het er weer. Dat gevoel. Dat gevoel dat er iemand was. Dat iemand naar hem keek.

Stian Barelli keek langzaam op.

En hij voelde de kou zich vanuit zijn achterhoofd verspreiden, alsof hij tot steen werd, alsof hij naar het gezicht van Medusa staarde.

Maar zij was het niet. Het was een man gekleed in een lange, zwartleren jas. Hij had waanzinnig wijd opengesperde ogen en een open mond als van een vampier met straaltjes bloed die vanuit de mondhoeken naar beneden liepen. En het leek of hij boven de berg zweefde.

'Ja? Hallo? Stian? Ben jij het? Stian?'

Maar Stian gaf geen antwoord. Hij was opgestaan, de stoel was omgevallen, hij deinsde achteruit, duwde zijn rug tegen de wand en trok het decembermeisje van de spijker zodat ze op de grond viel.

Hij had de noodstang gevonden. Die stak uit de mond van de man die over de stang van de sleeplift hing.

'Dus hij heeft steeds rondjes gedraaid met de sleeplift?' vroeg Gunnar Hagen, hij hield zijn hoofd scheef en hij bestudeerde het lijk dat voor hem hing. Er was iets vreemds aan de vorm van het lichaam, als een hangend wassen beeld dat bezig was te smelten en dat steeds verder werd uitgerekt.

'Dat heeft die jongen ons verteld,' zei Beate Lønn, ze stampte met haar voeten in de sneeuw en keek omhoog naar het verlichte lifttracé waar haar in wit geklede collega's bijna één werden met de witte helling.

'Sporen gevonden?' vroeg het afdelingshoofd op een toon alsof hij het antwoord al kende.

‘Een heleboel,’ zei Beate. ‘Het bloedspoor loopt vierhonderd meter omhoog naar de top van de lift en weer vierhonderd meter naar beneden.’

‘Ik bedoelde sporen die naar iets anders verwijzen dan dit duidelijke spoor.’

‘Voetsporen in de sneeuw van de parkeerplaats, langs de korte weg naar de lift,’ zei Beate. ‘De afdruk matcht met de schoenzolen van het slachtoffer.’

‘Hij is hierheen gelopen op schoenen?’

‘Ja, en hij was alleen, alleen zijn sporen zien we. Er staat een rode Golf op de parkeerplaats, we checken nu wie de eigenaar is.’

‘Geen spoor van de dader?’

‘Wat zeg jij, Bjørn?’ vroeg Beate en ze draaide zich om naar Holm, die op dat moment op hen toe kwam gelopen met een rol afzetlint in zijn hand.

‘Niet voor zover we kunnen zien,’ zei hij buiten adem. ‘Geen andere voetsporen. Maar een massa skisporen, uiteraard. Geen zichtbare vingerafdrukken, haren of vezels tot nu toe. Misschien vinden we iets op die tandenstoker.’ Bjørn Holm knikte naar de stang die uit de mond van het lijk stak. ‘Verder moeten we maar hopen dat het forensisch laboratorium iets vindt.’

Gunnar Hagen bibberde in zijn jas. ‘Jullie klinken alsof jullie al niet meer geloven iets van belang te vinden.’

‘Nou,’ zei Beate Lønn, een ‘nou’ dat Hagen herkende: het was dat woord waarmee Harry Hole meestal begon als hij slecht nieuws had. ‘Op de vorige plaats delict waren er ook geen DNA en vingerafdrukken te vinden.’

Hagen vroeg zich af of het door de temperatuur kwam of door het feit dat hij net uit bed kwam of door wat het hoofd van de technische recherche zojuist tegen hem had gezegd dat hij huiverde.

‘Wat bedoel je?’ vroeg hij terwijl hij zich schrap zette.

‘Ik bedoel dat ik weet wie dit is,’ zei Beate.

‘Ik dacht dat je zei dat jullie geen ID-kaart bij hem hadden gevonden.’

‘Klopt. En het duurde even voor ik hem herkende.’

‘Jij? Ik dacht dat jij nooit een gezicht vergat?’

‘De *fusiform gyrus* raakt in de war als beide jukbeenderen zijn kapotgeslagen. Maar dit is Bertil Nilsen.’

'Wie is dat?'

'Daarom heb ik je gebeld. Hij is…' Beate Lønn haalde diep adem. Zeg het niet, dacht Hagen.

'Een politieman,' zei Bjørn Holm.

'Hij werkte op het politiebureau in Nedre Eiker,' zei Beate. 'We hadden voor jij kwam bij de afdeling Geweld een moordzaak. Nilsen nam contact met Kripos op en dacht dat de zaak overeenkomsten vertoonde met een verkrachtingszaak waaraan hij in Krokstadelva had gewerkt. Hij bood aan naar Oslo te komen om te helpen.'

'En?'

'Een misser. Hij kwam, maar eigenlijk vertraagde hij het onderzoek alleen maar. De dader of daders werden nooit gegrepen.'

Hagen knikte. 'Waar…'

'Hier,' zei Beate. 'Verkracht in het liftstation en in stukken gehakt. Een deel van het lichaam werd hier in het water gevonden, een ander deel een kilometer naar het zuiden en een derde deel zeven kilometer de andere kant op, bij Aurtjern. Dat was de reden dat we aannamen dat het om meer dan één dader moest gaan.'

'Juist. En de datum…'

'… is op de dag af dezelfde.'

'Hoe lang…'

'Negen jaar geleden.'

De portofoon kraakte. Hagen zag hoe Bjørn Holm hem naar zijn oor bracht en zacht sprak. Hij liet hem weer zakken. 'De Golf op de parkeerplaats staat geregistreerd op de naam van ene Mira Nilsen. Hetzelfde adres als Bertil Nilsen. Zal zijn vrouw wel zijn.'

Hagen liet met een kreun zijn adem ontsnappen en er kwam een witte stoomwolk van condens uit zijn mond. 'Ik zal het aan de commissaris melden,' zei hij. 'Onderzoek die zaak van het meisje nauwkeurig.'

'De pers zal er ook wel op duiken.'

'Ik weet het. Maar ik zal de commissaris voorstellen dat we de pers voorlopig voor eigen rekening laten speculeren.'

'Verstandig,' zei Beate.

Hagen glimlachte even naar haar als dank voor deze zeer gewenste bemoediging. Hij keek naar de helling en het pad naar de parkeerplaats dat voor hem lag. Toen keek hij naar het lijk. Hij huiverde weer. 'Weet je aan wie ik moet denken als ik zo'n lange, magere man zie?'

'Ja,' zei Beate Lønn.

'Ik zou willen dat we hem nu hadden.'

'Hij was niet lang en mager,' zei Bjørn Holm.

De andere twee draaiden zich naar hem om. 'Was Harry niet...'

'Ik bedoel deze kerel hier,' zei Holm en hij knikte naar het lijk aan de sleeplift. 'Nilsen. Hij is in de loop van de nacht lang geworden. Als je tegen het lijk duwt, dan voel je gelei. Ik heb hetzelfde gezien bij mensen die een eind naar beneden zijn gevallen en alle botten in hun lijf hebben gebroken. Met een kapot skelet heeft het lichaam geen houvast meer en het vlees zakt, volgt de zwaartekracht tot de rigor mortis het weer remt. Grappig, niet?'

Ze keken zwijgend naar het lijk. Tot Hagen zich ineens omdraaide en wegliep.

'Te veel informatie?' vroeg Holm.

'Misschien een beetje te gedetailleerd,' zei Beate. 'En ik zou ook willen dat hij hier was.'

'Denk jij dat hij ooit nog terugkomt?' vroeg Bjørn Holm.

Beate schudde haar hoofd. Bjørn Holm wist niet of dat een antwoord op zijn vraag was of een reactie op de hele situatie. Hij draaide zich om en zijn oog ving een sparrentak die heen en weer danste aan de bosrand. Een ijselijke vogelkreet vulde de stilte.

Deel II

HOOFDSTUK 6

Het belletje boven de deur rinkelde heftig toen Truls Berntsen van de ijskoude straat de vochtige warmte binnen stapte. Het rook binnen naar smerig haar en haarwater.

'Knippen?' vroeg de jongeman met glimmende zwarte kuif waarvan Truls vrijwel zeker wist dat hij zich die in een andere kapsalon had laten aanmeten.

'Tweehonderd kronen?' vroeg Truls, de sneeuw van zijn schouders vegend. Maart, de maand van de gebroken beloftes. Hij wees met zijn duim over zijn schouder om zich ervan te verzekeren dat de prijslijst buiten nog steeds klopte. Heren 200 kronen, kinderen 85, gepensioneerden 75. Truls had gezien dat mensen hun hond mee naar binnen namen.

'Hetzelfde als altijd, vriend,' zei de kapper met een Pakistaans accent en hij gebaarde naar de twee lege stoelen in de kapsalon. In de derde stoel zat een man die Truls al snel in de categorie Arabier onderbracht. Donkere terroristenblik onder een fris gewassen kapsel dat vastgekleefd leek op het hoofd. Hij keek snel weg toen Truls' blik en de zijne elkaar in de spiegel kruisten. De man rook misschien de speklucht en herkende de blik van een smeris. In dat geval was hij misschien wel een van de mannen die in de Brugate dealden. Alleen hasj, Arabieren waren voorzichtig met harddrugs. Misschien werden speed en heroïne in de Koran wel gelijkgesteld met varkensvlees? Misschien een pooier, de gouden ketting kon een aanwijzing zijn. In elk geval een kleine, Truls kende de tronies van alle belangrijke pooiers.

Zelfs die van de pedofielen.

'Het haar is flink gegroeid sinds de laatste keer, vriend.'

Truls vond het niet prettig dat hij 'vriend' werd genoemd door Pakistani, vooral niet door een homo-Pakistaan en al helemaal niet door een homo-Pakistaan die hem zo meteen ging aanraken. Maar het voordeel met deze schaarhomo's hier was dat ze hun heup niet tegen je schouder drukten, hun hoofd niet scheef hielden terwijl ze met hun hand door je haar gingen, je blik in de spiegel ontmoetten en vroegen of je je haar zo of zo wilde hebben. Ze begonnen gewoon. Ze vroegen niet of ze je vette haar moesten wassen, ze spoten het gewoon nat met een plantenspuit, negeerden je eventuele instructies en gingen aan de slag met kam en schaar alsof het de Australische kampioenschappen schaapscheren betrof.

Truls keek naar de voorpagina van de krant die op de plank voor de spiegel lag. Het was steeds hetzelfde liedje: wat was het motief van de zogenaamde politieslager? De meeste speculaties gingen over een gestoorde politiehater of een extreme anarchist. Sommigen meenden dat het om buitenlandse terroristen ging, maar die eisten vaak de eer op voor geslaagde acties en niemand had dat tot nu toe gedaan. Niemand twijfelde eraan dat de twee moorden verband met elkaar hielden, de data en de plaatsen delict sloten dat uit en de politie had daarop naar een crimineel gezocht die zowel door Vennesla als door Nilsen was gearresteerd of verhoord of op een andere manier was dwarsgezeten. Maar een dergelijk verband werd niet gevonden. Toen had men een poos gewerkt aan de theorie dat de moord op Vennesla individuele wraak was voor een arrestatie of dat die uit jaloezie of vanwege een erfenis was gepleegd. Ook andere gebruikelijke motieven waren bekeken. En dat de moord op Nilsen vervolgens door een heel andere dader was gepleegd met een ander motief, maar dat hij zo slim was geweest om de moord op Vennesla te kopiëren zodat de politie geneigd was te denken dat men te maken had met een seriemoordenaar en niet ging zoeken naar voor de hand liggende motieven. Maar de politie had dat nu juist gedaan: gezocht naar voor de hand liggende motieven alsof het om twee afzonderlijke moorden ging. Maar ook toen was er niets gevonden.

Vervolgens was de politie weer teruggegaan naar het uitgangspunt. Dat het om een politiemoordenaar ging. En datzelfde had de pers gedaan, keer op keer klonk dezelfde vraag: waarom lukt het de politie niet om de persoon te pakken die twee van hun eigen mensen had vermoord?

Truls was zowel tevreden als woedend wanneer hij de koppen las. Mikael had gehoopt dat de pers zich ging focussen op andere zaken als kerst en oud en nieuw naderden, dat de moorden werden vergeten en de politie in alle rust kon werken. Dat hij weer die nieuwe, vlotte sheriff kon worden, *the whizz-kid*, de bewaker van de stad. En niet degene die het niet voor elkaar kreeg, die er een zooitje van maakte, die met het gezicht van een verliezer in de schijnwerpers stond en die wanhopige onmacht uitstraalde.

Truls hoefde de kranten niet open te slaan, hij had ze thuis al gelezen. Hij had hard gelachen om Mikaels vertwijfelde uitspraken omtrent de vorderingen van het onderzoek. 'Op dit moment is het niet mogelijk om te zeggen...' en: 'Er kan geen informatie worden gegeven over...' Dat waren formuleringen die rechtstreeks kwamen uit het hoofdstuk 'contact met de media' van Bjerknes en Hoff Johansens *Onderzoeksmethodes*, dat verplichte kost was op de politieacademie en waarin stond dat je dergelijke gemeenplaatsen moest gebruiken omdat journalisten zo gefrustreerd raakten van 'geen commentaar'. En dat je zo veel mogelijk het gebruik van bijvoeglijke naamwoorden moest vermijden.

Truls had ernaar gezocht op de politiefoto's. Mikaels wanhopige gezichtsuitdrukking die hij altijd kreeg als de grote jongens in de buurt het tijd vonden dat die knappe, meisjesachtige snotneus zijn grote mond eens hield en Mikael hulp nodig had. Truls' hulp. En Truls sprong uiteraard voor hem in de bres. En dan kwam hij thuis met een blauw oog en een dikke lip, niet Mikael. Nee, zijn gezicht bleef ongeschonden en knap. Knap genoeg voor Ulla.

'Niet te veel eraf,' zei Truls. Hij keek naar de haren die van zijn bleke, lange, iets naar voren stekende voorhoofd vielen. Dat voorhoofd en de forse onderbeet maakten dat mensen vaak dachten dat hij dom was. Iets wat af en toe een voordeel kon zijn. Af en toe. Hij sloot zijn ogen. Hij probeerde te bedenken of die wanhopige uitdrukking op het gezicht van Mikael inderdaad te zien was op de foto's van de persconferentie of dat het iets was wat Truls graag wilde zien.

Geschorst. Gesuspendeerd. Weggestuurd. Afgewezen.

Hij ontving nog steeds zijn salaris. Mikael had gezegd dat het hem speet. Hij had een hand op zijn schouder gelegd en gezegd dat dit voor iedereen het beste was, ook voor Truls. Tot de juristen eruit waren welke maatregelen er genomen moesten worden als een politieman geld had ontvangen waarvoor hij geen verantwoording kon of wilde afleggen. Mikael had er nog voor gezorgd dat Truls een paar toeslagen kon behouden. Dus het was niet daarom dat hij naar een goedkope kapper ging. Hij ging daar altijd heen. Maar hij vond het nu zelfs leuk. Dat hij dezelfde kuif kreeg als die Arabier in de stoel naast hem. Een terroristenkuif.

'Waar moet je om lachen, vriend?'

Truls stopte onmiddellijk toen hij zijn eigen grommende lach hoorde. De lach die hem zijn bijnaam Beavis had bezorgd. Nee, het was Mikael die hem die had gegeven. Tijdens een feest op de middelbare school toen hij tot hilariteit van iedereen vaststelde dat die verrekte Truls Berntsen sprekend leek op dat tekenfilmfiguurtje van MTV! Ulla, was zij daar ook bij geweest? Of was het een andere dame geweest om wier schouder Mikael zijn arm had geslagen? Ulla met haar vriendelijke blik, met haar witte trui, met die slanke hand die ze tijdens een feest in Bryn in zijn nek had gelegd om hem naar zich toe te trekken om te vragen of hij wist waar Mikael was. Ze had in zijn oor moeten schreeuwen om boven het gebrul van de Kawasaki's uit te komen. Maar hij herinnerde zich nog steeds de warmte van haar hand, het leek of hij smolt door haar hand, dat hij in de middagzon op de brug langzaam vloeibaar zou worden. Haar adem tegen zijn oor en wang, zijn zintuigen die op scherp stonden, waardoor hij – ondanks de stank van benzine, uitlaatgassen en verbrande rubber van de motoren onder hen – zelfs haar tandpasta kon identificeren, kon ruiken dat ze lippenbalsem met aardbeiensmaak gebruikte en dat haar trui gewassen was in Omo. Dat Mikael haar gekust had. Haar had gehad. Of had hij zich dat ook ingebeeld? Maar hij herinnerde zich wel dat hij had geantwoord dat hij niet wist waar Mikael was. Hoewel hij dat wel wist. En dat een deel van hem dat zelfs wilde vertellen. Haar vriendelijke, zuivere, onschuldige, goedgelovige blik kapot wilde maken. Hem, Mikael, kapot wilde maken.

Maar uiteraard had hij dat niet gedaan.

Waarom zou hij? Mikael was zijn beste vriend. Zijn enige vriend. En wat wilde hij bereiken met vertellen dat Mikael bij Angelica was? Ulla kon iedereen krijgen die ze wilde, maar ze wilde hem, Truls, niet. En zolang ze samen met Mikael was, kreeg hij in elk geval de kans om in haar nabijheid te zijn. Hij had de aanleiding gehad, maar niet het motief.

Toen niet.

'Zo, vriend?'

Truls keek in de ronde plastic spiegel, die de schaarhomo omhooghield, naar zijn eigen achterhoofd. Hij gromde. Stond op, legde tweehonderd kronen op de krant om het risico van handcontact te voorkomen. En liep maart weer in, die nog steeds slechts een onbevestigde belofte voor lente inhield. Hij wierp een blik in de richting van het hoofdbureau voor politie. Geschorst. Hij ging naar de metro op Grønland. Het knippen had negenenhalve minuut geduurd. Hij stak zijn kin naar voren en ging sneller lopen. Hij hoefde nergens naartoe. Hij had niets. Nou ja, hij had wel iets. Maar dat vergde niet veel, alleen maar iets wat hij genoeg had: tijd om te plannen, haat en de wil om alles te verliezen. Hij wierp een blik in de etalage van een van de Aziatische kruideniers van de wijk en constateerde dat hij er eindelijk uitzag zoals hij was.

Gunnar Hagen staarde naar het behang boven het bureau en de lege stoel van de commissaris. Keek naar de donkere plekken van de foto's die daar zo lang als hij zich kon herinneren hadden gehangen. Het waren foto's geweest van vorige commissarissen en ze waren kennelijk als inspiratie bedoeld, maar Mikael Bellman kon duidelijk zonder. Die inquisitoire blikken die naar hun opvolgers staarden.

Hagen wilde met zijn vingers op de armleuningen trommelen, maar die waren er niet. Bellman had de oude stoelen ook verwijderd. Nu stonden er harde, lage, houten stoelen.

Hagen was verzocht te komen en de secretaresse had hem binnengelaten en gezegd dat de commissaris zo direct zou komen.

De deur ging open.

'Daar ben je!'

Bellman liep om het bureau en plofte op zijn stoel. Hij legde zijn handen achter zijn hoofd.

'Nog nieuws?'

Hagen kuchte. Hij wist dat Bellman wist dat er geen nieuws was omdat Hagen de uitdrukkelijke order had gekregen om de geringste beweging in de twee moordzaken onmiddellijk te rapporteren. Ergo, dat kon niet de reden zijn waarom hij moest komen. Maar hij deed wat van hem werd gevraagd en legde uit dat er nog steeds geen spoor was gevonden in de afzonderlijke zaken en ook niets wat de twee moorden met elkaar in verband bracht, behalve dan wat voor de hand lag: dat de slachtoffers beiden politieman waren, dat ze waren gevonden op voormalige plaatsen delict van onopgeloste moorden waaraan de slachtoffers zelf hadden gewerkt.

Bellman stond midden in Hagens exposé op, ging bij het raam staan met de rug naar hem toe. Hij wipte heen en weer op zijn voeten. Hij deed een poosje of echt hij luisterde voor hij hem onderbrak: 'Je moet het oplossen, Hagen.'

Gunnar Hagen zweeg. Wachtte op een voortzetting.

Bellman draaide zich om. De witte pigmentvlekken in zijn gezicht hadden een rode kleur gekregen.

'En ik zet vraagtekens bij het feit dat jij prioriteit geeft aan een 24 uursbewaking in het Rikshospital terwijl er eerlijke politiemensen worden vermoord. Moet je niet alle manschappen inzetten bij het onderzoek?'

Hagen keek Bellman verbaasd aan. 'We gebruiken geen mensen van ons, die komen van het politiebureau in het centrum en van de politieacademie. Ik geloof niet dat het onderzoek eronder lijdt, Mikael.'

'Niet?' zei Bellman. 'Toch wil ik dat je nogmaals naar het belang van deze bewaking kijkt. Ik zie geen direct gevaar dat iemand de patiënt zal vermoorden nu er zoveel tijd is verstreken. Ze weten toch dat hij hoe dan ook niet zal kunnen getuigen.'

'Er wordt gezegd dat er tekenen van verbetering zijn.'

'Die zaak heeft niet langer prioriteit.' Het antwoord van de commissaris kwam snel, hij leek bijna kwaad. Toen haalde hij diep adem en bracht zijn charmante lach in stelling: 'Maar die bewaking is uiteraard jouw zorg. Ik wil me er helemaal niet mee bemoeien. Begrijp je?'

Hagen stond op het punt om 'nee' te zeggen, maar hij kon het nog net inhouden en knikte kort terwijl hij probeerde te bedenken waar Bellman op uit was.

'Goed,' zei Bellman in zijn handen klappend ten teken dat de bijeenkomst voorbij was. Hagen wilde al opstaan, nog net zo in de war als toen hij hier binnenkwam. In plaats daarvan bleef hij zitten. 'We zijn van plan een andere aanpak te proberen.'

'O?'

'Ja,' zei Hagen. 'Om het onderzoeksteam in kleinere groepjes op te delen.'

'En waarom?'

'Om meer ruimte te geven aan alternatieve ideeën. Grote teams hebben voordelen, maar zijn niet geschikt om *out of the box* te denken.'

'En er moet *out of the... box* gedacht worden?'

Hagen deed alsof hij het sarcasme niet hoorde. 'We zijn bezig in cirkeltjes rond te draaien en staren ons blind op de theorieën die we hebben.' Hagen keek de ander aan. Als voormalig moordonderzoeker kende Bellman dat fenomeen natuurlijk heel goed: het team zat vast in de uitgangspunten, aannames verstijfden tot feiten en men zag geen kans om alternatieve hypotheses te zien. Toch schudde Bellman zijn hoofd.

'Met kleine teams boet je in aan slagkracht, Hagen. De verantwoordelijkheid verbrokkelt, de mensen lopen elkaar in de weg en hetzelfde werk wordt meerdere keren gedaan. Een groot, goed gecoördineerd onderzoeksteam is altijd beter. In elk geval als het een goede, sterke leider heeft...'

Hagen voelde de oneffenheden van de bovenkant van zijn kiezen toen hij zijn kaken op elkaar klemde en hij hoopte dat het effect van Bellmans insinuatie niet op zijn gezicht te zien was.

'Maar...'

'Wanneer een leider van tactiek verandert, wordt dat al snel gezien als een wanhoopsdaad en een halve erkenning dat hij heeft gefaald.'

'Maar we hébben gefaald, Mikael. Het is maart, dat wil zeggen zes maanden sinds de eerste politiemoord.'

'Niemand wil een mislukte leider volgen, Hagen.'

'Mijn mensen zijn blind noch doof, ze weten dat we vastzitten. En ze weten ook dat goede leiders in staat moeten zijn om van koers te veranderen.'

'Goede leiders weten hoe ze hun manschappen moeten inspireren.'

Hagen slikte. Slikte weg wat hij wilde zeggen. Dat hij op de militaire academie college had gegeven over leiderschap terwijl Bellman nog met een speelgoedgeweertje rondliep. En als Bellman zo verdomde goed was in het inspireren van zijn ondergeschikten, hoe inspireerde hij hem dan, Gunnar Hagen? Maar hij was te moe, te gefrustreerd om de volgende woorden in te slikken waarvan hij wist dat ze Mikael Bellman enorm zouden ergeren: 'We hadden succes met dat onafhankelijke team dat Harry Hole formeerde, herinner je je dat? Die moorden op Ustaoset waren nooit opgelost als...'

'Ik geloof dat je me hebt gehoord, Hagen. Ik zal de leiding van het onderzoeksteam onder de loep nemen. De leiding is verantwoordelijk voor de cultuur onder de mensen en het lijkt wel of men niet resultaatgericht genoeg is. Als er verder niets is, ik heb zo meteen een vergadering.'

Hagen kon zijn oren nauwelijks geloven. Hij stond op met stijve benen, alsof er geen bloed meer door zijn aderen was gestroomd in de korte tijd dat hij op de smalle, lage stoel had gezeten. Hij strompelde naar de deur.

'Trouwens,' zei Bellman achter hem en Hagen hoorde dat hij een geeuw moest smoren. 'Nog nieuws in de Gusto-zaak?'

'Zoals je zelf al zei,' zei Hagen zonder zich om te draaien, hij wilde Bellman zijn gezicht niet tonen, waarin – in tegenstelling tot zijn benen – de aderen onder enorme druk leken te staan. Maar zijn stem trilde wel een beetje van razernij: 'Die zaak heeft geen prioriteit meer.'

Mikael Bellman wachtte tot de deur was dichtgevallen en hij hoorde het afdelingshoofd in de receptie 'tot ziens' tegen de secretaresse zeggen. Toen plofte hij neer op zijn leren stoel met hoge rug en zakte in elkaar. Hij had Hagen niet bij zich geroepen om hem te vragen naar de politiemoorden en hij vermoedde dat Hagen dat heel goed had begrepen. Het kwam door het telefoontje van Isabelle Skøyen dat hij een uurtje geleden had gekregen. Ze was uiteraard weer gekomen met dat oude liedje dat ze door deze onopgeloste politiemoorden beiden ongeschikt en machteloos leken. En dat zij, in tegenstelling tot hem, afhankelijk was van de gunst van de kiezers. Hij had 'ja' en 'hm' gezegd en gewacht op het moment dat ze klaar was en hij kon ophangen toen zij de bom had laten vallen: 'Hij is bezig wakker te worden.'

Bellman zat met zijn ellebogen op tafel en zijn hoofd rustte in zijn handen. Hij staarde naar de blanke lak van het bureau waarin hij de verwrongen contouren van zichzelf kon zien. Vrouwen vonden hem knap. Isabelle had het ronduit tegen hem gezegd, dat het daarom was: ze hield van knappe mannen. Dat ze daarom seks had gehad met Gusto. Die knappe jongen. Als Elvis. Mensen trokken vaak de verkeerde conclusie als mannen knap waren. Mikael dacht aan de man van Kripos, de man die het had geprobeerd, de man die Mikael had willen kussen. Hij dacht aan Isabelle. En aan Gusto. Hij stelde zich hen voor. Hij stelde zich hun drieën voor. Hij stond ineens op. Liep weer naar het raam.

Het was in gang gezet. Ze had het gezegd. In gang gezet. Het enige dat hij hoefde te doen, was wachten. Hij zou zich rustiger moeten voelen, vriendelijker tegenover zijn omgeving. Dus waarom had hij een mes in Hagens rug gestoken en het rondgedraaid? Om hem te zien spartelen? Alleen maar om een ander gekweld gezicht te zien, net zo gekweld als dat gezicht dat weerspiegeld werd door het glimmende bureaublad? Maar binnenkort zou het voorbij zijn. Alles lag nu in haar handen. En als gedaan was wat er gedaan moest worden, kon alles weer verdergaan zoals voorheen. Ze konden Asajev, Gusto en de man over wie men maar niet ophield met praten, Harry Hole, vergeten. Zo was het, alles en iedereen kwam vroeg of laat in het vergeetboek. Uiteindelijk de politiemoorden ook.

Alles was als voorheen.

Mikael Bellman vroeg zich af of hij dat ook echt wilde, maar stopte daarover na te denken. Hij besloot er niet meer aan te denken. Hij wist toch dat dat was wat hij wilde.

HOOFDSTUK 7

Ståle Aune haalde adem. Dit was een van die kruispunten in de therapie waarop hij een keus moest maken. Hij koos: 'Het is mogelijk dat je seksualiteit zich niet volledig heeft kunnen ontplooien.'

De patiënt keek hem aan. Klein lachje. Smalle ogen. De slanke hand met die bijna abnormaal lange vingers werd opgetild, leek zin te hebben om de stropdas op het colbert met krijtstreepje recht te trekken, maar hij bedacht zich. Ståle had die beweging al een paar keer eerder gezien en de patiënt leek een concrete dwanghandeling te hebben afgeleerd terwijl de inleidende rituelen nog wel werden uitgevoerd: de hand wilde iets doen, een onvoltooide handeling die op zich zinlozer leek dan de oorspronkelijke, onvrijwillige, maar in elk geval te begrijpen, handeling. Als een litteken dat overbleef, een klein gebrek. Een echo. Een herinnering dat niets helemaal verdwijnt, dat alles op de een of andere manier een residu afzet. Een gewoonte die je had. Een herinnering.

De hand van de patiënt viel weer op zijn schoot. Hij kuchte en zijn stem klonk afgemeten en metalig: 'Wat bedoel je, verdomme? Gaan we nu ook al beginnen met die Freud-shit?'

Ståle keek de man aan. Hij had eens met een half oog naar een politieserie gekeken waarin men beweerde dat men het gevoelsleven van iemand kon aflezen aan zijn lichaamstaal. Op zich was lichaamstaal nog logisch, maar de stem verraadde meer. De spiertjes in onze stembanden en keel zijn zo gevoelig dat ze geluidsgolven kunnen vormen als identificeerbare woorden. Toen Ståle college gaf op de politieacademie, had hij de studenten altijd gewezen wat een wonder dat was. En dat er een nog gevoeliger instrument was: het menselijk oor. Dat kon niet alleen de geluidsgolven ontcijferen als vocalen en dissonanten, maar ook de temperatuur, het spanningsniveau en de gevoelens van de persoon die spreekt. Dat het tijdens een verhoor belangrijker was te luisteren dan te kijken. Dat een lichte stijging of een bijna onmerkbare trilling in het timbre een significanter signaal was dan over elkaar geslagen armen, gebalde vuisten, de grootte van de pupillen en al die andere factoren waaraan de nieuwe lichting psychologen zoveel gewicht gaf, maar die volgens Ståles ervaring de ondervrager juist vaker in de war brachten of op het verkeerde spoor zetten. Weliswaar gebruikte de patiënt voor hem een vloekwoord, maar het was toch vooral het patroon van het geluid dat tegen de membranen van Ståles oren drukte dat hem vertelde dat zijn patiënt op zijn hoede en kwaad was. Gewoonlijk zou de ervaren psycholoog zich daarover geen zorgen maken. Integendeel, het betekende vaak een doorbraak in de therapie. Maar het probleem met deze patiënt was dat het in de verkeerde volgorde kwam. Zelfs na meerdere maanden met regelmatige afspraken had Ståle geen contact kunnen krijgen, er was geen vertrouwelijkheid, geen vertrouwen. Het was zo vruchteloos geweest dat Ståle had overwogen aan te raden de behandeling af te breken en de patiënt eventueel te verwijzen naar een collega. Kwaadheid in een veilige, vertrouwde atmosfeer was goed, maar in dit geval kon het betekenen dat de patiënt zich verder afsloot, zich dieper ingroef in zijn loopgraaf.

Ståle zuchtte. Hij had duidelijk een verkeerde beslissing genomen, maar het was te laat en hij besloot verder te gaan op de ingeslagen weg.

'Paul,' zei hij. De patiënt had erop gestaan dat zijn naam op z'n Engels werd uitgesproken. Dat gegeven, die keurig verzorgde wenkbrauwen en die twee kleine littekens onder zijn kin die duidden op een facelift, waren voor Ståle aanleiding geweest om de patiënt tijdens de eerste sessie al binnen tien minuten op een bepaalde manier in te schatten.

'Onderdrukte homoseksualiteit is heel normaal in onze ogenschijnlijk tolerante samenleving,' zei Aune lettend op de reactie van de patiënt. 'Ik word vaak gevraagd door politiemensen en een van hen die bij mij in therapie was, vertelde me dat hij voor zichzelf homo was, maar dat hij dat niet kon zijn op zijn werk, dat hij dan genegeerd zou worden. Ik vroeg hem of hij daar echt zeker van was. Onderdrukking gaat vaak over verwachtingen die we van onszelf hebben en verwachtingen die we denken dat de omgeving heeft. Vooral de naaste omgeving van vrienden en collega's.'

Hij zweeg.

De pupillen van de patiënt waren niet verwijd, hij vertoonde geen onwil tot het maken van oogcontact, zijn lichaam leek zich op geen enkele manier van hem af te keren. Integendeel, er leek zich een spottend lachje rond zijn smalle lippen te vormen. Maar tot zijn verrassing merkte Ståle Aune dat de temperatuur in zijn eigen wangen was gestegen. Mijn god, wat haatte hij deze patiënt! Wat haatte hij dit werk.

'En die politieman?' vroeg Paul. 'Heeft hij je raad opgevolgd?'

'Onze tijd zit erop,' zei Ståle zonder op zijn horloge te kijken.

'Ik ben nieuwsgierig, Aune.'

'En ik heb zwijgplicht.'

'Laten we hem x noemen. En ik kan aan je zien dat je die vraag niet prettig vond.' Paul lachte. 'Hij heeft je raad opgevolgd en het pakte verkeerd voor hem uit of niet?'

Aune zuchtte. 'Die x ging te ver, schatte een situatie verkeerd in en probeerde een collega op het toilet te kussen. En hij werd vervolgens genegeerd. Het punt is dat het goed had kúnnen gaan. Wil je daar voor de volgende keer alsjeblieft over nadenken?'

'Maar ik ben geen homo.' Paul bracht zijn hand naar zijn nek en liet hem weer zakken.

Ståle Aune knikte even. 'Volgende week zelfde tijd?'

'Ik weet het niet. Het gaat niet veel beter of wel?'

'Het gaat langzaam, maar het gaat vooruit,' zei Ståle. Het was een antwoord dat net zo automatisch kwam als de handbeweging van de patiënt naar zijn stropdas.

'Ja, dat zei je al eerder,' zei Paul. 'Maar ik heb het gevoel dat ik voor niets betaal. Dat je net zo waardeloos bent als die politiemensen die niet eens een verrekte seriemoordenaar en verkrachter kunnen pakken...' Ståle registreerde tot zijn verbazing dat de stem van de patiënt lager was geworden. Rustiger. Dat zowel de stem als de lichaamstaal iets anders vertelde dan hij feitelijk zei. Ståles hersenen waren op de automatische piloot onmiddellijk gaan analyseren waarom de patiënt juist dat voorbeeld gebruikte, maar de oplossing lag zo voor de hand dat hij niet diep hoefde te gaan. De kranten die sinds de herfst op Ståles bureau hadden gelegen. Die hadden altijd opengeslagen gelegen bij artikelen over de politiemoorden.

'Het is niet zo eenvoudig een seriemoordenaar te pakken, Paul,' zei Ståle Aune. 'Ik weet het een en ander over seriemoordenaars, eigenlijk is het mijn specialisme. Net als dit. Maar als je behoefte hebt om met de therapie te stoppen of liever naar een van mijn collega's gaat, dan moet je dat doen. Ik heb een lijst van heel kundige psychologen en ik kan je helpen met...'

'Geef je het op met me, Ståle?' Paul hield zijn hoofd iets scheef, de oogleden met de kleurloze wimpers waren een beetje naar beneden gezakt en de lach was breder. Ståle kon niet beslissen of de ironie sloeg op de suggestie van homofilie of dat Paul een glimp van zijn ware ik liet zien. Of allebei.

'Begrijp me niet verkeerd,' zei Ståle terwijl hij wist dat hij niet verkeerd was begrepen. Hij wilde deze patiënt kwijt, maar professionele therapeuten schopten lastige patiënten niet op straat. Die wroetten alleen maar verder in hun ziel, of niet? Hij trok zijn strikje recht. 'Ik wil je graag behandelen, maar het is belangrijk dat we vertrouwen in elkaar hebben. En nu klinkt het alsof...'

'Ik heb gewoon een rotdag, Ståle.' Paul spreidde zijn armen. 'Het spijt me, ik weet dat je goed bent. Jij hebt toch meegewerkt aan die zaak van seriemoorden van de afdeling Geweld? Jij hebt geholpen en ervoor gezorgd dat die man die de pentagrammen op de plaatsen delict tekende, werd opgepakt. Jij en die inspecteur.'

Ståle nam de patiënt op, hij was opgestaan en knoopte zijn colbert dicht.

'Yep, voor mij is het meer dan prima, Ståle. Volgende week. En ondertussen zal ik erover nadenken of ik homo ben.'

Ståle bleef zitten. Hij kon Paul horen neuriën op de gang terwijl hij op de lift stond te wachten. Er was iets bekends aan die melodie.

Net als aan sommige dingen die Paul had gezegd. Hij had politiejargon gebruikt toen hij seriemoorden zei, in plaats van het gebruikelijke 'seriemoordenaar'. Hij had Harry Hole inspecteur genoemd terwijl de meeste mensen niets van de rangen binnen de politie wisten. Ze herinnerden zich over het algemeen de bloedige details uit de misdaadreportages van de krant, niet onbelangrijke details als een pentagram dat in een balk naast het lijk was gekrast. Maar wat hem vooral was opgevallen – omdat dit betekenis kon hebben voor de therapie – was dat Paul hem vergeleek met die 'politiemensen die niet eens een verrekte seriemoordenaar en verkrachter kunnen pakken'.

Ståle hoorde de lift komen en weer vertrekken. En hij herinnerde zich welke melodie het was. Hij had het namelijk gehoord op *Dark Side of the Moon* toen hij op zoek was naar aanwijzingen voor Paul Stavnes' droom. Het nummer heette 'Brain Damage'. Ze zongen over gekken. Gekken die in het gras zitten en in de hal. Die oprukken.

Verkrachter.

De vermoorde politiemannen waren niet verkracht.

Hij kon natuurlijk zo weinig interesse in de zaak hebben dat hij de vermoorde politiemannen verwarde met de eerdere moord op de plaats delict. Of hij nam zonder meer aan dat alle seriemoordenaars verkrachters zijn. Of hij droomde over verkrachte politiemannen, iets wat zijn theorie over onderdrukte homoseksualiteit natuurlijk bevestigde. Of...

Ståle Aune bevroor in zijn beweging, hij keek verbijsterd naar zijn hand die op weg was naar zijn vlinderstrikje.

Anton Mittet nam een slok van zijn koffie en keek neer op de slapende man in het ziekenhuisbed. Moest hij ook geen blijdschap voelen? Dezelfde blijdschap die Mona voelde en die zij 'een van die alledaagse wondertjes die het harde werken van een verpleegkundige de moeite waard maakte' noemde? Jazeker, het was geweldig dat een comapatiënt van wie iedereen verwachtte dat hij doodging zich ineens bedacht, terug kroop naar het leven en ontwaakte. Maar de persoon in dat bed, dat bleke, getekende gezicht op het kussen betekende helemaal niets voor hem. Het enige dat het voor hem betekende, was dat zijn werk hier er bijna opzat. Dat hoefde natuurlijk niet te betekenen dat hun relatie ook afgelopen was. Ze hadden hun heetste uren immers niet hier beleefd. Nu hoefden ze zich geen zorgen meer te maken of hun collega's de smachtende blikken zagen die ze elkaar toewierpen als zij in en uit liep bij de patiënt. Of die iets te lange gesprekken, dat iets te snel afbreken van deze gesprekken als iemand anders opdook. Maar Anton Mittet had het knagende voorgevoel dat dat nu juist een voorwaarde was geweest voor hun verhouding. Dat geheimzinnige. Dat stiekeme. De spanning als ze elkaar zagen, maar niet konden aanraken. Het moeten wachten, met een smoes uit huis gaan, Laura de leugen opdissen dat hij een extra dienst had, een leugen die hem steeds makkelijker afging, maar die in zijn mond toch steeds groter werd en waarvan hij wist dat die hem vroeg of laat zou verstikken. Hij wist dat de ontrouw hem in de ogen van Mona geen beter man maakte, dat ze zich waarschijnlijk kon voorstellen dat hij haar ergens in de toekomst dezelfde smoes zou opdissen. Ze had hem verteld dat haar dit eerder met andere mannen was overkomen, dat ze haar hadden bedrogen. En dat ze indertijd jonger en slanker was geweest dan nu, dus als hij deze mollige vrouw van middelbare leeftijd zou laten vallen, dat ze dan niet echt gechoqueerd zou zijn. Hij had geprobeerd haar uit te leggen dat ze zoiets niet moest zeggen, zelfs niet als ze het meende. Dat het haar lelijker maakte. Dat het hém lelijker maakte. Hem tot een man maakte die pakte wat hij pakken kon. Maar nu was hij blij dat ze het had gezegd. Het moest ergens stoppen en zij had het makkelijker voor hem gemaakt.

'Waar heb jij die koffie gehaald?' vroeg de nieuwe verpleegkundige en hij zette zijn ronde bril recht terwijl hij de status las die hij van het voeteneinde had gepakt.

'Verderop in de gang staat een espressomachine. Alleen ik gebruik hem, maar als je wilt...'

'Bedankt voor het aanbod,' zei de verpleegkundige. Anton hoorde dat er iets vreemds was aan de manier waarop hij de woorden uitsprak. 'Maar ik drink geen koffie.' De verpleegkundige haalde een formulier uit zijn zak. 'Eens even kijken... hij moet propofol hebben.'

'Ik weet niet wat dat betekent.'

'Dat betekent dat hij een flinke poos zal slapen.'

Anton bestudeerde de verpleegkundige die een injectienaald door het folie van een flesje met heldere vloeistof stak. De verpleegkundige was klein en mager en leek op een bekende acteur. Geen knappe, maar succes had hij wel. Die man met zijn lelijke tanden en die Italiaanse naam die hij onmogelijk kon onthouden. Net zoals hij de naam van de verpleegkundige alweer was vergeten.

'Het is gecompliceerd met comapatiënten die bezig zijn te ontwaken,' zei de verpleegkundige. 'Ze zijn extreem kwetsbaar en moeten voorzichtig begeleid worden naar het stadium waarin ze wakker zijn. Eén injectie te veel en we sturen ze weer terug naar waar ze vandaan komen.'

'Ik begrijp het,' zei Anton. De man had hem zijn ID-kaart laten zien, had het wachtwoord gegeven en gewacht tot Anton de wachtpost had gebeld om bevestigd te krijgen dat deze persoon inderdaad deze wacht toegewezen had gekregen.

'Dus jij hebt veel ervaring met verdovingen en zo?' vroeg Anton.

'Ik heb heel wat jaren op de anesthesieafdeling gewerkt, ja.'

'Maar je werkt daar nu niet meer?'

'Ik heb een jaar of drie gereisd.' De verpleegkundige hield de punt van de injectienaald tegen het licht. Duwde een straaltje omhoog, dat een wolk van microscopisch kleine druppeltjes werd. 'De patiënt hier ziet eruit alsof hij een hard leven heeft geleid. Waarom staat er geen naam op zijn status?'

'Hij moet anoniem blijven. Hebben ze je dat niet verteld?'

'Ze hebben me helemaal niets verteld.'

'Dat hadden ze moeten doen. Hij is een potentieel slachtoffer van een moordaanslag. Daarom zit ik op de gang buiten.'

De ander leunde voorover en bestudeerde zijn gezicht. Hij sloot zijn ogen. Het leek of hij de adem van de ander inhaleerde. Anton huiverde.

'Ik heb hem eerder gezien,' zei de verpleegkundige. 'Komt hij uit Oslo?'

'Ik heb zwijgplicht.'

'En wat denk jij dat ik heb?' De verpleegkundige rolde de mouw van het nachthemd van de patiënt op. Er was iets aan de manier waarop de verpleegkundige sprak, iets waarop Anton niet precies de vinger kon leggen. Hij huiverde weer toen de injectienaald in de arm verdween en hij in de totale stilte de krakende frictie van de huid leek te horen. Het geruis van de vloeistof die door de naald stroomde toen de verpleegkundige duwde.

'Hij heeft een paar jaar in Oslo gewoond voor hij naar het buitenland verhuisde,' zei Anton terwijl hij slikte. 'Maar hij kwam terug. Het gerucht gaat dat hij terugkwam vanwege een jongen. Hij was drugsverslaafd.'

'Dat is een triest verhaal.'

'Ja, maar het lijkt erop dat het een gelukkig eind krijgt.'

'Het is te vroeg om dat te zeggen,' zei de verpleegkundige en hij trok de naald terug. 'Veel comapatiënten krijgen een terugval.'

Nu hoorde Anton het. Wat er was aan de manier waarop hij sprak. Het was nauwelijks hoorbaar, maar ze waren er. De slappe s'en. Hij sliste.

Toen ze de kamer hadden verlaten en de verpleegkundige de gang uit liep, ging Anton weer terug naar de patiënt. Hij bestudeerde het scherm waarop de hartslag te zien was. Hij luisterde naar het ritmische gepiep, als sonarsignalen van een onderzeeër in de diepte. Hij wist niet waarom hij het deed, maar hij deed wat de verpleegkundige had gedaan: hij leunde voorover naar de patiënt. Sloot zijn ogen. En voelde de ademhaling tegen zijn gezicht.

Altmann. Anton had aandachtig naar het naamkaartje gekeken voordat hij wegging. Sigurd Altmann. Het was een voorgevoel, meer niet. Maar hij had al besloten dat hij de verpleegkundige zou checken. Dit zou niet zo gaan als de Drammen-zaak. Deze keer zou hij geen fouten maken.

HOOFDSTUK 8

Katrine Bratt zat met haar benen op het bureau en klemde de telefoon tussen haar schouder en oor. Gunnar Hagen had haar in de wacht gezet. Haar vingers gingen over de toetsen voor haar. Ze wist dat achter haar, buiten, Bergen lag te baden in de zonneschijn. Dat de natte straten waarop tot tien minuten geleden de regen was gevallen glinsterden. En dat het volgens de wetten van Bergen algauw weer zou gaan motregenen. Maar nu scheen de zon even en Katrine Bratt hoopte dat Gunnar Hagen snel klaar zou zijn met dat andere telefoontje zodat hij dat met haar zou kunnen hervatten. Ze wilde slechts doorgeven wat ze aan informatie had en dan zo snel mogelijk het politiebureau van Bergen verlaten. De frisse oceaanlucht in, die zo veel beter was dan de lucht die haar voormalige afdelingshoofd inhaleerde op zijn kantoor in het oosten van de hoofdstad. Op het moment liet hij die ontsnappen in de vorm van een verhitte uitroep: 'Wat bedoel je dat we hem nog niet mogen verhoren? Is hij ontwaakt uit zijn coma of niet? Ja, ik begrijp dat hij zwak is, maar... Wat?'

Katrine hoopte dat ze met wat ze de laatste dagen had gevonden Hagen in een beter humeur zou krijgen dan hij nu kennelijk was. Ze bladerde door de papieren, alleen maar om te dubbelchecken of ze alles wist.

'Ik heb schijt aan wat zijn advocaat zegt,' zei Hagen. 'En ik heb schijt aan wat de behandelend arts zegt. Ik wil hem nú verhoren.'

Katrine Bratt hoorde dat hij de hoorn op de vaste telefoon smeet. Eindelijk was hij weer aan de lijn.

'Wat was dat?' vroeg ze.

'Niets,' zei Hagen.

'Gaat het om hem?' vroeg ze.

Hagen zuchtte. 'Ja, het gaat om hem. Hij is bezig te ontwaken uit zijn coma, maar ze houden hem in slaap en zeggen dat we minstens twee dagen moeten wachten voor we met hem kunnen praten.'

'Is het niet verstandig om voorzichtig te zijn?'

'Zeker. Maar zoals je weet, hebben we snel resultaten nodig. Die politiemoordzaken zijn een nagel aan onze doodskist.'

'Twee dagen meer of minder?'

'Ik weet het, ik weet het. Maar ik moet wel een beetje tekeergaan. Dat is de grap van chefje spelen. Toch?'

Daarop had Katrine Bratt geen antwoord. Ze had nooit de ambitie gehad om chef te worden. En zelfs als ze het had gewild, had ze het donkerbruine vermoeden dat politiemensen met een opname op een psychiatrische afdeling niet vooraan in de rij mochten staan als er leidinggevende posities werden uitgedeeld. De diagnose was van manisch-depressief via borderline en bipolaire stoornis naar gezond gegaan. In elk geval zolang ze die kleine roze pilletjes innam die haar op de juiste koers hielden. Men kon nog zoveel kritiek hebben op het medicijngebruik in de psychiatrie, voor Katrine betekenden de medicijnen een nieuw en beter leven. Maar ze merkte wel dat haar chef haar extra goed in de gaten hield en dat ze niet meer operationeel werk in het veld kreeg dan strikt noodzakelijk was. Dat was prima: ze vond het heerlijk om in haar kleine hokje te zitten met een krachtige pc, wachtwoorden en exclusieve toegang tot zoekmachines waarvan zelfs politiemensen geen weet hadden. Zoeken, speuren, vinden. Personen opsporen die ogenschijnlijk van de aardbodem waren verdwenen. Een patroon zien waar anderen slechts toevalligheden zagen. Dat was de specialiteit van Katrine Bratt en meer dan eens hadden Kripos en de afdeling Geweld in Oslo daar profijt van gehad. Dus men moest er maar mee leven dat ze een wandelende psychose was. *Waiting to happen.*

'Je zei dat je iets voor me had?'

'Het was de laatste weken nogal stil op onze afdeling, dus ik had tijd om naar de politiemoorden te kijken.'

'Heeft jouw chef op het politiebureau Bergen je gevraagd...'

'Nee, nee. Ik dacht dat het beter was dan porno kijken en patience spelen.'

'Ik ben een en al oor.'

Katrine hoorde dat Hagen positief probeerde te zijn, maar zijn scepsis moeilijk kon verbergen. Kennelijk had hij er genoeg van elke keer een sprankje hoop te krijgen omdat hij de laatste maanden keer op keer was teleurgesteld.

'Ik heb de data doorgenomen om te kijken of er personen zijn die zowel in de oorspronkelijke verkrachtings- en moordzaak van Maridalen als in die van Tryvann voorkomen.'

'Hartelijk dank, Katrine, maar dat hebben wij eigenlijk ook al gedaan. Uitentreuren, kan ik wel zeggen.'

'Dat weet ik. Maar ik werk op een iets andere manier, snap je.'

Diepe zucht. 'Toe dan maar.'

'Ik heb gezien dat er verschillende politiemensen aan de twee zaken hebben gewerkt, slechts twee van de technische recherche en drie rechercheurs waren bij beide betrokken. En geen van de vijf kan een volledig overzicht hebben gehad van wie er allemaal zijn verhoord. Aangezien geen van de zaken is opgelost, is er lang aan gewerkt en is het dossier is erg uitgebreid geworden.'

'Zeg maar gerust enorm. En uiteraard klopt het dat niemand alles weet over het onderzoek. Maar iedereen die is verhoord, staat uiteraard geregistreerd.'

'Dat is het nu precies,' zei Katrine.

'Precies wat?'

'Wanneer mensen worden opgeroepen voor verhoor, worden ze geregistreerd, het verhoor wordt gearchiveerd onder de zaak waarvoor ze zijn opgeroepen. Maar het komt voor dat zaken tussen wal en schip raken. Als de verhoorde al in de gevangenis zit, dan komt het voor dat het verhoor informeel plaatsvindt in de cel en de persoon niet geregistreerd wordt omdat hij al in het register staat.'

'Maar de notities van het verhoor worden wel in het dossier van de zaak gearchiveerd.'

'Normaal gesproken, ja, maar niet als dat verhoor primair draait om een andere zaak waarin hij hoofdverdachte is en bijvoorbeeld de zaak van Maridalen slechts een onderdeel van het verhoor is, als een routinematig schot voor de boeg. Dan wordt het hele verhoor gearchiveerd onder de eerste zaak en een eventuele zoekopdracht op persoonsnaam zal hem niet linken aan die andere zaak.'

'Interessant. En jij hebt...?'

'Een persoon gevonden die werd verhoord voor een verkrachtingszaak in Ålesund terwijl hij een straf uitzat voor aanranding en poging tot verkrachting van een minderjarig meisje in een hotel in Otta. Tijdens het verhoor is hij ook ondervraagd over de Maridalen-zaak, maar vervolgens is het verhoor gearchiveerd onder de verkrachting van Otta.

Het interessante is dat die persoon ook is verhoord in verband met de Tryvann-zaak, maar dan op de gewone manier.'

'En?' Voor het eerst hoorde ze iets van betrokkenheid in Hagens stem.

'Hij had voor alle drie de zaken een alibi,' zei Katrine en ze hoorde haast hoe de lucht in de ballon die ze voor hem had opgeblazen weer ontsnapte.

'Juist. Heb je nog meer leuke verhalen uit Bergen die ik volgens jou vandaag nog moet horen?'

'Er is meer,' zei Katrine.

'Ik heb een vergadering om...'

'Ik heb de alibi's van die persoon gecheckt. Die is voor alle drie de zaken hetzelfde. Een getuige die bevestigt dat hij thuis was in de woongroep waarin ze beiden wonen. De getuige was een jongedame die op dat tijdstip als betrouwbaar werd gezien. Geen strafblad, geen relatie met de verdachte, behalve dan dat ze in dezelfde woongroep wonen. Maar als je haar naam in de loop van de tijd bekijkt, dan gebeuren er interessante dingen.'

'Namelijk?'

'Verduistering, drugsdeals en vervalsing van documenten. Als je de verhoren van haar bekijkt die later zijn afgenomen, dan is er één ding dat opvalt. Raad eens wat.'

'Valse verklaring.'

'Helaas worden dergelijke feiten zelden gebruikt om naar oude zaken te kijken. In elk geval is dat niet gebeurd in die grote, oude zaken als Maridalen en Tryvann.'

'Maar verdomme, hoe heet die dame?' De interesse was terug in zijn stem.

'Irja Jacobsen.'

'Heb je een adres?'

'Ja. Je kunt haar zowel in het strafregister als in het bevolkingsregister vinden en in nog een paar andere registers...'

'Maar verdomme, laten we haar nu ophalen voor verhoor!'

'... zoals het register voor vermiste personen.'

Het bleef lang stil in Oslo. Katrine had zin om een eind te gaan wandelen, naar de vissersboten in Bryggen, en een zak kabeljauwkoppen te kopen, naar haar appartement te gaan aan de Møhlenpris en uitgebreid te koken en dan naar *Breaking Bad* te kijken terwijl het hopelijk weer was gaan regenen.

'Oké,' zei Hagen. 'Maar je hebt ons in elk geval iets gegeven om mee verder te gaan. Hoe heet die kerel?'

'Valentin Gjertsen.'

'En waar is hij?'

'Dat is het nu net,' zei Katrine Bratt. Haar vingers gingen over de toetsen. 'Ik kan hem niet vinden.'

'Wordt hij ook vermist?'

'Hij staat niet op de lijst van vermisten. En dat is vreemd, want hij lijkt wel van de aardbodem verdwenen. Geen adres bekend, geen geregistreerde telefoon, geen transacties met creditcards, zelfs geen geregistreerde bankrekening. Heeft bij de laatste verkiezingen niet gestemd, heeft het laatste jaar trein noch bus genomen.'

'Heb je Google al geprobeerd?'

Katrine moest hard lachen tot ze begreep dat Hagen geen grapje maakte.

'Relax,' zei ze. 'Ik zal hem wel vinden. Ik ga er thuis op mijn pc mee aan de gang.'

Ze hingen op. Katrine stond op en trok haar jas aan, ze wilde opschieten, het werd al bewolkt boven Askøy. Ze wilde haar pc uitzetten toen ze ineens iets bedacht. Iets wat Harry Hole een keer tegen haar had gezegd. Dat je vaak vergeet te zoeken op de meest voor de hand liggende plaats. Ze tikte snel in. Wachtte op de website.

Ze merkte dat hoofden verderop in de kantoortuin zich omdraaiden toen ze een paar vloeken uit Bergen liet horen. Maar ze nam niet de moeite om hen gerust te stellen dat ze niet in een psychose was geraakt. Harry had zoals gewoonlijk gelijk gehad.

Ze viste de telefoon op en drukte op de herhaaltoets. Gunnar nam bij het tweede belsignaal op.

'Ik dacht dat je een vergadering had,' zei Katrine.

'Uitgesteld, ik ben bezig mensen op die Valentin Gjertsen te zetten.'

'Niet meer nodig. Ik heb hem zojuist gevonden.'

'O?'

'Niet zo vreemd dat hij van de aardbodem is verdwenen. Omdat hij ook werkelijk van de aardbodem ís verdwenen.'

'Je bedoelt dat...?'

‘Hij is dood, ja. Staat duidelijk in het bevolkingsregister. Het spijt me voor deze verwarring. Ik ga naar huis, mezelf troosten door kliekjes en kabeljauwkoppen te eten.’

Toen ze had opgehangen en opkeek, was het begonnen te regenen.

Anton Mittet keek op van zijn kopje koffie toen Gunnar Hagen de bijna lege kantine op de zesde etage binnen kwam vallen. Anton had een poosje naar het uitzicht gekeken. En nagedacht. Over hoe het had kunnen zijn. En hij besefte dat hij was opgehouden met fantaseren hoe het zou kunnen worden. Misschien was dat een teken dat hij oud werd. Je had de kaarten opgepakt en ze bekeken. Je kreeg geen nieuwe. Dus het was nu een kwestie van zo goed mogelijk spelen met de kaarten die je had. En dromen over de kaarten die je had kunnen krijgen.

‘Het spijt me dat ik laat ben, Anton,’ zei Gunnar Hagen en hij zakte neer op de stoel tegenover hem. ‘Een idioot telefoontje uit Bergen. Hoe gaat het?’

Anton trok zijn schouders op. ‘Ach, het werk gaat zozo. Ik zie de jonge generatie voorbijkomen naar hogere functies. Je probeert ze goede raad te geven, maar ze vinden het niet nodig om te luisteren naar een man van middelbare leeftijd die nog steeds agent is. Het lijkt wel of ze denken dat het leven een rode loper is die speciaal voor hen is uitgerold.’

‘En thuis?’

Anton trok nogmaals zijn schouders op. ‘Goed. Mijn vrouw klaagt dat ik te veel werk. Maar als ik thuis ben, klaagt ze net zo veel. Klinkt bekend?’

Hagen maakte een neutraal geluid dat kon betekenen wat de ontvanger wilde dat het betekende.

‘Herinner jij jouw trouwdag nog?’

‘Ja,’ zei Hagen, discreet een blik op zijn horloge werpend. Niet omdat hij geen idee had hoe laat het was, maar om Anton Mittet een hint te geven.

‘Het ergste is dat je het echt meent als je daar staat en ja zegt voor altijd.’ Anton lachte hol en schudde zijn hoofd.

‘Wilde je me spreken over iets speciaals?’ vroeg Hagen.

‘Ja.’ Anton ging met zijn wijsvinger over zijn neusrug. ‘Gisteren dook er tijdens mijn dienst een verpleegkundige op. Hij maakte een *fishy* indruk. Ik weet niet precies wat het was, maar je weet dat oude rotten zoals wij daar een extra zintuig voor hebben. Dus ik heb hem gecheckt. Het blijkt dat hij een jaar of vier geleden betrokken was bij een moordzaak. Hij is weliswaar vrijgelaten, hij werd niet meer verdacht. Maar toch.'

'Ik begrijp het.'

'Ik dacht dat ik dit het best aan jou kon melden. Jij kunt dit wel opnemen met de leiding van het ziekenhuis. Misschien kunnen ze hem discreet overplaatsen naar een andere afdeling.'

'Ik zal ervoor zorgen.'

'Bedankt.'

'Ik moet jou bedanken. Goed werk, Anton.'

Anton Mittet maakte een lichte buiging met zijn hoofd. Blij dat Hagen hem bedankte. Blij omdat deze op een monnik lijkende afdelingschef de enige man bij de politie was aan wie hij veel te danken had. Het was Hagen persoonlijk die Anton op het droge had getrokken na de Zaak. Hij had de commissaris in Drammen gebeld en gezegd dat Anton te hard werd gestraft en als Drammen geen behoefte had aan zijn ervaring, dan hadden ze dat op het hoofdbureau in Oslo wel. En zo was het gegaan. Anton was op de afdeling Criminaliteit van Grønland gaan werken, maar was in Drammen blijven wonen, wat Laura als voorwaarde had gesteld. Dus toen Anton weer de lift nam naar Criminaliteit op de eerste verdieping, merkte hij dat hij veerkrachtiger liep, zijn rug rechter was en hij zelfs een lachje rond zijn lippen had. En hij voelde, ja, dat deed hij echt, dat dit wel eens het begin kon zijn van iets nieuws. Hij zou bloemen moeten kopen voor... Hij bedacht zich. Voor Laura.

Katrine staarde uit het raam terwijl ze het nummer intoetste. Haar appartement lag wat hoger, waardoor ze de mensen op het trottoir niet kon zien, maar wel hun opengeklapte paraplu's. En achter de regendruppels die beefden in de wind op de ruit, kon ze de brug over de Pudde-fjord zien die de stad verbond met een gat in de berg bij Laksevåg. Toen keek ze weer naar het 50 inch-televisiescherm voor zich waarop een scheikundeleraar, lijdend aan kanker, methamfetamine bereidde. Ze vond het merkwaardig onderhoudend. Ze had de televisie gekocht onder het motto: waarom moeten alleenstaande mannen de grootste televisie hebben? En ze had de dvd's verdeeld en hoogst subjectief gerangschikt, twee planken onder de Marantz-speler. De eerste en de tweede plaats helemaal links op de plank klassiekers werden ingenomen door *Sunset Boulevard* en *Singin' in the Rain*, terwijl nieuwere films op de plank daaronder een verrassende nieuwe aanvoerder hadden: *Toy Story 3*. Plank nummer drie was voorbehouden aan de cd's die ze om sentimentele redenen niet aan het Leger des Heils had gegeven, maar zelf had gehouden, hoewel ze ook op de harddisk van haar pc waren gekopieerd. Ze had een heel beperkte smaak: het was uitsluitend glamrock en progrock, het liefst Brits en van muzikanten van het androgyne type. David Bowie, Sparks, Mott the Hoople, Steve Harley, Marc Bolan, Small Faces, Roxy Music en Suede als modern slotakkoord.

De scheikundeleraar had een van zijn steeds terugkerende ruzies met zijn vrouw. Katrine drukte op de knop *fast forward* van de dvd-speler terwijl ze Beate belde.

'Lønn.' De stem was helder, bijna meisjesachtig. En het antwoord gaf niet meer dan het noodzakelijke prijs. Wanneer je opnam met alleen je achternaam, was er geen sprake van een groot gezin, je hoefde kennelijk niet te specificeren met welke Lønn je sprak. In het geval van Lønn was het dus alleen weduwe Beate Lønn en haar dochter.

'Met Katrine Bratt.'

'Katrine! Dat is lang geleden. Wat ben je aan het doen?'

'Televisiekijken. En jij?'

'Ik word verslagen met monopoly door mijn schatje. Als troost eet ik pizza.'

Katrine dacht na. Hoe oud was het schatje nu? Blijkbaar oud genoeg om mama te verslaan met monopoly. Weer een bewijs hoe schokkend snel de tijd gaat. Katrine wilde antwoorden dat zij op haar beurt kabeljauwkoppen at als troosteten. Maar ze besefte dat dit zo'n meisjescliché was geworden, zo'n ironische, quasi-depressieve manier van spreken die van single meisjes werd verwacht in plaats van te zeggen hoe het werkelijk was, namelijk dat ze niet zeker wist of ze zonder deze vrijheid zou willen leven. Ze had zich de afgelopen jaren vaak afgevraagd of ze Beate zou bellen om gewoon even te praten. Praten zoals ze deed met Harry. Beate en zij waren beiden politievrouwen zonder man, waren opgegroeid met een vader bij de politie, waren meer dan gemiddeld intelligente realisten zonder illusies of zelfs een verlangen naar de prins op het witte paard. Behalve dan misschien het paard dat hen zou brengen waar ze heen wilden.

Ze zouden vast veel hebben om over te praten.

Maar het was er nooit van gekomen haar te bellen. Alleen als het om het werk ging natuurlijk.

En dat was ook nu het geval.

'Het gaat om Valentin Gjertsen,' zei Katrine. 'Een overleden zedendelinquent. Kende je hem?'

'Wacht even,' zei Beate.

Katrine hoorde vingers snel over toetsen gaan en constateerde dat ze nog een ding gemeen hadden: constant ingelogd zijn.

'O, die,' zei Beate. 'Ja, ik heb hem een paar keer gezien.'

Katrine begreep dat Beate Lønn een foto had opgezocht. Er werd gezegd dat de *fusiform gyrus* van Beate Lønn, dat deel van de hersenen dat gezichten van mensen herkent, alle mensen had opgeslagen die ze ooit had gezien. Dat in haar geval de uitspraak 'ik vergeet nooit een gezicht' letterlijk klopte. Ze was uitgebreid onderzocht door hersenwetenschappers aangezien ze een van de ongeveer dertig personen in de wereld was die over dat talent beschikte.

'Hij is in verband met zowel de Tryvann-zaak als de Maridalen-zaak verhoord,' zei Katrine.

'Ja, dat herinner ik me vaag,' zei Beate. 'Maar ik meen me te herinneren dat hij voor beide zaken een alibi had.'

'Een van de bewoners uit de woongroep waarin hij woonde, zwoer dat hij samen met haar thuis was die avond. Wat ik me afvraag, is of jullie zijn DNA hebben afgenomen.'

'Dat kan ik me niet voorstellen als hij een alibi had. In die tijd was het analyseren van DNA een moeilijk en duur proces, dat werd in het beste geval gedaan bij een hoofdverdachte en alleen als we niets anders hadden.'

'Dat weet ik, maar toen jullie een eigen DNA-analyseafdeling in jullie forensisch laboratorium kregen, hebben jullie toch DNA getest van oude, niet-opgeloste zaken?'

'Ja, maar er was feitelijk geen enkel biologisch spoor gevonden in de Maridalen-zaak en de Tryvann-zaak. En als ik me niet vergis, heeft Valentin Gjertsen zijn straf wel gehad.'

'O?'

'Ja, hij is immers doodgeslagen.'

'Ik wist dat hij dood was, maar niet...'

'Ja, nou, tijdens zijn gevangenschap in Ila. Hij werd in zijn cel gevonden. Tot moes geslagen. Gevangenen houden niet van mensen die niet van kleine meisjes kunnen afblijven. De dader werd nooit gepakt. Ik ben er ook niet zeker van dat men heel veel moeite heeft gedaan.'

Stilte.

'Het spijt me dat ik je niet heb kunnen helpen,' zei Beate. 'En nu ben ik op "Kanskaart" gekomen, dus...'

'Laten we hopen dat het keert.'

'Wat?'

'Je geluk.'

'Inderdaad.'

'Nog een laatste vraag,' zei Katrine. 'Ik zou graag met Irja Jacobsen praten, degene die Valentin Gjertsen een alibi verschafte. Ze is als vermist opgegeven. Maar ik heb wat gezocht op internet.'

'Ja?'

'Geen adreswijzigingen, belastingaangiften, uitkeringen of betalingen met creditcard. Geen reizen of gebruik van mobiele telefoon. Wanneer er zo weinig activiteit is bij mensen, vallen ze meestal in een van twee categorieën. De grootste categorie betreft de doden. Maar ik heb toch iets gevonden. Een registratie in de files van de lotto. Een enkele inzet. Twintig kronen.'

'Heeft ze meegespeeld in de lotto?'

'In de hoop dat haar kansen keren. Hoe dan ook, dat betekent dat ze tot de andere categorie behoort.'

'En die is?'

'De mensen die zich actief proberen te verstoppen.'

'En nu wil je dat ik je help haar te vinden?'

'Ik heb alleen haar laatste adres in Oslo en het adres van de kiosk waar ze haar lottoformulier heeft ingevuld. En ik weet dat ze drugs gebruikte.'

'Oké,' zei Beate 'Ik zal onze informanten vragen.'

'Bedankt.'

'Oké.'

Stilte.

'Nog iets?'

‘Nee. Nou ja, wat vind jij van *Singin’ in the Rain*?’

‘Ik hou niet van musicals. Hoezo?’

‘Zielsverwanten zijn moeilijk te vinden, vind je niet?’

Beate grinnikte. ‘Inderdaad, laten we daar een keertje over praten.’

Ze hingen op.

Anton zat met zijn armen over elkaar geslagen te wachten. Hij luisterde naar de stilte. Keek de gang in.

Mona was nu bij de patiënt en zo meteen kwam ze de kamer uit. Dan zou ze ondeugend naar hem lachen. Misschien een hand op zijn schouder leggen. Of door zijn haar strijken. Misschien even snel kussen, dat hij net haar tong kon voelen die altijd naar munt smaakte, en dan de gang uit lopen. Haar mollige achterwerk uitdagend heen en weer wiegen. Misschien was het haar bedoeling niet, maar hij vond het leuk om dat te denken. Dat ze haar spieren spande, wiegde, pronkte voor hem, voor Anton Mittet. Ja, hij had veel om dankbaar voor te zijn, zoals men zei.

Hij keek op zijn horloge. Zo meteen wisseling van de wacht. Hij wilde gapen toen hij een kreet hoorde.

Maar het was genoeg, hij was al overeind geschoten. Rukte de deur open. Liet zijn blik snel van links naar rechts door de kamer gaan, constateerde dat alleen Mona en de patiënt aanwezig waren.

Mona Gamlem stond met open mond naast het bed en haar ene hand had ze opgetild. Haar blik was nog steeds op de patiënt gericht.

‘Is hij...?’ begon Anton, maar hij maakte de zin niet af toen hij het nog steeds hoorde. Het geluid van de machine die de hartslag registreerde was zo doordringend – en de stilte zou anders zo totaal zijn geweest – dat hij de korte, gelijkmatige bliepjes zelfs op de gang nog kon horen.

Mona’s vingertoppen rustten op het punt waar het sleutelbeen vastzit aan het borstbeen, het punt dat Laura het sieraadkuiltje noemt omdat het daar lag. Het gouden hartje dat hij Laura had gegeven op een van hun trouwdagen die ze nooit hadden gevierd, maar waaraan ze toch op hun manier aandacht gaven. Misschien was daar het hart bij vrouwen ook echt te voelen als ze schrokken, zich opgejaagd voelden of buiten adem waren. Want Laura legde ook altijd haar vingers op dat punt. En het leek of die houding, zo gelijk aan die van Laura, zijn focus opeiste. Zelfs toen Mona hem met een stralende lach aankeek en iets fluisterde, alsof ze bang was de patiënt wakker te maken, leek het of de woorden van een andere plek kwamen: 'Hij heeft gesproken. Hij heeft gespróken.'

Katrine had maar drie minuten nodig om via achterdeurtjes in het computersysteem van het politiedistrict Oslo te komen, maar het was moeilijker om de opnames van het verhoor van de verkrachtingszaak in het Otta-hotel te vinden. De verplichte digitalisering van alle geluids- en filmopnames op band was al een eind op weg, maar met de indexering was het slechter gesteld. Katrine had het met alle zoekwoorden die ze kon verzinnen geprobeerd: Valentin Gjertsen, Otta, Hotel, verkrachting enzovoort, maar zonder resultaat. Ze had het bijna opgegeven toen een hoge mannenstem via de luidspreker de ruimte vulde.

'Ze vroeg er eigenlijk om.'

Katrine voelde een huivering door haar lichaam gaan, net als vroeger toen ze met haar vader in een boot zat en hij rustig zei dat hij beet had. Ze wist niet waarom, ze wist slechts dat dit de stem was. Dit was hem.

'Interessant,' zei een andere stem. Zacht, bijna vleiend. De stem van een politieman die uit is op resultaat. 'Waarom zeg je dat?'

'Ze vragen er toch om? Op de een of andere manier. En naderhand schamen ze zich en doen ze aangifte bij de politie. Maar dat weten jullie toch.'

'Dus het meisje in het Otta-hotel, ze heeft erom gevraagd, moet ik het zo begrijpen?'

'Ze wilde het doen.'

'Dus je had haar gepakt als ze zich niet had bedacht?'

'Als ik daar was geweest.'

'Je hebt net bekend dat je daar die avond was, Valentin.'

'Alleen om je die verkrachting gedetailleerder te laten beschrijven. Het is tamelijk saai in de gevangenis, weet je. Je moet je dag een beetje opfleuren.'

Stilte.

Toen klonk Valentins hoge lach. Katrine rilde en trok haar gebreide vest strakker om zich heen.

'Het lijkt erop dat je iets moois hebt verklapt of mag ik dat zo niet zeggen, agent?'

Katrine sloot haar ogen en probeerde zich zijn gezicht voor te stellen.

'We laten de Otta-zaak even rusten. Hoe zit het met dat meisje in Maridalen, Valentin?'

'Wat is er met haar?'

'Jij was het, of niet?'

Hard gelach deze keer. 'Daarop moet je nog wat oefenen, agent. De confrontatiefase in het verhoor moet een hamerslag zijn, geen oorvijgje.'

Het viel Katrine op dat Valentins woordenschat groter was dan die van de gemiddelde gedetineerde.

'Dus je ontkent dat je het gedaan hebt?'

'Nee.'

'Nee?'

'Nee.'

Katrine hoorde de stem van de politieman trillen van enthousiasme, hij haalde diep adem en zei zo rustig mogelijk: 'Betekent dat... dat je de verkrachting en moord in Maridalen in september bekent?' Hij was in elk geval geroutineerd genoeg om te specificeren waarop Valentin hopelijk 'ja' ging zeggen. Zodat de advocaat later niet zou kunnen zeggen dat zijn cliënt de vraag verkeerd had begrepen of dat hij dacht dat het om een andere zaak ging. Maar ze hoorde ook hoe geamuseerd de stem van de ander klonk toen hij antwoordde met: 'Het betekent dat ik het niet hoef te ontkennen.'

'Wat betekent d...'

'Het begint met een a en eindigt met een i.'

Korte pauze.

'Hoe kun je onmiddellijk weten dat je voor die avond een alibi hebt, Valentin? Het is tamelijk lang geleden.'

'Omdat ik erover na heb gedacht toen hij het me vertelde. Wat ik toen deed.'

'Wie vertelde je wat?'

'Die vent die dat meisje heeft verkracht.'

Lange pauze.

'Zit je ons voor de gek te houden, Valentin?'

'Waarom denk je dat, agent Zachrisson?'

'Waarom denk je dat ik zo heet?'

'Snarlivei 41. Ja?'

Nieuwe pauze. Opnieuw gelach en Valentins stem. 'Ik heb zo mijn bronnen.'

'Waar heb je over die verkrachting gehoord?'

'Dit is een gevangenis voor perverselingen, agent. Waar denk je dat we het over hebben? *Thank you for sharing*, zoals we het noemen. Hij dacht natuurlijk dat hij niet te veel verraadde, maar ik lees de krant en ik kan me die zaak goed herinneren.'

'Dus wie, Valentin?'

'Dus wanneer, Zachrisson?'

'Wanneer?'

'Wanneer mag ik hier vertrekken als ik hem erbij lap?'

Katrine had de neiging om door te spoelen bij de voortdurende stiltes.

'Ik ben zo terug.'

Er schraapte een stoel. Een deur werd zacht dichtgedaan.

Katrine wachtte. Ze hoorde de man ademhalen. En ze voelde iets merkwaardigs. Dat ze moeite kreeg met ademhalen. Alsof de ademhaling door de luidsprekers lucht uit haar kamer zoog.

De politieman kon nauwelijks meer dan een paar minuten zijn weggeweest, maar het voelde als een halfuur.

'Goed,' zei hij en de stoel schraapte weer.

'Dat ging snel. En mijn straf is gereduceerd?'

'Je weet dat wij niet gaan over de strafmaat, Valentin. Maar we zullen met de rechter praten, oké? Dus wat is je alibi en wie heeft dat meisje verkracht?'

'Ik zat de hele avond thuis. Ik was samen met mijn verhuurder, dus tenzij ze ineens aan Alzheimer lijdt, zal ze dat bevestigen.'

'Hoe kun je dat meteen zo zeker weten?'

'Ik onthou de data van verkrachtingen altijd erg goed. Want als jullie niet direct de gelukkige vinden, weet ik dat jullie vroeg of laat bij mij komen om te vragen waar ik was.'

'Juist. En dan nu de duizendkronenvraag: wie heeft het gedaan?'

Het antwoord werd langzaam en met een duidelijke dictie uitgesproken: 'Ju-das Jo-han-sen. Een zogenaamd oude bekende van de politie.'

'Judas Johansen?'

'Je werkt bij Zedendelicten en je kent zo'n notoire verkrachter niet, Zachrisson?'

Het geluid van schuifelende voeten. 'Waarom denk je dat ik die naam niet ken?'

'Je blik is zo leeg als een klein heelal, Zachrisson. Johansen is de grootste verkrachter sinds... tja, sinds ik zelf. En er schuilt een moordenaar in hem. Hij weet het zelf nog niet, maar het is slechts een kwestie van tijd voor de moordenaar in hem wakker wordt, geloof me.'

Katrine verbeeldde zich dat ze het smakkende geluid kon horen van de onderkaak van de politieman die contact verloor met de bovenkaak. Ze luisterde naar de knetterende stilte. Ze dacht de razende hartslag van de agent, het zweet dat op zijn voorhoofd sprong te horen. Terwijl hij zijn enthousiasme en nervositeit onder controle probeerde te houden omdat hij begreep dat hij voor het moment, de grote doorbraak, de geweldige prestatie stond, stamelde hij: 'Hoe, hoe...' Maar hij werd onderbroken door een jankend geluid dat verwrongen werd door de luidsprekers en Katrine begreep na een poosje dat het gelach was. Valentins gelach. Langzaam ging het doordringende gejank over in gierend gehik.

'Ik hou je maar voor de gek, Zachrisson. Judas Johansen is homo. Hij zit in de cel naast me.'

'Wat?'

'Wil je een verhaal horen dat veel interessanter is dan dat waar jij mee kwam? Judas heeft een jongen geneukt, maar zijn moeder heeft ze betrapt. Helaas voor Judas was de jongen nog niet uit de kast gekomen en de familie was van het rijke, conservatieve type. Dus ze hebben Judas aangegeven voor verkrachting. Judas heeft nog nooit een vlieg kwaad gedaan. Of moet je zeggen: geen hond? Vlieg, hond. Hond, vlieg. Hoe dan ook, wat zou je ervan vinden die zaak nog eens beter te bekijken als ik je meer informatie geef? Ik kan je een paar tips geven over waar die jongen later allemaal bij betrokken is geweest. Ik reken erop dat het aanbod van strafvermindering nog steeds van kracht is, toch?'

Het geluid van stoelpoten die over de vloer schraapten. Het geluid van een stoel die op de grond valt. Een klik en stilte. De opnameapparatuur was uitgezet.

Katrine bleef naar haar pc-scherm zitten kijken. Ze merkte dat het buiten donker was geworden. De kabeljauwkoppen waren koud geworden.

'Ja, ja,' zei Anton Mittet. 'Hij heeft gespróken.'

Anton Mittet stond in de gang met de telefoon tegen zijn oor terwijl hij de ID-kaart controleerde van de twee artsen die waren gearriveerd. Hun gezichten vertoonden een mix van verbazing en irritatie, hij moest zich hen toch weten te herinneren?

Anton gebaarde dat ze door konden lopen en gehaast liepen ze de kamer van de patiënt binnen.

'Maar wat zei hij?' vroeg Gunnar Hagen door de telefoon.

'Ze hoorde alleen dat hij iets mompelde, niet wat.'

'Is hij nu wakker?'

'Nee, er was alleen dat gemompel, toen zakte hij weer weg. Maar de artsen zeggen dat hij elk moment kan wakker worden.'

'Juist,' zei Hagen. 'Hou me op de hoogte, oké? Je kunt me op elk moment bellen. Op elk moment.'

'Ja.'

'Goed, goed. Het ziekenhuis heeft ook de nadrukkelijke order gekregen om direct met mij contact op te nemen, maar... die mensen zullen ook wel andere dingen aan hun hoofd hebben.'

'Uiteraard.'

'Ja toch?'

'Natuurlijk.'

'Ja.'

Anton luisterde naar de stilte. Wilde Gunnar Hagen nog iets zeggen? De afdelingschef hing op.

HOOFDSTUK 9

Katrine landde om halftien op vliegveld Gardermoen en nam de trein, die haar dwars door Oslo reed. Ze had hier gewoond, maar wat ze opving tijdens de reis gaf geen aanleiding tot sentimentaliteit. Een halfslachtige skyline. Lage, vriendelijke, besneeuwde hellingen, getemd landschap. In de coupé zaten gesloten, uitdrukkingsloze gezichten. Geen spontane conversaties zonder bijbedoelingen tussen vreemden, zoals in Bergen. Onverwachts was er weer een seinfout op een van 's werelds duurste spoortrajecten en stonden ze stil in het stikdonker in een van de tunnels.

Ze had haar verzoek naar Oslo te mogen onderbouwd met het argument dat er in hun eigen politiedistrict – Hordaland – drie onopgeloste verkrachtingszaken waren die overeenkomsten vertoonden met de zaken waarvan Valentin Gjertsen werd verdacht. Ze had beweerd dat als ze deze zaken konden koppelen aan die van Valentin, ze indirect Kripos en het politiedistrict Oslo van dienst konden zijn.

'En waarom kunnen we dat niet aan de politie van Oslo zelf overlaten?' had haar chef voor de afdeling Geweld in Bergen, Knut Müller-Nielsen, haar gevraagd.

'Omdat het percentage opgeloste moorden in Oslo twintig komma acht is en bij ons eenenveertig komma een.'

Müller-Nielsen had hard gelachen en Katrine wist toen dat ze haar vliegticket had.

De trein begon met een ruk weer te rijden en in de coupé klonk een zucht van verlichting, irritatie en wanhoop. Ze stapte in Sandvika uit, nam daarvandaan een taxi naar Eiksmarka.

De taxi stopte voor de Jøssingvei 33. Ze ploeterde door de grijze sneeuwsmurrie. Afgezien van het hoge hek rond het gebouw van rode baksteen was er weinig te zien aan de Ila-gevangenis wat verraadde dat hier de ergste moordenaars, drugsdealers en zedendelinquenten zaten. Onder andere, want in de statuten van de gevangenis stond dat dit een landelijke instelling was voor mannelijke gevangenen met '... een speciale hulpvraag'.

Hulp om niet ontsnappen, dacht Katrine. Hulp om niet gewelddadig te zijn. Hulp bij wat sociologen en criminologen om de een of andere reden menen te zien als een wens bij ieder mens: een goed burger en medemens te worden, bij te willen dragen aan de samenleving, goed te kunnen functioneren in de samenleving.

Katrine had lang genoeg op de psychiatrische afdeling in Bergen gezeten om te weten dat zelfs niet-criminele zonderlingen meestal totaal ongeïnteresseerd waren in het bijdragen aan het wel en wee van de samenleving en dat ze geen andere gemeenschap kenden dan die van henzelf en hun demonen. Verder wilden ze gewoon met rust gelaten worden. Wat dus niet noodzakelijkerwijs betekende dat zij de ander met rust lieten.

Ze werd naar binnen gelaten, liet haar ID-kaart zien en de brief met de toestemming tot bezoek die ze per e-mail had ontvangen werd doorgegeven aan de verantwoordelijke persoon.

Een gevangenbewaarder stond wijdbeens, met de armen over elkaar geslagen en een bos ratelende sleutels op haar te wachten. Iets uitdagender en overdreven zelfverzekerd omdat de bezoeker van de politie was, de brahmaankaste in de beveiligingskaste, iemand die bij gevangenispersoneel, Securitas-medewerkers en zelfs parkeerwachters altijd overcompensatie in gebaren en taalgebruik uitlokte.

Katrine deed wat ze in zulke gevallen altijd deed: ze was beleefder en vriendelijker dan ze van nature was.

'Welkom in het riool,' zei de gevangenbewaarder, een zin waarvan Katrine tamelijk zeker was dat die niet gebruikt werd tegenover een gewone bezoeker, maar waarover hij duidelijk had nagedacht, een uitspraak die de juiste mix van zwarte humor en realistisch cynisme trachtte aan te geven.

Maar het beeld was niet zo slecht, dacht Katrine terwijl ze door de gangen van de gevangenis liepen. Of misschien zou ze het de darmen moeten noemen. De plaats waar de spijsvertering van de wet veroordeelde individuen afbrak tot een bruine, stinkende massa die op een bepaald tijdstip weer naar buiten werd gewerkt. Alle deuren waren dicht, de gangen leeg.

'Afdeling van de perverselingen,' zei de gevangenbewaarder terwijl hij aan het eind van de gang weer een stalen deur opende.

'Dus zij hebben hun eigen afdeling?'

'Yep. Zolang die criminelen verzameld zitten op één plek, is er minder kans dat ze te grazen worden genomen door hun medebewoners.'

'Te grazen genomen?' Katrine keek hem overdreven verbaasd aan en deed alsof ze van niks wist.

'Yep, dat soort criminelen wordt hier net zo gehaat als in de maatschappij. Zo niet meer. En we hebben hier moordenaars met een lagere impulscontrole dan jij en ik. Dus op een kwade dag...' Hij ging met een dramatische beweging met de sleutel die hij in zijn hand had langs zijn keel.

'Worden ze vermóórd?' riep Katrine uit met afschuw in haar stem en ze vroeg zich een ogenblik af of ze niet te veel had overdreven. Maar de bewaker leek het niet te zijn opgevallen.

'Nou, vermoord misschien niet. Maar ze worden flink te grazen genomen. Het zijn altijd perverselingen die in de ziekenboeg met gebroken armen en benen liggen. Dan zeggen ze dat ze van de trap zijn gevallen of zijn uitgegleden in de douche. Ze mogen het verdomme natuurlijk niet verraden.' Hij draaide de deur achter hen op slot en snoof. 'Ruik je die lucht? Dat is sperma op de warme radiator. Dat droogt direct op. De geur brandt eigenlijk in het metaal en is onmogelijk weg te krijgen. Ruikt naar verbrand mensenvlees, vind je niet?'

'*Homunculus,*' zei Katrine en ze inhaleerde. Ze rook slechts de geur van pas geverfde muren.

'Hè?'

'In de zeventiende eeuw dacht men dat er in sperma heel kleine mensjes zaten,' zei ze. Ze zag de bewaker fronsen en begreep dat dit een misstap was, dat ze alleen maar geschokt had moeten zijn.

'Dus,' haastte ze zich te zeggen, 'Valentin zat hier veilig met gelijkgezinden?'

De bewaker schudde zijn hoofd. 'Er deed een gerucht de ronde dat hij die meisjes in Maridalen en Tryvann had verkracht. Delinquenten die zich hebben vergrepen aan minderjarigen, zijn nergens veilig. Zelfs een notoire verkrachter haat een kinderneuker.'

Katrine schrok en deze keer was dat niet gespeeld. Het was het gemak waarmee hij dat woord uitsprak.

'Dus Valentin is te grazen genomen?'

'Dat kun je wel zeggen.'

'En dat gerucht, enig idee wie daarmee is begonnen?'

'Yep,' zei de bewaker terwijl hij de volgende deur op slot draaide. 'Dat waren jullie.'

'Wij. De politie?'

'Een kerel van de politie was hier en deed alsof hij de gevangene verhoorde over die twee zaken. Maar hij vertelde meer dan hij vroeg, heb ik gehoord.'

Katrine knikte. Ze had dat gehoord, in zaken waarin de politie ervan overtuigd was dat de gevangene schuldig was aan misbruik van kinderen, maar dat niet kon bewijzen, zorgde ze ervoor dat hij op een andere manier zijn straf kreeg. Het was slechts een kwestie van de juiste gevangenen informeren. Degenen met de meeste macht. Of de laagste impulscontrole.

'En jullie vonden dat goed?'

De bewaker haalde zijn schouders op. 'Wat kunnen wij gevangenbewaarders doen?' En hij voegde daar fluisterend aan toe: 'En in dit geval waren wij er misschien niet eens op tegen.'

Ze liepen langs een recreatieruimte. 'Wat bedoel je?'

'Valentin Gjertsen was een zieke duivel. Door en door slecht. Zo'n mens van wie je je af kon vragen wat de bedoeling van Onze-Lieve-Heer was toen Hij hem op de wereld zette. We hadden een vrouwelijke bewaker hier die...'

'Hoi, ben je daar?'

De stem was zacht en Katrine draaide zich automatisch naar links. Er stonden twee mannen bij het dartbord. Ze keek recht in het lachende gezicht van de man die had gesproken, een magere man, eind dertig misschien. De laatste nog overgebleven blonde plukjes haar waren achterovergekamd over de rode schedel. Een huidziekte, dacht Katrine. Of misschien hadden ze hier een solarium, omdat ze speciale hulp nodig hadden.

'Ik had nooit gedacht dat je zou komen.' De man trok langzaam de pijltjes uit het dartbord terwijl hij haar gevangen hield met zijn blik. Hij pakte een van de pijltjes en duwde dat in het bloedrode midden van de roos, de bull's eye. Hij grijnsde terwijl hij het pijltje op en neer bewoog, steeds dieper in het bord. Trok het er weer uit. Maakte smakkende geluiden met zijn lippen. De tweede man lachte niet zoals Katrine had verwacht. In plaats daarvan keek hij met een bezorgde blik naar zijn dartpartner.

De bewaker greep Katrine zacht bij haar arm om haar mee te trekken, maar ze maakte zich los door haar arm op te tillen terwijl haar hersenen op volle toeren draaiden om hem van repliek te kunnen dienen. Ze wees een voor de hand liggende vergelijking tussen een dartpijl en de grootte van zijn geslachtsdeel van de hand.

'Misschien wat minder ontstopper door je haarwater doen?'

Ze liep snel door, maar merkte nog wel dat de opmerking misschien niet in de bull's eye, maar wel raak was. De man werd rood in zijn gezicht voor hij weer grijnsde en een soort saluut maakte.

'Had Valentin iemand met wie hij praatte?' vroeg Katrine terwijl de bewaker de deur van de cel opendeed.

'Jonas Johansen.'

'Werd hij ook wel Judas genoemd?'

'Yep. Zat een straf uit voor verkrachting van een man. Dat komt niet vaak voor, moet je weten.'

'Waar is hij nu?'

'Hij is ontsnapt.'

'Hoe dan?'

'Dat weten we niet.'

'Dat weten jullie niet?'

'Luister, er zitten hier veel slechte mensen, maar we zijn geen gevangenis met extra beveiliging zoals Ullersmo. Op deze afdeling zitten bovendien mensen met een relatief milde straf. Wat de straf van Judas betreft, was er sprake van verzachtende omstandigheden. En Valentin zat hier slechts voor poging tot verkrachting. Serieverkrachters zitten op andere plaatsen. Dus we gebruiken onze financiële middelen niet voor strenge bewaking op deze afdeling. Elke ochtend hebben we hier appèl en slechts een enkele keer komt het voor dat er iemand niet is, dan moet iedereen naar zijn cel zodat we kunnen zien wie er ontbreekt. Maar als het aantal klopt, dan verloopt alles volgens dezelfde sleur. We ontdekten dus dat Judas Johansen weg was en we meldden het aan de politie. Ik heb er niet zo veel meer aan gedacht omdat we kort daarna onze handen vol hadden aan die andere zaak.'

'Je bedoelt...?'

'Ja, de moord op Valentin.'

'Dus Judas was hier niet meer toen dat gebeurde?'

'Klopt.'

'Wie heeft volgens jou die moord op zijn geweten?'

'Ik weet het niet.'

Katrine knikte. Het antwoord was iets te automatisch, iets te snel gekomen.

'Ik zal het aan niemand vertellen, dat beloof ik. Ik vraag je dus wie volgens jou Valentin heeft vermoord.'

De bewaker zoog aan zijn tanden en hij nam Katrine aandachtig op. Alsof hij wilde checken of er bij de eerste inspectie iets over het hoofd was gezien.

'Veel mensen hier haatten Valentin en waren doodsbang voor hem. Sommigen hebben misschien gedacht: het is hij of wij, hij had veel op zijn kerfstok. En degene die hem heeft vermoord, is flink tekeergegaan. Valentin was... hoe zal ik het zeggen?' Katrine zag de adamsappel van de bewaker op en neer glijden langs de kraag van zijn uniform. 'Zijn lichaam leek wel van gelei, ik heb nog nooit zoiets gezien.'

'Misschien met een stomp wapen geslagen?'

'Ik weet daar niets van, maar hij was in elk geval onherkenbaar. Zijn gezicht was tot moes geslagen. Als hij die lelijke tatoeage op zijn borst niet had gehad, weet ik niet of we hem hadden kunnen identificeren. Ik ben geen gevoelig type, maar hiervan had ik later verdomme wel nachtmerries.'

'Wat voor tatoeage?'

'Wat voor?'

'Ja, wat...' Katrine merkte dat ze bezig was uit haar rol van vriendelijke politieagent te vallen en beheerste zich om haar ergernis te verbergen. 'Welke tekening stond er op zijn borst?'

'Tja, hoe zeg je dat. Het was een gezicht. Ook heel naar. Het leek of het uit elkaar werd getrokken. Alsof het vastzat en probeerde los te komen.'

Katrine knikte langzaam. 'Uit het lichaam probeerde te komen waarin het gevangenzat.'

'Yep, klopt, yep. Ken je zo'n...?'

'Nee,' zei Katrine. Maar ik ken het gevoel. 'En Judas hebben jullie dus niet meer gevonden?'

'Júllie hebben Judas niet gevonden.'

'Nee. Waarom hebben wíj hem niet gevonden, denk je?'

De bewaker trok zijn schouders op. 'Weet ik veel. Maar ik kan me voorstellen dat Judas voor jullie niet de hoofdprijs is. Zoals gezegd was er sprake van verzachtende omstandigheden en het gevaar van herhaling was niet groot. Hij had zijn straf er eigenlijk bijna opzitten, maar die idioot kreeg kennelijk de koorts.'

Katrine knikte. Vrijlatingskoorts. Die kwam als de datum naderde, wanneer de gevangene begon te denken aan de vrijheid en het ineens onmogelijk werd om nog een dag langer te zitten.

'Is er nog iemand anders die me wat kan vertellen over Valentin?'

De bewaker schudde zijn hoofd. 'Afgezien van Judas had hij met niemand contact. En niemand wilde ook maar iets met hem te maken hebben. Verdomme, hij maakte mensen bang. Er gebeurde iets met de lucht als hij een kamer binnen kwam.'

Katrine bleef maar vragen stellen tot ze besefte dat ze alleen maar bezig was om de tijd en haar vliegticket te rechtvaardigen.

'Je vertelde iets over wat Valentin had gedaan,' zei ze.

'Is dat zo?' zei hij snel, op zijn horloge kijkend. 'Oeps, ik moet...'

Op de terugweg door de recreatieruimte zag Katrine alleen de man met de rode schedel staan. Hij stond kaarsrecht met zijn armen naar beneden hangend en staarde naar de lege roos. De pijltjes waren nergens te zien. Hij draaide zich langzaam om en het lukte Katrine niet om zijn blik niet te beantwoorden. De grijns was weg, zijn ogen stonden mat en grauw als van een kwal.

Hij riep iets. Vier woorden die hij herhaalde. Hard en doordringend als een vogel die waarschuwt voor gevaar. Toen lachte hij.

'Let maar niet op hem,' zei de bewaker.

Het gelach achter hen stierf weg toen ze gehaast door de gangen liepen.

Toen stond ze weer buiten in de druilerige regenlucht.

Ze pakte haar mobieltje, zette de recorder uit die de hele tijd had aangestaan sinds ze hier was en belde Beate.

'Klaar in Ila,' zei ze. 'Heb je nu tijd?'

'Ik zet het koffiezetapparaat aan.'

'Hè? Heb je geen...'

'Je bent bij de politie, Katrine. Je drinkt die koffie, oké?'

'Luister, ik at altijd in Café Sara in de Torggate en jij moet dat laboratorium uit. Lunch. Ik trakteer.'

'Ja, dat doe je.'

'O?'

'Ik heb haar gevonden.'

'Wie?'

'Irja Jacobsen. Ze leeft. In elk geval als we ons haasten.'

Ze spraken over drie kwartier af en verbraken de verbinding. Wachtend op een taxi speelde Katrine de recorder af. Het bovenste deel van haar mobieltje, waarin de microfoon zat, had boven haar zak uit gestoken en ze stelde vast dat ze met een paar goede oordopjes nogmaals zou kunnen horen wat de gevangene had gezegd. Ze spoelde door naar het eind en luisterde. Ze had geen oordopjes nodig om te horen wat er werd gezegd. De herhaalde waarschuwingskreten van de roodschedel: 'Valentin leeft. Valentin moordt. Valentin leeft. Valentin moordt.'

'Hij is vanmorgen wakker geworden,' zei Anton Mittet terwijl Gunnar Hagen en hij snel door de gang liepen.

Silje stond op van haar stoel toen ze kwamen aangelopen.

'Je kunt nu gaan, Silje,' zei Anton. 'Ik neem het over.'

'Maar jouw dienst begint pas over een uur.'

'Je kunt nu gaan, zei ik. Neem vrij.'

Ze keek Anton onderzoekend aan. Keek naar de andere man.

'Gunnar Hagen,' zei hij zijn hand uitstekend. 'Hoofd Geweld.'

'Ik weet wie u bent,' zei ze en ze schudde zijn hand. 'Silje Gravseng. Ik hoop ooit voor u te kunnen werken.'

'Mooi,' zei hij. 'Dan kun je beginnen met te doen wat Anton hier je zegt.'

Ze knikte naar Hagen. 'Uw naam staat onder mijn instructies, dus uiteraard...'

Anton keek toe hoe ze haar spullen pakte.

'Het is overigens mijn laatste stagedag,' zei ze. 'Nu moet ik me gaan voorbereiden op mijn examen.'

'Silje is leerling op de politieschool,' zei Anton.

'Dat heet nu student aan de politieacademie,' zei Silje. 'Ik vraag me één ding af, hoofdinspecteur van politie.'

'Ja?' zei Hagen, glimlachend om de lange term die ze gebruikte.

'Die legende die voor u heeft gewerkt, Harry Hole. Ze zeggen dat hij nooit heeft geblunderd. Dat hij alle moorden heeft opgelost die hij onderzocht. Is dat zo?'

Anton kuchte waarschuwend en keek Silje aan, maar ze negeerde hem.

Hagens glimlach werd nog breder. 'Ten eerste kun je onopgeloste zaken op je geweten hebben zonder dat je hebt geblunderd, toch?'

Silje Gravseng gaf geen antwoord.

'Wat Harry en onopgeloste zaken betreft...' Hij wreef over zijn kin. 'Tja, ze hebben waarschijnlijk gelijk. Maar het is wel een kwestie van hoe je ernaar kijkt.'

'Naar kijkt?'

'Hij kwam naar huis vanuit Hongkong om de moord te onderzoeken waarvoor zijn pleegzoon was gearresteerd. En hoewel hij Oleg vrij heeft gekregen en een ander heeft bekend, werd de moord op Gusto Hanssen eigenlijk nooit echt opgelost. Niet officieel in elk geval.'

'Bedankt,' zei Silje en ze lachte even.

'Succes met je carrière,' zei Gunnar Hagen.

Gunnar Hagen bleef haar nakijken terwijl ze de gang uit liep. Niet zozeer omdat mannen altijd naar een mooi, jong meisje kijken alsof ze het onvermijdelijke een paar seconden uit willen stellen, dacht Anton. Hij had de nervositeit bij het afdelingshoofd opgemerkt. Toen draaide Hagen zich om naar de gesloten deur. Hij knoopte zijn jas dicht. Hij wipte op de bal van zijn voeten als een tennisspeler die wachtte op de service van zijn tegenstander.

'Dan ga ik maar naar binnen.'

'Doe dat,' zei Anton. 'Ik blijf hier.'

'Ja,' zei Hagen. 'Ja.'

Halverwege de lunch vroeg Beate aan Katrine of Harry en zij ook seks hadden gehad.

Ter inleiding had Beate verteld hoe een van de informanten de foto had herkend van de vrouw met de valse getuigenverklaring, Irja Jacobsen. Hij had verteld dat ze de meeste tijd binnenbleef, ze woonde in een woongroep aan Alexander Kiellandplass, die in de gaten werd gehouden omdat daar amfetamine werd gedeald. Maar de politie had nauwelijks interesse voor Irja, ze dealde niet, was eerder een klant.

Toen was de conversatie van werk naar privéleven gegaan en naar de goede, oude tijd. Katrine had plichtmatig geprotesteerd toen Beate beweerde dat de helft van de afdeling Geweld last kreeg van knikkende knieën toen Katrine bij hen binnen kwam gezeild. Tegelijkertijd had ze bedacht dat dit de manier van vrouwen was om de ander haar plaats te wijzen. Namelijk door te onderstrepen hoe mooi ze wás geweest. Vooral als ze zelf niet al te knap waren. Maar hoewel Beate nooit iemand knikkende knieën had bezorgd, was ze ook niet het type om met gifpijlen te schieten. Ze was altijd stilletjes, hardwerkend, loyaal, snel blozend en iemand die met open vizier vocht. Maar iets was duidelijk veranderd. Misschien kwam het door dat ene glas witte wijn. Beate had in elk geval nooit de gewoonte gehad directe persoonlijke vragen te stellen.

Katrine was daarom ook blij dat ze haar mond net vol had met pitabrood zodat ze alleen maar met haar hoofd hoefde te schudden.

'Maar inderdaad,' zei ze toen ze de hap had doorgeslikt. 'Ik geef toe dat ik met de gedachte heb gespeeld. Heeft Harry daar ooit iets over gezegd?'

'Harry vertelde me bijna alles,' zei Beate, ze tilde haar glas op voor de laatste druppels. 'Ik vroeg me alleen af of hij tegen me loog toen hij ontkende dat jullie...'

Katrine gebaarde dat ze de rekening wilde. 'Waarom dacht je dat wij iets hadden gehad?'

'Ik zag toch hoe jullie naar elkaar keken. Hoorde hoe jullie met elkaar spraken.'

'Harry en ik vochten met elkaar, Beate!'

'Dat bedoel ik.'

Katrine lachte. 'Hoe zit het met Harry en jou?'

'Harry? Ondenkbaar. Veel te goede vrienden. En ik kreeg immers wat met Halvorsen.'

Katrine knikte. Harry's partner, een jonge rechercheur uit Steinkjer die Beate nog net zwanger had gemaakt voor hij tijdens dienst werd gedood.

Stilte.

'Wat is er?'

Katrine haalde haar schouders op. Pakte haar telefoon en speelde het eind van de opname af.

'Veel gestoord volk in Ila,' zei Beate.

'Ik ben zelf opgenomen geweest, dus ik herken de gek aan zijn loopje,' zei Katrine. 'Maar wat ik me afvraag, is hoe hij wist dat ik daar was vanwege Valentin.'

Anton Mittet zat op de stoel en zag dat Mona op hem toe kwam lopen. Hij genoot van het beeld. Hij bedacht dat dit misschien een van de laatste keren was.

Ze begon al van grote afstand naar hem te lachen. Liep recht op hem af. Hij zag hoe ze haar ene voet voor de andere zette, alsof ze op een lijn liep. Misschien liep ze gewoon zo. Of liep ze voor hem zo. Toen was ze er, ze wierp automatisch een blik achter zich om te controleren of er niemand achter haar liep. Ze ging met haar hand door zijn haar. Hij bleef zitten, legde beide handen op haar heupen en keek naar haar op.

'En?' vroeg hij. 'Moet jij ook werken?'

'Ja,' zei ze. 'Altmann is weg, hij is nota bene weer overgeplaatst naar de oncologieafdeling.'

'Dan zien we jou misschien des te meer,' lachte Anton.

'Dat is nog niet zo zeker,' zei ze. 'Uit de tests blijkt dat hij aan de beterende hand is.'

'Maar daarvoor kunnen we toch nog een keer afspreken.'

Hij zei het op een grappige toon. Maar het was geen grapje. En dat wist ze wel. Was het daarom dat ze leek te verstijven, dat ze zich losmaakte uit zijn greep terwijl ze over haar schouder keek alsof er net iemand aan kwam lopen? Anton liet zijn handen zakken.

'De chef van de afdeling Geweld is nu bij hem binnen.'

'Wat doet hij daar?'

'Met hem praten.'

'Waarover dan?'

'"Dat kan ik niet zeggen," zei hij. In plaats van "ik weet het niet". Mijn god, wat was hij pathetisch.'

Op hetzelfde ogenblik ging de deur open en Gunnar Hagen kwam naar buiten. Hij bleef staan, keek van Mona naar Anton en weer terug naar Mona. Alsof er gecodeerde berichten op hun gezichten stonden. Mona bloosde ook toen ze achter Hagen langs de kamer binnen glipte.

'En?' vroeg Anton terwijl hij neutraal probeerde te kijken. En op dat moment besefte hij dat Hagens blik geen blik was geweest van iemand die het begreep, maar van iemand die het níét begreep. Hij staarde Anton aan en leek een marsmannetje te zien, het was een blik van een man in de war, van een man die zojuist alle beelden die hij van het bestaan had ondersteboven zag gaan.

'Hij daarbinnen...' zei Hagen, wijzend met zijn duim over zijn schouder. ‘Er moet verdomd goed op hem worden gepast, Anton. Hoor je me? Verdomd goed.’

Anton hoorde hem de laatste woorden nogmaals opgewonden voor zichzelf herhalen toen hij snel de gang door liep.

HOOFDSTUK 10

Toen Katrine het gezicht in de deuropening zag, dacht ze eerst dat ze aan het verkeerde adres was, dat die oude vrouw met het grijze haar en het afgetobde gezicht onmogelijk Irja Jacobsen kon zijn.

'Wat willen jullie?' vroeg ze, hen achterdochtig aankijkend.

'Ik heb gebeld,' zei Beate. 'We willen praten over Valentin.'

De vrouw smeet de deur dicht.

Beate wachtte tot het geluid van sloffende voeten zich had verwijderd. Toen duwde ze de deurklink naar beneden en opende de deur.

Aan haken in de gang hingen kleren en plastic tassen. Altijd plastic tassen. Hoe kwam het toch dat drugsgebruikers zich altijd omringden met plastic tassen, dacht Katrine. Waarom was het zo belangrijk voor hen om alles wat ze bezaten op te slaan, te beschermen en te transporteren in kwetsbaar, onbetrouwbaar emballagemateriaal? Waarom stalen ze scooters, kapstokken, theeserviezen, maar nooit koffers en tassen?

Het was vuil in het appartement, maar niet zo erg als in veel andere drugspanden die ze had gezien. Misschien kwam het door de vrouw in het huis, Irja, die nog wel een zekere grens hanteerde en zelf iets opruimde. Want Katrine ging er zonder meer van uit dat zij de enige was. Ze liep achter Beate aan naar de kamer. Op een oude maar niet kapotte bank sliep een manspersoon. Ongetwijfeld onder invloed. Het rook er naar zweet, rook, houtwerk in olie en een zoetige lucht die Katrine niet kon of wilde thuisbrengen. Langs de muur stond het gebruikelijke dievengoed opgestapeld, stapels met kindersurfborden, allemaal verpakt in doorzichtig plastic en versierd met dezelfde witte haai met zijn bek open en op de punt zwarte beetsporen die moesten suggereren dat de haai een hap van het bord had genomen. God mocht weten hoe ze dat gingen verkopen.

Beate en Katrine liepen door naar de keuken, waar Irja aan een keukentafeltje een shagje zat te rollen. Op de tafel lag een tafellaken en in de vensterbank stond een suikerpot met plastic bloemen.

Katrine en Beate gingen tegenover haar zitten.

'Ze blijven maar doorrijden,' zei Irja, knikkend naar het verkeer buiten op de Utelandsgate. Haar stem had precies de heesheid die Katrine had verwacht na het zien van het appartement en het gezicht van de oude vrouw van ergens in de dertig. 'Rijden en rijden maar. Waar gaan ze allemaal heen?'

'Naar huis,' opperde Beate. 'Of ze komen van huis.'

Irja haalde haar schouders op.

'Jij bent ook van huis,' zei Katrine. 'Het adres in het bevolkingsregister...'

'Ik heb mijn huis verkocht,' zei Irja. 'Ik had het geërfd. Het was te groot. Het was...' Ze stak een droge, witte tong uit haar mond, haalde die langs het vloeitje terwijl Katrine in gedachten de zin afmaakte: ... te verleidelijk om het te verkopen toen er niet genoeg geld meer was voor het dagelijkse dopegebruik.

'... een huis met te veel slechte herinneringen.'

'Wat voor herinneringen?' vroeg Beate en Katrine schrok even. Beate was een technisch rechercheur, geen expert in verhoren, en nu stelde ze een te algemene vraag, ze vroeg om de tragedie van haar leven. En geen uitvoeriger en langzamer verteller dan een drugsgebruiker met zelfmedelijden.

'Dat was Valentin.'

Katrine ging rechtop zitten. Misschien wist Beate toch wel wat ze deed.

'Wat deed hij?'

Ze haalde haar schouders weer op. 'Hij huurde de kelderverdieping. Hij... was daar.'

'Was daar?'

'Jullie kennen Valentin niet. Hij is anders. Hij...'

Ze probeerde haar aansteker aan te krijgen, zonder resultaat. 'Hij...' Klik, klik.

'Hij was gek?' stelde Katrine ongeduldig voor.

'Nee!' Irja smeet de aansteker woedend weg.

Katrine vloekte in zichzelf, nu was zij de amateur met suggestieve vragen die informatie uitsloot die ze anders misschien wel zouden krijgen.

'Iedereen zegt dat Valentin gek was! Dat ís hij niet! Het is alleen dat hij iets doet...' Ze keek uit het raam naar de straat. Liet haar stem zakken. 'Hij doet iets met de lucht. Mensen worden bang.'

'Sloeg hij?' vroeg Beate.

Ook suggestief. Katrine probeerde oogcontact te maken met Beate.

'Nee,' zei Irja, 'hij sloeg niet. Hij kneep mijn keel dicht. Als ik hem tegensprak. Hij was zo sterk, hij kon me met één hand bij mijn keel pakken en die dichtknijpen. Hij ging gewoon door tot alles draaide, het was onmogelijk om die hand weg te krijgen.'

Katrine nam aan dat de lach die zich over haar gezicht verspreidde, voortkwam uit een soort galgenhumor. Tot Irja verder ging: '... en het vreemde was dat ik er high van werd. En geil.'

Katrine vertrok onwillekeurig haar gezicht tot een grimas. Ze had gelezen dat een tekort aan zuurstof in de hersenen op sommige mensen een dergelijk effect kon hebben, maar als je tegenover een crimineel stond?

'En dan hadden jullie seks?' vroeg Beate, ze boog voorover en pakte de aansteker van de vloer. Knipte hem aan en hield het vuurtje voor Irja. Irja duwde het shagje snel tussen haar lippen, boog voorover en zoog aan het onbetrouwbare vlammetje. Liet de rook weer ontsnappen, zakte terug op haar stoel en leek te imploderen, alsof haar lichaam een vacuümpakketje was geweest waarin de sigaret zojuist een gaatje had gebrand.

'Hij wilde niet altijd neuken,' zei Irja. 'Dan ging hij naar buiten. Terwijl ik zat te wachten en hoopte dat hij snel terug zou komen.'

Katrine moest zich beheersen om niet te snuiven of op een andere manier haar minachting te tonen.

'Wat deed hij dan buiten?'

'Dat weet ik niet. Hij zei niks en ik...' Opnieuw dat schouderophalen. Schouderophalen als levenshouding, dacht Katrine. Berusting als pijnstiller. '... misschien wilde ik het wel niet weten.'

Beate kuchte. 'Je hebt hem een alibi gegeven voor de avonden waarop die meisjes werden vermoord. Maridalen en...'

'Jaja, blabla,' onderbrak Irja haar.

'Maar hij was niet bij jou zoals je tijdens de verhoren beweerde, of wel?'

'Ik herinnerde me het verdomme niet. Ik had strikte orders gekregen, snap je?'

‘Om wat te doen?’

‘Valentin zei dat in die nacht toen we samen waren, ja, die eerste keer. Dat de politie mij elke keer als er iemand was verkracht dezelfde vragen zou stellen, alleen maar omdat hij een keer verdachte was geweest in een zaak waarvoor ze hem niet hadden kunnen veroordelen. En als hij in een nieuwe zaak geen alibi had, zouden ze hem proberen te pakken, of hij nu onschuldig was of niet. Hij zei dat de politie dat altijd deed met mensen die volgens hen ten onrechte bij een vorige zaak niet waren veroordeeld. Dus ik moest zweren dat hij thuis was geweest, over welk tijdstip ze ook vragen stelden. Dat zou ons beiden een hoop ellende besparen, zei hij. *Makes sense*, dacht ik.’

‘En jij dacht echt dat hij onschuldig was in al die verkrachtingszaken?’ zei Katrine. ‘Zelfs terwijl je wist dat hij eerder iemand had verkracht?’

‘Dat wist ik verdomme niet!’ riep Irja en ze hoorden zwaar gebrom uit de kamer komen. ‘Ik wist niets!’

Katrine wilde verder aandringen, maar voelde dat Beate onder tafel in haar knie kneep.

‘Irja,’ zei Beate met een zachte stem. ‘Als je niets wist, waarom wilde je dan nu met ons praten?’

Irja keek naar Beate terwijl ze een imaginair tabaksdraadje van haar witte tongpunt plukte. Ze dacht na en nam een besluit.

‘Hij was immers een keer veroordeeld. En dat was toch voor een poging tot verkrachting? Toen ik zijn kamer in de kelder schoonmaakte om die te kunnen verhuren aan een ander, vond ik die... die...’ Het was of haar stem ineens zonder waarschuwing vooraf tegen een muur botste en niet verder kon. ‘... die...’ Er stonden tranen in haar grote, bloeddoorlopen ogen.

‘Die foto’s.’

‘Wat voor foto’s?’

Irja snikte. ‘Meisjes. Jonge meisjes, kinderen nog bijna. Vastgebonden en zo’n ding in hun mond.’

‘Een prop?’

‘Ja, een prop. Ze zaten op een stoel of op een bed. Je kon zien dat er bloed op het laken zat.’

‘En Valentin?’ vroeg Beate. ‘Stond hij ook op de foto?’

Irja schudde haar hoofd.

'Dus het kunnen ook gearrangeerde foto's zijn,' zei Katrine. 'Dergelijke verkrachtingsfoto's zijn op internet te vinden en zijn gemaakt door professionele fotografen voor mensen die in dergelijke zaken geïnteresseerd zijn.'

Irja schudde haar hoofd. 'Ze waren te bang. Je kon het in hun ogen zien. Ik... voelde weer die angst als Valentin wilde... zou...'

'Wat Katrine wil zeggen, is dat Valentin die foto's niet gemaakt hoeft te hebben.'

'De laarzen,' snikte Irja.

'Wat?'

'Valentin had van die lange, spitse cowboylaarzen met een gesp aan de zijkant. Op de ene foto kun je die laarzen op de grond naast het bed zien staan. Toen begreep ik dat het waar kon zijn. Dat hij ze echt kon hebben verkracht zoals werd gezegd. Maar dat was het ergste nog niet...'

'Niet?'

'Je kunt het behang achter het bed zien. En het was dat behang, hetzelfde patroon. De foto was genomen in de kelder waar hij woonde. In het bed waar hij en ik hadden...' Ze kneep haar ogen dicht, perste er twee heel kleine traantjes uit.

'Dus wat heb je toen gedaan?' vroeg Katrine.

'Wat denk je?' siste Irja, haar druipende neus met haar mouw afvegend. 'Ik ging naar jullie! Jullie moeten ons immers beschermen.'

'En wat zeiden we?' vroeg Katrine zonder een poging te doen om haar afschuw te verbergen.

'Jullie zeiden dat jullie de zaak zouden onderzoeken. Dus jullie gingen naar Valentin en lieten hem de foto's zien, maar natuurlijk lukte het hem om zich eruit te kletsen. Hij zei dat het om een vrijwillig spel ging, dat hij zich niet kon herinneren hoe die meisjes heetten, dat hij hen nooit meer had gezien en hij vroeg of een van de meisjes hem had aangegeven. Dat hadden ze natuurlijk niet, dus daar stopte het. Dat wil zeggen, daar stopte het voor jullie. Voor mij begon het toen pas...'

Ze ging voorzichtig met haar wijsvinger langs haar oogleden, ze dacht kennelijk dat ze zich had opgemaakt.

'O?'

'Ze krijgen in Ila één keer per week toestemming om te bellen. Ik kreeg per telefoon het bericht dat hij me wilde spreken. Dus ik ging bij hem op bezoek.'

Katrine hoefde het vervolg niet eens te horen.

'Ik zat in de bezoekersruimte op hem te wachten. Toen hij binnenkwam, keek hij me alleen maar aan en het leek of hij die hand weer om mijn keel had. Ik kon verdomme niet eens meer ademhalen. Hij ging zitten en zei dat hij me zou vermoorden als ik tegen iemand iets zou zeggen over die alibi's. Als ik sowieso nog met de politie zou praten, waarover dan ook, dan kwam hij om me te vermoorden. En als ik dacht dat hij daar nog lang zou zitten, dat ik me dan vergiste. Toen stond hij op en liep weg. Ik hoefde niet lang na te denken. Zolang ik wist wat ik wist, zou hij me bij de eerste de beste gelegenheid vermoorden. Ik ging gelijk naar huis, draaide alle deuren op slot en huilde drie dagen van angst. De vierde dag belde een zogenaamde vriendin die geld wilde lenen. Dat deed ze regelmatig, ze was verslaafd aan een soort heroïne die ineens op de markt was gekomen, later werd die violine genoemd. En meestal hing ik gewoon weer op, maar deze keer deed ik dat niet. De volgende avond zat ze bij me thuis en hielp me met mijn eerste shot van iets wat ik mijn hele leven nog niet had gehad. En mijn god, het hielp. Violine... die fikste alles... die...'

Katrine kon de glans van de oude verliefdheid in de ogen van de kapotte vrouw zien.

'En toen was jij ook verslaafd,' zei Beate. 'Je verkocht het huis...'

'Niet alleen om het geld,' zei Irja. 'Ik moest vluchten. Moest me voor hem verstoppen. Alles wat naar mij kon leiden, moest weg.'

'Je gebruikte je creditcard niet meer, je meldde je verhuizing niet,' zei Katrine. 'Je haalde zelfs je uitkering niet meer op.'

'Natuurlijk niet.'

'Zelfs niet toen Valentin dood was.'

Irja gaf geen antwoord. Haar ogen knipperden niet. Ze zat onbeweeglijk terwijl de rook van de bijna opgebrande peuk tussen haar nicotinegele vingers omhoog kringelde. Katrine zag een dier dat gevangen was in het licht van een koplamp.

'Je moet toch opgelucht zijn geweest toen je dat hoorde?' zei Beate voorzichtig.

Irja schudde haar hoofd, een mechanisch knikje als van een knikkend popje.

‘Hij is niet dood.’

Katrine begreep direct dat het waar was. Wat was het eerste wat ze over Valentin had gezegd? ‘Jullie kennen Valentin niet. Hij is anders.’ Niet was, maar ís.

‘Waarom denken jullie dat ik dit vertel?’ Irja drukte de peuk op de tafel uit. ‘Hij komt dichterbij. Dag voor dag, ik kan het voelen. Op een ochtend word ik wakker en dan voel ik zijn hand om mijn keel.’

Katrine wilde zeggen dat ze dat paranoia noemen en dat het de onafscheidelijke vriend was van de heroïne. Maar ineens was ze niet zo zeker van haar zaak. En toen Irja’s stem overging in zacht gefluister terwijl haar blik heen en weer schoot naar de donkere hoeken van de kamer, voelde Katrine het ook. De hand om haar keel.

‘Jullie moeten hem vinden. Alsjeblieft. Voordat hij mij vindt.’

Anton Mittet keek op zijn horloge. Hij gaapte. Mona was een paar keer met een arts bij de patiënt geweest. Verder was er niets gebeurd. Je had veel tijd om na te denken als je zo zat. Te veel tijd eigenlijk. Want de gedachten hadden de neiging om na een poosje negatief te worden. En dat zou misschien niet zo erg zijn als die negatieve dingen iets waren waaraan hij wat kon doen. Maar hij kon niets veranderen aan de Drammenzaak, het besluit dat hij indertijd had genomen om die gummiknuppel die hij in het bos had gevonden niet te melden. Hij kon niet teruggaan en het ongezegd, ongedaan maken dat hij Laura al die keren had gekwetst. En hij kon die eerste nacht met Mona niet ongedaan maken. En de andere nachten ook niet.

Hij schrok. Wat was dat? Een geluid? Het leek van een eind verderop in de gang te komen. Hij luisterde gespannen. Het was nu stil. Maar er was een geluid geweest en behalve de bliepjes van de hartmonitor in de kamer van de patiënt moesten er geen geluiden zijn.

Anton stond geluidloos op, maakte de drukknoop los die over de holster van zijn dienstpistool ging en pakte het wapen. Ontgrendelde het. Hij moest immers verdomd goed oppassen.

Hij wachtte, maar er kwam niemand. Toen begon hij langzaam de gang door te lopen. Hij trok aan elke deur die hij onderweg tegenkwam, maar ze waren allemaal op slot zoals het hoorde. Hij sloeg de hoek om, zag de lange gang voor zich. Het hele stuk verlicht. En er was niemand. Hij stond weer stil en luisterde. Niets. Het was misschien toch niets geweest. Hij stopte het pistool weer terug in de holster.

Niets geweest? Jawel. Iets had golven in de lucht veroorzaakt die het gevoelige membraan in zijn oor hadden getroffen, het had doen trillen, een beetje maar, genoeg echter om de zenuwen te prikkelen die een signaal naar de hersenen hadden gestuurd. Het was een feit net als elk ander. Maar het konden duizend dingen zijn geweest die het hadden veroorzaakt. Een muis of een rat. Een lampje dat het met een knalletje had begeven. De temperatuur die in de avond zakte en het houtwerk in de constructie deed krimpen. Een vogel die tegen het raam was gevlogen.

Pas nu – nu hij weer rustig werd – viel het Anton op hoe hard zijn hart tekeer was gegaan. Hij zou weer moeten gaan trainen. Weer in vorm komen. Het lichaam terugkrijgen dat hij had gehad. Dat hij *wás*.

Hij wilde net teruglopen toen hij bedacht dat hij net zo goed even koffie kon halen nu hij hier toch was. Hij liep naar de rode espressomachine en draaide de langwerpige doos met de koffiecapsules om. Er viel maar één groene capsule uit met een glimmend dekseltje waarop Fortissio Lungo stond. Er schoot een gedachte door zijn hoofd: kon het geluid afkomstig zijn van iemand die hiernaartoe was geslopen en hun koffie had gejat? Gisteren was de doos immers vol geweest? Hij deed de capsule in de machine, maar was ineens bang dat hij al geperforeerd was. Gebruikt dus. Nee, dan kreeg het dekseltje immers zo'n schaakpatroon nadat het in elkaar was gedrukt. Het gezoem startte en op dat moment besefte hij dat het geluid de komende twintig seconden alle geluidjes zou overstemmen. Hij deed twee stappen terug zodat hij niet bij het ergste lawaai stond.

Toen het bekertje gevuld was, keek hij naar de koffie. Zwart en mooi, de capsule was niet eerder gebruikt.

Toen de laatste druppel van de machine in het bekertje viel, dacht hij het weer te horen. Een geluid. Hetzelfde geluid. Maar deze keer aan de andere kant, in de buurt van de kamer van de patiënt. Had hij onderweg iets over het hoofd gezien? Anton nam het bekertje in zijn linkerhand en pakte zijn pistool weer. Liep met snelle, lange passen weer terug. Probeerde het bekertje recht te houden zonder ernaar te kijken, maar hij voelde de gloeiendhete koffie op zijn hand branden. Hij sloeg de hoek om. Niets. Hij haalde opgelucht adem. Liep door naar zijn stoel. Wilde gaan zitten. Toen verstijfde hij. Hij liep naar de deur van de patiëntenkamer, deed hem open.

Het was onmogelijk hem te zien, de deken zat in de weg.

Maar het sonarsignaal van de hartmonitor was gelijkmatig en hij kon de lijn op het groene scherm zien die van links naar rechts gleed en bij elke piep een sprongetje maakte.

Hij wilde de deur dichtdoen.

Maar iets deed hem anders besluiten.

Hij liep naar binnen, liet de deur openstaan, liep om het bed.

Keek naar het gezicht van de patiënt.

Hij was het.

Hij fronste zijn wenkbrauwen. Bracht zijn gezicht naar de mond. Haalde hij geen adem?

Ja, hij voelde het. De verplaatsing van lucht en de misselijkmakende zoetige geur die misschien van de medicijnen kwam.

Anton Mittet liep de kamer weer uit. Deed de deur achter zich dicht. Keek op zijn horloge. Dronk van zijn koffie. Keek weer op zijn horloge. Merkte dat hij de minuten telde. Dat hij wenste dat deze wacht snel voorbij was.

'Wat fijn dat hij heeft toegestemd om met mij te praten,' zei Katrine.

'Toegestemd?' zei de agent. 'De meeste jongens op deze afdeling zouden hun rechterhand geven om een paar minuten alleen met een vrouw in een kamer te mogen zitten. Rico Herrem is een potentiële verkrachter, weet je zeker dat je er niemand bij wilt hebben?'

'Ik kan heel goed op mezelf passen.'

'Dat zei de tandarts ook. Maar goed, je hebt in elk geval een broek aan.'

'Broek?'

'Zij droeg een rok en een panty. Zette Valentin in de tandartsstoel zonder dat er een agent ter plaatse was. Je kunt je voorstellen dat...'

Katrine probeerde het zich voor te stellen.

'Ze heeft een prijs betaald door zich te kleden als... oké, we zijn er!' Hij draaide de celdeur van het slot en duwde hem open. 'Ik sta voor de deur, roep maar als er iets is.'

'Bedankt,' zei Katrine.

De man met de rode schedel zat aan de tafel en draaide zich om op zijn stoel.

'Welkom in mijn bescheiden herberg.'

'Bedankt,' zei Katrine.

'Neem deze.' Rico Herrem stond op, schoof de stoel naar haar, liep naar het opgemaakte bed en ging zitten. Goede afstand. Ze ging zitten, voelde zijn lichaamswarmte op de zitting nog. Hij schoof verder op het bed toen Katrine de stoel iets naar voren trok en ze bedacht dat hij misschien wel zo'n man was die eigenlijk bang is voor vrouwen. Dat hij hen daarom niet verkrachtte, maar naar hen keek. Zich voor hen ontblootte. Hen belde en vertelde wat voor dingen hij allemaal met hen wilde doen, die hij uiteraard nooit zou durven. Het strafblad van Rico Herrem was eerder onsmakelijk dan afschrikwekkend.

'Jij riep naar me dat Valentin niet dood is,' zei ze en ze leunde voorover. Hij ging nog iets meer naar achteren. Zijn lichaamstaal was defensief, maar de lach was dezelfde: brutaal en hatelijk. Obsceen.

'Wat bedoelde je daarmee?'

'Wat denk je, Katrine?' Nasale stem. 'Dat hij leeft, toch.'

'Valentin Gjertsen is dood aangetroffen in zijn cel.'

'Dat is wat iedereen gelooft. Heeft híj daar verteld wat Valentin met de tandarts heeft gedaan?'

'Iets over een rok en panty. Jullie schijnen daar opgewonden van te raken.'

'Valentin raakt daar opgewonden van. En dan bedoel ik dat letterlijk. Ze werkte hier twee dagen per week. Veel mannen klaagden in die tijd over hun gebit. Valentin gebruikte haar eigen boor om haar te dwingen haar panty uit te doen en die over haar hoofd te trekken. Hij neukte haar in de tandartsstoel. Maar hij zei later: "Ze lag daar als een geslacht dier." Kennelijk had ze slechte raad gekregen over hoe ze zich moest gedragen als er iets gebeurde. Dus Valentin pakte een aansteker en ja, hij stak de panty aan. Heb je wel eens gezien hoe iets van nylon smelt als het brandt? Ze maakte een hels kabaal. Schreeuwde moord en brand. De stank van een brandend gezicht in nylon heeft weken in de muren gezeten. Ik weet niet hoe het verder met haar is gegaan, maar ik gok dat ze niet meer bang hoeft te zijn nog een keer verkracht te worden.'

Katrine keek naar hem. Kop van een opschepper, dacht ze. Iemand die zoveel slaag heeft gehad dat die grijns een automatische reactie was geworden.

'Als Valentin niet dood is, waar is hij dan?' vroeg ze.

Zijn grijns werd nog breder. Hij trok de deken over zijn knieën.

'Wil je zo vriendelijk zijn me te zeggen of ik hier mijn tijd zit te verspillen, Rico?' zei Katrine zuchtend. 'Ik heb zoveel tijd doorgebracht in een psychiatrisch ziekenhuis dat gekke mensen me vervelen, oké?'

'Je denkt toch niet dat ik die informatie gratis geef, agent?'

'De titel is rechercheur. Wat is je prijs? Strafvermindering?'

'Over een week ben ik vrij. Ik wil vijftigduizend kronen hebben.'

Katrine lachte hard en hartelijk. Zo hartelijk als ze kon. En zag de woede in zijn ogen kruipen.

'Dan zijn we hier klaar,' zei ze terwijl ze opstond.

'Dertigduizend,' zei hij. 'Ik ben platzak en als ik hieruit kom, heb ik een vliegticket nodig dat me hier zo ver mogelijk vandaan brengt.'

Katrine schudde haar hoofd. 'We betalen verklikkers alleen als er sprake is van informatie die een totaal ander licht op een zaak werpt. Een grote zaak.'

'En als dit nu zo'n zaak is?'

'Dan zou ik toch eerst met mijn chefs moeten spreken. Maar ik dacht dat jij iets had wat je me wilde vertellen, ik ben hier niet om te onderhandelen over iets wat ik niet heb.' Ze liep naar de deur en tilde haar hand op om te kloppen.

'Wacht,' zei de rode schedel. Zijn stem klonk zacht. Hij had de deken tot aan zijn kin opgetrokken.

'Ik kan je een beetje vertellen.'

'Ik heb niets voor je, zei ik.' Katrine klopte op de deur.

'Weet je wat dit is?' Hij hield een koperkleurig instrument omhoog dat Katrines hart een keer deed overslaan. Voor ze zag dat wat ze een nanoseconde voor een pistoolkolf had gehouden een onderdeel van een tatoeageapparaat was en wat ze voor een pistoolloop had gehouden een tatoeageapparaat met een puntige naald was.

'Ik ben hierbinnen de tatoeëerder,' zei hij. 'Een verdomd goede ook nog. En je weet misschien hoe ze het lijk dat ze hebben gevonden geïdentificeerd hebben als Valentin?'

Katrine keek naar hem. Naar de smalle, hatelijke ogen. De dunne, natte lippen. De rode huid die door het dunne haar scheen. De tatoeage. Het gezicht van de duivel.

'Ik heb nog steeds niets voor je, Rico.'

'Als je...' Hij grijnsde.

'Ja?'

'Als je je blouse eens opendoet, dan kan ik je...'

Katrine keek achterdochtig naar zichzelf. 'Je bedoelt... deze?'

Toen ze haar hand op haar borst legde was het of ze de lichaamswarmte van de man op het bed voelde stralen.

Ze hoorde geratel van sleutels.

'Agent,' riep ze hard zonder Rico Herrem met haar ogen los te laten. 'Geef ons nog een paar minuten, alsjeblieft.'

Ze hoorde het geratel stoppen, hij zei iets en toen was het weer stil.

De adamsappel in de hals voor haar zag eruit als een alien die zich op en neer onder de huid bewoog in een poging naar buiten te komen.

'Ga verder,' zei ze.

'Niet voor...'

'Dit is mijn aanbod. Mijn blouse blijft dicht, maar ik zal in een tepel knijpen zodat je die kunt zien. Als jij met iets komt wat goed is.'

'Ja!'

'Als je jezelf aanraakt, ben je een *dealbreaker*. Oké?'

'Oké.'

'Goed. Laat horen.'

'Ik heb dat duivelsgezicht op zijn borst getatoeëerd.'

'Hier? In de gevangenis?'

Hij trok een tekening onder de deken vandaan.

Katrine bewoog zich in zijn richting.

'Stop!'

Ze bleef staan. Keek hem aan. Tilde haar rechterhand op. Zocht de tepel onder de dunne bh-stof. Pakte die tussen duim en wijsvinger. Kneep. Probeerde de pijn te negeren en kneep nog iets harder. Ze bleef staan. Kaarsrecht. Ze wist dat het bloed naar de tepel stroomde, dat die hard werd. Ze liet het hem zien. Hoorde hoe zijn ademhaling sneller ging.

Hij stak haar het papier toe en zij deed een stap in zijn richting en griste het uit zijn handen. Ging op de stoel zitten.

Het was een tekening. Ze herkende hem van de beschrijving van de bewaker. Duivelsgezicht. Uitgerekt alsof er haken aan zijn wangen en voorhoofd zaten. Het schreeuwde van de pijn, schreeuwde om los te komen.

'Ik dacht dat het een tatoeage was die hij al jaren had,' zei ze.

'Zo zou ik het niet willen zeggen.'

'Wat bedoel je daarmee?' Katrine bestudeerde de lijnen van de tekening.

'Omdat hij hem kreeg na zijn dood bedoel ik.'

Ze keek op. Zag dat zijn blik nog steeds strak op haar blouse gericht was. 'Heb jij Valentin getatoeëerd toen hij al dood was, zeg je dat nou?'

'Luister je niet goed, Katrine? Valentin is niet dood.'

'Maar... wie...?'

'Twee knopen.'

'Hè?'

'Doe twee knopen open.'

Ze knoopte er drie los. Trok haar blouse opzij. Liet hem de bh zien met de nog steeds harde tepel erin.

'Judas.' Hij fluisterde en zijn stem was rauw. 'Ik heb Judas getatoeeerd. Valentin had hem drie dagen in zijn koffer zitten. Gewoon opgesloten in zijn koffer, moet je je voorstellen.'

'Judas Johansen?'

'Iedereen dacht dat hij was ontsnapt, maar Valentin had hem doodgeslagen en verstopt in zijn koffer. Niemand zoekt toch naar een man in een koffer? Valentin had hem zo tot moes geslagen dat zelfs ik me afvroeg of het Judas wel was. Tot moes geslagen. Kon iedereen zijn. Het enige dat nog heel aan hem was, was zijn borst waarop ik die tatoeage moest maken.'

'Judas Johansen. Zijn lijk hebben ze gevonden.'

'En nu heb ik het verteld en ben ik ook een dood man.'

'Maar waarom heeft hij Judas vermoord?'

'Valentin was hierbinnen een gehaat man. Dat kwam uiteraard door wat hij met die kleine meisjes had gedaan. En dat met de tandarts. Veel mannen hier mochten haar. Ook onder de bewakers was ze geliefd. Het was slechts een kwestie van tijd voor hem iets zou overkomen. Een overdosis. Misschien zou het eruitzien alsof hij zich van het leven had beroofd. Dus hij heeft er iets aan gedaan.'

'Hij had toch gewoon kunnen ontsnappen?'

'Ze zouden hem vinden. Hij moest doen alsof hij dood was.'

'En dan neemt hij zijn vriend Judas...'

'Dat was handig. Valentin is niet zoals wij, Katrine.'

Katrine negeerde zijn expliciete 'wij'. 'Waarom wilde je me dit vertellen? Jij was immers medeplichtig?'

'Ik heb alleen een dode man getatoeëerd. Bovendien moeten jullie Valentin pakken.'

'Waarom dan?'

De rode schedel sloot zijn ogen. 'Ik heb de laatste tijd zo gedroomd, Katrine. Hij is onderweg. Onderweg naar de levenden. Maar eerst moet hij al het oude verwijderen. Iedereen die in de weg staat. Iedereen die weet. En ik ben een van hen. Ik word volgende week vrijgelaten. Jullie moeten hem pakken...'

'... voordat hij mij pakt.' Katrine maakte het refrein af en staarde naar de man voor zich. Dat wil zeggen: naar een punt in de lucht recht boven zijn hoofd. Want het leek of het zich daar afspeelde, de scène die Rico had beschreven, hoe hij een drie dagen oud lijk had getatoeëerd. En dat was zo walgelijk dat ze niets meer in de gaten had, niets zag en niets hoorde. Totdat ze een klein druppeltje tegen haar hals voelde. Ze hoorde zijn zachte gegrom en keek naar beneden. Ze sprong op van haar stoel. Stormde naar de deur en voelde zich misselijk worden.

Anton Mittet werd wakker.

Zijn hart ging wild tekeer en hij snakte naar adem.

Hij knipperde een ogenblik verward voor het hem lukte zich te focussen.

Hij keek naar de witgeschilderde muur recht voor zich. Hij zat nog steeds op zijn stoel met zijn hoofd geleund tegen de muur achter zich. Hij had geslapen. Geslapen tijdens zijn werk.

Dat was hem nog nooit overkomen. Hij tilde zijn linkerhand op. Die leek wel twintig kilo te wegen. En waarom bonkte zijn hart zo, alsof hij de halve marathon had gelopen?

Hij keek op zijn horloge. Kwart over elf. Hij had meer dan een uur geslapen! Hoe kon dat gebeuren? Hij voelde dat zijn hart langzaam tot rust kwam. Het moest al die stress van de laatste weken zijn geweest. Die nachtdiensten, geen dag-nachtritme. Laura en Mona.

Wat had hem gewekt? Weer een geluid?

Hij luisterde.

Niets, alleen een doodse stilte. En die vage herinnering in zijn droom dat zijn hersenen iets hadden geregistreerd wat verontrustend was. Het leek of hij in hun huis bij de rivier in Drammen had geslapen. Hij wist dat ze voor het open raam voorbijkwamen met hun doordringend snerpende motorboten, maar zijn hersenen registreerden ze niet. Als de slaapkamerdeur echter ook maar een beetje piepte, zat hij rechtop in bed. Laura beweerde dat dat begonnen was na de Drammen-zaak, de zaak van René Kalsnes, die jonge vent die ze bij de rivier hadden gevonden.

Hij sloot zijn ogen. Sperde ze weer wijd open. Mijn god, hij viel weer bijna in slaap! Hij stond op. Hij werd zo duizelig dat hij gelijk moest gaan zitten. Hij knipperde met zijn ogen. Er leek een nevel over zijn zintuigen te hangen.

Hij keek naar het lege koffiebekertje dat naast zijn stoel stond. Hij moest even een dubbele espresso gaan halen. Nee verdomme, er waren geen capsules meer. Hij moest Mona bellen en vragen of ze hem koffie wilde brengen, het zou niet lang meer duren voor ze de volgende ronde kwam doen. Ze stond opgeslagen onder: GAMLEM CONTACT RIKSHOSPITAL. Dat was puur voor de zekerheid voor het geval Laura de laatste gesprekken zou bekijken op zijn mobiel en zijn frequente contacten met dat nummer zou zien. Hij wiste de sms'jes uiteraard onmiddellijk. Anton Mittet wilde zijn vinger op 'bel' zetten toen zijn hersenen kans zagen het te identificeren.

Het verkeerde geluid. Het gepiep van de slaapkamerdeur.

Het was de stilte.

Het was het geluid dat er niet was wat niet klopte.

Het gebliep van de monitor. Het geluid van het apparaat dat de hartslag registreerde. Anton stond op. Wankelde naar de deur, rukte hem open. Probeerde de duizeligheid van zich af te schudden. Staarde naar het groene scherm van de machine. Naar de vlakke, dode streep die van links naar recht was getrokken.

Hij rende naar het bed. Keek naar het bleke gezicht dat daar lag. Hij hoorde het geluid van rennende voeten die naderbij kwamen. Er moest in de centrale post een alarm zijn afgegaan toen de machine geen hartslag meer registreerde. Anton legde automatisch een hand op het voorhoofd van de man. Nog steeds warm. Toch had Anton genoeg lijken gezien om niet te twijfelen. De patiënt was dood.

Deel III

HOOFDSTUK 11

De begrafenis van de patiënt was een korte, efficiënte gebeurtenis met een zeer geringe opkomst. De priester hoefde niet eens te beweren dat de man zeer geliefd was geweest, een voorbeeldig leven had geleid of opgenomen zou worden in het paradijs. Hij ging direct door naar Jezus die volgens hem alle zondaars had vergeven.

Er waren niet eens genoeg mensen gekomen om de kist te dragen, waardoor die voor het altaar bleef staan terwijl de aanwezigen de Vest Aker-kerk verlieten en de sneeuw in stapten. Het grootste deel van de aanwezigen – om precies te zijn vier – werd gevormd door politiemensen die in dezelfde auto gingen zitten en samen naar café Justisen reden, dat net open was gegaan en waar een psycholoog op hen zat te wachten. Ze stampten de sneeuw van hun laarzen, bestelden één biertje en vier flesjes water dat niet schoner was of beter smaakte dan dat wat uit de kranen van Oslo kwam. Ze proostten, vervloekten de dode zoals de traditie was en dronken.

'Hij is te vroeg doodgegaan,' zei het hoofd van Geweld, Gunnar Hagen.

'Maar een beetje te vroeg,' zei het hoofd van de technische recherche, Beate Lønn.

'Moge hij lang en heftig branden,' zei de roodharige technisch rechercheur in zijn suède jas met franjes, Bjørn Holm.

'Als psycholoog stel ik hiermee de diagnose dat jullie niet in contact zijn met jullie gevoelens,' zei Ståle Aune terwijl hij zijn glas optilde.

'Bedankt dokter, maar mijn diagnose luidt politie,' zei Hagen.

'Die obductie,' vroeg Katrine. 'Ik weet niet of ik die helemaal heb begrepen.'

'Hij is gestorven aan een herseninfarct,' zei Beate. 'Hersenbloeding. Zoiets kan kennelijk gebeuren.'

'Maar hij was net uit zijn coma ontwaakt,' zei Bjørn Holm.

'Zoiets kan ons elk moment treffen,' zei Beate met een vlakke stem.

'Fijn om te weten,' zei Hagen met een grijns. 'En nu we klaar zijn met de dode, stel ik voor dat we naar de toekomst kijken.'

'De kunst om een trauma snel te verwerken kenmerkt mensen met een lage intelligentie.' Aune nam een slok uit zijn glas. 'Ik zeg het maar even.'

Hagen liet zijn blik een seconde op de psycholoog rusten voor hij verderging: 'Ik dacht dat het beter was hier af te spreken dan op het bureau.'

'Ja, waarom eigenlijk?" vroeg Bjørn Holm.

'Om te praten over de politiemoorden.' Hij draaide zich om. 'Katrine?'

Katrine Bratt knikte. Ze schraapte haar keel.

'Een korte samenvatting, zodat onze psycholoog op de hoogte is,' zei ze. 'Twee politiemannen zijn vermoord. Beiden op de plaats delict van een niet-opgeloste moord en beiden maakten deel uit van het onderzoeksteam van de betreffende moord. Wat betreft de politiemoorden hebben we nog geen enkel spoor, geen verdachten en geen aanknopingspunten voor het motief. Wat betreft de oorspronkelijke moorden gaan we ervan uit dat ze een seksueel motief hadden, er was een aantal technische sporen, maar geen ervan wees naar een bepaalde verdachte. Dat wil zeggen, verscheidene mensen zijn verhoord, maar stuk voor stuk bleken ze weggestreept te kunnen worden, of omdat ze een alibi hadden, of omdat ze niet in het daderprofiel pasten. Nu heeft een van hen onlangs zijn kandidatuur vernieuwd...'

Ze haalde iets uit haar tas en legde het op tafel zodat iedereen het kon zien. Het was een foto van een man met ontbloot bovenlijf. De datum en het nummer toonden aan dat het om een zogenaamde arrestantenfoto ging.

'Dit is Valentin Gjertsen. Zedendelicten. Mannen, vrouwen, kinderen. Eerste aangifte toen hij zestien jaar was, gerommeld met een negenjarig meisje dat hij had meegelokt met een roeiboot. Het jaar daarop deed een buurvrouw aangifte omdat hij had geprobeerd haar in de wasruimte te verkrachten.'

'En als we hem koppelen aan Maridalen en Tryvann?' vroeg Bjørn Holm.

'Voorlopig klopt alleen het profiel en het feit dat de vrouw die hem de alibi's heeft gegeven ons heeft verteld dat die vals zijn. Ze deed wat hij haar had opgedragen.'

'Valentin vertelde haar dat de politie probeerde hem te laten opdraaiden voor een zaak. Terwijl hij onschuldig was,' zei Beate Lønn.

'Aha,' zei Hagen. 'Dat kan reden zijn voor haat jegens de politie. Wat zeg jij, dokter? Is dat voor te stellen?'

Aune dacht er smakkend over na. 'Absoluut. Maar de algemene regel die ik hanteer als het gaat om de menselijke psyche, is dat alles wat je je kunt voorstellen mogelijk is. Plus een deel dat je je niet kunt voorstellen.'

'Terwijl Valentin Gjertsen een straf uitzat wegens aanranding van een minderjarige, verkrachtte en verminkte hij de vrouwelijke tandarts in Ila. Hij was bang dat er wraak zou worden genomen en besloot dat hij weg moest. Ontsnappen uit Ila is op zich niet zo'n heksentoer, maar Valentin wilde dat het eruitzag alsof hij dood was zodat niemand achter hem aan zou komen. Dus hij vermoordde een medegevangene, Judas Johansen, sloeg hem zo dat hij onherkenbaar was en verstopte het lijk, waarop Johansen dus niet aanwezig was bij het appèl en men dacht dat hij was ontsnapt. Toen dwong Valentin de tatoeëerder in de gevangenis om een kopie van Valentins duivelsgezicht te tatoeëren op het enige deel van Judas dat niet tot moes was geslagen: zijn borst. Hij stelde de tatoeëerder en zijn familie een spoedige dood in het vooruitzicht als hij dat ooit aan iemand zou verraden. Dus in de nacht dat hij zelf ontsnapte, trok hij Judas Johansen zijn eigen kleren aan, legde hem op de vloer van zijn cel en liet de deur openstaan zodat het leek of iedereen naar binnen kon gaan. Toen men de volgende ochtend het lijk van Valentin vond, was niemand echt verbaasd. Het was een min of meer verwachte moord op de meest gehate gevangene van de afdeling. Het was zo duidelijk dat men niet eens de moeite nam om de vingerafdrukken van het lijk te controleren en al helemaal niet om een DNA-test te doen.'

Het was een poosje stil rond de tafel. Een andere gast maakte zijn entree, hij wilde aan het tafeltje naast hen gaan zitten, maar een blik van Hagen deed hem doorlopen naar een tafeltje verderop.

'Dus wat je zegt, is dat Valentin is ontsnapt en vrolijk verder leeft,' zei Beate Lønn. 'Dat hij achter de oorspronkelijke moorden en achter de politiemoorden zit. En dat zijn motief voor de laatste moorden wraak op de politie in het algemeen is. En dat hij de voormalige plaatsen delict gebruikt om ze uit te voeren. Maar op wat precies wil hij wraak nemen?

Dat de politie haar werk doet? Dan zouden velen van ons niet meer in leven zijn.'

'Ik ben er niet zeker van of hij op de politie in het algemeen uit is,' zei Katrine. 'De bewaker vertelde me dat ze in Ila bezoek hadden gekregen van twee politiemannen die met enkele gevangenen hadden gesproken over de moorden op de meisjes bij Maridalen en Tryvann. Dat ze met heteroseksuele moordenaars hadden gesproken en dat ze meer vertelden dan ze vroegen. Ze wezen Valentin aan als...' Katrine zette zich schrap: '... kinderneuker.'

Ze zag dat ze allemaal, inclusief Beate Lønn, schrokken. Het was vreemd hoe een woord een groter effect kon hebben dan de ergste foto's van een plaats delict.

'En al is het niet direct een doodvonnis, het scheelt niet veel.'

'En die twee politiemannen waren?'

'De bewaker met wie ik heb gesproken herinnerde zich dat niet en ze staan nergens geregistreerd. Maar we kunnen een gokje wagen.'

'Erlend Vennesla en Bertil Nilsen,' zei Bjørn Holm.

'Er begint zich een beeld af te tekenen, vinden jullie niet?' zei Gunnar Hagen. 'Die Judas is slachtoffer geworden van hetzelfde extreme geweld als bij de politiemoorden. Dokter?'

'Jazeker,' zei Aune. 'Moordenaars zijn gewoontedieren die vast blijven houden aan beproefde moordmethodes. En die methode kan een uitlaatklep zijn voor hun haat.'

'Maar bij Judas had die een speciaal doel,' zei Beate. 'Om zijn eigen vlucht te camoufleren.'

'Als het inderdaad echt zo is gebeurd,' zei Bjørn Holm. 'Die gevangene met wie Katrine heeft gesproken, is nu niet bepaald 's werelds betrouwbaarste getuige.'

'Nee,' zei Katrine. 'Maar ik geloof hem.'

'Waarom?'

Katrine lachte even. 'Wat zei Harry ook alweer? Intuïtie is slechts de som van veel kleine, maar heel concrete dingen waar de hersenen nog niet precies een naam aan kunnen geven.'

'Wat vinden jullie van het lijk opgraven en het controleren?' vroeg Aune.

'Raad eens,' zei Katrine.

'Gecremeerd?'

'Valentin had een week eerder een testament opgesteld waarin stond dat zijn lijk zo snel mogelijk na zijn dood gecremeerd diende te worden.'

'En sindsdien heeft niemand meer iets van hem gehoord,' zei Holm. 'Tot hij Vennesla en Nilsen vermoordde.'

'Dat is de hypothese die Katrine me heeft gepresenteerd, ja,' zei Gunnar Hagen. 'Voorlopig is die dubieus en behoorlijk gewaagd, maar omdat ons onderzoeksteam al zo lang heeft geworsteld met andere hypotheses, wil ik deze een kans geven. Daarom heb ik jullie gevraagd hier vandaag te komen. Ik wil dat jullie een speciale eenheid vormen die dit – en alleen dit – spoor volgen. De rest laten jullie over aan het grote team. Als jullie de opdracht aannemen, rapporteren jullie aan mij en...' Hij hoestte kort en hard als een pistoolschot. '... alleen aan mij.'

'Aha,' zei Beate. 'Wil dat zeggen dat...'

'Ja, dat wil zeggen dat we in het geheim opereren.'

'Geheim voor wie?' vroeg Bjørn Holm.

'Iedereen,' zei Hagen. 'Absoluut iedereen behalve voor mij.'

Ståle Aune kuchte. 'En wie in het bijzonder niet?'

Hagen rolde een stukje huid van zijn hals tussen zijn duim en wijsvinger heen en weer. Zijn oogleden waren half naar beneden gezakt als bij een hagedis in de zon.

'Bellman,' stelde Beate vast. 'De commissaris.'

Hagen gebaarde met zijn armen. 'Ik ben slechts uit op resultaat. We hadden succes met een onafhankelijk, klein team toen Harry nog onder ons was. Maar de commissaris heeft wat dat betreft zijn voet dwars gezet. Het is mogelijk dat het een beetje een wanhopige indruk maakt, maar in het grote onderzoeksteam zijn de ideeën opgedroogd en we moeten die politieslager pakken. Als we dat niet doen, stort alles in elkaar. Mocht het tot een confrontatie met de commissaris komen, dan neem ik de volledige verantwoordelijkheid op me. In dat geval zal ik hem vertellen dat ik niet tegen jullie heb gezegd dat hij niet op de hoogte mocht zijn van deze groep. Maar ik besef natuurlijk wel in wat voor positie ik jullie breng, dus het is aan jullie of jullie hieraan mee willen doen.'

Katrine merkte hoe haar eigen blik – net als bij de anderen – zich richtte op Beate Lønn. Ze wisten dat het feitelijke besluit bij haar lag. Als Beate meedeed, dan deden zij mee. Zei zij nee...

‘Dat duivelsgezicht op zijn borst,’ zei Beate. Ze had de foto van tafel gepakt en bestudeerde het. ‘Het lijkt wel of iemand eruit wil. Uit de gevangenis. Uit zijn eigen lichaam. Of zijn eigen hersenen. Net als bij de Sneeuwman. Misschien is hij een van hen.’ Ze keek op en lachte even. ‘Ik doe mee.’

Hagen keek naar de anderen. Kreeg korte, bevestigende knikjes.

‘Prima,’ zei Hagen. ‘Ik zal net als eerst leidinggeven aan het gewone onderzoeksteam, terwijl Katrine formeel leidinggeeft aan deze groep. Aangezien zij valt onder het politiedistrict Bergen en Hordaland, hoeven jullie formeel niet te rapporteren aan de commissaris van politie in Oslo.’

‘Wij werken voor Bergen,’ zei Beate. ‘Tja, waarom niet? Proost, op Bergen, mensen!’

Ze hieven hun glas.

Toen ze op het trottoir voor Justisen stonden, motregende het en roken ze asfalt, olie en strooizand.

‘Laat ik van de gelegenheid gebruikmaken om jullie te bedanken dat jullie me terug willen hebben,’ zei Ståle Aune terwijl hij zijn Burberryjas dichtknoopte.

‘De onoverwinnelijken heersen weer,’ zei Katrine lachend.

‘Het wordt weer net als vroeger,’ zei Bjørn, zich tevreden op zijn buik kloppend.

‘Bijna,’ zei Beate. ‘Eentje ontbreekt.’

‘Hela!’ zei Hagen. ‘We hadden afgesproken dat we niet meer over hem zouden praten. Hij is weg en dat blijft zo.’

‘Hij zal nooit helemaal weg zijn, Gunnar.’

Hagen zuchtte. Keek naar de lucht. Haalde zijn schouders op.

‘Misschien niet. Er was een studente van de politieacademie die stage liep bij de bewaking in het Rikshospital. Ze vroeg me of het Harry Hole ooit was overkomen dat hij een moord niet had opgelost. Ik dacht eerst dat ze alleen maar nieuwsgierig was omdat hij iemand was die zij kende. Ik antwoordde dat de zaak van Gusto Hanssen nooit werd opgelost. En vandaag hoorde ik dat mijn secretaresse is gebeld door iemand van de politieacademie met de vraag om een kopie van het dossier van juist die zaak.’ Hagen lachte triest. ‘Misschien is hij toch bezig een legende te worden.’

'Harry zal altijd herinnerd worden,' zei Bjørn Holm. 'Er is geen gelijke.'

'Misschien niet,' zei Beate. 'Maar wij vieren kunnen redelijk aan hem tippen, toch?'

Ze keken naar elkaar. En knikten. Ze drukten even kort elkaars hand en verlieten de plek in drie verschillende richtingen.

HOOFDSTUK 12

Mikael Bellman zag de gedaante boven de korrel op het pistool. Hij kneep zijn ene oog half dicht, duwde de trekker langzaam naar achteren terwijl hij zijn hart voelde kloppen. Rustig maar zwaar, hij voelde het bloed in zijn vingertoppen kloppen. De gedaante bewoog zich niet, dat gevoel had hij alleen maar omdat hij zelf niet stilstond. Hij liet de trekker los, hield zijn adem in en focuste opnieuw. Kreeg de gedaante opnieuw boven de korrel. Haalde over. Zag de gedaante bewegen. Op de juiste manier bewegen. Dood. Mikael Bellman wist dat hij had getroffen met een hoofdschot.

'Breng het lijk hierheen dan kunnen we obductie uitvoeren,' riep hij terwijl hij zijn Heckler & Koch P30L liet zakken. Hij trok de gehoorbescherming en veiligheidsbril weg. Hoorde het elektrische gezoem en het zingen van de kabels en zag de gedaante op hem af komen. Een halve meter voor hem stopte die ineens.

'Goed gedaan,' zei Truls Berntsen, hij liet de schakelaar los en het gezoem hield op.

'Goed genoeg,' zei Mikael en hij bestudeerde de papieren schietschijf met rafelige gaten in de halve torso en het hoofd. Hij knikte naar de schietschijf met het afgescheurde hoofd op de baan naast hem. 'Maar niet zo goed als jij.'

'Goed genoeg om de test te halen. Ik hoorde dat tien komma twee procent dit jaar is gezakt.' Truls verwisselde met geoefende handen zijn schietschijf, drukte op de schakelaar en de nieuwe gedaante verdween zingend naar achteren. Hij hield stil bij een groen gespikkelde metalen plaat twintig meter bij hen vandaan. Enkele banen links van hen hoorde Mikael een vrouw helder lachen. Hij zag twee jonge vrouwen met hun hoofden bij elkaar naar hem kijken. Vast studenten van de politieacademie die hem hadden herkend. Alle geluiden hierbinnen hadden hun eigen frequentie waardoor Mikael zelfs tussen de schoten door de zweepslagen tegen het papier en de klap van het lood tegen de metalen plaat kon horen. Gevolgd door de kleine, metalige klik als de kogel in de box viel die onder de schietschijf stond om de samengedrukte projectielen op te vangen.

'Meer dan tien procent van het korps is in de praktijk niet in staat zichzelf en anderen te verdedigen. Wat zegt de commissaris daarvan?'

'Niet alle politiemannen kunnen zo veel trainen op de schietbaan als jij, Truls.'

'Hebben zo veel tijd over, bedoel je?'

Truls lachte die irritante grommende lach van hem terwijl Mikael Bellman zijn ondergeschikte en jeugdvriend aankeek. Die schots en scheef staande tanden die zijn ouders nooit hadden laten reguleren en het rode tandvlees. Ogenschijnlijk was alles zoals vroeger, maar toch was er iets veranderd. Misschien kwam het alleen door dat pas geknipte hoofd. Of kwam het door de schorsing? Dergelijke zaken hakten er behoorlijk in, vooral bij mensen die anders niet zo gevoelig waren. Misschien vooral bij hen, omdat ze gewend waren hun gevoelens niet te uiten, het allemaal op te potten en te hopen dat het mettertijd over zou gaan. Dat soort mensen kon instorten. Een kogel door zijn hoofd jagen.

Maar Truls leek tevreden. Hij lachte steeds. Mikael had toen ze jong waren eens tegen hem gezegd dat die lach mensen de stuipen op het lijf joeg. Dat hij zijn lach moest veranderen. Moest oefenen op een gewonere, sympathiekere lach. Truls had daarop alleen maar harder gelachen. Had zonder een woord te zeggen een vinger op hem gericht en die onplezierige lach laten horen.

'Moet je me er niet naar vragen?' vroeg Truls terwijl hij de kogels in het magazijn duwde.

'Waarnaar?'

'Naar het geld op mijn rekening.'

Mikael verwisselde van standbeen. 'Heb je me daarom hier uitgenodigd? Zodat ik ernaar kon vragen?'

'Wil jij niet weten waar dat geld vandaan komt?'

'Waarom zou ik daar nu over zeuren?'

'Jij bent de commissaris.'

'En jij hebt het besluit genomen er niets over te zeggen. Ik vind het dom van je, maar ik respecteer het.'

'Doe je dat?' Truls klikte het magazijn op zijn plaats. 'Of zeur je niet omdat je weet waar het geld vandaan komt, Mikael?'

Mikael Bellman keek naar zijn jeugdvriend. Nu zag hij het. Zag wat er was veranderd. Het was de zieke blik uit hun jeugd, die hij altijd kreeg wanneer hij woedend was. Woedend omdat de oudere jongens in Manglerud hem, Mikael, die grote mond die Ulla had ingepikt, wilden afrossen en hij Truls naar voren schoof. De hyena tegen hen ophitste. Die schurftige, afgetuigde hyena die altijd al zoveel slaag had moeten tolereren. Zoveel dat een beetje meer of minder niet veel uitmaakte. Maar langzamerhand ontdekten de oudere jongens dat vechten met Truls pijnlijk was. En dat was het hun niet waard. Want als Truls die blik, die hyenablik in zijn ogen kreeg, dan betekende dat dat hij bereid was te doden. Als hij dan zijn tanden in je kon zetten, zou hij je nooit, maar dan ook nooit loslaten. Hij klapte zijn kaken dicht en dat bleef zo tot je op je knieën lag of tot men hem losrukte. Later zat er meer tijd tussen de momenten dat Mikael die blik had gezien. Uiteraard die keer dat ze die homo in de garage te grazen hadden genomen. En laatst, toen Mikael hem had bericht over de schorsing. Maar wat er nu was veranderd, was dat die blik niet meer wegging. Hij was er de hele tijd, alsof hij koorts had.

Mikael schudde langzaam zijn hoofd, alsof hij achterdochtig was. 'Waar heb je het over, Truls?'

'Misschien kwam het geld indirect van jou. Misschien heb jij me de hele tijd betaald. Misschien heb jij Asajev naar mij geleid.'

'Ik denk dat je te veel kruitdampen hebt geïnhaleerd, Truls. Ik heb nooit iets te maken gehad met Asajev.'

'Misschien moeten we het hem vragen?'

'Rudolf Asajev is dood, Truls.'

'Komt je verrekte goed uit, niet? Dat iedereen die iets zou kunnen vertellen toevallig doodgaat.'

Iedereen, dacht Mikael Bellman. Behalve jij.

'Behalve ik,' zei Truls grijnzend.

'Ik moet gaan,' zei Mikael, hij trok de schietschijf los en vouwde die samen.

'O ja,' zei Truls. 'De woensdagafspraak.'

Mikael verstijfde. 'Wat?'

'Ik herinner me alleen dat jij altijd op woensdag rond deze tijd het bureau verliet.'

Mikael keek hem onderzoekend aan. Het vreemde was dat hij Truls Berntsen al meer dan twintig jaar kende, maar dat hij nooit precies wist hoe dom of hoe slim Truls eigenlijk was. 'Precies. Maar laat ik je zeggen dat het beter voor je is om die speculaties voor jezelf te houden. Zoals de situatie nu is kunnen die je alleen maar schaden, Truls. En het is misschien beter om mij niet te veel te vertellen. Ze kunnen me oproepen als getuige en dan kan ik in een moeilijke positie komen. Begrijp je?'

Maar Truls had de oorbeschermers al over zijn oren getrokken en zich omgedraaid naar de schietschijf. Beide ogen wijd opengesperd achter de bril. Een lichtflits. Twee. Drie. Het pistool leek zich los te willen rukken, maar Truls' greep was te stevig. Hyenagreep.

Op de parkeerplaats voelde Mikael zijn mobieltje vibreren in zijn broekzak.

Het was Ulla.

'Heb je gesproken met mensen van de ongediertebestrijding?'

'Ja,' zei Mikael, die er geen enkele gedachte aan had gewijd en al helemaal niet met iemand had gesproken.

'Wat zeiden ze?'

'Ze zeiden dat de lucht die jij ruikt op het terras heel goed een dode muis of rat kan zijn die daar ergens onder ligt. Maar aangezien het om beton gaat, zal de boel alleen maar verrotten en dan verdwijnt de lucht vanzelf. Ze hebben ons afgeraden het terras op te breken. Oké?'

'Je had vakmensen het terras moeten laten aanleggen, niet Truls.'

'Hij heeft het midden in de nacht gedaan zonder dat ik het hem had gevraagd, dat heb ik je toch verteld. Waar ben je, lieveling?'

'Ik heb afgesproken met een vriendin. Ben je op tijd voor het avondeten?'

'Ja hoor, en denk niet meer aan het terras. Is dat goed, lieveling?'

'Dat is goed.'

Hij verbrak de verbinding. Bedacht dat hij twee keer lieveling had gezegd, dat het een keer te veel was. Dat het had geklonken als een leugen. Hij startte de auto, drukte het gaspedaal in, liet de koppeling opkomen en voelde die heerlijke druk tegen de neksteun toen de pas aangeschafte Audi accelereerde op de parkeerplaats. Hij dacht aan Isabelle. Hij voelde de bloedtoevoer al. En die merkwaardige paradox dat het geen leugen was. Dat zijn liefde voor Ulla nooit concreter was dan vlak voordat hij met een andere vrouw zou vrijen.

Anton Mittet zat op het terras. Zijn ogen waren gesloten en hij voelde dat de zon zijn gezicht een beetje verwarmde. Het voorjaar deed zijn best, maar voorlopig won de winter nog. Hij opende zijn ogen weer en opnieuw viel zijn blik op de brief voor hem.

Het logo van het gezondheidscentrum in Drammen was ingekleurd met blauw. Hij wist wat dit was – de uitslag van de bloedtest. Hij wilde de brief openscheuren, stelde het uit, keek op en keek naar het water van de Drammenselv. Toen ze de brochures van de nieuwe woningen in het Elvepark, ten westen van Åssiden, hadden gezien, hadden ze niet getwijfeld. De kinderen waren het huis uit en het was met de jaren niet gemakkelijker geworden om de wilde tuin in bedwang te houden en het oude, en veel te grote, houten huis in Konnerud dat ze van Laura's ouders hadden geërfd te onderhouden. De hele boel verkopen en een moderne woning kopen die van alle gemakken voorzien was, zou hun beiden meer tijd en geld geven om te doen waar ze het al zoveel jaren over hadden: samen reizen. Verre landen bezoeken. Dingen beleven die het korte leven hier op aarde hun te bieden had.

Dus waarom reisden ze niet? Waarom had hij dat ook uitgesteld?

Anton zette zijn zonnebril recht, verschoof de brief. Viste in plaats daarvan zijn mobieltje uit zijn zak.

Kwam het doordat de dagen zo hectisch waren, dat ze kwamen en gingen, kwamen en gingen? Kwam het door het uitzicht op de rivier dat zo weldadig rustgevend was? Was het de gedachte aan zoveel tijd samen moeten doorbrengen, de angst wat dat over hen, over hun huwelijk, zou zeggen? Of kwam het door de Zaak, de val die hem zoveel energie had gekost dat hij geen initiatief meer kon nemen, die hem had geparkeerd in een bestaan waarin de dagelijkse routine hem behoedde voor een volledige collaps? Toen was dat met Mona gebeurd…

Anton keek naar de display. GAMLEM CONTACT RIKSHOSPITAL.

Er stonden drie opties onder. Bellen. Stuur sms. Verwijder.

Verwijder. Het leven zou ook zo'n knop moeten hebben. Hoe anders zou alles dan zijn. Als hij die gummiknuppel wel had gemeld. Als hij Mona niet voor een kopje koffie had uitgenodigd. Als hij niet had geslapen.

Maar hij hád geslapen.

Geslapen tijdens de dienst, op een harde, houten stoel. Hij die anders na een lange dag altijd moeite had met in zijn eigen bed slapen. Het was niet te begrijpen. En hij had lange tijd het gevoel gehad nog half in slaap te zijn, zelfs het gezicht van de dode en het gedoe daarna hadden hem niet wakker kunnen krijgen, hij had er juist als een zombie bij gestaan met die benevelde hersenen, niet in staat om ook maar iets te doen of antwoord te geven op simpele vragen. Niet dat de patiënt zeker nog had geleefd als hij wakker was gebleven. De obductie had niets anders uitgewezen dan dat de patiënt mogelijk was gestorven aan een herseninfarct. Maar Anton had zijn werk niet gedaan. Niet dat iemand dat ooit zou ontdekken, hij had niets gezegd. Maar zelf wist hij het wel. Wist dat hij weer had gefaald.

Anton Mittet keek naar de knopjes.

Bellen. Stuur sms. Verwijder.

Het was tijd. Tijd om iets te doen. Het juiste te doen. Gewoon doen, niet uitstellen.

Hij drukte op 'verwijder'. Het beslissende alternatief kwam.

Hij koos. Hij koos het juiste. VERWIJDER.

Toen trok hij de brief naar zich toe en scheurde hem open. Pakte het vel papier eruit en las. Hij was de ochtend nadat de patiënt dood was aangetroffen vroeg naar het gezondheidscentrum gegaan. Hij had uitgelegd dat hij een politieman was op weg naar zijn werk en dat hij een pil binnen had gekregen waarvan hij niet wist wat het was, hij voelde zich raar en was bang om naar zijn werk te gaan in deze toestand. De arts had hem eerst alleen ziek willen melden, maar Anton had erop gestaan dat er bloed werd afgenomen.

Zijn ogen schoten over het papier. Hij begreep niet alle woorden en namen en wat de getalwaarden daarachter inhielden, maar de arts had er twee zinnen ter verklaring aan toegevoegd die aan het eind van de korte brief stonden:

... nitrazepam is een sterk slaapmiddel. U dient het NIET *meer in te nemen zonder dat u contact hebt gehad met uw arts.*

Anton sloot zijn ogen en zoog de lucht tussen zijn opeengeklemde tanden naar binnen.

Verdomme.

Zijn argwaan was terecht geweest. Hij was verdoofd. Iemand had hem verdoofd. Hij begreep ook wel hoe. De koffie. Het geluid in de gang. De doos waarin maar één capsule had gezeten. Hij had zich nog afgevraagd of het dekseltje niet was geperforeerd. Het middel moest met een injectienaald in de capsule zijn gespoten. Op die manier had de betreffende persoon alleen maar hoeven wachten tot Anton zijn eigen slaapdrankje ging halen, espresso met nitrazepam.

Ze zeiden dat de patiënt een natuurlijke dood was gestorven. Of beter gezegd, ze hadden geen aanwijzingen dat er iets onrechtmatigs was gebeurd. Maar een belangrijk deel van de conclusie was uiteraard gebaseerd op het feit dat ze dachten dat Anton de waarheid had gesproken toen hij zei dat er niemand bij de patiënt binnen was geweest na het laatste artsenbezoek, twee uur voordat het hart stopte met kloppen.

Anton wist wat hij moest doen. Hij moest het melden. Nu. Hij pakte zijn mobieltje. Opnieuw een blunder melden. Uitleggen waarom hij niet direct had gezegd dat hij had geslapen. Hij keek naar de display. Deze keer kon zelfs Gunnar Hagen hem niet redden. Hij legde het mobieltje weer neer. Hij zou bellen. Maar niet nu.

Mikael Bellman knoopte voor de spiegel zijn stropdas.

'Je was goed vandaag,' zei een stem uit het bed.

Mikael wist dat het waar was. Zag Isabelle Skøyen achter zich opstaan en haar kousen aantrekken. 'Komt dat omdat hij dood is?'

Ze gooide de sprei van rendiervel over het bed. Boven de spiegel hing een imponerend gewei en de muren waren versierd met Samische kunst. Deze vleugel van het hotel had kamers die allemaal door vrouwelijke artiesten waren ingericht en hun naam droegen. Deze kamer had de naam van een vrouwelijke joiker, een beoefenaarster van de traditionele muziek van de Samen. Het enige probleem dat zich had voorgedaan was dat Japanse toeristen die de kamer hadden gebruikt het gewei van een bok hadden gestolen. Ze waren er vast van overtuigd dat het extract van de horens een potentie verhogende werking had. Mikael had er de laatste keer ook over nagedacht. Maar vandaag niet. Misschien had ze gelijk, misschien was het de opluchting over het feit dat de patiënt dood was.

'Ik wil niet weten hoe het is gebeurd,' zei hij.

'Ik had je toch niets kunnen vertellen,' zei ze terwijl ze haar rok aantrok.

'Laten we het er gewoon niet over hebben.'

Ze was achter hem gaan staan. Beet hem in zijn nek.

'Kijk niet zo bezorgd,' zei ze grinnikend. 'Het leven is een spel.'

'Voor jou misschien. Ik zit nog steeds met die verrekte politiemoorden.'

'Jij hoeft niet te worden herkozen. Ik wel. Maar zie ik er bezorgd uit?'

Hij haalde zijn schouders op. Rekte zich uit om zijn colbert te pakken. 'Ga jij eerst?'

Hij lachte toen ze hem tegen zijn achterhoofd tikte. Hoorde hoe haar schoenen in de richting van de deur klepperden.

'Misschien heb ik volgende week woensdag een probleem,' zei ze. 'De vergadering met de gemeenteraad is verschoven.'

'Is goed,' zei hij en hij merkte dat het inderdaad goed was. Nee, meer dan dat, hij was opgelucht. Ja, eigenlijk was hij dat.

Ze bleef bij de deur staan. Luisterde zoals gewoonlijk naar geluiden om er zeker van te zijn dat de gang veilig was. 'Hou je van me?'

Hij opende zijn mond. Keek naar zichzelf in de spiegel. Toen antwoordde het zwarte gat midden in zijn gezicht waaruit geen geluid kwam. Hij hoorde haar lachje.

'Ik maak maar een grapje,' fluisterde ze. 'Was je bang? Tien minuten.'

De deur ging open en viel langzaam achter haar dicht.

Ze hadden een vaste afspraak dat de een pas tien minuten nadat de ander was vertrokken de kamer verliet. Hij kon zich niet meer herinneren of dat haar of zijn idee was geweest. Toentertijd hadden ze misschien gevreesd een nieuwsgierige journalist of een ander bekend gezicht in de receptie tegen te komen, maar tot nu toe was dat niet gebeurd.

Mikael pakte zijn kam en kamde zijn iets te lange haar. De punten waren nog steeds nat van het douchen. Isabelle douchte nooit na het vrijen, ze zei dat ze het prettig vond om rond te lopen met zijn geur. Hij keek op zijn horloge. Het vrijen was vandaag prima geweest, hij had niet gedacht aan Gusto Hanssen en had er met opzet zelfs langer over gedaan. Zo lang dat hij niet die tien minuten kon wachten want dan kwam hij te laat voor de vergadering met de gemeente.

Ulla Bellman keek op haar horloge. Het was een Movado, een ontwerp uit 1947, en ze had het voor hun trouwdag gekregen van Mikael. Twintig minuten over één. Ze zakte weer terug in haar leunstoel en liet haar blik door de lobby glijden. Ze vroeg zich af of ze hem zou herkennen, ze hadden elkaar feitelijk niet vaker dan twee keer gezien. Die eerste keer toen hij de deur voor haar had opengehouden toen ze Mikael wilde bezoeken op het Stovner-politiebureau en hij zich had voorgesteld. Een charmante, lachende noorderling. En de tweede keer, tijdens het kerstdiner op het Stovner-bureau, hadden ze samen gedanst en hij had haar iets dichter naar zich toe getrokken dan eigenlijk hoorde. Niet dat ze er iets op tegen had gehad, het was een onschuldige flirt, een bevestiging die ze zichzelf moest gunnen. Mikael was immers ook aanwezig en de andere vrouwen van politiemannen dansten ook met anderen dan hun echtgenoten. En er was ook nog iemand anders die hen met een waakzame blik had gevolgd. Hij had langs de dansvloer gestaan met een glas in zijn hand. Truls Berntsen. Naderhand had Ulla aan Truls gevraagd of hij met haar wilde dansen, maar hij had dat met een grijns afgeslagen. Gezegd dat hij geen danser was.

Runar. Ze was allang vergeten dat dat zijn naam was.

Ze had nooit meer iets van hem gehoord of hem gezien. Totdat hij haar dus belde en vroeg of ze elkaar hier vandaag zouden ontmoeten. Toen herinnerde ze zich weer dat hij Runar heette. Ze had geweigerd, gezegd dat ze geen tijd had, maar hij had gezegd dat hij haar iets belangrijks te vertellen had. Ze had tegen hem gezegd dat hij dat dan maar via de telefoon moest doen, maar hij had gestaan op een ontmoeting, had gezegd dat hij haar iets moest laten zien. Zijn stem was vreemd verdraaid geweest, ze herinnerde zich niet dat hij zo had geklonken, maar misschien kwam dat wel doordat hij een dialect sprak dat het midden hield tussen zijn oorspronkelijke taal uit het noorden en dat wat hij nu probeerde te spreken: het Østlands dialect. Dat gebeurde immers vaak met mensen uit die streken als ze een poos in Oslo woonden.

Ze had toegestemd, een kopje koffie was goed, aangezien ze toch die ochtend in het centrum moest zijn. Dat was niet waar geweest. Net als het antwoord dat ze Mikael had gegeven toen hij had gevraagd waar ze was en ze had gezegd dat ze op weg was naar een ontmoeting met een vriendin. Ze had niet willen liegen, de vraag was alleen zo plotseling gekomen dat ze ineens besefte dat ze Mikael al veel eerder had moeten vertellen dat ze een kopje koffie ging drinken met een ex-collega van hem. Dus waarom had ze dat niet gedaan? Omdat ze ergens dacht dat wat ze te zien zou krijgen met Mikael te maken kon hebben? Ze had er al spijt van dat ze was gekomen. Ze keek weer op haar horloge.

Ze merkte dat de receptionist al een paar keer naar haar had gekeken. Ze had haar jas uitgetrokken en daaronder droeg ze een trui en een broek die haar slanke figuur accentueerden. Ze kwam niet zo vaak in het centrum en ze had iets meer aandacht besteed aan haar make-up en haar lange, blonde haar waarvoor de jongens in Manglerud nog een keer omkeerden om te zien of de voorkant klopte bij wat de achterkant beloofde. En ze had aan hen gezien dat het deze keer inderdaad het geval was. De vader van Mikael had een keer tegen haar gezegd dat ze op die knappe van The Mamas & The Papas leek, maar ze wist niet wie dat waren en had het ook nooit uitgezocht.

Ze keek naar de draaideur. Er kwamen steeds nieuwe mensen binnen, maar niemand met de zoekende blik waarop ze wachtte.

Ze hoorde een gedempte pling van de lift en zag een lange vrouw in een bontjas uit de lift stappen. Ze bedacht dat als een journalist de vrouw zou vragen of het echt bont was, ze dat waarschijnlijk zou ontkennen omdat de politici van de Arbeiderparti hun kiezers liever niet tegen de haren in streken. Isabelle Skøyen. De wethouder van Sociale Zaken. Ze was bij hen thuis geweest tijdens het feest ter gelegenheid van Mikaels benoeming. Het was eigenlijk een inwijdingsfeest voor het nieuwe huis, maar in plaats van vrienden had Mikael vooral mensen uitgenodigd die belangrijk waren voor zijn carrière. Of 'hun' carrière zoals hij altijd zei. Truls Berntsen was een van de weinigen geweest die ze kende en hij was nu niet bepaald het type met wie je de hele avond wenst te praten. Niet dat ze daar tijd voor had gehad, ze was een drukke gastvrouw geweest.

Isabelle Skøyen wierp een blik op haar en wilde doorlopen. Maar Ulla had de lichte aarzeling al gezien. De aarzeling die betekende dat ze Ulla had herkend en nu voor de keus stond om te doen of dat niet het geval was of naar haar toe te lopen en een paar woorden te wisselen. En dat laatste zou ze liever niet doen. En voor Ulla gold hetzelfde. Met Truls had ze dat ook wel eens: in zekere zin was ze wel op hem gesteld, ze waren samen opgegroeid en hij was aardig en loyaal. Maar toch. Ze hoopte dat Isabelle voor het eerste zou kiezen en het voor hen beiden makkelijk zou maken. En tot haar opluchting zag ze dat ze al koers zette naar de draaideur. Maar ze bedacht zich kennelijk, maakte rechtsomkeert en had al een grote glimlach op haar gezicht en haar ogen glinsterden. Ze kwam op haar af gezeild, ja, inderdaad gezeild, Isabelle Skøyen deed Ulla denken aan een te groot en dramatisch gevormd galjoenbeeld zoals ze op haar af kwam.

'Ulla!' riep ze al van een paar meter afstand alsof het om een hereniging van twee goede vriendinnen ging die elkaar lange tijd niet hadden gezien.

Ulla stond op, al druk nadenkend over het antwoord op de haast onontkoombare vraag: wat doe jij hier?

'Leuke feestje laatst, meid.'

Isabelle Skøyen had een hand op Ulla's schouder gelegd en bood haar wang aan zodat Ulla de hare ertegenaan moest leggen. Feestje? Er waren tweeëndertig gasten geweest.

'Het spijt me dat ik al zo vroeg weg moest.'

Ulla herinnerde zich dat Isabelle een beetje aangeschoten was geweest. Dat de lange, knappe wethouder een poosje met Mikael naar het terras was verdwenen terwijl zij de gasten had bediend. Ulla was een ogenblik jaloers geweest.

'Dat hinderde niets, we vonden het een eer dat je kon komen.' Ulla hoopte dat haar lach er niet zo stijf uitzag als ze zich voelde. 'Isabelle.'

De wethouder keek op haar neer. Nam haar op. Alsof ze naar iets zocht. Op zoek naar het antwoord op de vraag die ze nog niet had gesteld namelijk: wat doe jij hier, meisje?

Ulla besloot de waarheid te vertellen. Zoals ze dat later op de dag ook tegen Mikael zou doen.

'Ik moet echt weg,' zei Isabelle zonder aanstalten te maken of haar blik van Ulla af te wenden.

'Ja, je zult het wel drukker hebben dan ik,' zei Ulla en ze hoorde tot haar ergernis dat ze dat domme, kleine lachje liet horen dat ze probeerde af te leren. Isabelle keek haar nog steeds aan en Ulla dacht ineens dat die vreemde vrouw het uit haar wilde dwingen zonder het te vragen: wat heeft de vrouw van de commissaris te zoeken in de receptie van het Grand Hotel? Mijn god, dacht ze dat ze hier met een minnaar had afgesproken, was ze daarom zo discreet? Ulla voelde dat de stijfheid van haar lach oploste, ze wílde lachen. Ze wist dat haar ogen ook mee zouden lachen. Het was kort voor ze ging lachen. Midden in het gezicht van Isabelle Skøyen zou lachen. Maar waarom zou ze dat doen? Het merkwaardige was dat Isabelle er ook uitzag alsof ze wilde gaan lachen.

'Ik hoop dat we elkaar binnenkort weer zien, liefje,' zei ze, Ulla's hand drukkend tussen haar grote, krachtige vingers.

Toen draaide ze zich om en stevende af op de uitgang, waar een van de portiers zich haastte om haar bij te staan bij haar aftocht. Ulla zag nog net dat ze haar mobieltje pakte en een nummer intoetste voor ze door de draaideur verdween.

Mikael stond bij de lift, die slechts een paar stappen van de Samische kamer verwijderd was. Er waren een minuut of vier verstreken, maar dat moest genoeg zijn, het belangrijkste was immers dat ze niet sámen werden gezien. Isabelle huurde altijd de kamer en arriveerde tien minuten voor hem. Ze lag al in bed op hem te wachten. Dat wilde ze graag zo. Wilde hij dat graag?

Gelukkig was het maar drie minuten lopen van het Grand naar het Rådhus, waar men op hem zat te wachten.

De liftdeuren gingen open en Mikael stapte in. Hij drukte op de knop met het getal één. De lift startte en stopte bijna gelijk weer. De deuren gingen open.

'*Guten Tag.*'

Duitse toeristen. Een ouder echtpaar. Oud fototoestel in een bruin etui van leer. Hij voelde dat hij glimlachte. Dat hij in een goed humeur was. Hij stapte opzij. Isabelle had gelijk: hij wás opgelucht nu de patiënt dood was. Hij voelde een druppel van een van de lange nekharen op zijn huid vallen, voelde dat hij naar beneden liep, zijn kraag natmaakte. Ulla had voorgesteld dat hij zijn haar korter zou laten knippen nu hij die nieuwe functie had, maar waarom zou hij? Dat hij er zo jong uitzag, onderstreepte dat nu niet juist het hele punt? Dat hij – Mikael Bellman – de jongste commissaris ooit in Oslo was.

Het echtpaar keek bezorgd naar de liftknoppen. Het was altijd hetzelfde probleem: duidde het getal één de begane grond aan of de verdieping daarboven? Hoe zat dat in Noorwegen?

'*It's ground floor*,' zei Mikael en hij drukte op de knop die de deuren sloot.

'*Danke*,' mompelde de vrouw. De man had zijn ogen gesloten en haalde hoorbaar adem. Onderzeeër, dacht Mikael.

Ze zonken in stilte naar beneden in het gebouw.

Op het moment dat de deuren opengingen en ze de receptie binnen stapten ging er een trilling door Mikaels dij. De vibratie van zijn mobiel die het signaal nu doorgaf omdat er in de lift geen bereik was geweest. Hij pakte de mobiel en zag dat er een gemiste oproep van Isabelle was. Hij wilde terugbellen toen de mobiel weer trilde. Het was een sms:

HEB NET JE VROUW BEGROET DIE IN DE RECEPTIE ZIT. ☺

Mikael bleef onmiddellijk staan. Keek op. Maar het was te laat.

Ulla zat in de leunstoel recht voor hem. Ze was knap. Had meer moeite gedaan dan anders. Knap en verstijfd op de stoel.

'Hé, lieverd!' riep hij uit, hij hoorde direct hoe afgrijselijk vals het klonk. Zag aan haar gezichtsuitdrukking hoe het klonk.

Haar blik was strak op hem gevestigd, met restanten van een verwarring die algauw zou plaatsmaken voor iets anders. Mikael Bellmans hersenen werkten hard. Ontvingen en verwerkten de informatie, zochten naar verbanden, concludeerden. Hij wist dat zijn natte haar lastig uit te leggen was. Dat ze Isabelle had gezien. Dat haar hersenen, net als de zijne, het allemaal razendsnel verwerkten. Dat de hersenen van een mens zo zijn. Onverbiddelijk logisch wanneer ze alle stukjes informatie, die ineens bijzonder goed pasten, aan elkaar plakten. En hij zag dat al het andere de verwarring reeds had verdreven. De zekerheid. Ze liet haar ogen zakken, zodat ze, toen hij voor haar stond, naar haar buik keek.

Hij kende haar stem nauwelijks toen ze fluisterde: 'Dus je hebt haar sms te laat gekregen.'

Katrine draaide de sleutel om in het slot, maar de deur klemde.

Gunnar Hagen stapte naar voren en rukte hem open.

Opgewarmde, opgesloten lucht kwam de vijf personen tegemoet.

'Hier,' zei Gunnar Hagen. 'We hebben het niet meer gebruikt sinds de laatste keer.'

Katrine stapte eerst naar binnen, duwde op het lichtknopje. 'Welkom in het districtskantoor Bergen in Oslo,' zei ze droog.

Beate Lønn stapte over de drempel. 'Dus hier gaan we ons verstoppen.'

Blauw, koud licht van de tl-buizen viel op de vierkante betonnen ruimte. Op de grond lag grijsblauw linoleum en er hing niets aan de muur. De kamer had geen ramen, er stonden drie bureaus met elk een pc erop en een stoel ervoor. Op het ene bureau stonden een vuilbruin koffiezetapparaat en een tank met water.

'We hebben een kantoor in de kelder van het hoofdbureau?' vroeg Ståle Aune achterdochtig.

'Formeel hoort het bij de gevangenis van Oslo,' zei Gunnar Hagen. 'De onderaardse gang hier loopt onder het park door. Als je de ijzeren trap verderop neemt, kom je bij de receptie van de gevangenis.'

Als antwoord klonken de eerste tonen van Gershwins 'Rhapsody in blue'. Hagen pakte zijn mobiel. Katrine keek over zijn schouder. Zag de naam Anton Mittet op de display staan. Hagen drukte hem weg en stopte de telefoon weer in zijn zak.

'We hebben nu een bijeenkomst met het onderzoeksteam, dus ik laat de rest aan jullie over,' zei hij.

De anderen bleven elkaar staan aankijken toen Hagen was vertrokken.

'Het is hier wel behoorlijk warm,' zei Katrine terwijl ze haar jack opendeed. 'Maar ik zie geen radiators.'

'Dat komt doordat de ketel van de centrale verwarming van de hele gevangenis in de ruimte hiernaast staat,' lachte Bjørn Holm en hij hing zijn suède jas over een van de stoelruggen. 'We noemden het de Vuurkamer.'

'Heb je hier eerder gezeten?' Aune maakte zijn vlinderstrikje los.

'Jazeker. Toen hadden we een nog kleiner groepje.' Hij knikte naar de bureaus. 'Met ons drieën, zoals jullie zien. We hebben de zaak trouwens wel opgelost. Maar toen was Harry immers de chef...' Hij keek snel naar Katrine. 'Nou ja, ik bedoelde niet...'

'Het is goed, Bjørn,' zei Katrine. 'Ik ben Harry niet en ik ben hier ook niet de chef. Het is prima als we formeel gezien aan mij rapporteren zodat Hagen zijn handen schoon kan houden. Maar ik heb genoeg aan het organiseren van mezelf. Beate is de chef. Zij werkt hier het langst en heeft ervaring met leidinggeven.'

De anderen keken naar Beate, die haar schouders ophaalde. 'Als jullie dat willen, kan ik best naar behoefte leidinggeven.'

'Er ís behoefte aan,' zei Katrine.

Aune en Bjørn knikten.

'Goed,' zei Beate. 'Laten we beginnen. We hebben hier ontvangst voor onze mobieltjes. Een internetverbinding. We hebben... koffiebekers.' Ze tilde een witte beker op die achter het koffiezetapparaat stond. Las wat er met stift op geschreven stond. 'Hank Williams?'

'Van mij,' zei Bjørn.

Ze tilde een andere op. 'John Fante?'

'Van Harry.'

'Oké, dan nu de taken,' zei Beate en ze zette de beker weer neer. 'Katrine?'

'Ik bewaak het net. Nog steeds geen levensteken van Valentin Gjertsen of van Judas Johansen. Je moet behoorlijk slim zijn om je verborgen te houden voor het elektronisch oog en dat sterkt de theorie dat het niet Judas Johansen was die is ontsnapt. Hij weet dat hij niet direct de eerste prioriteit is van de politie en het lijkt onwaarschijnlijk dat hij zijn vrijheid zo inperkt alleen maar om die paar maanden gevangenis te ontduiken. Valentin heeft uiteraard meer te verliezen. Hoe dan ook, als een van hen leeft en zich ook maar even in de elektronische wereld roert, dan heb ik hem.'

'Prima. Bjørn?'

'Ik heb de dossiers doorgenomen waarbij zowel Valentin als Judas betrokken was, ik heb gekeken of ik links kon vinden met Tryvann of Maridalen. Personen die terugkomen, technische sporen die we hebben verzameld. Ik ben bezig een lijst te maken van personen die de twee kenden en die eventueel kunnen helpen hen te vinden. Ik kan met hen gaan praten zolang het Judas Johansen betreft. Maar wat Valentin Gjertsen betreft...'

'Is men bang?'

Bjørn knikte.

'Ståle?'

'Ik neem ook de zaken van Valentin en Judas door, maar met het doel een profiel te maken van ieder van hen afzonderlijk. Ik schat in of ze een seriemoordenaar zouden kunnen zijn.'

Onmiddellijk werd het stil de kamer. Het was de eerste keer dat een van hen dat woord in de mond had genomen.

'In dit geval is de term seriemoordenaar slechts een technische, theoretische term, geen diagnose,' haastte Ståle Aune zich te zeggen. 'Die beschrijft een persoon die meer dan één mens heeft vermoord en of hij in staat is dat vaker te doen. Oké?'

'Goed,' zei Beate. 'Zelf neem ik al het beeldmateriaal door van bewakingscamera's rond de plaatsen delict. Benzinepompen, winkels die 24 uur per dag open zijn, foto-opnames. Ik heb al een deel van de banden van de politiemoorden bekeken, maar nog niet alle. En hetzelfde zal ik doen met de oorspronkelijke moorden.'

'Genoeg te doen,' zei Katrine.

'Genoeg te doen,' herhaalde Beate.

De vier bleven elkaar aan staan kijken. Beate tilde de beker met John Fante op en zette hem weer achter het koffiezetapparaat.

HOOFDSTUK 13

'En verder?' zei Ulla, leunend tegen het aanrecht.

'Ja hoor,' zei Truls, hij schoof heen en weer op zijn stoel en tilde zijn kopje koffie op van de smalle keukentafel. Nam een slok. Keek haar aan met de blik die ze zo goed van hem kende. Bang en hongerig. Verlegen en zoekend. Afwijzend en smekend. Nee en ja.

Ze had er direct spijt van gehad dat ze had ingestemd met zijn bezoek. Maar ze was totaal onvoorbereid toen hij haar belde en had gevraagd hoe het in het nieuwe huis ging, of er misschien nog iets gedaan moest worden. Hij had immers de hele dag niets te doen nu hij was geschorst. Nee, er was niets wat nog gedaan moest worden, had ze gelogen. Niet? Maar wat ze van een kopje koffie dacht? Wat kletsen over vroeger? Ulla had gezegd dat ze niet wist of... Maar Truls had gedaan of hij niks had gehoord, gezegd dat hij in de buurt was, dat hij wel een bakkie zou lusten. En zij had geantwoord: waarom ook niet, kom maar langs.

'Ik ben zoals je weet nog steeds alleen,' zei hij. 'Geen nieuws op dat front.'

'Je vindt nog wel iemand. Jaja.' Ze keek demonstratief op de klok, had overwogen iets te zeggen over kinderen ophalen. Maar zelfs een vrijgezel als Truls zou begrijpen dat het te vroeg was.

'Misschien wel,' zei hij. Hij keek naar zijn kopje. En in plaats van het neer te zetten nam hij nog een slok. Als een aanloop, dacht ze huiverend.

'Zoals je misschien wel weet, heb ik je altijd graag gemogen, Ulla.'

Ulla pakte het aanrecht vast.

'Dus je weet, als je problemen hebt en je iemand... eh, nodig hebt om mee te praten, dan kun je altijd bij mij terecht.'

Ulla knipperde met haar ogen. Hoorde ze dat goed? Práten?

'Dank je wel, Truls,' zei ze. 'Maar ik heb Mikael toch.'

Hij zette het kopje langzaam neer. 'Ja, uiteraard. Je hebt immers Mikael.'

'Trouwens, ik moet beginnen met het eten voor hem en de kinderen.'

'Ja, dat moet je. Jij staat hier het eten klaar te maken terwijl hij...' Hij zweeg.

'Terwijl hij wat, Truls?'

'Ergens anders eet.'

'Nu begrijp ik niet wat je bedoelt, Truls.'

'Ik geloof dat je dat wel doet. Luister, ik kom hier om je te helpen. Ik wil alleen het beste voor je, Ulla. En voor de kinderen, uiteraard. De kinderen zijn belangrijk.'

'Ik ben van plan iets lekkers voor hen te maken. En dergelijke gezinsmaaltijden kosten veel voorbereiding, Truls, dus...'

'Ulla, er is nog één ding dat ik tegen je wil zeggen.'

'Nee, Truls. Nee, zeg het niet, alsjeblieft.'

'Je bent te goed voor Mikael. Weet je hoeveel andere vrouwen hij...'

'Nee, Truls!'

'Maar...'

'Ik wil nu dat je vertrekt, Truls. En ik wil je hier voorlopig niet meer zien.'

Ulla stond bij het aanrecht en zag Truls door het hek gaan en naar zijn auto lopen, die geparkeerd stond langs de grindweg die tussen de pas gebouwde villa's van Høyenhall slingerde. Mikael had gezegd dat hij aan een paar touwtjes zou trekken, een paar telefoontjes zou plegen naar de juiste mensen in de gemeente om haast te maken met de asfaltering, maar tot nu toe was het niet gebeurd. Ze hoorde het korte vogelgeluidje toen Truls op zijn autosleutel drukte en het autoalarm uitschakelde. Ze zag hem in zijn auto stappen. Zag hem onbeweeglijk voor zich uit staren. Toen leek er een schok door zijn lichaam te gaan en hij begon te slaan. Hij sloeg zo hard op het stuur dat ze kon zien dat het bewoog. Zelfs van een afstand zag het er zo heftig uit dat ze rilde. Mikael had haar verteld over zijn woede, maar ze had het zelf nooit gezien. Als Truls niet bij de politie was gegaan dan was hij volgens Mikael een crimineel geworden. Hetzelfde zei hij over zichzelf als hij stoer wilde doen. Ze geloofde hem niet, Mikael was te burgerlijk, te... aangepast. Maar Truls... Truls was uit ander hout gesneden, uit donkerder hout.

Truls Berntsen. Simpele, naïeve, loyale Truls. Ze had een vermoeden, natuurlijk had ze dat, maar ze kon zich niet voorstellen dat Truls zo geslepen kon zijn. Zo... fantasierijk.

Grand Hotel.

Het waren de pijnlijkste seconden in haar leven geweest.

Niet dat ze af en toe niet had gedacht dat hij haar ontrouw kon zijn. Vooral sinds hij was gestopt met seks met haar hebben. Maar daar konden meerdere verklaringen voor zijn, de stress rond die politiemoorden... Maar Isabelle Skøyen? Nuchter, midden op de dag? En ze had ook begrepen dat deze hele ontmaskering door iemand was gearrangeerd. Het feit dat iemand kon weten dat die twee precies daar waren, duidde erop dat het een vaste routine was. Ze moest elke keer dat ze eraan dacht bijna overgeven.

Mikaels plots bleke gezicht. Die bange, schuldbewuste ogen, als een jongen die betrapt wordt op het pikken van een appel. Hoe kreeg hij het gedaan? Hoe kreeg hij, dat ontrouwe zwijn, het voor elkaar eruit te zien als iemand die een beschermende hand nodig had? Hij die alles had vertrapt wat mooi was, vader van drie kinderen, waarom zag *híj* eruit alsof hij een kruis droeg?

'Ik kom vroeg thuis,' had hij gefluisterd. 'Dan hebben we het erover. Voor de kinderen... Ik moet over vier minuten op het gemeentehuis zijn.' Zat er een traan in zijn ooghoek? Had die zielenpiet zich werkelijk een traantje gepermitteerd?

Nadat hij was weggelopen, had ze zich verrassend snel bij elkaar geraapt. Misschien doen mensen dat wel als ze weten wat ze moeten weten. Wanneer er geen alternatief is, wanneer instorten geen optie is. Met een verdoofde rust had ze het nummer gebeld van de man die beweerde Runar te zijn. Er werd niet opgenomen. Ze had nog vijf minuten gewacht, toen was ze gegaan.

Toen ze thuis was, had ze het telefoonnummer laten checken door een dame bij Kripos die ze goed kende. En zij had Ulla verteld dat het om een ongeregistreerde mobiel ging met prepaid. De vraag was: wie zou er zoveel moeite doen om haar naar het Grand te sturen zodat ze het met eigen ogen zou zien? Een journalist van de roddelpers? Een min of meer goedbedoelende vriendin? Iemand uit Isabelles omgeving, een wraakzuchtige rivaal van Mikael? Of iemand die hem niet wilde scheiden van Isabelle, maar van haar? Iemand die Mikael of haar haatte? Of iemand die van haar hield? Die dacht dat hij een kans kreeg als ze eerst van Mikael was gescheiden? Ze kende maar één persoon die zo veel van haar hield, meer dan goed voor hem was.

Ze had haar verdenking niet met Mikael gedeeld toen ze later op de dag hadden gepraat. Hij dacht kennelijk dat haar aanwezigheid in de receptie toevallig was geweest, zo'n blikseminslag die in ieders leven af en toe plaatsvond. Dat onwaarschijnlijke samenvallen van gebeurtenissen dat sommige mensen het lot noemen.

Mikael had niet geprobeerd te liegen door te zeggen dat hij daar niet samen met Isabelle was. Dat moest ze hem nageven. Hij wist dat ze het wist, zo dom was hij niet. Hij had tegen haar gezegd dat ze hem niet hoefde te vragen de affaire te beëindigen want dat had hij op eigen initiatief al gedaan voordat Isabelle het hotel had verlaten. Hij had dat woord gebruikt: affaire. Vast weloverwogen, daardoor klonk het zo klein, zo onbeduidend, zo onfris. Als iets wat haast met een bezem weggeveegd kon worden. Een 'verhouding' daarentegen was iets heel anders. Dat hij het inderdaad net had beëindigd in het hotel, daar geloofde ze geen steek van, want daarvoor had Isabelle veel te opgewekt gekeken. Maar het volgende dat hij had gezegd, was wel waar geweest. Dat als het uit zou komen, het schandaal niet alleen hem zou schaden, maar ook de kinderen en – indirect – haar. En dat het bovendien op het slechtst denkbare tijdstip zou komen. Dat het gesprek van vanmiddag was gegaan over politiek. Dat ze hem in de partij wilden hebben. Dat ze hem zagen als een interessante kandidaat die op de langere termijn politiek veel te betekenen zou kunnen hebben. Dat hij precies de persoon was die ze zochten: jong, ambitieus, populair, succesvol. Tot deze politiemoorden, uiteraard. Maar als hij die had opgelost, moesten ze eens samen praten over zijn toekomst. Of die lag bij de politie of in de politiek, waar Mikael dacht het meest te kunnen doen. Niet dat Mikael al had besloten wat hij wilde, maar het sprak voor zich dat een schandaal die deur zou sluiten.

En verder waren er natuurlijk de kinderen en zij. Wat er met zijn carrière zou gebeuren was onbelangrijk in vergelijking met wat een ramp het zou zijn hen te verliezen. Ze had hem onderbroken voordat zijn zelfmedelijden te grote hoogten bereikte en gezegd dat ze de zaak had overdacht en dat haar optelsom op die van hem leek. Zijn carrière. Hun kinderen. Het leven dat ze samen hadden. Ze zei heel simpel dat ze het hem vergaf, maar dat hij moest beloven nooit, nooit meer contact te hebben met Isabelle Skøyen. Behalve dan als commissaris tijdens vergaderingen waarbij anderen aanwezig waren. Mikael had er bijna teleurgesteld uitgezien, alsof hij zich had voorbereid op een gevecht en niet op zo'n tamme vertoning die eindigde in een ultimatum dat hem niet zoveel moeite zou kosten. Maar die avond, toen de kinderen naar bed waren, had hij tenminste voor de eerste keer in maanden het initiatief genomen tot seks.

Ulla zag dat Truls de auto startte en wegreed. Ze had Mikael niets verteld over haar vermoeden en ze was dat ook niet van plan. Wat voor zin had dat? Als ze gelijk had, kon Truls doorgaan als spion die alarm sloeg als het traktaat Isabelle Skøyen niet meer te ontmoeten niet werd nageleefd.

De auto verdween en de stilte van de villawijk daalde samen met de stofwolk neer. Er schoot een gedachte door haar hoofd. Een wilde en volkomen onacceptabele gedachte uiteraard, maar hersenen zijn slecht in censuur. Zij en Truls. In de slaapkamer hier. Alleen maar als wraak natuurlijk. Ze verwierp de gedachte net zo snel als die was gekomen.

De smurrie die als grijs slijm over de voorruit liep, werd afgelost door regen. Heftige regen die loodrecht naar beneden viel. De ruitenwissers vochten een wanhopige strijd tegen de watermuur. Anton Mittet reed langzaam. Het was pikkedonker en het water zorgde er bovendien voor dat alles leek te zwemmen en hij het gevoel kreeg dat hij dronken was. Hij keek op het klokje van zijn Volkswagen Sharan. Toen ze drie jaar geleden een auto hadden gekocht, had Laura op deze auto voor zeven personen aangedrongen en hij had voor de grap gevraagd of ze nog een groot gezin plande hoewel hij wist dat ze niet in zo'n mini-auto wilde zitten als ze crashten. Nou, Anton wilde ook niet crashen. Hij kende deze wegen goed en wist dat de kans op een tegenligger rond deze tijd van de dag niet groot was, maar hij nam geen risico.

Hij voelde het bloed kloppen in zijn hoofd. Vooral door het telefoontje van twintig minuten geleden. Maar ook omdat hij vandaag geen koffie had gehad. Hij had er geen zin meer in sinds hij het resultaat van de bloedtest had ontvangen. Nonsens natuurlijk. En nu protesteerden zijn aan cafeïne verslaafde aders en had hij een hoofdpijn die zich manifesteerde als een onbehaaglijk dreunende achtergrondmuziek. Hij had gelezen dat ontwenningsverschijnselen bij cafeïneverslaafden na twee weken verdwenen. Maar Anton wilde die verslaving niet kwijt. Hij wilde koffie hebben. Hij wilde dat die goed smaakte. Zo goed als de muntsmaak van Mona's tong. Maar het enige dat hij proefde als hij nu koffie dronk, was de bittere bijsmaak van slaapmiddelen.

Hij had de moed kunnen vinden Gunnar Hagen te bellen om hem te vertellen dat iemand hem had verdoofd toen de patiënt stierf. Dat hij sliep terwijl er iemand bij hem binnen was, dat hoewel de artsen zeiden dat hij een natuurlijke dood was gestorven, het toch niet zo was. Dat er een nieuwe en grondigere obductie moest plaatsvinden. Hij had twee keer gebeld. Zonder dat er werd opgenomen. Hij had geen bericht achtergelaten op de voicemail. Hij had het geprobeerd. Dat had hij. En hij zou het weer proberen. Want het haalde je altijd in. Zoals nu. Het was weer gebeurd. Iemand was vermoord. Hij remde af, sloeg de grindweg naar Eikersaga in, gaf weer gas en hoorde de steentjes tegen de wieldoppen spatten.

Het was hier nog donkerder en er stonden plassen in de kuilen. Bijna middernacht. Het was ook rond middernacht geweest toen het hier de eerste keer gebeurde. Aangezien de plek op de grens lag met de buurgemeente Nedre Eiker, was een agent van dat politiebureau als eerste op de plaats delict geweest toen ze een melding hadden binnengekregen dat iemand lawaai had gehoord en dat hij dacht dat er een auto in de rivier lag. De agent was niet alleen van de verkeerde gemeente, maar hij had er ook een flinke rotzooi van gemaakt, heen en weer gereden met zijn auto en potentiële sporen vernield.

Anton reed langs de plek waar hij hem had gevonden. De gummiknuppel. Het was de vierde dag na de moord op René Kalsnes geweest en Anton had eindelijk vrij gehad, maar hij voelde zich rusteloos en was op eigen houtje door het bos gaan lopen. Moord was immers niet iets wat ze dagelijks – of zelfs elk jaar – meemaakten in politiedistrict Søndre Buskerud. Hij was buiten het gebied gegaan dat ze al met veel manschappen hadden uitgekamd. En daar had hij gelegen, onder de sparrentakken vlak voor de bocht. Daar had Anton het besluit genomen, het domme besluit dat alles kapot had gemaakt. Hij had besloten de vondst niet te rapporteren. Waarom niet? Ten eerste was het zo ver van de plaats delict bij Eikersaga geweest dat de knuppel toch nauwelijks iets te maken kon hebben met de moord. Later hadden ze hem gevraagd waarom hij daar liep te zoeken als hij echt vond dat het te ver weg was om nog zin te hebben. Maar op dat moment had hij slechts gedacht dat een standaard gummiknuppel alleen maar tot ongewenste negatieve aandacht voor de politie zou leiden. De klappen die René

Kalsnes waren toegebracht konden van elk zwaar stuk gereedschap komen, zelfs van iets wat door de auto was geslingerd toen die veertig meter naar beneden in de rivier stortte. Hoe dan ook, het was niet het moordwapen geweest. René Kalsnes was met een pistool, kaliber negen millimeter, in het gezicht geschoten en dat was het eind van het verhaal geweest.

Maar Anton had Laura een paar weken later verteld over de gummiknuppel. En zij had hem er uiteindelijk van overtuigd dat het gerapporteerd moest worden, dat het niet aan hem was te bepalen hoe belangrijk de vondst was. Dus dat had hij gedaan. Hij was naar zijn chef gegaan en had gezegd hoe het zat. 'Een grove inschattingsfout,' had de commissaris het genoemd. En de dank voor het helpen bij een moordzaak en het opofferen van een vrije dag was geweest dat ze hem uit de actieve buitendienst hadden gehaald en hem de telefoon op het bureau hadden laten opnemen. Hij had in één klap alles verloren. Voor wat? Niemand zei het hardop, maar René Kalsnes stond bekend als een koud, gewetenloos zwijn die vrienden als vreemden beduvelde. Een persoon van wie de meeste mensen vonden dat de wereld beter af was zonder hem. Maar het allermoeilijkst te verkroppen was het feit geweest dat de technische recherche geen enkel spoor op de knuppel had kunnen vinden dat gelinkt kon worden aan de moord. Na drie maanden vast te hebben gezeten op het bureau had Anton de keuze gehad tussen gek worden, ontslag nemen of proberen overgeplaatst te worden. Dus hij had zijn oude vriend en collega Gunnar Hagen gebeld en die had voor hem een functie bij de politie Oslo geregeld. Wat Gunnar hem had kunnen bieden, was wat zijn carrière betreft weliswaar een stap terug, maar Anton kon tenminste buiten werken tussen de mensen en de boeven van Oslo. En alles was beter dan die bedompte lucht op het bureau Drammen waar ze Oslo probeerden te kopiëren. Hun hok noemde men 'het politiebureau' en zelfs het adres klonk als een plagiaat van Oslo's Grønlandsleiret: Grønland 36.

Anton was boven aan de top gekomen en zijn rechtervoet ging automatisch naar het rempedaal toen hij het licht zag. De rubberbanden knerpten in het grind. Toen stond de auto stil. De regen hamerde op de carrosserie en overstemde haast het geronk van de motor. De zaklantaarn twintig meter voor hem zakte. De koplampen vingen de reflectoren op het oranje-witte afzetlint van de politie en op het gele reflecterende vest van de politieman die zojuist de lantaarn had laten zakken. Hij wenkte hem naderbij te komen en Anton reed naar voren. Het was precies hier, recht achter het afzetlint, waar de auto van René naar beneden was gestort. Ze hadden een kraanwagen en een staalkabel nodig gehad om het autowrak uit de rivier te takelen en naar de voormalige zagerij te slepen, waar ze het omhoog konden hijsen. Ze hadden het lijk van René Kalsnes los moeten peuteren omdat het motorblok op heuphoogte de auto was binnen geschoven.

Anton drukte op de knop in de deur waardoor de zijruit naar beneden gleed. Koele, vochtige avondlucht. Grote, zware regendruppels troffen de rand van het raam en zorgden ervoor dat er een fijne douche tegen Antons nek spatte.

'En?' zei hij. 'Waar...'

Anton knipperde met zijn ogen. Hij was er niet zeker van of hij de zin had kunnen afmaken. Het leek of er een sprongetje in de tijd was gemaakt, een slechte montage in een film, hij wist niet wat er was gebeurd, alleen dat hij even weg was geweest. Hij keek naar zijn schoot, er lagen glassplinters in. Hij keek weer op, ontdekte dat het bovenste deel van de zijruit was versplinterd. Hij opende zijn mond, wilde vragen wat er aan de hand was. Hij hoorde gefluit van de lucht, begreep wat het was, wilde zijn arm optillen, maar het was te laat. Hij hoorde gekraak. Begreep dat het afkomstig was van zijn eigen hoofd, dat er iets kapotging. Hij tilde zijn arm op, schreeuwde. Kreeg zijn hand op de versnelling, wilde de auto in de achteruit zetten. Maar dat ging bijna niet, alles ging heel langzaam. Hij wilde de koppeling laten opkomen, gas geven, maar daardoor zou hij naar voren schieten. Naar de rand. Naar de afgrond. Rechtstreeks de rivier in. Veertig meter. Een pure... een pure... Hij rukte en trok aan de versnellingspook. Hoorde de regen duidelijker en voelde nu de koele avondlucht langs de hele linkerkant van zijn lichaam, iemand had het portier geopend. De koppeling, waar was zijn voet? Een pure herhaling. Achteruit. Zo.

Mikael Bellman staarde naar het plafond. Luisterde naar het rustgevende getik van de regen op het dak. Hollandse dakpannen. Bleven gegarandeerd veertig jaar goed. Mikael vroeg zich af hoeveel extra daken ze hadden verkocht vanwege een dergelijke garantie. Meer dan genoeg om de vergoeding te betalen voor daken die niet goed waren gebleven.

Was dat iets wat de mensen wilden, dat dingen goed bleven?

Ulla lag met haar hoofd op zijn borst.

Ze hadden met elkaar gepraat. Veel en lang gepraat. Voor het eerst, voor zover hij zich kon herinneren. Ze had gehuild. Niet dat vreselijke gehuil dat hij haatte, maar dat andere, dat zachte, dat minder pijnlijke, dat verlies uitdrukte, verlies van wat was geweest en nooit meer zou terugkomen. Dat huilen had hem verteld dat er iets in hun relatie was geweest wat zo dierbaar was dat hij het niet wilde verliezen. Hij voelde het verlies niet voordat ze huilde. Het leek of het huilen noodzakelijk was om het hem duidelijk te maken. Het trok het gordijn weg dat er altijd was geweest: het gordijn tussen wat Mikael Bellman dacht en wat Mikael Bellman voelde. Ze huilde voor hen beiden, had dat altijd gedaan. Voor hen beiden gelachen had ze ook.

Hij had haar willen troosten. Had haar over haar haren gestreeld. Had haar tranen zijn lichtblauwe overhemd, dat ze de vorige dag voor hem had gestreken, nat laten maken. Toen had hij haar, bijna uit gewoonte, gekust. Of was het bewust geweest? Was het uit nieuwsgierigheid geweest? Nieuwsgierig naar hoe ze zou reageren, hetzelfde type nieuwsgierigheid dat hij als jonge misdaadonderzoeker kon voelen bij het verhoor van een verdachte volgens de negenfasemethode van Inbau, Reid en Buckley. Vooral de fase waarin ze op het gevoel werkten en keken welke reactie er zou komen.

Ulla had zijn kus eerst niet beantwoord, ze was alleen wat verstijfd. Toen had ze voorzichtig terug gekust. Hij kende haar kussen, maar deze niet. Deze afwachtende, aarzelende. Toen had hij haar wat gulziger gekust. En ze was helemaal losgegaan. Had hem meegetrokken naar bed. Haar kleren uitgerukt. En in het donker had hij het weer gedacht. Dat ze hem niet was. Gusto. Zijn erectie was al gezakt voor ze onder de dekens lagen.

Hij had uitgelegd dat hij moe was. Dat hij te veel aan zijn hoofd had. Dat de situatie te verwarrend was, dat de schaamte over wat hij had gedaan te groot was. Maar hij had daar snel aan toegevoegd dat zij, die ander, er niets mee te maken had. En juist dat, kon hij voor zichzelf vaststellen, was inderdaad waar.

Hij sloot zijn ogen weer. Slapen was niet mogelijk. Het was die onrust, diezelfde onrust waardoor hij de laatste maanden wakker had gelegen, een onduidelijk gevoel dat er iets vreselijks was gebeurd of op het punt stond te gebeuren en hij hoopte even dat het door een nare droom kwam, maar al snel wist hij wat het was.

Hij opende zijn ogen weer door iets. Licht. Een wit licht tegen het plafond. Vanaf het kastje naast zijn bed. Hij draaide zich om, keek op de display van zijn mobieltje. Zonder geluid, maar altijd aan. Hij had met Isabelle afgesproken dat ze nooit 's nachts berichtjes zouden sturen. Wat haar reden was om 's nachts geen berichten te willen ontvangen had hij niet eens gevraagd. En ze had het ogenschijnlijk goed opgevat toen hij had gezegd dat ze elkaar een poosje niet konden zien. Kennelijk zelfs begrepen wat hij bedoelde. Dat in die zin 'een poosje' weggestreept moest worden.

Mikael was opgelucht toen hij zag dat het een sms'je was van Truls. Hij schrok even. Waarschijnlijk een berichtje in een dronken bui. Of verkeerd geadresseerd, misschien was het bedoeld voor een dame over wie hij niet had verteld. Het bericht bestond uit slechts twee woorden:

SLAAP LEKKER

Anton Mittet werd weer wakker.

Het eerste wat hij registreerde, was het geluid van de regen dat nu slechts een licht getik tegen de ruit was. Hij constateerde dat de motor was afgeslagen, zijn hoofd pijn deed en hij zijn handen niet kon bewegen.

Hij opende zijn ogen.

De koplampen waren nog steeds aan. Ze wezen door de regen langs de helling naar beneden en staarden in de duisternis, waar de bodem ineens verdween. Door de natte voorruit zag hij niet eens het naaldbos aan de andere kant van de afgrond, maar hij wist dat het er was. Onbewoond. Zwijgend. Blind. Ze hadden toen geen getuigen kunnen vinden. Ook die keer niet.

Hij keek naar zijn handen. De reden dat hij ze niet kon bewegen, was dat ze met *tie-wraps* aan het stuur zaten gebonden. Ze hadden de traditionele handboeien bij de politie bijna overgenomen. Je legde de dunne strips rond de polsen van de arrestant en trok ze aan. Ze waren bestand tegen de sterkste mannen, het enige dat een worstelende arrestant bereikte, was dat de plastic strips door het vlees sneden. Tot op het bot als ze zich niet gewonnen gaven.

Anton greep het stuur vast, merkte dat hij het gevoel in zijn vingers kwijt was.

'Wakker?' De stem klonk merkwaardig bekend. Anton draaide zich om naar de passagiersplaats. Staarde in de ogen die eruitzagen als gaten in de alles bedekkende bivakmuts. Hetzelfde type als ze bij Delta gebruikten.

'Dan halen we deze eraf.'

De linkerhand in een handschoen pakte de handrem tussen hen in en tilde hem op. Anton had altijd van het krakende geluid van oude handremmen gehouden, dan hoorde hij het mechaniek, de tandwielen en kettingen, wat er eigenlijk gebeurde. Nu werd de rem opgetild en losgelaten zonder dat je iets hoorde. Alleen een licht geknars. De wielen. Die reden naar voren. Maar slechts een meter of twee. Anton had automatisch de rem ingetrapt. Hij moest hard trappen omdat de motor uit was.

'Mooie reactie, Mittet.'

Anton staarde naar de voorruit. De stem. Die stem. Hij verminderde de druk op het rempedaal. Er klonk gepiep als van droge scharnieren, de auto bewoog en hij drukte zijn voet weer naar beneden. Deze keer hield hij hem ingedrukt.

De binnenverlichting werd aangedaan.

'Denk jij dat René Kalsnes wist dat hij zou sterven?'

Anton Mittet gaf geen antwoord. Hij had zojuist in het achteruitkijkspiegeltje een glimp van zichzelf opgevangen. Zijn gezicht was bedekt met glimmend bloed. Zijn neus was naar één kant gezakt, die moest gebroken zijn.

'Hoe voelt het, Mittet? Om het te weten? Kun je me dat vertellen?'

'Wa... waarom?' Antons vraag kwam vanzelf. Hij wist niet eens of hij wilde weten waarom. Wist alleen dat hij het koud had. Dat hij weg wilde. Dat hij naar Laura wilde. Haar vasthouden. Door haar worden vastgehouden. Haar geur opsnuiven. Haar warmte voelen.

'Heb je het nog niet begrepen, Mittet? Omdat jullie de zaak niet hebben opgelost natuurlijk. Ik geef jullie een nieuwe kans. Een mogelijkheid om te leren van jullie eerdere fouten.'

'L... leren?'

'Wist je dat uit psychologisch onderzoek is gebleken dat mensen het best worden gestimuleerd als ze wat negatieve feedback op hun werk krijgen? Niet heel veel negatieve en ook niet heel veel positieve feedback, maar een beetje. Jullie straf door slechts een van de rechercheurs uit het onderzoeksteam te vermoorden zou je kunnen zien als een aantal kleine negatieve reacties, vind je niet?'

De wielen kraakten en Anton trapte weer op het pedaal. Hij staarde naar de rand. Het leek wel of hij nog harder moest trappen.

'Dat is de remtrommel,' zei de stem. 'Ik heb er gaten ingeslagen. Hij loopt leeg. Zo meteen zal het niet helpen, hoe hard je ook trapt. Denk je dat je tijd hebt om te denken als je valt? Tijd hebt om spijt te krijgen?'

'Spijt van w...?' Anton wilde doorpraten, maar er kwam niets meer, het was alsof zijn mond gevuld werd met meel. Vallen. Hij wilde niet vallen.

'Spijt van die gummiknuppel,' zei de stem. 'Spijt dat je niet hebt bijgedragen aan het vinden van de moordenaar. Dat had je nu namelijk gered, snap je.'

Anton had het gevoel dat hij de remtrommel leeg perste met het rempedaal, dat hoe harder hij drukte, hoe sneller het remsysteem zonder remvloeistof zat. Hij tilde zijn voet iets op. Het grind onder de banden kraakte en in paniek duwde hij zijn rug tegen de stoelleuning, duwde met gestrekte benen tegen de bodem en op het pedaal. De auto had twee separate hydraulische remsystemen, misschien zat er in maar één daarvan een gat.

'Als je spijt hebt, word je misschien vergeving geschonken, Jezus is ruimdenkend.'

'I... ik heb spijt.'

Zacht gelach. 'Maar Mittet toch, ik heb het over het hemelrijk. Ik ben Jezus niet, van mij krijg je geen vergeving.' Korte pauze. 'En het antwoord is ja. Ik heb in beide remsystemen een gat geslagen.'

Anton dacht een ogenblik dat hij de remvloeistof onder de auto kon horen lopen, maar hij besefte dat het zijn eigen bloed was dat van zijn neuspunt op zijn schoot druppelde. Hij zou sterven. Het was ineens zo'n onontkoombaar feit dat de kou door zijn lichaam golfde en hij meer moeite kreeg met bewegen, alsof de rigor mortis al was begonnen. Maar waarom zat de moordenaar nog steeds naast hem?

'Je bent bang om te sterven,' zei de stem. 'Je lichaam scheidt die geur af. Ruik je het? Adrenaline. Het ruikt naar medicijnen en urine. Dezelfde geur als in een bejaardentehuis en in een slachthuis. De geur van de doodsangst.'

Anton hapte naar adem, het was alsof er voor hen beiden in de auto niet voldoende was.

'Zelf ben ik helemaal niet bang om dood te gaan,' zei de stem. 'Is het niet wonderlijk? Dat je zoiets fundamenteels kunt kwijtraken als angst voor de dood? Dat hangt natuurlijk samen met zin in het leven, maar het is slechts een onderdeel. Veel mensen brengen hun hele leven door op een plek waar ze niet willen zijn uit angst dat het alternatief erger is. Is dat niet triest?'

Anton had het gevoel dat hij stikte. Hij had zelf nooit astma gehad, maar hij had Laura gezien tijdens een aanval, hij had die wanhoop gezien, die smekende uitdrukking op haar gezicht. Hij had de vertwijfeling gevoeld van niet kunnen helpen, slechts een toeschouwer moeten zijn van haar paniekerige gevecht om lucht. Maar een deel in hem was ook nieuwsgierig geweest, wilde weten, voelen hoe het was om daar te zijn, op het randje van de dood, voelen dat je niets kon doen, dat het iets was wat gedaan werd tégen jou.

Nu wist hij het.

'Zelf denk ik dat de dood een betere plek is,' zeurde de stem. 'Maar ik kan nu niet met je mee, Anton. Je begrijpt, ik heb werk te doen.'

Anton hoorde het gekraak weer, als een ruwe stem die langzaam een zin inleidde met dit geluid dat spoedig sneller zou gaan. En het had geen zin om het rempedaal verder in te trappen, het zat al tegen de bodem.

'Vaarwel.'

Hij voelde de lucht aan de passagierskant toen de deur werd geopend.

'De patiënt,' kreunde Anton.

Hij staarde naar de rand, waar alles verdween, maar hij merkte dat de passagier zich naar hem omdraaide.

'Welke patiënt?'

Anton stak zijn tong uit, haalde hem langs zijn bovenlip, kreeg iets vochtigs te pakken wat zoet en metalig smaakte. Smeerde zijn mondholte. Kreeg geluid in zijn stem. 'De patiënt in het Rikshospital. Ik ben verdoofd voordat hij werd vermoord. Was jij dat?'

Het was een paar seconden stil waarin hij alleen de regen hoorde. Het regende buiten, was er een mooier geluid? Als hij kon kiezen, dan wilde hij dag in, dag uit gewoon zitten luisteren naar dat geluid. Jaar na jaar. Alleen maar luisteren, genieten van elke seconde die hij kreeg.

Toen bewoog het lichaam naast hem, hij voelde de auto een beetje bewegen toen die het gewicht van de ander kwijtraakte, toen viel het portier zacht dicht. Hij was alleen. Ze bewogen. Het geluid van de banden die zich langzaam over het grind bewogen, klonk als een schor gefluister. De handrem. Die zat vijftig centimeter van zijn rechterhand. Anton probeerde zijn handen naar zich toe te trekken. Voelde de pijn niet eens toen de huid kapotging. Het schorre gefluister klonk nu harder en ging sneller. Hij wist dat hij te lang en te stijf was om een voet op of onder de handrem te krijgen, dus hij leunde naar voren. Sperde zijn mond open. Kreeg de punt van de handrem te pakken, voelde de druk tegen de binnenkant van de tanden in zijn bovenkaak, hij trok, maar de punt schoot uit zijn mond. Hij probeerde het weer, hoewel hij wist dat het te laat was, maar hij wilde liever zo doodgaan: vechtend, wanhopig, levend. Hij worstelde verder, kreeg de handrem weer in zijn mond.

Plotseling was het helemaal stil. De stem zweeg en de regen was ineens gestopt. Nee, hij was niet gestopt. Daar was hij. Hij viel. Gewichtloos, maar hij draaide rond als in een langzame wals. De wals die hij met Laura had gedanst terwijl alle bekenden om hen heen stonden en toekeken. Hij roteerde rond zijn eigen as, langzaam, deinend, en rond en rond... Maar nu was hij alleen. Viel in die wonderlijke stilte. Viel samen met de regen.

HOOFDSTUK 14

Laura Mittet keek hen aan. Ze was naar beneden gekomen in hun woning in het Elvepark toen ze aanbelden en nu stond ze met haar armen over elkaar geslagen te rillen in haar ochtendjas. De klok wees nacht aan, maar buiten begon het al licht te worden, ze kon de eerste zonnestralen zien glinsteren in het water van de Drammenselv. Er was iets ontstaan, die paar seconden toen ze er niet was, toen ze hen niet hoorde, niets anders zag dan de rivier achter hen. Een paar seconden waarin ze alleen was en dacht dat Anton nooit de ware was geweest. Dat ze nooit de ware had getroffen, in elk geval nooit de juiste had gekregen. En degene die ze kreeg, Anton, had haar in het eerste jaar van hun huwelijk al bedrogen. Hij was nooit te weten gekomen dat ze het had ontdekt. Ze had te veel te verliezen. En hij had waarschijnlijk onlangs weer een scheve schaats gereden. Hij had diezelfde gezichtsuitdrukking van overdreven alledaagsheid gehad toen hij dezelfde slechte excuses als toen oplepelde. Ineens moeten overwerken. Verkeerschaos op weg naar huis. Zijn mobieltje had een lege batterij.

Ze waren met zijn tweeën. Een man en een vrouw, beiden in een uniform dat geen vlekje of kreukeltje had. Alsof ze het net uit de kast hadden gepakt en aangetrokken. Ernstige, bijna bange gezichten. Noemden haar 'mevrouw Mittet'. Niemand deed dat. En ze hield er ook niet van. Dat was zijn naam, ze had er vaak spijt van gehad dat ze die had aangenomen.

Ze schraapten hun keel. Ze hadden haar iets te vertellen. Dus waar wachtten ze nog op? Ze wist het al. Ze hadden het haar al verteld met die idiote, overdreven tragische koppen. Ze was woedend. Zo woedend dat ze haar gezicht voelde vertrekken, vertrekken tot iets wat ze niet wilde, alsof ze ook een rol opgedrongen had gekregen in deze tragikomedie. Ze hadden iets gezegd. Wat was het? Was het in haar taal? De woorden hadden geen betekenis.

Ze zou nooit de juiste krijgen. En ze had nooit zijn naam gewild.

Tot nu toe.

HOOFDSTUK 15

De zwarte Volkswagen Sharan steeg langzaam draaiend op naar de blauwe hemel. Als een raket in super slow motion, dacht Katrine terwijl ze naar de staart keek die niet van rook of vuur was, maar van water dat uit de portieren en de kofferbak van de kapotte auto stroomde. Het veranderde in druppels die glinsterden in de zon op weg naar beneden, naar de rivier.

'Vorige keer hebben we de auto daar omhoog getakeld,' zei de plaatselijke politieman.

Ze stonden voor een voormalige houtzagerij waarvan de rode verf afbladderde en alle ruitjes kapot waren. Het verdorde gras lag als een nazi-kuif op de helling, gekamd in de richting waarin de regen gisteravond was gevallen. In de schaduw lagen plekken van half ontdooide sneeuw. Een te vroeg teruggekeerde trekvogel zong optimistisch, maar was ten dode opgeschreven, en de rivier kolkte tevreden.

'Maar die zat vast tussen twee stenen dus het was makkelijker om die omhoog te takelen.'

Katrines blik volgde de loop van de rivier. Tegenover de zagerij was een dam gelegd, daar sijpelde het water tussen de stenen die de auto hadden opgevangen. Hier en daar zag ze de zon glinsteren in stukjes glas. Toen gleed haar blik omhoog langs de verticale bergwand. Graniet van Drammen. Dat was vast een begrip. Ze zag de achterkant van de kraanwagen en de gele kraan die ver boven de afgrond uitstak. Hoopte dat iemand het mogelijke gewicht van de auto en de lengte van de takel goed had uitgerekend.

'Maar als jullie rechercheurs zijn, waarom zijn jullie dan niet daarboven bij die anderen?' vroeg de politieman die hen, na grondige bestudering van hun ID-kaart, binnen het afzetlint had gelaten.

Katrine haalde haar schouders op. Ze kon niet vertellen dat ze op rooftocht waren, vier mensen zonder autorisatie en met een dubieus type opdracht waardoor het voorlopig beter was uit het zicht te blijven van het officiële onderzoeksteam.

'We zien hier wat we willen zien,' zei Beate Lønn. 'Dank voor de medewerking.'

'Graag gedaan.'

Katrine Bratt deed haar iPad uit, die nog steeds ingelogd was op de lijst gevangenen in de Noorse gevangenissen, en haastte zich toen achter Beate Lønn en Ståle Aune aan, die al over het afzetlint waren gestapt op weg naar Bjørn Holms dertig jaar oude Volvo Amazon. De eigenaar zelf kwam op zijn gemak de steile grindweg naar de top af gelopen en haalde hen in. Ze liepen naar de antiquarische auto zonder airco, airbag of centrale vergrendeling, maar met twee geblokte strepen die over de motorkap, het dak en de achterkant liepen. Katrine maakte uit Holms gehijg op dat hij de conditietest van de politieacademie nu waarschijnlijk niet zou halen.

'En?' vroeg Beate.

'Het gezicht is gedeeltelijk kapot, maar ze zeggen dat het slachtoffer vermoedelijk Anton Mittet is,' zei Holm terwijl hij zijn rastamuts van zijn hoofd trok om het zweet van zijn ronde gezicht te wissen.

'Mittet,' zei Beate. 'Natuurlijk.'

De anderen draaiden zich naar haar om.

'Een plaatselijke politieman. Dezelfde die de wacht van Simon in Maridalen overnam, herinner je je dat nog, Bjørn?'

'Nee,' zei Holm zonder zichtbare schaamte. Katrine nam aan dat hij gewend was geraakt aan het feit dat zijn chef van Mars kwam.

'Hij was eerst bij de politie van Drammen. En hij was min of meer betrokken bij het onderzoek naar de vorige moord hier.'

Katrine schudde verbluft haar hoofd. Het was één ding dat Beate onmiddellijk had gereageerd toen het bericht van de auto in de rivier op hun politienet was verschenen en hen allemaal had gecommandeerd naar Drammen te komen omdat ze zich zonder enige aarzeling herinnerde dat het de plaats delict was geweest van de moord op ene René Kalsnes een aantal jaren geleden. Maar het was helemaal opvallend dat ze zich de naam herinnerde van die kerel uit Drammen die min of meer betrokken was geweest bij het onderzoek indertijd.

'Ik herinner me hem zo goed omdat hij iets stoms had gedaan,' zei Beate, die kennelijk Katrines hoofdschudden had gezien. 'Hij hield zijn mond over een gummiknuppel die hij had gevonden omdat hij bang was dat het de politie kon blameren. Hebben ze iets gezegd over de waarschijnlijke doodsoorzaak?'

'Nee,' zei Holm. 'Het is duidelijk dat hij door de val is gestorven. De handrem zat bovendien in zijn mond en kwam door zijn achterhoofd weer naar buiten. Maar hij moet zijn geslagen toen hij nog in leven was, want zijn gezicht vertoonde vele kleinere slagwonden.'

'Kan hij zelf over de rand zijn gereden?' vroeg Katrine.

'Misschien. Maar zijn handen zaten met strips vast aan het stuur. Er waren geen remsporen en de auto is op de stenen vlak bij de wand terechtgekomen, dus veel vaart kan hij niet hebben gehad. De auto moet er haast overheen zijn geduwd.'

'Handrem in zijn mond?' zei Beate, haar voorhoofd fronsend. 'Hoe kan dat zijn gebeurd?'

'Zijn handen waren vastgebonden en de auto rolde naar de afgrond,' zei Katrine. 'Hij zal wel hebben geprobeerd om de rem met zijn mond omhoog te trekken.'

'Misschien. Hoe dan ook, het gaat om een politieman, hij is vermoord op een plaats delict waar hij vroeger heeft gewerkt.'

'Aan een moord die niet is opgelost,' voegde Bjørn Holm eraan toe.

'Ja, maar er zijn een paar belangrijke verschillen tussen deze moord en die op de meisjes in Maridalen en Tryvann,' zei Beate en ze zwaaide met het dossier van de moord, dat ze in vliegende vaart nog even had geprint voordat ze hun kelderkantoor verlieten. 'René Kalsnes was een man en vertoonde geen tekenen van seksueel geweld.'

'Er is nog een belangrijk verschil,' zei Katrine.

'O?'

Ze tikte op de iPad onder haar arm. 'Ik heb toen we hierheen reden het strafregister en de gevangenislijsten gecheckt. Valentin Gjertsen zat een korte straf uit in Ila toen René Kalsnes werd vermoord.'

'Verdomme!' Dat was Holm.

'Nou nou,' zei Beate. 'Dat sluit niet uit dat Valentin Anton Mittet heeft vermoord. Hij heeft hier misschien het patroon gebroken, maar toch zit dezelfde gek hierachter. Of niet, Ståle?'

De andere drie draaiden zich om naar Ståle Aune, die ongebruikelijk stil was geworden. Katrine merkte dat de gezette man ook ongebruikelijk bleek was. Hij zocht steun tegen het portier van de Amazon en zijn borst ging op en neer.

'Ståle?' herhaalde Beate.

'Het spijt me,' zei hij terwijl hij een halfslachtige poging deed te glimlachen. 'Die handrem...'

'Je went eraan,' zei Beate in een halfslachtige poging haar ongeduld te verbergen. 'Gaat het hier om onze politieslager of niet?'

Ståle Aune trok zijn rug recht. 'Seriemoordenaars kunnen met hun patroon breken, als je dat bedoelt. Maar ik geloof niet dat we te maken hebben met een copycat die verdergaat waar de eerste... eh, politieslager is gestopt. Zoals Harry altijd zei: "Een seriemoordenaar is een witte walvis." Dus een politieseriemoordenaar is een witte walvis met roze stippen. Er bestaat geen tweede.'

'Dus we zijn het eens dat het om dezelfde moordenaar gaat,' stelde Beate vast. 'Maar de gevangenisstraf zaagt de poten weg onder de theorie dat Valentin oude plaatsen delict opzoekt en de moord herhaalt.'

'Maar toch,' zei Bjørn. 'Dit is de enige moord waar de moord zelf een kopie is van de oorspronkelijke moord. Dat kan iets betekenen.'

'Ståle?'

'Het kan betekenen dat hij het gevoel heeft dat hij beter is geworden, dat hij de moorden perfectioneert door er replica's van te maken.'

'Hou op,' siste Katrine. 'Je doet of hij een kunstenaar is.'

'Ja?' zei Ståle haar vragend aankijkend.

'Lønn!'

Ze draaiden zich om. Boven op de heuvel liep een man in een flapperend hawaïhemd, met een plomp figuur en dansende krullen. Zijn relatief hoge tempo kwam eerder door de steile helling dan door zijn inspanning.

'Laten we maken dat we wegkomen,' zei Beate.

Ze zaten in de Amazon en Bjørn deed een derde poging de auto te starten toen een topje van een wijsvinger tegen de ruit klopte waarachter Beate zat.

Ze kreunde zacht, maar draaide het raampje naar beneden.

'Roger Gjendem,' zei ze. 'Heeft *Aftenposten* vragen waarop ik "geen commentaar" kan antwoorden?'

'Dit is de derde politiemoord,' hijgde de man in het hawaïhemd en Katrine stelde vast dat Bjørn Holm conditioneel gezien zijn mindere was tegengekomen. 'Hebben jullie al een spoor?'

Beate Lønn glimlachte.

'G-e-e-n c-o-m-m-e-...' spelde Roger Gjendem terwijl hij deed of hij het noteerde. 'We hebben een beetje rondgevraagd. Een paar dingetjes. Een eigenaar van een benzinepomp zegt dat Mittet gisteravond laat bij hem heeft getankt. Hij dacht dat Mittet alleen was. Betekent dat...'

'Geen...'

'... commentaar. Denken jullie dat de commissaris vanaf nu opdracht zal geven een geladen dienstpistool bij je te hebben?'

Beate trok een wenkbrauw op. 'Wat bedoel je?'

'Het dienstpistool in het handschoenenvakje van Mittet, natuurlijk.' Gjendem boog zich voorover en knikte achterdochtig naar de anderen alsof hij niet geloofde dat ze die basale informatie niet hadden. 'Leeg, hoewel er ook een doosje patronen in lag. Als hij een geladen pistool had gehad, had dat misschien zijn leven gered.'

'Weet je wat, Gjendem?' zei Beate. 'Je kunt in feite herhalingstekens zetten onder het eerste antwoord dat je hebt gekregen. En eigenlijk geef ik er de voorkeur aan dat je dit gesprekje helemaal niet noemt.'

'Waarom niet?'

De motor kwam met een gilletje op gang.

'Een fijne dag nog, Gjendem.' Beate begon het raampje omhoog te draaien. Maar het ging niet snel genoeg, waardoor ze toch de volgende vraag hoorden: 'Missen jullie hem?'

Holm liet de koppeling opkomen.

Katrine zag Roger Gjendem kleiner worden in het spiegeltje.

Maar ze wachtte tot ze over Liertoppen waren met zeggen wat ze allemaal dachten.

'Gjendem heeft gelijk.'

'Ja,' zuchtte Beate. 'Maar we kunnen hem niet meer raadplegen, Katrine.'

'Ik weet het, maar we moeten het toch proberen!'

'Wat proberen?' vroeg Bjørn Holm. 'Een doodverklaarde man opgraven op het kerkhof?'

Katrine staarde naar het monotone bos langs de autoweg. Ze dacht aan de keer toen ze er in een politiehelikopter overheen was gevlogen, het dichtstbevolkte deel van Noorwegen, en hoe het haar was opgevallen dat ook hier voornamelijk bos en onbewoond gebied was. Plaatsen waar mensen niet konden wonen. Plaatsen waar je je kon verstoppen. Dat zelfs hier huizen slechts kleine lichtpuntjes in de nacht waren, de autoweg een dun streepje door het ondoordringbare zwart. Dat het onmogelijk was alles te zien. Dat men moest kunnen ruiken. Luisteren. Weten.

Ze waren bijna bij Asker, maar ze hadden in een stilte gereden die zo geladen was dat toen Katrine eindelijk antwoordde, er niemand was die de vraag was vergeten.

'Ja,' zei ze.

HOOFDSTUK 16

Katrine Bratt stak het open plein voor Chateau Neuf over, het hoofdkwartier van Det Norske Studentersamfund – de Noorse studentenvereniging. Vette feesten, coole concerten, heftige debatten. Zo wilde men dat deze plek werd gekarakteriseerd, herinnerde ze zich. En zo was het af en toe ook geweest.

De dresscode onder studenten was verbluffend weinig veranderd sinds zij hier kwam: T-shirts, spijkerbroeken, nerdbrillen, retro skijacks en retro militaire jassen, een consensus in stijl die onzekerheid probeerde te camoufleren, de gemiddelde streber die een signaal wil afgeven aan de briljante luiaard, de angst om sociaal en maatschappelijk te mislukken. Maar ze waren in elk geval dolblij dat ze niet hoorden bij die stakkers naar wie Katrine op weg was, aan de andere kant van het plein.

Een paar van die stakkers kwamen via de zogenaamde gevangenispoort voor het schoolterrein op haar af gelopen. Studenten in zwarte politie-uniformen die altijd te groot leken, hoe krap ze ook zaten. Ze kon van verre de eerstejaars eruit pikken: zij probeerden midden in het uniform te staan en hadden de klep van de pet iets te ver over hun voorhoofd getrokken. Hetzij om hun onzekerheid te verbergen door er streng uit te zien, hetzij om de wat minachtende of medelijdende blikken van de studenten aan de overkant van het plein niet te hoeven zien. De echte studenten, de vrije, zelfstandige, kritische, denkende intellectuelen. Die grinnikten onder lang, vet haar terwijl ze op de trappen in de zon lagen, verheven in hun minachting terwijl ze iets inhaleerden waarvan ze wisten dat de politiestudenten wisten dat het geestverruimend spul was.

Want zij waren de echte jongeren, de besten van de samenleving met het recht fouten te maken, zij die nog steeds de keuzes in het leven voor zich hebben, niet achter zich.

Misschien had alleen Katrine dat zo gevoeld toen ze hier rondliep, de drang om te roepen dat ze niet wisten wie zij was, waarom ze had gekozen voor de politie, wat ze van plan was te doen met de rest van haar leven.

De oude bewaker, Karsten Kaspersen, stond nog steeds in zijn wachthokje voor de deur, maar als hij zich de student Katrine Bratt nog kon herinneren, was dat niet te zien aan zijn gezicht toen hij haar ID-kaart bekeek en kort knikte. Ze liep door de gang naar de collegezaal. Ze liep langs de deur van de plaats delict die was ingericht als een appartement met verschillende kamertjes en een galerij waar ze elkaar konden zien oefenen op een huiszoeking en het vinden van sporen en waar ze de beschrijving van de gebeurtenissen konden lezen.

Langs de deur naar de fitnessruimte met de matten en de geur van zweet waar ze werden gedrild in de fijne kneepjes van het neerleggen en boeien van mensen. Voorzichtig trok ze de deur van auditorium 2 open. Het college was in volle gang, dus ze sloop naar een leeg stoeltje op de achterste rij. Ze ging zo stil zitten dat de twee druk fluisterende meisjes op de rij voor haar het niet eens merkten.

'Ze is niet goed wijs. Ze heeft in haar kamer een foto van hem aan de muur hangen.'

'Is dat zo?'

'Ik heb het zelf gezien.'

'Mijn god, hij is toch oud. En lelijk.'

'Vind je?'

'Ben je blind?' Ze knikte naar het bord waar de docent met zijn gezicht naartoe stond. Hij schreef.

'Motief!' De docent had zich naar hen omgedraaid en herhaalde het woord dat hij op het bord had geschreven. 'De psychologische belasting bij het plegen van een moord is zo hoog voor rationeel denkende en normaal voelende mensen dat er een extreem goed motief moet zijn. Extreem goede motieven zijn meestal makkelijker en sneller te vinden dan moordwapens, getuigen en technische sporen. En ze wijzen meestal direct naar een potentiële dader. Daarom moet iedere moordrechercheur beginnen met de vraag: waarom?'

Hij stopte even en zijn blik vloog over de toehoorders, ongeveer net zoals een herdershond die rond de kudde schapen cirkelt om die bijeen te houden, dacht Katrine.

Hij tilde zijn wijsvinger op: 'De grove versimpeling is: vind het motief en je hebt de moordenaar gevonden.'

Katrine Bratt vond niet dat hij lelijk was. Niet knap, uiteraard, niet in de conventionele betekenis van het woord. Meer wat de Engelsen *acquired taste* noemden. En de stem had nog dezelfde diepte, die warmte met de ietwat vermoeide schorheid die meer mensen dan frisjonge studentenfans aansprak.

'Ja?' De docent aarzelde een ogenblik voor hij het woord gaf aan een studente die met haar hand zat te zwaaien.

'Waarom sturen we grote, geld slurpende onderzoeksteams naar een plaats delict als een briljante, vasthoudende rechercheur als jij de hele zaak met een paar vragen en een beetje nadenken kan oplossen?'

Er was geen ironie in de stem van de studente te horen, alleen een kinderlijke oprechtheid en een licht accent dat wees op een jeugd in Noord-Noorwegen.

Katrine zag de gevoelens over het gezicht van de docent glijden – schaamte, wanhoop, irritatie – voor hij zich kon beheersen voor het antwoord: 'Omdat er nooit genoeg is om te weten wie de moordenaar is, Silje. Tijdens de inbraakgolf in Oslo, tien jaar geleden, had de afdeling Inbraak een vrouw in dienst die gemaskerde personen kon herkennen aan hun gezichtsvorm en silhouet.'

'Beate Lønn,' zei het meisje dat hij Silje had genoemd. 'Chef van de technische recherche.'

'Precies. En in acht van de tien gevallen wist de afdeling Inbraak dus wie de gemaskerde personen op de bewakingsvideo's waren. Maar ze hadden geen bewijs. Vingerafdrukken zijn bewijzen. Een afgevuurd pistool is een bewijs. Een overtuigde rechercheur is geen bewijs, hoe briljant hij of zij ook mag zijn. Ik heb vandaag een paar maal de zaak simpeler voorgesteld en hier is de laatste: het antwoord op de vraag "waarom" is niets waard als we niet uitzoeken "hoe" en vice versa. Maar dan zijn we verder beland in het proces, Folkestad zal colleges geven over het technisch onderzoek.' Hij keek op de klok. 'We zullen het de volgende week uitgebreid hebben over het motief, maar we kunnen nog wel even een opwarmertje doen. Waarom vermoorden mensen andere mensen?'

Hij keek weer uitdagend naar de toehoorders. Katrine zag dat hij naast het litteken dat als een speekselspoor van zijn oor naar zijn mondhoek liep, twee nieuwe littekens had gekregen. Het ene zag eruit als een messteek in zijn hals, het andere kon heel goed van een kogel komen en zat aan de zijkant van zijn hoofd ter hoogte van zijn wenkbrauw. Maar verder zag hij er beter uit dan ze hem ooit had gezien. Die één meter drieënnegentig lange gedaante zag er slank en gespierd uit, het blonde, kortgeknipte, borstelige haar vertoonde nog geen spoortje grijs. En ze kon zien dat zijn lichaam onder het T-shirt getraind was en dat hij vlees op zijn botten had gekregen. En het belangrijkste: dat er leven in zijn ogen was. Dat wakkere, energieke, grenzend aan het manische, was terug. Lachrimpeltjes en een open lichaamstaal: dat had ze lang niet bij hem gezien. Je ging bijna denken dat hij een goed leven leidde. Als dat het geval was, dan was dat voor het eerst sinds Katrine hem kende.

'Omdat je er iets bij te winnen hebt,' zei een jongensstem.

De docent knikte uitnodigend. 'Dat zou je denken, nietwaar? Maar moord uit winstbejag komt niet het vaakst voor, Vetle.'

Een luide stem riep: 'Omdat je iemand haat?'

'Elling stelt moord uit passie voor,' zei hij. 'Jaloezie. Afwijzing. Wraak. Ja, absoluut. Iemand anders?'

'Omdat iemand gek is.' De suggestie kwam van een grote jongen met een kromme rug.

'We zeggen niet "gek", Robert.' Dat was het meisje weer. Katrine zag alleen een blonde, S-vormige paardenstaart over de rugleuning hangen, helemaal op de voorste rij. 'Dat noemen ze...'

'Het is goed, we weten wat hij bedoelt, Silje.' De docent was op zijn tafel gaan zitten, strekte zijn lange benen voor zich uit en kruiste zijn armen over zijn Glasvegas-logo op zijn T-shirt. 'En persoonlijk denk ik dat gek een uitstekend woord is. Maar het is feitelijk niet een gebruikelijke oorzaak van moord. Er zijn uiteraard mensen die vinden dat moord op zich een bewijs is van gekte, maar de meeste moorden zijn rationeel. Net zoals het rationeel is om te zoeken naar materieel gewin, te zoeken naar gevoelsmatige verlossing. De moordenaar kan het idee hebben dat de moord de pijn die volgt op haat, angst, jaloezie of vernedering kan verlichten.'

'Maar als moord zo rationeel is...' dat was de eerste jongen weer. 'Kun je me dan vertellen hoeveel tevreden moordenaars je hebt ontmoet?'

Het slimste jongetje van de klas, gokte Katrine.

'Weinig,' zei de docent. 'Maar dat de moord als teleurstellend wordt beleefd, betekent niet dat het geen rationele handeling is zolang de moordenaar maar denkt dat hij verlichting zal voelen. Maar wraak is meestal zoeter in de fantasie, de jaloeziemoord wordt gevolgd door spijt, het crescendo waar de seriemoordenaar zo zorgvuldig aan werkt wordt bijna altijd gevolgd door een anticlimax waardoor hij het weer moet proberen. Kort samengevat...' Hij stond op en liep terug naar het bord. 'Als het om moord gaat, klopt er wel iets van de bewering dat misdaad niet loont. Voor de volgende keer wil ik dat ieder van jullie een motief bedenkt waarom je iemand zou vermoorden. Ik wil niet van die politiek correcte bullshit horen, ik wil dat jullie op zoek gaan naar jullie donkerste kant. Nou ja, de bijna donkerste kant is ook goed, misschien. En verder lezen jullie het artikel van Aune over moordkarakter en profilering, oké? En ja, ik zal het overhoren. Dus wees gewaarschuwd, wees voorbereid. En nu wegwezen.'

Er klonk een geraas van stoeltjes die opwipten.

Katrine bleef zitten en keek naar de studenten die langs haar liepen. Uiteindelijk waren er drie personen over. Zijzelf, de docent die het bord schoonveegde en de S-vormige paardenstaart die vlak achter hem was gaan staan met haar benen keurig naast elkaar en een notitieblok onder haar arm geklemd. Katrine constateerde dat ze slank was. En dat haar stem anders klonk dan gedurende het college.

'Geloof jij niet dat de seriemoordenaar die jij in Australië hebt gepakt zich tevreden voelde nadat hij die vrouwen had vermoord?' Overdreven meisjesachtig. Als een meisje dat haar vader probeert te behagen.

'Silje...'

'Ik bedoel, hij verkrachtte hen. En dat moet toch heel fijn zijn geweest?'

'Lees het artikel, dan komen we daar de volgende keer op terug. Oké?'

'Oké.'

Toch bleef ze staan. Ze wipte heen en weer op haar voeten. Het leek of ze op haar tenen wilde gaan staan, dacht Katrine. Zich naar hem uit willde strekken. Terwijl de docent zijn papieren verzamelde en in een leren map stopte zonder naar haar te kijken. Toen draaide ze zich plotseling om en liep snel de trap naar de uitgang op. Ging langzamer lopen toen ze Katrine ontdekte, nam haar onderzoekend op voor ze weer sneller ging lopen en verdween.

'Hoi, Harry,' zei Katrine zacht.

'Hoi, Katrine,' zei hij zonder op te kijken.

'Je ziet er goed uit.'

'Insgelijks,' zei hij, de rits van de leren map dichttrekkend.

'Heb je gezien dat ik binnenkwam?'

'Ik voelde dat je binnenkwam.' Hij keek op. En lachte. Katrine was altijd verbluft geweest over de metamorfose die zijn gezicht onderging als hij lachte. Hoe het die harde, afwijzende en levensmoede trekken, die hij als een versleten jas droeg, wegblies. Hoe hij er in één klap kon uitzien als een vrolijke, volwassen jongen in wiens ogen de zon leek te schijnen. Als een mooie dag in juli in Bergen. Net zo welkom als zeldzaam en kort.

'Wat betekent dat?' vroeg ze.

'Dat ik half had verwacht dat je zou komen.'

'O, had je dat?'

'Ja. En het antwoord is nee.' Hij stopte de map onder zijn arm, deed vier lange stappen in haar richting en omhelsde haar.

Ze drukte hem tegen zich aan, snoof zijn geur op. 'Nee op wat, Harry?'

'Nee, je krijgt me niet,' fluisterde hij in haar oor. 'Maar dat wist je toch.'

'Poeh!' zei ze terwijl ze deed of ze zich los wilde maken uit zijn omhelzing. 'Als het niet om die lelijke was, dan had ik maar vijf minuten nodig om je in te palmen, jongen. En ik heb niet gezegd dat je er zó goed uitziet.'

Hij lachte en liet haar los. Katrine voelde dat hij haar wat haar betreft best nog wat langer had mogen vasthouden. Het was haar nooit helemaal duidelijk geworden of ze Harry werkelijk wilde hebben of dat het slechts iets was wat zo onrealistisch was dat ze er geen standpunt over hoefde in te nemen. En in de loop van de tijd was het een grap zonder inhoud geworden. Bovendien was hij weer samen met Rakel. Of 'die lelijke' zoals hij Katrine toestond haar te noemen, omdat die bewering zo absoluut onwaar was dat die slechts Rakels irritante schoonheid onderstreepte.

Harry wreef over zijn gehavende, geschoren kin. 'Hm, als jij niet aast op mijn onweerstaanbare lichaam, dan moet het...' Hij hief zijn wijsvinger: 'Ik weet het. Mijn briljante hoofd zijn!'

'Je bent helaas niet grappiger geworden met de jaren.'

'En het antwoord is nog steeds nee. En dat wist je ook.'

'Heb je een kamer waar we dit kunnen bespreken?'

'Ja en nee. Ik heb een kamer, maar we kunnen daar niet bespreken of ik jullie kan helpen met die moordzaak.'

'Moordzaken.'

'Het is één zaak, zoals ik het heb begrepen.'

'Fascinerend, nietwaar?'

'Probeer het niet, jij. Ik ben klaar met dat leven en dat weet je.'

'Harry, dit is een zaak die jou nodig heeft. En een zaak die jij nodig hebt.'

Deze keer bereikte de lach zijn ogen niet: 'Ik heb een moordzaak net zo hard nodig als een borrel, Katrine. Sorry. Bespaar jezelf de tijd en zoek naar het volgende alternatief.'

Ze keek naar hem op. Bedacht dat die vergelijking met een borrel snel kwam. Het bevestigde wat ze al had vermoed, dat hij gewoonweg bang was. Bang dat als hij ook maar even naar de zaak keek, dat dezelfde consequentie zou hebben als een druppel alcohol. Het zou hem niet lukken te stoppen, hij zou worden opgeslokt, verteerd. Een moment voelde ze haar slechte geweten, de onverwachte aanval van zelfverachting van een dealer. Totdat ze de plaatsen delict weer visualiseerde. Anton Mittets kapotte schedel.

'Er zijn geen andere alternatieven dan jij, Harry.'

'Ik kan je een paar namen geven,' zei Harry. 'Er is een kerel met wie ik samen die FBI-cursus heb gevolgd. Ik kan hem bellen en...'

'Harry...' Katrine greep hem onder zijn arm en leidde hem naar de deur. 'Heeft jouw kamer koffie?'

'Natuurlijk, maar zoals gezegd...'

'Vergeet de zaak, laten we wat praten over de oude tijd.'

'Heb je daar tijd voor?'

'Ik heb afleiding nodig.'

Hij keek haar aan. Wilde iets zeggen, maar bedacht zich. Hij knikte. 'Goed.'

Ze liepen een trap op en door een gang met allemaal kamers.

'Ik hoorde dat je jat uit de psychologiecolleges van Ståle Aune,' zei Katrine. Ze moest zoals gewoonlijk half rennen om de zevenmijlspassen van Harry bij te houden.

'Ik jat zo veel als ik kan, hij was immers de beste.'

'Bijvoorbeeld dat het woord jaloers een van de weinige woorden in de geneeskunde is dat tegelijkertijd exact, intuïtief en poëtisch is. Maar dat de precieze woorden altijd op de vuilnisbelt belanden omdat domme vaklui menen dat een taalkundige mist optrekken beter is voor het wel en wee van de patiënt.'

'Yep,' zei Harry.

'Daarom heet het niet langer manisch-depressief. En ook niet borderline. Ik ben bipolair twee.'

'Twee?'

'Dat bedoel ik. Waarom geeft Aune geen college meer? Ik dacht dat hij daar zo van hield.'

'Hij wilde een beter leven hebben. Simpeler. Meer kwaliteitstijd met de mensen van wie hij houdt. Een verstandig besluit.'

Ze keek hem van opzij aan. 'Jullie zouden hem moeten overhalen. Niemand in de maatschappij heeft het recht om zo'n briljant talent, waaraan zoveel behoefte is, niet te gebruiken. Ben je het met me eens?'

Harry lachte even. 'Je geeft het niet op, hè? Ik geloof dat er hier behoefte is aan mij, Katrine. En de academie neemt geen contact op met Aune omdat men meer geüniformeerde docenten wil hebben, geen burgers.'

'Jij bent in burger.'

'En dat is nu net mijn punt. Ik ben feitelijk niet meer bij de politie, Katrine. Dat is een keus. Wat betekent dat ik, dat wij op een andere plaats zijn.'

'Hoe ben je aan dat litteken op je slaap gekomen?' vroeg ze en ze merkte hoe Harry bijna onmerkbaar, maar ogenblikkelijk in elkaar kromp. Maar voor hij kon antwoorden, riep er een luide stem in de gang: 'Harry!'

Ze bleven staan en draaiden zich om. Een korte, brede man met een volle, rode baard kwam uit een van de kamerdeuren en liep trekkend met een been op hen af. Katrine volgde Harry, die op de oudere man af liep.

'Je hebt bezoek,' bulderde de man al ver voor ze op normale gehoorafstand waren gekomen.

'Jazeker,' zei Harry. 'Katrine Bratt. Dit is Arnold Folkestad.'

'Ik bedoel: je hebt bezoek in je kamer,' zei Folkestad, hij bleef staan, haalde een paar keer adem voor hij Katrine een grote vuist met sproeten toestak.

'Arnold en ik geven samen het vak moordonderzoek,' zei Harry.

'En aangezien hij mag praten over het onderhoudende deel van het vak, is hij uiteraard de populairste van ons beiden,' bromde Folkestad. 'Terwijl ik de studenten weer moet terugbrengen naar de realiteit van methodes, technische bewijzen, ethiek en regels. De wereld is onrechtvaardig.'

'Aan de andere kant is Arnold beter in pedagogiek,' zei Harry.

'Maar de leerling wordt steeds beter,' gromde Folkestad.

Harry fronste zijn voorhoofd. 'Dat bezoek, het is toch niet...'

'Rustig maar, het is juffrouw Silje Gravseng niet, alleen een paar oude collega's. Ik heb hun maar koffie gegeven.'

Harry keek Katrine fel aan. Toen draaide hij zich om en marcheerde naar zijn kamer. Katrine en Folkestad keken hem na.

'Ik snap dat dit misschien opgevat kan worden als een omsingeling,' zei Beate terwijl ze haar kopje koffie naar haar mond bracht.

'Wil je zeggen dat dit géén omsingeling is?' zei Harry, die zo ver met zijn stoel achterover wipte als mogelijk was in het piepkleine kamertje. Aan de andere kant van het bureau, achter torens met papieren, hadden Beate Lønn, Bjørn Holm en Katrine Bratt hun stoel geklemd. De begroetingsronde was snel voorbij. Korte handdruk, geen omhelzingen. Geen krampachtige pogingen tot smalltalk. Harry nodigde hen daar niet toe uit. Hij nodigde hen uit direct ter zake te komen. Ze wisten uiteraard dat hij wist waar het om ging.

Beate nam een slok, schrok onvermijdelijk en zette het plastic bekertje met een misprijzende uitdrukking op haar gezicht weer neer.

'Ik weet dat je hebt besloten je niet meer bezig te houden met het operationele onderzoek,' zei Beate. 'En ik weet ook dat je daarvoor betere redenen hebt dan vele anderen. Maar de vraag is toch of je nu geen uitzondering kunt maken. Jij bent ondanks alles de enige specialist op het gebied van seriemoorden. De staat heeft geld in je gestoken door je een opleiding bij de FBI te laten volgen die...'

'... die ik, zoals jullie weten, heb terugbetaald met bloed, zweet en tranen,' onderbrak Harry haar. 'En niet alleen mijn eigen bloed en tranen.'

'Ik ben niet vergeten dat Rakel en Oleg in de Sneeuwmanzaak ook in de schootslijn terechtkwamen, maar...'

'Het antwoord luidt nee,' zei Harry. 'Ik heb Rakel beloofd dat geen van ons terug zal gaan. En voor één keer in mijn leven ben ik van plan mij aan mijn belofte te houden.'

'Hoe gaat het met Oleg?' vroeg Beate.

'Beter,' zei Harry, haar op zijn hoede aankijkend. 'Zoals je weet zit hij in een ontwenningskliniek in Zwitserland.'

'Ik ben blij dat te horen. En Rakel heeft dat contract in Genève gekregen?'

'Ja.'

'Pendelt ze?'

'De afspraak is vier dagen Genève, drie hier thuis. Het is voor Oleg fijn als zijn moeder dichtbij zit.'

'Dat begrijp ik heel goed,' zei Beate. 'Dan zijn ze in zekere zin buiten de schootslijn, of niet? En jij bent doordeweeks alleen. Dagen waarop je kunt doen wat je wilt.'

Harry lachte zacht. 'Lieve Beate, ik ben misschien niet duidelijk genoeg. Dit ís wat ik wil. Doceren. Verder leren.'

'Ståle Aune doet met ons mee,' zei Katrine.

'Fijn voor hem,' zei Harry. 'En voor jullie. Hij weet net zo veel van seriemoorden als ik.'

'Weet je zeker dat hij niet meer weet?' zei Katrine met een lachje en haar ene wenkbrauw optrok.

Harry lachte. 'Goede poging, Katrine. Oké. Hij weet meer.'

'Jezus,' zei Katrine. 'Waar is je wedstrijdinstinct gebleven?'

'De combinatie van jullie drieën en Ståle Aune is het beste dat deze zaak kan krijgen. Ik moet zo weer college geven, dus...'

Katrine schudde langzaam haar hoofd. 'Wat is er met je gebeurd, Harry?'

'Goede dingen,' zei Harry. 'Er zijn goede dingen met me gebeurd.'

'Ontvangen en begrepen,' zei Beate terwijl ze opstond. 'Maar ik wil je toch vragen of ik je zo nu en dan om raad mag vragen.'

Ze zag dat hij met zijn hoofd wilde schudden. 'Geef nu geen antwoord,' zei ze snel. 'Ik bel je later.'

Drie minuten later in de gang, toen Harry naar het auditorium was gebeend waar de studenten al op hem zaten te wachten, bedacht Beate dat het misschien waar was, misschien kón de liefde van een vrouw een man redden. En in dit geval betwijfelde ze of het plichtsgevoel van een andere vrouw hem terug zou kunnen drijven naar de hel. Maar dat was wel haar opdracht. Hij had er schokkend gezond en gelukkig uitgezien. Ze zou hem graag met rust willen laten. Maar ze wist dat ze binnenkort weer zouden opduiken, de geesten van de collega's die vermoord waren. En ze dacht de volgende gedachte: dat waren niet de laatsten.

Ze belde Harry direct bij terugkomst.

Rico Herrem werd met een schok wakker.

Hij knipperde in het donker voor hij zijn blik focuste op het witte doek waarop een dikke vrouw een paard pijpte. Hij voelde zijn razende hartslag tot rust komen. Geen reden tot paniek, hij was nog steeds in de Fiskebutikk, het was slechts de luchtverplaatsing van de persoon die net binnenkwam en achter hem ging zitten waardoor hij wakker was geworden. Rico opende zijn mond, hij probeerde iets van de zuurstof in de lucht binnen te krijgen. Die lucht stonk naar zweet, tabaksrook en iets wat vis zou kunnen zijn, maar het niet was. Het was veertig jaar geleden dat Moens Fiskebutikk de originele combinatie van verse vis over de toonbank en verse pornoblaadjes onder de toonbank te koop aanbood. Toen Moen de boel had verkocht en met pensioen ging om zich systematischer lam te kunnen drinken, hadden de nieuwe eigenaars in de kelder een bioscoop geopend, het hele etmaal open, met echte pornofilms. Maar toen ze door de VHS-banden en de dvd's hun klantenkring zagen afnemen, hadden ze zich gespecialiseerd in het vertonen van films die je niet via internet kon bemachtigen, in elk geval niet zonder het risico te lopen de politie aan je deur te krijgen.

Het geluid stond zo zacht dat Rico het geruk om hem heen in het donker kon horen. Er was hem uitgelegd dat dat bedoeling was, dat het geluid daarom zo zacht stond. Zelf was hij die fascinatie uit zijn jongensjaren allang ontgroeid, daarom zat hij hier niet. Daarom was hij niet direct na zijn vrijlating hierheen gegaan, hij zat hier nu al bijna twee dagen, slechts onderbroken door snelle rondes van eten, drinken, poepen en nog meer drank kopen. Hij had nog steeds vier rohypnolpillen in zijn zak. Daar moesten ze blijven.

Hij kon uiteraard niet de rest van zijn leven in de Fiskebutikk doorbrengen. Maar hij had zijn moeder overgehaald om hem tienduizend kronen te lenen en tot de Thaise ambassade zijn toeristenvisum in orde had gemaakt, bood de Fiskebutikk de duisternis en anonimiteit die ervoor zorgden dat hij niet kon worden gevonden.

Hij inhaleerde, maar het leek of de lucht uitsluitend uit nitrogeen, argon en kooldioxide bestond. Hij keek op zijn horloge. De lichtgevende wijzers stonden op zes uur. Middag of avond? Hierbinnen was het eeuwig nacht, maar het moest middag zijn. Het wurgende gevoel kwam en ging. Hij moest niet claustrofobisch worden, niet nu. Niet voor hij het land had verlaten. Weg. Ver weg van Valentin. Verdomme, wat verlangde hij naar zijn cel. Naar veiligheid. Eenzaamheid. Lucht die je in kon ademen.

De vrouw op het doek werkte maar door, maar ze moest een paar stapjes zetten omdat het paard naar voren stapte. Ze waren even uit beeld.

'Hoi, Rico.'

Rico verstijfde. De stem was zacht, maar het geluid was als een ijspegel die in zijn oor werd geduwd.

'*Vanessa's Friends.* Een echte klassieker uit de jaren tachtig. Wist je dat Vanessa tijdens de opnames stierf? Ze werd getrapt door een merrie. Jaloezie, denk je niet?'

Rico wilde zich omdraaien, maar werd tegengehouden door een hand die zich als een bankschroef om zijn nek klemde. Hij wilde schreeuwen, maar een hand in een handschoen had al iets over zijn mond en neus gedaan. Rico ademde de geur in van zure, natte wol.

'Je was teleurstellend makkelijk te vinden. Pornobios. Tamelijk voor de hand liggend, vind je niet?' Zacht gelach. 'Bovendien licht die rode schedel van je hier als een vuurtoren op. Het lijkt erop dat dat eczeem van je de laatste tijd weer oplaait, Rico. Eczeem wordt in tijden van stress erger, is het niet?'

De hand voor zijn mond verlichtte de druk iets zodat Rico even kon ademhalen. De lucht smaakte naar kalkstof en skiwax.

'Er gaan geruchten dat je in Ila met een politiedame hebt gepraat, Rico. Hadden jullie iets gemeenschappelijks?'

De wollen handschoen voor zijn mond werd weggehaald. Rico haalde zwaar adem terwijl zijn tong op zoek ging naar speeksel.

'Ik heb niets gezegd,' piepte hij. 'Ik zweer het. Waarom zou ik? Ik was immers over een paar dagen vrij?'

'Geld.'

'Ik héb geld!'

'Je hebt al je geld opgemaakt aan roofie, Rico. Ik wil wedden dat je er een paar in je zak hebt.'

'Ik maak geen grapje! Ik ga overmorgen naar Thailand. Je krijgt geen problemen met mij, ik beloof het.'

Rico hoorde dat het laatste klonk als een smeekbede van een doodsbange man, maar het kon hem niet schelen. Hij wás doodsbang.

'Rustig maar, Rico. Ik ben niet van plan mijn tatoeëerder iets aan te doen, je vertrouwt een man die je naalden in je lijf laat steken. Of niet?'

'Je... je kunt me vertrouwen.'

'Mooi. Pattaya, dat klinkt goed.'

Rico gaf geen antwoord. Hij had niet gezegd dat hij naar Pattaya zou gaan, hoe... Rico keek even achterom toen de ander zijn rugleuning gebruikte om op te steunen bij het opstaan.

'Ik moet gaan, ik moet nog wat doen. Geniet van de zon, Rico. Goed tegen eczeem heb ik gehoord.'

Rico draaide zich om en keek op. De ander had zich gemaskerd door een zakdoek voor het onderste deel van zijn gezicht te houden en het was te donker om de ogen goed te zien. De man leunde ineens voorover naar Rico: 'Wist je dat de artsen, toen ze obductie uitvoerden op Vanessa, geslachtsziektes vonden waarvan ze het bestaan niet eens kenden? Hou je bij je eigen soort, dat is nu mijn raad.'

Rico keek de gedaante na die gehaast naar de uitgang liep. Zag hem de zakdoek wegnemen. Hij zag nog net het groene licht van het exitbordje dat op het gezicht viel voor het door het zwarte, fluwelen doek verdween. Het leek of de zuurstof de ruimte in stroomde en Rico zoog die op terwijl hij knipperde naar het rennende figuurtje op het exitbordje.

Hij was in de war.

Verward dat hij nog steeds leefde en verward over wat hij zojuist had gezien. Niet dat perverselingen zich niet bezighielden met ontsnappingswegen, dat hadden ze altijd al gedaan. Hij was verward omdat hij het niet was. De stem was dezelfde, de lach ook. Maar de man die hij een fractie van een seconde in het licht van het lampje had gezien, was hem niet. Dat was Valentin niet.

HOOFDSTUK 17

'Dus jij bent hier komen wonen?' zei Beate terwijl ze in de grote keuken rondkeek. Buiten viel de duisternis over de Holmenkollås en de huizen van de buren. Geen van de villa's was gelijk, maar ze hadden gemeenschappelijk dat ze minstens twee keer zo groot waren als het huis in het oosten van de stad dat Beate van haar moeder had geërfd; ze hadden hekken die twee keer zo hoog waren, dubbele garages en dubbele achternamen op hun brievenbussen staan. Beate wist dat ze vooroordelen koesterde tegen het westelijke deel van de stad, maar het was hoe dan ook merkwaardig om zich Harry in deze omgeving voor te stellen.

'Ja,' zei Harry, koffie voor hen beiden inschenkend.

'Is het niet... eenzaam?'

'Hm. Wonen jij en je kleine meid ook niet alleen?'

'Jawel, maar...' Ze ging niet verder. Wat ze bedoelde, was dat zij in een prettig, geel geverfd huis woonde, gebouwd na de Tweede Wereldoorlog, praktisch en modern, niet zo'n huis dat volgens de nationale romantische mode van mensen met geld was gebouwd als een vesting, maar met de uitstraling van een berghut. Met zwart gebeitste, zware houten balken waardoor er zelfs op een zonnige dag een stemming van eeuwig donker en somberheid over het huis van Rakel hing. Rakel had het huis van haar vader geërfd.

'Rakel komt in de weekenden naar huis,' zei hij terwijl hij het kopje naar zijn mond bracht.

'Dus alles is goed?'

'Alles is heel goed.'

Beate knikte en keek hem aan. Keek naar de veranderingen. Hij had lachrimpeltjes rond zijn ogen gekregen, maar zag er jonger uit. De titaniumprothese die de rechter middelvinger verving, tikte licht tegen het kopje.

'Hoe gaat het met jou?' vroeg Harry.

'Goed. Druk. De kleine meid heeft vrij van school en logeert bij haar oma in Steinkjer.'

'Echt? Idioot zo snel als...' Hij sloot zijn ogen half en lachte zacht.

'Ja,' zei Beate en ze nam een slok van haar koffie. 'Harry, ik wilde je zien omdat ik graag wil weten wat er is gebeurd.'

'Ik weet het,' zei Harry. 'Ik wilde contact met je opnemen. Maar ik moest dingen voor Oleg regelen. En voor mezelf.'

'Vertel.'

'Oké,' zei Harry en hij zette zijn kopje neer. 'Jij bent de enige die ik heb geïnformeerd toen het gebeurde. Je hebt me geholpen en ik ben je veel dank verschuldigd, Beate. En jij bent de enige die te horen zal krijgen wat je wilt weten. Maar weet je zeker dat je het wilt weten? Het kan je in een lastig parket brengen.'

'Ik werd al medeschuldig toen ik je hielp, Harry. En we zijn de violine kwijt. Die wordt op straat niet meer verhandeld.'

'Fantastisch,' zei Harry droog. 'De markt is weer helemaal voor heroine, crack en speedball.'

'En de man achter de violine is dood. Rudolf Asajev is dood.'

'Ik weet het.'

'O? Je wíst dat hij dood is? Wist jij dat hij maandenlang onder een valse naam in het Rikshospital in coma heeft gelegen voor hij stierf?'

Harry trok een wenkbrauw op. 'Asajev? Ik dacht dat hij in een hotelkamer bij Leons was gestorven.'

'Daar werd hij gevonden. Het bloed zat van muur tot muur. Maar ze konden hem in leven houden. Tot nu. Hoe weet jij dat van Leons? Alles is angstvallig geheimgehouden.'

Harry antwoordde niet, hij draaide het kopje alleen rond met zijn hand.

'Nee, verdomme...' zei Beate kreunend.

Harry haalde zijn schouders op. 'Ik zei dat je het misschien niet wilde weten.'

'Heb jij dat mes in hem gestoken?'

'Helpt het als ik zeg dat het noodweer was?'

'We hebben een kogel in het houten ledikant gevonden. Maar het gat van het mes was groot en diep, Harry. De forensisch arts zei dat het lemmet meerdere keren moet zijn rondgedraaid.'

Harry keek in zijn kopje. 'Nou, kennelijk heb ik het toch niet grondig genoeg gedaan.'

'Eerlijk gezegd, Harry... jij... jij.' Beate was niet getraind in het verheffen van haar stem, die klonk als een trillend zaagblad.

'Hij heeft van Oleg een drugsverslaafde gemaakt, Beate.' Harry sprak zacht, zonder van zijn kopje op te kijken.

Ze zaten zwijgend te luisteren naar de stilte van Holmenkoll.

'Heeft Asajev je in het hoofd geschoten?' vroeg Beate uiteindelijk.

Harry ging met zijn vinger over het nieuwe litteken aan de zijkant van zijn hoofd. 'Waarom denk je dat het een schotwond is?'

'Nou, ik heb verstand van schotwonden, ik ben namelijk technisch rechercheur.'

'Oké, het was een kerel die voor Asajev werkte,' zei Harry. 'Drie schoten van dichtbij. Twee in de borst. Het derde in het hoofd.'

Beate keek Harry aan. Ze besefte dat hij de waarheid sprak. Maar dat het niet de hele waarheid was.

'En hoe overleef je dat?'

'Ik liep al twee dagen rond met een kogelvrij vest. Dus het werd tijd dat het nut had. Maar dat schot in mijn hoofd schakelde me uit. En het had me mijn leven gekost als...'

'Als?'

'Als die kerel niet onmiddellijk naar de dokterspost in de Storgate was gerend. Hij dwong een arts mee te gaan en die heeft me gered.'

'Wat zeg je me nou? Dat heb ik nog niet eerder gehoord.'

'De arts heeft me ter plekke verbonden en wilde me naar het ziekenhuis laten brengen, maar ik werd net op tijd wakker om dat te voorkomen. In plaats daarvan werd ik naar huis gebracht.'

'Waarom dan?'

'Ik wilde geen toestanden. Hoe gaat het tegenwoordig met Bjørn? Heeft hij al een vriendin?'

'Die kerel... eerst probeert hij je dood te schieten en dan redt hij je leven. Wie...?'

'Hij probeerde me niet dood te schieten. Het was een ongeluk.'

'Ongeluk? Drie schoten zijn geen ongeluk, Harry.'

'Als je ontwenningsverschijnselen hebt van de violine en een Odessa in je hand houdt, kan dat gebeuren.'

'Een Odessa?' Beate kende het wapen. Een goedkope kopie van de Russische Stechkin. Op foto's zag een Odessa eruit alsof die in elkaar was gezet door een leerling van een metaalvakschool, een lompe hybride van een pistool en een machinepistool. Maar het was populair onder de Russische Urka's, beroepscriminelen, omdat het zowel afzonderlijke schoten als salvo's kan afvuren. Een lichte druk op de trekker van een Odessa en je vuurt ineens twee schoten af. Of drie. Tegelijkertijd bedacht ze dat Gusto Hanssen dood was geschoten met een Odessa met het zeldzame kaliber 9×18 mm.

'Dat wapen zou ik graag willen zien,' zei ze langzaam en ze zag dat Harry's blik automatisch door de kamer ging. Ze draaide zich om. Ze zag niets, alleen een stokoude, zwarte hoekkast.

'Je hebt geen antwoord gegeven op de vraag wie die kerel was,' zei Beate.

'Dat is niet belangrijk,' zei Harry. 'Hij valt allang buiten jouw jurisdictie.'

Beate knikte. 'Je beschermt iemand die jou bijna van het leven heeft beroofd.'

'Des te prijzenswaardiger is het dat hij het heeft gered.'

'Bescherm je hem daarom?'

'Hoe we besluiten wie we willen beschermen is vaak een raadsel, vind je niet?'

'Jazeker,' zei Beate. 'Neem mijzelf bijvoorbeeld. Ik bescherm politiemensen. Aangezien ik me onder andere bezighoud met gezichtsherkenning, was ik aanwezig bij het verhoor van de barman van Come As You Are, de bar waar die drugssmokkelaar van Asajev werd vermoord door een lange, blonde man met een litteken van oor tot mondhoek. Ik heb de barman foto's laten zien en lang met hem gepraat. En zoals je weet, is het visuele geheugen kinderlijk makkelijk te manipuleren. Getuigen herinneren zich niet langer wat ze dachten zich te herinneren. Uiteindelijk was de barman er niet langer zeker van of de man in de bar absoluut de Harry Hole was van wie ik hem de foto's liet zien.'

Harry keek haar aan. Toen knikte hij langzaam. 'Bedankt.'

'Ik zou kunnen zeggen dat je me niet hoeft te bedanken,' zei Beate en ze bracht het kopje naar haar mond. 'Maar dat moet je wel. En ik heb een voorstel hoe je me kunt bedanken.'

'Beate...'

'Ik bescherm politiemensen. Je weet dat het me persoonlijk raakt als politiemensen tijdens de uitoefening van hun dienst sterven. Jack. Mijn vader.' Ze merkte dat haar hand automatisch naar de oorbel ging. De knoop van de uniformjas van haar vader waarvan ze een oorbel had laten maken. 'Ik weet niet wie nu aan de beurt is, maar ik ben van plan alles te doen om die duivel te stoppen, Harry. Wat dan ook. Begrijp je?'

Harry gaf geen antwoord.

'Het spijt me, natuurlijk begrijp je het,' zei Beate zacht. 'Jij hebt je eigen doden aan wie je denkt.'

Harry wreef zijn rechter handpalm tegen het koffiekopje alsof hij het koud had. Toen stond hij op en liep naar het raam. Hij stond daar een poosje voor hij begon te praten.

'Zoals je weet, kwam hier een moordenaar en wilde hij Rakel en Oleg vermoorden. En het was mijn schuld.'

'Dat is lang geleden, Harry.'

'Het was gisteren. Het zal altijd gisteren blijven. Niets is veranderd. Maar ik probeer het toch. Mezelf te veranderen.'

'En hoe gaat dat?'

Harry haalde zijn schouders op. 'Op en neer. Heb ik je wel eens verteld dat ik er nooit aan dacht een verjaardagscadeau voor Oleg te kopen? Zelfs als Rakel me er weken van tevoren aan herinnerde, was er altijd een of andere zaak die de informatie verdrong. Dan kwam ik hierheen, zag dat alles versierd was voor de verjaardag en weer moest ik die oude truc toepassen.' Harry trok zijn ene mondhoek op tot een klein lachje. 'Ik zei dat ik even weg moest om sigaretten te kopen, dan stapte ik snel in mijn auto, racete naar het dichtstbijzijnde benzinestation en kocht daar een paar cd's of zo. We wisten wel dat Oleg vermoedde wat er aan de hand was, dus Rakel en ik hadden een afspraak. Wanneer ik binnenkwam, stond Oleg me al aan te kijken met zijn donkere, beschuldigende ogen. Maar voor hij me kon fouilleren, kwam Rakel snel op me af gelopen en omhelsde me alsof ze me een tijd niet had gezien. In de omhelzing trok ze de cd's of een ander cadeau onder de broekband op mijn rug vandaan, verstopte die en maakte dat ze wegkwam terwijl Oleg zich op mij stortte. Tien minuten later had Rakel het cadeau ingepakt, inclusief een van/voor-kaartje.'

'En?'

'En Oleg kon even later zijn cadeaus uitpakken. Hij pakte het mijne uit en zei dat hij het handschrift niet herkende van het van/voor-kaartje. Ik zei dat het kwam omdat het mijn handschrift was.'

Beate lachte even. 'Leuk verhaal. Happy ending en zo.'

'Luister, Beate. Ik ben die twee mensen alles schuldig en ik heb hen nog steeds nodig. En ik heb het grote geluk dat ze mij ook nodig hebben. Als moeder weet je wat een zegen en wat een vloek het is om nodig te zijn.'

'Ja. En wat ik je probeer te zeggen, is dat wij jou ook nodig hebben.'

Harry liep terug. Leunde over de tafel naar haar toe. 'Niet zoals deze twee, Beate. En niemand is onmisbaar in zijn werk, niet eens...'

'Nee hoor, het zal ons wel lukken om degenen die zijn vermoord te vervangen. Die ene was al gepensioneerd. En we zullen wel iemand vinden voor de volgende die wordt afgeslacht.'

'Beate...'

'Heb je dit gezien?'

Harry keek niet naar de foto's die ze uit haar tas trok en op de keukentafel legde.

'Gebroken, Harry. Geen botje meer heel in zijn lijf. Zelfs ik vond het moeilijk om hem te identificeren.'

Harry bleef staan. Als een gastheer die aangeeft dat het al laat is. Maar Beate bleef zitten. Nam een klein slokje uit het kopje. Zat bewegingloos. Harry zuchtte. Nam een nieuwe slok.

'Oleg is van plan rechten te gaan studeren als hij terugkomt uit de ontwenningskliniek, toch? En daarna wil hij toelatingsexamen doen op de politieacademie.'

'Waar heb je dat vandaan?'

'Van Rakel. Ik heb haar gesproken voordat ik hiernaartoe ging.'

Harry's lichtblauwe ogen werden donkerder. 'Jij hebt wát?'

'Ik heb haar in Zwitserland gebeld en verteld waar het om ging. Het is onbehoorlijk en het spijt me. Maar ik ben, zoals ik al zei, bereid alles te doen.'

Harry's lippen bewogen zich in een geluidloze vloek. 'En wat heeft ze geantwoord?'

'Dat het aan jou is.'

'Ja, dat zal ze hebben gezegd.'

'Dus nu smeek ik je, Harry. Ik smeek je uit naam van Jack Halvorsen. Uit naam van Ellen Gjelten. Ik smeek je uit naam van alle dode politiemensen. Maar in de eerste plaats smeek ik je uit naam van alle politiemensen die nog leven. En uit naam van hen die misschien bij de politie willen.'

Ze zag dat Harry's kaken woedend heen en weer gingen. 'Ik heb je niet gevraagd om voor mij getuigen te manipuleren, Beate.'

'Je vraagt nooit om iets, Harry.'

'Nou, het is laat dus ik vraag je...'

'... om nu te gaan.' Ze knikte. Harry had iets in zijn blik gekregen waardoor mensen gehoorzamen. Ze stond dus op en liep naar de gang. Trok haar jas aan en knoopte hem dicht. Harry stond in de deuropening naar haar te kijken.

'Het spijt me dat ik zo wanhopig ben,' zei ze. 'Ik heb het recht niet om me op die manier in je leven te mengen. We doen ons werk. Het is maar werk.' Ze hoorde dat haar stem het bijna begaf en haastte zich de rest uit te spreken: 'En jij hebt uiteraard gelijk, er moeten regels en grenzen zijn. Adieu.'

'Beate...'

'Slaap lekker, Harry.'

'Beate Lønn.'

Beate had de voordeur al opengedaan, wilde naar buiten stappen voor hij de tranen in haar ogen zou zien. Maar Harry was recht achter haar gaan staan en hield zijn hand boven tegen de deur. Zijn stem was vlak bij haar oor: 'Hebben jullie eraan gedacht hoe de moordenaar de politiemensen vrijwillig naar de oude plaatsen delict laat komen op dezelfde dag dat indertijd de moord werd gepleegd?'

Beate liet de deurklink los. 'Wat bedoel je?'

'Ik bedoel, ik lees de kranten. Daarin stond dat agent Nilsen met zijn Golf naar Tryvann was gereden, de auto op de parkeerplaats had gezet, naar de skilift was gelopen en alleen zijn voetsporen in de sneeuw stonden. En jullie hebben videobeelden van het benzinestation in Drammen waarop Anton Mittet kort voor de moord in zijn auto is te zien en dat hij alleen was. Jullie wisten toch dat politiemensen op die manier werden vermoord? Maar toch zijn ze erheen gereden.'

'Natuurlijk hebben we daaraan gedacht,' zei Beate. 'Maar geen overtuigend antwoord gevonden. We weten dat ze gebeld zijn vanuit telefooncellen niet ver van de plaatsen delict, dus we denken dat ze meenden te weten met wie ze van doen hadden en dat dit hun kans was om de moordenaar zelf te pakken.'

'Nee,' zei Harry.

'Nee?'

'De technische recherche vond een niet-geladen dienstpistool en een doosje met patronen in het handschoenenvakje van Anton Mittets auto. Als hij dacht dat de moordenaar daar was, zou hij toch op zijn minst zijn pistool eerst hebben geladen.'

'Misschien heeft hij daar de tijd niet voor gehad en kon de moordenaar toeslaan voordat hij het handschoenenvakje open kon maken en...'

'Hij heeft het telefoontje om tweeëntwintig uur eenendertig gekregen en heeft om tweeëntwintig uur vijfendertig benzine getankt. Hij heeft dus de tijd gehad te tanken nadat hij is gebeld.'

'Misschien was zijn tank bijna leeg?'

'Niets daarvan. *Aftenposten* heeft een video van het benzinestation op hun website gezet met daarbij de volgende kop: "De laatste beelden van Anton Mittet voor hij werd terechtgesteld." Die beelden laten een man zien die in slechts dertig seconden zijn tank vult voor je het vulpistool ziet schokken, wat betekent dat de tank vol is. Mittet had dus plenty benzine, zowel om naar de plaats delict te rijden als om naar huis te gaan. Wat opnieuw betekent dat er geen haast bij was.'

'Juist, dus hij had tijd om zijn pistool te laden, maar heeft het niet gedaan.'

'Tryvann,' zei Harry. 'Bertil Nilsen had ook een pistool in het handschoenenvakje van zijn Golf liggen. Maar hij heeft het niet meegenomen. We hebben dus twee politiemannen met ervaring op het gebied van moord die naar een plaats delict van een onopgeloste moord worden geroepen en weten dat er onlangs ook een collega op een dergelijke plaats delict is vermoord. Ze hadden zich kunnen bewapenen, maar hebben het niet gedaan, en ogenschijnlijk hadden ze daar wel de tijd voor. Geroutineerde politiemannen die op het punt staan voor held te gaan spelen. Wat zegt dat jullie allemaal?'

'Oké, Harry,' zei Beate, ze draaide zich om en leunde met haar rug tegen de deur, waardoor die weer in het slot viel. 'Wat zou het ons moeten zeggen?'

'Het zou jullie moeten zeggen dat ze niet dachten dat ze daar de moordenaar gingen pakken.'

'Nou goed, dan dachten ze dat niet. Misschien dachten ze een ontmoeting te hebben met een knappe dame die kickt op seks op een plaats delict.'

Beate bedoelde het als grap, maar Harry antwoordde zonder een spier te vertrekken: 'Te veel op het laatste moment.'

Beate dacht na: 'En als de moordenaar zich uitgaf voor journalist en wilde praten over andere onopgeloste zaken? En tegen Mittet zei dat hij hem graag laat in de avond wilde spreken om de juiste sfeer te hebben voor de foto's?'

'Het vergt een en ander om bij de plaatsen delict te komen. Zeker bij Tryvann, ik heb begrepen dat Bertil Nilsen een halfuur moest rijden vanuit Nedre Eiker. En serieuze politiemensen werken niet gratis voor journalisten alleen maar voor een choquerende moordreportage.'

'Wanneer je zegt dat ze niet gratis werken voor journalisten, bedoel je dan...'

'Ja, dat bedoel ik. Ik vermoed dat ze dachten dat het iets met het werk te maken had.'

'Dat een collega hen belde?'

'Hm.'

'De moordenaar heeft gebeld, gaf zich uit voor een politieman die aan het werk was op de plaats delict omdat... omdat het een potentiële plaats delict was voor een volgende moord en... en...' Beate trok aan de uniformknoop in haar oor. '... en hij zei dat hij hulp nodig had bij het reconstrueren van de originele moord!'

Ze voelde dat ze lachte als een schoolmeisje dat zojuist het juiste antwoord aan de leraar had gegeven en ze bloosde er ook als eentje toen Harry lachte en zei: 'Het lontje brandt. Maar sinds al die restricties op het overwerk van tegenwoordig, geloof ik dat Mittet het erg vreemd zou vinden dat hij 's nachts wordt opgeroepen, en niet in werktijd, als het ook nog licht is.'

'Ik geef het op.'

'O?' zei Harry. 'Wat voor telefoontjes van collega's moet jij krijgen om midden in de nacht waar dan ook heen te willen rijden?'

Beate sloeg zich tegen het hoofd. 'Uiteraard,' zei ze. 'Wat een idioten zijn we geweest!'

HOOFDSTUK 18

'Wát zeg je?' zei Katrine, huiverend in de koude windvlagen boven aan de trap voor het gele huis in Bergslia. 'Hij belt naar zijn slachtoffers en zegt dat de politieslager weer heeft toegeslagen?'

'Het is net zo simpel als geniaal,' zei Beate, ze constateerde dat de sleutel paste, draaide hem rond en opende de deur. 'Ze krijgen een telefoontje van iemand die zich uitgeeft voor moordrechercheur. Hij zegt dat hij ze onmiddellijk daar wil hebben omdat ze op de hoogte zijn van de feiten van de vorige moord die op die plek plaatsvond, dat ze informatie nodig hebben om te zien of die hen kan helpen zodat ze aan de juiste zaken prioriteit kunnen geven nu de sporen nog vers zijn.'

Beate liep het eerst naar binnen. Ze herkende het natuurlijk. Een technisch rechercheur vergeet nooit een plaats delict, dat was feitelijk meer dan een cliché. Ze bleef in de kamer staan. Het zonlicht viel door het raam en lag als scheve rechthoeken op de kale, gelijkmatig gebleekte houten vloer. Er hadden hier kennelijk al vele jaren geen meubels gestaan. Waarschijnlijk niet sinds de familie na de moord alles had weggehaald.

'Interessant,' zei Ståle Aune die bij het ene raam was gaan staan waar hij zicht had op het bos rondom het huis en op wat volgens hem de middelbare school Berg moest zijn. 'De moordenaar gebruikt de hysterie rond de moorden die hij zelf heeft opgeroepen als lokmiddel.'

'Als ik een dergelijk telefoontje kreeg, dan zou ik het heel plausibel vinden,' zei Katrine.

'En daarom komen ze er ook onbewapend,' ging Beate verder. 'Ze denken dat het gevaar voorbij is. Dat de politie ter plaatse is, daarom nemen ze ook de tijd om onderweg te tanken.'

'Maar,' zei Bjørn met een mond vol knäckebröd met kaviaar. 'Hoe weet de moordenaar dat het slachtoffer niet een andere collega zal bellen waardoor hij erachter zal komen dat er helemaal geen moord is?'

'Waarschijnlijk heeft de moordenaar opdracht gegeven er voorlopig met niemand over te praten,' zei Beate en ze keek misprijzend naar de kruimels knäckebröd die op de grond vielen.

'Ook plausibel,' zei Katrine. 'Een politieman met ervaring zou dat niet vreemd vinden. Ze weten dat we een vondst van een lijk zo lang mogelijk geheim willen houden als we denken dat het belangrijk is.'

'Waarom zou dat belangrijk kunnen zijn?' vroeg Ståle Aune.

'De moordenaar kan minder op zijn hoede zijn zolang hij denkt dat de moord nog niet is ontdekt,' zei Bjørn terwijl hij een nieuwe hap van zijn knäckebröd nam.

'En dit alles hoest Harry Hole zomaar op?' vroeg Katrine. 'Nadat hij alleen de kranten heeft gelezen?'

'Anders zou hij Harry niet zijn,' zei Beate en ze hoorde aan de andere kant van de straat de metro voorbijkomen. Vanuit het raam kon ze het dak van het Ullevaal-stadion zien. De ruiten waren te dun om het gelijkmatige gebrom van het verkeer over Ring 3 buiten te sluiten. En ze herinnerde zich hoe koud het was geweest, dat ze het idee hadden te bevriezen zelfs met de witte overalls over hun kleding. Maar ze herinnerde zich ook dat ze had gedacht dat het niet alleen door de temperatuur buiten was dat ze niet in deze kamer konden zijn zonder te bevriezen. Misschien dat het huis daarom zo lang leeg had gestaan, potentiële huurders of kopers konden nog steeds de kou voelen. De kou van de gebeurtenissen en de verhalen daarover.

'Nou, goed,' zei Bjørn. 'Hij heeft ontdekt hoe de moordenaar zijn slachtoffers heeft gelokt. Maar wij wisten al dat ze vrijwillig naar de plaats delict waren gekomen. Dus het is niet direct een reuzensprong in het onderzoek, is het wel?'

Beate liep naar het andere raam en haar blik ging snel over de omgeving. Het moest simpel zijn om manschappen van Delta in het bos te verstoppen: in de kuilen in het landschap en eventueel in de huizen van de buren. Kort samengevat: het huis kon omsingeld worden.

'Hij was altijd degene die met simpele ideeën kwam waarvan je achteraf niet kon begrijpen waarom je ze niet zelf had kunnen bedenken,' zei ze. 'De kruimels.'

'Hè?' zei Bjørn.

'De knäckebrödkruimels, Bjørn.'

Bjørn keek naar de grond. En weer naar Beate. Toen scheurde hij een bladzijde uit zijn notitieblok, ging op zijn hurken zitten en begon de kruimels op het papier te vegen.

Beate keek op en ontmoette de vragende blik van Katrine.

'Ik weet wat je denkt,' zei Beate. 'Waarom zo netjes, het is immers geen plaats delict? Maar dat is het wel. Elke plek waar een moord heeft plaatsgevonden die niet is opgelost, is en blijft een plaats delict met een potentieel aan sporen.'

'Reken je erop nu nog sporen te vinden van de zager?' vroeg Ståle.

'Nee,' zei Beate naar de grond kijkend. Ze moesten die hebben geschuurd. Er was zoveel bloed geweest en dat was zo diep in het hout getrokken dat schrobben niet voldoende was geweest.

Ståle keek op zijn horloge. 'Ik heb straks een patiënt, dus zou je ons kunnen vertellen over dat idee van Harry?'

'We hebben de pers er nooit over geïnformeerd,' zei Beate. 'Maar toen we het lijk vonden in de kamer waar we nu staan, moesten we ons er eerst van vergewissen dat het echt om een mens ging.'

'Oei,' zei Ståle. 'Willen we de rest van het verhaal horen?'

'Ja,' zei Katrine beslist. 'Het lijk was in zulke kleine stukjes gezaagd dat het op het eerste gezicht niet te identificeren was. De borsten had hij op een van de planken in de vitrinekast gelegd. Het enige spoor dat we vonden, was een gebruikt zaagblad van een steekzaag. En tja, wie geïnteresseerd is, kan de rest in het dossier lezen dat ik bij me heb.' Beate klopte op haar schoudertas.

'O, bedankt,' zei Katrine met een lachje dat ze eigenlijk te zoet vond en daarom trok ze weer snel een ernstig gezicht.

'Het slachtoffer was een jong meisje dat alleen thuis was,' zei Beate.

'En ook die keer vonden we dat de modus operandi een paar overeenkomsten vertoonde met de moord bij Tryvann. Maar het belangrijkste voor ons is dat het om een onopgeloste zaak gaat. En dat die op 17 maart heeft plaatsgevonden.'

Het was zo stil geworden in de kamer dat ze de vreugdevolle kreten van het schoolplein aan de andere kant van het bos konden horen.

Bjørn was de eerste die weer sprak: 'Dat is over vier dagen.'

'Ja,' zei Katrine. 'En Harry, die zieke man, heeft voorgesteld dat we een val opzetten, of niet?'

Beate knikte.

Katrine schudde langzaam haar hoofd. 'Waarom heeft een van ons daar niet eerder aan gedacht?'

'Omdat niemand van ons heeft begrepen hoe de moordenaar zijn slachtoffer naar de plaats delict lokt,' zei Ståle.

'Het is toch mogelijk dat Harry zich vergist,' zei Beate. 'Zowel qua modus operandi als qua plek waar de volgende zal plaatsvinden. Sinds de eerste politiemoord zijn er meerdere data van onopgeloste moorden in Østlandet voorbijgegaan en toen is er niets gebeurd.'

'Maar,' zei Ståle Aune, 'Harry heeft overeenkomsten gezien tussen de zager en de andere moorden. Een gecontroleerd uitgedacht plan gecombineerd met een ogenschijnlijk ongecontroleerde brutaliteit.'

'Hij noemde het een onderbuikgevoel,' zei Beate. 'Maar daar bedoelt hij mee…'

'Een analyse gebaseerd op niet-gestructureerde feiten,' zei Katrine. 'Ook wel Harry's methode genoemd.'

'Dus hij zegt dat het over vier dagen zal gebeuren.'

'Ja,' zei Beate. 'En hij kwam met nog een voorspelling. Hij wees er net als Ståle op dat de laatste moord nog meer op het origineel leek doordat de moordenaar het slachtoffer in een auto had geplaatst en die in de afgrond heeft laten storten. Dat hij bezig is met het perfectioneren van de moorden. Dat de volgende logische stap is dat hij precies hetzelfde moordwapen kiest.'

'Een steekzaag,' zei Katrine ademloos.

'Dat zou typerend zijn voor een narcistische seriemoordenaar,' zei Ståle.

'En Harry was er zeker van dat het hier zou gebeuren?' zei Bjørn en hij keek rond met een grijns op zijn gezicht.

'Dat was eigenlijk waar hij het meest over twijfelde,' zei Beate. 'Op de andere plaatsen delict had de moordenaar vrije toegang. Dit huis staat al jaren leeg, niemand wil wonen in een huis waar de zager is geweest. Maar het huis is wel afgesloten. Dat was het liftstation bij Tryvann ook, maar dit huis heeft buren. Een politieagent hierheen lokken zou een veel groter risico zijn. Dus Harry denkt dat hij misschien het patroon zal doorbreken door het slachtoffer ergens anders heen te lokken. Maar we stellen de val voor de politieslager hier op en we wachten af of hij belt.'

Er viel een korte stilte waarin ze nadachten over wat Beate zojuist had gezegd en over het feit dat ze de naam had gebruikt die de pers had verzonnen: politieslager.

'En het slachtoffer?' vroeg Katrine.

'Heb ik hier,' zei Beate en ze klopte weer op haar schoudertas. 'Hier zijn alle personen die aan de zaak van de zager hebben gewerkt. Ze zullen het bericht krijgen dat ze thuis moeten blijven en telefonisch bereikbaar moeten zijn. Degene die gebeld wordt, moet doen alsof hij niets vermoedt en zeggen dat hij komt. Daarna belt hij de meldkamer, zegt dat hij is gebeld en waar hij naartoe moet komen en dan zetten we de boel in gang. Als het een andere plek is dan hier in Berg, dan verhuist Delta daarheen.'

'Een politieman die doet of er niets aan de hand is als een seriemoordenaar hem belt en vraagt te komen?' vroeg Bjørn. 'Ik weet niet of ik in staat zou zijn om dat te spelen.'

'De betreffende agent hoeft zijn opwinding niet te verbergen,' zei Ståle. 'Het zou juist verdacht zijn als hij geen trillende stem zou krijgen wanneer hij een telefoontje krijgt over de moord op een collega.'

'Ik ben bezorgder over dat met Delta en de meldkamer,' zei Katrine.

'Ja, ik weet het,' zei Beate. 'De operatie wordt te groot om te kunnen plaatsvinden zonder dat Bellman en het grote onderzoeksteam daar weet van krijgen. Hagen brengt *as we speak* Bellman op de hoogte.'

'En wat gebeurt er met onze groep als hij het te horen krijgt?'

'Als dit een mogelijkheid is om verder te komen, dan is dat van ondergeschikt belang, Katrine.' Beate trok ongeduldig aan de uniformknoop in haar oor. 'Laten we weggaan, het heeft geen zin hier nog verder rond te hangen en misschien ontdekt te worden. En laat niets achter.'

Katrine had een stap richting de deur gezet toen ze midden in haar beweging bevroor.

'Wat is er?' vroeg Ståle.

'Hoorden jullie dat niet?' fluisterde ze.

'Wat dan?'

Ze tilde haar ene voet op en keek Bjørn met half samengeknepen ogen aan. 'Het geknaag.'

Beate lachte haar verrassend lichte, heldere lach, terwijl de boosdoener met een zucht het stuk papier tevoorschijn haalde en weer op zijn hurken ging zitten.

'Nee maar,' zei Bjørn.

'Wat?'

'Dit zijn geen kruimels,' zei hij, hij boog voorover en keek onder de tafel. 'Oude kauwgum. De resten zitten tegen de tafel geplakt. Mijn analyse luidt dat de kauwgum zo is uitgedroogd dat deeltjes ervan zijn losgekomen en op de grond zijn gevallen.'

'Misschien komt die wel van de moordenaar,' stelde Ståle voor en hij gaapte. 'Mensen plakken kauwgum onder stoelen in bioscopen en bussen, maar niet onder hun eigen eettafel.'

'Interessante theorie,' zei Bjørn en hij hield een stukje omhoog in het licht van het raam. 'Waarschijnlijk hadden we nog maanden DNA uit het speeksel kunnen vinden. Maar het zal nu wel helemaal zijn uitgedroogd.'

'Vooruit, Sherlock,' grinnikte Katrine. 'Neem wat mee en vertel ons om welk merk het gaat.'

'Nu is het wel genoeg met jullie,' onderbrak Beate hen. 'Eruit.'

Arnold Folkestad zette zijn kopje thee neer en keek Harry aan. Hij krabde zich in zijn rode baard. Harry had al eens gezien dat hij er dennennaalden uithaalde als hij op de fiets naar zijn werk kwam. Hij woonde in een huisje ergens in het bos dat toch verrassend dicht bij het centrum lag. Arnold was duidelijk geweest tegen collega's die hem hadden gekarakteriseerd als progressieve milieuactivist vanwege zijn lange, rode baard, zijn fiets en zijn huis in het bos: ze zagen het verkeerd. Hij was gewoon een beetje gierige eenling die van de stilte hield.

'Je moet haar vragen zichzelf te begrenzen,' zei Arnold zacht zodat anderen in de kantine hem niet zouden horen.

'Ik heb erover nagedacht om dat te vragen,' zei Harry. 'Dat zou...' Hij kon het woord niet vinden. Wist niet of het bestond. Het lag tussen 'correct' en 'minder pijnlijk voor alle betrokkenen'.

'Is Harry Hole bang voor een meisje dat op afstand een beetje verliefd is op haar docent?' Arnold Folkestad grinnikte.

'... correcter en minder pijnlijk voor alle betrokkenen zijn.'

'Dat moet je zelf doen, Harry. Kijk, daar is ze...' Arnold knikte naar het plein voor het kantineraam. Silje Gravseng stond apart, op een paar meter afstand van een groep studenten die vrolijk discussieerden over iets. Ze keek naar de lucht en leek iets met haar ogen te volgen.

Harry zuchtte. 'Ik moet misschien nog even wachten. Statistisch gezien gaan dergelijke kalverliefdes in honderd procent van de gevallen over.'

‘Over statistiek gesproken,’ zei Folkestad. ‘Ik hoorde dat er werd beweerd dat die patiënt in het Rikshospital een natuurlijke dood is gestorven.’

‘Dat wordt gezegd.’

‘De FBI heeft daar de statistieken op losgelaten. Ze hebben alle gevallen bekeken waarbij de kroongetuigen van het Openbaar Ministerie gestorven zijn in de periode waarin ze zijn opgeroepen als getuige en nog voor het proces begint. In ernstige gevallen, waarbij de aangeklaagde het risico loopt van meer dan tien jaar gevangenisstraf, stierven de getuigen in achtenzeventig procent van de gevallen een zogenaamde onnatuurlijke dood. Uit de statistieken bleek ook dat wanneer de getuigen opnieuw werden geobduceerd, het aantal steeg tot drieënnegentig procent.’

‘Dus?’

‘Drieënnegentig procent is hoog, vind je niet?’

Harry staarde naar het plein. Silje stond nog steeds naar de lucht te kijken. De zon bescheen haar opgeheven gezicht.

Hij vloekte en dronk de rest van zijn koffie.

Gunnar Hagen balanceerde op de houten stoel in Bellmans kamer terwijl hij verbaasd opkeek naar de commissaris. Hij had hem zojuist verteld van het kleine groepje dat hij, ondanks de instructies, had geformeerd. En hij had verteld over het plan om een val op te zetten in Berg. De verbazing zat in het feit dat het bijzonder goede humeur van de commissaris niet leek te lijden onder het voorstel.

‘Uitstekend,’ riep Bellman uit en hij sloeg zijn handen ineen. ‘Eindelijk iets proactiefs. Kan ik het plan en de kaart bekijken zodat we alles in gang kunnen zetten?’

‘We? Bedoel je dat jij persoonlijk...’

‘Ja, ik vind het logisch dat ik hier leiding aan geef, Gunnar. Een dergelijke grote actie vergt besluiten op hoog niveau...’

‘Het gaat slechts om een huis en een man die...’

‘Dus het is belangrijk dat ik als hoofd betrokken ben bij een dergelijke zaak waarin zo veel op het spel staat. Het is van het grootste belang dat de actie geheim blijft, begrijp je?’

Hagen knikte. Geheim als die actie geen vruchten afwerpt, dacht hij. Als de actie daarentegen succesvol is en tot een arrestatie leidt, zal dat openbaar worden gemaakt en Mikael Bellman zal de eer opstrijken, hij zal de pers vertellen dat hij persoonlijk leiding heeft gegeven aan de actie.

'Begrepen,' zei Hagen. 'Dan ga ik aan het werk. En begrijp ik het goed dat de groep in de Vuurkamer ook door kan gaan met zijn werk?'

Mikael Bellman lachte. Hagen vroeg zich af wat de aanleiding kon zijn van deze verandering in humeur. De commissaris leek tien jaar jonger, tien kilo lichter en de bezorgde rimpel die hij sinds de dag van zijn aantreden mee had gedragen was verdwenen.

'Niet te vrijpostig nu, Gunnar. Dat het idee waarmee jullie zijn gekomen me aanstaat, betekent niet dat ik het prettig vind dat mijn ondergeschikten een verbod negeren.'

Hagen schokte met zijn schouders, maar het lukte hem toch om de lachende, koude blik van de commissaris te pareren.

'Tot nader order bevries ik alle activiteiten van je groep, Gunnar. Na deze actie zullen we het noodzakelijke gesprek voeren. En in de tussentijd, als ik ook maar te horen krijg dat jullie op internet hebben gezocht of een telefoontje hebben gepleegd in deze zaak...'

Ik ben ouder dan hij en ik ben een beter mens, dacht Gunnar Hagen. Hij hield zijn blik strak op Bellman gericht. Een mengeling van koppigheid en schaamte verscheen op het gezicht van de commissaris.

Het is alleen maar versiering, zei hij tegen zichzelf, een paar strepen op een uniform.

Toen liet hij zijn blik zakken.

Het was laat. Katrine Bratt staarde naar het dossier dat voor haar lag. Dat zou ze niet moeten doen. Beate had zojuist gebeld en gemeld dat Hagen had opgedragen al het onderzoek te stoppen: orders van Bellman. Dus Katrine zou thuis moeten zijn. In bed moeten liggen met een grote kop kamillethee en een man die van haar hield, dan wel een televisieserie waar zij van hield. Niet hier in de Vuurkamer zitten, moorddossiers lezen en zoeken naar mogelijke fouten, vage vermoedens en eventuele verbanden. En dit verband was zo vergezocht dat het aan het idiote grensde. Of niet? Het was relatief makkelijk geweest via het eigen datafilesysteem van de politie toegang te krijgen tot de dossiers van Anton Mittets moord. De opsomming van wat ze allemaal in de auto hadden gevonden was net zo gedetailleerd als slaapverwekkend. Maar waarom was ze gestopt bij die ene zin? Onder de mogelijke sporen die ze uit Mittets auto hadden gehaald waren een ijskrabber en een aansteker geweest die onder de chauffeursstoel hadden gelegen, plus een stukje kauwgum dat onder de stoel zat geplakt.

De contactgegevens van Anton Mittets weduwe, Laura Mittet, stonden in het dossier.

Katrine aarzelde even, toetste toen het nummer in. De stem van de vrouw die opnam klonk vermoeid, mogelijk onder invloed van pillen. Katrine stelde zich voor en kwam met haar vraag.

'Kauwgum?' herhaalde Laura Mittet langzaam. 'Nee, hij kauwde nooit kauwgum. Hij dronk koffie.'

'Was er iemand anders die in de auto reed en kauwgum...'

'Er reed nooit iemand anders dan Anton in die auto.'

'Bedankt,' zei Katrine.

HOOFDSTUK 19

Het was avond en er brandde licht achter de keukenramen in het gele houten huis in Oppsal waar Beate Lønn net haar dagelijkse telefoontje met haar dochter had beëindigd. Daarna had ze met haar schoonmoeder gesproken en ze waren het erover eens geworden dat zolang het meisje nog koorts had en hoestte, ze de thuisreis een paar dagen uit zouden stellen. De grootouders wilden haar ook graag nog een paar dagen langer hebben in Steinkjer. Beate maakte de plastic zak met etensresten los die in het gootsteenkastje hing en propte die in de witte afvalzak toen de telefoon ging. Het was Katrine. Ze kwam direct ter zake.

'Er zat kauwgum onder de bestuurdersstoel in de auto van Mittet.'

'Juist ja...'

'Het stukje is wel meegenomen, maar niet opgestuurd voor DNA-analyse.'

'Dat zou ik ook niet doen als het onder de bestuurdersstoel zat. Het was vast van Mittet. Luister, als iedereen lukraak alles zou insturen voor een DNA-test, zou de wachttijd voor...'

'Maar Ståle heeft gelijk, Beate! Mensen plakken geen kauwgum onder hun eigen tafel. Of hun eigen autostoel. Volgens zijn vrouw kauwde Mittet niet eens kauwgum. En niemand anders reed in zijn auto. Ik denk dat degene die het stukje heeft vastgeplakt, zich naar de bestuurdersstoel toe heeft gebogen. En volgens het rapport heeft de moordenaar waarschijnlijk op de passagiersstoel gezeten en zich over Mittet heen gebogen toen hij met tie-wraps de handen van Mittet aan het stuur vastmaakte. De auto heeft in de rivier gelegen, maar volgens Bjørn kan het DNA in het speeksel in de kauwgum...'

'Ja, ik begrijp wat je wilt,' onderbrak Beate haar. 'Je moet iemand in het onderzoeksteam van Bellman bellen en het doorgeven.'

'Maar begrijp je het niet?' zei Katrine. 'Dit kan ons direct naar de moordenaar leiden.'

'Jazeker, ik geloof dat ik nu ook begrijp wat jij wilt, maar de enige plek waar ons dit naartoe leidt, is het luik naar de hel. We zijn van de zaak gehaald, Katrine.'

'Ik kan naar het magazijn voor bewijsmateriaal gaan en het stukje kauwgum insturen voor een DNA-test,' zei Katrine. 'En dat checken in het register. Als er geen match is, hoeft niemand het ooit te weten. Als er wel een match is – kaboem! – dan hebben we de zaak opgelost en niemand zal ook maar een woord zeggen over hoe we dat hebben gedaan. En ja, ik ben nu egoïstisch. Voor deze keer kunnen wij de eer opstrijken, Beate. Wij! Vrouwen. En we verdienen het, verdomme.'

'Jazeker, het is verleidelijk en het is niet schadelijk voor het andere onderzoek, maar...'

'Niks maar! Deze keer mogen wij ook wel eens met de ellebogen werken. Of heb je zin om toe te kijken hoe Bellman daar staat met die zelfingenomen grijns en weer geprezen wordt voor het werk dat wij hebben gedaan?'

Het bleef lang stil.

'Jij zegt dat niemand het hoeft te weten,' zei Beate. 'Maar het meenemen van mogelijk technische sporen uit het magazijn voor bewijsmateriaal en inbeslaggenomen goederen moet worden geregistreerd bij het afhalen. Als bekend wordt dat we hebben gerommeld in de bewijzen van de Mittet-zaak, komt dat direct op het bureau van Bellman te liggen.'

'Je hebt registreren en registreren,' zei Katrine. 'Als ik me goed herinner is het zo dat de chef van het technisch laboratorium, die af en toe bewijs analyseert buiten de openingstijden om, een eigen sleutel heeft.'

Beate kreunde luid.

'Ik beloof je dat het geen problemen zal geven,' haastte Katrine zich te zeggen. 'Luister, ik kom even bij je langs, leen de sleutel, zoek het stukje kauwgum, snij er een piepklein stukje af, leg alles weer netjes terug en morgenochtend is het stukje in het laboratorium voor een analyse. Als ze het vragen, zeg ik dat het voor iets anders is. Yes? Good?'

De chef van het technisch laboratorium woog de pro's en contra's tegen elkaar af. Het was niet zo moeilijk. Het was helemaal niet 'good'. Ze haalde diep adem voor ze antwoordde: 'Zoals Harry altijd zei: "Trap de bal in het doel, verdomme."'

Rico Herrem lag in bed en keek naar de televisie. Het was vijf uur in de ochtend, maar zijn bioritme was verstoord en hij kon niet slapen. Het programma was een herhaling van gisteren. Een komodovaraan bewoog zich onhandig over het strand. De lange hagedissentong schoot uit zijn bek, zwaaide rond en werd weer ingetrokken. Hij volgde een waterbuffel die hij een ogenschijnlijk onschuldige beet had toegebracht. Rico deed dit al dagen. Hij had het geluid uitgezet zodat het enige dat hij hoorde het geluid van de airco was die het maar niet koel genoeg kreeg. Rico had al in het vliegtuig gevoeld dat hij verkouden werd. Klassiek. Airconditioning en iets te weinig kleding in het vliegtuig op weg naar de warmte en het werd een vakantie met hoofdpijn, snot en koorts. Maar hij had de tijd, hij wilde voorlopig niet naar huis. Waarom zou hij? Hij was in Pattaya, het paradijs voor alle perverselingen en delinquenten. Alles wat hij zich wenste, kon hij hier vlak voor zijn deur vinden. Door het muskietengaas voor het raam hoorde hij het verkeer en de stemmen die in een vreemde taal babbelden. Thais. Hij begreep er geen woord van. Hoefde hij ook niet. Want ze waren er voor hem, niet omgekeerd. Hij had hen gezien toen hij vanaf het vliegveld hierheen reed. Ze stonden voor de gogobars. De jonge meisjes. De heel jonge meisjes. En verderop in de steegjes, achter een plank waarop kauwgum lag dat ze verkochten, de veel te jonge meisjes. Maar ze zouden er nog steeds zijn als hij weer beter was. Hij luisterde naar de golfslag, hoewel hij wist dat dit goedkope hotel veel te ver van het strand lag. Maar die was er buiten wel. En de drankjes en de andere *farangs* die hier om dezelfde redenen als hij waren en hem tips konden geven over hoe je het moest aanpakken. En de komodovaraan.

Vannacht had hij weer over Valentin gedroomd.

Rico strekte zijn hand uit naar het flesje water op het nachtkastje. Dat stonk naar zijn eigen mond, naar dood en verrotting.

Hij had twee dagen oude Noorse kranten naar zijn kamer laten brengen, samen met een continentaal ontbijt dat hij nauwelijks had aangeraakt. Er had nog niet in gestaan dat ze Valentin hadden gepakt. Het was niet moeilijk te begrijpen waarom. Valentin was Valentin immers niet meer.

Rico had overwogen of hij het zou doen. Bellen, die politievrouw proberen te pakken te krijgen, die Katrine Bratt. Haar vertellen dat hij was veranderd. Rico had gezien dat ze dat hier voor een paar Noorse flappen van duizend in een van de privéklinieken deden. Bratt bellen en een anoniem bericht doorgeven dat Valentin was gezien in de buurt van de Fiskebutikk en dat hij plastische chirurgie had ondergaan. Er niets voor terug eisen. Alleen maar de politie helpen hem te pakken. Zichzelf helpen zodat hij kon slapen zonder over hem te dromen.

De komodovaraan was een paar meter van een waterplas gaan liggen waarin de waterbuffel verkoeling had gezocht. De waterbuffel leek zich niets aan te trekken van het drie meter lange, naar vlees hongerende monster dat rustig lag te wachten.

Rico voelde zich misselijk worden, hij zwaaide zijn benen uit bed. Zijn spieren deden pijn. Verdomme, dit was een echte griep.

Toen hij terugkwam uit de badkamer met de gal nog brandend in zijn keel, had hij twee besluiten genomen. Het eerste was dat hij naar zo'n kliniek zou gaan om daar sterke medicijnen te krijgen die ze in Noorwegen niet verstrekten. Het tweede besluit was dat als hij die had gekregen en zich weer wat beter voelde, hij Bratt zou bellen. Haar het signalement geven. Dan kon hij slapen.

Hij zette met de afstandsbediening het geluid harder. Een enthousiaste stem legde in het Engels uit dat men lang had gedacht dat *the komodo dragon* zijn prooi doodde door een beet waarbij zijn met bacteriën geïnfecteerde speeksel in de bloedbaan terechtkwam, maar dat ze onlangs hadden ontdekt dat de hagedis klieren met een gif had dat ervoor zorgde dat het bloed van het slachtoffer niet stolde waardoor het langzaam doodbloedde aan een ogenschijnlijk onschuldige wond.

Rico huiverde. Hij sloot zijn ogen om te gaan slapen. Rohypnol. Hij had eraan gedacht. Dat het helemaal geen griep was, maar dat het ontwenningsverschijnselen waren. En rohypnol was iets wat je hier in Pattaya min of meer bij roomservice kon bestellen. Hij sperde zijn ogen wijd open. Hij kreeg geen adem. In een ogenblik van pure, heftige paniek schoot Rico overeind en sloeg met zijn handen om de onzichtbare overvaller te stoppen. Het was net als in de Fiskebutikk, er was geen zuurstof in de kamer! Toen kregen de longen wat ze wilden hebben en hij viel terug op bed.

Hij staarde naar de deur.

Die was op slot.

Er was niemand. Niemand. Alleen hij.

HOOFDSTUK 20

Katrine liep in het nachtelijk duister de heuvel op. Een bleek, anemisch maantje hing laag aan de hemel achter haar, maar de gevel van het hoofdbureau reflecteerde niets van het licht dat de maan ondanks alles toch op de aarde wierp, maar leek het op te slokken als een zwart gat. Ze tuurde op het compacte, zakelijke horloge dat ze van haar vader had, een gemankeerde politieman met de bijnaam Jern-Raft. Kwart over elf.

Ze liep langzaam naar de toegangsdeur van het hoofdbureau met zijn merkwaardige, starende koeienoog en die afwerende lompheid. Alsof hier al de verdenking begon.

Ze zwaaide naar de nachtwaker die links voor haar verborgen zat, maar die haar wel kon zien. Ze draaide de deur naar het atrium van het slot. Liep langs de onbemande receptie, nam de lift naar de kelder. Stapte uit en liep in het spaarzame licht door de betonnen gang, hoorde haar eigen voetstappen terwijl ze luisterde naar die van andere mensen.

Tijdens openingstijden stond de ijzeren deur naar het magazijn voor bewijsmateriaal altijd open en was de balie binnen bemand. Ze viste de sleutel die Beate haar had gegeven op, stak hem in het slot, draaide hem rond en opende de deur. Ze stapte naar binnen. Luisterde.

Toen deed ze de deur weer achter zich dicht.

Ze knipte haar lantaarn aan, klapte de klep van de balie op en liep het donker van de hal in. De duisternis was zo compact dat het licht van de lantaarn tijd nodig leek te hebben om zich erdoorheen te boren, de rijen met brede planken te verlichten die gevuld waren met plastic dozen waardoor je de voorwerpen die erin lagen slechts vaag kon zien.

Het moest iemand zijn met een zeer ordelijke geest die hier de scepter zwaaide, want de dozen stonden keurig in het gelid op de planken, de korte zijden naar voren gericht waardoor er een ononderbroken muur werd gevormd. Katrine liep snel terwijl ze de dossiernummers las die op de dozen geplakt waren. Ze waren genummerd naar datum en werden links in de ruimte opeenvolgend op de planken gezet, waar ze de plaats innamen van verouderde zaken waarvan het opgeslagen bewijsmateriaal kon worden teruggegeven aan de eigenaars of vernietigd.

Ze was bijna aan het eind van de ruimte gekomen, in de middelste rij, toen de lichtbundel op de doos viel die ze zocht. Die stond op de onderste plank en schraapte langs het cement toen ze hem naar voren trok. Ze wipte het deksel eraf. De inhoud klopte met het rapport. Een ijskrabber. Een stoelovertrek. Een plastic zak met een paar haren. Een plastic zakje met een stukje kauwgum. Ze legde de lantaarn neer, opende het zakje, pakte de inhoud er met een pincet uit en wilde een stukje afsnijden toen ze de vochtige lucht voelde bewegen.

Ze keek naar haar onderarm die in de lichtbundel te zien was en zag de schaduw van de fijne zwarte haartjes die rechtop stonden. Toen keek ze op, pakte de lantaarn en richtte die op de muur. Onder het plafond zat een ventilatierooster. Maar aangezien het slechts een rooster was, was het niet mogelijk dat het alleen de verplaatsing van lucht, die ze duidelijk had gevoeld, had veroorzaakt.

Ze luisterde.

Niets. Absoluut niets, alleen het geruis van haar eigen bloed in haar oren.

Ze concentreerde zich weer op de harde kauwgum. Met haar Swiss Army-mes sneed ze een heel klein stukje af. En verstijfde.

Het kwam bij de toegangsdeur vandaan, zo ver weg dat het oor niet in staat was te identificeren wat het was. Geratel van een sleutel? De klap van de klep in de balie? Misschien niet, misschien slechts zo'n geluid dat in grote gebouwen ontstaat.

Katrine deed de lantaarn uit en hield haar adem in. Ze knipperde in het donker alsof dat haar zou helpen iets te zien. Het was stil. Stil als in...

Ze probeerde de gedachte niet af te maken.

In plaats daarvan probeerde ze die andere gedachte te denken, de gedachte die haar hart weer rustiger liet kloppen: wat was eigenlijk het ergste wat er kon gebeuren? Dat ze door de mand zou vallen als iets te ijverig en dat ze een reprimande zou krijgen, en eventueel teruggestuurd zou worden naar Bergen? Vervelend, maar niet direct een reden voor haar hart om als een razende tegen de binnenkant van haar borstkas tekeer te gaan.

Ze wachtte en luisterde.

Niets.

Nog steeds niets.

En ineens bedacht ze het. Stikdonker. Als er echt iemand was binnengekomen, dan had die persoon toch het licht aangedaan? Ze moest lachen om zichzelf, voelde dat haar hart tot bedaren kwam. Deed de lantaarn weer aan, legde het bewijsmateriaal in de doos, schoof die op zijn plaats. Zorgde ervoor dat hij precies in lijn met de andere dozen stond en liep terug naar de uitgang. Dacht aan iets. Een gedachte die tot haar verrassing zomaar opkwam. Dat ze zich erop verheugde hem te bellen. Want dat zou ze doen. Bellen en vertellen wat ze had gedaan. Ze bleef ineens staan.

De lichtbundel was langs iets gegleden.

Haar volgende ingeving was dat ze door moest lopen, een klein, laf stemmetje zei dat ze moest maken dat ze hier wegkwam.

Maar ze scheen er opnieuw op.

Een onregelmatigheid.

Een van de dozen stond iets naar voren.

Ze liep erop af. Scheen op het etiket.

Harry dacht dat hij een deur hoorde dichtvallen. Hij trok aan zijn oordopjes met het geluid van Bon Ivers nieuwe cd, die een redelijk succes was. Hij luisterde. Niets.

'Arnold?' riep hij.

Geen antwoord. Hij was eraan gewend geraakt dat hij deze vleugel van de politieacademie laat op de avond voor zichzelf had. Het kon natuurlijk een schoonmaker zijn die iets was vergeten. Maar een blik op de klok wees uit dat het geen avond was, maar nacht. Harry keek naar links, naar de stapel te corrigeren opdrachten die op zijn bureau lag. De meeste studenten hadden de opdrachten in de bibliotheek geprint op het gerecyclede papier dat zo stoffig was dat Harry met vuile vingers thuiskwam en hij van Rakel eerst zijn handen moest wassen voordat hij haar aanraakte.

Hij keek naar buiten. De maan stond groot en rond aan de hemel en reflecteerde in de ruiten en daken van de huizen aan de Kirkevei en Majorstua. Naar het zuiden toe zag hij het groenige silhouet van het KPMG-gebouw naast de Colosseum-bioscoop. Het was niet overweldigend mooi of zelfs maar pittoresk. Maar het was de stad waar hij woonde en waar hij zijn hele leven had gewerkt. Er waren ochtenden in

Hongkong geweest dat hij wat opium in zijn sigaret had gedaan, naar het dak van Chungking was gegaan om de dageraad te zien. Hij zat daar in het donker en hoopte dat de stad die snel lichter werd zijn eigen stad was. Een bescheiden stad met lage, onaanzienlijke gebouwen, in plaats van die angstaanjagende stalen punten. Hij wilde Oslo zien met zijn zachte, groene heuvels in plaats van Hongkongs steile, brutale, zwarte bergwanden. Hij wilde het geluid van de tram horen die piepte en knarste of van de boot uit Denemarken die de fjord kwam binnen varen en enthousiast floot omdat het vandaag weer gelukt was om de zee tussen Frederikshavn en Oslo over te steken.

Harry keek naar de opdracht die midden in de lichtkegel van zijn leeslamp lag, de enige lamp die hij aan had gedaan. Hij kon alles natuurlijk meenemen naar het huis aan de Holmenkollvei. Koffie, een kletsende radio, de geur van fris bos door het open raam. Uiteraard. Maar hij had besloten dat hij niet ging nadenken over het feit dat hij liever hier alleen zat dan daar. Waarschijnlijk omdat hij wel het vermoeden had wat het antwoord zou zijn. Dat hij daar niet alleen was. Niet helemaal. De zwart gebeitste vesting met drie sloten op de deur en een sprinklerinstallatie kon toch niet alle monsters buiten houden. De geesten zaten in de donkere hoeken en volgden hem met hun lege oogkassen. Zijn mobieltje trilde in zijn broekzak. Hij pakte het en zag het sms-bericht op het oplichtende scherm. Het was van Oleg en bevatte geen letters, alleen een rij cijfers. 665625. Harry glimlachte. Het was uiteraard nog ver van het legendarische wereldrecord Tetris uit 1999 van Stephen Krogman, maar Oleg had allang de topscore van Harry in dit tamelijk antieke computerspelletje verslagen. Ståle Aune had beweerd dat er een grens was waar Tetris-records niet langer imponerend waren, maar alleen maar triest. En dat Oleg en Harry die grens reeds lang waren gepasseerd. Maar niemand anders wist van die andere grens die ze waren gepasseerd. Die van de dood en weer terug. Oleg die op een stoel zat naast het bed van Harry. Een koortsige Harry terwijl zijn lichaam vocht tegen de schade die de kogels van Oleg hem hadden toegebracht en Oleg huilend terwijl zijn lichaam trilde van de ontwenningsverschijnselen. Toen werd er ook niet veel gezegd, maar Harry had een vage herinnering dat ze elkaars hand zo stevig vasthielden dat het pijn deed. En dat beeld, twee mannen die zich aan elkaar vastklampten, die niet wilden opgeven, zou hem altijd bijblijven.

Harry toetste '*I'll be back*' en verzond het. Een getal beantwoord met vier woorden. Dat was voldoende. Genoeg om te weten dat die ander er wás. Het kon weken duren tot de volgende keer. Harry stopte zijn oordopjes weer in en zocht het nummer dat Oleg zonder aanvullend commentaar in zijn dropbox had gezet. De band heette The Decembe-rists en was meer Harry's dan Olegs smaak, die van wat ruigere dingen hield. Harry hoorde een eenzame Fender-gitaar met die pure, warme klank en zijn *single coil*-elementen, in plaats van de *dual coil*-elementen van Gibson, en boog zich weer over de opdracht. De student had geantwoord dat na een plotseling toename van het aantal moorden in de jaren zeventig, het aantal zich nu had gestabiliseerd op een nieuw, hoger niveau. Dat er per jaar rond de vijftig moorden plaatsvonden in Noorwegen, dus ongeveer één per week.

Harry merkte dat het bedompt werd in zijn kamer. Dat hij een raam open moest doen.

De student herinnerde zich dat het percentage opgeloste moorden rond de vijfennegentig procent lag. En concludeerde dat er de laatste twintig jaar ongeveer vijftig onopgeloste moorden moesten zijn. En de laatste dertig jaar vijfenzeventig.

'Achtenvijftig.'

Harry schoot omhoog in zijn stoel. De stem had zijn hersenen bereikt vóór het parfum. Een arts had hem uitgelegd dat het geurzintuig – meer specifiek de olfactorische cellen – beschadigd was door het jarenlange roken en alcoholmisbruik. Maar juist dit parfum kon hij om natuurlijke redenen direct plaatsen. Het heette Opium, werd gemaakt door Yves Saint Laurent en stond thuis in de badkamer aan de Holmenkollvei. Hij rukte zijn oordopjes uit.

'Achtenvijftig de laatste dertig jaar,' zei ze. Ze had zich opgemaakt, droeg een rode jurk en had blote benen. 'Maar in de statistieken van Kripos zijn niet de Noorse staatsburgers verwerkt die in het buitenland zijn vermoord, dus je moet de cijfers van het landelijk bureau voor statistiek gebruiken. En dan is het getal tweeënzeventig. Wat betekent dat het percentage opgeloste moorden in Noorwegen hoger is. Iets wat de commissaris regelmatig gebruikt om zichzelf op de borst te kloppen.'

Harry schoof zijn stoel weg van haar. 'Hoe ben je binnengekomen?'

'Ik ben de vertegenwoordiger van onze groep en dan krijg je de sleutel.' Silje Gravseng ging op de rand van het bureau zitten. 'Maar het punt is dat het bij het grootste deel van de moorden in het buitenland om een overval gaat, waarbij we ervan uit kunnen gaan dat de dader het slachtoffer niet kent.' Toen haar jurk opzij gleed, constateerde Harry dat haar knieën en dijbenen bruin waren. Ze moest onlangs naar warme oorden op vakantie zijn geweest. 'En bij dat type moorden is het percentage dat wordt opgelost in Noorwegen lager dan in vergelijkbare landen. Schrikbarend laag zelfs.' Ze had haar hoofd op haar ene schouder gelegd, waardoor vochtig, blond haar over haar gezicht viel.

'Ja, en?' zei Harry.

'Ja. Er zijn slechts vier rechercheurs in Noorwegen met honderd procent opgeloste moorden. En jij bent een van hen...'

'Ik weet niet of dat klopt,' zei Harry.

'Maar dat weet ik wel.' Ze lachte naar hem, ze kneep haar ogen half dicht alsof ze last had van de avondzon in haar gezicht. Ze zwaaide met haar blote voeten alsof ze op een kade zat. Ze hield zijn blik vast en leek zijn oogbollen uit hun kassen te willen zuigen.

'Wat doe je hier zo laat?' vroeg Harry.

'Ik heb getraind in de vechtsportzaal.' Ze wees op de rugzak op de grond en boog haar rechterbovenarm. Een lange, maar duidelijk zichtbare biceps sprong op. Hij herinnerde zich dat de vechtsportinstructeur had gezegd dat ze verscheidene jongens had gevloerd.

'Zo laat in je eentje getraind?'

'Je moet immers zo veel mogelijk leren. Maar misschien kun jij me laten zien hoe ik een verdachte moet neerleggen?'

Harry keek op zijn horloge. 'Zeg, moet jij niet...?'

'Slapen? Maar ik kan niet slapen, Harry. Ik denk alleen maar...'

Hij keek haar aan. Ze had haar lippen getuit. Legde een wijsvinger tegen haar knalrode lippen. Hij voelde een zekere irritatie opkomen. 'Het is mooi dat je denkt, Silje. Ga daarmee door. Dan kan ik doorgaan met...' Hij knikte naar de stapel papieren.

'Je hebt niet gevraagd wát ik denk, Harry.'

'Drie dingen, Silje. Ik ben docent en niet jouw biechtvader. Jij hebt zonder afspraak niets te zoeken in dit deel van het gebouw. En voor jou is het Hole en niet Harry. Oké?' Hij wist dat zijn stem strenger klonk dan noodzakelijk en toen hij opkeek, ontdekte hij dat haar ogen rond en groot waren geworden, misschien wel van verbazing. Het tuitmondje was ook weg. Toen ze weer sprak, fluisterde ze: 'Ik dacht aan jou, Harry.'

Ze lachte hard en schaterend.

'Ik stel voor dat we hier stoppen, Silje.'

'Maar ik hou van je, Harry.' Nog meer gelach.

Was ze high? Dronken? Kwam ze misschien van een feestje?

'Silje, niet...'

'Harry, ik weet dat je verplichtingen hebt. En ik weet dat er regels zijn voor contact tussen docenten en studenten. Maar ik weet wat we kunnen doen. We kunnen naar Chicago gaan. Waar jij die FBI-cursus over seriemoorden hebt gevolgd. Ik kan me daarop inschrijven en jij kunt...'

'Stop!'

Harry hoorde de echo van zijn uitroep weergalmen in de gang. Silje was in elkaar gedoken alsof hij haar had geslagen.

'Ik loop nu met je mee naar de uitgang, Silje.'

Ze knipperde ongelovig met haar ogen. 'Wat is er aan de hand, Harry? Ik ben bijna de knapste van mijn jaargang. Ik heb maar met twee jongens geslapen. Ik had iedereen op school kunnen krijgen. Inclusief de docenten. Maar ik heb me gespaard voor jou.'

'Kom.'

'Wil je weten wat ik onder mijn jurkje aan heb, Harry?'

Ze zette haar ene blote voet op het bureau en liet haar dijen van elkaar glijden. Harry was zo snel dat ze geen tijd had te reageren toen hij haar voet van het bureau trok.

'Geen andere dan mijn eigen voeten op het bureau, dank je.'

Silje dook in elkaar op het bureau. Verborg haar gezicht in haar handen. Wreef ermee over haar voorhoofd, over haar gezicht, ze leek in een schuilplaats tussen haar lange, gespierde armen te willen kruipen. Ze huilde. Snikte zachtjes. Harry liet haar zo zitten tot het gesnik minder werd. Hij wilde een hand op haar schouder leggen, maar bedacht zich.

'Luister, Silje,' zei hij. 'Je hebt je misschien iets ingebeeld. Dat is niet gek, dat overkomt ons allemaal wel eens. Dit is mijn voorstel: je gaat hier nu weg, we doen alsof dit nooit is gebeurd, en geen van ons zegt er een woord over tegen iemand anders.'

'Ben je bang dat iemand het te weten komt van ons, Harry?'

'Er is geen ons, Silje. En luister, ik geef je nu een kans.'

'Denk je dat iemand te weten zal komen dat je een studente neukt?'

'Ik neuk niemand. Ik denk aan wat het beste is voor jou.'

Silje had haar armen laten zakken en tilde haar hoofd op. Harry schrok. De make-up liep als zwart bloed over haar gezicht, haar ogen fonkelden wild en die plotselinge gretige roofdierenblik deed hem denken aan een dier uit zo'n natuurdocumentaire die hij had gezien.

'Je liegt, Harry. Je neukt die bitch. Rakel. En je denkt niet aan mij. Niet op de manier waarop je het zegt, jij, verrekte huichelaar. Maar je denkt wel aan me. All right. Als een stuk vlees dat je kunt neuken. Dat je moet neuken.'

Ze gleed van het bureau af, deed al een stap in zijn richting. Harry zat daar, onderuitgezakt in zijn stoel met zijn benen voor zich uit, zoals hij altijd deed, keek naar haar op met het gevoel in een scène te zitten die uitgespeeld moest worden, nee, die al uitgespeeld was, verdomme. Ze boog naar hem toe, gracieus, haar hand al steunend op zijn knie, ze wreef met haar hand langs zijn been omhoog, naar zijn riem terwijl ze verder naar hem toe boog, haar hand verdween onder zijn T-shirt. Haar stem die mompelde: 'Mm, *nice sixpack*, meester.' Harry greep haar hand, draaide de handpalm opzij en naar achteren terwijl hij opsprong uit zijn stoel. Ze schreeuwde het uit toen hij haar arm op haar rug draaide, hij dwong haar haar hoofd naar de grond te buigen. Toen draaide hij haar om naar de deur, greep haar rugzak en leidde haar de kamer uit en over de gang.

'Harry!' kreunde ze.

'Deze greep heet een simpele houdgreep,' zei Harry zonder te stoppen. Hij leidde haar de trap af. 'Goed als je die voor je examen kent. Dat wil zeggen, als je zover komt. Want ik hoop dat je begrijpt dat je me hebt gedwongen om dit te rapporteren.'

'Harry!'

'Niet omdat ik me bijzonder aangevallen voel, maar omdat het de vraag is of je de psychische stabiliteit hebt die het politievak vereist, Silje. Ik laat die evaluatie over aan de leiding. Dus bereid je voor op een pleidooi waarin je hen moet overtuigen dat dit slechts een ongelukkige misstap was. Klinkt dat eerlijk?'

Hij opende de deur met zijn vrije hand en op het moment dat hij haar naar buiten duwde, draaide ze zich om en keek hem aan. Het was een blik vervuld van razernij zo puur en wild dat die bevestigde wat Harry al een poosje dacht van Silje Gravseng: dat ze iemand was die misschien niet losgelaten moest worden in de maatschappij als representant van de politie.

Harry keek haar na toen ze wankelend door het hek liep, over het plein naar Chateau Neuf, waar een student buiten stond te roken en een pauze nam van de dreunende muziek binnen. Hij stond tegen een lantaarn geleund en droeg een militair jack à la Cuba 1960. Hij keek Silje aan met een gemaakte onverschilligheid totdat ze was gepasseerd, toen staarde hij haar na.

Harry bleef in de gang staan. Vloekte hard. Een keer. Twee keer. Voelde dat zijn hart weer tot bedaren kwam. Hij pakte zijn mobieltje, belde een van de contacten in zijn adressenlijst die zo kort was dat de personen met slechts één letter werden aangeduid.

'Arnold.'

'Met Harry. Silje Gravseng dook zojuist op in mijn kamer. Deze keer liep het uit de hand.'

'O? Vertel.'

Harry gaf zijn collega een korte samenvatting.

'Dit is niet best, Harry. Het is misschien erger dan jij denkt.'

'Ze kan onder invloed van drugs zijn geweest, het leek wel of ze van een feest kwam. Of ze heeft weinig impulscontrole en geen realiteitszin. Maar ik heb advies nodig over wat ik nu verder moet doen. Ik weet dat ik het moet rapporteren, maar...'

'Je begrijpt het niet. Sta je nog steeds bij de uitgang?'

'Ja?' zei Harry verbaasd.

'De bewaker zal wel thuiszitten. Zijn er andere mensen bij je in de buurt?'

'Andere mensen?'

'Wie dan ook.'

'Nou, er staat een kerel op het plein voor Chateau Neuf.'

'Heeft hij haar zien weglopen?'

'Ja.'

'Perfect! Ga nu direct naar hem toe. Praat met hem. Zorg dat je zijn naam en adres krijgt. Zorg dat hij op je let tot ik bij je ben om je op te halen.'

'Hoe dan?'

'Ik leg het je later uit.'

'Moet ik bij je achter op de fiets?'

'Ik moet toegeven dat ik hier een soort auto heb staan. Over twintig minuten ben ik bij je.'

'Goede... eh, morgen?' mompelde Bjørn Holm, hij tuurde op de klok, maar hij was er niet zeker van of hij nog in dromenland verkeerde.

'Sliep je?'

'Nee hoor,' zei Bjørn Holm, hij legde zijn hoofd tegen de spijlen van het bed en klemde de telefoon tegen zijn oor. Alsof hij zo iets meer van haar had.

'Ik wil je alleen vertellen dat ik een stukje kauwgum te pakken heb kunnen krijgen dat onder de autostoel van Mittet zat vastgeplakt,' zei Katrine Bratt. 'Ik denk dat het van de moordenaar zou kunnen zijn. Maar dat is uiteraard een long shot.'

'Ja,' zei Bjørn.

'Je bedoelt dat het verspilde moeite is?' Bjørn dacht dat ze teleurgesteld klonk.

'Jij bent de rechercheur,' antwoordde hij en hij had er direct spijt van dat hij niet iets opbeurends had gezegd. In de stilte die volgde vroeg hij zich af waar ze was. Thuis? Lag ze ook al in bed?

'Jaja,' zuchtte ze. 'Er was daar trouwens iets vreemds.'

'O ja?' zei Bjørn en hij merkte dat hij overdreef in zijn enthousiasme.

'Toen ik daar was, hoorde ik iemand naar binnen komen en weer vertrekken. Ik kan het natuurlijk verkeerd hebben, maar op weg naar de uitgang leek het alsof iemand op een van de planken een doos met bewijsmateriaal had verschoven. Ik heb op het etiket gekeken...'

Bjørn dacht dat hij kon horen dat ze lag, haar stem had die slome zachtheid.

'... het was de René Kalsnes-zaak.'

Harry liet de zware houten deur in het slot vallen en sloot het zwakke ochtendlicht buiten.

Hij liep door het koele schemerdonker van het houten huis naar dc keuken. Plofte neer op een stoel. Knoopte zijn shirt open. Het had even geduurd.

De kerel in zijn militaire jack had er tamelijk verschrikt uitgezien toen Harry naar hem toe kwam lopen en hem vroeg samen met hem te wachten tot een collega van de politie opdook.

'Dit is gewoon tabak!' had hij gezegd en hij had Harry de sigaret aangereikt.

Toen Arnold arriveerde, hadden ze de getuigenis van de student met zijn handtekening opgenomen en vervolgens waren ze in een stoffige Fiat van een onbestemde jaargang naar het forensisch laboratorium gereden, waar nog politiemensen werkten vanwege de laatste politiemoord. Daar hadden ze Harry uit zijn kleren geholpen, en terwijl ze zijn boven- en onderkleding onderzochten, hadden twee mannelijke technisch rechercheurs zijn geslachtsdelen en handen met een lamp en contactpapier onderzocht. Daarna had hij een leeg plastic bekertje gekregen.

'Het hele zooitje, Hole. Als het bekertje groot genoeg is. De wc is daar. Denk aan iets leuks. Oké?'

'Hm.'

Harry had de ingehouden lach eerder gevoeld dan gehoord toen hij bij hen wegliep.

Denk aan iets leuks.

Harry rommelde met de kopie van het rapport die op de keukentafel lag. Hij had Hagen gevraagd hem die te sturen. Privé. Discreet. Het bestond voor het grootste deel uit geneeskundige termen in het Latijn. Maar hij snapte een paar ervan wel. Genoeg om te begrijpen dat Rudolf Asajev net zo mysterieus en onverklaarbaar was gestorven als hij had geleefd. En dat men, bij gebrek aan iets concreets wat wees op een criminele daad, moest concluderen dat hij was overleden aan een herseninfarct. Beroerte. Zoiets kon gebeuren.

Als moordonderzoeker had Harry kunnen vertellen dat zoiets niet kón gebeuren. Dat kroongetuigen nooit 'per ongeluk' stierven. Wat had Arnold ook alweer gezegd? In vijfennegentig procent van de gevallen was het moord als iemand genoeg had te verliezen wanneer de dode zou getuigen.

Het paradoxale was natuurlijk dat Harry zelf een van degenen was die iets hadden te verliezen als Asajev getuigde. Veel te verliezen. Dus waarom zou hij zich druk maken? Waarom niet gewoon dankjewel zeggen, buigen en verdergaan met zijn leven? Daar was eigenlijk een simpel antwoord op: hij had last van beroepsdeformatie.

Harry smeet het rapport naar het eind van de lange eikenhouten tafel. Besloot morgen op zoek te gaan naar de fout. Nu moest hij eerst slapen.

Denk aan iets leuks.

Harry stond op, kleedde zich uit in de badkamer. Ging onder de douche staan, zette de kraan op gloeiend heet. Hij voelde het prikken en branden op zijn huid, hem straffen.

Denk aan iets leuks.

Hij droogde zich af, ging onder het schone, witte beddengoed liggen in hun tweepersoonsbed, sloot zijn ogen en probeerde snel in slaap te vallen. Maar de gedachten kwamen voor de slaap.

Hij had aan haar gedacht.

Toen hij met gesloten ogen op het wc-deksel zat en zich concentreerde, zich probeerde voor te stellen op een andere plek, toen had hij aan Silje Gravseng gedacht. Aan haar zachte, gebruinde huid, haar lippen, die hete adem tegen zijn gezicht, die wilde razernij in haar ogen, dat gespierde lichaam, haar vormen, de stevigheid, al die onrechtvaardige schoonheid van de jeugd.

Verdomme!

Haar hand was over zijn riem gegaan, naar zijn buik. Haar eigen lichaam dat op weg was naar het zijne. De houdgreep. Haar hoofd naar beneden, dat zachte, protesterende gekreun, die rechte rug met haar billen naar hem opgericht, sierlijk als een vogelstaart.

Verdomme, verdomme!

Hij ging rechtop in bed zitten. Van de foto op het nachtkastje lachte Rakel warm naar hem. Warm, verstandig, of ze alles wist. Maar wist ze het werkelijk? Als ze vijf seconden in zijn hoofd kon kijken, kon zien hoe hij werkelijk was, liep ze dan dodelijk verschrikt van hem weg? Of zijn we allemaal gelijk in ons hoofd, ligt het verschil slechts in wie het monster loslaat en wie dat niet doet?

Hij had aan haar gedacht. Gedacht aan dat hij deed wat zij wilde dat hij deed. Op het bureau, de stapel weggeduwd waarna de papieren als vlinders door de kamer fladderden voor ze op de grond vielen, vastplakten op hun bezwete huid, grof papier met kleine, zwarte letters die getallen over moord werden. Moord in het criminele milieu: bij een overval, een drugsdeal, voor geldelijk gewin, moord in de familiesfeer:

eerwraak, uit jaloezie, moord in de seksuele sfeer. Hij had aan haar gedacht terwijl hij op de wc zat. En hij had het bekertje tot de rand toe gevuld.

HOOFDSTUK 21

Beate Lønn gaapte, knipperde met haar ogen en staarde uit het raam van de tram. De ochtendzon deed zijn werk al en had de mist boven het Frogner-park bijna weggebrand. Het was leeg op de natte tennisbanen. Alleen een uitgemergelde, oudere man stond verloren op het gravel van een baan waar nog niet eens de netten waren opgehangen voor het seizoen. Hij staarde naar de tram. Dunne dijbenen staken uit een gedateerde tennisshort, een scheef geknoopt blauw shirt, zijn racket tikte hij zacht tegen de grond. Hij wacht op een tennispartner die niet komt, dacht Beate. Misschien omdat de afspraak een jaar geleden op deze tijd was en hij niet meer leefde. Ze wist hoe dat voor hem was.

Ze zag vaag het silhouet van de monoliet terwijl ze langs de toegangspoort van het park naar de halte gleden.

Zelf had ze vannacht een partner opgezocht, nadat Katrine de sleutel had opgehaald voor het magazijn van bewijsmateriaal. Daarom zat ze nu in de tram aan deze kant van de stad. Hij was een gewone man. Zo beschreef ze hem voor zichzelf. Geen man van wie ze droomde. Gewoon een man die ze af en toe nodig had. Zijn kinderen waren bij zijn ex en nu de kleine meid bij haar grootouders in Steinkjer was, hadden ze de tijd en de gelegenheid om elkaar wat vaker te zien. Toch merkte Beate dat ze dat begrensde. Dat het feitelijk belangrijker voor haar was te weten dat hij er was als mogelijkheid dan dat ze samen tijd doorbrachten. Hij kon hoe dan ook Jack niet vervangen, maar dat hinderde niet. Ze wilde geen vervanging, ze wilde dit. Iets anders, iets zonder verplichtingen, iets wat haar niet zo veel zou kosten als ze het kwijtraakte.

Beate staarde door het raam, naar de tegemoetkomende tram die naast haar tram was komen te staan. In de stilte kon ze het lage gezoem horen van de koptelefoon van het meisje dat naast haar zat. Ze herkende een irritante popsong uit de jaren negentig. In die tijd was ze het stilste meisje op de politieacademie geweest. Bleek, met een vervelende neiging tot blozen als er maar in haar richting werd gekeken. Maar gelukkig werd dat niet vaak gedaan. En degene die dat wel deed, vergat haar ook weer snel. Beate Lønn had het soort gezicht en uitstraling die haar tot een niet-gebeurtenis maakten, een pauzefiguurtje, visuele teflon.

Maar zij herinnerde zich hen.

Ieder van hen.

En daarom kon ze nu in de tram zitten en naar de gezichten naast haar kijken, zich herinneren wanneer ze hen eerder had gezien en waar. Misschien in dezelfde tram een dag eerder, misschien op het schoolplein twintig jaar geleden, misschien op videobeelden van een bewakingscamera in een bank tijdens het identificeren van bankovervallers, misschien van de roltrap in Steen & Strøm waar ze een maillot kocht. En het maakte niet uit of ze ouder waren geworden, hun haar hadden geknipt, zich hadden opgemaakt, een baard, Botox of silicone hadden gekregen: het was of het gezicht, het feitelijke gezicht, erdoorheen scheen, alsof het een constante was, iets unieks, een elfcijferig getal in een DNA-code. En het was haar zegen en vloek, sommige psychiaters hadden het het syndroom van Asperger genoemd, andere een lichte hersenbeschadiging die haar *fusiform gyrus* – het centrum in de hersenen dat gezichten herkent – probeerde te compenseren. En weer anderen, de verstandigen, hadden het helemaal geen naam gegeven. Zij stelden slechts vast dat ze zich de getallen herinnerde, dat ze hen allemaal herkende.

Het was daarom helemaal niet ongebruikelijk voor Beate Lønn dat haar hersenen al bezig waren het gezicht te plaatsen van de man in de andere tram.

Het enige dat ongebruikelijk was, was het feit dat het haar niet direct lukte.

Er zat slechts anderhalve meter tussen hen en hij was haar opgevallen omdat hij in de condens op de ruit iets schreef en daarom zijn gezicht naar haar had gekeerd. Ze had hem eerder gezien, maar het getal lag verborgen.

Misschien kwam het door de weerschijn van het glas, misschien door een schaduw die over zijn ogen lag. Ze wilde het net opgeven toen haar tram weer begon te rijden, het licht viel anders en hij keek op, hun blikken kruisten elkaar.

Er ging een schok door Beate Lønn heen.

Het was de blik van een reptiel.

De koude blik van een moordenaar van wie zij wist wie het was.

Valentin Gjertsen.

En ze wist waarom ze hem niet direct had herkend. Hoe het hem was gelukt zich schuil te houden.

Beate Lønn stond op van haar zitplaats. Probeerde weg te komen, maar het meisje naast haar zat met gesloten ogen met haar hoofd te knikken. Beate stootte haar aan en het meisje keek geërgerd naar haar om.

'Uit,' zei Beate.

Het meisje tilde haar hoofd op en trok een met potlood getekende wenkbrauw op, maar verroerde zich niet.

Beate rukte haar koptelefoon af.

'Politie. Ik moet eruit.'

'We rijden,' zei het meisje.

'Weg met je dikke kont!'

De andere passagiers keerden zich om naar Beate Lønn. Maar ze bloosde niet. Ze was niet langer dat meisje. Ze was nog net zo tenger, haar huid was zo bleek dat die wel doorschijnend leek, haar haren waren zonder kleur en zo droog als ongekookte spaghetti. Maar die ene Beate Lønn bestond niet meer.

'Stop de tram! Politie! Stop!'

Ze baande zich een weg naar de trambestuurder en de uitgang. Hoorde de remmen ijselijk schreeuwen. Ze stond al voor de uitgang, hield haar ID-bewijs op naar de bestuurder, wachtte ongeduldig. Ze stopten met een laatste harde schok, de staande passagiers schoten naar voren, hingen in de lussen terwijl de deuren openklapten. Beate was met een sprong buiten, rende naar de voorkant van de tram, over het spoortracé dat de weg in tweeën deelde. Ze voelde het natte gras door haar dunne katoenen schoenen trekken, zag de tram optrekken, hoorde het lage, stijgende gezang van de rails, rende zo hard ze kon. Er was geen reden om aan te nemen dat Valentin bewapend was en hij zou nooit kunnen ontsnappen uit de overvolle tram waarin ze met haar politie-ID zou zwaaien en roepen waarvoor ze hem arresteerde. Als ze die verrekte tram maar haalde. Hardlopen was niet haar sterkste kant. De arts die tegen haar had gezegd dat ze leed aan het syndroom van Asperger meende dat een dergelijke fysieke onhandigheid typerend was voor mensen zoals zij.

Ze gleed uit over het natte gras, maar kon op de been blijven. Nog maar een paar meter. Ze was bijna bij de achterkant van de tram. Ze sloeg haar hand ertegenaan. Schreeuwde. Zwaaide met haar ID-bewijs in de lucht, hoopte dat de trambestuurder haar in zijn spiegel zou zien. En misschien deed hij dat ook wel. Weer iemand die zich had verslapen en wanhopig met haar maandkaart zwaaide. Het railgezang steeg een kwarttoon en de tram gleed van haar weg.

Beate stopte, keek de tram na die verdween in de richting van Majorstua. Ze draaide zich om en zag haar tram richting het Frogner-plein verdwijnen.

Ze vloekte zacht, pakte haar mobieltje, stak de weg over, leunde tegen het hekwerk van de tennisbaan en toetste een nummer in.

'Holm.'

'Met mij. Ik heb zojuist Valentin gezien.'

'Hè? Weet je het zeker?'

'Bjørn...'

'Sorry. Waar dan?'

'In de tram die langs het Frogner-park komt en richting Majorstua rijdt.'

'Wat doe jij daar nu?'

'Maak je daar nu maar niet druk om. Ben je op het werk?'

'Ja.'

'Er staat 12 op de tram. Zoek uit waar die precies langskomt en laat hem tegenhouden. Hij mag niet ontsnappen.'

'Goed, ik ga op zoek naar de haltes en stuur een signalement naar de surveillanceauto's.'

'Dat is het nu juist.'

'Juist wat?'

'Het signalement. Hij is veranderd.'

'Wat bedoel je?'

'Plastische chirurgie. Goed genoeg om zich ongemerkt in Oslo te kunnen bewegen bijvoorbeeld. Stuur me een bericht waar de tram stopt, dan kom ik om hem aan te wijzen.'

'Begrepen.'

Beate stopte haar mobiel terug in haar zak. Pas nu merkte ze hoezeer ze buiten adem was. Ze leunde met haar achterhoofd tegen het hek. Voor haar schoof traag de ochtendfile voorbij alsof er niets was gebeurd. Alsof het feit dat een moordenaar zich zojuist had blootgegeven niets uitmaakte.

'Waar zijn ze gebleven?'

Beate duwde zich af tegen het hek, draaide zich om naar de krakende stem.

De oude man keek haar met een vragende blik aan.

'Waar zijn ze allemaal gebleven?' vroeg hij weer.

Toen Beate de pijn in zijn ogen zag, moest ze snel een brok wegslikken.

'Denk je...' zei hij. 'Dat ze op de andere baan zijn?'

Beate knikte langzaam.

'Ja, dat zal het zijn,' zei hij. 'Ik moet hier niet zijn. Ze zijn op de andere baan. Ze wachten daar op me.'

Beate keek naar zijn smalle rug terwijl hij naar de poort sukkelde.

Zelf begon ze snel in de richting van Majorstua te lopen. En hoewel er allerlei gedachten – waar Valentin naar op weg was, waar hij vandaan kwam en of ze hem konden pakken – door haar hoofd raasden, kon ze toch de echo van de oude, fluisterende stem niet vergeten: 'Ze wachten daar op me.'

Mia Hartvigsen keek Harry Hole lang aan.

Ze had haar armen over elkaar geslagen en haar schouder was half naar hem toe gedraaid. Rond de patholoog stonden grote, blauwe plastic bakken met afgesneden lichaamsdelen. De studenten hadden de ruimte van het anatomisch instituut op de begane grond van het Rikshospital verlaten en nu was die echo uit het verleden binnengekomen met het gerechtelijk rapport over Asajev onder zijn arm.

De afwijzende lichaamstaal lag niet in het feit dat Mia Hartvigsen Hole niet mocht, maar dat hij altijd narigheid betekende. Toen hij als rechercheur werkte, had Hole altijd extra werk betekend, te krappe deadlines en veel kans op blunders waaraan zij vaak weinig konden doen.

'Ik zeg je dat we Rudolf Asajev grondig hebben geobduceerd,' zei Mia.

'Niet grondig genoeg,' zei Harry en hij legde het rapport op een van de metalen tafels waarop de studenten zojuist in menselijk vlees hadden gesneden. Vanonder een laken stak een gespierde arm uit die was losgesneden van de schouder. Harry las de letters in de verbleekte tatoeage. *Too young to die.* Juist. Misschien zo'n Los Lobos-motorjongen die slachtoffer was geworden van de opruimactie onder concurrenten van Asajev.

'Ten eerste zijn jullie er niet in geslaagd de doodsoorzaak te vinden.'

'Je weet heel goed dat het lichaam soms gewoon geen indicaties geeft. Dat hoeft niet te betekenen dat er geen natuurlijke doodsoorzaak is.'

'En in dit geval zou het meest natuurlijke zijn dat iemand hem van het leven heeft beroofd.'

'Ik weet dat hij een potentiële kroongetuige was, maar de obductie gaat volgens een vaste routine die zich niet laat beïnvloeden door dergelijke omstandigheden. We vinden wat we vinden, en niet iets anders, pathologie is geen subjectieve wetenschap.'

'Maar een wetenschap,' zei Hole en hij ging op de tafel zitten, 'die is gebaseerd op het toetsen van hypotheses, of niet? Je stelt een theorie op en daarna toets je die, waar of niet? Klopt dat?'

Mia Hartvigsen schudde haar hoofd. Niet omdat het niet klopte, maar omdat de richting waarin het gesprek ging haar niet aanstond.

'Mijn theorie,' ging Hole verder met een gemaakt onschuldige glimlach die hem het uiterlijk gaf van een jongetje dat zijn moeder wilde overtuigen dat hij voor de kerst een atoombom cadeau wilde hebben, 'is dat Asajev vermoord is door iemand die precies weet hoe jullie werken en wat er moet gebeuren zodat jullie niets vinden.'

Mia veranderde van standbeen. Draaide de andere schouder naar hem toe. 'Dus?'

'Dus hoe zou jij dat doen, Mia?'

'Ik?'

'Je kent alle trucs. Hoe zou jij jezelf voor de gek houden?'

'Ben ik een verdachte?'

'Voorlopig.'

Ze was even verward tot ze zag dat er een lachje rond zijn lippen speelde. De slimmerd.

'Moordwapen?' vroeg ze.

'Spuit,' zei Hole.

'O? Waarom dat?'

'Iets met anesthesie.'

'Juist. We kunnen bijna alle stoffen opsporen, vooral wanneer we er zo snel bij zijn als we nu waren. De enige mogelijkheid die ik zie...'

'Ja?' Hij lachte alsof hij zijn zin al had gekregen. Irritante kerel. Zo'n type van wie je niet weet of je hem een draai om zijn oren zal geven of zal kussen.

'Injectie met lucht.'

'En dat is?'

'De oudste en nog steeds de beste truc uit het boekje. Je spuit iemand lucht in een ader zodat er een luchtbel komt die de ader afsluit. Als die lang genoeg is afgesloten, komt er geen bloed bij de vitale delen van het lichaam, zoals het hart of de hersenen, en sterf je. Snel en zonder resten van een stof die kan worden opgespoord. En een bloedpropje hoeft niet extern te zijn ingebracht, dat kan ook in het lichaam zelf ontstaan. *Case closed.*'

'Maar we zouden het prikje van de naald kunnen zien.'

'Als het met een van de dunste naalden is gebeurd, zul je alleen bij zeer nauwkeurig onderzoek van de huid een prikje kunnen vinden.'

Hole lichtte op. Het jongetje had het pakket geopend en dacht dat het een atoombom was. Mia verheugde zich al.

'Dan moeten jullie onderzoeken of...'

'En dat hebben we gedaan.' Oorvijg. 'Elke millimeter van de huid. We hebben zelfs de slang van zijn infuus gecontroleerd, het is namelijk mogelijk om ook daar een luchtbel in te brengen. Er was nergens ook maar iets als een muggensteek te vinden.' Ze zag die koortsige gloed in zijn blik verdwijnen. 'Het spijt me, Hole, maar we beseften heel goed dat het een verdacht sterfgeval was.' Ze legde de nadruk op 'was'.

'Nu moet ik mijn volgende college voorbereiden, dus misschien...'

'Hoe zit het met een plaats waar geen huid is?' vroeg Hole.

'Wat?'

'Wat nu als er gespoten is op een plek die zich niet aan de oppervlakte bevindt. In de mond, de anus, het neusgat, de oren.'

'Interessant, maar in de neus en de oren zitten heel weinig adertjes die daarvoor geschikt zijn. De anus is een mogelijkheid, maar de kans dat je daarmee vitale organen afsluit is daar veel kleiner en je moet bovendien extreem goed weten wat je doet om daar, zonder dat je ook maar iets kunt zien, een ader te vinden. De mond zou een idee zijn omdat daar een ader loopt die in verbinding staat met de hersenen, de dood zou dan heel spoedig intreden, maar we controleren de mond altijd. Die heeft een slijmlaag die bij een prik van een naald opzwelt en dat zouden we hebben gezien.'

Ze keek hem aan. Ze voelde hoe zijn hersenen nog steeds zochten, maar hij knikte alsof hij zijn nederlaag erkende.

'Leuk je weer gezien te hebben, Hole. Kom nog eens langs als je weer wat hebt.'

Ze draaide zich om en liep naar een van de bakken om een grijsbleke arm waarvan de vingers uit de alcohol staken naar beneden te duwen.

'Doorheen...' hoorde ze Harry zeggen, '... prikken.' Ze zuchtte diep. Ontzettend irritante kerel. Ze draaide zich om.

'Hij kan de naald erdoorheen hebben geprikt,' zei Hole.

'Waar doorheen?'

'Je zei dat een korte weg naar de hersenen een goed idee zou zijn. Aan de achterkant. Hij kan de prik aan de achterkant hebben verborgen.'

'De achterkant van...?' Ze zweeg. Keek waar hij wees. Sloot haar ogen en zuchtte weer.

'Sorry,' zei Harry. 'Maar de statistieken van de FBI wijzen uit dat bij een nieuwe obductie van potentiële getuigen het percentage dat vermoord blijkt, stijgt van achtenzeventig naar vierennegentig procent.'

Mia Hartvigsen schudde haar hoofd. Harry Hole. Problemen. Extra werk. Een gerede kans op blunders waaraan zij weinig konden doen.

'Hier,' zei Beate Lønn en de taxi stopte bij de trottoirrand.

De tram stond bij de halte in de Welhavensgate. Er stond een politieauto voor de tram en twee erachter. Bjørn Holm en Katrine Bratt stonden tegen de Amazon geleund.

Beate betaalde en sprong uit de auto.

'Er staat 11 op de tram, ik zei 12.'

'Na de halte op het Majorstua-kruispunt wisselt de tram van nummer, maar het is dezelfde tram.'

Beate liep snel naar de voorste deur, klopte er hard op en hield haar ID-bewijs omhoog. De deur sprong met een zucht open en ze stapte in. Knikte naar de geüniformeerde agent die er stond. Hij hield een Heckler & Koch P30L in zijn hand.

'Loop met me mee,' zei ze en ze begon door de volle tram te lopen.

Ze liet haar blik over alle gezichten glijden terwijl ze zich een weg baanden naar het midden van de tram. Ze voelde haar hart sneller slaan toen ze de plek naderde en de letters op de beslagen ruit herkende. Ze gaf een teken aan de agent voor ze zich tot de man op de stoel wendde.

'Neem me niet kwalijk! Jij daar!'

Het gezicht dat naar haar toe werd gekeerd had rode, opgewonden vlekken en de ogen keken verschrikt.

'I... ik bedoelde het niet zo. Heb mijn vervoersbewijs thuis laten liggen. Het zal niet weer gebeuren.'

Beate sloot haar ogen en vloekte in zichzelf. Ze knikte naar de agent dat hij verder met haar mee moest lopen. Toen ze zonder resultaat aan het eind van de wagon waren gekomen, riep ze naar de bestuurder dat hij de deuren moest opendoen en stapte naar buiten.

'En?' zei Katrine.

'Verdwenen. Verhoor iedereen of ze hem hebben gezien. Over een uur zijn ze hem vergeten, als dat nu al niet het geval is. Hij is begin veertig, rond één meter tachtig lang en heeft blauwe ogen. Zijn ogen staan iets scheef, hij heeft bruin, kortgeknipt haar, hoge, opvallende jukbeenderen en smalle lippen. En kom niet aan de ruit waarop hij heeft geschreven. Verzamel vingerafdrukken en neem foto's. Bjørn?'

'Ja?'

'Jij neemt alle haltes tussen hier en het Frogner-park, praat met mensen die daar in winkels werken, vraag of ze een persoon kennen die voldoet aan dat signalement. Als mensen zo vroeg op de ochtend een tram nemen, is dat vaak uit routine. Ze moeten naar werk, school, training, de vaste koffiebar.'

'In dat geval krijgen we nog meer kansen,' zei Katrine.

'Ja, dus je moet voorzichtig zijn, Bjørn. Let erop dat je niet met iemand praat die hem mogelijk zou kunnen waarschuwen. Katrine, jij zorgt ervoor dat we wat mensen kunnen krijgen om morgenvroeg in de tram te zetten. Plus dat we de rest van de dag een paar man in de tram van hier tot aan het Frogner-park hebben, voor het geval Valentin dezelfde weg terug neemt. Oké?'

Terwijl Katrine en Bjørn naar de politiemensen liepen om de opdrachten te verdelen, liep Beate in de tram naar de plek waar ze hem had gezien. Er liepen strepen van de tekening in de condens. Het was een terugkerend patroon, ongeveer als een dambord. Een loodrechte streep werd gevolgd door een cirkel. Na een rij volgde een nieuwe, tot er een vierkante matrix was gevormd.

Het hoefde niet belangrijk te zijn.

Maar zoals Harry altijd zei: 'Het is misschien niet belangrijk of relevant, maar het betekent altijd iets. En we beginnen te zoeken waar er licht is, waar we iets zien.'

Beate pakte haar mobieltje en nam een foto van het raam. Bedacht iets.

'Katrine! Kom eens.'

Katrine hoorde haar en liet de briefing over aan Bjørn.

'Hoe ging het vannacht?'

'Goed,' zei Katrine. 'Ik heb vanmorgen het stukje kauwgum ingeleverd voor een DNA-analyse, met een dossiernummer van een niet-opgeloste verkrachtingszaak. Ze geven voorrang aan de politiemoorden, maar ze hebben beloofd er zo snel mogelijk naar te kijken.'

Beate knikte nadenkend. Wreef met haar hand over haar gezicht. 'Hoe snel is snel? We kunnen niet stilzwijgend toestaan dat iets wat het DNA van de moordenaar kan bevatten achter in de rij komt alleen maar omdat wij de eer en glorie voor onszelf willen houden.'

Katrine zette een hand op haar heup en tuurde naar Bjørn, die naar de politiemensen gebaarde: 'Ik ken een van de dames die daar werkt,' loog ze. 'Ik zal haar bellen en er druk achter zetten.'

Beate keek haar aan. Aarzelde en knikte.

'En je bent er zeker van dat je niet gewoon wilde dat het Valentin Gjertsen was?' vroeg Ståle Aune. Hij was bij het raam gaan staan en staarde naar de drukke straat onder zijn kantoor. Naar de mensen die gehaast heen en weer liepen. Naar de mensen die Valentin Gjertsen konden zijn. 'Hallucinaties zijn een bekend verschijnsel bij slaapgebrek. Hoeveel uur heb je geslapen de laatste achtenveertig uur?'

'Ik zal het natellen,' antwoordde Beate Lønn op zo'n manier dat Ståle begreep dat ze het niet hoefde te doen. 'Ik heb je gebeld omdat hij iets heeft getekend op de binnenkant van het raam. Heb je mijn sms'je gekregen?'

'Ja,' zei Aune. Hij was net begonnen aan het volgende consult toen het sms'je van Beate oplichtte vanuit de opengetrokken la van zijn bureau.

BEKIJK SMS. HAAST. IK BEL.

En hij had een haast pervers gevoel gehad toen hij recht in het verblufte gezicht van Paul Stavnes keek en had gezegd dat hij dit telefoontje moest nemen. Die had het onderschrift op zijn gezicht zien verschijnen: dit is veel belangrijker dan dat zieke gezeik van jou.

'Je hebt me een keer verteld dat jullie psychologen de krabbels van sociopaten kunnen analyseren en daarmee iets kunnen zeggen over hun onderbewuste.'

'Tja, wat ik heb gezegd is dat er een methode aan de universiteit van Granada in Spanje is ontwikkeld waarmee iets gezegd kan worden over een psychopathologische persoonlijkheidsstoornis. Maar dan krijgt het individu opdracht wat hij moet tekenen. En dit ziet er meer uit als een schrijfsel dan een tekening,' zei Ståle.

'Is dat zo?'

'Ik zie in elk geval i's en o's. En dat is wel net zo interessant als een tekening.'

'Op wat voor manier?'

'Vroeg in de ochtend in een tram, nog steeds half in dromenland kun je dingen schrijven die gestuurd zijn door het onderbewuste. En het onderbewuste houdt van codes en raadsels. Soms zijn ze onbegrijpelijk, andere keren zijn ze verbluffend simpel, ja, zelfs banaal. Ik heb een patiënte gehad die doodsbang was om verkracht te worden. Ze had een steeds terugkerende droom dat ze gewekt werd door een loop op een tank die door de ruit van haar slaapkamerraam werd geduwd en pas bij het voeteneind van haar bed stopte. En voor het gat van de loop hing een vel papier waarop een P en het cijfer 9 stonden. Het lijkt misschien wonderlijk dat ze zelf die kinderlijk eenvoudige code niet begreep, maar de hersenen camoufleren vaak waar eigenlijk aan wordt gedacht. Uit gemakzucht, schuldgevoel, angst...'

'Dat hij i's en o's tekent, wat betekent dat?'

'Het kan zijn dat hij zich verveelt in de tram. Overschat me niet, Beate. Ik ben psychologie gaan studeren in een tijd dat het een studie was voor mensen die te dom waren om arts of ingenieur te worden. Maar laat me er nog even over nadenken en dan kom ik er later op terug, ik heb nu een patiënt.'

'Goed.'

Aune hing op en keek weer naar de straat onder zich. Aan de andere kant zat een tatoeagestudio, honderd meter in de richting van de Bogstadvei. Tramlijn 12 ging langs de Bogstadvei en Valentin had een tatoeage. Een tatoeage die zijn identiteit zou verraden. Als hij die niet professioneel had laten verwijderen. Of laten veranderen in een tatoeagestudio. Wat je in een tekening zag, kon radicaal veranderen door een paar simpele strepen. Als je bijvoorbeeld een halve cirkel tekende achter een verticale streep, dan werd het een D. Of een streep door een cirkel dan werd het een Ø. Aune ademde op de ruit.

Er klonk een geërgerd kuchje achter hem.

Hij tekende een verticale streep en een cirkel in de condens zoals hij in de sms had gezien.

'Ik weiger het volle pond te betalen zolang...'

'Weet je wat, Paul?' zei Aune, de naam overdreven correct op zijn Engels uitsprekend en hij tekende de halve cirkel met de verticale streep en de cirkel met de schuine streep. Las. DØ – Dood. Veegde het weg. 'Je krijgt dit hele uur gratis.'

HOOFDSTUK 22

Rico Herrem wist dat hij dood zou gaan. Hij had het altijd geweten. Het nieuwe eraan was dat hij wist dat hij in de loop van de volgende zesendertig uur zou doodgaan.

'*Anthrax*,' herhaalde de arts. Zonder de Thaise stomme -r en met een Amerikaans accent. Die spleetoog had daar kennelijk geneeskunde gestudeerd. Hij was kennelijk gekwalificeerd om in deze privékliniek te werken waar alleen buitenlandse expats en toeristen als patiënt kwamen.

'*I'm so sorry.*'

Rico ademde door het zuurstofmasker, zelfs dat was moeilijk. Zesendertig uur. Hij had het gezegd: zesendertig uur. Gevraagd of Rico nog naaste familie wilde waarschuwen. Dat ze het misschien nog zouden redden als die direct met het vliegtuig kwamen. Of misschien wilde hij een priester. Was hij misschien katholiek?

De arts moest aan Rico's vragende gezichtsuitdrukking hebben gezien dat er nadere uitleg nodig was.

'*Anthrax is a bacterium. It's in your lungs. You probably inhaled it some days ago.*'

Rico begreep het nog steeds niet.

'*If you had digested it or got it into your skin, we might have been able to save you. But in the lungs...*'

Bacterie? Ging hij dood aan een bacterie? Die hij had ingeademd? Waar dan?

De gedachte werd als een echo herhaald door de arts:

'*Any idea where? The police will want to know to prevent other people from catching the bacteria.*'

Rico Herrem deed zijn ogen dicht.

'*Please, try to think back, mister Herrem. You might be able to save others...*'

Anderen. Maar niet zichzelf. Zesendertig uur.

'*Mister Herrem?*'

Rico wilde knikken om aan te geven dat hij het had gehoord, maar het lukte hem niet. Hij hoorde een deur opengaan. Getik van schoenen. Een vrouwenstem die buiten adem fluisterde: '*Miss Kari Farstad from the Norwegian embassy. We came as soon as we could. Is he...?*'

'*Blood circulation is stopping, miss. He is going into shock now.*'

Waar? In het eten dat hij had gegeten toen de taxi stopte bij dat armoedige eettentjes tussen Bangkok en Pattaya? Hij moest sterven door dat stinkende hol in de grond? Of in het hotel, door de airconditioning. Was het niet zo dat bacteriën vaak op die manier werden verspreid? Maar de arts had gezegd dat de eerste symptomen gelijk waren aan die van verkoudheid en die had hij al in het vliegtuig. Maar als die bacteriën al in het vliegtuig hadden rondgezweefd, zouden meer mensen ziek zijn geworden. Hij hoorde de vrouwenstem zacht en in het Noors zeggen: 'Miltvuurbacterie, mijn god, ik dacht die alleen als biologisch wapen bestond.'

'Nee, hoor.' Een mannenstem. 'Ik heb het onderweg hiernaartoe gegoogeld. *Bacillus anthracis.* Kan zich jarenlang rustig houden, het is een hardvochtige duivel. Verspreidt zich door het vormen van sporen. Dergelijke sporen zaten in het poeder dat mensen in de VS een paar jaar geleden kregen toegestuurd. Herinner je je dat nog?'

'Denk je dat ze hem een brief hebben gestuurd met de miltvuurbacterie?'

'Hij kan hem overal hebben opgelopen, maar het waarschijnlijkst is dat hij in contact is geweest met grote huisdieren. Maar vermoedelijk zullen we het nooit weten.'

Maar Rico wist het. Wist het ineens met grote zekerheid. Het lukte hem om een hand naar zijn zuurstofmasker te brengen.

'Heb je familie kunnen vinden?' vroeg de vrouwenstem.

'Ja, dat wel.'

'En?'

'Ze zeiden dat hij kon verrotten waar hij was.'

'Juist. Pedofiel?'

'Nee. Maar verder is zijn lijst lang genoeg. Nee maar, hij beweegt zich.'

Rico had het masker van zijn mond en neus getrokken en probeerde te praten. Maar het was slechts een zwak gefluister. Hij herhaalde het. Zag dat de vrouw blonde krullen had en hem aanstaarde met een mengeling van medelijden en afschuw.

'Doctor, is it...?'

'No, it is not contagious between humans.'

Niet besmettelijk. Hij alleen.

Haar gezicht kwam dichterbij. En hoewel hij stervende was – of misschien juist wel daarom – snoof Rico haar geur begeerlijk op. Hij inhaleerde haar parfum zoals hij die dag in de Fiskebutikk had geïnhaleerd. Hij had geademd in de wollen handschoen, de lucht van natte wol geroken en van iets wat smaakte als kalk. Poeder. De ander die een zakdoek voor zijn mond en neus had gehouden. Niet om zijn gezicht te verstoppen. Piepkleine sporen die door de lucht zweefden. '... *might have been able to save you. But in the lungs...*'

Hij deed zijn best. Kreeg moeizaam een paar woorden over zijn lippen. Twee woorden. Hij kon het zelf ook nog denken, dat het zijn laatste woorden waren. Toen – als een gordijn dat dichtviel voor een tweeenveertig jaar lange, ellendige en pijnlijke voorstelling – viel de grote duisternis voor Rico Herrem.

De ongenadige, heftige regen hamerde op het autodak, het leek wel of hij bij hen naar binnen wilde en Kari Farstad huiverde onwillekeurig. Op haar huid zat constant een laagje zweet, maar ze zeiden dat het beter zou worden als het regenseizoen voorbij was, ergens in november. Ze verlangde naar haar huis van de ambassade, ze haatte deze tochtjes naar Pattaya, dit was niet het eerste. Ze had niet voor deze carrière gekozen om vervolgens met menselijk afval te moeten werken. Eigenlijk juist het tegenovergestelde. Ze had cocktailparty's voor zich gezien met interessante mensen, beleefde conversaties op niveau over politiek en cultuur, ze had persoonlijke ontwikkeling verwacht en nieuwe denkbeelden over de grote levensvragen. In plaats daarvan kreeg ze deze chaos rond kleine levensvragen. Zoals hoe je een Noorse misdadiger aan een goede advocaat kon helpen, hoe je hem eventueel kon uitleveren en naar een Noorse gevangenis met de service van een gemiddeld hotel kon sturen.

Net zo plotseling als het was begonnen, hield het op met regenen en ze stoven door wolken van waterdamp die boven het hete asfalt dreven.

'Wat zei Herrem ook alweer?' zei de ambassadesecretaris.

'Valentin,' zei Kari.

'Nee, dat andere.'

'Hij sprak onduidelijk. Een lang woord, het klonk als komodo.'

'Komodo?'

'Zoiets.'

Kari staarde naar de rijen rubberbomen die langs de autoweg waren geplant. Ze wilde naar huis. Echt naar huis.

HOOFDSTUK 23

Harry liep snel door de gang van de politieacademie, langs het schilderij van Frans Widerberg.

Ze stond in de deur van de gymnastiekzaal. Gevechtsklaar in haar strak zittende fitnesskleding. Harry wilde knikken, maar iemand riep: 'Silje!' en ze verdween naar binnen.

Op de eerste verdieping stak Harry zijn hoofd om de deur bij Arnold.

'Hoe ging het college?'

'Het ging wel, maar ze misten kennelijk jouw huiveringwekkende maar irrelevante voorbeelden uit de zogenaamde echte wereld,' zei Arnold terwijl hij zijn slechte voet bleef masseren.

'Hoe dan ook, bedankt voor het overnemen,' lachte Harry.

'Geen probleem. Wat was er eigenlijk zo belangrijk?'

'Ik moest naar het forensisch laboratorium. De dienstdoende patholoog had ingestemd met het opgraven van het lijk van Rudolf Asajev en een nieuwe obductie. Ik heb jouw statistieken over dode getuigen gebruikt.'

'Ik ben blij dat ik nuttig kon zijn. Je hebt trouwens weer bezoek.'

'Niet...'

'Nee, niet juffrouw Gravseng of je voormalige collega's. Ik heb gezegd dat hij in jouw kantoor kon wachten.'

'Wie...'

'Iemand die jij kent, denk ik. Ik heb hem koffie gebracht.'

Harry keek Arnold aan, knikte even en verdween.

De man in de stoel in Harry's kantoor was niet veel veranderd. Iets meer vlees op de botten, iets dikker in zijn gezicht, wat grijs geworden bij de slapen. Maar hij had nog steeds die jeugdige kuif die paste bij een trendy jongen, een kostuum dat eruitzag alsof hij het had geleend en die snelle, scherpe blik die in vier seconden een bladzijde in een dossier kon lezen en het desgewenst woordelijk kon citeren in de rechtszaal. Johan Krohn was kort samengevat het juridische antwoord op Beate Lønn, de advocaat die zelfs won als het Noorse wetboek de tegenpartij was.

'Harry Hole,' zei hij met die hoge, jonge stem, hij stond op en stak zijn hand uit. '*Long time.*'

'Daar heb ik niets op tegen,' zei Harry, zijn hand drukkend. Hij duwde zijn titanium vinger tegen Krohns handpalm. 'Jij betekende altijd slecht nieuws, Krohn. Is de koffie goed?'

Krohn drukte zijn hand. Hard. Die nieuwe kilo's moesten spieren zijn.

'Je koffie is goed,' lachte hij veelbetekenend. 'Mijn nieuws is zoals gewoonlijk niet goed.'

'O?'

'Ik heb niet de gewoonte om persoonlijk te komen, maar in dit geval wil ik je even onder vier ogen spreken voor we het eventueel verder schriftelijk afhandelen. Het gaat om Silje Gravseng, een studente van jou.'

'Studente van mij,' herhaalde Harry.

'Klopt dat niet?'

'In zekere zin. Zoals jij het zegt, lijkt het of ze alleen bij mij studeert.'

'Ik zal mijn best doen om het zo precies mogelijk te formuleren,' zei Krohn en hij spitste zijn mond tot een lachje. 'Ze is direct naar mij gekomen in plaats van naar de politie te gaan. Uit angst dat jullie jezelf zouden indekken.'

'Jullie?'

'De politie.'

'Ik ben niet...'

'Jij bent jarenlang bij de politie geweest en als medewerker aan de politieacademie maak je deel uit van het systeem. Het punt is dat ze bang is dat de politie haar zal proberen over te halen om de verkrachting niet aan te geven. En dat het uiteindelijk haar carrière zal schaden als ze zich daartegen verzet.'

'Waar heb je het over, Krohn?'

'Ben ik nog steeds onduidelijk? Jij hebt hier, in dit kantoor, kort voor middernacht Silje Gravseng verkracht.'

Krohn bestudeerde Harry in de pauze die hij nam.

'Niet dat ik het tegen je zal gebruiken, Hole, maar het uitblijven van een zichtbare verraste reactie bij jou is veelzeggend en versterkt de geloofwaardigheid van mijn cliënte.'

'Is die versterking nodig?'

Krohn zette zijn vingertoppen tegen elkaar. 'Ik hoop dat jou de ernst van de zaak duidelijk is, Hole. Als deze verkrachting wordt aangegeven en openbaar gemaakt, zal jouw leven op zijn kop staan.'

Harry probeerde zich Krohn voor te stellen in zijn toga. Het proces. De beschuldigende wijsvinger naar Harry in het beklaagdenbankje. Silje, die dapper een traantje droogt. Het starende, misnoegde gezicht van de rechter. Het koufront van de publieke tribune. Het onafgebroken gekras van potloodpunten op de schetsblokken van de krantenillustrators.

'De enige reden dat ik hier zit in plaats van twee politieagenten met handboeien die jou voor de ogen van je collega's en studenten mee zullen nemen, is dat mijn cliënte hier ook een prijs voor zal moeten betalen.'

'En die is?'

'Dat snap je vast wel. Ze zal altijd de vrouw blijven die een collega naar de gevangenis heeft gestuurd. Verklikken, zal het genoemd worden. Binnen de politie is men niet dol op dat soort zaken, heb ik begrepen.'

'Je hebt te veel films gezien, Krohn. Politiemensen willen graag dat verkrachtingen worden bestraft, wie de verdachte ook is.'

'En de rechtszaak is uiteraard een belasting voor een jong meisje. Vooral nu er belangrijke examens voor de deur staan. Aangezien ze niet naar de politie durfde te gaan, maar eerst moest nadenken voor ze naar mij kwam, zijn er al veel technische en biologische bewijzen verloren gegaan. En dat betekent dat de rechtszaak langer kan duren dan anders.'

'En welk bewijs hebben jullie?'

'Blauwe plekken. Krassen van nagels. Kapotgescheurde jurk. En als ik een verzoek indien dit kantoor te onderzoeken op technische sporen, ben ik er zeker van dat we textielresten van die jurk vinden.'

'Als?'

'Ja, ik heb niet alleen slecht nieuws, Harry.'

'O?'

'Ik heb je een alternatief te bieden.'

'Alternatief van de duivel, neem ik aan.'

'Je bent een intelligente man, Hole. Je weet dat we niet direct sluitend bewijs hebben. Dat is zo typerend voor een verkrachtingszaak, toch? Het is haar woord tegen het jouwe en aan het eind zijn er twee verliezers. De gekrenkte die wordt verdacht van losbandigheid en een valse aangifte en de beklaagde van wie iedereen denkt dat hij geluk heeft gehad. Gegeven deze verlies-verliessituatie is Silje Gravseng met een wens, een voorstel gekomen waar ik niets op tegen heb. En laat ik voor één keer uit mijn rol van advocaat van de tegenpartij stappen, Hole. Ik raad je aan akkoord te gaan. Want het alternatief is aangifte. Daar is ze heel duidelijk over.'

'O?'

'Ja, als persoon die straks zal werken als handhaver van de wet, ziet ze het als een ontegenzeggelijke plicht ervoor te zorgen dat de verkrachter wordt gestraft. Maar gelukkig voor jou niet noodzakelijkerwijs door de rechter.'

'Dus maar tot op zekere hoogte vasthouden aan een principe?'

'Als ik jou was, Hole, zou ik wat minder spottend doen en wat dankbaarder zijn. Ik kán aangifte aanbevelen.'

'Wat willen jullie hebben, Krohn?'

'In korte bewoordingen komt het hierop neer: je neemt ontslag op de politieacademie en je werkt nooit meer bij of voor de politie. En Silje kan hier in alle rust en zonder bemoeienis van jou verder studeren. Datzelfde geldt als ze gaat werken. Eén negatieve opmerking van jou en de afspraak vervalt en de verkrachting wordt aangegeven.'

Harry zette zijn ellebogen op het bureau, leunde met gebogen hoofd voorover. Hij masseerde zijn voorhoofd.

'Ik zal de afspraak schriftelijk vastleggen. We moeten het zien als een compromis,' zei Krohn. 'Jouw ontslag tegen haar zwijgen. Van beide partijen wordt verwacht dat ze erover zwijgen. Jij kunt haar overigens nauwelijks schaden als je het openbaar maakt, haar keus zal op begrip kunnen rekenen.'

'Terwijl ik als schuldige zal worden gezien omdat ik heb ingestemd met een dergelijk compromis.'

'Zie het als het beperken van de schade, Hole. Een man met jouw achtergrond zal makkelijk elders werk kunnen vinden. Rechercheur bij een verzekeringsmaatschappij bijvoorbeeld. Die betalen beter dan de politieacademie, geloof me.'

'Ik geloof je.'

'Mooi.' Krohn klapte zijn mobiel open. 'Hoe ziet jouw agenda er voor de komende dagen uit?'

'Wat mij betreft kan ik het morgen afhandelen.'

'Mooi. Om twee uur op mijn kantoor. Je herinnert je mijn adres?'

Harry knikte.

'Heel fijn. Een heel goede dag nog, Hole!'

Krohn sprong op van zijn stoel. Push-ups, pull-ups en bankdrukken, gokte Harry.

Toen hij was vertrokken, keek Harry op zijn horloge. Het was donderdag en Rakel zou dit weekend een dag eerder komen. Ze zou om 17.30 uur landen en hij had aangeboden haar van het vliegveld te halen waarop ze – zoals gewoonlijk na twee keer 'nee, dat hoef je niet te doen' te hebben gezegd – dankbaar 'ja' zei. Hij wist hoe ze hield van de drie kwartier in de auto vanaf het vliegveld. Het praten, de rust, de inleiding van een fijne avond. Haar enthousiaste stem die uitlegde wat het betekende dat staten partij konden zijn in het internationale hooggerechtshof in Den Haag. Over de macht en onmacht van de VN, terwijl buiten het landschap voorbij golfde. Of ze spraken over Oleg, over hoe het ging, hoeveel beter hij eruitzag, hoe de oude Oleg weer terug was. Over de plannen die hij maakte. Studie, rechten, politieacademie. Over hoeveel geluk ze hadden. Over hoe kwetsbaar geluk is.

Ze spraken over alles wat ze dachten, zonder reserve. Bijna alles. Harry zei nooit hoe bang hij was. Bang om iets te beloven wat hij misschien niet kon waarmaken. Bang om niet die persoon voor hen te zijn die hij wilde en moest zijn. Dat hij ook niet wist of ze dat voor hem konden zijn. Dat hij niet wist hoe iemand hem gelukkig kon maken.

Dat hij dat nu was, samen met haar en Oleg, was bijna een staakt-het-vuren, iets waarin hij maar half kon geloven, een verdacht heerlijke droom waaruit hij de hele tijd dacht te ontwaken.

Harry wreef over zijn gezicht. Misschien naderde dat punt nu. Het ontwaken. Dat brandende, onbarmhartige daglicht. De werkelijkheid. Waar alles zoals vroeger werd. Koud, hard en eenzaam. Harry huiverde.

Katrine Bratt keek op de klok. Tien over negen. Buiten was er misschien sprake van een milde voorjaarsavond. Hier beneden in de kelder was het een frisse, vochtige winteravond. Ze keek naar Bjørn Holm, die zich in zijn rode baard krabde. Naar Ståle Aune, die zat te schrijven op een notitieblok. Naar Beate Lønn, die een geeuw smoorde. Ze zaten rond een pc waarop Beates foto van het tramraam het hele scherm vulde. Ze hadden een beetje gepraat over wat daar stond, geconcludeerd dat zelfs als ze begrepen wat het betekende, het hen nauwelijks zou helpen om Valentin te pakken.

Daarna had Katrine hun weer verteld over het gevoel dat ze had dat er iemand bij haar in het magazijn was geweest.

'Dat moet iemand zijn geweest die daar werkt,' zei Bjørn. 'Maar oké, het is een beetje vreemd dat het licht niet werd aangedaan.'

'De sleutel van het magazijn is makkelijk te kopiëren,' zei Katrine.

'Misschien zijn het geen letters,' zei Beate. 'Misschien zijn het cijfers.'

Ze draaiden zich naar haar om. Haar blik was nog steeds op het scherm gericht.

'De één en de nul. Geen i's en o's. Als in een binaire code. Is het niet zo dat de één ja betekent en de nul nee, Katrine?'

'Ik ben een gebruiker, geen programmeur,' zei Katrine. 'Maar inderdaad, het is waar. Ze hebben me uitgelegd dat de één stroom doorlaat en de nul niet.'

'Eén betekent handeling, nul niks doen,' zei Beate. 'Zal wel, zal niet. Zal wel, zal niet. Eén, nul. Rij na rij.'

'Als een margriet,' zei Bjørn.

Ze zaten zwijgend, de ventilator van de pc was het enige dat ze hoorden.

'De matrix sluit af met een nul,' zei Aune. 'Zal niet.'

'Als hij klaar was,' zei Beate. 'Hij moest er bij de volgende halte uit.'

'Het komt voor dat seriemoordenaars gewoon stoppen,' zei Katrine. 'Verdwijnen. Dat het nooit meer wordt herhaald.'

'Dat komt zelden voor,' zei Beate. 'Nul of niet nul, wie van jullie gelooft dat onze politieslager van plan is te stoppen? Ståle?'

'Katrine heeft gelijk, maar ik ben bang dat deze doorgaat.'

Bang, dacht Katrine, en ze wilde bijna zeggen wat ze dacht: dat zij bang was voor het tegenovergestelde, dat ze nu zo dichtbij waren dat hij zou stoppen, zou verdwijnen. Dat het het risico waard was. Dat ze bereid was nog een collega te offeren om Valentin te kunnen pakken. Het was een zieke gedachte, maar ze dacht het wel. Nog een politieleven verliezen, dat was te verteren. Zo was het feitelijk. Dat Valentin zou ontsnappen, was niet te verteren. En ze bewoog haar lippen in een stomme bezwering: 'Nog een keer, jij verrekte duivel. Sla nog een keer toe.'

Katrines mobieltje ging. Ze zag aan het nummer dat het het forensisch laboratorium was en nam op.

'Hoi. We hebben dat stukje kauwgum gecheckt uit die verkrachtingszaak.'

'Ja?' Katrine voelde haar bloed sneller rondpompen. Opgesodemieterd met al die theorietjes, hier hadden ze *hard evidence.*

'We hebben helaas geen DNA-materiaal gevonden.'

'Wat?' Het leek of er een emmer ijswater over haar hoofd werd gegooid. 'Maar… maar het zat propvol speeksel?'

'Helaas is dat soms zo. We kunnen het natuurlijk nog een keer onderzoeken, maar met die politiemoorden…'

Katrine verbrak de verbinding. 'Ze hebben niets gevonden in het stukje kauwgum,' zei ze zacht.

Bjørn en Beate knikten. Katrine meende een lichte opluchting bij Beate te bespeuren.

Er werd op de deur geklopt.

'Ja!' riep Beate.

Katrine staarde naar de ijzeren deur, ineens zeker dat hij het was.

Die lange, die blonde. Hij had zich bedacht. Hij was gekomen om hen te redden uit de misère.

De ijzeren deur ging open. Katrine vloekte in zichzelf. Het was Gunnar Hagen die binnenkwam. 'Hoe gaat het?'

Beate rekte zich uit met haar handen boven haar hoofd. 'Geen Valentin in tramlijn 11 of 12 vanmiddag en geen resultaten van de ondervragingen. We hebben vanavond mensen op de tram, maar denken dat hij eerder morgenochtend vroeg zal opduiken.'

'Ik heb vragen gekregen van het onderzoeksteam over de inzet van politiemensen op de tram. Ze vragen zich af wat er aan de hand is, of het met de politiemoorden te maken heeft.'

'De geruchten gaan snel,' zei Beate.

'Een beetje te snel,' zei Hagen. 'Dit zal Bellman ter ore komen.'

Katrine staarde naar het scherm. Het patroon. Dat was toch haar kracht, op die manier waren ze indertijd op het spoor gekomen van de Sneeuwman. Dus. Eén en nul. Twee cijfers in een paar. Tien misschien? Een getallenpaar dat meerdere malen herhaald wordt. Meerdere keren. Meerdere…

'Ik zal hem daarom al vanavond inlichten over Valentin.'

'Wat zal dat betekenen voor onze groep?' vroeg Beate.

'Dat Valentin opduikt in een tram is niet onze fout, we moesten wel handelen. Maar tegelijkertijd heeft de groep zijn werk gedaan. We hebben bewezen dat Valentin leeft en we hebben een hoofdverdachte geleverd. Als we hem nu niet pakken, bestaat er nog steeds de mogelijkheid dat hij in Berg opduikt. Nu nemen anderen het over, mensen.'

'Hoe zit het met *poly-ti* – poly-tien?' zei Katrine.

'Wat zeg je?' zei Hagen zacht.

'Ståle zegt dat vingers schrijven waar het onderbewuste mee bezig is. Valentin schreef veel cijfers achter elkaar. Wij dachten dat het enen en nullen waren, maar het kan ook steeds het getal tien – *ti* – zijn. Poly betekent veel. Dus: *Poly-ti.* Als in *politi* – politie. In dat geval kan het betekenen dat hij meerdere politiemoorden plant.'

'Waar heeft ze het over?' vroeg Hagen aan Ståle.

Ståle Aune trok zijn schouders op. 'We proberen die tekens te verklaren die hij op het raam van de tram heeft geschreven. Ik veronderstelde dat hij dood – *dø* – wilde schrijven. Maar wat als hij de cijfers één en nul mooi vindt? Het menselijk brein is een vierdimensionaal labyrint. Iedereen is er geweest, niemand kent de weg.'

Terwijl Katrine door de straten van Oslo liep op weg naar de politieflat in Grünerløkka, sloeg ze geen acht op het leven om haar heen, de lachende, koortsachtige mensen die zich haastten om de korte lente te vieren, het korte leven, het leven dat zo voorbij kon zijn.

Ze wist het nu. Waarom ze zo bezeten waren geweest van 'de code'. Omdat ze zo wanhopig hoopten dat de gebeurtenissen met elkaar in verband stonden, een doel hadden. Maar nog belangrijker: omdat ze niets anders hadden. Dus probeerden ze uit een steen de inhoud te persen die er niet in zat.

Ze hield haar blik strak gericht op het trottoir voor zich, stampte met haar hakken ritmisch op het plaveisel en herhaalde steeds, als een soort bezwering: nog één keer, verrekte duivel. Sla nog één keer toe.

Harry had haar lange haar vastgepakt. Het zwarte haar glom nog steeds en het was zo dik en zacht dat hij het gevoel had een bundel touw vast te hebben. Hij trok zijn hand naar zich toe, zag haar hoofd omhoogkomen, keek langs haar smalle, sierlijke ruggengraat die zich als een slang onder die gloeiende, zwetende huid leek te kronkelen. Hij stootte opnieuw. Haar gekreun klonk als een geknor met een lage frequentie en kwam diep uit haar binnenste, een razend, gefrustreerd geluid. Sommige keren vreeën ze rustig, sloom als een slepende dans. Andere keren leek het wel of ze vochten. Zoals vanavond. Het leek of haar geilheid meer geilheid genereerde, als ze zo was, leek het of je een vuur probeerde te doven met benzine, het escaleerde, het werd ongecontroleerd en soms kon hij denken dat het verdomme niet goed kon eindigen.

Haar jurk lag op de grond naast het bed. Rood. Ze was zo verrukkelijk in rood dat het bijna een zonde was. Blote benen. Nee, ze had geen blote benen. Harry leunde op zijn hand, snoof haar geur op.

'Niet stoppen,' kreunde ze.

Opium. Rakel had hem verteld dat de bittere lucht het zweet van de schors van een Arabische boom was. Nee, niet het zweet, tranen, dat waren het. De tranen van een prinses die naar Arabië vluchtte vanwege een verboden liefde. Prinses Myrrha. Mirre. Haar leven eindigde in verdriet, maar Yves Saint Laurent betaalde in elk geval een vermogen voor een liter tranen.

'Niet stoppen, grijp...'

Ze had zijn hand gepakt, drukte die tegen haar hals. Hij duwde voorzichtig. Voelde haar aders en de gespannen spieren in haar nek.

'Harder. Har...'

Haar stem brak toen hij deed wat ze verlangde. Wist dat hij nu de zuurstoftoevoer naar haar hersenen had afgesloten. Dat was iets wat zij wilde, iets wat hij deed en spannend vond omdat hij wist dat zij erop kickte. Maar nu was er iets anders. De gedachte dat hij haar in zijn macht had. Dat hij met haar kon doen wat hij wilde. Hij staarde naar de jurk op de grond. De rode jurk. Hij voelde het in zich opbouwen, hij zou het tegen kunnen houden. Hij sloot zijn ogen en zag haar voor zich. Ze draaide zich langzaam om en ging op handen en knieën zitten, draaide haar hoofd naar hem om terwijl haar haren van kleur veranderden en hij zag wie ze was. De ogen waren weggedraaid en in haar nek zaten blauwe plekken die zichtbaar werden doordat de flits van de technisch rechercheur ze oplichtte.

Harry liet los en trok snel zijn hand naar zich toe. Maar Rakel kwam al. Ze verstijfde en schokte als een wild dier in de seconde voor het ter aarde stortte. Toen stierf ze. Zonk ineen tot haar voorhoofd de matras raakte en een gekwelde snik uit haar mond ontsnapte. Zo bleef ze liggen, knielend alsof ze in gebed was.

Harry trok zich terug. Ze jammerde, draaide zich om en keek hem verwijtend aan. Meestal wachtte hij met zich terugtrekken tot zij klaar was voor de scheiding.

Harry kuste haar snel in haar nek, gleed uit bed, viste zijn Paul Smith-onderbroek op die zij voor hem had gekocht op een vliegveld ergens tussen Oslo en Genève. Hij vond een pakje Camel in zijn Wrangler-broek, die over de stoel hing. Liep de kamer uit en de trap af naar de woonkamer. Hij ging in een stoel zitten en keek uit het raam waar de nacht op zijn donkerst was, maar niet zo donker dat hij de silhouetten van de Holmenkollås niet tegen de hemel kon zien. Hij stak een sigaret aan. Even later hoorde hij haar trippelende voeten achter zich. Voelde haar hand door zijn haar en over zijn nek gaan.

'Is er iets?'

'Nee.'

Ze ging op de armleuning zitten, duwde haar neus in het kuiltje van zijn hals. Haar huid was nog steeds warm en rook naar Rakel en vrijen. En naar de tranen van prinses Myrrha.

'Opium,' zei hij. 'Wat een naam voor een parfum.'

'Hou je er niet van?'

'Jawel.' Harry blies de rook naar het plafond. 'Maar tamelijk... markant.'

Ze tilde haar hoofd op. 'En dat zeg je nu pas?'

'Ik heb er nog nooit over nagedacht. En nu eigenlijk ook niet. Voordat je het vroeg.'

'Is het de alcohol?'

'Wat?'

'De alcohol in het parfum, zorgt die voor...?'

Hij schudde zijn hoofd.

'Maar er is iets,' zei ze. 'Ik ken je, Harry. Je bent onrustig, rusteloos. Kijk eens hoe je rookt, man, je zuigt eraan alsof daar de laatste druppel water van de wereld in zit.'

Harry lachte. Streelde over het kippenvel op haar rug. Ze kuste hem zacht op zijn wang. 'Dus als het niet de ontwenningsverschijnselen van alcohol zijn, gaat het om die andere.'

'Die andere?'

'Ontwenning van de politie.'

'O, die,' zei hij.

'Het zijn die politiemoorden, of niet?'

'Beate was hier om me over te halen. Ze zei dat ze van tevoren met jou had gesproken.'

Rakel knikte.

'En jij had haar de indruk gegeven dat jij het best vond.'

'Ik zei dat het aan jou was.'

'Ben je onze afspraak vergeten?'

'Nee, maar ik kan je niet dwingen je eraan te houden, Harry.'

'Dus als ik ja had gezegd en had meegeholpen aan het onderzoek?'

'Dan had je je niet aan de afspraak gehouden.'

'En de consequenties?'

'Voor jou, mij en Oleg? Een grotere kans dat het kapotgaat. Voor het onderzoek naar de moorden op de drie politiemannen? Een grotere kans dat die worden opgelost.'

'Hm. Dat eerste is zeker, Rakel. En het tweede hoogst onzeker.'

'Misschien. Maar je weet heel goed dat het kapot kan gaan tussen ons, of je nu bij de politie gaat of niet. Er liggen meer gevaren op de loer. Een ervan is dat jij tegen de muur op vliegt omdat je niet kunt doen waarvoor je volgens jou geschapen bent. Ik heb gehoord van mannen die juist in de tijd van de herfstjacht gaan scheiden.'

'De elandenjacht, mag ik aannemen, niet de sneeuwhoenderjacht?'

'Nee, dat zal wel niet.'

Harry inhaleerde. Hun stemmen waren gedempt, rustig, alsof ze het over boodschappen doen hadden. Zo spraken zij samen, dacht hij. Zo was ze. Hij trok haar naar zich toe. Fluisterde in haar oor: 'Ik ben van plan jou te houden, Rakel. Dit te houden.'

'Ja?'

'Ja, want dit is goed. Dit is het beste wat ik ooit heb gehad. En je weet hoe ik in elkaar zit, je herinnert je de diagnose van Ståle. Afhankelijke persoonlijkheidsstoornis grenzend aan OCD. Alcohol of jacht, dat is hetzelfde, de gedachten blijven maar rondgaan in dezelfde sporen. Als ik die deur opendoe, Rakel, dan blijf ik daar. En ik wil daar niet zijn. Ik wil hier zijn. Verdomme, ik ben al op weg daarheen, alleen maar omdat we het erover hebben! Ik doe het niet voor jou of voor Oleg, ik doe het voor mezelf.'

'Nou nou.' Rakel streelde hem over zijn haar. 'Laten we het dan over iets anders hebben.'

'Ja. Dus ze zeiden dat Oleg misschien eerder klaar is?'

'Ja, alle ontwenningsverschijnselen zijn weg. En hij lijkt gemotiveerder dan ooit. Harry?'

'Ja.'

'Hij heeft me verteld wat er die avond is gebeurd.' Haar hand bleef hem maar strelen. Hij wist niet wat hij allemaal wilde, maar hij wist wel dat hij wilde dat die daar altijd bleef.

'Welke avond?'

'Je weet wel. Die avond dat jij door de arts aan elkaar werd geplakt.'

'Dus dat heeft hij gedaan?'

'Je hebt me verteld dat je door een van de handlangers van Asajev werd neergeschoten.'

'In feite is dat waar. Oleg was een van hen.'

'Ik vond de oude versie beter. Die waarin Oleg op de plaats delict opdook, begreep hoe ernstig gewond jij was en langs de Akerselv naar een dokterspost draafde.'

'Maar je hebt die versie nooit helemaal geloofd, is het wel?'

'Hij vertelde me dat hij direct naar de spreekkamer van een van de artsen is gelopen en het Odessa-pistool heeft gebruikt om de arts te dwingen met hem mee te gaan.'

'De arts vergaf het Oleg toen hij mijn toestand zag.'

Rakel schudde haar hoofd. 'Hij wilde me graag ook de rest vertellen, maar hij zegt dat hij zich niet zo veel herinnert van die maanden.'

'Heroïne heeft dat effect.'

'Maar ik hoop dat jij misschien de lege plekken voor mij kunt invullen. Wat zeg je daarvan?'

Harry inhaleerde. Wachtte een seconde. Liet de rook ontsnappen. 'Het liefst zo min mogelijk.'

Ze trok aan zijn haar. 'Ik geloofde jullie toen omdat ik het wilde geloven. Mijn god, Oleg heeft je neergeschoten, Harry. Hij hoort in de gevangenis te zitten.'

Harry schudde zijn hoofd. 'Het was puur een ongeluk, Rakel. Dat ligt nu allemaal achter ons en zolang de politie de Odessa niet vindt, kan niemand Oleg in verband brengen met de moord op Gusto Hanssen of met iets anders.'

'Wat bedoel je? Oleg is voor die moord vrijgesproken. Zeg je dat hij er toch iets mee te maken had?'

'Nee, Rakel.'

'Dus wat vertel je me niet, Harry?'

'Weet je zeker dat je dat wilt weten, Rakel? Echt?'

Ze keek hem lang aan zonder te antwoorden.

Harry wachtte. Keek uit het raam. Zag het silhouet van de heuvel deze rustige, veilige stad waar niets gebeurde omarmen. Het was eigenlijk de rand van een krater van een slapende vulkaan waarop de stad was gebouwd. Het was de vraag hoe men het zag. Het was de vraag wat men wist.

'Nee,' fluisterde ze in het donker. Ze pakte zijn hand, legde die tegen haar wang.

Het was absoluut mogelijk een gelukkig leven te leiden in onwetendheid, dacht Harry. Het was gewoon een kwestie van verdringen. Een Odessa-pistool, dat wel of niet in een kast lag, te verdringen. Drie politiemoorden te verdringen die niet jouw verantwoordelijkheid waren. Het beeld van een hatelijke blik van een afgewezen studente in een rode jurk te verdringen. Of niet?

Harry drukte zijn sigaret uit.

'Zullen we naar bed gaan?'

Om drie uur 's nachts werd Harry met een schok wakker.

Hij had weer over haar gedroomd. Hij was een kamer binnen gelopen en zag haar. Ze lag op een vuile matras op de grond en knipte met een grote schaar een rode jurk van haar lichaam. Naast haar stond een draagbare televisie die haar en haar bewegingen met een paar seconden vertraging liet zien. Harry had rondgekeken, maar had geen camera kunnen ontdekken. Toen had ze het glimmende blad van de schaar tegen de binnenkant van haar witte dij gelegd, had de schaar opengedaan en gefluisterd: 'Doe het niet.'

En Harry had achter zich getast, de klink van de deur, die achter hem was dichtgevallen, gevonden, maar de deur zat op slot. Toen had hij gezien dat ze naakt was en hij was op haar af gelopen.

'Doe het niet.'

Het geluid kwam twee seconden later als een echo uit de televisie.

'Ik moet alleen de sleutel hieruit halen,' had hij gezegd, maar hij had het gevoel onder water te praten en hij wist niet of ze hem hoorde. Ze had twee, drie, vier vingers in haar vagina gestopt en hij had toegezien hoe uiteindelijk haar hele smalle hand erin verdween. Hij had een stap in haar richting gedaan. Toen was haar hand er weer uitgekomen en nu hield ze een pistool vast. Ze richtte op hem. Een glimmend, druipend pistool met een snoer dat als een navelstreng in haar zat. 'Doe het niet,' had ze gezegd, maar hij had al voor haar geknield, leunde voorover en voelde het pistool koel en prettig tegen zijn voorhoofd. Toen had hij gefluisterd: 'Doe het.'

HOOFDSTUK 24

De tennisbaan was verlaten toen Bjørn Holm zijn Volvo Amazon voor het Frogner-park parkeerde, naast een politieauto op het plein voor de hoofdingang.

Beate sprong naar buiten, klaarwakker, hoewel ze vannacht nauwelijks had geslapen. Het was moeilijk in een vreemd bed. Ze voelde zijn lichaam, maar zijn geest, zijn gewoontes, zijn manier van denken waren nog steeds een mysterie voor haar en ze wist niet of ze het geduld en de interesse had om daarnaar op zoek te gaan. Dus elke ochtend dat ze in zijn bed wakker werd, stelde ze zichzelf de controlevraag: ga je verder?

Twee politiemannen in burger die tegen de politieauto geleund stonden, schoven naar voren en kwamen op haar af. Ze zag dat er twee geuniformeerde personen in de auto zaten en een derde persoon op de achterbank.

'Ja,' zei de ene in burger. 'Goede compositietekening, hij is het precies.'

'En de tram?'

'Die hebben we verder gestuurd, die zat immers stampvol. Maar we hebben de naam van een dame, aangezien het een klein drama werd.'

'O?'

'Hij probeerde ervandoor te gaan toen we ons identificeerden en zeiden dat hij met ons mee moest gaan. Hij schoot razendsnel het gangpad in, trok een kinderwagen tussen hem en ons in. Schreeuwde dat de tram moest stoppen.'

'Een kinderwagen?'

'Ja, idioot niet? Crimineel toch?'

'Ik ben bang dat hij ergere dingen heeft gedaan.'

'Ik bedoel een kinderwagen meenemen in de ochtendspits.'

'Nou ja. Maar jullie hebben hem dus gepakt?'

'De dame van de kinderwagen krijste en trok aan zijn arm zodat ik hem een dreun kon verkopen.' De politieman grijnsde en toonde een gebalde rechtervuist met bloederige knokkels. 'Het heeft geen zin om met een pistool te zwaaien als deze het ook doet, toch?'

'Goed,' zei Beate en ze probeerde te klinken of ze het ook meende. Ze ging door haar knieën en keek naar de achterbank van de auto, maar zag door de ochtendzon alleen een silhouet achter het spiegelbeeld van zichzelf. 'Kan iemand het raampje laten zakken?'

Ze probeerde rustig adem te halen terwijl het raampje geruisloos naar beneden zakte.

Ze herkende hem direct. Hij keek haar niet aan, maar staarde recht voor zich uit, staarde door halfgesloten ogen naar Oslo in de ochtend alsof hij zich nog in een droom bevond waaruit hij niet wakker wilde worden.

'Hebben jullie hem gefouilleerd?' vroeg ze.

'Fysiek contact tot in de derde graad,' grinnikte de man in burger. 'Hij heeft geen wapen bij zich.'

'Ik bedoel, hebben jullie hem gefouilleerd op aanwezigheid van drugs? Zijn zakken en zo doorzocht?'

'Tja, nee. Waarom zouden we dat doen?'

'Omdat dit Chris Reddy is, ook wel Adidas genoemd. Meerdere keren veroordeeld voor het dealen van speed. Aangezien hij probeerde ervandoor te gaan, kun je er rustig van uitgaan dat hij wat bij zich heeft. Dus strip hem.'

Beate Lønn richtte zich op en liep naar de Amazon.

'Ik dacht dat die dame zich bezighield met vingerafdrukken,' hoorde ze de agent in burger tegen Bjørn Holm zeggen, die naast hen was komen staan. 'Niet dat ze die drugstypes kende.'

'Ze kent iedereen die ooit gefotografeerd is voor het Oslo-politiearchief,' zei Bjørn. 'Kijk de volgende keer wat beter, oké?'

Toen Bjørn in de auto ging zitten, startte en naar haar keek, wist Beate dat ze eruitzag als een zuur wijf zoals ze daar zat met over elkaar geslagen armen en met een kwaaie blik door de voorruit kijkend.

'We pakken hem morgen,' zei Bjørn.

'Laten we het hopen,' zei Beate. 'Alles in orde in Bergslia?'

'Delta heeft de omgeving verkend en uitkijkposten gevonden die ze willen gebruiken. Ze zeiden dat het eenvoudig was door al dat bos rondom. Maar ze zitten ook in de huizen van de buren.'

'En iedereen die indertijd in het onderzoeksteam zat, is geïnformeerd?'

'Ja. Iedereen zal de hele dag in de buurt van een telefoon blijven en ze zullen het direct melden als ze worden gebeld.'

'Dat geldt ook voor jou, Bjørn.'

'En voor jou. Trouwens, waarom heeft Harry niet aan zo'n grote moordzaak meegewerkt? Hij was in die tijd immers inspecteur op de afdeling Geweld.'

'Tja, hij was niet gedisponeerd.'

'Dronken?'

'Hoe zullen we Katrine gebruiken?'

'Ze heeft een post achteraf gekregen, in het bos, met goed uitzicht op het huis.'

'Mooi. Ik wil zolang ze daar zit doorlopend contact met haar hebben via de mobiele telefoon.'

'Ik geef het door.'

Beate keek op haar horloge. Nulnegenzestien. Ze zoefden over de Thomas Heyftesgate en de Bygdøyallé. Niet omdat dat de kortste weg was naar het hoofdbureau, maar omdat het de beste was. En omdat er weer wat tijd verstreek. Beate keek weer op haar horloge. Nulnegenzesentwintig. Het was anderhalve dag voor D-day. Zondag.

Haar hart klopte nog steeds snel. Klopte al snel.

Johan Krohn liet Harry de gebruikelijke vier minuten in de receptie wachten voor hij uit zijn kamer kwam. Gaf een waarschijnlijk overbodige boodschap door aan zijn receptioniste voor hij zich wendde tot de twee mensen die er zaten.

'Hole,' zei hij en hij bestudeerde het gezicht van de man alsof hij, voor hij hem een hand gaf, een diagnose wilde stellen ten aanzien van zijn humeur en houding. 'En u hebt uw eigen advocaat meegenomen?'

'Dit is Arnold Folkestad,' zei Harry. 'Hij is een collega en ik heb hem gevraagd mee te komen zodat ik een getuige heb als er iets wordt gezegd en afgesproken.'

'Slim, slim,' zei Johan Krohn zonder dat iets in zijn toon of uitdrukking op zijn gezicht aangaf dat hij het werkelijk meende. 'Kom, kom.'

Hij liep voor hen uit, keek snel op een verrassend smal, vrouwelijk horloge en Harry begreep de hint: ik ben een veelgevraagd advocaat met begrensde tijd voor een relatief kleine zaak. Het kantoor drukte uit dat hij partner was en het rook naar leer dat volgens Harry kwam door de ingebonden jaargangen van een juridisch tijdschrift. En hij wist waar het parfum vandaan kwam. Silje Gravseng zat in een stoel, half naar hen toe gedraaid en half naar Johan Krohns bureau.

'Bedreigd met uitsterven?' vroeg Harry en hij ging met een hand over het bureaublad voor hij ging zitten.

'Gewoon teak,' zei Krohn, een plaats innemend achter het regenwoud.

'Gisteren gewoon, vandaag met uitsterven bedreigd,' zei Harry en hij knikte even naar Silje Gravseng. Ze antwoordde door haar oogleden langzaam op en neer te bewegen, alsof ze haar hoofd niet kon bewegen. Haar haren waren samengebonden in een paardenstaart en zo strak getrokken dat haar ogen kleiner leken dan gewoonlijk. Ze was gekleed in een keurig pakje, waardoor je zou denken dat ze een van de kantoormedewerkers was. Ze maakte een rustige indruk.

'Zullen we direct ter zake komen?' zei Johan Krohn, die zijn gebruikelijke pose met vingertoppen tegen elkaar had ingenomen. 'Juffrouw Gravseng heeft dus verklaard dat ze rond middernacht op de betreffende datum op uw kantoor in de politieacademie is verkracht. Bewijzen zijn voorlopig krassen op haar rug, blauwe plekken en een kapotgescheurde jurk. Dat is allemaal gefotografeerd en kan in een rechtszaal als bewijs worden opgevoerd.'

Krohn knikte kort naar Silje om zich ervan te verzekeren dat ze de beproevingen kon doorstaan. Toen ging hij verder: 'Bij medisch onderzoek door een specialist op het gebied van verkrachtingen zijn weliswaar geen beschadigingen of bloedsporen in het onderlichaam aangetroffen, maar dat is zelden het geval. Zelfs bij brutale verkrachtingen komt dat slechts in vijftien tot dertig procent van de gevallen voor. Er zijn geen sporen van sperma gevonden aangezien u de tegenwoordigheid van geest had om niet in haar te ejaculeren. Om precies te zijn: dat vond plaats op de buik van juffrouw Gravseng. Daarna hebt u haar zich laten aankleden, meegesleept naar de uitgang en haar de deur uit gegooid. Jammer dat zij niet de tegenwoordigheid van geest had om wat sperma als bewijs te bewaren, maar in plaats daarvan urenlang huilend onder de douche heeft gestaan om alle sporen van de bezoedeling weg te wassen. Niet zo slim misschien, maar erg begrijpelijk en een normale reactie van een jong meisje.'

Krohn had een lichte trilling van verontwaardiging in zijn stem die naar Harry's mening niet echt was, maar was bedoeld om hun te laten zien hoe effectvol dat deel in een eventuele rechtszaak kon zijn.

'Maar ieder personeelslid op de afdeling waar slachtoffers van zedendelicten worden onderzocht, moet de psychische reactie van het slachtoffer met een paar regels beschrijven. We hebben het hier over vakmensen die een lange ervaring hebben met gedragingen van slachtoffers van zedendelicten en de rechter zal veel belang hechten aan deze beschrijving. En geloof me, in dit geval ondersteunen de psychische observaties de zaak van mijn cliënte.'

Een bijna beschuldigende glimlach ging over het gezicht van de advocaat.

'Maar voor we nader ingaan op de bewijzen, moeten we weten of u hebt nagedacht over mijn voorstel, Hole. Als u hebt besloten dat dit aanbod de weg is die we moeten gaan – en ik hoop voor beide partijen dat u er ook zo over denkt – dan heb ik het schriftelijke contract hier. Het zal uiteraard vertrouwelijk blijven.'

Krohn gaf een zwartleren map aan Harry terwijl hij Arnold Folkestad veelzeggend aankeek. Folkestad knikte langzaam.

Harry sloeg de map open en las snel het A4'tje door.

'Hm. Ik neem ontslag bij de politieacademie en zie af van werk bij of voor de politie. En ik praat nooit meer over Silje Gravseng. Klaar om te ondertekenen, zie ik.'

'Het is niet echt gecompliceerd, dus als u logisch combineert en deduceert, dan moet de slotsom wel...'

Harry knikte. Hij keek naar Silje Gravseng, die stijf als een plank, bleek en uitdrukkingsloos terug staarde.

Arnold Folkestad kuchte zacht en Krohn keek hem vriendelijk aan terwijl hij haast toevallig zijn horloge verschikte. Arnold stak hem een gele map toe.

'Wat is dit?' vroeg Krohn en met een opgetrokken wenkbrauw nam hij de map aan.

'Ons voorstel voor een afspraak,' zei Folkestad. 'Zoals u zult zien, stellen wij voor dat Silje Gravseng met onmiddellijke ingang stopt met de politieacademie en nooit een baan zal zoeken bij de politie of een baan die verband houdt met de politie.'

'Jullie maken een grapje.'

'En tevens mag ze nooit meer contact zoeken met Harry Hole.'

'Dit is ongehoord.'

'Als tegenprestatie willen we – in het belang van beide partijen – afzien van een proces wegens poging tot afpersing van een medewerker van de politieacademie.'

'Als de zaken zo liggen, is het wat ons betreft duidelijk: we zien elkaar in de rechtszaal,' zei Krohn en het lukte hem om het cliché niet als zodanig te laten klinken. 'En omdat jullie de verliezende partij zullen zijn, kijk ik persoonlijk uit naar de zaak.'

Folkestad trok zijn schouders op. 'Ik ben bang dat u daarin teleurgesteld zult worden, meneer Krohn.'

'Laten we afwachten wie er teleurgesteld zal worden.' Krohn was al opgestaan en hij knoopte de ene knoop van zijn colbert dicht om aan te geven dat hij al onderweg was naar de volgende afspraak, toen hij de blik van Harry ving. Hij stopte midden in de beweging, leek te aarzelen.

'Wat bedoelen jullie?'

'Als u even de moeite wilt nemen,' zei Folkestad, 'dan zou ik willen voorstellen dat u de documenten leest die achter het voorstel zitten.'

Krohn opende de map. Bladerde en las.

'Zoals u kunt zien,' ging Folkestad verder, 'heeft uw cliënte colleges gevolgd aan de politieacademie over verkrachtingen waarin onder andere is ingegaan op de typerende psychische reacties van verkrachtingsslachtoffers.'

'Dat betekent niet...'

'Mag ik u vragen even te wachten met uw tegenwerpingen en de volgende bladzijde te lezen. Daar vindt u een ondertekende en voorlopig niet-officiële getuigenverklaring van een mannelijke student aan de universiteit die precies voor de ingang stond toen hij juffrouw Gravseng op het bewuste tijdstip de academie zag verlaten. Hij getuigt dat ze er eerder kwaad uitzag dan bang. Hij heeft het niet over een kapotgescheurde jurk. Integendeel, hij zegt dat ze er zowel gekleed als niet-gewond uitzag. En hij geeft toe dat hij haar nauwkeurig heeft bekeken.'

Hij wendde zich tot Silje Gravseng: 'Een compliment voor u, neem ik aan.'

Ze zat nog net zo roerloos, maar haar wangen waren rood geworden en haar ogen schoten heen en weer.

'Zoals u kunt lezen, is Harry Hole hoogstens een minuut later naar hem toe gegaan, zestig seconden dus, nadat juffrouw Gravseng langs hem was gelopen. Hij kan dus bijvoorbeeld onmogelijk al hebben gedoucht. Hole is daar met de getuige blijven staan totdat ik arriveerde en Hole meenam naar het forensisch laboratorium waar...' Folkestad gaf een teken, '... de volgende pagina, ja.'

Krohn las en zakte terug op zijn stoel.

'Daar is vastgesteld dat Hole geen van de zaken vertoonde die je zou kunnen verwachten bij iemand die zojuist een meisje heeft verkracht. Geen huid onder zijn nagels, geen afscheiding of haren van andere personen op zijn handen of geslachtsdelen. En dat komt niet bepaald overeen met de verklaring van juffrouw Gravseng over krabben en penetratie. Hole had geen enkel teken op zijn lichaam waaruit kon blijken dat ze op de een of andere manier met hem heeft geworsteld. Het enige dat er gevonden is, zijn twee haren op zijn kleding, maar dat zou je ook kunnen verwachten aangezien ze hem dus fysiek heeft aangeraakt, zie bladzijde drie.'

Krohn bladerde zonder op te kijken door naar de volgende bladzijde. Zijn blik danste over het papier, zijn lippen vormden na drie seconden een vloek en Harry begreep dat de mythe klopte: dat niemand in juridisch Noorwegen een A4'tje sneller kon lezen dan Johan Krohn.

'Ten slotte,' zei Folkestad. 'Als u kijkt naar het volume van de hoeveelheid sperma die Hole een halfuur na de vermeende verkrachting heeft geproduceerd, dan kunt u zien dat dat vier milliliter bedraagt. Een eerste zaadlozing produceert normaal gesproken tussen de twee en vijf milliliter. Een tweede lozing binnen een halfuur zal minder dan tien procent daarvan bedragen. Kort samengevat, tenzij Harry Holes testikels van iets heel speciaals zijn gemaakt, heeft hij geen zaadlozing gehad op het tijdstip dat juffrouw Gravseng beweert.'

In de stilte die volgde, kon Harry buiten een auto horen toeteren en iemand horen roepen, gevolgd door gelach en een hardgrondige vloek. Het verkeer stond stil.

'Het is niet echt gecompliceerd, dus als u logisch combineert en deduceert, dan...' zei Folkestad en hij lachte stiekem in zijn baard.

Het hydraulische gezucht van een rem die werd losgelaten. En de klap van de stoel die omviel toen Silje Gravseng ineens opstond en kort daarna de dreun van de deur achter haar.

Krohn zat lang met een gebogen hoofd voor hen. Toen hij het eindelijk optilde, keek hij Harry recht aan.

'Het spijt me,' zei hij. 'Als advocaat moeten we accepteren dat cliënten liegen om zichzelf te redden. Maar dit... Ik had de situatie beter moeten inschatten.'

Harry trok zijn schouders op. 'Je kent haar immers niet.'

'Nee,' zei Krohn. 'Maar ik ken jou. Ik zou je na al die jaren moeten kennen, Hole. Ik zal zorgen dat ze jullie afspraak ondertekent.'

'En als ze niet wil?'

'Ik zal haar de consequenties van een valse verklaring uit de doeken doen. En van het officieel wegsturen van de politieacademie. Ze is niet dom, begrijpen jullie.'

'Ik weet het,' zei Harry, hij zuchtte en stond op. 'Ik weet het.'

Buiten reed het verkeer weer.

Harry en Arnold Folkestad liepen over de Karl Johansgate.

'Bedankt,' zei Harry. 'Maar ik vraag me nog steeds af hoe je het zo snel doorhad.'

'Ik heb enige ervaring met OCD,' zei Arnold lachend.

'Pardon?'

'*Obsessive-compulsive disorder.* Wanneer een persoon met die aanleg tot iets heeft besloten, dan schuwt hij geen enkel middel. De daad op zich wordt belangrijker dan de consequenties.'

'Ik weet wat OCD is, ik heb een bevriende psycholoog die me ervan heeft beschuldigd daarnaar op weg te zijn. Wat ik bedoelde, was dat je zo snel begreep dat we een getuige moesten hebben en als de bliksem naar het forensisch laboratorium moesten gaan.'

Arnold Folkestad lachte zachtjes. 'Ik weet niet of ik je dat kan vertellen, Harry.'

'Waarom niet?'

'Ik kan je vertellen dat ik betrokken ben geweest bij een dergelijke zaak, waarbij twee politiemannen aangeklaagd dreigden te worden door iemand die ze verrot hadden geslagen. Maar ze waren hem voor met een actie die op die van ons leek. De bewijzen waren weliswaar gemanipuleerd, een van de twee heeft technische bewijzen laten verdwijnen die in hun nadeel spraken. En wat er overbleef, was voldoende voor de advocaat van de man om hem aan te raden de aanklacht te laten vallen omdat hij geen poot had om op te staan. Ik rekende erop dat hier hetzelfde zou gebeuren.'

'Nu klinkt het alsof ik haar echt heb verkracht, Arnold.'

'Het spijt me.' Arnold lachte. 'Ik had half verwacht dat zoiets zou kunnen gebeuren. Het meisje is een ongeleid projectiel, onze psychologische tests hadden haar al bij de toelating ongeschikt moeten verklaren.' Ze liepen over Egertorget. Beelden schoten door Harry's hersenen. Een lach van een jeugdliefde, ooit ergens in mei. Het lijk van een Leger des Heils-soldaat voor de kerstketel. Een stad vol herinneringen.

'Maar wie waren die twee politiemannen?'

'Eentje was een hoge pief.'

'Daarom wil je het niet vertellen? En jij nam daar deel aan? Slecht geweten?'

Arnold Folkestad haalde zijn schouders op. 'Iedereen die een loopje neemt met rechtvaardigheid, moet een slecht geweten hebben.'

'Hm. Politieman in combinatie met geweld en het verdwijnen van bewijs, daar zijn er niet zo veel van. Hebben we het hier niet toevallig over Truls Berntsen?'

Arnold Folkestad zei niets, maar de schok die door zijn mollige, gedrongen lichaam ging, was voor Harry voldoende.

'De schaduw van Mikael Bellman. Je bedoelde hem met "hoge pief", of niet?' Harry spuugde op het asfalt.

'Zullen we het ergens anders over hebben, Harry?'

'Ja, laten we dat doen. We gaan lunchen in Schrøder.'

'Restaurant Schrøder? Hebben ze daar eigenlijk... eh, lunch?'

'Ze hebben daar brood met hamburger. En plaats.'

'Dat ziet er bekend uit, Nina,' zei Harry toen de serveerster twee borden met flink doorbakken hamburgers en bleke ui op een boterham voor hen neerzette.

'Alles net als vroeger, weet je,' zei ze met een glimlach en ze liep weg.

'Truls Berntsen, ja,' zei Harry, over zijn schouder kijkend. Hij en Arnold waren bijna alleen in de eenvoudige, vierkante ruimte die ondanks het jarenlange rookverbod nog steeds goed doorrookt leek. 'Ik geloof dat hij al jaren als mol binnen de politie werkt.'

'O?' Folkestad keek sceptisch naar het dierlijke kadaver voor hem. 'En hoe zit het met Bellman?'

'Hij was indertijd verantwoordelijk voor de aanpak van drugs. Ik weet dat hij een deal had gesloten met Rudolf Asajev, die een op heroine gelijkende drug verkocht, violine genaamd,' zei Harry. 'Bellman gaf Asajev een monopoliepositie in Oslo en als tegenprestatie droeg Asajev bij aan het zichtbaar verminderen van dealen, het aantal junkies op straat en het aantal sterfgevallen als gevolg van een overdosis daalden. Daar kon Bellman namelijk de credits voor opeisen.'

'Zoveel credits dat hij commissaris werd?'

Harry kauwde voorzichtig op het eerste stukje hamburger en trok zijn schouders op alsof hij 'misschien' wilde zeggen.

'En waarom heb jij geen actie ondernomen met wat je weet?' Arnold Folkestad sneed voorzichtig in wat hij hoopte dat vlees zou zijn. Hij gaf het op en keek naar Harry, die uitdrukkingsloos terugkeek en bleef doorkauwen. 'Loopje met rechtvaardigheid?'

Harry slikte. Hij pakte een servet en veegde zijn mondhoeken af. 'Ik had geen bewijzen. Bovendien was ik geen politieman meer. Het was niet mijn pakkie-an. En het is nu ook niet mijn pakkie-an, Arnold.'

'Nee, juist.' Folkestad spietste een stuk op zijn vork, tilde het op en bestudeerde het. 'Niet dat het me aangaat, Harry, maar als het niet jouw pakkie-an is en je niet langer politieman bent, waarom heb je dan een obductierapport van het forensisch laboratorium over die Rudolf Asajev opgestuurd gekregen?'

'Hm. Heb je het gezien?'

'Dat komt omdat ik altijd jouw post meeneem als ik toch naar de postvakken loop. De administratie opent alle post. En aangezien ik natuurlijk nieuwsgierig van aard ben.'

'Hoe smaakt het?'

'Ik heb het nog niet geprobeerd.'

'Vooruit, het bijt niet.'

'Van hetzelfde, Harry.'

Harry lachte. 'Ze hebben achter de oogbol gezocht. Daar vonden ze waar we naar zochten. Een gaatje in de grote ader. Iemand kan bijvoorbeeld, terwijl hij in coma lag, de oogbol van Asajev opzij hebben gedrukt en tegelijkertijd een injectienaald in de ooghoek hebben geduwd en lucht hebben geïnjecteerd. Het resultaat zou onmiddellijke blindheid zijn en daarna een bloedpropje in de hersenen dat niet opgespoord kan worden.'

'Nu krijg ik hier echt zin in,' zei Arnold Folkestad, hij vertrok zijn gezicht in een grijns en legde zijn vork neer. 'Zeg je dat je hebt bewezen dat Asajev werd vermoord?'

'Niets daarvan. De doodsoorzaak is zoals gezegd onmogelijk vast te stellen. Maar het gaatje toont aan hoe het gegaan kán zijn. Het raadsel is natuurlijk hoe iemand de ziekenkamer heeft kunnen binnen komen. De bewaker beweert dat hij niemand heeft gezien in de tijd dat de injectie gegeven moet zijn. Geen arts en geen onbevoegden.'

'Het mysterie van de gesloten kamer?'

'Of simpeler. Bijvoorbeeld dat de politieman zijn post heeft verlaten of heeft geslapen en dat begrijpelijkerwijs niet wil toegeven. Of dat hij, direct of indirect, heeft meegewerkt aan de moord.'

'Als hij zijn post heeft verlaten of heeft geslapen, dan zou de moord gepleegd zijn onder toevallig gelukkige omstandigheden en dat geloven we niet, is het wel?'

'Nee, Arnold, dat doen we niet. Maar hij kan van zijn plaats zijn gelokt. Of zijn verdoofd.'

'Of omgekocht. Je moet die politieman oproepen voor verhoor!'

Harry schudde zijn hoofd.

'Waarom in hemelsnaam niet?'

'Ten eerste ben ik geen politieman meer. Ten tweede is de politieman dood. Hij was die dode in de auto bij Drammen.' Harry knikte tegen zichzelf, tilde zijn koffie op en nam een slok.

'Wel verdomme!' Arnold leunde over de tafel. 'En ten derde?'

Harry gaf Nina een teken dat hij de rekening wilde hebben. 'Zei ik dat er een ten derde was?'

'Je zei "ten tweede" in plaats van "en ten tweede". Alsof je midden in een opsomming was.'

'Nou, ik zal mijn Noors aanscherpen.'

Arnold hield zijn grote, harige hoofd iets schuin. En Harry zag de vraag in de blik van zijn collega: als dit een zaak is die jij niet zult onderzoeken, waarom vertel je me dit dan?

'Eet op,' zei Harry. 'Ik moet college geven.'

De zon gleed over een bleke hemel, landde zacht aan de horizon en kleurde de wolken oranje.

Truls Berntsen zat in zijn auto en luisterde met een half oor naar de politieradio terwijl hij op het donker wachtte. Wachtte tot de lichten in het huis tegenover hem aangingen. Wachtte tot hij haar zag. Slechts een glimp van Ulla zou genoeg zijn.

Er was iets aan de hand. Hij hoorde het aan de communicatie, iets wat naast het gewone, routinematige, kalme radioverkeer plaatsvond. Korte, intense berichten die tussendoor kwamen alsof ze de opdracht hadden gekregen de radio niet meer dan noodzakelijk te gebruiken. En het was niet wat er werd gezegd, maar meer wat er niet werd gezegd. De manier waarop het niet werd gezegd. Staccato zinnen die ogenschijnlijk over inspectie en transport gingen, maar zonder dat er adressen, tijdstippen of namen van personen werden genoemd. Er werd gezegd dat de politiefrequentie vroeger de vierde plaats innam van populairste radiozenders in Oslo, maar dat was voordat deze onlangs werd gecodeerd. Toch spraken ze vanavond met elkaar alsof ze doodsbang waren iets te verraden.

Daar waren ze weer. Truls zette het volume harder.

'Nul één. Delta twee nul. Alles is rustig.'

Mobiele Eenheid Delta. Een gewapende actie.

Truls pakte zijn kijker. Keek naar het raam van de woonkamer. Het was moeilijk haar in dit nieuwe huis te zien, het terras voor het nieuwe huis zat in de weg. Bij hun oude huis kon hij tussen de struiken gaan staan en recht in hun kamer kijken. Haar zien zitten op de bank met haar voeten onder zich gevouwen. Blote benen. De blonde lokken uit haar gezicht zien strijken. Alsof ze wist dat ze geobserveerd werd. Zo mooi dat hij wel kon janken.

De hemel boven de Oslo-fjord ging van oranje naar rood en toen naar violet.

Die was zwart geweest in de nacht dat hij in de Åkebergvei vlak naast de moskee had geparkeerd. Hij was naar het hoofdbureau gelopen, had zijn ID-kaart op zijn borst gehangen voor het geval ze vanuit het wachthokje naar hem keken, had de deur naar het atrium opengedraaid en had de trap genomen naar de kelder waar het magazijn voor bewijsmateriaal was. Hij had zichzelf binnengelaten met een kopie van de sleutel die hij al meer dan drie jaar in zijn bezit had. Hij had zijn nachtkijker opgezet. Hij was daarmee begonnen toen een brandende lamp tijdens een job als mol voor Asajev de aandacht had getrokken van een Securitas-medewerker. Hij was snel geweest, had de doos met bewijsmateriaal met de juiste datum gevonden. Hij had het zakje met daarin de 9 mm-kogel die ze uit het hoofd van Kalsnes hadden gepulkt vervangen door een kogel die hij in zijn jaszak had.

Het was alleen wat vreemd dat hij het gevoel had dat hij niet alleen was.

Hij keek naar Ulla. Voelde zij dat ook zo? Was het daarom dat ze af en toe opkeek van haar boek en naar het raam keek? Alsof er iemand buiten was. Iets wat op haar wachtte.

Ze spraken weer door de radio.

Hij wist waar ze het over hadden.

Begreep wat ze hadden gepland.

HOOFDSTUK 25

D-day liep langzaam ten einde.

De portofoon kraakte zacht.

Katrine Bratt schoof heen en weer over het dunne ligmatje. Ze tilde de kijker weer op en keek naar het huis in Bergslia. Donker en stil. Zoals het bijna de hele dag was geweest.

Er moest snel iets gebeuren. Over drie uur hadden ze een nieuwe datum. Een verkeerde datum.

Ze rilde. Maar het kon erger. Bijna tien graden overdag en geen neerslag. Maar nadat de zon was ondergegaan, was de temperatuur gezakt en begon ze het koud te krijgen ondanks de winterse kleding en het donzen jack dat volgens de verkoper '... achthonderd op de Amerikaanse schaal, niet de Europese dus' was. Had iets te maken met de warmte gedeeld door het gewicht. Of was het veren per een of ander volume? Maar juist nu zou ze wensen dat ze iets warmers had dan achthonderd. Een man bijvoorbeeld tegen wie ze aan kon kruipen...

Er was niemand in het huis zelf geplaatst, ze hadden het risico niet willen lopen dat ze werden gezien bij het in- of uitlopen. Ze hadden zelfs een heel eind verderop geparkeerd, waren langzaam naar het huis geslopen, met niet meer dan twee personen tegelijk en altijd in burger.

De plek die zij had toegewezen gekregen lag op een lichte verhoging in het bos, een eind vanwaar de mensen van Delta zaten. Ze kende hun posities, maar zelfs als ze met de kijker de posities onderzocht, zag ze niets. Maar ze wist dat het om vier scherpschutters ging die elk een deel van het huis bewaakten, samen met elf personen die klaarlagen voor een stormaanval en die vanwaar ze lagen in maximaal acht seconden bij het huis konden zijn.

Ze keek weer op haar horloge. Nog twee uur en achtenvijftig minuten.

Voor zover ze wisten, had de oorspronkelijke moord plaatsgevonden tegen het einde van het etmaal, tegen middernacht. Maar het tijdstip van overlijden is moeilijk te bepalen als het lichaam in brokken van maximaal twee kilo is gezaagd. Hoe dan ook, de tijdstippen van overlijden van de kopiemoorden waren min of meer gelijk aan die van de originelen, dus dat er vandaag nog niets was gebeurd, was op zich te verwachten geweest.

Vanuit het westen kwamen wolken aangedreven. Het zou volgens het weerbericht bewolkt worden, wat betekende dat het donkerder zou worden en het zicht minder. Aan de andere kant werd het misschien ook minder koud. Ze had natuurlijk een slaapzak mee moeten nemen. Haar mobieltje trilde. Katrine pakte het.

'Wat gebeurt er?' Het was Beate.

'Hier niks te rapporteren,' zei Katrine, zich in haar nek krabbend. 'Behalve dan dat de opwarming van de aarde een feit is. Er zitten hier knutten. In maart.'

'Je bedoelt muggen?'

'Nee, knutten. Dat zijn... nou ja, die hebben we in Bergen veel. Heb je nog interessante telefoontjes gekregen?'

'Nee, ik zit hier alleen met cheese pops, Pepsi Max en Gabriel Byrne. Zeg, is hij hot of eigenlijk een beetje te oud?'

'Hot. Kijk je naar *In Treatment*?'

'Eerste seizoen. Derde disk.'

'Ik wist niet dat je verslaafd was aan calorieën en dvd's. Joggingbroek?'

'Met ultraslap elastiek. Ik moet van de gelegenheid gebruikmaken nu de kleine meid er niet is.'

'Zullen we ruilen?'

'Geen sprake van. Ik hang op voor het geval de prins belt. Houd me op de hoogte.'

Katrine legde haar mobieltje naast de portofoon en keek naar de weg voor het huis. Hij kon in principe van alle kanten komen. Natuurlijk niet over de hekken die aan beide kanten van de rails van de metro stonden, die net voorbij kwam gerateld. Maar als hij uit de richting van Damplassen kwam, kon hij over een van de vele paden door het bos komen. Hij kon door de tuinen van de buren komen die tegen de heuvel lagen, vooral nu het donker en bewolkt werd. Maar als hij zich veilig voelde, was er geen reden om niet over straat te lopen. Iemand op een oude fiets trapte tegen de heuvel op, hij slingerde een beetje, misschien was hij niet helemaal nuchter.

Wat zou Harry vanavond doen?

Niemand wist ooit precies wat Harry deed, zelfs niet wanneer je recht tegenover hem zat. Geheimzinnige Harry. Niet zoals anderen. Niet zoals Bjørn Holm bij wie alles zo aan de oppervlakte lag. Die gisteren had verteld dat hij alle lp's van Merle Haggard zou draaien terwijl hij op een telefoontje wachtte. En zelfgemaakte gehaktballen van elandenvlees uit Skreia zou eten. Toen ze haar neus had opgetrokken, had hij gezegd dat wanneer dit voorbij was, hij haar echt zou uitnodigen zijn moeders elandgehaktballen met friet te komen eten en dat hij haar dan zou inwijden in de geheimen van de Bakersfield-sound. Kennelijk was dat het enige dat hij te bieden had. Niet zo vreemd dat die kerel nog single was. Hij had er teleurgesteld uitgezien toen ze het aanbod beleefd had afgeslagen.

Truls Berntsen reed door Kvadraturen. Zoals hij nu elke avond deed. Langzaam heen en weer, op en neer. Dronningensgate, Kirkegate, Skippergate, Nedre Slottsgate, Tollbugate. Dit was zijn stad geweest. Zou zijn stad weer worden.

Ze babbelden maar door op de politieradio. De codes waren voor hem, Truls Berntsen, bedoeld, hij moest erbuiten worden gehouden. En die idioten dachten vast dat dat lukte, dat hij het niet begreep. Maar ze konden hem niet voor de gek houden. Truls Berntsen zette zijn spiegeltje recht, keek naar zijn dienstpistool dat op zijn jas op de stoel naast hem lag. Zoals gewoonlijk was het omgekeerd. Hij hield hen voor de gek.

De vrouwen op het trottoir negeerden hem, ze herkenden de auto, wisten dat hij geen koper van hun diensten was. Een opgemaakte jongen in een veel te strakke broek draaide zich om een paal met een bord eraan dat aangaf dat je er niet mocht parkeren. Alsof hij aan het paaldansen was. Hij duwde zijn heupen naar voren, tuitte zijn lippen naar Truls, die antwoordde met een opgestoken middelvinger.

Het leek of de duisternis een tikkeltje dikker was geworden. Truls boog zich naar de voorruit en keek omhoog. Uit het westen kwam een wolkendek aangedreven. Hij bleef staan voor het rode stoplicht. Keek weer naar de stoel. Hij had ze keer op keer voor de gek gehouden, en was nu bezig dat weer te doen. Het was zijn stad, niemand zou die van hem afpakken.

Hij stopte het pistool in het handschoenenkastje. Het moordwapen. Het was zo lang geleden, maar hij kon nog steeds zijn gezicht voor zich zien. René Kalsnes. Die weke, meisjesachtige homokop. Truls sloeg zijn hand hard tegen het stuur. Verdomme, spring dan op groen!

Hij had hem eerst met de gummiknuppel geslagen.

Toen had hij zijn dienstpistool getrokken.

Zelfs in het bloederige, kapotte gezicht had Truls gezien dat hij smeekte, hij had het jammerende gesis gehoord alsof er een fietsband leegliep, woordeloos. Nutteloos.

Hij had de kogel door de neuswortel gejaagd, dat kleine schokje gezien zoals je dat in een film ziet. Toen had hij de auto over de rand geduwd en was weggereden. Een eindje terug had hij de knuppel afgeveegd en in het bos gegooid. Hij had er thuis in de slaapkamerkast nog meer. Wapens, een nachtkijker, een kogelvrij vest en zelfs een Märklingeweer waarvan iedereen dacht dat het nog in het magazijn voor bewijsmateriaal en inbeslaggenomen goederen lag.

Truls reed door de tunnels, in de buik van Oslo. De rechtse autolobby had de nieuwe tunnels aders van levensbelang genoemd. Een vertegenwoordiger van de milieupartij had geantwoord dat het de darmen van de stad waren, ze waren misschien noodzakelijk, maar ze vervoerden toch uitwerpselen.

Hij manoeuvreerde tussen de afritten en rotondes door die bewegwijzerd waren op een manier waarmee je plaatselijk bekend moest zijn om niet in de practical jokes van de verkeersbordenbrigade te belanden. Toen was hij in het hogere deel van de stad. Oost-Oslo. Zijn stadsdeel. Op de radio kakelden ze maar door. Een van de stemmen werd overstemd door geratel. De metro. De idioten. Dachten ze nu echt dat hij die kindercodes van hen niet kon ontcijferen? Ze waren in Bergslia. Ze zaten rond het gele huis.

Harry lag op zijn rug en keek naar de sigarettenrook die langzaam naar het plafond van de slaapkamer opsteeg. Er kwamen figuren en gezichten. Hij wist welke. Hij kon ze stuk voor stuk bij naam noemen. *Dead Policemen's Society*. Hij blies tegen ze aan zodat ze verdwenen. Hij had een besluit genomen. Hij wist niet precies wanneer hij het besluit had genomen, hij wist slechts dat het alles zou veranderen.

Hij had zich een poosje ingebeeld dat het niet zo erg was, dat hij overdreef, maar hij was lang genoeg alcoholist geweest om de valse pogingen tot bagatelliseren niet te herkennen. Als hij nu zei wat hij wilde zeggen, zou dat alles in de relatie met haar die naast hem lag veranderen. Hij zag ertegen op. Koos de woorden. Het moest nu worden gezegd.

Hij haalde diep adem, maar ze was hem voor.

'Mag ik een trekje?' zei Rakel en ze kroop knorrend tegen hem aan. Haar naakte huid had die warme gloed van een kachel waarnaar Harry op de verrassendste momenten kon verlangen. Onder het dekbed was het warm, erboven koud. Wit beddengoed, altijd wit beddengoed, niets kon op dezelfde, juiste manier koud worden.

Hij gaf haar de Camel-sigaret. Hij zag haar die op een onhandige manier vasthouden, haar wangen werden naar binnen gezogen terwijl ze scheel keek om de sigaret te zien, alsof het veiliger was om die in de gaten te houden. Hij dacht aan alles wat hij had.

Alles wat hij te verliezen had.

'Zal ik je naar het vliegveld brengen?' vroeg hij.

'Dat hoeft niet.'

'Dat weet ik. Maar ik hoef pas laat college te geven.'

'Breng me.' Ze kuste hem op zijn wang.

'Op twee voorwaarden.'

Rakel draaide zich op haar zij en keek hem vragend aan.

'De eerste is dat je altijd blijft roken als een puber op een feestje.'

Ze lachte zacht. 'Dat zal ik proberen. En de tweede?'

Harry verzamelde speeksel. Hij wist dat hij op dit moment zou terugkijken als het laatste gelukkige moment in zijn leven.

'Ik wacht...'

Verdomme, verdomme.

'Ik ben van plan een belofte te verbreken,' zei hij. 'Een belofte die ik in de eerste plaats aan mezelf had gedaan, maar ik ben bang dat het ook jou betreft.'

Hij merkte dat haar ademhaling in het donker veranderde. Hij hoorde het. Die ging kort en snel. Angstig.

Katrine gaapte. Keek op haar horloge. Naar de groen oplichtende seconden die aftelden. Geen van de politiemannen uit het team van toen had melding gemaakt van een telefoontje.

Ze zou de spanning moeten voelen oplopen nu de deadline naderde, maar het was eerder omgekeerd, het leek of ze al bezig was de teleurstelling te verwerken door krampachtig positief te denken. Aan het warme bad dat ze straks zou nemen als ze thuis was. Aan haar bed. Aan de koffie morgenochtend, een nieuwe dag met nieuwe mogelijkheden. Want er waren altijd nieuwe mogelijkheden, die moesten er zijn.

Ze kon de koplampen op Ring 3 zien, het leven van de stad dat zo onbegrijpelijk onverstoorbaar doorging. Het donker dat nog dichter was geworden nadat de wolken een gordijn voor de maan hadden getrokken. Ze wilde zich warm wrijven toen ze ineens verstijfde. Een geluid. Een krak. Een tak. Hier.

Ze hield haar adem in en luisterde. De plek die zij had gekregen was omringd door struiken en bomen, het was belangrijk dat ze niet te zien was vanaf een van de paden waarover hij had kunnen komen. Maar er hadden geen takken op de paden gelegen.

Opnieuw een krak. Dichterbij deze keer. Katrine opende automatisch haar mond, alsof het bloed dat al sneller door haar aderen stroomde, meer zuurstof nodig had.

Katrine strekte haar hand uit naar de portofoon. Maar daar kwam die nooit.

Hij moet razendsnel zijn geweest, toch was de ademhaling die ze in haar nek voelde rustig en de fluisterende stem vlak bij haar oor klonk onaangedaan, bijna vrolijk: 'Wat is er aan de hand?'

Katrine draaide zich naar hem om en ademde in een lange ademtocht uit. 'Niets.'

Mikael Bellman pakte haar kijker en richtte die op het huis daarbeneden. 'Delta heeft naast de metrolijn twee posten, of niet?'

'Ja, maar hoe...?'

'Ik heb een kopie gekregen van de kaart met de posten,' zei Bellman. 'Zo heb ik deze uitkijkpost gevonden. Goed verstopt, moet ik zeggen.' Hij sloeg op zijn voorhoofd. 'Nee maar, muggen in maart.'

'Knutten,' zei Katrine.

'Raar,' zei Mikael Bellman, die nog steeds de kijker voor zijn ogen hield.

'Nee, maar we hebben beiden gelijk. Knutten zijn eigenlijk muggen, alleen veel kleiner.'

'Het is raar dat...'

'Sommige zijn zo klein dat ze geen bloed zuigen van mensen, maar van andere insecten. Of lichaamsvocht, insecten hebben geen…'

'… er niets gebeurt. Er is een auto gestopt voor het huis.'

'Stel je voor dat je een mug in een mocras bent en dat is al erg genoeg, maar dat je dan ook nog wordt opgegeten door een mug.' Katrine wist dat ze uit pure nervositeit praatte, zonder dat ze precies wist waarover ze nerveus was. Misschien omdat hij de commissaris was.

'Er loopt iemand van de auto naar het huis,' zei Bellman.

'Dan ben je een heel slechte hindoe…' De portofoon kraakte, maar ze kon gewoon niet ophouden. 'En als een knut… Wat zei je?'

Ze rukte de kijker uit zijn handen. Commissaris of niet, dit was haar post. En inderdaad. In het schijnsel van de straatlantaarns zag ze iemand die al door het hek was gegaan en nu over het grind naar de trap voor de deur liep. Hij was gekleed in het rood en droeg iets waarvan ze niet kon zien wat het was. Katrine voelde dat haar mond droog werd. Hij was het. Het gebeurde. Het gebeurde nú. Ze greep haar mobieltje.

'En ik verbreek de belofte niet lichtzinnig,' zei Harry. Hij staarde naar de sigaret die hij terug had gekregen. Hoopte dat hij er nog een keer aan kon trekken. Hij zou het nodig hebben.

'En wat was die belofte?' Rakels stem klonk klein, hulpeloos. Alleen.

'Het is een belofte die ik mezelf heb gedaan…' zei Harry en hij sloot zijn lippen rond het filter. Inhaleerde. Voelde de rook, het einde van de sigaret die om de een of andere reden heel anders smaakte dan aan het begin. '… dat ik je nooit zou vragen met me te trouwen.'

In de stilte die volgde kon hij een windvlaag door de loofbomen voor het huis horen fladderen, als een opgewonden, geschokt, fluisterend publiek.

Toen kwam haar antwoord. Als een korte melding door een portofoon.

'Herhaal.'

Harry schraapte zijn keel. 'Rakel, wil je met me trouwen?'

De windvlaag was verder getrokken. En hij dacht dat er nu alleen maar stilte en rust over was. Nacht. En daar middenin Harry en Rakel.

'Je maakt geen grapje?' Ze schoof van hem vandaan.

Harry sloot zijn ogen. Hij bevond zich in een vrije val. 'Ik maak geen grapje.'

'Heel zeker?'

'Waarom zou ik een grapje maken? Wil je dat het een grapje is?'

'Ten eerste heb je een heel slecht gevoel voor humor.'

'Mee eens.'

'Ten tweede dien ik rekening te houden met Oleg. En dat moet jij ook.'

'Heb je niet begrepen dat Oleg een van de grootste pluspunten is bij jou als vrouwspersoon, meisje?'

'Ten derde, zelfs als ik wilde, heeft trouwen juridische gevolgen. Mijn huis...'

'Ik had gedacht aan huwelijkse voorwaarden. Ik bied je verdorie niet mijn vermogen aan op een zilveren blaadje. Ik beloof je niet veel, maar ik beloof je 's werelds meest pijnloze scheiding.'

Ze lachte even. 'Maar we hebben het zo goed, toch, Harry?'

'Ja, we hebben alles te verliezen. En ten vierde?'

'Ten vierde, op deze manier doe je geen aanzoek, Harry. In bed terwijl je rookt.'

'Nou. Als je me op mijn knieën wilt hebben, moet ik eerst mijn onderbroek aandoen.'

'Ja.'

'Ja, omdat ik mijn onderbroek aan moet trekken. Of ja, omdat...'

'Ja, jij gek! Ja! Ik wil met je trouwen.'

Harry's reactie was automatisch, ingestudeerd door een lang leven als politieman. Hij draaide zich half om en keek op de wekker. Sloeg het tijdstip op: 23.11 uur. Dat moest worden vermeld als het rapport werd geschreven. Hoe laat ze op de plaats delict arriveerden, wanneer de arrestatie werd verricht, wanneer het schot klonk.

'Mijn god,' hoorde hij Rakel mompelen. 'Wat heb ik gedaan?'

'Je bedenktijd is over vijf seconden voorbij,' zei Harry zich naar haar omdraaiend.

Haar gezicht was zo dicht bij het zijne dat hij alleen een zwakke glinstering in haar wijd opengesperde ogen zag.

'De bedenktijd is voorbij,' zei ze. En toen: 'Wat is dat voor een grijns?'

En nu voelde Harry het zelf, de lach die zich over zijn gezicht verspreidde als een kapot getikt ei in een koekenpan.

Beate lag met haar benen op de armleuning van de bank en zag Gabriel Byrne ongemakkelijk op zijn stoel heen en weer schuiven. Ze had besloten dat het zijn wimpers en Ierse accent waren. De wimpers van een Mikael Bellman, de uitspraak van een poëet. De man die zij af en toe zag, had niets van dat alles, maar dat was het probleem niet. Er was iets vreemds aan hem. Ten eerste ging het om de intensiteit: had hij niet begrepen waarom hij haar niet kon bezoeken nu ze vanavond alleen thuis was, alleen maar omdat het hem zo goed uitkwam? En dan was er die achtergrondgeschiedenis van hem. Hij had haar dingen verteld waarvan ze langzamerhand ontdekte dat ze inconsistent waren.

Of misschien was dat niet zo raar, je wilt immers graag een goede indruk maken en een beetje overdrijven?

Misschien was zij juist een beetje raar. Ze had toch geprobeerd hem te googelen. Zonder iets te vinden. In plaats daarvan had ze Gabriel Byrne maar gegoogeld. Ze had met interesse gelezen dat hij vroeger ogen van teddyberen had vastgenaaid voor ze vond waarnaar ze eigenlijk zocht in Wikipedia. Echtgenote: Ellen Barkin (1988-1999). Een ogenblik had ze gedacht dat Gabriel Byrne net als zij een partner had verloren voor ze begreep dat het huwelijk waarschijnlijk niet geëindigd was met de dood. En dat Gabriel dus al langer single was dan zij. Of misschien was Wikipedia wat dat betreft niet up-to-date?

Op het scherm flirtte de patiënte ongegeneerd. Maar Gabriel liet zich niet imponeren. Hij lachte even snel en plagerig naar haar, ze werd mild onder zijn blik, en hij zei iets triviaals wat uit zijn mond als een gedicht van Yeats klonk.

Op tafel lichtte iets op en haar hart sloeg een keer over.

De telefoon. Die ging over. Dat kon hem zijn. Valentin.

Ze tilde de telefoon op, keek naar de display. Zuchtte.

'Ja, Katrine?'

'Hij is hier.'

Beate hoorde aan de opwinding van haar collega dat het waar was, dat ze beet hadden.

'Vertel...'

'Hij staat boven aan de trap.'

Op de trap! Dat was meer dan beet. Dat was een zekere vangst, mijn god, ze hadden immers het hele huis omsingeld.

'Hij staat daar maar, hij aarzelt.'

Ze hoorde de activiteit op de achtergrond door de portofoon. Pak hem nu, pak hem nu. Katrine beantwoordde haar gebed: 'Er zijn nu orders gegeven voor actie.'

Beate hoorde een andere stem iets op de achtergrond zeggen. De stem was bekend, maar ze kon hem niet plaatsen.

'Ze bestormen nu het huis,' zei Katrine.

'Details, graag.'

'Delta, gekleed in zwart. Automatisch wapen. Mijn god, zoals ze rennen...'

'Minder couleur locale, meer inhoud.'

'Vier mannen rennen over het grind. Verblinden hem met licht. De anderen wachten in hun schuilplaatsen, kennelijk om te kijken of hij back-up heeft. Hij laat vallen wat hij in zijn handen had...'

'Trekt hij een wa...'

Een helder, doordringend geluid. Beate kreunde. De deurbel.

'Daar heeft hij geen tijd voor, ze hebben hem al te pakken. Hij wordt op de grond geduwd.'

Yes!

'Ze fouilleren hem, lijkt het. Ze houden iets omhoog.'

'Een wapen?'

Weer de deurbel. Hard, dwingend.

'Ziet eruit als een afstandsbediening.'

'Oei! Een bom?'

'Ik weet het niet. Maar ze hebben hem in elk geval. Ze gebaren dat de situatie onder controle is. Wacht...'

'Ik moet even opendoen. Ik bel je later.'

Beate zwaaide haar benen van de bank. Liep in een drafje naar de deur. Vroeg zich af of ze tegen hem zou zeggen dat dit niet acceptabel was, als ze tegen hem zei dat ze alleen wilde zijn, dan meende ze dat ook.

En terwijl ze opendeed, bedacht ze hoe ver ze was gekomen. Van het stille, verlegen meisje dat op de achtergrond bleef en naar dezelfde politieschool als haar vader was gegaan, tot de vrouw die niet alleen wist wat ze wilde, maar deed wat ze moest doen om het zo te krijgen. Dat het een lange en af en toe moeilijke weg was geweest, maar dat de beloning elke stap waard was.

Ze keek naar de man die voor haar stond. Het reflecterende licht van het gezicht trof haar netvlies, vormde het om tot optische indrukken, voedde haar *fusiform gyrus* met data.

Achter haar klonk Gabriel Byrnes kalmerende stem, ze dacht dat hij zei: '*Don't panic.*'

Haar hersenen hadden allang het gezicht voor haar herkend.

Harry voelde het orgasme komen. Zijn eigen. Die zoete, zoete pijn, de pijn in de rug en buik die zich spanden. Hij sloot de deur waar hij naar keek en opende zijn ogen. Keek naar Rakel onder zich die met een glazige blik naar hem opkeek. De ader op haar voorhoofd was dik. Er ging een schok door het lichaam en het gezicht elke keer als hij stootte. Het leek of ze iets wilde zeggen. En het viel hem op dat het niet die lijdende, gekrenkte blik was die ze gewoonlijk had vlak voor ze kwam. Dit was iets anders, een angst in haar blik die hij maar één keer eerder had gezien, maar ook in deze kamer. Hij zag dat ze beide handen rond zijn pols had, probeerde de hand die hij rond haar nek had los te trekken.

Hij wachtte. Wist niet waarom, maar verslapte zijn greep niet. Hij voelde de weerstand in haar lichaam, zag dat haar ogen begonnen uit te puilen. Toen liet hij los.

Hij hoorde het piepende geluid toen ze de lucht naar binnen zoog.

'Harry...' Haar stem was hees, onherkenbaar, '... wat doe je?'

Hij keek naar haar. Hij had geen antwoord.

'Je...' Ze hoestte. 'Je moet niet zo lang doorgaan!'

'Het spijt me,' zei hij. 'Ik werd meegesleept.'

Toen voelde hij het komen. Niet het orgasme, maar iets wat erop leek. Een zoete, zoete pijn in zijn borst die opsteeg naar zijn keel en zich verspreidde achter zijn ogen.

Hij liet zich naast haar vallen. Begroef zijn gezicht in het kussen. Voelde de tranen komen. Draaide zijn gezicht opzij, weg van haar, haalde diep adem, vocht ertegen. Wat gebeurde er verdomme met hem?

'Harry?'

Hij gaf geen antwoord.

'Is er iets, Harry?'

Hij schudde zijn hoofd. 'Alleen maar moe,' zei hij in het kussen.

Hij voelde haar hand in zijn nek, zachtjes strelend, voor ze haar hand op zijn borst legde en tegen zijn rug ging liggen.

En hij dacht wat hij op een ander tijdstip ook zou denken: hoe kon hij iemand van wie hij zo veel hield vragen haar leven met hem te delen?

Katrine lag met open mond naar de drukke communicatie door de portofoon te luisteren. Achter haar vloekte Mikael Bellman zacht. Het was geen afstandsbediening die de man op de trap in zijn hand had.

'Het is een pinautomaat,' zei een hijgende stem schor.

'En wat zit er in zijn tas?'

'Pizza.'

'Herhaal?'

'Het lijkt erop dat die kerel zo'n verrekte pizzakoerier is. Hij werkt voor de Pizzaexpres. Heeft drie kwartier geleden een bestelling voor dit adres gekregen.'

'Oké, we checken het.'

Mikael Bellman leunde naar voren, griste de portofoon uit haar handen. 'Mikael Bellman hier. Hij heeft een mijnopruimer gestuurd. Dat betekent dat hij in de omgeving zit en kijkt wat er gebeurt. Hebben we honden?'

Pauze. Gekraak.

'U05 hier. Geen honden. We kunnen ze hier over vijftien minuten hebben.'

Bellman vloekte opnieuw fluisterend voor hij op de knop van de portofoon duwde. 'Haal ze hierheen. En een helikopter met schijnwerper en warmtezoeker. Bevestig.'

'Begrepen. Helikopter oproepen. Maar geloof niet dat die warmtezoeker heeft.'

Bellman sloot zijn ogen en fluisterde 'idioot' voor hij antwoordde: 'Jawel, er is een warmtezoeker in geïnstalleerd, dus als hij in het bos zit, zullen we hem vinden. Gebruik alle manschappen om een kordon te leggen ten noorden en ten westen van het bos. Als hij ervandoor gaat, zal dat de route zijn. Wat is je mobiele nummer, U05?'

Bellman liet de spreekknop los en gebaarde naar Katrine, die de mobiel in haar hand had. Ze toetste de cijfers in nadat U05 die had gezegd. Ze gaf de mobiel aan Bellman.

'U05? Falkeid? Luister, we zijn bezig deze match te verliezen en we zijn met te weinig om het bos effectief uit te kammen, het is ook mogelijk dat hij toegang heeft tot onze frequentie. Het klopt dat we geen warmtezoeker hebben, maar als hij denkt van wel en gelooft dat we een kordon ten noorden en ten westen leggen, dan...' Bellman luisterde. 'Precies. Zet je mannen ten oosten neer. Maar hou er een paar achter voor het geval hij toch naar het huis komt om te checken hoe het gaat.'

Bellman verbrak de verbinding en gaf de mobiel terug.

'Wat denk je?' zei Katrine. De telefoondisplay doofde en het leek of de witte, pigmentloze, strepen in zijn gezicht licht gaven in het donker.

HOOFDSTUK 26

Om zeven uur reden ze de stad uit.

In tegenovergestelde richting stond de ochtendfile zwijgend stil. Het was in hun auto ook stil, beiden hielden ze zich aan het jarenlange pact dat er voor negen uur niet overbodig werd gepraat.

Bij de tolpoortjes voor de snelweg viel er een lichte motregen die de ruitenwissers eerder leken op te zuigen dan weg te vegen.

Harry deed de radio aan, luisterde weer een nieuwsuitzending af, maar het was er niet. Het nieuws dat alle zenders vanochtend hadden moeten hebben. De arrestatie in Berg, het nieuws dat een verdachte van de politiemoorden was aangehouden. Na de sport, waarin werd gesproken over de wedstrijd van het Noorse nationale elftal tegen Albanië, kwam er een duet van Pavarotti met een of andere popzangeres en Harry wist niet hoe snel hij de radio moest uitzetten.

In de buurt van Karihaugen legde Rakel een hand op die van Harry, die zoals gewoonlijk op de versnellingspook lag. Harry wachtte tot ze iets zou zeggen.

Het was overbodig gepraat, dus niet noodzakelijk.

Ze zouden elkaar een hele werkweek niet zien en Rakel had geen woord meer gezegd over zijn aanzoek van de vorige avond. Had ze spijt? Ze zei meestal niet iets wat ze niet meende. Bij de afrit van Lørenskog bedacht hij dat ze misschien dacht dat hij spijt had. Dat ze dacht dat ze deden alsof het niet was gebeurd, het in een zee van stilzwijgen lieten zakken, zodat het leek of het nooit was gebeurd. In het ergste geval werd het herinnerd als een absurde droom. Verdomme, misschien hád hij het gedroomd? Het was in zijn opium rokende tijd wel voorgekomen dat hij met mensen had gesproken over iets waarvan hij zeker wist dat het was gebeurd, maar waarop hij slechts vragende blikken als antwoord had gekregen.

Bij de afrit van Lørenskog verbrak hij het pact: 'Wat dacht je van juni? De eenentwintigste is een zaterdag.'

Hij keek haar snel aan, maar ze had haar hoofd afgewend, keek naar het heuvelachtige landschap met akkers. Stilte. Verdomme, ze had spijt. Ze...

'Juni is prima,' zei ze. 'Maar ik ben er tamelijk zeker van dat de eenentwintigste een vrijdag is.' Hij hoorde de lach in haar stem.

'Groot of...'

'Of alleen wij en onze getuigen?'

'Wat vind jij?'

'Jij mag het zeggen, maar maximaal tien mensen voor ons samen. We hebben niet voor meer personen servies. En met vijf kun jij toch je hele adressenlijst in je telefoon uitnodigen.'

Hij lachte. Dit kon goed worden. Het kon nog steeds eindigen in een crisis, maar het kón dus goed worden.

'En als je van plan bent Oleg als getuige te vragen: die is al bezet,' zei ze.

'Begrepen.'

Harry parkeerde voor de vertrekterminal en kuste Rakel terwijl de kofferbak nog openstond.

Op de terugweg belde hij Øystein Eikeland. Harry's enige jeugdvriend en taxi rijdende drinkebroer klonk alsof hij een kater had. Aan de andere kant wist Harry niet hoe hij klonk als hij geen kater had.

'Getuige? Verdomme Harry, ik ben geroerd. Dat je mij vraagt, nota bene. Wel verdomme, zeg, ik moet er bijna van janken.'

'21 juni. Staat er dan al iets in je agenda?'

Øystein moest grinniken om de grap. Het grinniken ging over in gehoest. Wat weer overging in geklok van een fles. 'Geroerd, dat ben ik, Harry. Maar het antwoord is nee. Je hebt iemand nodig die rechtop kan staan in de kerk en tijdens het diner kan spreken met een zekere dictie. En wat ik nodig heb is een mooie tafeldame, gratis drinken en nul verantwoordelijkheid. Ik beloof je dat ik het mooiste pak uit mijn verzameling zal aantrekken.'

'Leugenaar, je draagt nooit een pak, Øystein.'

'Daarom blijven ze zo mooi. Zelden gebruikt. Net zoals bij je vrienden, Harry. Je had tussendoor ook eens kunnen bellen, weet je.'

'Dat had ik kunnen doen.'

Ze verbraken de verbinding en Harry ploeterde verder in de richting van het centrum terwijl hij de korte lijst van overgebleven kandidaten voor de rol als getuige doornam. Beter gezegd, nog één persoon. Hij toetste het nummer in van Beate Lønn. Kreeg na vijf keer overgaan het antwoordapparaat en sprak een bericht in.

De file kronkelde verder.

Hij toetste het nummer van Bjørn Holm in.

'Hallo, Harry.'

'Is Beate op het werk?'

'Ziek vandaag.'

'Beate? Ze is nooit ziek. Verkouden of zo?'

'Weet ik niet. Ze heeft vannacht een sms'je naar Katrine gestuurd. Ziek. Heb je gehoord van Berg?'

'O, dat was ik helemaal vergeten,' loog Harry. 'En?'

'Hij heeft niet toegeslagen.'

'Jammer. Jullie moeten niet opgeven. Ik probeer het bij haar thuis wel.'

Harry hing op en belde de vaste telefoon van Beate.

Hij liet hem twee minuten overgaan, keek op zijn horloge en zag dat hij nog tijd genoeg had voor zijn college. Oppsal lag op de route en hij zou niet veel tijd verliezen als hij even bij haar langsging. Hij nam de afrit van Helsfyr.

Beate had het huis van haar moeder geërfd en het deed Harry denken aan het huis waarin hij zelf in Oppsal was opgegroeid. Een typisch houten huis uit de jaren vijftig, type vierkant blok voor de groeiende middenklasse die vond dat een appelboomgaard niet langer een privilege was van de bovenklasse.

Afgezien van het lawaai van een vuilniswagen die verderop in de straat van vuilcontainer naar vuilcontainer ging, was het stil. Iedereen was aan het werk, op school, op de crèche. Harry parkeerde zijn auto, liep door het hek, liep langs een kinderfietsje dat op slot stond, een vuilcontainer waar de zwarte vuilniszakken uitpuilden, een schommel, sprong op de trap, waar een paar Nike-joggingschoenen op stonden die hij herkende. Hij drukte op de bel onder het keramische bordje met daarop Beates naam en de naam van haar dochter.

Hij wachtte.

Belde opnieuw aan.

Op de eerste verdieping stond een raam open dat naar hij aannam van een van de slaapkamers moest zijn. Hij riep haar naam. Misschien had ze de bel niet gehoord door het lawaai van de pletmachine in de vuilniswagen die steeds dichterbij kwam.

Hij voelde aan de deur. Open. Hij ging naar binnen. Riep naar boven. Geen antwoord. En hij kon de onrust niet langer negeren die er al een poosje was.

Vanaf het moment dat hij hoorde dat ze niet op het werk was gekomen.

Vanaf het moment dat ze haar mobieltje niet opnam.

Hij liep snel naar boven, liep van slaapkamer naar slaapkamer.

Leeg. Niet beslapen.

Hij rende de trap weer af, naar de woonkamer. Bleef op de drempel staan en keek rond. Hij wist heel goed waarom hij niet de kamer in liep, maar wilde de gedachte niet denken.

Wilde zichzelf niet vertellen dat hij misschien naar een plaats delict stond te kijken.

Hij was hier eerder geweest, maar het viel hem op dat de kamer nu kaler leek. Misschien kwam het door het ochtendlicht, misschien gewoon omdat Beate er niet was. Zijn blik bleef op de tafel hangen. Een mobieltje.

Hij hoorde de lucht ontsnappen en voelde hoe opgelucht hij was. Ze was even snel boodschappen doen, had haar mobiel hier gelaten, had niet eens de moeite genomen de deur op slot te draaien. Naar de apotheek in het centrum om hoofdpijntabletten of koortsremmers te kopen. Harry dacht aan de Nikes op de trap. Wat dan nog? Een vrouw had toch meer dan één paar schoenen? Hij moest gewoon een paar minuten wachten, dan was ze er.

Harry verplaatste zijn gewicht naar zijn andere been. De bank zag er aanlokkelijk uit, maar hij stapte toch niet de kamer in. Zijn blik viel op de vloer. Er was een lichtere plek rond de salontafel en voor de televisie.

Ze had duidelijk het vloerkleed weggedaan.

Onlangs.

Harry voelde dat hij jeuk kreeg onder zijn shirt, alsof hij net bezweet en naakt had liggen rollen in het gras. Hij ging op zijn hurken zitten. Rook vaag de geur van ammoniak van het parket. Als hij zich niet vergiste, hij hield niet van die geur. Harry kwam overeind, rechtte zijn rug. Liep door de gang naar de keuken.

Leeg en opgeruimd.

Hij opende de hoge kast naast de koelkast. Het leek of de huizen die in de jaren vijftig waren gebouwd ongeschreven regels hadden die bepaalden waar men de conserven bewaarde, waar het gereedschap, waar de belangrijke papieren en waar dus de schoonmaakspullen. Onder in de kast stond een emmer met de dweil keurig over de rand gedrapeerd, op de eerste inspringende plank lagen drie stofdoeken, een nieuwe en een halve rol met witte vuilniszakken. Een fles met groene zeep. En een blik met Bona Polish. Hij boog naar voren en las het etiket.

Bestemd voor parket. Bevat geen ammoniak.

Harry kwam langzaam overeind. Stond stil en luisterde aandachtig. De sfeer.

Hij was er al een poosje uit, maar hij probeerde alles wat hij had gezien op te slaan en te memoreren. De eerste indruk. Hij had dat keer op keer benadrukt tijdens zijn colleges, dat de eerste gedachten die opkwamen bij het betreden van een plaats delict voor een technisch rechercheur vaak de belangrijkste en de juiste waren. Het verzamelen van data terwijl de zintuigen nog op scherp stonden, voor ze verslapten en werden tegengewerkt door de droge feiten van de technische bevindingen.

Harry sloot zijn ogen, probeerde te horen wat het huis wilde zeggen, welk detail hij over het hoofd had gezien, wat het vertelde dat hij moest weten.

Maar als het huis al sprak, werd het overstemd door het lawaai van de vuilniswagen recht voor de openstaande voordeur. Hij hoorde de stemmen van de mannen van de wagen, het hek dat openging, een vrolijke lach. Onbezorgd. Alsof er niets was gebeurd. Misschien was er wel niets gebeurd. Misschien zou Beate zo binnenkomen, haar neus ophalend en de sjaal strakker rond haar nek trekkend. Ze zou oplichten, verrast en blij dat hij er was. En nog verraster wanneer hij haar vroeg of ze zijn getuige wilde zijn bij zijn huwelijk met Rakel. Ze zou lachen en enorm blozen, zoals ze altijd deed als iemand ook maar in haar richting keek. Het meisje dat zich altijd opsloot in het House of Pain, de videokamer op het hoofdbureau waar ze twaalf uur achtereen zat en met onfeilbare zekerheid gemaskerde overvallers van banken identificeerde. Het meisje dat chef werd van het forensisch laboratorium. Een geliefde chef. Harry slikte.

Het klonk als een kladversie voor een begrafenisrede.

Hou nu op! Ze komt nu. Hij haalde diep adem. Hoorde het hek weer dichtvallen, de pletmachine starten.

Toen kwam het. Het detail. Dat wat niet klopte.

Hij staarde naar de kast. Een halve rol met witte vuilniszakken.

De vuilniszakken in de vuilcontainer waren zwart.

Harry zette af.

Rende door de gang, de deur uit, naar het hek. Rende wat hij kon, zijn hart klopte als een razende.

'Stop!'

De ene vuilnisman keek op. Hij stond met één been op het platform van de vuilniswagen, die al in beweging was op weg naar het volgende huis. Het krakende geluid van de kauwende stalen kaken gaf Harry het gevoel dat ze met zijn hoofd bezig waren.

'Stop dat rotapparaat!'

Hij sprong over het hek en landde met beide benen op het asfalt. De vuilnisman reageerde direct, sloeg op de rode noodknop van de pletmachine en daarna met een vuist op de zijkant van de wagen die direct stopte en een opgewonden geproest liet horen.

De pletmachine stopte.

De vuilnisman staarde.

Harry liep langzaam naar hem toe en keek naar hetzelfde, in de stalen bek. Het rook waarschijnlijk scherp, maar Harry merkte het niet. Hij keek alleen naar de half samengedrukte, opengebarsten vuilniszakken waaruit het drupte en naar het metaal dat rood kleurde.

'Mensen zijn verdomme niet wijs,' fluisterde de vuilnisman.

'Wat is er?' Het was de chauffeur, hij had zijn hoofd uit het raam gestoken en riep.

'Kennelijk heeft iemand weer zijn hond erin gegooid!' riep de collega. En hij keek naar Harry. 'Is die van jou?'

Harry gaf geen antwoord, stapte slechts over de rand, in de halfopen bek van de pletmachine.

'Hé! Dat mag niet! Dat is levensgev...'

Harry rukte zich los uit de greep van de man. Glibberde over het rode nat, klapte met zijn elleboog en wang tegen de stalen bak die wel met zeep leek ingesmeerd. Rook de welbekende geur van bloed van een dag oud. Hij ging op zijn knieën zitten en rukte een zak open.

De inhoud stortte eruit en gleed over de schuine plaat.

'Wel verdomme!' hikte de vuilnisman achter hem.

Harry rukte de tweede open. En een derde.

Hoorde de vuilnisman naar beneden springen en het braaksel spatte op het asfalt.

In de vierde zak vond hij wat hij zocht. De andere lichaamsdelen hadden aan wie dan ook kunnen toebehoren. Maar niet dit deel. Niet dat met het blonde haar, niet dat bleke gezicht dat nooit meer zou blozen. Niet deze lege, starende ogen die iedereen herkenden die ze ooit hadden gezien. Het gezicht was tot moes geslagen, maar Harry twijfelde niet. Hij legde zijn vinger op die ene oorbel, gemaakt van een uniformknoop.

Het deed zo'n pijn, zo'n verschrikkelijke pijn, dat hij niet kon ademhalen, zo'n pijn dat hij in elkaar moest kruipen, als een stervende bij met een losgerukte angel.

En hij hoorde een geluid over zijn eigen lippen komen, als van een vreemde, een langgerekte, huilende kreet die weerklonk in de stille wijk.

Deel IV

HOOFDSTUK 27

Beate Lønn werd naast haar vader op de begraafplaats van Gamlebyen begraven. Hij lag daar niet omdat het de begraafplaats van zijn kerkelijke gemeente was, maar omdat deze begraafplaats het dichtst bij het hoofdbureau lag.

Mikael Bellman trok zijn stropdas recht en pakte de hand van Ulla. De persadviseur had voorgesteld dat zij mee zou gaan. Zijn positie als verantwoordelijk leider was na de laatste moord zo precair geworden dat hij hulp nodig had. Het eerste wat de media-adviseur had benadrukt, was dat het nu belangrijk was om als commissaris van de politie een grotere persoonlijke betrokkenheid te tonen, meer empathie. Omdat hij zich tot nu toe een beetje te formeel had opgesteld. Ulla had acte de présence gegeven. Natuurlijk had ze dat. Verbluffend knap in haar rouwkleding die ze zo zorgvuldig had uitgezocht. Ze was een goede echtgenote voor hem, zijn Ulla. Hij zou dat niet weer vergeten. Voorlopig niet.

De dominee sprak maar door over wat hij de grote vragen noemde, wat er gebeurt als we sterven. Maar dat waren uiteraard niet de grote vragen, die waren wat er was gebeurd voordat Beate Lønn stierf en wie haar had vermoord. Haar en die andere drie politiemensen in de loop van het laatste halfjaar.

Dat waren de grote vragen voor de pers, die de laatste dagen had gebruikt om de briljante chef van het forensisch laboratorium te loven en de nieuwe en duidelijk onervaren politiecommissaris te bekritiseren.

Dat waren de grote vragen voor het gemeentebestuur, dat een gesprek met hem wilde waarin kritische vragen zouden worden gesteld over zijn aanpak van de moordzaken.

En dat waren de grote vragen voor het onderzoeksteam, zowel het grote als het kleine dat Hagen had samengesteld zonder hem daarover in te lichten, maar dat Bellman had geaccepteerd omdat het in elk geval een concreet spoor had waaraan gewerkt werd: Valentin Gjertsen.

Het zwakke punt bij die theorie was het feit dat de geest die achter deze moorden zat slechts door één getuige in leven was gezien. En die persoon bevond zich nu in een kist voor het altaar.

Uit de rapporten van de technische recherche, het onderzoeksteam en het forensisch laboratorium was naar voren gekomen dat er niet voldoende details waren gevonden om wat er was voorgevallen precies te kunnen reconstrueren, maar wat er wel uit was gebleken, was dat er veel overeenkomsten waren met de bevindingen indertijd bij de moord in Bergslia.

Dus als men ervan uitging dat de rest ook hetzelfde was geweest, dan had Beate Lønn op de ergst denkbare wijze geleden.

Er waren geen sporen van verdovende middelen gevonden in de lichaamsdelen die ze hadden onderzocht. Het obductierapport had melding gemaakt van massieve bloedingen in het spierweefsel en in het onderhuidse weefsel, veranderingen en reacties in het weefsel, wat in heldere taal betekende dat Beate Lønn in leven was geweest op het moment dat de betreffende lichaamsdelen werden afgesneden en helaas ook nog een poos daarna.

De snijvlakken duidden erop dat het afsnijden was gebeurd met een bajonetzaag en niet met een steekzaag. De technisch rechercheurs gokten dat er een zaagblad was gebruikt van zogenaamd bimetaal, fijn getand en met een blad van veertien centimeter dat door bot kan zagen. Bjørn Holm kon vertellen dat een dergelijke zaag ook door jagers wordt gebruikt.

Beate Lønn was mogelijk in stukken gezaagd op de salontafel, aangezien die van glas was en naderhand was schoongemaakt. De moordenaar had waarschijnlijk zeep met ammoniak en zwarte vuilniszakken bij zich, gezien het feit dat beide producten niet op de plaats delict waren aangetroffen.

In de vuilniswagen hadden ze ook restanten van een vloerkleed doordrenkt met bloed gevonden.

Wat ze niet hadden gevonden, waren vingerafdrukken, schoenafdrukken, stukjes textiel, haren of ander DNA-materiaal dat er niet hoorde te zijn.

Of tekenen van inbraak.

Katrine Bratt had verklaard dat Beate Lønn het telefoongesprek had afgebroken toen er werd aangebeld.

Nu was het niet erg waarschijnlijk dat Beate Lønn een vreemde had binnengelaten, in elk geval niet tijdens de Berg-operatie. Dus de theorie waar men nu van uitging, was dat de dader zich met een wapen in zijn hand toegang had verschaft.

En dan was er natuurlijk de andere theorie. Dat het geen vreemde was geweest. Want Beate Lønn had een veiligheidsslot op haar solide voordeur. En er zaten krassen op de deur bij het slot, wat erop duidde dat ze het regelmatig gebruikte.

Bellman liet zijn blik over de rijen gaan. Gunnar Hagen, Bjørn Holm en Katrine Bratt. Een oudere dame samen met een klein meisje dat, naar hij aannam, de dochter van Lønn moest zijn, de gelijkenis was in elk geval opvallend.

Een andere geest, Harry Hole. En Rakel Fauke. Donker, met die zwarte, stralende blik, bijna net zo knap als Ulla, onbegrijpelijk dat een kerel als Hole zijn klauwen in haar had weten te zetten.

En iets verderop Isabelle Skøyen. Het gemeentebestuur moest natuurlijk een vertegenwoordiger sturen, de pers zou daar een punt van kunnen maken als dat niet gebeurde. Voor ze de kerk in liepen, had ze hem apart genomen, het feit genegeerd dat Ulla stond te wachten en gevraagd hoe lang hij van plan was haar telefoontjes te negeren. En hij had herhaald dat het voorbij was. En ze had hem opgenomen zoals je een insect bekijkt voor je het verplettert en gezegd dat ze een *leaver* was en niet een *leavee*. En dat hij dat zou merken. Hij had haar blik in zijn rug gevoeld toen hij naar Ulla liep en haar zijn arm had aangeboden.

Verder waren de rijen gevuld met naar hij aannam een mix van familie, vrienden en collega's, de meesten in uniform. Hij had hen troostrijke woorden horen zeggen: dat er geen tekenen van marteling waren geweest en dat het bloedverlies er hopelijk voor had gezorgd dat ze snel het bewustzijn had verloren.

Een fractie van een seconde kruiste zijn blik die van een ander. Hij deed alsof zijn ogen verder gingen en hij hem niet had gezien. Truls Berntsen. Wat deed hij verdomme hier? Hij stond niet bepaald op de lijst met vrienden van Beate Lønn. Ulla drukte zijn hand licht, keek hem vragend aan en hij glimlachte even naar haar. Ook best, in de dood zijn we allemaal collega's.

Katrine had zich vergist. Ze was nog niet uitgehuild.

Ze had dat meerdere keren gedacht in de eerste dagen nadat Beate was gevonden, dat ze niet meer tranen had. Maar die had ze wel. En ze had die uit een lichaam geperst dat al murw was van het lange, heftige huilen.

Ze had gehuild tot het lichaam weigerde en ze had overgegeven. Gehuild tot ze van uitputting in slaap viel. En gehuild vanaf het moment dat ze wakker was. En nu huilde ze weer.

En in de uren dat ze sliep, werd ze in haar dromen bezocht vanwege haar pact met de duivel. Waarin ze had gezegd dat ze bereid was nog één collega te offeren om Valentin te kunnen pakken. Een afspraak die ze had geratificeerd met de bezwering: nog één keer, jij verrekte duivel. Sla nog één keer toe.

Katrine snikte luid.

Die harde snik zorgde ervoor dat Truls Berntsen rechterop ging zitten. Hij viel bijna in slaap. Verdomme, zo glad als die goedkope stof van zijn kostuum was op de glimmend gepoetste kerkbank, hij liep het risico ervan af te glijden.

Hij vestigde zijn blik op het altaar. Jezus met die stralen rond zijn hoofd. Hoofdlamp. Vergeving van de zonden. Het was natuurlijk een geniaal idee. De religie begon steeds slechter te verkopen, het was zo verrekte moeilijk je aan al die regels te houden toen er steeds meer geld kwam om voor de verleidingen te vallen. Dus toen waren ze daarmee gekomen, op die manier kon je blijven geloven. Een verkoopidee dat net zo effectief voor de omzet was als kopen op krediet, je had bijna het gevoel dat de verlossing gratis was. Maar net als bij kopen op krediet raakte je de controle kwijt. De mensen hadden er schijt aan, die zondigden bij het leven, want het was voldoende om een beetje te geloven. Dus rond de middeleeuwen moesten de mensen strenger worden aangepakt, het incasso werd ingesteld. Dus ze vonden de hel uit en dat gedoe dat je ziel kon branden. En hoepla – de klanten werden bang en keerden terug naar de Kerk en deze keer deden ze hun best. De Kerk werd steenrijk en dat was verdiend, ze hadden verdomd goed werk geleverd. Dat was Truls' oprechte mening over de kwestie, hoewel hij zelf geloofde dat hij zou sterven en dat het dan afgelopen was, zonder dat gedoe van vergeven van de zonden of de hel. Maar als hij zich vergiste, dan had hij een probleem, dat was duidelijk. Er moesten grenzen zijn aan wat er vergeven kon worden en Jezus had waarschijnlijk niet voldoende fantasie om zich een voorstelling te maken van de dingen die Truls had gedaan.

Harry staarde recht voor zich uit. Was ergens anders. In het House of Pain waar Beate wees en uitlegde. Hij kwam pas bij zijn positieven toen hij Rakel hoorde fluisteren: 'Je moet Gunnar en de anderen helpen, Harry.'

Hij schrok. Keek haar vragend aan.

Ze knikte naar het altaar, waar de anderen zich al hadden opgesteld bij de kist. Gunnar Hagen, Bjørn Holm, Katrine Bratt, Ståle Aune en een broer van Jack Halvorsen. Hagen had uitgelegd dat Harry tegenover de zwager moest gaan staan omdat die de op een na langste was.

Harry stond op en liep met snelle passen door het middenpad.

'Je moet Gunnar en de anderen helpen.'

Het was als een echo van wat ze gisteravond had gezegd.

Harry knikte bijna ongemerkt naar de anderen. Nam de lege plaats in.

'Bij drie,' zei Hagen zacht.

De orgeltonen volgden elkaar op, zwollen aan.

Toen droegen ze Beate Lønn het licht in.

Na de begrafenis was het stampvol in Justisen.

Door de luidsprekers denderde een liedje dat Harry eerder had gehoord. 'I Fought the Law' van de Bobby Fuller Four. Met het optimistische vervolg: '… *and the law won.*'

Hij had Rakel naar de luchthaventrein gebracht en in de tussentijd hadden meerdere voormalige collega's kans gezien aardig aangeschoten te raken. Als nuchtere outsider kon Harry het bijna panische drinken observeren, alsof ze aan boord van een schip zaten dat bezig was ten onder te gaan. Bij meerdere tafels werd meegebruld met Bobby Fullers bewering dat de wet had gewonnen.

Harry gaf een teken naar de tafel waaraan Katrine Bratt en de andere kistdragers zaten dat hij zo terugkwam, maar eerst naar het toilet moest. Hij was al een eind op weg met het legen van zijn blaas toen er een man naast hem kwam staan. Hij hoorde hoe de gulp werd opengeritst.

'Dit is een plek voor ons politiemensen,' gromde een stem. 'Dus wat doe jij verdomme hier?'

'Pissen,' zei Harry zonder op te kijken. 'En jij? Mol spelen?'

'Waag het niet, Hole.'

'Als ik het had gewaagd, had jij niet als een vrij man rondgelopen, Berntsen.'

'Pas op,' kreunde Truls Berntsen en hij steunde met zijn vrije hand tegen de muur van de pisbakken. 'Ik kan moorden aan jou toeschrijven, weet je. Die Rus in de bar Come As You Are. Iedereen bij de politie weet dat jij het was, maar ik ben de enige die het kan bewijzen. En daarom zou ik het maar niet wagen.'

'Wat ik weet, Berntsen, is dat de Rus een drugsdealer was die me probeerde te elimineren. Maar als jij denkt dat jij betere kansen hebt dan hij, ga je gang. Je hebt immers eerder politiemensen in elkaar geslagen.'

'Hè?'

'Jij en Bellman. Een of andere homo, toch?'

Harry hoorde dat de straal die Berntsen produceerde ineens wegstierf.

'Ben je weer aan het drinken, Hole?'

'Hm,' zei Harry, zijn gulp dichtknopend. 'Kennelijk is dit het seizoen voor politiehaters.' Hij liep naar de wastafel. Zag in de spiegel dat de kraan bij Berntsen nog steeds dichtgedraaid was. Harry waste zijn handen, droogde ze af. Liep naar de deur. Hoorde Berntsen zacht sissen: 'Waag het niet, zeg ik alleen. Als je mij pakt, neem ik je mee.'

Harry liep naar zijn tafel. Bobby Fuller was bijna klaar. En Harry bedacht ineens iets. Toen Bobby Fuller in 1966 dood werd aangetroffen in zijn auto, overgoten door benzine, meenden sommige mensen dat hij was vermoord door de politie. Hij was drieëntwintig geworden, net zo oud als René Kalsnes.

Er begon een nieuw liedje. Supergrass' 'Caught by the Fuzz'. Harry glimlachte. Gaz Coombes zingt dat hij gepakt wordt door smerissen, *the fuzz*, die willen dat hij klikt en twintig jaar later wordt zijn song gedraaid door de politie als een hulde aan henzelf. Sorry, Gaz.

Harry keek rond. Dacht aan het lange gesprek dat hij en Rakel de avond ervoor hadden gehad. Over alles wat je kon ontwijken, vermijden en ontlopen in je leven. En over wat je niet kon ontvluchten. Omdat dat het leven wás, de reden waarom je er was. Dat al het andere

– liefde, vrede, geluk – iets was wat daarna kwam, als er voldaan was aan de voorwaardes. Zij had vooral het woord gevoerd. Ze had hem uitgelegd dat hij moest. Dat de schaduwen van Beates dood zo lang waren dat ze al over die dag in juni vielen, hoe hysterisch fel de zon die dag ook zou schijnen. Dat hij moest. Voor hen beiden. Voor hen allemaal.

Harry baande zich een weg naar de tafel op schragen.

Hagen stond op en trok een stoel bij die ze al voor hem apart hadden gehouden. 'En?' zei hij.

'Ik doe mee,' zei Harry.

Truls stond bij het urinoir, nog steeds half verlamd door wat Harry tegen hem had gezegd. 'Kennelijk is dit het seizoen voor politiehaters.' Wist hij iets? Onzin! Harry wist niks. Dat kon niet! Als hij iets wist, dan had hij het niet op deze manier gezegd, als een provocatie. Maar hij wist wel van die homo bij Kripos, die vent die ze in elkaar hadden geslagen. En hoe wist hij dat?

Die kerel had het bij Mikael geprobeerd, had geprobeerd hem te kussen in een vergaderzaal. Mikael meende dat iemand het had kunnen zien. Ze hadden een muts over het hoofd van die kerel getrokken. In de garage. Truls had geslagen. Mikael had alleen toegekeken. Zoals gewoonlijk. Hij had alleen ingegrepen toen het uit de hand dreigde te lopen, had gezegd dat hij moest stoppen. Nee, het was al uit de hand gelopen. Die kerel had nog op de grond gelegen toen ze vertrokken.

Mikael was bang geweest. Meende dat ze te ver waren gegaan, dat die kerel er blijvend schade aan kon hebben opgelopen, dat hij op het idee kon komen aangifte tegen hen te doen. Dus dat was de eerste klus als mol geweest voor Truls. Ze hadden het blauwe zwaailicht gebruikt om naar Justisen te kunnen scheuren, waar ze zich een weg hadden gebaand naar de bar en erop hadden gestaan om voor die twee lui uit Munkholmen te betalen die een halfuur eerder waren vertrokken. De barman had geknikt en gezegd dat hij blij was met zulke eerlijke mensen en Truls had hem zo'n grote fooi gegeven dat de barman zich hem vast nog kon herinneren. Hij nam de kassabon met daarop het tijdstip mee, reed met Mikael naar het forensisch laboratorium, waar een nieuweling werkte van wie Truls wist dat hij wel zin had in een baan als technisch rechercheur. Hij had hem uitgelegd dat iemand misschien zou proberen een overval in hun schoenen te schuiven, dat hij moest controleren of ze clean waren. De nieuweling had hen en hun kleding snel en oppervlakkig onderzocht en vastgesteld dat hij noch DNA, noch bloed kon vinden. Daarna had Truls Mikael naar huis gebracht en was zelf opnieuw naar de garage gegaan. De kontneuker was er niet meer, maar het bloedspoor wees erop dat hij erin was geslaagd op eigen houtje weg te komen. Dus misschien was het allemaal niet zo erg. Maar Truls had de plek toch schoongemaakt en daarna was hij naar de haven gereden en had de gummiknuppel in het water gegooid.

De volgende dag had een collega Mikael gebeld en gezegd dat de kontneuker vanuit het ziekenhuis contact had opgenomen, dat er sprake was van aangifte van mishandeling. Toen was Truls naar het ziekenhuis gegaan, hij had gewacht tot het bezoekuur voorbij was en had de kerel verteld over de stand van zaken rond de bewijzen en over de stand van zaken wat hemzelf betrof als hij ooit ook maar een woord zou zeggen of het lef had op het werk te verschijnen.

Ze hadden niets meer gehoord of gezien van die kerel bij Kripos. Dankzij hem, Truls Berntsen. Dus de duivel moge Mikael Bellman halen. Truls Berntsen had het zwijn gered. In elk geval tot nu toe. Want nu wist Harry Hole van de zaak. En hij was een ongeleid projectiel. Hij kon gevaarlijk worden, die Hole. Te gevaarlijk.

Truls Berntsen bekeek zichzelf in de spiegel. De terrorist. Wel verdomd, dat was hij. En hij was nog maar net begonnen.

Hij verliet de wc, liep naar de anderen. Op tijd om de laatste zinnen van Mikael Bellman te horen: '... dat Beate Lønn van een materiaal was gemaakt waarvan we in dit korps hopelijk allemaal zijn gemaakt. Nu is het aan ons om dat te bewijzen. Alleen op die manier kunnen we haar nagedachtenis eren zoals ze had gewild dat we haar zouden eren. We zullen hem pakken. Proost!'

Truls staarde naar zijn jeugdvriend terwijl iedereen zijn glas optilde naar het plafond, als krijgers die hun lansen in de lucht steken op commando van de hoofdman. Hij zag hun gezichten oplichten, verbeten en ernstig. Hij zag Bellman knikken alsof ze het eens waren geworden over iets, zag dat hij ontroerd was, ontroerd door het moment, door zijn eigen woorden, door wat ze opriepen, de macht die ze over de anderen in de ruimte hadden.

Truls liep terug naar de gang waar de toiletten zaten, ging naast de speelautomaat staan, stopte een munt in de telefoon en pakte de hoorn op. Toetste het nummer van de meldkamer in.

'Politie.'

'Ik heb een anonieme tip. Het gaat om de kogel die in de René-zaak is gevonden, ik weet welk wapen die heeft afgesl... afgest...' Truls had geprobeerd snel te spreken, wist dat het gesprek werd opgenomen en dat ze dat later af konden spelen. Maar zijn tong wilde zijn hersenen niet echt volgen.

'Dan moet je met de rechercheurs van Geweld praten of met Kripos,' onderbrak de centralist hem. 'Maar ze zijn vandaag allemaal op een begrafenis.'

'Dat weet ik!' zei Truls en hij hoorde dat hij onnodig hard sprak. 'Ik wil alleen een tip doorgeven.'

'Je weet dat?'

'Ja, luister...'

'Ik zie aan het nummer dat je uit Justisen belt. Daar zou je ze moeten vinden.'

Truls staarde naar de telefoon. Hij besefte dat hij te dronken was. Dat hij een grove fout had begaan. Als dit een zaak werd, en ze wisten dat het gesprek uit Justisen kwam, konden ze gewoon mensen vragen die daar waren geweest, de band afspelen en hun vragen of iemand de stem herkende. En dat was een te groot risico.

'Alleen maar iemand die een grap wil uithalen,' zei Truls. 'Het spijt me, we hebben te veel bier gehad.'

Hij hing op en vertrok. Dwars door de bar zonder naar rechts of naar links te kijken. Maar toen hij de deur opende en de koude wind en regen voelde, bleef hij toch staan. Hij draaide zich om. Zag Mikael zijn hand op de schouder van een collega leggen. Zag een groep rond Harry Hole, die dronkenlap, staan. Een van hen, een vrouw, omhelsde hem zelfs. Truls keek naar buiten, naar de regen.

Gesuspendeerd. Afgewezen.

Hij voelde een hand op zijn schouder. Keek op. Het gezicht zwom, alsof hij het door water bekeek. Was hij echt zo dronken?

'Het is goed,' zei het gezicht met een milde stem terwijl de hand zijn schouder omklemde. 'Laat het gaan, dat hebben we allemaal vandaag.'

Truls reageerde instinctief, sloeg de hand van zich af en stoof weg.

Stampte op straat terwijl hij de regen door zijn jas voelde komen. Naar de hel met hen. Naar de hel met hen allemaal. Hij zou persoonlijk voor het transport zorgen.

HOOFDSTUK 28

Iemand had een vel papier op de grijze metalen deur geplakt: Vuurkamer.

Binnen constateerde Gunnar Hagen dat het net zeven uur was geweest en dat ze alle vier aanwezig waren. De vijfde zou niet komen en haar stoel bleef leeg. De nieuwe had een eigen stoel meegenomen uit de vergaderzaal een verdieping hoger in het hoofdbureau van politie.

Gunnar Hagen liet zijn blik over alle vier gaan.

Bjørn Holm leek nog steeds erg aangedaan door gisteren, dat gold ook voor Katrine Bratt. Ståle Aune was zoals gewoonlijk onberispelijk gekleed in tweed en met een vlinderstrikje. Gunnar Hagen bestudeerde de nieuwe met extra aandacht. Het afdelingshoofd had nog voor Harry Hole Justisen verlaten en op dat tijdstip was Harry aan het water en de koffie. Maar nu hij daar zo in elkaar gezakt op zijn stoel zat, bleek, ongeschoren en met gesloten ogen, was Hagen er niet zo zeker van dat het daar ook bij was gebleven. Waar de groep behoefte aan had, was rechercheur Harry Hole. Waar geen van hen behoefte aan had, was een dronkenlap.

Hagen keek naar het whiteboard waarop ze gezamenlijk de zaak voor Harry hadden samengevat. Namen van de slachtoffers op een tijdlijn, plaatsen delict, de naam Valentin Gjertsen, pijlen tussen eerdere moorden met data en jaartallen.

'Dus,' zei Hagen, 'Maridalen, Tryvann, Drammen en de laatste twee thuis bij het slachtoffer. Vier politiemensen die hadden meegewerkt aan oude, onopgeloste moorden, op dezelfde dag en – in drie gevallen – op dezelfde plaats delict. Drie van de oorspronkelijke moorden hielden verband met een zedendelict en hoewel er veel tijd tussen de moorden zit, werden ze indertijd ook aan elkaar gelinkt. Uitzondering was Drammen, waar het slachtoffer een man was, René Kalsnes, en er geen teken was van seksueel misbruik. Katrine?'

'Als we aannemen dat Valentin Gjertsen achter de oorspronkelijke moorden zat en achter de politiemoorden zit, is Kalsnes een interessante uitzondering. Hij was homoseksueel, en de mensen met wie Bjørn en ik in een club in Drammen hebben gesproken, beschrijven Kalsnes als een promiscue intrigant – dat hij niet alleen oudere partners had die smoorverliefd op hem waren en uitgebuit werden als *sugar daddies*, maar dat hij graag aan betaalde seks deed in de club als de gelegenheid zich voordeed. Dat hij tot veel bereid was als er geld in het spel was.'

'Een persoon dus met het gedrag en het beroep uit risicogroep één met een grote kans om vermoord te worden,' zei Bjørn Holm.

'Precies,' zei Hagen. 'Maar dat maakt het waarschijnlijk dat de dader ook een homo is. Of biseksueel. Ståle?'

Ståle Aune kuchte. 'Criminelen als Valentin Gjertsen hebben vaak een gecompliceerde seksualiteit. Waar een dergelijke persoon opgewonden van wordt, gaat vaker om de behoefte de controle te hebben, het sadisme en de grensoverschrijdende handelingen dan over het geslacht en de leeftijd van het slachtoffer. Maar het is ook mogelijk dat de moord op René Kalsnes uit pure jaloezie is gepleegd. Het feit dat er geen teken was van misbruik, kan daarop duiden. Plus woede. Hij is de enige van de oorspronkelijke slachtoffers die is geslagen met een stomp voorwerp, net als bij de latere moorden op de politiemensen.'

Het werd stil en ze keken allen naar Harry Hole, die in een half liggende houding was gezakt en nog steeds met gesloten ogen en zijn handen gevouwen op zijn buik zat. Katrine Bratt geloofde een ogenblik dat hij in slaap was gevallen, maar toen schraapte hij zijn keel: 'Is er een verband gevonden tussen Valentin en Kalsnes?'

'Voorlopig niet,' zei Katrine. 'Geen telefooncontact, geen creditcardgebruik in de club of in Drammen of andere elektronische sporen die erop wijzen dat Valentin in de buurt van René Kalsnes is geweest. En niemand die Kalsnes heeft gekend had ooit gehoord van Valentin Gjertsen of iemand gezien die op hem leek. Dat betekent niet dat ze niet...'

'Nee, hoor,' zei Harry, zijn ogen samenknijpend. 'Ik vroeg het me alleen af.'

Er viel een stilte in de Vuurkamer terwijl ze allemaal naar Harry staarden.

Hij opende een oog: 'Wat?'

Niemand gaf antwoord.

'Ik zal niet opstaan en over water gaan lopen of water in wijn veranderen,' zei hij.

'Nee, hoor,' zei Katrine. 'Het is voldoende als je deze vier blinden weer laat zien.'

'Dat zal me ook niet lukken.'

'Ik dacht dat een leider zijn mensen moest laten geloven dat alles mogelijk is,' zei Bjørn Holm.

'Leider?' Harry glimlachte, ging rechter op zijn stoel zitten. 'Heb je hun verteld over mijn status, Hagen?'

Gunnar Hagen kuchte. 'Harry heeft niet langer de status of de autorisatie van een politieman, dus hij is net als Ståle puur binnengehaald als een civiele consulent. Dat betekent dat hij bijvoorbeeld niet kan verzoeken om een huiszoekingsbevel, geen wapen mag dragen of arrestaties mag verrichten. En dat betekent ook dat hij geen operationele politie-eenheid kan leiden. Het is belangrijk dat we ons daaraan houden. Stel je voor dat we Valentin pakken met een zak vol bewijzen, maar de advocaat ontdekt dat we niet volgens de regels hebben...'

'Van die consulenten...' zei Ståle Aune terwijl hij zijn pijp stopte met een grijns op zijn gezicht. 'Ik heb gehoord dat ze een uurtarief incasseren dat psychologen tot idioten maakt. Dus laten we de tijd goed benutten. Zeg eens iets slims, Harry.'

Harry haalde zijn schouders op.

'Goed,' zei Ståle Aune met een zuur lachje en hij stak zijn niet-aangestoken pijp in zijn mond. 'We hebben al alle slimme dingen gezegd die we te zeggen hadden. En zo zal het een poosje blijven.'

Harry keek even naar zijn handen en haalde ten slotte diep adem.

'Ik weet niet hoe slim het is, het is wat halfbakken, maar dit heb ik gedacht...' Hij keek op en ontmoette vier paar wijd opengesperde luiken.

'Het is me duidelijk dat Valentin Gjertsen verdachte is. Het probleem is dat we hem niet kunnen vinden. Daarom stel ik voor dat we op zoek gaan naar een nieuwe verdachte.'

Katrine Bratt geloofde haar eigen oren niet. 'Wat? We moeten iemand gaan verdenken van wie we niet geloven dat hij het heeft gedaan?'

'We geloven niet,' zei Harry. 'We verdenken met een zekere graad van waarschijnlijkheid. En elke keer maken we de afweging of een feit onze hypothese ontkracht of bevestigt. Het lijkt ons minder waarschijnlijk dat er leven is op de maan dan op Gliese 581 D die op een perfecte afstand van de zon ligt zodat water er niet kan bevriezen of koken. Toch onderzoeken we eerst de maan.'

'Harry Holes vierde gebod,' zei Bjørn Holm. '"Begin te zoeken waar er licht is." Of was dat het vijfde gebod?'

Hagen kuchte. 'Ons mandaat is het vinden van Valentin, al het andere is de taak van de grote onderzoeksgroep. Bellman zal iets anders niet toestaan.'

'Met alle respect,' zei Harry. 'Bellman kan naar de hel lopen. Ik ben niet slimmer dan een van jullie, maar ik ben nieuw en dat geeft ons de kans om dit met nieuwe ogen te bekijken.'

Katrine snoof. 'Ik geloof er geen bal van dat je het meent met "niet slimmer dan een van jullie".'

'Nee zeg, maar voorlopig kunnen we toch doen alsof,' zei Harry zonder een spier te vertrekken. 'Laten we helemaal opnieuw beginnen. Motief. Wie wil politiemensen vermoorden die niet in staat waren bepaalde moorden op te lossen? Want dat is wat ze gemeenschappelijk hebben, ja? Brand los.'

Harry vouwde zijn armen over zijn borst en zakte weer onderuit op zijn stoel. Sloot zijn ogen en wachtte.

Bjørn Holm was de eerste die de stilte verbrak. 'Familie van de slachtoffers?'

Katrine volgde. 'Slachtoffers van verkrachtingen die niet door de politie werden geloofd of die vinden dat hun zaak niet goed is onderzocht door de rechercheurs. De moordenaar straft politiemensen die andere moorden met een seksueel motief niet hebben opgelost.'

'René Kalsnes is niet verkracht,' zei Hagen. 'En als ik van mening was dat mijn zaak niet goed was onderzocht, zou ik me beperken tot de politiemensen die juist mijn zaak niet hebben opgelost, niet al die andere zaken.'

'Ga door met de veronderstellingen, dan schieten we ze later wel af,' zei Harry. 'Ståle?'

'Onschuldig veroordeelden,' zei Aune. 'Ze hebben gezeten, zijn gebrandmerkt, zijn hun werk, hun zelfvertrouwen en het respect van anderen kwijt. Het zijn de leeuwen die uit de groep zijn gestoten die het gevaarlijkst zijn. Ze voelen geen verantwoordelijkheid, alleen maar haat en verbittering. En ze zijn bereid het risico te nemen om zich te wreken, want hun eigen leven is hoe dan ook minder waard geworden. Als kuddedier voelen ze dat ze niet veel te verliezen hebben. Degene laten lijden die hen heeft laten lijden, is wat ze elke ochtend doet opstaan.'

'Wraakterroristen dus,' zei Bjørn Holm.

'Goed,' zei Harry. 'Noteer dat we alle verkrachtingszaken checken waarbij er geen sprake was van een bekentenis van de veroordeelde en de zaak nog losse eindjes had. En waarbij de straf is uitgezeten en de betreffende persoon weer op vrije voeten is.'

'Of misschien is het niet de veroordeelde zelf,' zei Katrine. 'Het kan zijn dat de veroordeelde nog steeds zit of dat hij zich uit wanhoop van het leven heeft beroofd. En dat het om de geliefde, de broer, de vader gaat die zich ten doel heeft gesteld de veroordeelde te wreken.'

'Liefde,' zei Harry. 'Goed.'

'Dat meen je verdomme niet.' Dat was Bjørn.

'Wat is er?' zei Harry.

'Liefde?' Zijn stem klonk metalig, zijn gezicht was vertrokken in een merkwaardige grimas. 'Je meent verdomme toch niet dat dit bloedbad iets te maken heeft met liefde!'

'Jazeker, dat bedoel ik wel,' zei Harry; hij gleed verder onderuit en sloot zijn ogen weer.

Bjørn ging staan, zijn gezicht was rood. 'Een psychopaat van een seriemoordenaar die uit liefde dit...' Zijn stem brak en hij knikte naar de lege stoel. '... doet?'

'Kijk naar jezelf,' zei Harry en hij opende een oog.

'Hè?'

'Kijk naar jezelf en voel. Je bent razend, je haat, je wilt de schuldige zien bungelen, sterven, lijden, of niet? Omdat je, net als wij, hield van haar die daar zat. De moeder van je haat is liefde, Bjørn. En het is liefde, en niet haat, die maakt dat je bereid bent wat dan ook te doen, alle moeite te doen om je klauwen in de schuldige te kunnen zetten. Ga zitten.'

Bjørn ging zitten. En Harry stond op.

'Dat is wat me bij deze moorden ook opvalt. De moeite die er is gedaan om de oorspronkelijke moorden te reconstrueren. De risico's die de moordenaar bereid is te lopen. Het werk dat er is verricht, zorgt ervoor dat ik er niet zeker van ben of het pure bloeddorst of haat is. De bloeddorstige vermoordt prostituees, kinderen of andere makkelijke slachtoffers. De moordenaar die haat zonder liefde doet nooit zo extreem veel moeite. Ik bedoel dat we moeten zoeken naar iemand die meer liefheeft dan haat. En de vraag is dan, uitgaande van wat we weten over Valentin Gjertsen, is hij werkelijk in staat zo enorm lief te hebben?'

'Misschien,' zei Gunnar Hagen, 'weten we niet alles van Valentin Gjertsen.'

'Hm. Wat is de datum van de volgende onopgeloste moordzaak?'

'Er komt nu een sprong,' zei Katrine. 'Mei. Een negentien jaar oude zaak.'

'Dat is over meer dan een maand,' zei Harry.

'Ja, en het had ook geen seksueel motief, het leek eerder op een familievete. Dus ik ben zo vrij geweest om naar een vermissingszaak te kijken die lijkt op een moord. Hier in Oslo verdween een meisje. Ze werd als vermist opgegeven nadat ze twee weken niet was gezien. De reden waarom niemand eerder reageerde, was dat ze een sms'je had gestuurd naar een aantal personen met wie ze veel contact had: ze had een goedkoop reisje naar het zuiden geboekt omdat ze een time-out nodig had. Meerdere personen reageerden op het bericht, maar niemand kreeg antwoord, dus ze concludeerden dat de time-out ook haar telefoon betrof. Toen ze als vermist werd opgegeven, checkte de politie alle vliegtuigmaatschappijen, maar ze had met geen ervan gereisd. Kort samengevat: ze was spoorloos verdwenen.'

'De telefoon?' vroeg Bjørn Holm.

'Laatste signaal naar het basisstation in Oslo, daar stopt het. Kan zijn dat de batterij leeg was.'

'Hm,' zei Harry. 'Dat sms-bericht. Het bericht dat de omgeving te horen krijgt dat ze zich niet lekker voelt...'

Bjørn en Katrine knikten langzaam.

Ståle Aune zuchtte. 'Is het mogelijk dat het in wat kleinere porties gaat?'

'Hij bedoelt dat hetzelfde met Beate is gebeurd,' zei Katrine. 'Dat ik een sms kreeg dat ze ziek was.'

'Wel verdomme,' zei Hagen.

Harry knikte langzaam. 'Het is bijvoorbeeld mogelijk dat hij in hun mobieltjes kijkt en ziet met wie het slachtoffer onlangs contact heeft gehad. Die stuurt hij dan een kort bericht en daarmee stelt hij de jacht uit.'

'Waardoor de technische sporen op de plaats delict moeilijker te vinden zijn,' voegde Bjørn eraan toe. 'Hij kent het spel.'

'Op welke dag werd het bericht verstuurd?'

'26 maart,' zei Katrine.

'Dat is vandaag,' zei Bjørn.

'Hm.' Harry wreef over zijn kin. 'We hebben een mogelijke moord met een seksueel motief en een datum, maar geen plaats delict. Welke rechercheurs waren erbij betrokken?'

'Er werd geen onderzoeksteam samengesteld omdat het om een vermissing ging en de zaak heeft nooit de status van een moordzaak gekregen.'

Katrine keek naar haar aantekeningen. 'Maar uiteindelijk werd het doorgestuurd naar de afdeling Geweld en op een lijst van een van de inspecteurs gezet. Op die van jou in feite.'

'Van mij?' Harry fronste zijn voorhoofd. 'Ik herinner me altijd mijn zaken.'

'Deze heb je direct na de Sneeuwman gekregen. Je was naar Hongkong verdwenen en dook niet meer op. Je kwam zelf bijna op de lijst van vermisten.'

Harry trok zijn schouders op. 'Prima. Bjørn, jij checkt hierna bij de afdeling Vermissing wat ze over deze zaak hebben. En waarschuw ze voor het geval er iemand bij hen aanbelt of voor andere mysterieuze telefoontjes vandaag, oké? Zonder lijk en plaats delict gaan we verder.' Harry sloeg zijn handen ineen. 'Dus wie is er aan de beurt om koffie te zetten?'

'Hm,' zei Katrine met een overdreven diepe, hese stem terwijl ze onderuitzakte, haar benen voor zich uit stak, haar ogen sloot en over haar kin wreef. 'Dat moet wel die nieuwe consulent zijn.'

Harry perste zijn lippen op elkaar, knikte, sprong op en voor de eerste keer sinds ze Beate hadden gevonden, klonk er gelach in de Vuurkamer.

Er hing een ernstige sfeer in de vergaderzaal van het gemeentebestuur.

Mikael Bellman zat aan de ene kant van de tafel, de voorzitter zat tegenover hem. Mikael kende van de meeste aanwezigen de naam, dat was een van de eerste dingen geweest die hij als commissaris van de politie had gedaan: de namen geleerd. En de gezichten. 'Je kunt niet schaken als je de stukken niet kent,' had de vorige commissaris hem verteld. 'Je moet weten wat ze niet en wat ze wel kunnen.'

Het was een welgemeende raad geweest van een geroutineerde politiecommissaris. Maar waarom zat nu juist die gepensioneerde commissaris hier in deze zaal? Was hij gevraagd als een soort adviseur? Wat voor ervaring hij ook met het schaakspel mocht hebben gehad, hij kon nauwelijks zo met de stukken hebben gespeeld als die lange, blonde vrouw die twee plaatsen van de voorzitter verwijderd zat en die op het ogenblik aan het woord was. De koningin. De wethouder van Sociale Zaken. Isabelle Skøyen. *The leavee.* Haar stem had die koude, bureaucratische klank van iemand die weet dat er notulen worden gemaakt: 'We hebben met toenemende onrust gezien hoe het politiedistrict Oslo niet in staat blijkt deze moorden op zijn eigen mensen een halt toe te roepen. De media zetten ons natuurlijk al langere tijd onder druk dat we iets drastisch moeten doen, maar wat nog belangrijker is: de burgers van de stad zijn ook hun geduld aan het verliezen. We kunnen eenvoudigweg niet tolereren dat er een groeiend gebrek aan vertrouwen in ons overheidsapparaat is, de politie en de gemeenteraad dus. En aangezien we daar verantwoordelijk voor zijn, heb ik het initiatief genomen tot deze informele hoorzitting. Op die manier kan het gemeentebestuur een oordeel vellen over het plan van aanpak van de commissaris, dat naar we aannemen bestaat, en daarna kunnen we de alternatieven bekijken.'

Mikael Bellman zweette. Hij haatte het als hij zweette in zijn uniform. Hij had vergeefs de blik van zijn voorganger proberen te vangen. Wat deed hij hier verdomme?

'En ik ben van mening dat we zo open en onorthodox mogelijk moeten zijn als het om alternatieven gaat,' zeurde Isabelle Støyens stem. 'We hebben er natuurlijk begrip voor dat dit een te grote, te veeleisende zaak kan zijn voor een jonge, pas aangestelde commissaris. Dat het een ongelukkig toeval is dat een zaak die ervaring en routine vereist zo vroeg in de carrière van de huidige commissaris komt. Het was beter geweest als de zaak op het bordje was gekomen van de vorige commissaris, gezien zijn lange ervaring en merites. Ik ben er zeker van dat alle aanwezigen hier, inclusief de twee commissarissen, dat met me eens zijn.'

Mikael Bellman vroeg zich af of hij echt hoorde wat hij dacht dat hij hoorde. Bedoelde ze... was ze bezig met...?

'Of niet, Bellman?'

Mikael Bellman schraapte zijn keel.

'Het spijt me, als ik je onderbreek, Bellman,' zei Isabelle Skøyen, ze zette haar Prada-leesbril op het uiterste puntje van haar neus en tuurde naar het vel papier dat ze voor zich had. 'Ik lees uit het verslag van de vorige vergadering die we over deze zaak hadden, ik citeer wat jij toen zei: "Ik verzeker het gemeentebestuur dat we de zaak onder controle hebben en we hebben goede hoop op een spoedige oplossing."' Ze nam de bril van haar neus. 'Om onszelf en jou tijd, die we niet lijken te hebben, te besparen stel ik voor dat je dit niet gaat herhalen, maar ons vertelt wat je denkt anders en beter te gaan doen dan hiervoor.'

Bellman trok zijn schouderbladen naar elkaar in de hoop dat zijn overhemd loskwam van zijn rug. Verrekt zweet. Verrekte bitch.

Het was acht uur 's avonds en Harry voelde dat hij moe was toen hij zichzelf binnenliet in de politieacademie. Hij was het duidelijk niet meer gewend om zo lang geconcentreerd na te moeten denken. Niet dat ze erg ver waren gekomen. Ze hadden de rapporten opnieuw doorgenomen, gedachten gedacht die al een dozijn keren waren gedacht, hadden in cirkels rondgedraaid, waren met hun hoofd tegen de muur op gelopen in hoop dat de muur het vroeg of laat zou begeven.

Moe, maar toch verbluffend wakker. Opgewekt. Klaar voor meer.

Hij hoorde dat zijn naam werd geroepen toen hij langs Arnolds kamer liep en stak zijn hoofd om de deur. Zijn collega legde zijn handen achter zijn hoofd, waarop het haar alle kanten op stond. 'Ik wilde alleen horen hoe het voelt om weer een echte politieman te zijn.'

'Goed,' zei Harry. 'Ik kom de rest van de tentamens van het vak Technisch Recherchewerk corrigeren.'

'Maak je daar niet druk om, ik heb ze hier,' zei Arnold en hij tikte met zijn vinger op de stapel papieren voor hem. 'Zorg maar dat jullie die kerel pakken.'

'Oké, Arnold. Bedankt.'

'Trouwens, er is hier ingebroken.'

'Ingebroken?'

'In de gymzaal. De materiaalkast is opengebroken, maar het enige dat mist zijn twee gummiknuppels.'

'Wel verdomme! En de uitgang?'

'Geen tekenen van inbraak. Dus het lijkt erop dat het iemand is geweest die hier werkt. Of dat iemand die hier werkt hem heeft binnengelaten of zijn codesleutel heeft uitgeleend.'

'Is er geen manier om dat uit te zoeken?'

Arnold trok zijn schouders op. 'We hebben hier op school niet zoveel waardevolle spullen die gestolen kunnen worden, dus we gebruiken ons budget niet voor gecompliceerde inloglijsten, bewakingscamera's en 24 uursbewaking.'

'We hebben misschien geen schietwapens, drugs of geldkluizen, maar we hebben toch wel meer waardevolle spullen dan een paar knuppels?'

Arnold lachte een beetje. 'Je moet maar kijken of je pc er nog staat.'

Harry liep door naar zijn kantoor, stelde vast dat er waarschijnlijk niemand binnen was geweest en ging zitten. Hij vroeg zich af wat hij zou doen, hij had gepland tentamens na te kijken en thuis wachtten alleen de schaduwen. Als antwoord op de vraag begon zijn mobieltje te trillen.

'Katrine?'

'Hoi, ik heb iets bedacht.' Ze klonk opgewekt. 'Herinner je je dat ik vertelde dat Beate en ik met Irja hebben gesproken, die vrouw die met Valentin in huis woonde?'

'Die hem een vals alibi gaf?'

'Ja, ze zei dat ze een paar foto's had gevonden die van hem waren. Foto's van verkrachtingen en aanrandingen. En op een van de foto's herkende ze zijn schoenen en het behang van de slaapkamer in het huis.'

'Hm. Bedoel je...'

'... dat het niet erg waarschijnlijk is, maar dat het een plaats delict kán zijn. Ik heb de nieuwe eigenaars te pakken kunnen krijgen en het blijkt dat ze in dezelfde wijk als zijn ouders wonen zolang de woning wordt opgeknapt. Maar ze hadden er niets op tegen dat we de sleutels lenen en een kijkje gaan nemen.'

'Ik dacht dat we het erover eens waren dat we nu niet naar Valentin gingen zoeken.'

'Ik dacht dat we alleen gingen zoeken waar het licht was.'

'Touché, lastige Bratt.'

'De wijk Vinderen is hier niet zo ver vandaan. Heb jij het adres?'

Harry kreeg het adres.

'Dat is op loopafstand, ik ga er direct heen. Kom jij ook?'

'Ja, maar ik ben zo druk geweest dat ik vergeten ben te eten.'
'Oké, kom dan als je klaar bent.'

Het was kwart voor negen toen Harry het betegelde pad naar het onbewoonde huis op liep. Tegen de muur stonden lege verfblikken, rollen met plastic en planken die onder een doek uit staken. Hij nam het kleine stenen trapje, zoals de eigenaars hem hadden uitgelegd, en liep over de tegels naar de achterkant. Hij draaide de deur van het slot en direct kwam de geur van lijm en verf hem tegemoet. Maar ook die andere lucht waarover de eigenaars het hadden gehad en die een van de redenen was geweest om het huis helemaal op te knappen. Ze hadden gezegd dat ze niet konden vinden waar die lucht vandaan kwam, dat je die door het hele huis rook. Ze hadden iemand van de ongediertebestrijding gehad, maar hij had gezegd dat een dergelijk scherpe lucht van meer dan één knaagdier moest komen en dat ze eigenlijk de vloer en de muren moesten openbreken om uit te zoeken wat de boosdoener was.

Harry deed het licht aan. De vloer in de gang was bedekt met doorzichtig plastic met een grijs spoor van laarsprofielen en er stonden houten bakken met gereedschap: hamers, koevoeten en een klopboor met verfspatten. Er waren al meerdere muurplaten weggehaald, waardoor je het isolatiemateriaal zag zitten. Behalve de gang was er ook nog een kleine keuken, een badkamer en een woonkamer waarin een gordijn hing. Achter het gordijn zat de slaapkamer. Het renovatieproject was duidelijk nog niet aan de slaapkamer toe, die werd gebruikt als opslagruimte voor de meubels uit de andere ruimtes. Om de meubels te beschermen tegen het stof uit de woonkamer was het kralengordijn vervangen door een gordijn van dik, ondoorzichtig plastic, dat Harry deed denken aan een slagerij, een koelcel of een plaats delict.

Hij snoof de geur van oplosmiddel en rottend vlees op. En concludeerde net als de man van de ongediertebestrijding dat het niet om één klein knagertje ging.

Het bed was in de hoek geschoven om meer plaats te krijgen voor de meubels en het was zo vol binnen dat het moeilijk was een indruk te krijgen van hoe de verkrachting had plaatsgevonden en waar de foto van het meisje was genomen. Katrine had gezegd dat ze langs Irja zou gaan in de hoop dat de foto's nog op te sporen waren, maar als deze Valentin hun politieslager was, wist Harry alvast één ding zeker: hij liet het beeldbewijs tegen zichzelf niet rondslingeren. De foto's waren ofwel vernietigd ofwel op een andere plek verstopt toen hij verhuisde.

Harry liet zijn blik door de kamer gaan, van de vloer via de muren naar het plafond en weer terug naar zijn eigen spiegelbeeld in het raam, dat uitkeek op de duisternis in de tuin. Harry sloot zijn ogen. Er was iets claustrofobisch aan de kamer, maar als dit echt een plaats delict was, dan sprak de kamer niet tegen hem. Er was hoe dan ook veel tijd verstreken, er waren hier in de tussentijd te veel dingen gebeurd. Het enige dat er nog wel hing, was het gordijn. En de geur.

Harry opende zijn ogen weer, liet zijn blik weer teruggaan, langs het plafond. Daar bleef hij hangen. Claustrofobisch. Waarom had hij hier dat gevoel wel en niet in de woonkamer? Hij strekte zijn één meter drieënnegentig plus zijn arm uit naar het plafond. Zijn vingertoppen tikten er precies tegenaan. Gipsplaten. Daarna liep hij naar de woonkamer en deed daar hetzelfde. Zonder het plafond te raken.

Het plafond in de slaapkamer moest met andere woorden zijn verlaagd. Dat was iets wat men in de jaren zeventig deed om elektriciteit te sparen bij het verwarmen. En in de tussenruimte tussen het oude en het nieuwe plafond zou plaats zijn. Een verstopplek.

Harry liep de gang in, pakte een koevoet uit een van de gereedschapskisten en keerde terug naar de slaapkamer. Zijn blik gleed naar het raam en hij verstijfde. Hij wist dat het oog automatisch reageerde op beweging. Hij bleef twee seconden staan luisteren en staarde naar het raam. Niets.

Harry concentreerde zich weer op het plafond. Er waren geen sporen te zien, maar met gipsplaten was dat makkelijk, je kon gewoon een groot gat maken dat je naderhand weer dichtmaakte, daarna plamuren en het hele plafond opnieuw verven. Hij nam aan dat het hele karwei in een halve dag gefikst kon zijn als je een beetje efficiënt werkte.

Harry trok een stoel naar zich toe, ging met zijn voeten op de armleuningen staan, duwde met de punt van de koevoet tegen het plafond. Hagen had gelijk, als een rechercheur zonder het juiste formulier, zonder een huiszoekingsbevel en zonder toestemming van de eigenaars een plafond naar beneden haalde, zou de rechter gegarandeerd het bewijs dat eventueel gevonden werd nietig verklaren.

Harry stootte. De koevoet gleed met een doffe kreun door het plafond en het sneeuwde witte kalk op zijn gezicht.

Maar Harry was geen politieman, alleen maar een civiele consulent, nam geen deel aan het onderzoek zelf, maar was een privépersoon die uiteraard ter verantwoording kon worden geroepen en veroordeeld kon worden wegens vernieling van andermans eigendom. Harry was bereid die prijs te betalen.

Hij sloot zijn ogen en hakte met de koevoet naar achteren. Hij voelde stukjes gips op zijn schouders en hoofd terechtkomen. En dan die geur. Die was nog sterker geworden. Hij stak de koevoet weer naar binnen en maakte het gat groter. Hij keek rond naar iets wat hij op de stoelzitting kon zetten zodat hij zijn hoofd door het gat kon steken.

Daar was het weer. Een beweging bij het raam. Harry sprong naar beneden en liep naar het raam, maakte met zijn handen een kijker zodat hij het licht buitensloot en leunde tegen het glas. Maar het enige dat hij zag in het donker, was het silhouet van een appelboom. Een paar takken zwaaiden langzaam heen en weer. Was het gaan waaien?

Harry draaide zich weer om naar de kamer, vond een grote, plastic IKEA-box die hij op de zitting plaatste, wilde erop klimmen toen hij een geluid hoorde in de gang. Een klik. Hij bleef staan luisteren. Maar er kwamen niet meer geluiden. Harry schudde zijn hoofd, het was gewoon het gekraak van een oud houten huis wanneer het waait. Hij balanceerde boven op de plastic box, ging voorzichtig rechtop staan, zette zijn handpalmen tegen het plafond en duwde zijn hoofd door de gipsplaat.

De stank was zo intens dat zijn ogen gelijk begonnen te tranen en hij moest zijn adem inhouden. De stank was bekend. Vlees in die fase van het verrottingsproces waarin het gas dat vrijkomt levensgevaarlijk lijkt om in te ademen. Hij had die stank slechts één keer eerder zo intens beleefd, toen ze een lijk vonden dat twee jaar in een kelder had gelegen en ze een gat in het plastic hadden gemaakt waarin het lijk was gewikkeld. Nee, dit was geen knaagdier, ook geen familie knaagdieren. Het was er donker en zijn hoofd schermde het licht af, maar hij kon iets vlak voor hem zien liggen. Hij wachtte tot zijn pupillen langzaam aan het weinige licht waren gewend. Toen zag hij het. Het was een boor. Nee, het was een steekzaag. Maar er was nog iets, het lag verderop, iets wat hij niet kon zien, hij voelde alleen een fysieke nabijheid. Iets... Hij voelde dat zijn keel samenkneep. Een geluid. Van voetstappen. Onder hem.

Hij probeerde zijn hoofd uit het gat te trekken, maar het leek of het gat te smal was geworden, alsof het bezig was dicht te groeien rond zijn nek, hem op wilde sluiten bij dat dode geval. Hij voelde de paniek komen, hij perste zijn vingers tussen zijn nek en de brokkelige gipsplaat en trok aan de stukken. Hij kreeg zijn hoofd los.

De voetstappen waren gestopt.

Harry voelde zijn hart bonken. Wachtte tot het weer rustig was. Hij pakte de aansteker uit zijn zak, stak zijn hand in het gat en knipte hem aan, wilde zijn hoofd door het gat steken toen zijn oog op iets viel. Op het plastic gordijn voor de opening naar de woonkamer. Er tekende zich daarachter iets af. Een gedaante. Er stond iemand achter het gordijn die naar hem keek.

Harry schraapte zijn keel en zei: 'Katrine?'

Geen antwoord.

Harry's blik zocht de koevoet die hij ergens op de grond had gelegd. Hij zag hem en zakte zo stil mogelijk naar beneden. Plaatste een voet op de vloer, hoorde het plastic gordijn dat opzij werd getrokken en begreep dat hij het niet zou redden. Een bijna opgewekte stem zei: 'Daar zien we elkaar weer.'

Hij keek op. In het tegenlicht duurde het een paar seconden voor hij het gezicht herkende. Hij vloekte binnensmonds. Zijn hersenen zochten de volgende seconden naar denkbare scenario's, maar konden er geen vinden, ze botsten maar tegen één vraag op: wat gebeurde er nu, verdomme?

HOOFDSTUK 29

Ze had een tas over haar schouder die ze naar beneden liet glijden. Die kwam met een verrassend zware plof op de grond terecht.

'Wat doe jij hier?' vroeg Harry hees, en hij bedacht dat hij zich herhaalde. Net als zij.

'Ik heb getraind. Vechtsport.'

'Dat is geen antwoord, Silje.'

'Jawel, dat is het wel,' antwoordde Silje Gravseng en ze duwde een heup naar voren. Ze had een dunne trainingsjas, zwarte legging en joggingschoenen aan. Haar haren zaten in een paardenstaart en haar gezicht had een ondeugende lach.

'Ik had getraind en zag je uit de academie komen. Ik ben je gevolgd.'

'Waarom?'

Ze trok haar schouders op. 'Om je nog een kans te geven misschien.'

'Een kans om wat?'

'Om te doen wat je wilt.'

'En dat is?'

'Ik geloof niet dat ik dat nog moet zeggen.' Ze hield haar hoofd scheef. 'Ik zag het in het kantoor van Krohn. Je hebt geen pokerface, Harry. Je wilt me neuken.'

Harry knikte naar de tas. 'Jouw training, is dat van dat ninja-gedoe met een slagwapen?' Zijn stem was hees omdat zijn mond zo droog was.

Silje Gravsengs blik ging door de kamer. 'Zoiets. We hebben hier zelfs een bed.' Ze greep haar tas, liep langs hem, schoof een stoel aan de kant. Legde de tas op het bed en probeerde een grote bank te verschuiven, maar die zat klem. Ze boog zich voorover, pakte de rugleuning en trok. Harry keek naar haar billen, haar trainingsjas was omhooggeschoven, haar spieren spanden zich in haar dijen, hij hoorde haar zacht kreunen: 'Kun je me niet even helpen?'

Harry slikte.

Verdomme, verdomme.

Hij keek naar de blonde paardenstaart die op haar rug danste. Als een verrekt handvat. De stof die in haar bilnaad verdween. Ze stopte met bewegen, stond daar alleen maar, alsof ze iets had gemerkt. Het merkte. Wat hij dacht.

'Zo?' fluisterde ze. 'Wil je me zo hebben?'

Hij antwoordde niet, voelde alleen zijn erectie komen, die zich als de vertraagde pijn van een stomp in zijn buik vanuit een punt in zijn onderlijf verspreidde. Het begon te borrelen in zijn hoofd, de bubbels stegen op en spatten uit elkaar met een bruisend gesis dat steeds sterker werd. Hij deed een stap naar voren. Bleef staan.

Ze draaide haar hoofd half om, maar sloeg haar blik neer, naar de grond.

'Waar wacht je nog op?' fluisterde ze. 'Wil je... wil je dat ik tegenspartel?'

Harry slikte. Hij bewoog niet op de automatische piloot. Hij wist wat hij deed. Dit was hij. Dit was wie hij was. Zelfs als hij dat nu hardop tegen zichzelf zei, zou hij het doen. Wilde hij niet?

'Ja,' hoorde hij zichzelf zeggen. 'Stop me.'

Hij zag dat ze haar billen iets optilde, dacht dat het een ritueel uit de dierenwereld was, dat hij misschien toch hiervoor geprogrammeerd was. Hij legde een hand tegen haar onderrug, tegen haar ruggengraat, voelde zweet en blote huid waar de legging ophield. Twee vingers onder de elastische band. Het was gewoon een kwestie van naar beneden trekken. Ze steunde met haar ene hand tegen de rugleuning en met de andere op het bed, tegen haar tas. In de tas, die open was.

'Ik zal het proberen,' fluisterde ze. 'Ik zal het proberen.'

Harry haalde diep en bevend adem.

Er bewoog iets. Het gebeurde zo snel dat hij geen tijd had om te reageren.

'Wat is er aan de hand?' vroeg Ulla terwijl ze de jas van Mikael Bellman in de garderobekast hing.

'Moet er iets aan de hand zijn?' vroeg hij, met zijn handpalmen over zijn gezicht wrijvend.

'Kom,' zei ze en ze leidde hem naar de bank. Duwde hem naar beneden. Ging achter hem staan. Legde haar handen tussen zijn schouders en nek, ging met haar vingertoppen op zoek naar het midden van de trapezius en duwde. Hij kreunde luid.

'Nou?' zei ze.

Hij zuchtte. 'Isabelle Skøyen. Ze heeft voorgesteld dat de voormalige commissaris ons zal bijstaan tot de zaak van de politiemoorden is opgelost.'

'Juist. Maar is dat zo erg? Je hebt immers zelf gezegd dat jullie meer manschappen moeten hebben.'

'In de praktijk zal dat betekenen dat hij de commissaris in functie zal zijn en ik degene die voor de koffie zorgt.'

'Maar dat is toch maar tijdelijk, of niet?'

'En daarna? Wanneer de zaak is opgelost door hem en niet door mij? Zal het gemeentebestuur dan zeggen: nu maakt het niet meer uit, nu kun je het wel weer overnemen? Au!'

'Het spijt me, maar het zit precies hier. Probeer een beetje te ontspannen, lieverd.'

'Dit is haar wraak, dat snap je toch wel. Gedumpte vrouwen... au!'

'Oei, heb ik daar de pijnlijke plek weer te pakken?'

Mikael ontsnapte aan haar handen. 'Het ergste is dat ik niets kan doen. Ze beheerst dit spel, ik ben slechts een beginneling. Als ik iets meer ervaring had gehad, tijd had gehad om wat bondgenoten te verwerven, inzicht te krijgen wie op wiens rug krabt.'

'Je moet de bondgenoten gebruiken die je al hebt,' zei Ulla.

'Alle belangrijke bondgenoten bevinden zich op haar weghelft,' zei Mikael. 'Verrekte politici, ze denken niet resultaatgericht zoals wij, voor hen gaat het vooral om de stemmen, hoe zaken overkomen op die idioten met stemrecht.'

Mikael boog zijn hoofd. Haar handen kwamen weer. Zachter deze keer. Ze masseerde hem, streelde door zijn haren. En op het moment dat hij de gedachten los wilde laten, leken ze te blijven steken, terug te keren naar wat zij had gezegd. 'Je moet de bondgenoten gebruiken die je al hebt.'

Harry werd verblind. Toen hij de beweging achter hem had gevoeld, had hij automatisch Silje losgelaten en zich omgedraaid. Het plastic gordijn was opzij getrokken en hij staarde in een wit licht. Harry hield een hand voor zijn ogen.

'Sorry,' zei een bekende stem en de zaklantaarn ging naar beneden. 'Ik heb een lantaarn meegenomen. Ik dacht dat je...'

Harry leegde met een kreun zijn longen. 'Verdomme, Katrine, je hebt me laten schrikken! Eh... ons.'

'O ja, is dat niet... de studente? Ik heb je op de politieacademie gezien.'

'Ik ben gestopt.' Siljes stem klonk onaangedaan, bijna alsof ze zich verveelde.

'Is dat zo? Maar waar waren jullie mee bezig?'

'Meubels aan het verschuiven,' zei Harry, hij haalde zijn neus op, wees naar het gat in het plafond. 'Iets stevigers proberen te vinden om op te staan.'

'Buiten staat een keukentrap,' zei Katrine.

'Is dat zo? Die ga ik halen.' Harry beende langs Katrine, door de woonkamer en de gang. Verdomme, verdomme.

De keukentrap stond tussen de verfblikken tegen de buitenmuur geleund.

Het was doodstil toen hij terugkwam, hij schoof de leunstoel weg en zette de aluminium trap onder het gat. Niets duidde erop dat er was gepraat. Vrouwen met de armen over elkaar geslagen en gezichten zonder uitdrukking.

'Waar komt die stank vandaan?' vroeg Katrine.

'Geef de lantaarn eens aan,' zei Harry, hij kreeg hem en klom op de trap. Trok een stuk gipsplaat weg, stak de lantaarn naar binnen en daarna zijn hoofd. Hij kon de groene steekzaag pakken. Het zaagblad was gebruikt. Hij hield hem tussen twee vingers en gaf hem aan Katrine. 'Voorzichtig, er kunnen vingerafdrukken op zitten.'

Hij richtte de lantaarn op iets wat verderop lag. Staarde. Het dode lichaam lag op zijn zij, tussen het oude en het nieuwe plafond geperst. Hij dacht dat hij het verdomme verdiende om hier te staan en de stank van het dode, rottende vlees in te ademen, nee, dat hij het verdiende zelf het rottende vlees te zijn. Want hij was een zieke man, Harry Hole, een erg zieke man. En als hij niet ter plekke werd neergeschoten, had hij hulp nodig. Want hij stond op het punt om het te doen, toch? Of zou hij op tijd zijn gestopt? Of was die gedachte dat hij misschien was gestopt iets wat hij construeerde om tenminste iets van twijfel te kunnen voelen?

'Zie je iets?' vroeg Katrine.

'Jazeker,' zei Harry.

'Moeten we de technische recherche erbij halen?'
'Dat hangt ervan af.'
'Waarvan af?'
'Of de afdeling Geweld dit sterfgeval wil onderzoeken.'

HOOFDSTUK 30

'Het is verrekte moeilijk om over te praten,' zei Harry, hij drukte zijn sigaret uit in het raamkozijn, liet het raam naar de Sporveisgate openstaan en liep terug naar zijn stoel. Toen Harry hem om zes uur had gebeld om te vertellen dat hij bezig was te ontsporen, had Ståle Aune gezegd dat hij vóór de eerste patiënt om acht uur kon komen.

'Je hebt hier eerder over moeilijke dingen gesproken,' zei Ståle. Zolang Harry het zich kon herinneren, was Aune de psycholoog naar wie de politiemensen van Geweld en Kripos toe gingen als ze het zwaar hadden. Niet alleen omdat ze zijn telefoonnummer hadden, maar ook omdat Ståle Aune een van de weinige psychologen was die wisten waar het in het gewone leven om draaide. En ze wisten dat ze erop konden vertrouwen dat hij zijn mond hield.

'Ja, maar toen ging het om drinken,' zei Harry. 'Dit is... iets heel anders.'

'Is dat zo?'

'Denk jij dat dat niet zo is?'

'Omdat ik de eerste ben die je belt, neem ik aan dat jij denkt dat het misschien net zoiets is.'

Harry zuchtte, boog zich voorover in zijn stoel en legde zijn voorhoofd in zijn handen. 'Misschien is dat wel zo. Ik heb altijd het gevoel gehad dat ik op het slechtst denkbare moment begon te drinken. Dat ik altijd toegaf aan de alcohol als het belangrijk was dat ik zeer geconcentreerd was. Alsof een demon in me wilde dat het naar de verdommenis zou gaan. Dat ík naar de verdommenis zou gaan.'

'Dat is het werk van demonen.' Ståle smoorde een geeuw.

'In dat geval heeft hij goed werk verricht. Ik stond op het punt een meisje te verkrachten.'

Ståle hoefde niet meer te gapen. 'Wat zeg je? Wanneer was dat?'

'Gisteravond. Het meisje was een studente op de politieacademie, ze dook op terwijl ik het huis onderzocht waarin Valentin had gewoond.'

'O?' Ståle zette zijn bril af. 'Heb je iets gevonden?'

'Een steekzaag met een gebroken zaagblad. Moet daar al jaren hebben gelegen. Het kunnen uiteraard bouwvakkers zijn geweest die hem daar hebben laten liggen toen ze het plafond verlaagden, maar ze zullen de snijvlakken van het zaagblad vergelijken met die op het lijk in Bergslia.'

'Verder nog iets?'

'Nee. Nou ja, een dode das.'

'Een das?'

'Het lijkt erop dat hij heeft geprobeerd iets eetbaars onder het dak te vinden.'

'Haha. En jij had gedacht iets heel anders te vinden. Zal die daar in de winter zijn doodgegaan?'

Harry tilde een mondhoek op. 'Als het je interesseert, kan ik het forensisch laboratorium vragen de zaak te onderzoeken.'

'Het spijt me, ik...' Ståle schudde zijn hoofd en zette zijn bril weer op. 'Het meisje verscheen en jij voelde de neiging opkomen om haar te verkrachten, zat het zo?'

Harry legde zijn handen op zijn hoofd. 'Ik heb net de vrouw die ik boven alles in de wereld liefheb een aanzoek gedaan. Ik wil niets anders dan dat we samen een goed leven hebben. En nu lijkt het of ik nog maar net die gedachte heb gedacht en hup, daar springt de duivel tevoorschijn en... en...' Hij liet zijn handen weer zakken.

'Waarom stop je nu?'

'Omdat ik hier een duivel zit te verzinnen en ik weet hoe jij die zult noemen. Weglopen voor je verantwoordelijkheid.'

'En dat is het niet?'

'Wis en waarachtig is het dat. Het is dezelfde kerel in een nieuwe outfit. Ik dacht dat hij Jim Beam heette. Ik dacht dat hij kwam omdat mijn moeder zo vroeg doodging of door de stress op mijn werk. Of door het testosteron of mijn alcoholistengenen. En dat is misschien ook allemaal waar, maar als je zijn kleren uitdoet, heet hij heel simpel Harry Hole.'

'En jij zegt dat Harry Hole gisteravond op het punt stond dat meisje te verkrachten.'

'Ik droom daar al een poos over.'

'Om te verkrachten? In het algemeen?'

'Nee, dit meisje. Ze vroeg het me te doen.'

'Haar te verkrachten? Dan is het strikt gesproken geen verkrachting.'

'De eerste keer vroeg ze of ik haar wilde neuken. Ze provoceerde me, maar ik kon het niet, ze was een studente aan de politieacademie. En daarna begon ik te fantaseren dat ik haar zou verkrachten. Ik...' Harry wreef met een hand over zijn gezicht. 'Ik had niet gedacht dat ik het in me had. Een man die verkracht. Wat gebeurt er met me, Ståle?'

'Dus je had de aanleiding en de lust om te verkrachten, maar je hebt ervoor gekozen om het niet te doen?'

'Iemand stoorde ons. En wat is verkrachten? Ze nodigde me uit voor een rollenspel. Maar ik was klaar voor die rol, Ståle. Verrekte klaar.'

'Juist ja, maar ik zie nog steeds geen verkrachting.'

'Misschien niet volgens juridische begrippen, maar...'

'Maar wat?'

'Maar als we waren begonnen en ze had me gevraagd te stoppen, weet ik verdomd niet wat ik had gedaan.'

'Dat weet je niet?'

Harry trok zijn schouders op. 'Heb je een diagnose, dokter?'

Ståle keek naar de klok. 'Ik zou graag willen dat je me nog wat meer vertelde. Maar nu zit mijn eerste patiënt op me te wachten.'

'Ik heb geen tijd om in therapie te gaan, Ståle, we moeten een moordenaar vangen.'

'In dat geval,' zei Aune, op zijn stoel heen en weer wiegend met zijn gezette lichaam, '... zul je genoegen moeten nemen met een schot voor de boeg. Je komt naar me toe omdat je iets voelt wat je niet kunt identificeren, en de reden dat je het niet kunt identificeren is dat het gevoel zich voordoet als iets anders. Omdat dat wat het gevoel werkelijk is, iets is wat je niet wilt voelen. Het is een klassieke vorm van ontkenning, net als bij mannen die weigeren in te zien dat ze homoseksueel zijn.'

'Maar ik ontken immers niet dat ik een potentiële verkrachter ben! Ik vraag het je onomwonden.'

'Je bent geen verkrachter, Harry, dat word je niet in één nacht. Ik geloof dat het om een van de twee volgende zaken kan gaan. Of misschien om beide. Ten eerste is het mogelijk dat je een vorm van agressie tegen dit meisje voelt. Dat het gaat om het uitoefenen van controle. Of om het in lekentaal te zeggen: straffen door te neuken. Raak ik daar iets?'

'Hm, misschien. Hoe zit het met de tweede reden?'

'Rakel.'

'Pardon?'

'Waar je op af stevent, is niet een verkrachting of het meisje, maar ontrouw zijn. Ontrouw tegenover Rakel.'

'Ståle, je...'

'Kalm maar. Je komt bij me omdat je iemand nodig hebt die tegen je zegt wat je zelf al hebt begrepen. Die het luid en duidelijk zegt. Omdat jij het niet zelf kunt zeggen, je wilt niet dat het zo voelt.'

'Hoe voelt?'

'Dat je doodsbang bent om je aan haar te binden. Dat de gedachte aan een huwelijk je op de rand van paniek heeft gebracht.'

'O? Waarom dan?'

'Aangezien ik wel durf te zeggen dat ik je na al die jaren een beetje ken, denk ik dat het in jouw geval gaat om angst voor verantwoordelijkheid voor andere mensen. Je hebt er slechte ervaringen mee...'

Harry slikte. Voelde iets in zijn borst groeien, als een kankergezwel in een vergevorderd stadium.

'... je begint te drinken als je omgeving afhankelijk van je is, omdat je de verantwoordelijkheid niet aandurft, je wílt dat de boel kapotgaat als het kaartenhuis bijna klaar is en de druk zo groot wordt dat je het niet meer aandurft, dan maai je het omver. In plaats van door te gaan en te zien hoe het gaat. Je wilt de nederlaag achter de rug hebben. En ik geloof dat je nu hetzelfde doet. De wens om Rakel zo snel mogelijk ontrouw te zijn komt voort uit het feit dat je ervan overtuigd bent dat het toch wel zal gebeuren. Je verdraagt de marteling niet meer, dus je wordt proactief en je maait dat verrekte kaartenhuis, dat volgens jou je relatie met Rakel is, neer.'

Harry wilde iets zeggen. Maar het gezwel had zijn keel bereikt en sloot alle woorden af, hij kon slechts 'destructief' uitbrengen.

'Jouw fundament ís constructief, Harry. Je bent alleen bang. Bang dat het te veel pijn gaat doen. Voor jou en voor haar.'

'Ik ben laf, dat wil je zeggen, of niet?'

Ståle keek Harry lang aan, haalde adem om hem te corrigeren, maar leek zich te bedenken.

'Ja, je bent laf. Je bent laf omdat ik denk dat je dit wilt. Je wilt Rakel hebben, samen met haar in de boot zitten, je vastbinden aan de mast, vooruitkomen of ten onder gaan met de boot. Zo is het altijd geweest met jou wanneer je een zeldzame keer een belofte deed, Harry. Hoe ging die songtekst ook alweer?'

Harry mompelde de woorden. '*No retreat, baby, no surrender.*'

'Daar heb je het, dat ben jij.'

'Dat ben ik,' herhaalde Harry zacht.

'Denk erover na, we spreken elkaar vanmiddag na de vergadering in de Vuurkamer.'

Harry knikte en stond op.

In de gang zat een zwetende kerel in een trainingsjack ongeduldig te wachten. Hij keek demonstratief op zijn horloge en staarde Harry chagrijnig aan.

Harry liep over de Sporveisgate. Hij had vannacht niet geslapen en hij had ook niet ontbeten. Hij had iets nodig. Hij dacht na. Hij had een borrel nodig. Hij duwde de gedachte weg en ging een café binnen vlak bij de Bogstadvei. Vroeg om een triple espresso. Goot die aan de bar naar binnen en vroeg om nog één. Hij hoorde een zacht gelach achter zich, maar draaide zich niet om. Nummer twee dronk hij langzaam op. Hij sloeg de krant open die daar lag. Hij zag de verwijzing op de voorpagina en bladerde naar het bewuste artikel.

Roger Gjendem speculeerde dat het gemeentebestuur misschien in het licht van de niet-opgeloste politiemoorden een reorganisatie wilde doorvoeren op het hoofdbureau van politie.

Nadat Ståle Paul Stavnes had binnengelaten, nam hij zijn plaats achter het bureau weer in, terwijl Stavnes naar de hoek van zijn kantoor ging om een droog T-shirt aan te trekken dat hij in zijn rugzak had. Ståle benutte de gelegenheid om hartgrondig te gapen, de bovenste la van zijn bureau open te trekken en zijn mobiel daar enigszins zichtbaar in te leggen. Toen keek hij op. Zag de naakte rug van zijn patiënt. Sinds Stavnes had besloten op de fiets naar de afspraken te komen, was het een vaste procedure geworden dat hij in Aunes kantoor van T-shirt wisselde. Zoals gewoonlijk stond hij met zijn rug naar Ståle toe. Het enige dat anders was, was dat het raam waarin Harry had zitten roken nog steeds openstond. Door de speciale lichtval kon Ståle Aune de blote borst van Paul Stavnes zien weerspiegelen in de ruit.

Stavnes trok met een snelle beweging zijn T-shirt aan en draaide zich om.

'Wat betreft het tijdstip dat...'

'... daar zal ik in het vervolg op letten,' zei Ståle. 'Ik ben het met je eens. Zal niet weer gebeuren.'

Stavnes keek op. 'Is er iets?'

'Nee hoor, ik ben alleen eerder opgestaan dan anders. Kun je het raam niet openlaten, er is zo weinig frisse lucht binnen.'

'Er is veel frisse lucht binnen.'

'Zoals je wilt.'

Stavnes wilde het raam dichtdoen. Maar stopte. Keek er lang naar. Draaide zich langzaam om naar Ståle. Er kroop een lachje over zijn gezicht.

'Problemen met ademhalen, Aune?'

Ståle Aune voelde de pijn in zijn borststreek en arm. Dat waren bekende symptomen van een hartaanval. Maar het was geen hartaanval. Het was pure, scherpe angst.

Ståle Aune dwong zichzelf rustig te praten, de toonhoogte laag te houden: 'De laatste keer hebben we het erover gehad dat je vroeger *Dark Side of the Moon* draaide. Dat je vader dan je kamer in kwam en de versterker uitdeed en jij het rode lampje zag sterven en dus stierf ook het meisje aan wie jij zat te denken.'

'Ik zei dat ze stom werd,' zei Paul Stavnes geïrriteerd. 'Niet dat ze stierf, dat is iets anders.'

'Ja, dat is zo,' zei Ståle Aune en hij ging voorzichtig met zijn hand naar zijn mobiel, die in de la lag. 'Zou je willen dat ze kon spreken?'

'Ik weet het niet. Je zweet, ben je niet lekker, dokter?'

Een spottend toontje en opnieuw dat kleine, akelige lachje.

'Het gaat goed met me, bedankt.'

Ståles vingers rustten op de toetsen van de mobiel. Hij moest de patiënt laten praten zodat hij het typen van het bericht niet hoorde.

'We hebben het nog niet over je huwelijk gehad. Wat kun je me vertellen over je vrouw?'

'Niet veel. Waarom wil je het over haar hebben?'

'Ze is iemand met wie je een nauwe band hebt. Je zei dat je een hekel hebt aan mensen die je na staan. "Verachten" is het woord dat je zelf gebruikte.'

'Dus je hébt een beetje opgelet, ondanks alles?' Een kort, bitter lachje. 'Ik veracht de meeste mensen omdat ze zo zwak en dom zijn. Steeds pech hebben.' Opnieuw gelach. 'Drie pogingen verprutsen. Vertel me eens, heb jij x kunnen fiksen?'

'Wat?'

'Die politieman. De homo die een andere smeris probeerde te kussen. Is het goed met hem gekomen?'

'Niet echt.' Ståle Aune toetste, vervloekte zijn dikke worstvingers die door de opwinding wel dikker leken geworden.

'Maar als jij denkt dat ik ben zoals hij, waarom denk je dan dat je mij kunt fiksen?'

'x was schizofreen, hij hoorde stemmen.'

'En jij denkt dat ik er beter aan toe ben?' De patiënt lachte bitter terwijl Ståle de tekst typte. Hij probeerde te toetsen als de patiënt doorging met praten, probeerde de klikgeluiden te camoufleren met het schrapen van zijn schoenen over de vloer. Eén letter. Nog één. Klote vingers. Zo. Hij besefte dat de patiënt gestopt was met praten. De patiënt Paul Stavnes. Waar hij die naam dan ook vandaan had. Je kon altijd een nieuwe naam krijgen. Of de oude kwijtraken. Met tatoeages was het moeilijker. Vooral wanneer die groot waren en je hele borst bedekten.

'Ik weet waarom je zweet, Aune,' zei de patiënt. 'Je hebt mijn spiegelbeeld kunnen zien toen ik me omkleedde, of niet?'

Ståle Aune voelde de pijn in zijn borst toenemen, alsof het hart niet kon besluiten of het sneller zou gaan slaan of helemaal niet, hij hoopte dat het gezicht dat hij trok er zo verbaasd uitzag als hij probeerde.

'Wat?' zei hij luid om het klikgeluidje van de *send*-knop te overstemmen.

De patiënt trok zijn T-shirt omhoog.

Van zijn borst staarde een stom, schreeuwend gezicht naar Ståle Aune.

Het gezicht van een duivel.

'Brand los,' zei Harry en hij drukte de telefoon tegen zijn oor terwijl hij het tweede kopje espresso leegdronk.

'De steekzaag heeft de vingerafdrukken van Valentin Gjertsen,' zei Bjørn Holm. 'En het snijvlak op het zaagblad klopt, het is hetzelfde zaagblad dat werd gebruikt in Bergslia.'

'Dus Valentin Gjertsen was de zager,' zei Harry.

'Daar ziet het naar uit,' zei Bjørn Holm. 'Wat me verbaast is dat Valentin Gjertsen thuis een moordwapen verstopt in plaats van het weg te gooien.'

'Hij was van plan het weer te gebruiken,' zei Harry.

Harry voelde zijn mobieltje even trillen. Een sms. Hij keek op de display. De afzender was S, Ståle Aune dus. Harry las. Las nog een keer.

VALENTIN IS HIER SOS

'Bjørn, stuur een surveillancewagen naar het kantoor van Ståle in de Sporveisgate. Valentin is daar.'

'Hallo? Harry? Hallo?'

Maar Harry was al begonnen met rennen.

HOOFDSTUK 31

'Het is altijd een beetje kinky om ontmaskerd te worden,' zei de patiënt. 'Maar soms is het erger om degene te zijn die ontmaskert.'

'Wat ontmaskeren?' zei Ståle en hij slikte. 'Dat is een tatoeage, en wat dan nog? Dat is toch geen misdaad? Heel veel mensen...' Hij knikte naar het duivelsgezicht. '... hebben er zo eentje.'

'Is dat zo?' zei de patiënt terwijl hij zijn T-shirt naar beneden trok. 'Zag je er daarom uit alsof je een hartaanval kreeg toen je hem zag?'

'Ik begrijp niet waar je het over hebt,' zei Ståle Aune met een geknepen stem. 'Zullen we verdergaan over je vader?'

De patiënt lachte luid. 'Weet je wat, Aune? Toen ik hier de eerste keer kwam, wist ik niet of ik trots of teleurgesteld moest zijn over het feit dat je me niet meer herkende.'

'Je herkende?'

'We hebben elkaar eerder ontmoet. Ik was aangeklaagd voor een aanranding en jij hebt me opgezocht om te kijken of ik toerekeningsvatbaar was. Jij zult wel honderden van die zaken hebben gehad. Nou ja, je hebt drie kwartier met me gesproken. Toch hoopte ik op de een of andere manier een grotere indruk op je te hebben gemaakt.'

Ståle staarde hem aan. Had hij de man die voor hem zat psychologisch onderzocht? Het was onmogelijk hen allemaal te onthouden, maar toch, hij onthield op zijn minst de gezichten.

Ståle nam hem op. Twee kleine littekens onder zijn kin. Uiteraard. Hij had aangenomen dat het slechts om een facelift ging, maar Beate had immers gezegd dat Valentin Gjertsen een flinke plastisch-chirurgische ingreep moest hebben ondergaan.

'Maar op mij heb je wel indruk gemaakt, Aune. Je begreep me. Je liet je niet afschrikken door de details, je ging gewoon door met uithoren. Vroeg naar de juiste zaken. Naar de slechte zaken. Als een masseur die precies weet waar de knoop zit. Jij vond de pijn, Aune. En daarom ben ik teruggekomen. Ik hoopte dat je die weer terug kon vinden. Kun je dat? Of ben je de vonk kwijtgeraakt, Aune?'

Ståle schraapte zijn keel: 'Dat kan ik niet als je me voorliegt, Paul.' Hij sprak zijn naam uit met de gewenste lange o.

'O, maar ik lieg niet, Aune. Alleen over het werk en mijn vrouw. Al het andere is waar. Tja, en de naam. Verder...'

'Pink Floyd? Het meisje?'

De man voor hem spreidde zijn armen en lachte.

'En waarom vertel je me dit nu, Paul?' Pool.

'Je hoeft me niet meer zo te noemen. Je kunt Valentin zeggen, als je wilt.'

'Val-hoe?'

De patiënt lachte even. 'Het spijt me, maar je bent een slechte acteur, Aune. Je weet heel goed wie ik ben. Je wist het op het moment dat je de tatoeage in de ruit weerspiegeld zag.'

'En hoe zou ik daar iets van moeten weten?'

'Omdat ik de man ben naar wie jullie op zoek zijn. Valentin Gjertsen.'

'Jullie? Op zoek?'

'Je vergeet dat ik hier zat en het gesprek tussen jou en die smeris kon horen over die krabbels van Valentin Gjertsen op de ruit van een tram. Ik klaagde en heb het consult toen gratis gekregen, herinner je je dat nog?'

Ståle sloot zijn ogen een paar seconden. Sloot alles af. Vertelde zichzelf dat Harry zo hier zou zijn, hij kon onmogelijk ver weg zijn.

'Dat was trouwens de reden dat ik op de fiets naar onze afspraken kwam in plaats van met de tram,' zei Valentin Gjertsen. 'Ik ging ervan uit dat de tram werd bewaakt.'

'Maar je bleef komen.'

Valentin haalde zijn schouders op en stak een hand in zijn rugzak. 'Het is bijna onmogelijk je te identificeren als je fietst met een helm en zonnebril op, toch? En jij had immers niets door. Jij had besloten dat ik Paul Stavnes was, basta. En ik had deze consulten nodig, Aune. Ik vind het echt erg dat ze nu voorbij zijn.'

Aune smoorde een hik toen hij Valentin Gjertsens hand uit de rugzak zag komen. Het licht blonk in het staal.

'Wist je dat dit een *survival knife* wordt genoemd?' zei Valentin. 'Een beetje misleidend in dit geval. Maar het kan voor zo veel worden gebruikt. Dit bijvoorbeeld...' Hij ging met zijn vingertop over het gekartelde deel van het blad. '... daarvan weten de meeste mensen niet wat het is. Ze vinden alleen dat het er naar uitziet. En weet je wat?' Hij lachte dat kleine, lelijke lachje weer. 'Ze hebben gelijk. Als je het mes over een keel haalt, zo...' Hij liet het zien. 'Dan haakt het in de huid, scheurt die open. En bij de volgende halen trekt het dat wat daaronder zit kapot. Het dunne vlies rond een ader bijvoorbeeld. En als dat de hoofdslagader is... dan is dat een beetje jammer, zal ik je zeggen. Maar wees niet bang. Dat zul jij niet krijgen, dat beloof ik.'

Ståle voelde dat hij duizelig was. Hoopte bijna op een hartaanval.

'Dus in feite is er nog maar één ding dat overblijft, Ståle. Is het goed dat ik je aan het eind Ståle noem? Dus hoe luidt de diagnose?'

'Dia... dia...'

'De diagnose. Grieks voor "onderscheiding", is het niet? Wat scheelt me, Ståle?'

'Ik... ik weet niet, ik...'

De beweging die daarna volgde, ging zo snel dat Ståle Aune niet de tijd had om een vinger te verroeren, zelfs al had hij het geprobeerd. Valentin was uit het zicht en hij hoorde zijn stem nu van achteren komen, vlak naast zijn oor.

'Natuurlijk weet je dat, Ståle. Je hebt je hele professionele leven al te maken met mensen zoals ik. Niet precies zoals ik, uiteraard, maar op wie ik lijk. Foute mensen.'

Ståle zag het mes niet meer. Hij voelde het. Tegen zijn trillende onderkinnen terwijl hij zwaar door zijn neus ademde. Het leek bovennatuurlijk dat een mens zo snel van plaats kon wisselen. Hij wilde niet dood. Hij wilde leven. Er was geen plaats voor andere gedachten.

'Er... er is niets fout aan jou, Paul.'

'Valentin! Toon een beetje respect. Ik sta hier en ik wil je laten leegbloeden terwijl mijn pik zich vult met bloed. En jij zegt dat er niets mis met me is?' Hij lachte in Aunes oor. 'Vooruit. De diagnose.'

'Knots knettergek.'

Ze tilden beiden hun hoofd op. Keken naar de deur waar de stem vandaan kwam.

'Het consult is voorbij. Je kunt betalen bij de kassa als je weggaat, Valentin.'

De lange, breedgeschouderde gedaante die de deuropening vulde, stapte naar binnen. Hij sleepte iets mee en het duurde een seconde voor

Ståle begreep wat het was. De stang van de halter boven de bank in de gemeenschappelijke ruimte.

'Hou je erbuiten, smeris,' siste Valentin en Ståle voelde het mes tegen zijn huid drukken.

'De surveillancewagen is onderweg, Valentin. De race is gelopen. Laat de dokter nu gaan.'

Valentin knikte naar het raam. 'Ik hoor geen sirenes. Ga weg of ik steek nu onze dokter dood.'

'Dat geloof ik niet,' zei Harry Hole, de stang optillend. 'Zonder hem heb je geen schild.'

'In dat geval,' zei Valentin en Ståle voelde hoe zijn arm op zijn rug werd gedraaid zodat hij wel moest gaan staan. 'Laat de dokter gaan. Samen met mij.'

'Neem mij,' zei Harry Hole.

'Waarom zou ik dat doen?'

'Ik ben een betere gijzelaar. Met hem riskeer je paniek en flauwvallen. En je hoeft er niet over na te denken wat ik verder nog van plan ben.'

Stilte. Door het raam konden ze in de verte een geluid horen. Misschien een sirene, misschien ook niet. Ståle voelde de druk van het lemmet minder worden. Toen – op het moment dat hij adem wilde halen – voelde hij een steek, hoorde het geluid van iets wat doorgesneden werd. Iets viel op de grond. Het vlinderstrikje.

'Als je je verroert...' siste de stem in zijn oor voor hij zich tot Harry wendde.

'Zoals je wilt, smeris, maar laat eerst die stang vallen. Daarna ga je met je gezicht naar de muur staan, benen van elkaar en...'

'Ik ken de procedure,' zei Harry, hij liet de stang vallen, draaide zich om, zette zijn handpalmen hoog tegen de muur en spreidde zijn benen.

Ståle voelde de greep rond zijn arm verslappen en in het volgende ogenblik zag hij Valentin achter Harry staan, zijn arm op zijn rug draaien en het mes tegen zijn keel leggen.

'Dan gaan we, *handsome*,' zei Valentin.

Toen waren ze de deur uit.

En Ståle kon eindelijk ademhalen.

Buiten kwam en ging het sirenegeluid met de wind.

Harry zag het verschrikte gezicht van de receptioniste op het moment dat Valentin en hij zonder iets te zeggen als een tweekoppige trol op haar af kwamen. In het trappenhuis probeerde Harry langzamer te lopen, maar hij voelde direct een stekende pijn in zijn zij.

'Dit mes gaat door naar je nier als je me probeert te vertragen.'

Harry meerderde vaart. Hij voelde nog geen bloed omdat het dezelfde temperatuur had als de huid, maar hij wist dat hij bloedde.

Toen waren ze beneden en Valentin schopte de deur open en duwde Harry voor zich uit, maar zonder dat het mes contact verloor.

Ze stonden in de Sporveisgata. Harry hoorde de sirenes. Een man met een zonnebril op en een hond aan de lijn liep hen tegemoet. Hij passeerde het duo zonder hun een blik waardig te keuren terwijl de witte stok als castagnetten tegen het trottoir tikte.

'Blijf staan,' zei Valentin, wijzend naar een bord dat een verbod op parkeren aangaf, waaraan met een ketting een mountainbike vastzat.

Harry ging naast de paal staan. Voelde zijn overhemd tegen zijn huid plakken en de pijn in zijn zij klopte op het ritme van zijn hartslag. Het mes werd tegen zijn ruggengraat geduwd. Hij hoorde geratel van sleutels en een fietsslot. De sirenes kwamen naderbij. Toen verdween het mes. Maar nog voor Harry kon reageren en wegspringen, werd zijn hoofd achterovergetrokken en voelde hij iets tegen zijn keel. Er kwamen sterretjes voor zijn ogen toen zijn achterhoofd tegen de paal klapte. Harry hapte naar adem. Er klonk weer geratel van sleutels. Toen werd de druk rond zijn keel iets minder en Harry tilde automatisch zijn hand op, kreeg twee vingers tussen zijn keel en dat wat hem vasthield. Hij voelde wat het was. Wel verdomme.

Valentin zwaaide een been over het zadel van de fiets, zette zijn zonnebril op, groette door met twee vingers tegen de helm te tikken en trapte op de pedalen.

Harry zag de fietser met de zwarte rugzak door de straat verdwijnen. De sirenes konden niet meer dan een paar straten weg zijn. Een fietser reed langs hem. Helm, zwarte rugzak. Nog één. Een helm, maar geen zwarte rugzak. Nog één. Verdomme, verdomme. De sirene klonk alsof die in zijn hoofd zat, Harry sloot zijn ogen en dacht aan die Griekse logicaparadox. Als iets je naderde: nog één kilometer, nog een halve kilometer, nog een derde, een kwart, een honderdste deel. En als het waar is dat de getallenrij oneindig is, zal het er nooit helemaal zijn.

HOOFDSTUK 32

'Dus jij stond daar alleen maar, vastgeketend aan een paal met een gewone fietsketting rond je nek?' vroeg Bjørn Holm.

'Een paal met een fucking parkeerverbodsbord,' zei Harry en hij keek in zijn lege koffiekopje.

'Ironisch,' zei Katrine.

'Ze moesten een patrouillewagen laten komen met zo'n grote betonschaar om me los te krijgen.'

De deur ging open en Gunnar Hagen kwam binnengestormd. 'Ik heb het net gehoord. Wat is er gebeurd?'

'Alle surveillanceauto's in de omgeving kijken uiteraard naar hem uit,' zei Katrine. 'Iedere fietser wordt aangehouden en gecontroleerd.'

'Hoewel hij de fiets allang heeft gedumpt en een taxi heeft genomen of in het openbaar vervoer zit,' zei Harry. 'Valentin Gjertsen is veel, maar niet dom.'

Het afdelingshoofd wierp zich buiten adem op een stoel. 'Heeft hij sporen achtergelaten?'

Stilte.

Hij keek verbaasd naar de muur van ontzette gezichten. 'Wat is er?'

Harry schraapte zijn keel. 'Je zit op Beates stoel.'

'Is dat zo?' Hagen sprong onmiddellijk op.

'Hij heeft zijn trainingsjack laten hangen,' zei Harry. 'Bjørn heeft het afgeleverd bij het forensisch laboratorium.'

'Zweet, haar, de hele troep,' zei Bjørn. 'Ik denk dat we in de loop van een dag of twee bevestigd krijgen dat Paul Stavnes en Valentin Gjertsen een en dezelfde persoon zijn.'

'Zat er nog iets in het trainingsjack?' vroeg Hagen.

'Geen portemonnee, telefoon, notitieboekje of draaiboek voor geplande moorden,' zei Harry. 'Alleen dit.'

Hagen greep het automatisch en bekeek wat Harry naar hem toe had gegooid. Een klein, ongeopend plastic zakje met drie houten wattenstokjes.

‘Wat moet hij daarmee?’

‘Iemand vermoorden?’ stelde Harry laconiek voor.

‘Ze zijn om het oor schoon te maken,’ zei Bjørn Holm. ‘Maar ze worden eigenlijk gebruikt om in het oor te kunnen krabben, toch? De huid raakt geïrriteerd, we krabben nog meer, de oorsmeerproductie neemt toe en ineens moeten we meer wattenstokjes hebben. Heroïne voor het oor dus.’

‘Of hij gebruikt ze voor make-up,’ zei Harry.

‘O?’ zei Hagen, het zakje bestuderend. ‘Denk je dat hij... eh, zich opmaakt?’’

‘Nou, hij vermomt zich. Hij heeft plastische chirurgie gehad. Ståle, jij hebt hem van dichtbij gezien.’

‘Ik heb er nooit bij stilgestaan, maar je kunt gelijk hebben.’

‘Er is niet veel mascara en eyeliner nodig om een verschil te maken,’ zei Katrine.

‘Goed,’ zei Hagen. ‘Hebben we iets op de naam Paul Stavnes?’

‘Weinig,’ zei Katrine. ‘In het bevolkingsregister bestaat geen Paul Stavnes met de geboortedatum die hij bij Aune heeft opgegeven. De eerste twee zijn al door wijkagenten gecheckt en hebben niets met de zaak te maken. En het oudere echtpaar op het adres dat hij opgaf, heeft nooit van ene Paul Stavnes of Valentin Gjertsen gehoord.’

‘We hebben niet de gewoonte gegevens van patiënten te checken,’ zei Aune. ‘Hij betaalde keurig na elk consult.’

‘Hotels,’ zei Harry. ‘Pensions, kamers bij particulieren. Iedereen heeft tegenwoordig zijn gastenboek op de computer staan.’

‘Ik zal ze checken.’ Katrine draaide haar stoel om en begon op haar pc te typen.

‘Staan dergelijke zaken op internet?’ vroeg Hagen sceptisch.

‘Nee,’ zei Harry. ‘Maar Katrine gebruikt een paar zoekmachines waarvan je zou wensen dat ze niet bestaan.’

‘O, waarom dat?’

‘Omdat ze toegang heeft tot een codeniveau waarbij zelfs ’s werelds dikste brandwerende muur onbruikbaar is,’ zei Bjørn Holm en hij keek over de schouder van Katrine terwijl er een lawine van tikgeluiden op de toetsen klonk, als vluchtende pootjes van kakkerlakken op een glazen tafel.

‘Hoe is dat mogelijk?’ vroeg Hagen.

'Omdat dit hetzelfde codeniveau is als dat waarop de muur zit,' zei Bjørn. 'De zoekmachines zijn de muur.'

'Ziet er niet goed uit,' zei Katrine. 'Nergens een Paul Stavnes.'

'Hij moet toch ergens wonen,' zei Hagen. 'Huurt hij onder de naam Paul Stavnes een flat, kan dat worden gecheckt?'

'Ik betwijfel of hij een gewone huurder is,' zei Katrine. 'De meeste mensen die flats verhuren, zullen een potentiële huurder checken. Ze googelen hem, checken op zijn minst of hij schulden heeft. En Valentin weet dat ze achterdochtig worden als hij nergens te vinden is.'

'Hotel,' zei Harry, die was opgestaan en bij het whiteboard stond waarop ze iets hadden geschreven wat Hagen eerst voor een schema van vrije associaties met pijlen en steekwoorden had gehouden, tot hij de namen van de slachtoffers herkende. Een van hen werd slechts aangeduid met de letter B.

'Je hebt al hotel gezegd, schat,' zei Katrine.

'Drie wattenstokjes,' ging Harry verder, hij boog zich naar Hagen en griste het doorzichtige zakje uit zijn hand. 'Dit kun je zo niet kopen in een winkel. Het ligt in de badkamer van een hotel samen met miniatuurflesjes met shampoo en crème. Probeer nog een keer, Katrine, en nu op de naam Judas Johansen.'

Binnen vijftien seconden was de zoekopdracht voltooid.

'Negatief,' zei Katrine.

'Verdomme,' zei Hagen.

'Het is nog niet voorbij,' zei Harry die het zakje bestudeerde. 'Er staat geen fabrikant op, maar meestal hebben wattenstokjes een plastic stokje en deze zijn van hout. Het moet mogelijk zijn om te achterhalen wie ze leveren en aan welk hotel in Oslo.'

'Hotel supplies,' zei Katrine en haar insectenvingers begonnen weer te rennen.

'Ik moet weg,' zei Ståle en hij stond op.

'Ik loop met je mee,' zei Harry.

'Jullie zullen hem niet vinden,' zei Ståle toen ze voor het hoofdbureau stonden en ze naar het Botspark keken dat lag te baden in het koude, scherpe lentelicht.

'Je bedoelt "we", toch?'

'Misschien,' zuchtte Ståle. 'Ik heb niet echt het gevoel dat ik een bijdrage lever.'

'Bijdrage?' zei Harry. 'Je hebt ons bijna Valentin geleverd.'

'Hij ontsnapte.'

'Zijn alias is ontdekt, we komen dichterbij. Waarom denk je trouwens dat we hem niet pakken?'

'Je hebt hem zelf gezien. Wat denk jij?'

Harry knikte. 'Hij zei dus dat hij speciaal naar jou kwam omdat jij hem psychologisch hebt onderzocht. Toentertijd heb je geconcludeerd dat hij in juridische zin toerekeningsvatbaar was, of niet?'

'Ja, zoals je weet kunnen mensen met ernstige persoonlijkheidsstoornissen worden veroordeeld.'

'Waar je op hebt gelet, is ernstige schizofrenie, een psychose op het moment van de daad. Dergelijke zaken, toch?'

'Ja.'

'Maar hij kan dus manisch-depressief zijn of een psychopaat. Eh, correctie, bipolair type 2 of sociopaat.'

'De correcte term is nu: antisociale persoonlijkheidsstoornis.' Ståle nam de sigaret aan die Harry hem aanbood.

Harry stak beide sigaretten aan. 'Opvallend dat hij naar jou gaat terwijl hij weet dat je voor de politie werkt. Maar nog merkwaardiger dat hij daarmee doorgaat als hij heeft begrepen dat jij betrokken bent bij de jacht op hem.'

Ståle inhaleerde en haalde zijn schouders op. 'Ik ben kennelijk zo'n briljante therapeut dat hij bereid is dat risico te lopen.'

'Andere ideeën?'

'Tja, hij is misschien een spanningzoeker. Veel seriemoordenaars hebben met uiteenlopende smoezen contact met rechercheurs om iets te horen over de jacht zelf, om de triomf te kunnen voelen van het om de tuin leiden van de politie.'

'Valentin trok zijn T-shirt uit hoewel hij geweten moet hebben van die tatoeage. Een verdomd groot risico als je moorden hebt gepleegd en weet dat je wordt gezocht,' zei Harry.

'Wat bedoel je?'

'Ja, wat bedoel ik?'

'Je bedoelt dat hij onbewust de wens heeft om gepakt te worden. Dat hij me heeft opgezocht om weer herkend te worden. Toen dat niet gebeurde, hielp hij me onbewust door me de tatoeage te laten zien – het was geen pech, hij had door dat ik die door het spiegelende glas zou kunnen zien.'

'Maar toen hij dat bereikte, ondernam hij een wanhopige vluchtpoging?'

'Het bewuste kreeg de overhand. Dat kan de politiemoorden in een nieuw licht plaatsen, Harry. Valentins moorden zijn dwanghandelingen waarvan hij onbewust wil dat ze stoppen, hij wil worden gestraft, of geëxorciseerd, hij wil dat iemand die duivel uit hem bant, toch? Dus als het ons niet lukt hem te pakken voor die oorspronkelijke moorden, doet hij wat veel seriemoordenaars doen: hij verhoogt het risico. In zijn geval door de politiemensen te grazen te nemen die hem de eerste keer niet konden pakken, omdat hij weet dat bij politiemoorden alle registers worden opengetrokken. En ten slotte laat hij de tatoeage zien aan iemand van wie hij weet dat hij deelneemt aan het onderzoek. Ik geloof verdomd dat je gelijk hebt, Harry.'

'Hm, ik weet niet of ik daar de credits voor moet krijgen. Hoe zit het met een simpelere verklaring? Valentin is niet zo voorzichtig als we denken dat hij zou moeten zijn, omdat hij niet zo veel te vrezen heeft als we denken dat hij heeft.'

'Dat begrijp ik niet, Harry.'

Harry trok aan zijn sigaret. Hij liet de rook via zijn mond ontsnappen terwijl hij die weer met zijn neus opzoog. Dat was een truc die hij van een melkwitte Duitse didgeridoospeler in Hongkong had geleerd: '*Exhale and inhale at the same fucking time, mate, and you can smoke your cigarettes twice.*'

'Ga naar huis en rust wat uit,' zei Harry. 'Dit was zware shit.'

'Bedankt, maar ik ben hier de psycholoog, Harry.'

'Een moordenaar die een vlijmscherp mes tegen je keel houdt? Sorry dokter, maar dat kun je niet weg rationaliseren. De nachtmerries staan in de rij, geloof me, ik weet er alles van. Dus neem contact op met een collega. En dat is een order.'

'Een order?' Een beweging in het gezicht van Ståle leek een zweem van een lach. 'Ben jij nu de chef, Harry?'

'Twijfelde je daar ooit aan?' Harry ging met zijn hand in zijn broekzak. Pakte zijn mobiel. 'Ja?'

Hij liet de halfopgerookte sigaret op de grond vallen. 'Zorg jij daar verder voor? Ze hebben iets gevonden.'

Ståle Aune keek Harry na terwijl hij naar binnen verdween. Toen keek hij naar de rokende sigaret op straat. Zette voorzichtig zijn schoen erop. Voerde de druk op. Voelde de sigaret kapotgaan onder zijn dunne schoenzolen. Voelde de woede komen. Duwde harder. Wreef de filter, de as, het papier en de zachte tabaksresten in de stenen. Liet zijn eigen sigaret vallen en herhaalde de bewegingen. Het voelde goed en slecht tegelijk. Hij had zin om te gaan schreeuwen, slaan, lachen, huilen. Hij had elke nuance in de sigaret geproefd. Hij leefde. Leefde min of meer in de hel.

'Casbah Hotel in Gange-Rolvsgate,' zei Katrine voordat Harry de tijd had om de deur achter zich dicht te doen. 'Vooral ambassades gebruiken dat hotel om hun medewerkers te huisvesten voor ze een flat hebben gevonden. Relatief goedkoop, kleine kamers.'

'Hm. Waarom juist dat hotel?'

'Dat is het enige hotel dat dit type wattenstokjes heeft en aan de juiste kant van de stad ligt ten opzichte van tram 12,' zei Bjørn. 'Ik heb gebeld. Ze hebben geen Stavnes, Gjertsen of Johansen in hun gastenboek staan, maar ik heb die fantoomtekening van Beate gefaxt.'

'En?'

'De receptionist zei dat ze iemand hebben die erop lijkt, ene Savitski die heeft opgegeven dat hij op de ambassade van Wit-Rusland werkt. Hij ging altijd in pak naar zijn werk, maar nu heeft hij vaak trainingskleding aan en neemt hij de fiets.'

Harry stond al met de hoorn van de vaste telefoon in zijn hand. 'Hagen? We hebben Delta nodig. Nu direct.'

HOOFDSTUK 33

'Dus jij wilt dat ik dat doe?' zei Truls, zijn bierglas ronddraaiend. Ze zaten in Kampen Bistro. Mikael had gezegd dat je er goed kon eten. Het was er goedkoop hip, populair onder de júíste mensen, mensen met meer cultureel kapitaal dan geld, mensen van wie het jaarsalaris zo laag was dat ze in Oost-Oslo bleven wonen en hun studentenbestaan konden voortzetten zonder dat het pathetisch werd.

Truls woonde al heel zijn leven in het oosten van de stad en had nog nooit van deze bistro gehoord. 'En waarom zou ik dat doen?'

'De schorsing,' zei Mikael en hij schonk de rest van het flesje water in zijn glas. 'Ik zal ervoor zorgen dat die wordt opgeheven.'

'O?' Truls keek Mikael argwanend aan.

'Ja.'

Truls nam een slok uit zijn glas. Ging met de rug van zijn hand over zijn mond hoewel het schuim allang was ingezakt. Nam de tijd. 'Als het zo simpel is, waarom heb je dat dan niet eerder gedaan?'

Mikael sloot zijn ogen en haalde diep adem. 'Omdat het niet zo simpel is, maar ik zal het doen.'

'Omdat?'

'Omdat ik het kan vergeten als jij me niet helpt.'

Truls lachte even. 'Wonderlijk hoe snel het tij kan keren. Of niet, Mikael?'

Mikael Bellman keek om zich heen. Er waren veel mensen, maar hij had deze plek gekozen omdat het geen restaurant was waar politiemensen naartoe gingen en hij moest niet samen met Truls worden gezien. Hij had het gevoel dat Truls dat doorhad. En wat dan nog?

'Wat wordt het? Ik kan ook een ander vragen.'

Truls lachte hard. 'Verdomme, dat kun je niet!'

Mikael keek opnieuw rond. Hij wilde Truls niet zeggen dat hij zachter moest praten, maar... Vroeger had Mikael kunnen voorspellen hoe Truls zou reageren, hij kon hem altijd krijgen waar hij hem hebben wilde. Maar er was iets veranderd bij Truls, er was iets donkers, iets lelijks, iets onberekenbaars over zijn jeugdvriend gekomen.

'Ik moet een antwoord hebben. Het heeft haast.'

'Prima,' zei Truls en hij leegde zijn glas. 'Die schorsing is mooi, maar ik wil nog iets.'

'Wat dan?'

'Een van Ulla's gebruikte slipjes.'

Mikael staarde Truls aan. Was hij dronken? Of was die gekte in zijn vochtige ogen er de hele tijd al geweest?

Truls lachte nog harder, zette met een klap zijn bierglas op tafel. Een aantal van de juiste mensen draaide zich om.

'Ik...' begon Mikael. 'Ik zal zien wat...'

'Ik maak een grapje, idioot.'

Mikael lachte kort. 'Ik ook. Betekent dit dat je...'

'Wel verdomme, zijn we jeugdvrienden of niet?'

'Natuurlijk zijn we dat. Je hebt geen idee hoe dankbaar ik je ben, Truls.' Mikael moest zijn best doen om te lachen.

Truls stak een hand over tafel. Legde die zwaar op de schouder van Mikael.

'Jawel, daar heb ik wel een idee van.'

Té zwaar, meende Mikael.

Er vond geen verkenning plaats, geen bestudering van de plattegrond met gangen, uitgangen en mogelijke vluchtwegen, geen belegering met surveillanceauto's, die de wegen versperden waarop de terreinwagen van Delta reed. Terwijl ze reden, blafte Sivert Falkeid korte bevelen en de zwaarbewapende mannen achterin hielden hun mond, wat betekende dat ze het begrepen.

Het was een kwestie van tijd en het beste plan van de wereld zou nutteloos zijn als de vogel al was gevlogen.

Harry wist dat ze ook niet het op een na beste of op twee na beste plan van de wereld hadden. Hij zat helemaal achterin en luisterde.

Het eerste wat Falkeid Harry had gevraagd, was of hij dacht dat Valentin gewapend zou zijn. Harry had geantwoord dat er bij de moord op René Kalsnes een vuurwapen was gebruikt en dat hij bovendien geloofde dat Beate Lønn met een vuurwapen was bedreigd.

Hij keek naar de mannen die voor hem zaten. Politiemensen die zich vrijwillig hadden gemeld voor gewapende acties. Hij wist hoeveel extra ze kregen betaald en dat het niet te veel was. En wat hij ook wist, was dat wat de belastingbetalers van de Delta-mensen verlangden veel te veel was. Hoe vaak had hij niet gehoord dat mensen met statistieken in hun handen de Delta-eenheid hadden bekritiseerd: dat ze niet voldoende bereid waren meer risico te nemen, dat ze niet over een of ander zesde zintuig beschikten dat hun precies kon vertellen wat er achter een gesloten deur, in een gekaapt vliegtuig, in een dichtbegroeide bosrand langs het water zat, dat ze niet als een kip zonder kop ergens op af gingen. Als een Delta-man of -vrouw met gemiddeld vier gewapende acties per jaar zich zo zou gedragen, zouden ze vragen om problemen, om gedood te worden. Bovendien was sneuvelen tijdens de actie de beste manier om ervoor te zorgen dat de actie mislukte en collega's in gevaar te brengen.

'Er is maar één lift,' blafte Falkeid. 'Twee en drie nemen die. Vier, vijf en zes nemen de hoofdtrap, zeven en acht de brandtrap. Hole, jij en ik dekken het gebied buiten voor het geval hij uit een van de ramen probeert te klimmen.'

'Ik heb geen wapen,' zei Harry.

'Hier,' zei Falkeid en hij liet een Glock 17 naar achteren doorgeven.

Harry pakte hem aan, voelde het solide gewicht, voelde de balans.

Hij had de wapenfreaks nooit begrepen, net zomin als hij autofreaks begreep of mensen die hun huis volledig aanpasten aan de hifi-installatie. Maar hij had ook geen weerzin tegen het dragen van een wapen. Niet tot het afgelopen jaar. Harry dacht terug aan de laatste keer dat hij een pistool in zijn hand had gehad. Aan de Odessa in de kast. Duwde die gedachte weg.

'We zijn er,' zei Falkeid. Ze stopten in een straat met weinig verkeer voor het hek van een voornaam uitziend stenen gebouw dat sprekend leek op de andere huizen in de omgeving. Harry wist dat er in een paar daarvan oud geld woonde, in een paar nieuw geld dat op oud geld wilde lijken, terwijl in de rest ambassades zaten, ambassadeurs woonden of reclamebureaus, muziekfirma's en kleine rederijen gevestigd waren. Slechts een bescheiden messing bordje aan de pilaar van het hek toonde aan dat ze op de juiste plek waren.

Falkeid hield zijn arm met horloge omhoog. 'Radiocommunicatie,' zei hij.

De Delta-mensen zeiden hun nummer – hetzelfde dat met witte verf op hun helm was geschreven. Ze trokken hun bivakmutsen naar beneden. Haalden de riemen van hun MP5 machinepistolen aan.

'Ik tel terug van vijf, dan gaan we naar binnen. Vijf, vier...'

Harry wist niet zeker of het zijn eigen adrenaline of die van de anderen was, maar er hing een duidelijk bittere, zoute geur als van een klappertjespistool. En hij meende die ook te proeven.

De deuren gingen open en Harry zag een muur van zwarte ruggen de tien meter naar de ingang rennend afleggen, waarna ze verdwenen.

Harry stapte uit de auto, trok zijn kogelvrije vest recht. Zijn huid eronder was al nat van het zweet. Falkeid stapte uit nadat hij de autosleutels uit het contact had getrokken. Harry herinnerde zich een verhaal waarbij de doelwitten van een bliksemactie hadden kunnen ontsnappen met een politieauto omdat daar nog de autosleutels inzaten. Harry gaf de Glock terug aan Falkeid.

'Ik heb geen toestemming om een wapen te dragen.'

'Hierbij tijdelijk door mij toegekend,' zei Falkeid. 'De situatie vereist dat. Politiereglement paragraaf zus of zo. Denk ik.'

Harry laadde het pistool en sloop over het grindpad terwijl er een jongere man met een kromme pelikaannek naar buiten kwam gerend. Zijn adamsappel ging op en neer alsof hij net iets had gegeten. Harry zag dat de naam op het bordje op de revers van zijn zwarte colbert klopte met de naam van de receptionist die hij via de telefoon had gesproken.

De receptionist had niet kunnen zeggen of de gast op zijn kamer was of ergens anders in het hotel, maar had aangeboden dit te checken. Harry had hem nadrukkelijk gezegd dat niet te doen, maar door te gaan met zijn gewone routine en te doen alsof er niets aan de hand was. Op die manier zou hij zichzelf en anderen niet in gevaar brengen. Het zien van de zeven in het zwart geklede, tot de tanden gewapende mannen had zijn gebod om te doen alsof er niets aan de hand was kennelijk moeilijker gemaakt.

'Ik heb hun de loper gegeven,' zei de receptionist met een duidelijk Oost-Europees accent. 'Ze zeiden dat ik naar buiten moest gaan en...'

'Ga achter onze wagen staan,' fluisterde Falkeid en hij wees met zijn duim over zijn schouder. Harry liep van hem weg, liep met het getrokken pistool naar de achterkant van het huis, waar een schaduwrijke tuin met appelbomen zich uitstrekte tot het hek van de buren. Een oudere man die op het terras de *Daily Telegraph* zat te lezen, liet zijn krant zakken en keek over zijn leesbril naar hem. Harry wees op de gele letters van POLITI die op zijn kogelvrije vest stonden. Legde zijn wijsvinger op zijn lippen, ontving een korte knik en concentreerde zich op de ramen van de vierde verdieping.

Harry duwde zijn oortje op zijn plaats en wachtte.

Na een paar seconden kwam het. De doffe, ingeblikte dreun van een shockgranaat gevolgd door het gerinkel van glas.

Harry wist dat de luchtdruk het effect had dat de personen in de ruimte tijdelijk doof waren. En de dreun gecombineerd met de verblindende lichtflits en de plotselinge bestorming maakten dat zelfs de meest getrainde personen de eerste drie seconden niet in staat waren iets te doen. En die drie seconden waren alles wat de Delta-mensen nodig hadden.

Harry wachtte. Toen klonk er een gedempte stem door het oortje. De woorden waren te verwachten: 'Kamer 406 gezekerd. Niemand hier.'

Het was het vervolg waarom Harry hardop moest vloeken: 'Het lijkt erop dat hij hier is geweest en zijn spullen heeft gepakt.'

Harry stond met zijn armen over elkaar in de gang voor kamer 406 toen Katrine en Bjørn arriveerden.

'Vogel gevlogen?' vroeg Katrine.

'Met de noorderzon vertrokken,' zei Harry en hij schudde zijn hoofd.

Ze liepen achter hem aan de kamer in.

'Hij is direct hierheen gegaan, heeft alles ingepakt en is vertrokken.'

'Alles?' vroeg Bjørn.

'Alles behalve twee gebruikte wattenstokjes en twee tramkaartjes die we in de afvalemmer hebben gevonden. Plus een deel van een entreekaart van een voetbalwedstrijd die we volgens mij hebben gewonnen.'

'We?' vroeg Bjørn en hij keek rond in de naar alle maatstaven doorsnee hotelkamer. 'Je bedoelt Vålerenga, dat clubje uit Oslo?'

'Het nationale elftal. Tegen Slovenië, staat er.'

'We wonnen,' zei Bjørn. 'Riise scoorde in de extra tijd.'

'Jullie zieke mannen herinneren zich zulke dingen,' zei Katrine hoofdschuddend. 'Ik herinner me niet eens of het voetbalteam van Bergen vorig jaar eerste is geworden of is gedegradeerd.'

'Zo ben ik niet,' protesteerde Bjørn. 'Ik herinner me alleen dat ik op de radio van de politieauto hoorde dat het gelijk spel was en Riise...'

'Je hebt het hoe dan ook onthouden, Rain Man. Je...'

'Hé.' Ze draaiden zich om naar Harry, die naar het kaartje staarde. 'Kun je je herinneren wat het was, Bjørn?'

'Hè?'

'Waarvoor je werd opgeroepen?'

Bjørn Holm krabde zich in zijn baard. 'Eens even zien, het was vroeg in de avond...'

'Je hoeft niet meer te antwoorden,' zei Harry. 'Het was voor de moord op Erlend Vennesla in Maridalen.'

'Is dat zo?'

'Dat was dezelfde avond dat het nationale team in het Ullevaal-stadion speelde. De datum staat op het kaartje. Om zeven uur.'

'Oei,' zei Katrine.

Bjørn Holm keek wanhopig. 'Zeg het niet, Harry. Alsjeblieft, zeg niet dat Valentin Gjertsen bij die wedstrijd aanwezig was. Als hij daar was...'

'... kan hij niet onze moordenaar zijn,' vulde Katrine aan. 'En we willen heel graag dat hij dat wel is, Harry. Dus zeg nu iets opbeurends.'

'Oké,' zei Harry. 'Waarom lag het kaartje niet in de afvalemmer bij de wattenstokjes en de tramkaartjes? Waarom heeft hij het op het bureau gelegd terwijl hij de rest allemaal heeft opgeruimd? Hij heeft het zo neergelegd dat we het zouden vinden.'

'Hij heeft voor zijn alibi gezorgd,' zei Katrine.

'Hij heeft het neergelegd zodat we zo zouden staan als we nu doen,' zei Harry. 'Ineens vertwijfeld en verlamd. Maar dit is slechts een deel van het kaartje, het bewijst niet dat hij er is geweest. Integendeel, het is haast opvallend dat hij naar een voetbalwedstrijd is geweest, op een plek waar niemand zich een bepaalde persoon kan herinneren terwijl hij om een of andere reden het kaartje heeft bewaard.'

'Het kaartje heeft een stoelnummer,' zei Katrine. 'Misschien dat de mensen die aan weerszijden van hem hebben gezeten nog weten wie er naast hen zat. Of de stoel misschien een poos onbezet is geweest. Ik kan zoeken op stoelnummer, misschien vind ik...'

'Doe dat maar,' zei Harry. 'Maar we hebben dat eerder geprobeerd bij mensen die claimden een alibi te hebben omdat ze in het theater of de bioscoop zaten. Het blijkt dat als er zo'n vier dagen zijn verstreken, niemand zich meer iets kan herinneren van de vreemde die naast hen zat.'

'Je hebt gelijk,' zei Katrine moedeloos.

'Landenwedstrijd,' zei Bjørn.

'Wat is daarmee?' vroeg Harry voor hij naar de badkamer liep terwijl hij zijn gulp al open knoopte.

'De organisatoren van landenwedstrijden zijn gehouden aan regels van de internationale voetbalbond,' zei Bjørn. 'Hooligans.'

'Maar natuurlijk!' riep Harry achter de badkamerdeur. 'Heel goed, Bjørn!' Toen werd de deur dichtgegooid.

'Wat?' zei Katrine. 'Waar hebben jullie het over?'

'Camera's,' zei Bjørn. 'De FIFA verplicht de organisator om het publiek te filmen voor het geval er tijdens de wedstrijd ongeregeldheden uitbreken. Dat is een regel die is ingesteld na de golf van problemen met de hooligans in de jaren negentig. Op die manier kan de politie de raddraaiers opsporen en laten berechten. Ze filmen tijdens de hele wedstrijd de tribunes en de beelden zijn zo scherp dat er op elk gezicht afzonderlijk kan worden ingezoomd zodat het kan worden geïdentificeerd. En we hebben het vak, de rij en het stoelnummer waar Valentin zat.'

'Níét zat!' riep Katrine uit. 'Hij heeft verdomme niet het recht om op de beelden te staan, begrijp je! Dan zijn we weer terug bij af.'

'Het kan natuurlijk dat de beelden zijn gewist,' zei Bjørn. 'Er waren tijdens de wedstrijd geen problemen en het directief voor de data-archivering zegt vast wel hoe lang men de beelden mag bewaren.'

'Als de beelden op een computer zijn opgeslagen, dan is er meer nodig dan op *delete* drukken om ze van de harddisk te laten verdwijnen.'

'Het directief voor de data-archivering...'

'Het permanent verwijderen van files is proberen hondenpoep uit het profiel van je joggingschoen te krijgen. Hoe denk je dat we anders kinderporno op de pc's van perverselingen vinden die zich vrijwillig hebben gemeld omdat ze menen veilig te zijn omdat ze denken dat ze alles hebben gewist? Geloof me, ik zal Valentin Gjertsen vinden als hij die avond in het Ullevaal is geweest. Wat was het tijdstip van overlijden van Erlend Vennesla?'

'Tussen zeven en halfacht,' zei Bjørn. 'Met andere woorden: aan het begin van de wedstrijd, kort nadat Henriksen gelijkmaakte. Vennesla moet het gejuich daar in Maridalen hebben gehoord, dat is niet zo ver van het Ullevaal-stadion.'

De deur van de badkamer ging open. 'Wat betekent dat hij nog naar de wedstrijd kon gaan nadat hij de moord in Maridalen had gepleegd,' zei Harry terwijl hij de laatste knoop dichtdeed. 'Eenmaal in het stadion kan hij ervoor hebben gezorgd dat men zich hem kon herinneren. Een alibi.'

'Valentin was dus níét bij die wedstrijd,' zei Katrine. 'Maar als hij daar toch was, zal ik die verrekte video van het begin tot het eind bekijken en met een stopwatch in mijn hand zitten als hij zijn kont ook maar van zijn stoel optilt. Alibi, *my ass.*'

Het was stil rond de grote villa's.

Stilte voor de storm van Volvo's en Audi's die naar huis komen van het werk voor Noorwegen bv, dacht Truls.

Truls Berntsen drukte op de voordeurbel en keek om zich heen.

Keurig onderhouden tuin. Daar had je natuurlijk tijd voor als je een gepensioneerde commissaris van politie was.

De deur ging open. Hij zag er ouder uit. Dezelfde blauwe, scherpe blik, maar de huid van zijn nek was slapper geworden en zijn lichaam was niet meer zo atletisch. Hij was eigenlijk niet meer zo imponerend als Truls zich hem herinnerde. Misschien kwam het door de verwassen kleding, misschien word je zo als je baan niet meer van je eist dat je de schijn ophoudt.

'Berentzen, Georganiseerde Criminaliteit.' Truls hield zijn ID-bewijs omhoog in de veilige veronderstelling dat als de oude man feitelijk Berntsen zou lezen, hij dan zou denken dat hij dat ook had gehoord. Een leugen met een herkansing. Maar de commissaris knikte slechts zonder ernaar te kijken. 'Ik meen je eerder te hebben gezien, ja. Waar kan ik je mee helpen, Berentzen?'

Hij maakte geen aanstalten om Truls binnen te vragen. En Truls vond dat best. Niemand zou hen zien en er was weinig kans op achtergrondgeluiden.

'Het gaat om uw zoon. Sondre.'

'Wat is er met hem?'

'We zijn bezig met een operatie waarbij we Albanese pooiers op de seksmarkt proberen te grijpen en in verband daarmee observeren we het verkeer en hebben we foto's gemaakt in Kvadraturen. We hebben enkele auto's die prostituees hebben opgepikt kunnen identificeren en we zijn van plan de eigenaars naar het bureau te roepen voor verhoor. We bieden hun strafvermindering aan in ruil voor informatie over de pooiers. En een van de auto's die we hebben gefotografeerd, heeft het kenteken van uw zoons auto.'

De commissaris tilde een borstelige wenkbrauw op. 'Wat zeg je me daar? Sondre? Uitgesloten.'

'Dat meen ik ook. Maar ik wilde advies vragen bij u. Als het zo is dat u denkt dat dat op een misverstand berust, dat de vrouw die opgepikt is misschien niet eens een prostituee is, dan vernietigen we de foto.'

'Sondre is gelukkig getrouwd. Hij is door mij opgevoed, hij kent het verschil tussen goed en kwaad, geloof me.'

'Uiteraard, ik wilde er alleen zeker van zijn dat dit ook uw opvatting over de zaak is.'

'Mijn god, waarom zou hij betalen voor...' De man voor Truls trok een grimas alsof hij op een verrotte druif kauwde, '... seks van de straat. Kans op besmetting. De kinderen. Nee, stel je voor.'

'Het klinkt alsof we het eens zijn, dat het geen zin heeft om de zaak verder te onderzoeken. Zelfs al hebben we reden om te denken dat de vrouw een prostituee is, dan kan iemand anders immers de auto van uw zoon hebben geleend, we hebben geen foto van de bestuurder.'

'Jullie hebben niet eens een zaak. Nee, dit moeten jullie gewoon vergeten.'

'Goed, dan doen we wat u ons aanraadt.'

De commissaris knikte langzaam terwijl hij Truls aandachtiger opnam. 'Berentzen van Georganiseerde Criminaliteit, was het niet?'

'Correct.'

'Bedankt Berentzen. Jullie doen goed werk.'

Truls lachte breed. 'We doen ons best. Een goede dag nog.'

'Wat zei je ook alweer?' zei Katrine terwijl ze naar het zwarte scherm voor zich staarde. Buiten de Vuurkamer was het middag, maar binnen was de lucht te snijden.

'Ik zei dat het directief van de data-archivering er waarschijnlijk voor heeft gezorgd dat de beelden van het publiek op de tribune zijn vernietigd,' zei Bjørn. 'En zoals je ziet had ik gelijk.'

'En wat zei ík?'

'Jij zei dat files als hondenpoep in het profiel van een joggingschoen zijn,' zei Harry. 'Onmogelijk om te verwijderen.'

'Ik zei niet onmogelijk,' zei Katrine.

De vier overgeblevenen zaten rond Katrines pc. Toen Harry Ståle had gebeld en hem had gevraagd te komen, had hij vooral opgelucht geklonken.

'Ik zei dat het moeilijk was,' zei Katrine. 'Maar er bevindt zich meestal ergens een spiegelbeeld van die opgeslagen beelden. Dat een knappe computerjongen kan vinden.'

'Of meisje?' stelde Ståle voor.

'Nee, beslist niet,' zei Katrine. 'Vrouwen kunnen niet fileparkeren, ze herinneren zich geen voetbaluitslagen en ze hebben ook geen zin om de laatste foefjes op hun pc te leren. Voor zoiets moet je rare mannen met gestreepte T-shirts met een miniem seksleven hebben en dat is al zo sinds het stenen tijdperk.'

'Dus jij kunt niet...'

'Ik heb al meerdere keren proberen uit te leggen dat ik geen computerdeskundige ben, Ståle. Mijn zoekmachines hebben gezocht in de files van de Noorse voetbalbond, maar al het beeldmateriaal was vernietigd. En verder ben ik helaas nutteloos.'

'We hadden tijd bespaard als jullie naar mij hadden geluisterd,' zei Bjørn. 'Dus wat doen we nu?'

'Daarmee bedoel ik niet dat ik nutteloos ben,' zei Katrine, nog steeds naar Ståle kijkend. 'Ik ben namelijk uitgerust met een paar comparatieve voordelen. Vrouwelijke charme bijvoorbeeld, niet-vrouwelijke vasthoudendheid en nul komma nul schaamtegevoel. Zoiets verschaft je wat voordelen in het land van de nerds. Dus degene die me indertijd de zoekmachines heeft geleverd, heeft me ook op het spoor gebracht van een IT-Indiër met de artiestennaam Side Cut. Een uur geleden heb ik naar Hyderabad gebeld en hem de opdracht gegeven.'

'En?'

'En we gaan naar een film kijken,' zei Katrine en ze drukte op *play*.

Het scherm lichtte op.

Ze staarden.

'Dat is hem,' zei Ståle. 'Hij ziet er eenzaam uit.'

Valentin Gjertsen alias Paul Stavnes zat voor hen met de armen over elkaar geslagen. Hij volgde de wedstrijd zonder al te veel enthousiasme.

'Sodeju!' vloekte Bjørn zachtjes.

Harry vroeg Katrine door te spoelen.

Ze drukte op een knop en de mensen rond Valentin Gjertsen begonnen zich te roeren met wonderlijk schokkerige bewegingen terwijl de klok en de teller rechts in de bovenhoek verder raasden. Alleen Valentin zat stil als een doods standbeeld te midden van kolkend leven.

'Sneller,' zei Harry.

Katrine drukte en dezelfde mensen werden nog levendiger, ze bogen naar voren en naar achteren, stonden op, gooiden hun armen in de lucht, verdwenen, kwamen weer terug met een broodje worst of koffie. Toen werden meerdere blauwe stoeltjes leeg.

'1-1 en rust,' zei Bjørn.

Toen werden de stoeltjes weer opgevuld. Nog meer beweging onder het publiek. De klok in de hoek liep. Schudden van hoofden en duidelijke frustratie. Toen ineens: armen in de lucht. Een paar seconden leek het beeld bevroren. Toen sprongen de mensen synchroon van hun stoel, juichten, sprongen, omhelsden elkaar. Iedereen, behalve één persoon.

'Riise benut in de laatste seconden een strafschop,' zei Bjørn.

Het was voorbij. De mensen verlieten hun plaatsen. Valentin bleef onbeweeglijk zitten tot iedereen weg was. Ineens stond hij op en was verdwenen.

'Houdt er zeker niet van in de drukte in de rij te staan,' zei Bjørn.

Het scherm werd weer zwart.

'Dus,' zei Harry. 'Wat hebben we gezien?'

'We hebben gezien hoe mijn patiënt naar een voetbalwedstrijd kijkt,' zei Ståle. 'Ik zou misschien moeten zeggen voormalige patiënt, ervan uitgaande dat hij niet naar de volgende afspraak komt. Hoe dan ook, het was, leek me, een spannende wedstrijd voor iedereen, behalve voor hem. Aangezien ik zijn lichaamstaal ken, kan ik met grote zekerheid zeggen dat de wedstrijd hem niet interesseerde. Wat de vraag natuurlijk oproept: waarom gaat hij er dan heen?'

'En hij heeft niet gegeten, is niet naar de wc geweest en is tijdens de hele wedstrijd niet één keer opgestaan,' zei Katrine. 'Hij zat daar gewoon als een verdomde zoutpilaar. Hoe spooky is dat? Alsof hij wist dat we de band zouden checken en ons geen tien seconden van zijn alibi gunde.'

'Als hij nou maar een telefoontje had gehad,' zei Bjørn. 'Dan hadden we het beeld kunnen vergroten en misschien kunnen zien wie hij belde. Of het tijdstip van bellen kunnen klokken en dat vergelijken met de uitgaande gesprekken in de basisstations die Ullevaal-stadion en...'

'Hij heeft niet gebeld,' zei Harry.

'Maar als...'

'Hij heeft niet gebeld, Bjørn. En wat het motief van Valentin Gjertsen ook mag zijn geweest om naar deze wedstrijd in het Ullevaal-stadion te gaan, het is een feit dat hij daar zat terwijl Erlend Vennesla in Maridalen werd vermoord. En een tweede feit is dat...' Harry keek over hun hoofden naar de kale, witte muur. '... we terug zijn bij af.'

HOOFDSTUK 34

Aurora zat op de schommel en keek naar de zon die tussen de bladeren van de perenbomen leek door te sijpelen. Papa beweerde in elk geval hardnekkig dat het perenbomen waren, maar niemand had er ooit een peer aan zien hangen. Aurora was twaalf jaar en een beetje te groot voor een schommel en een beetje te groot om alles te geloven wat papa zei.

Ze was thuisgekomen van school, had haar huiswerk gemaakt en was toen de tuin in gegaan terwijl mama boodschappen ging doen. Papa zou vandaag niet thuis eten, hij werkte weer lange dagen. Hoewel hij haar en mama had beloofd dat hij nu zou thuiskomen zoals andere papa's deden, hij niet meer 's avonds voor de politie zou werken, alleen maar op kantoor psychotherapie zou geven en dan naar huis zou komen. Maar nu was hij zeker toch weer voor de politie gaan werken. Maar mama noch papa wilde precies zeggen waar het om ging.

Ze vond op haar iPod het liedje waarnaar ze zocht: Rihanna die zong dat wie haar wilde hebben, haar maar moest komen halen. Aurora stak haar lange benen voor zich uit zodat ze vaart kon maken. Haar benen waren het laatste jaar zo lang geworden dat ze die helemaal moest buigen of hoog moest houden om niet de grond onder de schommel te raken. Ze was nu bijna net zo groot als mama. Ze wierp haar hoofd in haar nek, voelde het gewicht van haar lange, dikke haar heerlijk aan haar hoofdhuid trekken, sloot haar ogen tegen de zon hoog boven de touwen van de schommel en de bomen, ze hoorde Rihanna zingen en hoorde, elke keer dat de schommel het laagste punt had bereikt, het zachte gekraak van de takken. Ze hoorde ook een ander geluid: het hek ging open en er waren voetstappen op het grindpad.

'Mama?' riep ze, ze wilde haar ogen niet opendoen, wilde haar gezicht in die heerlijke warme zon houden. Maar ze kreeg geen antwoord en ze bedacht dat ze ook geen auto had gehoord, dat hectische, pruttelende geronk van moeders blauwe hondenhok op wielen.

Ze duwde haar hakken tegen de grond, minderde vaart tot de schommel stilstond, nog steeds met haar ogen dicht, ze wilde niet uit die heerlijke bubbel van muziek, zon en dagdromen komen.

Ze voelde dat er een schaduw op haar viel en het werd ineens koud alsof er een wolk voor de zon schoof op een feitelijk koele dag. Ze deed haar ogen open en zag een gedaante boven zich staan, ze zag alleen het silhouet tegen de lucht, met een stralenkrans rond zijn hoofd waar de zon was geweest. En een ogenblik knipperde ze met haar ogen, in de war door de gedachte die in haar opkwam.

Dat Jezus was teruggekeerd. Dat hij hier nu stond. En dat dat betekende dat papa en mama geen gelijk hadden, dat God echt bestond en dat er vergeving voor al onze zonden was.

'Dag meisje,' zei de stem. 'Hoe heet je?'

Jezus sprak in elk geval Noors.

'Aurora,' zei Aurora, een oog dichtknijpend om zijn gezicht beter te kunnen zien. Geen baard of lang haar, dat niet.

'Is je vader thuis?'

'Hij is op zijn werk.'

'Juist. Dus je bent alleen thuis, Aurora?'

Aurora wilde antwoorden. Maar iets hield haar tegen, ze wist niet precies wat.

'Wie bent u?' vroeg ze in plaats daarvan.

'Iemand die met je vader wil praten. Maar jij en ik kunnen ook samen praten. Omdat we allebei alleen zijn. Vind je niet?'

Aurora gaf geen antwoord.

'Naar wat voor muziek luister je?' zei de man en hij wees naar haar iPod.

'Rihanna,' zei Aurora en ze duwde haar schommel iets naar achteren. Niet alleen om uit de schaduw te komen, maar ook om hem beter te kunnen zien.

'O ja,' zei de man. 'Ik heb thuis meerdere cd's van haar. Misschien wil je ze wel van me lenen?'

'De nummers die ik niet heb, luister ik via Spotify,' zei Aurora en ze stelde vast dat de man er heel gewoon uitzag, er was in elk geval niets Jezusachtigs aan hem.

'O ja, Spotify,' zei de man terwijl hij op zijn hurken ging zitten zodat hij niet alleen op haar hoogte kwam, maar zelfs kleiner werd. Dat was beter. 'Daar kun je inderdaad alle muziek op horen.'

'Bijna,' zei Aurora. 'Maar ik heb gratis Spotify en dan zit er reclame tussen de liedjes.'

'En daar hou je niet van?'

'Ik hou er niet van dat ze praten, dat is jammer van de sfeer.'

'Weet je dat er platen zijn waarop wordt gepraat en waarvan de liedjes ook heel mooi zijn?'

'Nee,' zei Aurora en ze hield haar hoofd scheef, ze vroeg zich af waarom de man met zo'n aardige stem sprak, die klonk namelijk niet alsof die echt van hem was. Het was dezelfde stem die haar vriendin Emilie gebruikte als ze Aurora om een gunst vroeg. Als ze een favoriet kledingstuk wilde lenen of zoiets, waar Aurora geen zin in had omdat ze die altijd zo vuil terugkreeg.

'Dan moet je eens naar muziek van Pink Floyd luisteren.'

'Wie is dat?'

De man keek rond. 'We kunnen wel even naar binnen gaan, naar een pc, dan kan ik het je laten horen. Terwijl we op je papa wachten.'

'U kunt het voor me spellen, dan herinner ik het me wel.'

'Ik kan het je beter laten zien. Dan hoop ik dat ik gelijk een glas water kan krijgen.'

Aurora keek hem aan. Nu hij lager zat dan zij, viel de zon weer op haar gezicht, maar ze werd niet warmer. Vreemd. Ze leunde achterover op de schommel. De man lachte. Ze zag iets glinsteren tussen zijn tanden. Als de punt van zijn tong die er even was en weer verdween.

'Kom op,' zei hij en hij kwam overeind. Hij pakte ter hoogte van haar hoofd het touw van de schommel vast.

Aurora gleed van de schommel en glipte onder zijn arm door. Ze begon naar het huis te lopen. Ze hoorde zijn voetstappen achter zich. Zijn stem.

'Je zult het mooi vinden, Aurora. Ik beloof het je.'

De zalvende stem van een priester. Dat was een uitdrukking van papa. Misschien was hij toch Jezus? Maar Jezus of niet, ze wilde niet dat hij meeging naar binnen. Toch bleef ze doorlopen. Want wat moest ze tegen papa zeggen? Dat ze iemand niet had binnengelaten en geen glas water wilde geven? Nee, dat kon ze toch niet doen. Ze ging langzamer lopen om zichzelf tijd te geven om na te denken, om een smoes te verzinnen waarom hij niet mee naar binnen kon. Maar ze kon niks verzinnen. En omdat ze langzamer liep, kwam hij dichterbij en kon ze zijn ademhaling horen. Zwaar, alsof hij buiten adem raakte van die paar passen vanaf de schommel. En zijn adem rook ook vreemd, die deed haar denken aan nagellakremover.

Vijf voetstappen nog naar de trap. Een smoes. Twee voetstappen. De trap. Vooruit. Nee. Ze waren bij de deur.

Aurora slikte. 'Ik geloof dat de deur op slot zit,' zei ze. 'We moeten buiten wachten.'

'O?' zei de man terwijl hij boven aan de trap rondkeek, alsof hij op zoek was naar papa ergens achter het hek. Of naar de buren. Ze voelde de warmte van zijn arm die over haar schouder ging, de deurklink vastpakte en die naar beneden duwde. De deur ging open.

'Nee, maar,' zei hij en zijn ademhaling ging nu nog sneller. En er was een lichte trilling in zijn stem gekomen. 'We hebben geluk.'

Aurora draaide zich om naar de deuropening. Staarde in de schemerige hal. Alleen maar een glas water. En die muziek met die stemmen die haar niet interesseerde. In de verte klonk het geluid van een grasmaaier. Kwaad, agressief, dwingend. Ze stapte over de drempel.

'Ik moet…' begon ze, ze stopte abrupt en voelde op datzelfde moment zijn hand op haar schouder alsof die in haar verdween. Ze voelde de warmte van zijn huid waar de halsopening van haar trui eindigde en haar eigen huid begon. Ze voelde haar eigen kleine hartje hard kloppen. Hoorde nog een grasmaaier. Die geen grasmaaier was, maar het hectische, pruttelende geronk van een kleine motor.

'Mama!' riep Aurora en ze maakte zich los uit zijn greep, glipte langs hem heen, sprong van de vier treden van de trap, belandde op het grind en zette af. Ze riep over haar schouder: 'Ik moet haar helpen met de boodschappen.'

Ze rende naar het hek, luisterde naar voetstappen achter zich, maar het gekraak van haar eigen joggingschoenen was bijna oorverdovend. Toen was ze bij het hek, ze rukte het open en zag mama voor de garage uit de kleine, blauwe auto stappen.

'Hoi meisje,' zei mama en ze keek haar vragend aan. 'Jij hebt haast.'

'Er is iemand die vraagt naar papa,' zei Aurora en ze besefte dat het grindpad langer was dan ze had gedacht, ze was in elk geval buiten adem. 'Hij staat bij de trap.'

'O?' zei haar moeder, ze gaf haar een boodschappentas die op de achterbank stond, gooide het portier dicht en liep samen met haar dochter door het hek.

Er was niemand op de trap, maar de deur van het huis stond nog open.

'Is hij naar binnen gegaan?' vroeg moeder.

'Weet ik niet,' zei Aurora.

Ze liepen het huis in, maar Aurora bleef in de hal staan, bleef in de buurt van de openstaande deur terwijl haar moeder langs de woonkamer doorliep naar de keuken.

'Hallo?' kon ze haar moeder horen roepen. 'Hallo?'

Toen was ze zonder boodschappentas weer terug in de hal.

'Er is niemand, Aurora.'

'Maar hij was hier, ik zweer het!'

Haar moeder keek haar verbaasd aan, lachte even: 'Maar natuurlijk, meisje. Waarom zou ik je niet geloven?'

Aurora gaf geen antwoord. Ze wist niet wat ze moest zeggen. Hoe ze moest uitleggen dat het misschien wel Jezus was geweest. Of de Heilige Geest. In elk geval iemand die niet iedereen kon zien.

Aurora bleef in de hal staan. De geur, die vreemde geur van zijn adem was er nog steeds.

HOOFDSTUK 35

'Vertel eens, heb jij geen leven?'

Arnold Folkestad keek op van zijn papieren. Hij lachte toen hij de lange kerel in het oog kreeg die tegen de deurpost geleund stond.

'Nee, ik ook niet, Harry.'

'Het is over negenen en je bent nog hier.'

Arnold gromde en maakte een stapeltje van zijn papieren. 'Ik ben tenminste op weg naar huis, jij komt hier net en hoe lang blijf je hier nog?'

'Niet lang.' Harry nam een grote stap naar de houten stoel en ging zitten. 'En ik heb in het weekend wel een dame met wie ik samen ben.'

'Nou en? Ik heb een ex-vrouw met wie ik niet in het weekend hoef samen te zijn.'

'Is dat zo? Dat wist ik niet.'

'Ex-medebewoner in elk geval.'

'Koffie? Wat is er gebeurd?'

'De koffie is op. Een van ons kwam op het onzalige idee dat we wel een stel konden worden. Vanaf dat moment ging het bergafwaarts. Ik ben afgehaakt toen de uitnodigingen voor het huwelijk waren verzonden en daarna is zij verhuisd. Zij kon daar niet mee leven, zei ze. Het beste wat me ooit is overkomen, geloof me, Harry.'

'Hm.' Harry wreef met zijn duim en wijsvinger over zijn ogen.

Arnold stond op, trok zijn jas van de haak. 'Is het zo zwaar daar bij jullie?'

'Nou, we hadden vandaag een tegenslag. Valentin Gjertsen...'

'Ja?'

'We denken dat hij de zager is. Maar hij heeft de politiemensen niet vermoord.'

'Echt?'

'In elk geval heeft hij dat niet in zijn eentje gedaan.'

'Kunnen ze met meer zijn?'

'Katrine heeft dat geopperd. Maar feit is dat in achtennegentig komma zes procent van de moorden met een seksueel motief de dader alleen opereert.'

'Dus dan...'

'Ze gaf niet op. Ze wees erop dat er waarschijnlijk twee verschillende daders waren bij de moord op het meisje van Tryvann.'

'Dat ging om de moord waarbij delen van het lijk kilometers van elkaar werden gevonden?'

'Yep. Ze meent dat Valentin een geweldige vaste partner kan hebben. Dat ze die inzetten om de politie in verwarring te brengen.'

'Ze moorden afwisselend en zorgen zo voor een alibi?'

'Ja, dat is feitelijk eerder gebeurd. Twee eerder veroordeelde verkrachters in Michigan vonden elkaar ergens in de jaren zestig. Ze zorgden ervoor dat het leek of men te maken had met een klassieke seriemoordenaar doordat ze elke keer hetzelfde patroon hanteerden. De moorden leken kopieën van elkaar. Ze leken ook op zaken die ze eerder hadden begaan, ze hadden immers hun zieke voorkeuren en op die manier trokken ze de aandacht van de FBI. Maar toen eerst de ene en vervolgens de andere een waterdicht alibi voor meerdere moorden had, waren ze natuurlijk niet meer verdacht.'

'Slim. Dus waarom denken jullie dat zoiets hier niet kan zijn gebeurd?'

'Achtennegentig...'

'... komma zes procent. Is dat niet een beetje rechtlijnig gedacht?'

'Het waren jouw procenten van de doodsoorzaak bij kroongetuigen die maakten dat ik ontdekte dat Asajev geen natuurlijke dood was gestorven.'

'Maar met die kwestie heb je nog steeds niets gedaan?'

'Nee, maar laat dat maar rusten, Arnold, dit is belangrijker.' Harry legde zijn hoofd tegen de muur. Sloot zijn ogen. 'We hebben dezelfde tik van de molen, Folkestad, en ik heb het helemaal gehad. Dus ik ben direct naar jou gekomen om te vragen of je me kunt helpen denken.'

'Ik?'

'We zitten echt vast, Arnold. En jij hebt kronkels in je hersenen die ik duidelijk niet heb.'

Folkestad deed zijn jas weer uit, hing hem keurig over de rugleuning en ging weer zitten.

'Harry?'

'Ja?'

'Je hebt geen idee hoe goed dit voelt.'

Harry glimlachte even. 'Mooi. Motief.'

'Motief. Ja, jullie zitten vast.'

'Dat zitten we. Wat voor motief kan de moordenaar hebben?'

'Ik ga even kijken of er toch nog koffie is, Harry.'

Harry praatte tijdens het eerste kopje koffie en ook tijdens een deel van het tweede kopje voordat Arnold het woord nam.

'Ik meen dat de moord op René Kalsnes belangrijk is omdat die een uitzondering vormt, omdat die niet bij de andere past. Dat wil zeggen, hij past, maar past ook weer niet. Hij past niet bij de oorspronkelijke moorden omdat er geen seksueel misbruik is, geen sadisme en geen steekwapen. Hij past wel bij de politiemoorden omdat er een stomp voorwerp werd gebruikt tegen het gezicht en hoofd.'

'Ga door,' zei Harry en hij zette zijn kopje neer.

'Ik herinner me de moord op Kalsnes nog goed,' zei Arnold. 'Ik was in San Francisco op een politiecursus toen het gebeurde, ik zat in een hotel waar we allemaal *The Gayzette* kregen.'

'De krant voor homo's?'

'De moord in het kleine Noorwegen stond op de voorpagina en ze noemden het een nieuwe haatmoord op een homo. Interessant was het feit dat ik later die dag in geen van de Noorse kranten las dat het om een homomoord ging. Ik vroeg me af hoe die Amerikaanse krant dat zo stellig en zo snel kon beweren, dus ik heb het hele artikel gelezen. De journalist van *The Gayzette* schreef dat de moord alle klassieke trekjes had: een homo die op een provocerende manier aan iedereen zijn geaardheid laat zien wordt meegenomen, naar een afgelegen plek gebracht waar hij het slachtoffer wordt van een ritueel en van extreem geweld. De moordenaar heeft een vuurwapen bij zich, maar het is voor hem niet voldoende om Kalsnes direct dood te schieten, hij moet eerst zijn gezicht kapotslaan. Hij moet uiting geven aan zijn homofobie door dat veel te knappe, vrouwelijke homogezicht kapot te maken, of niet? Het is met voorbedachten rade gebeurd, zorgvuldig gepland, en het is een homomoord: dat was de conclusie van de journalist. En weet je wat, Harry? Ik denk niet dat dat zo'n slechte conclusie was.'

'Hm. Als het een homomoord was, zoals jij het noemt, dan past deze er niet goed bij. Er is niets wat erop duidt dat een van de andere slachtoffers homoseksueel was, noch bij de oorspronkelijke moorden, noch onder de politiemensen.'

'Misschien niet. Maar er is iets anders wat hier interessant is. Je zei dat de enige moord waarbij alle vermoorde politiemensen betrokken waren, juist deze moord op Kalsnes was, toch?'

'Met zo'n klein groepje moordonderzoekers is er al snel sprake van dezelfde mensen, Arnold, dus dat zegt verder niks.'

'Maar toch, ik heb het gevoel dat het belangrijk is.'

'Krijg het nu niet te hoog in je bol, Arnold.'

Het rood bebaarde gezicht keek verongelijkt naar hem op: 'Heb ik iets verkeerds gezegd?'

'"Ik heb het gevoel." Ik zal het je laten weten wanneer je zover bent dat jouw gevoelens ook een argument zijn.'

'Want bij niet veel mensen is dat het geval?'

'Maar bij een paar van ons. Ga verder, maar draaf niet door, oké?'

'Je zegt het maar. Maar mag ik misschien zeggen dat ik het gevoel heb dat je het met me eens bent?'

'Misschien wel.'

'Dan waag ik het om te zeggen dat jullie alle middelen moeten gebruiken om uit te zoeken wie die homo heeft vermoord. Het ergste wat er kan gebeuren, is dat jullie in elk geval één moord oplossen. In het beste geval lossen jullie ook de hele zaak van de politiemoorden op.'

'Hm.' Harry leegde zijn kopje koffie en stond op. 'Bedankt, Arnold.'

'Ik moet jou bedanken. Afgeschreven politiemensen zoals ik zijn blij als er in elk geval nog naar ze wordt geluisterd, snap je. Trouwens, afgeschreven, ik zag Silje Gravseng vandaag bij de secretaresse. Ze was daar om haar sleutelkaart in te leveren, ze was... iets.'

'Vertegenwoordiger van de groep.'

'Ja, maar goed, ze vroeg naar jou. Ik heb niks gezegd. Toen zei ze dat het bluf was. Dat jouw chef haar had verteld dat het niet waar was dat jij honderd procent van je moordzaken hebt opgelost. Gusto Hanssen, zei ze. Klopt dat?'

'Hm. Min of meer.'

'Min of meer? Wat betekent dat?'

'Dat ik de zaak heb onderzocht en nooit iemand heb gearresteerd. Wat voor indruk maakte ze?'

Arnold Folkestad kneep een oog dicht, keek Harry aan alsof hij hem onder schot hield, hij zocht naar iets in zijn gezicht.

'Indruk, indruk. Ze is een wonderlijk meisje, die Silje Gravseng. Ze nodigde me uit voor een schiettraining in Økern. Zomaar ineens.'

'Hm. En wat heb je daarop gezegd?'

'Ik heb gezegd dat mijn gezichtsvermogen is beschadigd en dat ik tril. Dat de schietschijf op een halve meter van me moet hangen om nog een kans te maken iets te raken. Ze heeft mijn uitleg geaccepteerd, maar wat ik me later afvroeg was waarom ze schiettraining heeft als ze geen schiettest voor de politie meer hoeft te halen.'

'Tja,' zei Harry. 'Het komt voor dat mensen gewoon schieten omdat ze het leuk vinden om te schieten.'

'Daar heb je gelijk in,' zei Arnold en hij stond ook op. 'Ik moet zeggen dat ze er goed uitzag.'

Harry keek zijn collega na, die hinkend de kamer uit liep. Hij dacht na over wat de wachtcommandant in Nedre Eiker eerder deze dag aan de telefoon had gezegd. Het klopte dat Bertil Nilsen niet had deelgenomen aan het onderzoek naar de moord op René Kalsnes van de buurgemeente Drammen. Maar hij had wel dienst gehad toen de melding was binnengekomen dat er een auto in de rivier bij Eikersaga lag en hij was uitgerukt omdat het onduidelijk was aan welke kant van de gemeentegrens de auto lag. De wachtcommandant vertelde hem ook dat de politie van Drammen en Kripos kwaad op hen was geweest omdat Nilsen over het pad was gereden waar mogelijk duidelijke bandensporen hadden kunnen staan. 'Dus je zou kunnen zeggen dat hij indirect invloed heeft gehad op het onderzoek.'

Het was bijna tien uur en de zon was al lang achter de groene heuvels in het westen gezakt toen Ståle Aune zijn auto in de garage parkeerde en het grindpad af liep naar huis. Het viel hem op dat er geen licht brandde in de keuken en ook niet in de woonkamer. Dat was niet ongebruikelijk, het kwam wel vaker voor dat ze vroeg naar bed ging.

Hij voelde het gewicht van zijn lichaam op zijn kniegewrichten. Mijn god, wat was hij moe. Hij draaide de deur van het slot. Het was een lange dag geweest, toch had hij gehoopt dat ze nog op was. Dan kon hij het van zich afpraten. Hij had gedaan wat Harry had gezegd, had contact opgenomen met een collega, die hem had ontvangen in zijn praktijk thuis. Hij had verteld over de bedreiging met het mes. Dat hij zeker had geweten dat hij zou sterven. Hij had het allemaal gedaan, nu was het een kwestie van gaan slapen. Van kúnnen slapen.

Hij duwde de deur open. Zag Aurora's jas aan de kapstok hangen. Weer een nieuwe. Mijn hemel, wat groeide dat kind. Hij schopte zijn schoenen uit. Richtte zich op en luisterde naar de stilte van het huis. Hij kon er niet precies zijn vinger op leggen, maar het leek of het stiller was dan anders. Een geluid dat er niet was, maar dat hij kennelijk niet bewust hoorde als het er wel was.

Hij liep de trap op naar de eerste verdieping. Elke stap ging hij langzamer, als een overbelaste scooter die de heuvel op moet. Hij moest gaan sporten, er moest ongeveer tien kilo af. Dat was goed voor het slapen, goed voor je welbevinden, goed voor de lange werkdagen, voor de levensverwachting, voor het seksleven, voor het zelfvertrouwen, kort samengevat: het was goed. En verdomd, het lukte hem niet.

Hij sjokte langs Aurora's slaapkamer.

Bleef even staan, aarzelde. Liep weer terug. Opende de deur.

Wilde haar alleen even zien slapen, zoals hij vroeger altijd deed. Binnenkort zou het niet meer normaal zijn om dat te doen, hij merkte nu al dat ze zich meer bewust werd van zulke dingen, de privédingen. Niet dat ze niet meer bloot wilde zijn in zijn aanwezigheid, maar ze sprong niet meer zo onbezorgd in de rondte. En wanneer dat voor haar niet langer normaal was, dan was het dat voor hem uiteraard ook niet meer. Maar hij wilde toch nog even dat moment stelen, zijn dochter zo vredig, veilig en beschermd tegen alles wat er vandaag allemaal was gebeurd, zien liggen slapen.

Maar hij deed het niet. Hij zou haar morgen bij het ontbijt zien.

Hij zuchtte, sloot de deur en liep naar de badkamer. Poetste zijn tanden, waste zijn gezicht. Kleedde zich uit en nam de kleding mee naar de slaapkamer, hing die over de stoel en wilde in bed kruipen toen hij stopte in zijn beweging. Opnieuw viel het hem op. De stilte. Wat ontbrak er? Het gezoem van de koelkast? Het gesuis van het ventilatiesysteem dat meestal aanstond?

Hij voelde dat hij geen zin had om erover te piekeren, hij kroop voorzichtig onder het dekbed. Zag het haar van Ingrid boven het dekbed uit pieken. Hij wilde zijn hand uitsteken naar haar, gewoon even haar haren strelen, over haar rug, voelen dat ze er was. Maar ze sliep zo licht en had er een hekel aan dat ze wakker werd gemaakt, dat wist hij immers. Hij wilde zijn ogen dichtdoen, maar hij bedacht zich.

'Ingrid?'

Geen antwoord.

'Ingrid?'

Stilte.

Het kon wachten. Hij sloot zijn ogen weer.

'Ja?' Hij kon voelen dat ze zich naar hem had omgedraaid.

'Niets,' mompelde hij. 'Alleen... Die zaak...'

'Zeg dan dat je niet meer wilt.'

'Iemand moet het doen.' Dat klonk als een cliché en dat was het ook.

'Dan vinden ze niet iemand die beter is dan jij.'

Ståle opende zijn ogen. Keek naar haar, streelde haar warme, ronde wang. Af en toe – nee, meer dan af en toe – bestond er niets beters dan zij.

Ståle Aune deed zijn ogen dicht. En toen kwamen ze. De slaap. Het wegglijden. De échte nachtmerries.

HOOFDSTUK 36

De ochtendzon deed de villadaken, die nog steeds nat waren van de korte, heftige regenbui, glinsteren.

Mikael Bellman drukte op de voordeurbel en keek rond.

Keurige tuin. Als gepensioneerde had je daar natuurlijk tijd voor.

De deur ging open.

'Mikael! Wat gezellig.'

Hij zag er ouder uit. Dezelfde blauwe, scherpe blik, maar ouder dus.

'Kom binnen.'

Mikael veegde zijn natte schoenzolen op de deurmat en stapte naar binnen. Het rook er naar iets wat hij uit zijn jeugd kende, maar wat hij niet kon isoleren of identificeren.

Ze gingen in de woonkamer zitten.

'Je bent alleen,' zei Mikael.

'Mijn vrouw is bij onze oudste zoon. Ze hadden hulp nodig van oma en dat hoef je haar geen twee keer te vragen.' Hij lachte breed. 'Ik was eigenlijk van plan contact met je op te nemen. Nu heeft het gemeentebestuur nog geen besluit genomen, maar we weten wel allebei wat men wil en dus is het slim om zo snel mogelijk samen af te spreken hoe we het zullen doen. De verdeling van het werk en zo, bedoel ik.'

'Ja,' zei Mikael. 'Zou ik misschien een kopje koffie kunnen krijgen?'

'Pardon?' De borstelige wenkbrauwen schoten omhoog op het voorhoofd van de oude man.

'Als we afspraken moeten maken, is het misschien prettig om dat onder het genot van een kopje koffie te doen?'

De man nam Mikael op. 'Ja, ja, uiteraard. Kom, we gaan in de keuken zitten.'

Mikael liep achter hem aan. Liep langs een oerwoud van familiefoto's die op tafels en kasten stonden, ze deden hem denken aan de barricades op het strand tijdens D-day, een nutteloos verdedigingswerk bij een aanval van buitenaf.

De keuken was halfslachtig gemoderniseerd en zag eruit als een compromis tussen de voorwaarden waaraan de keuken volgens de schoondochter op zijn minst moest voldoen en de oorspronkelijke wens van de bewoners om de kapotte koelkast door een nieuwe te vervangen.

Terwijl de oude man uit de bovenkast met matglazen deuren een pak koffie pakte, het openmaakte en met een geel maatschepje de juiste hoeveelheid in de kan deed, ging Mikael Bellman zitten, legde de mp3-speler op tafel en drukte op *play*. Truls' stem klonk metalig en schriel: 'Zelfs al hebben we reden om te denken dat de vrouw een prostituee is, dan kan iemand anders immers de auto van uw zoon hebben geleend, we hebben geen foto van de bestuurder.'

De stem van de voormalige politiecommissaris klonk ver weg, maar er waren geen achtergrondgeluiden, dus de woorden waren toch goed te horen: 'Jullie hebben niet eens een zaak. Nee, dit moeten jullie gewoon vergeten.'

Mikael zag de koffie uit het maatschepje vallen op het moment dat de oude man schrok en verstarde, alsof iemand zojuist een pistoolloop tegen zijn rug had gezet.

Truls' stem: 'Goed, dan doen we wat u ons aanraadt.'

'Berentzen van Georganiseerde Criminaliteit, was het niet?'

'Correct.'

'Bedankt Berentzen. Jullie doen goed werk.'

Mikael drukte op *stop*.

De oude man draaide zich langzaam om. Hij was bleek geworden. Lijkbleek, dacht Mikael Bellman. En dat was in feite de mooiste kleur voor iemand die was doodverklaard. De mond van de man bewoog een paar keer.

'Wat je wilt zeggen is...' zei Mikael Bellman. '... wat is dit? En het antwoord is dat een uitgerangeerde politiecommissaris een politieman onder druk zet om zijn zoon niet op dezelfde manier als iedere andere burger in dit land te onderwerpen aan een onderzoek en rechtsvervolging.'

De stem van de oude man klonk als een woestijnwind: 'Hij was daar niet eens. Ik heb met Sondre gesproken. De auto staat sinds begin mei in de garage met een uitgebrande motor. Hij kán daar niet geweest zijn.'

'En is dat niet een beetje bitter?' zei Mikael. 'Als de pers en de gemeenteraad te horen krijgen dat jij hebt geprobeerd om een politieman te corrumperen terwijl dat niet eens nodig was. Je hoefde je zoon niet te redden.'

'Er bestaat niet eens een foto van de auto en die prostituee, is het wel?'

'Niet meer, in elk geval. Je had immers orders gegeven die te vernietigen. En wie weet, misschien was het wel een foto van voor mei?' Mikael lachte. Hij wilde dat niet, maar kon het niet laten.

De kleur kwam terug op de wangen van de oude man, samen met de bastoon in zijn stem. 'Je verbeeldt je toch niet dat je hiermee wegkomt, Bellman?'

'Dat weet ik nog zo net niet. Ik weet alleen dat het gemeentebestuur geen aantoonbaar corrupte man als functionerende politiecommissaris wil hebben.'

'Wat wil je, Bellman?'

'Vraag je liever af wat jij wilt. Een leven in rust en vrede met de reputatie van een goede, eerlijke politieman? Ja? En dan zul je zien dat we niet eens zo veel van elkaar verschillen, want dat is precies wat ik wil. Ik wil mijn werk als commissaris in rust en vrede uit kunnen voeren, ik wil die politiemoorden oplossen zonder dat een verrekte wethouder van Sociale Zaken daar een stokje voor steekt en later wil ik worden herinnerd als een goede politieman. Dus hoe kunnen we dat allebei bereiken?'

Bellman wachtte tot hij er zeker van was dat de oude man zich voldoende bij elkaar had geraapt om de rest te kunnen volgen.

'Ik wil dat je het gemeentebestuur vertelt dat je de zaak grondig hebt bestudeerd en dat je geïmponeerd bent door de professionaliteit waarmee alles is aangepakt en dat je geen reden ziet waarom je de leiding zou overnemen, dat je eerder bang bent de kans op succes te verkleinen. Je wilt daarentegen vragen stellen bij het beoordelingsvermogen van de wethouder van Sociale Zaken ten aanzien van deze zaak. Ze had moeten weten dat politiewerk methodisch moet worden aangepakt en dat het een kwestie is van een lange adem hebben en dat je de indruk hebt dat ze in paniek is geraakt. Dat we allemaal onder druk staan in deze zaak, maar dat er eisen moeten worden gesteld aan leiders, zowel op het politieke als op het professionele vlak, dat leiders niet hun hoofd moeten verliezen in situaties waar ze dat nu juist het hardst nodig hebben. Het hoofd dus. Je staat er vervolgens op dat de zittende commissaris zijn werk zonder inmenging kan voortzetten omdat dit naar jouw oprechte overtuiging de beste kans op resultaat is en dat je hierbij je kandidatuur intrekt.’

Bellman trok een envelop uit zijn binnenzak en schoof die over tafel naar de oude man.

‘Dat is kort samengevat wat er in deze brief staat, die aan de wethouder persoonlijk is gericht. Je hoeft hem slechts te ondertekenen en te versturen nadat je tijdens de volgende bijeenkomst het gemeentebestuur mondeling op de hoogte hebt gebracht. Zoals je ziet, is de brief ook al gefrankeerd. Je krijgt trouwens deze mp3-speler in je bezit als ik een bevredigend antwoord van de wethouder heb gekregen over het besluit dat men heeft genomen.’ Bellman knikte naar de koffiekan.

‘Hoe zit het, krijgen we nog koffie?’

Harry nam een slok van zijn koffie en keek naar zijn stad.

De kantine van het hoofdbureau zat op de bovenste verdieping en van daaruit had je uitzicht op de Ekeberg, de fjord en het nieuwe stadsdeel dat werd gebouwd in Bjørvika. Maar hij keek vooral naar de oude herkenningspunten. Hoe vaak had hij hier niet in de lunchpauze gezeten en geprobeerd de zaak vanuit een andere hoek te bekijken, met andere ogen, vanuit een nieuw en ander perspectief terwijl zijn behoefte aan een sigaret en alcohol aan hem had getrokken en hij tegen zichzelf zei dat hij niet eerder naar het terras mocht gaan voordat hij minstens een toetsbare hypothese had?

Hij geloofde dat hij terugverlangde naar die tijd.

Eén hypothese. Die niet alleen een gedachtespinsel was, maar verankerd in iets wat kon worden getoetst, kon worden beantwoord.

Hij pakte zijn koffie op. Zette het kopje weer neer. Geen nieuwe slok voor de hersenen iets te pakken hadden. Een motief. Ze waren nu al zo vaak met hun hoofd tegen de muur gelopen dat het misschien tijd werd om ergens anders te beginnen. Een plek waar het licht was.

Er schraapte een stoel. Harry keek op. Bjørn Holm. Hij zette zijn kopje koffie op tafel zonder dat hij koffie morste, trok zijn rastamuts af en ging met zijn hand door het rode haar. Harry keek afwezig naar dat gebaar. Was dat om de hoofdhuid lucht te geven? Of om die bekende haar-plat-op-je-hoofd-*look* te vermijden waar zijn generatie zo’n hekel aan had terwijl Oleg daarvan leek te houden. Haren die vastplakten aan een bezweet voorhoofd boven een hoornen bril. De belezen nerd, de web-onanist, de zelfbewuste urbanist die het imago van een verliezer omarmde, de onechte outsiderrol. Zag hij er zo uit, de man naar wie ze zochten? Of was hij een boerenjongen met rode wangen in de stad met een lichtblauwe spijkerbroek, praktische schoenen, een kapsel van de plaatselijke kapper, die zijn portiek schoonveegde als het zijn beurt was, die beleefd en behulpzaam was en over wie niemand een kwaad woord te zeggen had? Geen toetsbare hypotheses. Geen slokje van de koffie.

'En?' zei Bjørn, die zichzelf een flinke slok toestond.

'Tja...' zei Harry. Hij had Bjørn nooit gevraagd waarom een countryman met een reggaemuts liep en niet met een cowboyhoed. 'Ik geloof dat we de moord op René Kalsnes misschien beter moeten onderzoeken. En het motief moeten we vergeten, alleen maar naar de technische details kijken. We hebben dus die kogel waarmee hij uiteindelijk gedood is. Negen millimeter. Het gangbaarste kaliber ter wereld. Wie gebruikt dat?'

'Iedereen. Absoluut iedereen. Zelfs wij.'

'Hm. Wist je dat de politie wereldwijd achter vier procent van alle moorden in vredestijd zit? Dat het percentage in de ontwikkelingslanden op negen procent ligt? Dat maakt ons tot de moordzuchtigste beroepsgroep ter wereld.'

'Jezus,' zei Bjørn.

'Hij maakt een grapje,' zei Katrine. Ze trok een stoel mee naar de tafel en zette een grote, dampende kop thee voor zich neer. 'In tweeënzeventig procent van de gevallen waarin mensen statistieken gebruiken, gaat het om iets wat ze zelf verzinnen.'

Harry gromde.

'Is dit grappig?' vroeg Bjørn.

'Het is een grapje,' zei Harry.

'Waarom dan?' zei Bjørn.

'Vraag haar maar.'

Bjørn keek Katrine aan. Ze lachte terwijl ze in haar thee roerde.

'Ik begrijp het niet!' Bjørn keek Harry verwijtend aan.

'Het is een zelfcommenterende grap. Ze heeft net zelf die tweeënzeventig procent bedacht, of niet?'

Bjørn schudde niet-begrijpend zijn hoofd.

'Als een paradox,' zei Harry. 'Als de Griek die zegt dat alle Grieken liegen.'

'Maar dat hoeft niet te betekenen dat het niet waar is,' zei Katrine. 'Met die tweeënzeventig procent dus. Dus jij denkt dat de moordenaar een politieman is, Harry?'

'Dat heb ik niet gezegd,' bromde Harry en hij vouwde zijn handen achter zijn hoofd. 'Ik zei alleen...'

Hij zweeg. Voelde zijn nekharen omhoogkomen. De goede, oude nekharen. De hypothese. Hij keek in zijn koffiekopje. Hij had nu echt zin in die slok.

'René Kalsnes werd vermoord door een politieman.'

'Wat?' zei Katrine.

'Dat is onze hypothese. De kogel was negen millimeter, dezelfde als een Heckler & Koch, ons dienstpistool, gebruikt. Niet ver van de plaats delict werd een gummiknuppel gevonden. De Kalsnes-moord is ook de enige van de oorspronkelijke moorden die overeenkomsten vertoont met de politiemoorden. Hun gezichten waren kapotgeslagen. De meeste oorspronkelijke moorden hadden een seksueel motief, maar dit zijn moorden uit haat. Waarom haat je?'

'Nu ben je terug bij het motief, Harry,' zei Bjørn.

'Snel, waarom?'

'Jaloezie,' zei Katrine. 'Wraak omdat je bent vernederd, afgewezen, geminacht, belachelijk gemaakt, je vrouw, kind, broer, zus, toekomstplannen, trots zijn afgepakt...'

'Stop daar,' zei Harry. 'Onze hypothese is dat onze moordenaar verbonden is aan de politie. En met dat als uitgangspunt moeten we de zaak van René Kalsnes weer uit gaan spitten en erachter zien te komen wie hem heeft vermoord.'

'Mooi,' zei Katrine. 'Maar zelfs als daar een paar aanwijzingen voor zijn, is het me niet helemaal duidelijk waarom het ineens zo klaar als een klontje is dat we naar een politieman moeten zoeken.'

'Als er verder niets is wat me een betere hypothese oplevert? Ik tel terug van vijf...' Harry keek hen uitdagend aan.

Bjørn kreunde. 'We kunnen die kant niet op, Harry.'

'Wat?'

'Als ze op het bureau horen dat we op jacht gaan naar een van onze eigen...'

'Daar moeten we maar tegen kunnen,' zei Harry. 'Nu staan we met lege handen en we moeten ergens beginnen. In het slechtste geval lossen we een oude moordzaak op. In het beste geval vinden we...'

Katrine maakte de zin voor hem af: '... degene die Beate heeft vermoord.'

Bjørn beet op zijn onderlip. Haalde uiteindelijk zijn schouders op en knikte dat hij meedeed.

'Goed,' zei Harry. 'Katrine, jij checkt in de registers of er dienstpistolen vermist of gestolen zijn gemeld en je checkt of René Kalsnes contacten had binnen de politie. Bjørn, jij neemt in het licht van onze hypothese het technische bewijs door, kijkt of er iets nieuws opduikt.'

Bjørn en Katrine stonden op.

'Ik kom,' zei Harry. Hij keek hen na terwijl ze door de kantine liepen, zag hen blikken uitwisselen met politiemensen aan een tafel die deel uitmaakten van het grote onderzoeksteam. Sommige zeiden iets en er klonk gelach.

Harry sloot zijn ogen en dacht na. Zocht. Wat het kon zijn, wat er was gebeurd. Stelde dezelfde vraag die Katrine had gesteld: waarom het ineens zo klaar als een klontje was geweest dat ze een politieman moesten zoeken? Want er was iets. Hij concentreerde zich, sloot alles buiten, wist dat het als een droom was, hij moest opschieten voor het was verdwenen. Langzaam zonk hij in zichzelf, zonk als een diepzeeduiker zonder lantaarn, die tastend in de duisternis van het onderbewuste moest zoeken. Hij kreeg iets te pakken, voelde het. Het was iets met die metagrap van Katrine. Meta. Zelfcommenterend. Was de moordenaar zelfcommenterend? Het was weg en op hetzelfde moment dwong de opwaartse druk hem naar boven, terug naar het licht. Hij opende zijn ogen en hoorde de geluiden terugkomen. Het gekletter van borden, gepraat, gelach. Verdomme, verdomme. Hij had het bijna, maar nu was het te laat. Hij wist alleen dat de grap naar iets wees, dat die als een katalysator had gewerkt op iets diep vanbinnen. Iets waar hij nu geen grip op had, maar wat hopelijk vanzelf weer naar de oppervlakte zou stijgen. De reactie had hem hoe dan ook iets gegeven, een richting, een uitgangspunt. Een toetsbare hypothese. Harry nam een slok uit zijn kopje, stond op en liep naar het terras om een sigaret te roken.

Op de balie van het magazijn voor bewijsmateriaal en inbeslaggenomen goederen werden twee plastic dozen voor Bjørn Holm neergezet waarna hij moest tekenen voor ontvangst.

Hij nam de dozen mee naar het technisch laboratorium in het naburige gebouw van Kripos in Bryn en begon met de doos van de oorspronkelijke moord.

Zijn oog viel op het projectiel dat gevonden was in Renés hoofd. Het eerste wat hij merkwaardig vond, was het feit dat het tamelijk gedeformeerd was nadat het door vlees, kraakbeen en bot was gegaan terwijl dat toch behoorlijk zachte en flexibele materialen zijn. En het tweede was dat er geen aanslag op het projectiel was gekomen nadat het al die tijd in de doos had gelegen. Kennelijk kreeg lood niet zo snel een oudere aanblik, maar hij vond dat de kogel er opvallend nieuw uitzag.

Hij bladerde door de foto's van de plaats delict. Hij bleef kijken naar een foto die een kant van het gezicht liet zien waar een gat in de huid zat en waar een helder wit bot uitstak. Hij pakte een vergrootglas. Het zag eruit als een zwart gat, zoals bij een gat in een kies, maar je kreeg geen zwarte gaten in kaakbot. Was het misschien een olievlek van de kapotte auto? Een stukje van een vergaan blad of opgedroogde modder van de rivier? Hij pakte het obductierapport.

Zocht tot hij het vond.

'Een stukje zwarte lak dat vastgekleefd zit aan de maxillaris. Oorsprong onbekend.'

Lak op het jukbeen. Forensische pathologen schreven meestal niet meer op dan waar ze voor konden instaan, maar ook niet minder.

Bjørn bladerde door de foto's tot hij de auto vond. Rood. Dus het was geen autolak.

Bjørn riep vanaf de plaats waar hij zat: 'Kim Erik!'

Zes seconden later dook er een hoofd op bij de deur. 'Riep je?'

'Ja. Jij zat in de groep die de plaats delict van de Mittet-moord in Drammen heeft onderzocht. Hebben jullie daar zwarte lak gevonden?'

'Lak?'

'Iets wat van een slagwapen kan komen wanneer je zo slaat.' Bjørn demonstreerde het door een vuist op en neer te bewegen zoals bij het steen-papier-schaarspel, '... de bovenkaak wordt kapotgeslagen, het jukbeen breekt en steekt uit, maar je gaat door met slaan waardoor er zwarte lak van het wapen dat je gebruikt op het bot komt.'

'Nee.'

'Oké. Bedankt.'

Bjørn Holm trok het deksel van de tweede doos, die met het materiaal van de Mittet-zaak, maar hij merkte dat de jonge technisch rechercheur nog steeds in de deuropening stond.

'Ja?' zei Bjørn zonder op te kijken.

'Het was marineblauw.'

'Wat dan?'

'De lak. En die zat niet op het jukbeen, maar op het onderkaakbeen. We hebben het geanalyseerd. Het is heel gewone lak, wordt gebruikt op gereedschap van ijzer. Hecht zich goed en voorkomt roestvorming.'

'Heb je enig idee om welk gereedschap het kan gaan?'

Bjørn kon Kim Erik zien groeien in de deuropening. Hij had hem persoonlijk opgeleid en nu vroeg de leermeester aan de leerling of hij 'enig idee' had.

'Onmogelijk te zeggen. Wordt overal en nergens op gebruikt.'

'Oké, dat was alles.'

'Maar ik heb een idee.'

Bjørn keek naar zijn collega, die glom van trots. Hij kon goed worden.

'Vertel.'

'De krik. Alle auto's worden immers geleverd met een krik, maar er was geen krik in de kofferbak te vinden.'

Bjørn knikte. Hij had bijna niet de moed het te zeggen. 'De auto was een Volkswagen Sharan 2010-model, Kim Erik. Als je het nakijkt, zul je zien dat dat een van de weinige auto's is waarin niet standaard een krik zit.'

'O.' Het jeugdige gezicht zakte in elkaar als een lekke band.

'Maar bedankt voor je hulp, Kim Erik.'

Zeker kon hij goed worden. Maar pas over een paar jaar, uiteraard.

Bjørn ging systematisch door de Mittet-doos.

Er viel hem niets anders op.

Hij deed het deksel weer op de doos en liep naar het kantoor aan het eind van de gang. Klopte op de openstaande deur. Hij was eerst in verwarring toen hij op een glimmende, kale schedel keek, toen wist hij het weer. Het was Roar Midtstuen, de oudste en meest ervaren technisch rechercheur, die daar zat. Hij was een van de personen geweest die indertijd moeite hadden gehad met het krijgen van een chef die jonger was dan hij en ook nog een vrouw. Maar langzaam was hij daarop teruggekomen toen hij had ingezien dat Beate Lønn het beste was wat de afdeling kon overkomen.

Midtstuen was net terug nadat hij een paar maanden thuis had gezeten. Zijn dochter was dodelijk verongelukt nadat ze ten oosten van Oslo in de bergen had geklommen en op de fiets was aangereden. Ze hadden haar en haar fiets gevonden in een kloof, de chauffeur was nog steeds spoorloos.

'En, Midtstuen?'

'En, Holm?' Midtstuen draaide zijn stoel om, trok zijn schouders op en liet ze weer zakken, glimlachte en probeerde alle signalen te geven van een energie die er niet was. Bjørn had bijna het ronde, opgeblazen gezicht niet herkend dat weer op het werk opdook. Kennelijk was dat een bijwerking van de antidepressiva.

'Is een gummiknuppel bij de politie altijd zwart geweest?'

Als technisch rechercheur waren ze gewend aan de meest bizarre en gedetailleerde vragen, dus Midtstuen trok niet eens zijn wenkbrauwen op.

'Ze zijn in elk geval altijd donker geweest.' Midtstuen was net als Bjørn Holm opgegroeid in Østre Toten, maar alleen als ze elkaar in privéomstandigheden troffen spraken ze dialect met elkaar. 'Maar ik geloof dat ze in de jaren negentig een poosje blauw zijn geweest. Verdomd irritant.'

'Waarom dan?'

'Dat we altijd van kleur willen veranderen, dat we niet bij dezelfde kunnen blijven. Eerst waren onze auto's wit en zwart, toen wit met rode en blauwe strepen en nu moeten ze wit met zwarte en gele strepen zijn. Al die veranderingen verzwakken het merk. Net als bij het afzetlint.'

'Wat bedoel je met het afzetlint?'

'Kim Erik was op de plaats delict en vond flinters van een afzetlint van de politie en dacht dat die van de vorige moord moesten zijn, van die... ik was bij beide zaken betrokken, maar ik vergeet altijd de naam van die homo.'

'René Kalsnes.'

'Maar jonge mensen als Kim Erik herinneren zich immers niet dat het afzetlint in die tijd wit met blauw was.' Alsof hij bang was dat hij te ver was gegaan, haastte Midtstuen zich te zeggen: 'Maar hij kan goed worden, Kim Erik.'

'Dat denk ik ook.'

'Mooi.' Midtstuens kaakspieren gingen heen en weer terwijl hij kauwde. 'Dan zijn we het eens.'

Bjørn belde Katrine direct toen hij weer terug was op zijn kantoor, vroeg haar naar het politiebureau te gaan en wat lak te schrapen van een politieknuppel en die met een bode naar Bryn te sturen.

Vervolgens bedacht hij dat hij automatisch naar het kantoor aan het eind van de gang was gegaan, waar hij altijd naartoe ging om antwoorden te krijgen. Dat hij zo opgeslokt was door het werk dat hij helemaal was vergeten dat ze er niet meer zat. Dat het kantoor was overgenomen door Midtstuen. En even dacht hij dat hij Roar Midtstuen kon begrijpen, hoe het gemis van een ander mens de kern uit je kon zuigen, het onmogelijk kon maken om nog iets te doen, dat je deed beseffen dat het geen zin meer had om op te staan. Hij schudde het van zich af. Schudde de aanblik van Midtstuens ronde, pafferige gezicht van zich af. Want ze hadden hier iets, hij voelde het.

Harry, Katrine en Bjørn zaten op het dak van het Operahus en keken naar Hovedøya en Gressholmen.

Harry had het voorgesteld, hij vond dat ze frisse lucht nodig hadden.

Het was een warme, bewolkte avond, de toeristen hadden allang het veld geruimd en ze hadden het hele marmeren dak, dat schuin naar beneden liep naar de Oslofjord, voor zich alleen. Overal glinsterden lichtjes op de Ekebergås, het Havnelager en de ferry uit Denemarken, die aan de kade van Vippetangen lag.

'Ik ben opnieuw door alle politiemoorden gegaan,' zei Bjørn. 'En behalve bij Mittet zijn er kleine deeltjes lak op zowel Vennesla als Nilsen gevonden. Het gaat om een gebruikelijk type lak dat veel wordt toegepast, onder andere op politieknuppels.'

'Heel goed, Bjørn,' zei Harry.

'En dan waren er resten afzetlint gevonden op de plaats delict van de Mittet-moord. Die konden niet van het onderzoek naar de moord op Kalsnes zijn, want toen werd dat type afzetlint nog niet gebruikt.'

'Dat was afzetlint van de dag ervoor,' zei Harry. 'De moordenaar belde Mittet en vroeg hem te komen. Mittet denkt dat het om een politiemoord gaat die op een oude plaats delict is gepleegd. Dus als Mittet daar arriveert en het afzetlint ziet, krijgt hij geen argwaan. Misschien draagt de moordenaar zelfs een politie-uniform.'

'Godsamme,' zei Katrine. 'Ik ben de hele dag bezig geweest om een link te vinden tussen Kalsnes en politiemensen, maar ik heb niets kunnen vinden. Maar ik begrijp dat we hier iets op het spoor zijn.'

Ze keek Harry, die net een sigaret opstak, opgewekt aan.

'Dus wat doen we nu?' vroeg Bjørn.

'Nu,' zei Harry, 'gaan we de dienstpistolen inzamelen om de ballistiek daarvan te controleren met die van onze kogel.'

'Welke dienstpistolen dan?'

'Alle.'

Ze keken Harry zwijgend aan.

Katrine vroeg het het eerst. 'Wat bedoel je met "alle"?'

'Alle dienstpistolen binnen de politie. Eerst die in Oslo, dan die van Østlandet en als het moet die in het hele land.'

Opnieuw stilte terwijl een meeuw hees krijste in de duisternis boven hen.

'Je maakt een grapje?' zei Bjørn aarzelend.

De sigaret wipte vlot op en neer tussen Harry's lippen toen die antwoordde: 'Helemaal niet.'

'Dat is niet mogelijk, dat kun je vergeten,' zei Bjørn. 'Mensen denken dat het maar vijf minuten kost om de ballistiek van een pistool te checken omdat ze dat bij *CSI* zien. Zelfs politiemensen die bij ons komen, denken dat. Feit is dat het controleren van één pistool bijna een dag werk is. Allemaal? Alleen in politiedistrict Oslo hebben we... hoeveel politiemensen?'

'Achttienhonderd tweeënzeventig,' zei Katrine.

Ze keken haar aan.

Ze trok haar schouders op. 'Ik las dat in het jaarrapport van het politiedistrict Oslo.'

Ze keken haar nog steeds aan.

'De televisie in mijn flat doet het niet en ik kon niet slapen, oké?'

'Maar toch,' zei Bjørn. 'Daar hebben we de capaciteit niet voor. Is niet mogelijk.'

'Het belangrijkste van wat je net zei, is dat met die vijf minuten en dat de politiemensen dat ook geloven,' zei Harry, de sigarettenrook uitblazend naar de nachtelijke hemel.

'O?'

'Dat ze denken dat een dergelijke razzia uitvoerbaar is. Wat gebeurt er als een moordenaar te horen krijgt dat zijn dienstwapen wordt gecheckt?'

'Jij sluwe vos,' zei Katrine.

'Hè?'

'Hij zorgt als de bliksem dat zijn pistool als vermist of gestolen wordt geregistreerd,' zei Katrine.

'En daar gaan we zoeken,' zei Harry. 'Maar het is mogelijk dat hij dat al heeft gedaan, dus we maken eerst een lijst van dienstpistolen die na de moord op Kalsnes als vermist of gestolen zijn opgegeven.'

'Daar hebben we wel een probleem,' zei Katrine.

'Yep,' zei Harry. 'Zal de commissaris gehoor geven aan een dergelijke oproep, die in de praktijk betekent dat al zijn politiemensen verdacht zijn? Hij zal uiteraard de voorpagina's al voor zich zien.' Harry tekende met duim en wijsvinger een rechthoek in de lucht: '"Commissaris verdenkt zijn eigen mensen." "Leiding bezig de controle te verliezen?"'

'Dat klinkt niet erg waarschijnlijk,' zei Katrine.

'Nou,' zei Harry. 'Je kunt zeggen van Bellman wat je wilt, maar hij is niet dom en hij weet wat goed voor hem is. Als het ons lukt aanneembaar te maken dat de moordenaar een politieman kan zijn die we vroeg of laat in zijn kraag kunnen pakken, of hij nu meewerkt of niet, weet hij dat het er nog slechter uitziet als blijkt dat de commissaris het onderzoek heeft vertraagd uit pure lafheid. Dus we moeten hem uitleggen dat door zelfs zijn eigen mensen te onderzoeken de politie bereid is om alle stenen in deze zaak om te draaien, wat voor onsmakelijkheden daar ook onder vandaan komen. Dat het getuigt van moed, leiderschap, verstand en al die zaken meer.'

'En jij denkt dat jij hem daarvan kunt overtuigen?' snoof Katrine. 'Als ik het me goed herinner, staat Harry Hole tamelijk hoog op zijn lijst van gehate personen.'

Harry schudde zijn hoofd. 'Ik heb Gunnar Hagen op de zaak gezet.'

'En wanneer gebeurt dat?' vroeg Bjørn.

'*As we speak*,' zei Harry terwijl hij naar zijn sigaret keek. Die was al bijna tot op de filter opgerookt. Hij voelde een drang om hem weg te gooien, naar de glinsterende parabool in het donker te kijken terwijl die over het zwak glimmende marmer ging op weg naar het zwarte water, waarin hij snel zou doven. Wat hield hem tegen? De gedachte dat hij deze stad vervuilde of het oordeel van zijn getuigen dat hij de stad vervuilde? De handeling zelf of de straf? De Rus die hij had vermoord in Come As You Are was simpel geweest. Dat was puur zelfverdediging geweest. Maar die zogenaamd onopgeloste moord op Gusto Hanssen, dat was een keus geweest. En toch, onder alle geesten die hem met enige regelmaat kwamen bezoeken, had hij nog nooit die van die knappe jongen met zijn vampiertanden in het oog gekregen. Onopgeloste zaak, *my ass.*

Harry tikte tegen de gloeiende peuk aan. Gloeiende tabaksdraadjes zeilden door het donker en verdwenen.

HOOFDSTUK 37

Het ochtendlicht werd door de jaloezieën voor de verrassend kleine ramen van het Oslo Rådhus gefilterd toen de voorzitter kuchte dat de vergadering was begonnen.

Om de tafel zaten de wethouders die allen verantwoordelijk waren voor hun eigen portefeuille, verder was de voormalige politiecommissaris aanwezig, die was gevraagd kort uit te leggen hoe hij van plan was de zaak van de politiemoorden aan te pakken, of de zaak van de politieslager, zoals de pers hem stelselmatig noemde. De formele zaken werden snel in een paar steekwoorden afgehandeld en de instemmende knikjes werden genoteerd door de secretaris, die notulen maakte.

Daarna gaf de voorzitter de commissaris het woord.

De oude politiecommissaris keek op, ving de enthousiaste, bemoedigende knik van Isabelle Skøyen op en begon: 'Bedankt, voorzitter. Ik zal het kort houden en niet te veel tijd van het gemeentebestuur in beslag nemen.'

Hij keek even snel naar Skøyen, die al minder enthousiast leek over deze weinig indrukwekkende openingszin.

'Ik heb de zaak doorgenomen, zoals me is gevraagd. Ik heb het politiewerk beoordeeld en naar de voortgang gekeken, hoe er leiding is gegeven, welke strategie er is uitgedacht en hoe deze is gevolgd. Of er inderdaad sprake is van, zoals wethouder Skøyen beweert, een strategie die niets oplevert.'

Isabelle Skøyens lach klonk hard en zelfingenomen, maar werd abrupt afgebroken, waarschijnlijk omdat ze ontdekte dat ze de enige was die lachte.

'Ik vertrouw op mijn competentie en jarenlange ervaring en ben tot een duidelijke conclusie gekomen met betrekking tot wat er nu moet gebeuren.'

Hij keek naar Skøyen, de schittering in haar ogen deed hem denken aan een beest, hij kon er alleen niet opkomen welk beest.

'Nu is het natuurlijk niet zo dat het oplossen van een misdaad noodzakelijkerwijs betekent dat de politie goed wordt geleid. Net zomin als het uitblijven van resultaat te wijten hoeft te zijn aan een zwakke leiding. En nu ik heb bekeken wat de zittende leiding, en in het bijzonder Mikael Bellman, tot nu toe heeft verricht, zie ik niet in wat ik anders zou hebben gedaan. Of om het nog duidelijker te zeggen: ik geloof niet dat ik het net zo goed zou hebben gedaan.'

Hij stelde vast dat de onderkaak van Skøyen op weg was naar beneden en ging verder. Tot zijn eigen verrassing voelde hij ineens een zeker sadistisch plezier: 'Het vak van moordonderzoek is, zoals alles in onze samenleving, in een stroomversnelling van nieuwe ontwikkelingen gekomen en voor zover ik kan beoordelen beheersen en gebruiken Bellman en zijn team de nieuwe methodes en technologische innovaties op een manier waarvan mijn generatiegenoten en ik slechts kunnen dromen. Hij geniet veel vertrouwen onder zijn mensen, is een geweldige motivator en heeft het werk op een manier georganiseerd die collega's in andere Scandinavische landen voorbeeldig noemen. Ik weet niet of wethouder Skøyen zich ervan bewust is, maar Mikael Bellman is onlangs gevraagd op de jaarlijkse conferentie van Interpol in Lyon een lezing te houden over moordonderzoek en leidinggeven met deze zaak als uitgangspunt. Skøyen gaf aan dat Bellman niet ervaren genoeg was voor deze baan en het moet gezegd, Mikael Bellman is jong. Maar hij is niet alleen een man voor de toekomst, maar ook een man voor het heden. Kort samengevat, hij is de man die jullie nodig hebben voor deze situatie, meneer de voorzitter. Waardoor ik overbodig word. Dat is mijn stellige overtuiging.'

De commissaris rechtte zijn rug, pakte zijn papieren bij elkaar en knoopte zijn jasje dicht, een met zorg uitgekozen, ruim zittend tweedjasje van het type dat gepensioneerden vaak dragen. Hij schoof de stoel naar achteren, de poten schraapten over de vloer, alsof hij ruimte moest hebben om op te staan. Hij zag dat de mond van Skøyen nu helemaal was opengevallen, ze staarde hem argwanend aan.

Hij wachtte tot de voorzitter ademhaalde om het woord te nemen voor hij aan zijn laatste akte begon. De afsluiting. De dolksteek.

'En als ik daar nog wat aan mag toevoegen, omdat het ook gaat om de competentie van het gemeentebestuur en het vermogen leiding te geven in ernstige zaken zoals deze politiemoorden, meneer de voorzitter.'

De borstelige wenkbrauwen van de voorzitter, die gewoonlijk als ronde bogen boven lachende ogen stonden, waren nu naar beneden gezakt en hingen als grijswitte markiezen half voor bliksemende ogen. Hij wachtte tot de voorzitter hem met een knikje toestemming gaf verder te gaan: 'Ik begrijp dat de wethouder in deze zaak een enorme druk op zich persoonlijk heeft gevoeld, het gaat immers om een grote verantwoordelijkheid en er is veel media-aandacht. Maar als een wethouder toegeeft aan die druk en in paniek gaat handelen door te proberen het hoofd van de eigen commissaris op het hakblok te leggen, is het de vraag of de wethouder zelf wel geschikt is voor haar taken. Je kunt er begrip voor hebben dat dit een te grote, te veeleisende zaak is voor een nieuwe wethouder. Dat het ongelukkig is dat een zaak die ervaring en routine vereist zo vroeg in de zittingsperiode van de huidige wethouder komt.' Hij zag dat de voorzitter zijn hoofd in de nek legde en dat hij de woorden herkende.

'Het was beter geweest als de zaak op het bordje was gekomen van de vorige wethouder, gezien zijn lange ervaring en merites.'

Hij zag aan Skøyens plotseling bleke gezicht dat ook zij haar eigen formuleringen over Bellman tijdens de vorige vergadering herkende. En hij moest toegeven dat het lang geleden was dat hij zo'n plezier had gehad.

'Ik ben er zeker van dat alle aanwezigen hier, inclusief de zittende wethouder, dat met me eens zijn.'

'Dank u dat u zo eerlijk en duidelijk bent geweest,' zei de voorzitter. 'Ik ga ervan uit dat dit betekent dat u geen alternatief plan hebt gemaakt?'

De oude man knikte. 'Dat heb ik inderdaad niet. Maar buiten staat een man die ik graag in mijn plaats wil binnenroepen. Hij zal u geven waar u om hebt gevraagd.'

Hij stond op, knikte kort en liep naar de deur. Hij had het idee dat de ogen van Isabelle Skøyen gaatjes in zijn tweedjasje brandden, ergens tussen zijn schouderbladen. Maar dat hinderde niet, hij hoefde nergens heen waar zij invloed kon uitoefenen.

En hij wist dat hij zich bij zijn glaasje wijn vanavond nog het meest vrolijk kon maken over de twee aanvullingen die hij gisteravond aan het document van Bellman had toegevoegd. Tussen de regels door kon het gemeentebestuur hopelijk begrijpen wat hij wilde zeggen. De eerste toevoeging was geweest 'proberen' in 'proberen het hoofd van de eigen commissaris op het hakblok te leggen'. En de tweede was 'huidige' in 'huidige wethouder'.

Mikael Bellman stond op van zijn stoel toen de deur openging.

'Jouw beurt,' zei de man in het tweedjasje, die doorliep naar de lift zonder hem verder een blik waardig te keuren.

Bellman dacht dat hij het verkeerd moest hebben gezien toen hij een klein lachje meende te bespeuren rond de lippen van de ander.

Hij slikte, haalde diep adem en stapte dezelfde vergaderzaal binnen waarin hij nog niet zo lang geleden was afgeslacht en in stukken gehakt.

Rond de rechthoekige tafel zaten elf gezichten. Tien ervan merkwaardig verwachtingsvol, ongeveer als een theaterpubliek bij de aanvang van de tweede akte na een geslaagde eerste. En een opvallend bleek gezicht. Zo bleek dat hij haar haast niet herkende. De slager.

Veertien minuten later was hij klaar. Hij had zijn plan aan hen voorgelegd. Had uitgelegd dat het geduld werd beloond, dat het systematische werk had geleid tot een doorbraak in het onderzoek. Dat de doorbraak zowel vreugdevol als pijnlijk was omdat het mogelijk was dat de schuldige in hun eigen gelederen zat. Maar dat ze zich daardoor niet lieten afschrikken. Dat ze het publiek moesten laten zien dat ze bereid waren alle stenen om te draaien, wat voor onsmakelijkheden daar ook onder vandaan kwamen. Ze moesten laten zien dat ze niet laf waren. Dat hij voorbereid was op de storm, maar dat het in dergelijke situaties ging om het tonen van moed, echt leiderschap en verstand. Niet alleen op het hoofdbureau, maar ook hier op het gemeentehuis. Dat hij paraat stond om het heft in handen te nemen, maar dat hij het vertrouwen van het gemeentebestuur nodig had om de strijd aan te gaan.

Hij had gehoord dat de woorden aan het eind een beetje te hoogdravend klonken, hoogdravender dan ze hadden geklonken toen Gunnar Hagen ze gisteravond had gebruikt bij hem thuis. Maar hij had geweten dat hij in elk geval een paar van hen in de hoek had gedreven, een paar dames hadden zelfs kleur op hun wangen gekregen, vooral toen hij het slotakkoord had ingezet. Namelijk dat als men instemde met de controle van alle dienstpistolen in het land om dat pistool van die ene kogel op te sporen, als een prins die met een glazen muiltje op zoek was naar zijn Assepoester, hij de eerste zou zijn die zijn dienstpistool inleverde voor een ballistisch onderzoek.

Maar het belangrijkste waren niet de geïmponeerde dames, dat was wat de voorzitter had te zeggen. En hij had een pokerface.

Truls Berntsen stopte zijn mobiel in zijn zak en knikte naar de Thaise dame dat ze nog een kopje koffie kon brengen.

Ze glimlachte en verdween.

Gedienstig, die Thai. In tegenstelling tot de weinige Noren die nog serveerden. Die waren lui en chagrijnig en maakten de indruk dat ze er de pest over in hadden dat ze moesten werken voor geld. Niet zoals deze Thaise familie die dit kleine restaurant in Torshov runde, die sprong op als je ook maar een wenkbrauw optrok. En wanneer hij betaalde voor een slechte loempia of koffie, lachten ze van oor tot oor en bogen ze met de handpalmen tegen elkaar alsof hij de grote witte god was die naar hen was afgedaald. Hij had overwogen naar Thailand te vertrekken. Maar daar zou nu niks van komen. Hij zou weer aan het werk gaan.

Mikael had zojuist gebeld en gezegd dat hun plan was geslaagd. Dat de schorsing binnenkort was opgeheven. Hij had niet willen specificeren wat hij precies met binnenkort bedoelde, had alleen 'binnenkort' herhaald.

De koffie kwam en Truls proefde ervan. Niet bijzonder goed, maar hij had gemerkt dat hij de koffie die andere mensen goed vonden, ook niet lekker vond. Zo moest de koffie smaken, gezet met een filter. Koffie moest die bijsmaak van papier, plastic en oud, vastgekoekt koffiebonenvet hebben. Maar misschien was hij daarom de enige klant, mensen dronken hun koffie op andere plekken en kwamen hier alleen om goedkoop te eten of af te halen.

De Thaise dame ging weer aan de hoektafel zitten waar de rest van de familie met de rekening zat. Hij luisterde naar dat vreemde taaltje van hen. Hij begreep er geen woord van, maar hield er wel van. Hij vond het prettig om dicht bij hen te zitten. Hen genadig toe te knikken als ze naar hem lachten. Zich haast een onderdeel van een gemeenschap te voelen. Kwam hij daarom hier? Truls schoof die gedachte weg. Concentreerde zich weer op het probleem.

Het tweede wat Mikael had gezegd.

Het onderzoeken van de dienstpistolen.

Hij had gezegd dat ze werden gecheckt in verband met de politiemoorden en dat hij zelf – om te laten zien dat de order voor iedereen gold, van hoog tot laag – vanmorgen zijn eigen pistool voor ballistisch onderzoek had ingeleverd. En dat Truls hetzelfde moest doen, zo snel mogelijk, zelf nu hij nog was geschorst.

Het moest om die kogel in René Kalsnes gaan. Ze hadden begrepen dat die uit een dienstpistool kwam.

Zelf was hij veilig. Hij had niet alleen de kogel verwisseld, hij had allang gemeld dat het pistool dat hij had gebruikt, was gestolen. Hij had uiteraard een hele tijd laten verstrijken – een heel jaar eigenlijk – om er zeker van te zijn dat niemand het wapen zou linken aan de Kalsnesmoord. Toen had hij de deur van zijn flat met een koevoet opengebroken zodat het aannemelijker werd dat er was ingebroken en had de inbraak gemeld. Hij had een heleboel dingen op de lijst gezet die waren gestolen en de verzekering had veertigduizend kronen uitbetaald. En hij had een nieuw dienstpistool gekregen.

Dat was het probleem niet.

Het probleem was de kogel die nu in de doos met bewijsmateriaal lag. Het had – hoe zei je dat? – indertijd een goed idee geleken. Maar nu had hij ineens Mikael Bellman nodig. Als Mikael werd geschorst als commissaris, kon hij de schorsing van Truls niet opheffen. Hoe dan ook, het was te laat om daar nog iets aan te doen.

Geschorst.

Truls speelde met die gedachte en tilde zijn koffiekopje op om te proosten naar het spiegelbeeld van zichzelf in de zonnebril die hij op tafel had gelegd. Hij begreep dat hij hardop moest hebben gelachen, want de Thai keken hem bevreemd aan.

'Ik weet niet of ik op tijd ben om je van het vliegveld te halen,' zei Harry terwijl hij langs een plek liep die een park had moeten worden, maar waar het gemeentebestuur in een collectieve vlaag van verstandsverbijstering een op een gevangenis gelijkend sportcentrum had laten bouwen, waarin slechts een keer per jaar een groot sportevenement werd georganiseerd en de rest van het jaar nauwelijks iets gebeurde.

Hij moest zijn mobiel tegen zijn oor drukken om haar boven de verkeersdrukte uit te kunnen horen.

'Ik verbied je me te halen,' zei Rakel. 'Je hebt nu belangrijker zaken te doen. Ik vroeg me alleen af of ik in het weekend wel moet komen. Misschien heb je meer tijd voor jezelf nodig.'

'Tijd voor wat dan?'

'Tijd om inspecteur Hole te zijn. Het is lief van je te doen alsof ik niet in de weg sta, maar we weten beiden in wat voor toestand je bent als je een moord onderzoekt.'

'Ik wil dat je er bent. Maar als jij niet wilt...'

'Ik wil de hele tijd samen met je zijn, Harry. Ik wil boven op je zitten zodat je nergens heen kunt, dat is wat ik wil. Maar ik geloof dat de Harry met wie ik samen wil zijn, nu niet thuis is.'

'Ik hou ervan als je op me zit. En ik hoef nergens heen.'

'Dat is het nu juist. We hoeven nergens heen. We hebben alle tijd van de wereld. Oké?'

'Oké.'

'Fijn.'

'Weet je het zeker? Want als je het prettig vindt dat ik nog wat meer doorzeur, dan doe ik dat graag.'

Haar lach. Alleen die.

'En Oleg?'

Ze vertelde. Hij glimlachte een paar keer. Lachte minstens één keer.

'Nu moet ik ophangen,' zei Harry toen hij voor de deur van Restaurant Schrøder stond.

'Ja, om wat voor vergadering gaat het, trouwens?'

'Rakel...'

'Ja, ik weet dat ik het niet mag vragen, het is hier alleen zo saai. Zeg?'

'Ja?'

'Hou je van me?'

'Ik hou van je.'

'Ik hoor verkeer, wat betekent dat je op de openbare weg staat, en je zegt hardop dat je van me houdt?'

'Ja.'

'Draaien mensen zich om?'

'Ik heb er niet op gelet.'

'Is het kinderachtig van me als ik je vraag het nog een keer te zeggen?'

'Ja.'

Opnieuw gelach. Mijn god, hij zou alles doen om dat te horen.

'Dus?'

'Rakel Fauke, ik hou van je.'

'En ik hou van jou, Harry Hole. Ik bel je morgen.'

'Groet Oleg van me.'

Ze verbraken de verbinding, Harry deed de deur open en stapte naar binnen.

Silje Gravseng zat vlak bij het raam alleen aan een tafel. Harry's oude stamtafel. Haar rode rok en blouse staken als vers bloed af tegen de oude, grote schilderijen van de hoofdstad op de muur achter haar. Alleen haar mond was roder.

Harry ging tegenover haar zitten.

'Hoi,' zei hij.

'Hoi,' zei zij.

HOOFDSTUK 38

'Bedankt dat je zo snel kon komen,' zei Harry.

'Ik ben hier al een halfuur,' zei ze en ze knikte naar het lege glas voor zich.

'Ben ik...' begon Harry, op zijn horloge kijkend.

'Nee hoor, ik kon thuis niet langer wachten.'

'Harry?'

Hij keek op. 'Hoi Nina, nee, vandaag niets.'

De serveerster verdween.

'Druk?' vroeg Silje. Ze zat kaarsrecht op haar stoel, had haar blote armen over elkaar geslagen en klemde ze onder haar in rood geklede borsten. Ze lijstte ze in met blote huid en een gezicht dat voortdurend wisselde van een knap poppengezichtje naar iets anders, iets wat bijna lelijk was. Het enige dat constant bleef, was de intensiteit in de blik. Harry had het gevoel dat je elke kleinste verandering in stemming en gevoel kon aflezen in die blik. Dat hij zelf blind moest zijn. Want het enige dat hij zag, was de intensiteit, verder niets. Het verlangen dat ze had, maar hij wist niet waarnaar. Want het was niet alleen dat wat ze wilde hebben, die ene nacht, dat ene uur, die tien minuten neuken alsof ze werd verkracht, zo simpel was het niet.

'Ik wilde met je praten omdat jij in het Rikshospital op wacht hebt gezeten.'

'Ik heb het daar al met het onderzoeksteam over gehad.'

'Waarover?'

'Of Anton Mittet me iets heeft verteld voor hij werd vermoord. Of hij ruzie heeft gehad met iemand of iets met iemand in het ziekenhuis had. Maar ik heb immers tegen ze gezegd dat dit geen opzichzelfstaande moord was met een jaloerse echtgenoot, maar dat het om de politieslager ging. Alles klopte, toch? Ik heb veel gelezen over seriemoordenaars, dat zou je tijdens je colleges wel hebben gemerkt als we bij dat onderwerp waren aangekomen.'

'Er komen geen colleges over seriemoordenaars, Silje. Wat ik me afvroeg, is of je, terwijl je daar zat, iemand hebt zien komen of gaan, of er iets niet klopte met de routine, iets wat je opviel, kort samengevat iets…'

'… wat er niet hoorde te zijn?' Ze glimlachte. Witte, jonge tanden. Twee ervan stonden scheef. 'Dat komt uit je colleges.' Ze ging meer rechtop zitten dan nodig was.

'En?' zei Harry.

'Jij denkt dat de patiënt is gedood en dat Mittet medeplichtig was?' Ze hield haar hoofd scheef, duwde haar armen een beetje omhoog en Harry vroeg zich af of ze echt zo zelfverzekerd was of deed alsof. Misschien was ze wel een zeer gestoorde persoon die gedrag probeerde te imiteren waarvan ze aannam dat het normaal was, terwijl ze er eigenlijk de hele tijd een beetje naast zat.

'Ja, dat denk je,' zei ze. 'En je denkt dat Mittet daarna werd vermoord omdat hij te veel wist. En dat de moordenaar dat camoufleerde door te doen alsof het om een politiemoord ging?'

'Nee,' zei Harry. 'Als hij door dat soort lui was vermoord, was zijn lijk in de zee gedumpt met iets zwaars in zijn zakken. Ik vraag je goed na te denken, Silje. Concentreer je.'

Ze haalde diep adem en Harry vermeed het naar haar borsten te kijken, die omhoogkwamen. Ze probeerde zijn blik vast te houden, maar hij voorkwam dat door zijn hoofd te buigen en in zijn nek te krabben. Hij wachtte.

'Nee, er was niemand,' zei ze uiteindelijk. 'Alles verliep de hele tijd hetzelfde. Er kwam een nieuwe anesthesieverpleger, maar na één of twee keer werkte hij daar al niet meer.'

'Oké,' zei Harry en hij stak zijn hand in zijn jaszak. 'Hoe zit het met de man hier links op de foto?'

Hij legde een geprinte foto voor haar neer. Hij had die op internet gevonden: Google en zoeken op foto. Er stond een jonge Truls Berntsen op, rechts van Mikael Bellman, voor het politiebureau van Stovner.

Silje bestudeerde de foto. 'Nee, ik heb hem nooit in het ziekenhuis gezien. Maar die man rechts…'

'Heb je hem gezien?' onderbrak Harry haar.

'Nee, nee, ik vroeg me alleen af of dat…?'

'Ja, dat is de commissaris,' zei Harry en hij wilde de foto pakken, maar Silje legde haar hand op de zijne.

'Harry?'

Hij voelde de warmte van haar zachte handpalm op de rug van zijn hand. Wachtte.

'Ik heb die twee eerder gezien. Samen. Hoe heet die ander?'

'Truls Berntsen. Waar dan?'

'Ze waren nog niet zo lang geleden samen op de schietbaan in Økern.'

'Bedankt,' zei Harry en hij trok zijn hand en de foto naar zich toe. 'Dan zal ik verder geen beslag meer leggen op je tijd.'

'Nou, je hebt ervoor gezorgd dat ik juist meer dan voldoende tijd heb, Harry.'

Hij gaf geen antwoord.

Ze lachte even. Leunde voorover. 'Je hebt me toch niet alleen daarom gevraagd hierheen te komen?' Het licht van de kleine tafellamp weerkaatste in haar ogen. 'Weet je wat voor woeste gedachte ik heb gehad, Harry? Dat je me van school hebt laten schoppen omdat je dan samen met me kunt zijn zonder problemen te krijgen met de leiding. Dus waarom vertel je me niet wat je écht wilt?'

'Wat ik echt wil, Silje...'

'Zo jammer dat je collega opdook toen we elkaar de laatste keer ontmoetten, net toen we...'

'... was je vragen naar dat in het ziekenhuis.'

'Ik woon in de Josefinesgate, maar dat heb je vast al gegoogeld en gevonden.'

'Dat van laatst was verschrikkelijk fout van mij, ik heb een stommiteit begaan, ik ga...'

'Het kost elf minuten en drieëntwintig seconden om daarheen te lopen. Op de kop af. Ik heb op de heenweg de tijd opgenomen.'

'... kan niet. Wil niet. Ik ga...'

'Zullen we?' Ze maakte aanstalten om op te staan.

'... trouwen begin deze zomer.'

Ze zakte neer op haar stoel. Staarde hem aan. 'Je gaat... trouwen?' Haar stem was nauwelijks hoorbaar in het lawaaiige restaurant.

'Ja,' zei Harry.

Haar pupillen werden kleiner. Als een zeester waarin een naald is gestoken, dacht Harry.

'Met haar?' fluisterde ze. 'Met Rakel Fauke?'

'Zo heet ze, ja. Maar trouwen of niet, studente of niet, het is onmogelijk dat er iets tussen ons gebeurt. Dus het spijt me voor... de situatie van laatst.'

'Je gaat trouwen...' Ze herhaalde het met een stem van een slaapwandelaar en leek dwars door hem heen te staren.

Harry knikte. Voelde iets vibreren op zijn borst. Dacht een ogenblik dat het zijn hart was, maar begreep toen dat het zijn mobiel in zijn binnenzak was.

Hij pakte de telefoon. 'Harry.'

Luisterde naar de stem. Toen hield hij de telefoon voor zich en keek ernaar alsof er iets mee aan de hand moest zijn.

'Zeg dat nog eens,' zei hij terwijl hij het toestel weer tegen zijn oor drukte.

'Ik zei dat ik het pistool heb gevonden,' zei Bjørn Holm. 'En ja, het is dat van hem.'

'Hoeveel mensen weten dat?'

'Verder niemand.'

'Zorg dat die informatie zo lang mogelijk geheim blijft.'

Harry verbrak de verbinding en toetste een ander nummer in. 'Ik moet gaan,' zei hij tegen Silje en hij stopte een biljet onder het glas. Zag dat haar roodgeverfde lippen van elkaar weken, maar hij stond op en liep weg voor ze nog iets kon zeggen.

Al bij de uitgang had hij Katrine aan de telefoon. Hij herhaalde wat Bjørn tegen hem had gezegd.

'Je maakt een grapje,' zei ze.

'Waarom lach je dan niet?'

'Maar... maar dat is toch gewoon ondenkbaar.'

'Zeker, daarom geloven we het ook niet,' zei Harry. 'Zoek het uit. Zoek de fout.'

En door de telefoon kon hij het tienpotige insect al over het toetsenbord horen lopen.

Aurora sjokte samen met Emilie naar de bushalte. Het werd al donker en het was van dat weer dat je dacht dat het elk moment kon gaan regenen, maar dat gebeurde niet. Je werd er haast chagrijnig van, dacht ze.

Ze zei het tegen Emilie. Die zei 'hm', maar Aurora kon merken dat ze het niet begreep.

'Kan de regen niet gewoon beginnen zodat we het maar hebben gehad?' zei Aurora. 'Het is beter dat het echt regent dan dat je de hele tijd bang bent dat het gaat regenen.'

'Ik hou van regen,' zei Emilie.

'Ik ook. Een beetje dan. Maar...' Ze gaf het op.

'Wat was er met je aan de hand op de training?'

'Wat bedoel je?'

'Arne ging zo tegen je tekeer omdat je niet zijwaarts verdedigde.'

'Ik was alleen een beetje laat.'

'Nee. Je bleef stilstaan en keek naar de tribune. Arne zegt dat verdedigen het belangrijkste is bij handbal. En zijwaarts verdedigen is het allerbelangrijkst. Dus dat betekent dat zijwaarts verdedigen het aller-, allerbelangrijkste is bij handbal.'

Arne zegt de hele tijd allerlei onzin, dacht Aurora. Maar ze zei het niet hardop. Wist dat Emilie dat ook niet zou begrijpen.

Aurora was uit haar concentratie geraakt omdat ze er zeker van was dat hij op de tribune zat. Hij was makkelijk te zien, want de andere toeschouwers waren een jongensteam dat ongeduldig zat te wachten op het moment dat het na de training van de meisjes op het veld mocht. Maar hij was het, daar was ze bijna zeker van. De man die in de tuin was geweest. Die naar papa had gevraagd. Die wilde dat ze naar een band luisterde waarvan ze de naam al vergeten was. Die water wilde hebben.

Dus ze was inderdaad gestopt, de anderen hadden gescoord en de trainer, Arne, had het spel stilgelegd en haar uitgescholden. En zoals altijd had ze gebaald. Ze had geprobeerd zich ertegen te verzetten, ze haatte het dat ze zich altijd zo opwond over zulke kleine dingen, maar ze kon gewoon niet anders. Haar ogen hadden zich met tranen gevuld, die ze wegveegde met het zweetbandje rond haar pols, ze had tegelijkertijd haar voorhoofd afgeveegd zodat het leek of ze alleen het zweet wegveegde. Toen Arne klaar was en ze weer naar de tribune had gekeken, was hij weg. Net als de vorige keer. Alleen was het deze keer zo snel gegaan dat ze zich achteraf afvroeg of ze hem echt had gezien of dat ze zich dat maar verbeeldde.

'O nee,' zei Emilie toen ze de dienstregeling bij de bushalte bekeek. 'De 149 komt pas over twintig minuten. Mama heeft voor ons vanavond pizza's gemaakt. Die worden ijskoud.'

'Wat jammer,' zei Aurora. Ze was niet erg dol op pizza en ze ging ook niet graag bij vriendinnen logeren. Maar het leek of iedereen dat op het moment deed. Iedereen logeerde bij iedereen, het was een soort rondedans waaraan je mee moest doen. Het was dat of helemaal buiten de groep staan. En Aurora wilde niet buiten de groep staan. Niet helemaal in elk geval.

'Zeg,' zei ze, op haar horloge kijkend. 'Hier staat dat bus 131 over een minuut komt en het schoot me net te binnen dat ik mijn tandenborstel ben vergeten. De 131 komt langs mijn huis, dus als ik die neem, kan ik daarna op de fiets naar jou toe komen.'

Ze zag aan Emilie dat ze het niet leuk vond. Ze vond de gedachte in haar eentje in het donker te moeten wachten in de bijna-regen die geen echte regen werd en alleen in de bus te zitten kennelijk niet prettig. En ze verdacht Aurora er misschien wel van dat ze daarna met een smoes zou komen waarom ze helemaal niet kwam logeren.

'Mij best,' zei Emilie stuurs en ze peuterde aan haar sporttas. 'Maar we wachten niet met de pizza, hoor.'

Aurora zag de bus de hoek om komen. De 131.

'En we kunnen toch samen doen met mijn tandenborstel,' zei Emilie. 'We zijn toch vriendinnen.'

We zijn geen vriendinnen, dacht Aurora. Jij bent Emilie die vriendin is met alle meisjes uit de klas, Emilie die precies de juiste kleding heeft, van de populairste merken, en die nooit ruzie met iemand heeft omdat ze zo leuk is en nooit kritiek heeft op iemand, in elk geval niet als ze het horen. Terwijl ik Aurora ben, het meisje dat doet wat ze moet doen – maar ook niet meer dan dat – om bij jullie te mogen zijn, omdat ze niet helemaal alleen wil zijn. Het meisje dat jullie raar vinden, maar dat ook weer zo slim en zelfverzekerd is dat jullie haar niet durven te pesten.

'Ik denk dat ik eerder bij jullie ben dan jij,' zei Aurora. 'Ik beloof het.'

Harry ging op de eenvoudige tribune zitten, legde zijn hoofd in zijn handen en keek uit over de baan.

Er zat regen in de lucht, het kon elk moment losbarsten en er zat geen dak op Valle Hovin.

Hij had het kleine, lelijke stadion helemaal voor zichzelf. Hij wist dat dat zo zou zijn, er zat veel tijd tussen de concerten en het duurde nog langer voordat het schaatsseizoen aanbrak en hier ijs lag waarop iedereen kwam trainen. Hier had hij gezeten terwijl hij naar Oleg keek. Eerst toegekeken hoe hij wat rond krabbelde, en toen hoe hij zich langzaam maar zeker ontwikkelde tot een veelbelovende schaatser in zijn leeftijdsklasse. Hij hoopte dat hij Oleg hier weer snel zou zien. De rondetijden opnemen zonder dat Oleg het doorhad. Vooruitgang en stagnatie noteren. Hem opbeuren als het traag ging, liegen dat de omstandigheden slechter waren of zijn schaatsen bot, nuchter zijn als het goed ging, niet het gejuich dat in hem opborrelde te duidelijk laten horen. Een soort compressor zijn die hielp bij het afvlakken van de bergtoppen en de diepe dalen. Oleg had dat nodig, anders liet hij zijn emoties te veel de overhand krijgen. Harry wist niet zo veel van schaatsen, maar daar wist hij wel het een en ander van. Van affectcontrole, zoals Ståle het noemde. De kunst om zichzelf te troosten. Dat is een van de belangrijkste dingen die een kind moet leren, maar niet iedereen ontwikkelt dat ten volle. Ståle meende dat Harry bijvoorbeeld wel wat meer affectcontrole kon hebben. Dat hij het vermogen van een gemiddeld mens miste om te vluchten, te vergeten, te focussen op iets wat prettiger, makkelijker was. Dat hij alcohol gebruikte om dat klusje te klaren. De vader van Oleg was ook alcoholist, dronk ergens in Moskou zijn leven en het familievermogen aan flarden, had Rakel verteld.

Misschien was dat een van de redenen dat Harry zo bezorgd om die jongen was: dat ze dat gemeenschappelijk hadden, een tekort aan affectcontrole.

Harry hoorde voetstappen op het beton. Iemand kwam in het donker van de andere kant van de baan naar hem toe gelopen. Harry nam een flinke trek van zijn sigaret om te laten zien waar hij zat.

De ander zwaaide met zijn benen over het hek en liep met lichte, soepele stappen de betonnen treden van de tribune op.

'Harry Hole,' zei de man en hij bleef twee treden onder hem staan.

'Mikael Bellman,' zei Harry. In het donker leek het of de pigmentloze, witroze vlekken in Bellmans gezicht oplichtten.

'Twee dingen, Harry. Dit moet wel erg belangrijk zijn, want mijn vrouw en ik hadden een gezellig avondje samen thuis gepland.'

'En ten tweede?'

'Dat je die moet uitdrukken. Sigarettenrook is levensgevaarlijk.'

'Bedankt voor je bezorgdheid.'

'Ik dacht aan mezelf, niet aan jou. Doe die sigaret alsjeblieft uit.'

Harry wreef met de sigaret over het beton en stopte hem terug in het pakje terwijl Bellman naast hem ging zitten.

'Bijzondere ontmoetingsplaats, Hole.'

'Mijn enige hang-outplek naast Schrøder. En niet zo druk.'

'Net zo stil, als je het mij vraagt. Ik heb me een ogenblik afgevraagd of je de politieslager was die me hierheen lokte. We denken toch nog steeds dat het om een politieman gaat?'

'Absoluut,' zei Harry en hij voelde dat hij alweer verlangde naar de sigaret. 'We hebben een match met het pistool.'

'Nu al? Dat is verrekte snel, ik wist niet eens dat jullie al begonnen waren met inzamelen.'

'Dat hoefden we niet. We hadden bij het eerste pistool al een match.'

'Wat?'

'Jouw pistool, Bellman. Bij ballistiek hebben ze ermee geschoten en het resultaat komt precies overeen met de kogel van de Kalsnes-zaak.'

Bellman lachte hard. De echo weerklonk tussen de tribunes. 'Is dit een practical joke, Harry?'

'Dat zou jij mij moeten vertellen, Mikael.'

'Voor jou is het meneer de commissaris of Bellman, Harry. "Meneer" kun je weglaten. En ik moet jou helemaal niets vertellen. Wat is er gebeurd?'

'Dat moet jij... eh, pardon, dat zou u, is dat beter? Dat zou u me beter kunnen vertellen, meneer de commissaris. Of moeten we – en nu bedoel ik moeten – u laten ophalen voor een officieel verhoor? Dat wil zowel u als ik toch voorkomen? Zijn we het daarover eens?'

'Kom ter zake, Harry. Hoe kan dat zijn gebeurd?'

'Ik zie twee mogelijke verklaringen,' zei Harry. 'De eerste, en de meest voor de hand liggende, verklaring is dat u René Kalsnes hebt doodgeschoten, meneer de commissaris.'

'Ik... ik...'

Harry kon de mond van Mikael Bellman zien openvallen terwijl het licht van de pigmentloze vlekken leek te golven. Als een of ander exotisch diepzeedier.

'Je hebt een alibi.'

'Heb ik dat?'

'Toen we het resultaat kregen, heeft Katrine Bratt de zaak onderzocht. Je zat in Parijs in de nacht dat René Kalsnes werd doodgeschoten.'

Bellman deed zijn mond dicht. 'O ja, zat ik dat?'

'Ze heeft je naam gedubbelcheckt met de datum. Jouw naam duikt op in de passagierslijst van Oslo naar Parijs met Air France en je staat voor dezelfde nacht in het gastenboek van het Hotel Golden Oriole. Nog iemand daar getroffen die jouw aanwezigheid kan bevestigen?'

Mikael Bellman knipperde geconcentreerd met zijn ogen om nog beter te kunnen zien. Het noorderlicht op zijn huid doofde uit. Hij knikte langzaam. 'De Kalsnes-zaak, ja. Die gebeurde op de dag dat ik in Parijs was voor een sollicitatie bij Interpol. Ik kan daar beslist een paar getuigen voor vinden, we hebben zelfs 's avonds gedineerd.'

'Dan blijft de vraag: waar was jouw pistool op die datum?'

'Thuis,' zei Bellman zelfverzekerd. 'Achter slot en grendel. De sleutel zat aan de bos die ik bij me had.'

'Kan dat worden bewezen?'

'Dat wordt moeilijk. Je zei dat er twee verklaringen zijn. Ik gok dat de tweede is dat die jongens van ballistiek...'

'Het zijn nu eigenlijk vooral meisjes.'

'... een fout hebben gemaakt, kans hebben gezien de kogel van de moord te verwisselen met een van de testkogels, bijvoorbeeld.'

'Nee, het loden projectiel dat in de doos van het magazijn voor bewijsmateriaal lag, kwam uit jouw pistool, Bellman.'

'Wat bedoel je?'

'Waarmee?'

'Met "het loden projectiel dat in de doos van het magazijn voor bewijsmateriaal lag" en niet "de kogel die in de schedel van Kalsnes zat"?'

Harry knikte. 'Nu komen we ergens, Bellman.'

'Waar komen we?'

'De andere verklaring die ik zie, is dat iemand de kogel van het bewijsmateriaal heeft verwisseld voor een kogel uit jouw pistool. Er is namelijk nog iets wat niet klopt aan die kogel. De manier waarop de kogel in elkaar was gedrukt duidde erop dat die iets veel harders had geraakt dan een mens van vlees en bot.'

'Juist, ja. Wat denk je dan dat de kogel heeft geraakt?'

'De stalen plaat op de schietbaan van Økern.'

'Waarom geloof je dat in hemelsnaam?'

'Het is bijna zo dat ik het niet geloof, maar zelfs weet, Bellman. Ik heb een van de ballistiekmeisjes gevraagd daarnaartoe te gaan en een nieuwe test met jouw pistool te doen. En weet je? De testkogels leken als twee druppels water op die in de bewijsdoos.'

'En waarom dacht je nu juist aan de schietbaan?'

'Is dat niet logisch? Daar vuren politiemensen de meeste kogels af zonder de bedoeling mensen te treffen.'

Mikael Bellman schudde langzaam zijn hoofd. 'Er is meer. Wat is dat?'

'Nou,' zei Harry, hij trok zijn pakje Camel tevoorschijn, hield het pakje Bellman voor, die zijn hoofd schudde. 'Ik dacht aan hoeveel mollen ik bij de politie ken. Ik kwam uit op één.' Harry pakte de halfopgerookte sigaret, stak die aan en nam een lange, gulzige trek. 'Truls Berntsen. En het toeval wil dat ik heb gesproken met een getuige die jullie onlangs samen zag oefenen in de schiethal. De kogels vallen in een doos nadat ze de stalen plaat hebben geraakt. Het moet simpel zijn voor iemand om daar een kogel uit te pakken als jij bent weggegaan.'

Bellman zette een hand op zijn knie en draaide zich om naar Harry: 'Verdenk jij onze collega, Truls Berntsen, van het planten van vals bewijs tegen me, Harry?'

'En dat doe jij niet?'

Bellman zag eruit of hij iets wilde zeggen, maar hij bedacht zich. Hij haalde zijn schouders op. 'Ik weet niet waar Berntsen mee bezig is, Hole. En om eerlijk te zijn, ik denk dat jij dat ook niet weet.'

'Nou, ik weet niet hoe eerlijk jij bent, maar ik weet het een en ander over Berntsen. En Berntsen weet ook het een en ander over jou, klopt dat?'

'Ik heb het idee dat je iets insinueert, maar ik heb geen idee wat, Hole.'

'Jawel, dat heb je wel. Maar er valt maar weinig te bewijzen, neem ik aan, dus we laten het verder rusten. Wat ik wil weten, is waar Berntsen op uit is.'

'Het is nu je werk om de politiemoorden te onderzoeken, Hole, niet om deze situatie te benutten om een persoonlijke heksenjacht tegen Berntsen of mij op touw te zetten.'

'Doe ik dat?'

'Het is nauwelijks een geheim dat jij en ik onze strubbelingen hebben gehad, Harry. Dit zie je kennelijk als een kans om terug te slaan.'

'Hoe zit het met jou en Berntsen? Zijn daar strubbelingen? Jij hebt hem geschorst op verdenking van corruptie.'

'Nee, dat was de tuchtraad. En dat misverstand is bijna uit de wereld geholpen.'

'O?'

'Het was eigenlijk mijn fout. Het was geld van mij dat op zijn rekening stond.'

'Van jou?'

'Hij heeft het terras van mijn huis aangelegd en ik heb hem daarvoor contant betaald. Maar ik verlangde het geld terug omdat hij een fout heeft gemaakt bij het betonstorten. Daarom heeft hij het geld niet opgegeven bij de belasting, hij wilde immers geen belasting betalen over geld dat niet van hem was. Ik heb gisteren die gegevens naar Economische Delicten gestuurd.'

'Fout bij het betonstorten?'

'Te nat of zoiets, het ruikt vies. Toen Economische Delicten dat bedrag op de rekening van Berntsen ontdekte, ging Truls er ten onrechte van uit dat hij mij in een pijnlijke situatie zou brengen als hij vertelde waar het geld vandaan kwam. Hoe dan ook, het is nu in orde.'

Bellman trok de mouw van zijn jas op en de wijzerplaat van zijn TAG Heuer-horloge lichtte op in het donker. 'Als je geen andere vragen over het projectiel uit mijn pistool hebt, dan heb ik andere dingen te doen, Harry. En die heb jij ook. Colleges voorbereiden bijvoorbeeld.'

'Nou, ik gebruik al mijn tijd voor deze zaak.'

'Je gebruikte al je tijd voor deze zaak.'

'En dat betekent?'

'Alleen maar dat we moeten bezuinigen waar het kan, daarom wil ik opdracht geven om met onmiddellijke ingang het gebruik van adviseurs door Hagens kleine, alternatieve onderzoeksgroep op te heffen.'

'Ståle Aune en ik. Dat is de helft van de groep.'

'Vijftig procent van de personele kosten. Ik feliciteer mezelf nu al met het besluit. Maar aangezien de groep op zo'n dood spoor zit, overweeg ik het hele project af te blazen.'

'Heb je zo veel om bang voor te zijn, Bellman?'

'Je hoeft niet bang te zijn als je het grootste dier in de jungle bent, Harry. En ik ben ondanks alles...'

'... de commissaris. Verdomd dat je dat bent. Commissaris.'

Bellman stond op. 'Fijn dat je dat goed hebt begrepen. En ik weet dat wanneer jullie betrouwbare medewerkers als Berntsen beginnen te beschuldigen, het dan niet gaat om een gedegen onderzoek, maar dat jullie bezig zijn met een persoonlijke vendetta geregisseerd door een verbitterde, dronken ex-politieman. Als commissaris is het mijn plicht om de naam van het korps te beschermen. Dus weet je wat ik antwoord als ik de vraag krijg waarom we de zaak van de Rus die in Come As You Are een kurkentrekker door zijn halsslagader gedraaid kreeg hebben laten rusten? Ik antwoord dat recherchewerk een kwestie is van prioriteiten stellen en dat de zaak niet is geseponeerd, maar dat die nu geen prioriteit heeft. En hoewel iedereen die ook maar zijdelings bij de politie werkt de geruchten kent over wie daarachter zit, doe ik alsof ik ze niet heb gehoord. Omdat ik de commissaris ben.'

'Is dat een dreigement, Bellman?'

'Waarom zou ik een docent van de politieacademie bedreigen? Een goede avond nog, Harry.'

Harry zag hoe Bellman zijn jas dichtknoopte terwijl hij de tribune af liep. Hij wist dat hij zijn mond moest houden. Hij had een troef in handen die hij achterhield voor het geval hij die nodig had. Maar nu had hij het verzoek gekregen die te spelen en hij had niets meer te verliezen. All-in. Hij wachtte tot Bellman een voet over het hek had gezet.

'Heb je René Kalsnes wel eens ontmoet, Bellman?'

Bellman verstijfde in de beweging. Katrine had gecheckt of er een verband was te vinden tussen Bellman en Kalsnes, maar ze had niets gevonden. En als ze ook maar een restaurantrekening hadden gedeeld, via internet een kaartje voor dezelfde film hadden gekocht, naast elkaar in een vliegtuig of trein hadden gezeten, dan zou ze dat hebben ontdekt. Maar toch, hij verstijfde. Hij had aan elke kant van het hek een voet staan.

'Wat is dat voor een idiote vraag, Harry?'

Harry nam een trek van zijn sigaret. 'Het was een relatief bekend feit dat René Kalsnes, als hem dat uitkwam, betaalde seks had met mannen. En jij hebt gayseks bekeken via internet.'

Bellman stond nog steeds doodstil, maar duidelijk in een ongemakkelijke houding. Harry kon in het donker zijn gezichtsuitdrukking niet zien, de pigmentloze strepen lichtten alleen op zoals de wijzerplaat van zijn horloge was opgelicht.

'Kalsnes stond bekend als een geldwolf en een cynicus zonder ook maar een greintje moreel besef,' zei Harry, de gloeiende peuk bestuderend. 'Stel je een getrouwde, succesvolle man voor die wordt gechanteerd door iemand als René. Misschien heeft hij wel foto's van een vrijpartij van jullie samen. Dat klinkt wel naar een motief voor moord, of niet? Maar René kan iets tegen anderen hebben gezegd over de seks die hij had met de getrouwde man, zodat die persoon daar later over zou kunnen vertellen en dan was er een motief. Dus de getrouwde man moet iemand zoeken die de moord pleegt. Iemand die hij zo goed kent en van wie hij zo veel weet, en omgekeerd, dat ze elkaar vertrouwen. De moord vindt uiteraard plaats op het moment dat de getrouwde man een perfect alibi heeft, een diner in Parijs bijvoorbeeld. Maar dan gebeurt er iets tussen de twee jeugdvrienden. De huurmoordenaar wordt geschorst op zijn werk en de getrouwde man weigert iets voor hem te regelen hoewel hij dat als baas heel goed zou kunnen doen. Dan krijgt de huurmoordenaar een kogel in handen uit het pistool van de getrouwde man en die stopt hij in de doos met bewijsmateriaal. Hetzij puur uit wraak, hetzij als chantagemiddel om zijn baan terug te krijgen. Het is namelijk niet zo eenvoudig voor iemand die het vak van mol niet verstaat om die kogel weer te verwisselen. Wist je trouwens dat Truls Berntsen een jaar na de moord op Kalsnes zijn eigen dienstpistool als gestolen heeft opgegeven? Ik vond zijn naam op de lijst die ik een paar uur geleden van Katrine Bratt heb gekregen.' Harry inhaleerde. Hij sloot zijn ogen zodat de gloed niet zijn nachtzicht zou beïnvloeden. 'Wat zeg je daarop, commissaris?'

'Ik zeg bedankt, Harry. Bedankt dat je me helpt bij mijn besluit om het hele team van Hagen op te heffen. Dat zal gedaan worden. *First thing in the morning.*'

'Betekent dat dat je beweert René Kalsnes nooit te hebben ontmoet?'

'Probeer die verhoortechniek niet op mij toe te passen, Harry, ik heb die methode van Interpol meegenomen naar Noorwegen. Iedereen kan toevallig een paar foto's van homo's tegenkomen op internet, je struikelt er zo'n beetje over. En we hebben geen behoefte aan een onderzoeksteam dat dergelijke normale zaken voor een serieus onderzoek gebruikt.'

'Je bent er niet over gestruikeld, Bellman, je hebt met een creditcard voor die films betaald en ze gedownload.'

'Luister je niet, man! Ben jij niet geïnteresseerd in taboes? Wanneer je een foto downloadt van een moord, ben je nog niet geen moordenaar.

Als een vrouw wordt gefascineerd door de gedachte aan een verkrachting, betekent dat nog niet dat ze wil worden verkracht!' Bellman had zijn andere voet ook over het hek gezet. Hij stond nu aan de andere kant. Ontsnapt. Hij trok zijn jas recht.

'Nog een laatste goede raad, Harry. Kom niet achter me aan. Voor je eigen bestwil. Voor jou en dat vrouwtje van je.'

Harry zag de rug van Bellman in het donker verdwijnen, hij hoorde de harde voetstappen die gedempte echo's tussen de tribunes veroorzaakten. Harry liet de peuk vallen en stapte erop. Probeerde die dwars door het beton te wrijven.

HOOFDSTUK 39

Harry vond de oude Mercedes van Øystein Eikeland op de taxistandplaats aan de noordzijde van het centraal station van Oslo. De taxi's stonden in een cirkel geparkeerd en zagen eruit als een karavaan die de nacht doorbrengt en zich door een kring te vormen wil verdedigen tegen onderwereldfiguren, de belastingdienst, concurrenten die onder de prijs werken en anderen die proberen te pakken waar ze recht op menen te hebben.

Harry ging voorin zitten.

'Druk vanavond?'

'Heb nog geen seconde mijn voet van het gaspedaal gehad,' zei Øystein, hij kneep zijn lippen rond een microscopisch klein, zelf gedraaid shagje en blies de rook tegen het spiegeltje, waarin hij kon zien dat er steeds meer taxi's bij kwamen.

'Hoeveel uur in de loop van een dienst heb jij eigenlijk een betalende passagier in de auto?' vroeg Harry en hij pakte zijn eigen pakje sigaretten.

'Zo weinig dat ik overweeg de taximeter aan te zetten. Oei, kun je niet lezen?' Øystein wees naar de sticker 'verboden te roken' die op de klep van het handschoenenvakje zat.

'Ik heb raad nodig, Øystein.'

'Ik zeg nee, trouw niet. Prima dame, die Rakel, maar het huwelijk is meer ellende dan vreugde. Luister naar een ervaringsdeskundige.'

'Je bent nooit getrouwd geweest, Øystein.'

'Precies, dat bedoel ik.' Zijn jeugdvriend liet de gele tanden in zijn magere gezicht zien en schudde met het hoofd, waardoor zijn dunne paardenstaartje tegen de neksteun zwiepte.

Harry stak zijn sigaret aan. 'Als ik eraan denk dat ik je als getuige heb gevraagd...'

'Een getuige moet helder zijn, Harry, en een trouwerij en niet dronken zijn, is als tonic zonder gin.'

'Oké, maar ik heb geen huwelijksadvies nodig.'

'Nou, gooi het eruit. Eikeland luistert.'

De rook brandde in Harry's keel. Zijn slijmvliezen waren het niet meer gewend dat hij twee pakjes op een dag rookte. Hij wist heel goed dat Øystein hem geen raad kon geven in deze zaak. Ook niet. Geen goede raad in elk geval. Øysteins zelf gefabriceerde logica en levensprincipes omlijstten een leven dat zo disfunctioneel was dat alleen mensen met heel speciale interesses er iets van begrepen. De steunpilaren van Eikelands vesting waren alcohol, vrijgezellenbestaan, dames van het allerlaagste allooi, een bijzonder intellect dat helaas in de uitverkoop was, een zekere trots en een overlevingsdrang die er ondanks alles in resulteerde dat er meer taxi werd gereden dan gedronken en een vermogen om het leven en de duivel recht in het gezicht uit te lachen, waar Harry hem wel om kon bewonderen.

Harry haalde adem. 'Ik verdenk een politieman van de politiemoorden.'

'Zet hem dan achter slot en grendel,' zei Øystein en hij plukte een draadje shag van zijn tong. Hij stopte ineens. 'Zei je de politiemoorden? Je bedoelt de politiemóórden?'

'Yep. Het probleem is dat als ik deze man arresteer, hij mij meeneemt in zijn val.'

'Waarom dan?'

'Hij kan bewijzen dat ik die Rus in Come As You Are heb vermoord.'

Øystein staarde met grote ogen in het spiegeltje. 'Heb jij die Rus gemold?'

'Dus wat moet ik doen? Pak ik die man en val ik met hem mee? In dat geval heeft Rakel geen man en Oleg geen vader.'

'Helemaal mee eens.'

'Eens met wat.'

'Eens dat jij hen voor je karretje spant. Het is over het algemeen handig om van die filantropen achter de hand te houden, dan slaap je veel beter. Ik heb altijd op dergelijke types vertrouwd. Herinner je je nog dat ik wegrende bij het stelen van appels terwijl ik Tresko alleen achterliet? Hij rende immers niet zo hard met al die kilo's en op zijn houten klompen. Ik zei tegen mezelf dat Tresko meer slaag nodig had dan ik om hem op het rechte pad te krijgen, om hem moraal bij te brengen. Want dat wilde hij immers, horen bij de goede mensen? Terwijl ik, ja, ik wilde een boef worden, wat had ik nu aan slaag voor een paar gestolen appels?'

'Ik laat niet anderen voor de schuld opdraaien, Øystein.'

'Maar wat nu als die smeris nog anderen om zeep helpt en jij weet dat je hem had kunnen stoppen?'

'Dat is het nu net,' zei Harry, rook uitblazend op de sticker 'verboden te roken'.

Øystein keek zijn vriend lang aan.

'Nee, Harry.'

'Wat nee?'

'Nee...' Øystein liet aan zijn kant het raampje open glijden en tikte wat nog over was van de peuk, twee centimeter Rizla doortrokken van speeksel, naar buiten. 'Trouwens, ik wil het niet horen. Nee, doe het gewoon niet.'

'Tja. Het lafste wat ik kan doen, is niets doen. Mezelf vertellen dat ik eigenlijk geen bewijs heb, wat voorlopig ook waar is. Het gewoon door laten etteren. Maar kun je daarmee leven, Øystein?'

'Verdomme, ja. Maar bij zulke zaken ben jij een rare, Harry. De vraag is: kun jíj ermee leven?'

'Normaal gesproken niet. Maar zoals gezegd, ik moet nu rekening houden met andere mensen.'

'Kun je het niet zo regelen dat anderen hem pakken?'

'Hij zal wat hij over andere politiemensen weet, gebruiken om strafvermindering te krijgen. Hij heeft als mol gewerkt en als rechercheur, hij kent alle trucs uit de doos. Bovendien zal hij door de commissaris worden gered, die weten te veel van elkaar.'

Øystein griste het pakje sigaretten uit Harry's hand. 'Weet je wat, Harry? Ik heb het idee dat je bij me bent gekomen om mijn zegen te krijgen voor een moord. Zijn er andere mensen die weten waar je mee bezig bent?'

Harry schudde zijn hoofd. 'Zelfs mijn eigen onderzoeksteam niet.'

Øystein pakte een sigaret en stak die met zijn eigen aansteker aan.

'Harry.'

'Ja.'

'Jij bent de meest gestoorde eenling die ik ken.'

Harry keek op zijn horloge, bijna middernacht, en tuurde door de voorruit.

'Eenzame eenling, zul je bedoelen.'

'Nee, eenling. Zelfverkozen en raar.'

'Hoe dan ook,' zei Harry terwijl hij het portier opende. 'Bedankt voor de raad.'

'Welke raad?'

Het portier werd dichtgesmeten.

'Welke raad, verdomme?' riep Øystein tegen het portier en naar de gebogen gedaante die snel in het Oslo-donker verdween. 'En hoe zit het met een taxi naar huis, jij verrekte vrek!'

Het was donker en stil in huis.

Harry zat op de bank en staarde naar de kast.

Hij had tegen niemand iets gezegd over zijn verdenkingen tegen Truls Berntsen.

Hij had Bjørn en Katrine gebeld en verteld dat hij kort met Mikael Bellman had gepraat. En aangezien de commissaris een alibi had voor de bewuste nacht – dus er moest een fout zijn gemaakt óf er was gerommeld met het bewijs – moesten ze voorlopig voor zich houden dat de kogel uit het dienstpistool van Bellman leek te komen. Maar verder geen woord over waar Bellman en hij ook nog over hadden gepraat.

Geen woord over Truls Berntsen.

Geen woord over wat er moest worden gedaan.

Zo moest het kennelijk zijn, dit was zo'n zaak die een mens alleen moest opknappen.

De sleutel lag in de kast van de lp's.

Harry sloot zijn ogen. Probeerde een pauze in te lassen, niet te luisteren naar de dialoog die maar rondtolde in zijn hoofd. Maar het ging niet, de stemmen begonnen te schreeuwen op het moment dat hij probeerde te ontspannen. Dat Truls Berntsen gek was. Dat dat geen aanname was, maar een feit. Geen normaal denkend persoon begon een dergelijke moordcampagne tegen zijn eigen collega's.

Op zich was dit niet uniek, kijk maar naar al die incidenten in Amerika waarbij personen die worden ontslagen of op een andere manier worden vernederd, terugkeren naar hun werkplek en hun collega's neerschieten. Omar Thornton schoot acht van hen dood in een distributiecentrum voor bier waar hij was ontslagen omdat hij bier had gestolen, Wesley Neal Higdon schoot vijf mensen dood nadat hij op zijn kop had gehad van zijn chef, Jennifer San Marco plaatste zes dodelijke kogels in de hoofden van collega's op het postkantoor waar ze tot voor kort had gewerkt. Ze was ontslagen omdat ze – inderdaad – gek was.

Het verschil zat in de wijze waarop de moorden waren gepland en uitgevoerd. Dus hoe gek was Truls Berntsen? Was hij gek genoeg zodat de politie zijn beweringen zou negeren dat Harry Hole zelf iemand in een bar had gedood?

Nee.

Niet als hij bewijzen had. Bewijzen kunnen niet door gestoorde mensen worden verzonnen.

Truls Berntsen.

Harry dacht na.

Alles klopte. Maar klopte het belangrijkste? Het motief. Wat had Mikael Bellman gezegd? Dat als een vrouw fantaseert over een verkrachting, dat niet betekent dat ze wil worden verkracht. Dat een man die fantaseert over een verkrachting, nog geen...

Verdomme! Verdomme! Hou op!

Maar het hield niet op. Het zou hem niet met rust laten voor hij het probleem had opgelost. En er waren slechts twee manieren waarop het opgelost kon worden. De ene was op de oude manier. Die waar zijn hele lijf nu om schreeuwde. Een borrel. De drank die alles regelde, verduisterde, camoufleerde, verdoofde. Dat was de tijdelijke manier. De slechte manier. De andere was de beslissende manier. De noodzakelijke manier. Die het probleem wegnam. Het alternatief van de duivel.

Harry sprong op. Er was geen alcohol in huis, die was er niet sinds hij hier introk. Hij begon te ijsberen. Hij bleef staan. Staarde naar de oude hoekkast. Die deed hem aan iets denken. Een barmeubel waar hij ooit op dezelfde manier voor had staan staren. Wat hield hem tegen? Hoe vaak had hij niet zijn ziel voor minder dan dit verkocht? Misschien was het nu juist dat. Dat het die andere keren voor wisselgeld was geweest, gerechtvaardigd door morele woede. Terwijl het deze keer... onzuiver was. Hij wilde tegelijkertijd zijn eigen huid redden.

Maar hij kon dat ding daar in de kast horen, hij hoorde het fluisteren: Pak me, gebruik me. Gebruik me waarvoor ik moet worden gebruikt. En deze keer zal ik de klus afmaken. Me niet voor de gek laten houden door een kogelvrij vest.

Het zou hem hiervandaan een halfuur kosten om naar de flat van Truls Berntsen in Manglerud te rijden. Waar een wapenarsenaal in de slaapkamer stond dat Harry zelf had gezien. Handwapens, handboeien, gasmasker. Knuppels. Dus waar wachtte hij nog op? Hij wist toch wat hij moest doen?

Maar klopte het, had Truls Berntsen inderdaad René Kalsnes vermoord op bevel van Mikael Bellman? Dat Truls gek was, daar bestond weinig twijfel over, maar was Mikael Bellman dat ook?

Of was dat slechts een constructie die zijn hersenen in elkaar hadden gezet met de puzzelstukjes die hem ter beschikking stonden, die ze aan elkaar hadden geperst omdat hij een totaalbeeld wilde, wenste, verlángde? Een willekeurig beeld dat – als het geen reden was – tenminste een antwoord gaf, een gevoel dat er lijnen waren getrokken tussen de punten.

Harry pakte zijn telefoon en drukte op A.

Het duurde tien seconden voor hij een grommend 'ja' hoorde.

'Hoi Arnold, met mij.'

'Harry?'

'Ja, ben je op het werk?'

'Het is één uur 's nachts, Harry. Ik ben tamelijk normaal, dus ik lig in bed.'

'Sorry, wil je verder slapen?'

'Als je het zo vraagt: ja.'

'Oké, maar nu je toch wakker bent...' Hij hoorde gekreun aan de andere kant van de lijn. 'Ik twijfel over Mikael Bellman. Jij zat immers bij Kripos toen hij daar ook werkte. Heb jij er ooit iets van gemerkt dat hij zich seksueel aangetrokken voelde tot mannen?'

Er volgde een lange stilte waarin Harry Arnolds regelmatige ademhaling hoorde en het gebonk van een trein op rails. Aan de akoestiek te horen sliep Arnold met het raam open, het leek wel of hij buiten was. Kennelijk was hij gewend aan de geluiden, ze drongen zijn slaap niet binnen. En ineens schoot er een gedachte door zijn hoofd, niet als een openbaring, meer als een losse flodder, dat het misschien in deze zaak ook zo was. Dat ze naar de geluiden die er niet waren, de gebruikelijke geluiden die ze niet hoorden en waar ze dus niet wakker van werden, moesten luisteren.

'Slaap je, Arnold?'

'Nee hoor, maar die gedachte is zo nieuw voor me dat ik die even moet laten bezinken. Begrijp je? Wanneer ik terugdenk en zaken in een andere context plaats, dan... En zelfs dan kan ik niet... maar het is toch duidelijk...'

'Wat is duidelijk?'

'Nee, nou, het gaat om Bellman en die hond van hem met die grenzeloze loyaliteit.'

'Truls Berntsen.'

'Juist. Die twee...' Opnieuw een stilte. Opnieuw een trein. 'Nee Harry, ik kan die twee niet als een homopaar zien, als je begrijpt wat ik bedoel.'

'Ik begrijp het. Het spijt me dat ik je wakker heb gemaakt. Goedenacht.'

'Goedenacht. Maar eh, wacht even...'

'Hm?'

'Er was iemand van Kripos. Ik was het bijna vergeten, maar ik kwam eens op de wc en daar stonden hij en Bellman bij de wasbakken en beiden werden helemaal rood in hun gezicht. Alsof er iets was gebeurd, als je begrijpt wat ik bedoel. Ik herinner me dat ik dat toen dacht, maar ik heb er verder geen acht op geslagen. Die kerel is wel kort daarna bij Kripos verdwenen.'

'Hoe heette hij?'

'Dat herinner ik me niet. Misschien is dat nog uit te zoeken, maar niet nu.'

'Bedankt Arnold, en slaap goed.'

'Ja, bedankt. Verder nog iets aan de hand?'

'Niet veel, Arnold,' zei Harry, hij verbrak de verbinding en liet de telefoon in zijn zak glijden.

Hij opende zijn andere hand.

Staarde naar de platencollectie. De sleutel lag bij W.

'Niet veel,' herhaalde hij.

Onderweg naar de badkamer trok hij zijn T-shirt uit. Hij wist dat het beddengoed wit, schoon en koud was. Dat de stilte buiten totaal zou zijn en dat de buitenlucht die door het open raam naar binnen kwam aangenaam bijtend was. En dat hij geen seconde zou kunnen slapen.

Toen hij in bed lag, lag hij te luisteren naar de wind. Die floot. Floot in het sleutelgat van een donkere, stokoude hoekkast.

De centraliste in de meldkamer kreeg om 4.06 uur de melding van de brand binnen. Toen ze de opwinding in de stem van de brandweerman hoorde, nam ze automatisch aan dat het om een grote brand ging, een brand die misschien omleiding van het verkeer vergde, veiligstellen van eigendommen, gewonden of dodelijke slachtoffers. Ze was daarom eerst lichtelijk verbaasd toen de brandweerman zei dat het om rookontwikkeling ging die het brandalarm had geactiveerd en dat de brand vanzelf was uitgegaan. De brand was in een bar geweest, maar er waren geen mensen meer aanwezig omdat het na sluitingstijd was. En ze werd nog verbaasder toen de brandweerman zei dat ze onmiddellijk moesten komen. Maar ze hoorde dat wat ze eerst voor opwinding bij de hulpverlener had gehouden, pure angst was. Zijn stem trilde, terwijl hij vast al het nodige had gezien tijdens het werk, kennelijk was hij niet voorbereid op wat hij nu zag.

'Het is nog maar een meisje. Ze moet met iets zijn geslagen, er staan lege flessen drank op de bar.'

'Waar is het?'

'Ze... ze is helemaal misvormd. En ze is vastgebonden aan een pijp van de waterleiding.'

'Waar is het?'

'Het zit om haar nek. Ziet eruit als een fietsketting. Jullie moeten komen, zeg ik.'

'Ja, maar waar...'

'In Kvadraturen. De bar heet Come As You Are. Mijn god, het is nog maar een meisje.'

HOOFDSTUK 40

Ståle Aune werd om 6.28 uur wakker van gerinkel. Hij dacht eerst om de een of andere reden dat het zijn telefoon was, maar besefte toen dat het de wekker was. Hij moest erover hebben gedroomd, maar aangezien hij net zomin geloofde in droomduiding als in psychotherapie, deed hij geen poging om die gedachtelijn te volgen, maar sloeg op de bovenkant van de wekker en sloot zijn ogen om nog twee minuten te kunnen genieten voor het halfzeven was en de andere wekker begon te piepen. Andere ochtenden hoorde hij altijd de blote voeten van Aurora op de vloer, die snel naar de badkamer rende om die als eerste te bezetten.

Het was stil.

'Waar is Aurora?'

'Ze logeert bij Emilie,' mompelde Ingrid met een gruizige stem.

Ståle Aune stond op. Douchte en schoor zich, ontbeet in stilte met zijn vrouw terwijl zij de krant las. Ståle was heel goed geworden in het op de kop lezen. Zijn ogen gingen naar het nieuws over de politiemoorden, geen nieuws daarover, alleen maar speculaties.

'Komt ze niet even langs voor ze naar school gaat?' vroeg Ståle.

'Ze had haar schoolspullen al bij zich.'

'O ja? Vind je het goed dat ze voor een schooldag ergens logeert?'

'Nee, dat is schadelijk. Je zou moeten ingrijpen.' Ze bladerde verder in de krant.

'Weet je wat slaaptekort doet met hersenen, Ingrid?'

'De Noorse staat heeft zes jaar studie in jou geïnvesteerd, Ståle, dus jij zult het weten. Het zou maar verspilling van belastinggeld zijn als ik het ook zou weten.'

Ståle had altijd een mengeling van irritatie en bewondering gevoeld bij Ingrids talent om zo vroeg in de ochtend al zo ad rem te zijn. Ze sloeg hem al voor tien uur 's ochtends tegen het canvas. Hij bleef voor de middag nog geen ronde staan. En eigenlijk pas na zes uur lukte het hem om iemand verbaal knock-out te slaan.

Hij dacht er nog over na toen hij achteruit de garage uit reed en op weg ging naar zijn kantoor aan de Sporveisgate. Dat hij niet wist of hij het uithield bij een vrouw die hem niet dagelijks een pak slaag gaf. En dat als hij niet zo veel had geweten over genetica hij het een mysterie had gevonden hoe zij tweeën zo'n lief en gevoelig meisje als Aurora hadden kunnen voortbrengen. Toen dacht hij er niet meer over na. Het verkeer reed langzaam, maar niet langzamer dan gewoonlijk. Het belangrijkste was de voorspelbaarheid, niet de tijd die het in beslag nam. Om twaalf uur hadden ze een bijeenkomst in de Vuurkamer, daarvoor had hij drie patiënten.

Hij zette de radio aan.

Hoorde het nieuws en tegelijkertijd ging zijn telefoon en hij wist instinctief dat er een verband was.

Het was Harry. 'We moeten de bijeenkomst verzetten. We hebben een nieuwe moord.'

'Het meisje over wie ze het op de radio hebben?'

'Ja, we zijn er tenminste tamelijk zeker van dat het om een meisje gaat.'

'Jullie weten nog niet wie het is?'

'Nee, niemand heeft een vermissing gemeld.'

'Hoe oud kan ze zijn geweest?'

'Onmogelijk te zeggen, maar uitgaande van de grootte en de lichaamsbouw gokken we tussen de tien en de veertien jaar.'

'En jullie denken dat het met onze zaak te maken heeft?'

'Ja.'

'Waarom dan?'

'Omdat ze op een plaats delict van een onopgeloste moord is gevonden. Een bar die Come As You Are heet. En omdat...' Harry hoestte. '... ze met een fietsketting rond haar nek vastgeketend zat aan een waterleiding.'

'Mijn god!'

Hij hoorde Harry weer hoesten.

'Harry?'

'Ja.'

'Ben je oké?'

'Nee.'

'Is er... is er iets aan de hand?'

'Ja.'

'Afgezien van dat kettingslot. Ik begrijp natuurlijk dat...'

'Hij heeft haar overgoten met alcohol voor hij haar aanstak. De lege flessen staan op de bar achter haar. Drie flessen, allemaal van hetzelfde merk. Terwijl er genoeg andere flessen staan om uit te kiezen.'

'En het gaat om...'

'Ja, Jim Beam.'

'... jouw merk.'

Ståle hoorde Harry naar iemand roepen dat hij niets moest aanraken. Toen was hij weer terug. 'Wil jij komen kijken naar de plaats delict?'

'Ik heb patiënten. Later misschien.'

'Oké, kijk maar. We zullen hier nog wel een poos zijn.'

Ze hingen op.

Ståle probeerde zich weer te concentreren op het autorijden. Hij merkte dat hij sneller ademhaalde, voelde dat zijn neusvleugels verder open gingen staan, dat zijn borst omhoogkwam. Wist dat hij vandaag een nog slechtere therapeut zou zijn.

Harry liep de deur uit die uitkwam op de drukke straat waar mensen, fietsen, auto's en trams gehaast voorbijkwamen. Hij knipperde tegen het licht na al dat donker binnen, keek naar het zinloze krioelende leven dat niet inzag dat een paar meter achter hem een net zo zinloze dood had plaatsgevonden. In de vorm van een zwart verbrand lijk van een meisje van wie ze niet eens wisten wie ze was, zittend op een stalen stoel met een gesmolten plastic zitting. Harry had wel een vermoeden wie ze kon zijn, maar hij durfde die gedachte niet eens helemaal uit te denken. Hij haalde een paar keer adem en dacht de gedachte toch uit. Toen belde hij Katrine, die hij terug had gestuurd naar de Vuurkamer om stand-by te zitten met haar machinepark.

'Nog steeds niemand vermist gemeld?' vroeg hij.

'Nee.'

'Oké, dan check jij welke rechercheurs betrokken bij moordonderzoeken dochters hebben in de leeftijd van acht tot zestien jaar. Begin met de personen die betrokken waren bij de moord op Kalsnes. Heb je iemand gevonden, dan bel je hem op en vraag je of hij vandaag zijn dochter heeft gezien. Wees behoedzaam.'

'Dat zal ik zijn.'

Harry verbrak de verbinding.

Bjørn kwam naar buiten en ging naast hem staan. Hij sprak zacht, fluisterde, alsof ze in de kerk zaten.

'Harry?'

'Ja?'

'Dit is het walgelijkste wat ik ooit heb gezien.'

Harry knikte. Hij kende een aantal zaken die Bjørn had gezien en wist dat hij gelijk had.

'Degene die dit heeft gedaan...' zei Bjørn, hij tilde zijn handen op en haalde diep adem, bracht een hulpeloos geluidje voort, liet zijn handen weer vallen. 'Hij zou verdomme de kogel moeten hebben.'

Harry balde zijn vuisten in zijn broekzakken. Wist dat ook dat waar was. Hij zou de kogel moeten hebben. Een kogel of drie uit een Odessa die in een kast aan de Holmenkollvei lag. Niet nu, maar gisteravond. Toen een verrekt laffe ex-smeris naar bed was gegaan omdat hij had besloten dat hij niet de beul kon zijn zolang hij geen duidelijkheid had over zijn eigen motief. Of hij het zou doen voor de potentiële slachtoffers, voor Rakel en Oleg of gewoon voor zichzelf. Nou, het meisje daarbinnen zou hem niet meer vragen naar motieven, voor haar en haar ouders was het te laat. Verdomme, verdomme!

Hij keek op zijn horloge.

Truls Berntsen wist dat Harry nu achter hem aan zat, er nu klaar voor was. Hij had Harry uitgenodigd, hem gelokt naar deze plaats delict, hem vernederd door het vaste vergif Jim Beam van de alcoholist te gebruiken en de fietsketting waar het halve korps van had gehoord. Dat de grote Harry Hole aan een parkeerverbodsbord aan de Sporveisgate had gestaan, als een hond aan de ketting.

Harry haalde diep adem. Hij kon alle kaarten op tafel gooien, alles vertellen, over Gusto, Oleg en de dode Rus en daarna met Delta de flat van Truls Berntsen bestormen en als Berntsen wist te ontkomen, hem met alle middelen laten opsporen, van Interpol tot elk politiebureautje in het land. Of...

Harry begon het verfrommelde pakje Camel uit zijn zak te halen. Maar duwde het weer terug. Hij had genoeg van roken.

... of hij kon precies doen waar die duivel om vroeg.

Pas na het consult van de tweede patiënt volgde Ståle de hele gedachtegang.

Of gedachtegangen, het waren er twee.

De eerste was dat niemand een meisje als vermist had opgegeven. Een meisje tussen de tien en veertien jaar. Haar ouders hadden haar toch moeten missen toen ze 's avonds niet thuiskwam? Ze zouden dat toch hebben gemeld?

De tweede gedachtegang was wat het slachtoffer met de politiemoorden te maken had. Dat de moordenaar tot nu toe rechercheurs van moordonderzoeken van het leven had beroofd en dat de typerende behoefte aan escalatie zich misschien nu had gemeld: hoe kon je iemand nog erger treffen? Heel simpel, door zijn nakomeling af te pakken. Het kind. Dus de vraag in dit geval was: wie was er nu aan de beurt? Duidelijk niet Harry, want hij had geen kinderen.

En op dat moment brak het koude zweet uit alle poriën van Ståle Aunes omvangrijke lichaam. Hij griste de telefoon uit de la, zocht Aurora's naam in de telefoonlijst en belde.

Hij ging acht keer over voor hij haar voicemail kreeg.

Natuurlijk nam ze niet op, ze was op school en daar mochten ze, heel verstandig, niet hun telefoon aan hebben.

Wat was de achternaam van die Emilie? Hij had die vast meerdere keren gehoord, maar dat was meer Ingrids domein. Hij overwoog haar te bellen, maar hij besloot haar niet onnodig ongerust te maken en logde op zijn pc in op de website voor ouders van Aurora's school. Hij kreeg waarachtig een heleboel adressen van ouders. Hij las de namen door in de hoop een aha-erlebnis te krijgen. Die kwam al snel. Torunn Einersen. Emilie Einersen, dat was eigenlijk heel makkelijk. En helemaal makkelijk was dat het telefoonnummer van de ouders vermeld stond. Hij toetste het nummer in, merkte dat zijn vingers trilden, dat hij moeite had de cijfers in te drukken, hij moest te veel of te weinig koffie hebben gedronken.

'Torunn Einersen.'

'Hallo, met Ståle Aune, de vader van Aurora. Ik... eh, wilde even horen of alles goed is gegaan vannacht.'

Stilte. Lange stilte.

'Met het logeren,' voegde hij eraan toe. En om helemaal zeker te zijn. 'Bij Emilie.'

'O, dat. Nee, Aurora heeft niet bij ons gelogeerd. Ik herinner me dat ze het daarover hadden, maar...'

'Dan heb ik het zeker verkeerd onthouden,' zei Ståle en hij hoorde dat zijn stem verstikt klonk.

'Tja, het is tegenwoordig niet zo eenvoudig om bij te houden wie bij wie slaapt,' zei Torunn Einersen lachend, maar ze klonk gegeneerd om hem: een vader die niet eens wist waar zijn dochter de nacht door had gebracht.

Ståle verbrak de verbinding. Zijn overhemd was al nat van het zweet.

Hij belde Ingrid. Kreeg het antwoordapparaat. Hij sprak een bericht in dat ze moest bellen. Toen stond hij op en stormde de deur uit. De wachtende patiënt, een vrouw van middelbare leeftijd die om voor Ståle volkomen onduidelijke redenen in therapie wilde, keek op.

'Ik moet de afspraak voor vandaag afzeggen...' Hij wilde de naam zeggen, maar herinnerde die zich pas toen hij de trap al af was gerend en op straat naar zijn auto sprintte.

Harry voelde dat hij zijn hand te stevig rond het kartonnen bekertje koffie klemde toen de brancard met een laken erover langs hem werd gedragen en in de ambulance werd geschoven. Hij keek met een half oog naar de toeschouwers die al waren toegestroomd.

Katrine had gebeld. Er was nog steeds niemand als vermist opgegeven en geen van de mensen die hadden meegewerkt aan de zaak-Kalsnes had een dochter tussen de acht en zestien jaar. Dus Harry had haar gevraagd de andere korpsleden te bekijken.

Bjørn liep de bar uit. Trok zijn latex handschoenen uit en schoof de capuchon van zijn witte overall van zijn hoofd.

'Nog niets gehoord van de DNA-mensen?' vroeg Harry.

'Nee.'

Het eerste wat Harry had gedaan toen hij op de plaats delict kwam, was weefsel afnemen en dat per auto met zwaailicht naar het forensisch laboratorium sturen. Een volledige DNA-analyse kostte tijd, maar de eerste cijfers van de code vinden kon tamelijk snel gaan. En dat was alles wat ze nodig hadden. Alle moordonderzoekers, zowel de forensische als de technische, hadden hun DNA-profielen in het DNA-register laten opslaan voor het geval ze een plaats delict vervuilen. Het laatste jaar hadden ze ook politiemensen geregistreerd die als eerste op een plaats delict arriveren of die plaatsen delict afzetten en zelfs niet-politiemensen die daar mogelijk kunnen zijn. Het was een simpele waarschijnlijkheidsberekening, met slechts de eerste vier cijfers, van de in totaal elf, zouden al de meeste politiemensen afvallen. Met zo'n zes cijfers iedereen. Minus één, dat wil zeggen, als hij gelijk had.

Harry keek op zijn horloge. Hij wist niet waarom, wist niet welke afspraak hij had, wist alleen dat ze weinig tijd hadden. Dat hij weinig tijd had.

Ståle Aune parkeerde zijn auto voor het hek van de school, zette het alarmlicht aan. Hoorde de echo van zijn rennende voetstappen tussen de schoolgebouwen weerklinken. Het eenzame geluid uit zijn jeugd. Het geluid van te laat komen. Of van de zomervakantie, als iedereen op vakantie was, het gevoel van verlaten te zijn. Hij rukte de zware deur open, rende door de gang, hier geen echo, alleen het geluid van de hijgende adem in zijn oren. Daar was de deur van haar klas. Of niet? Hij wist zo weinig van haar gewone leven. Zo weinig had hij haar het laatste halfjaar gezien. Zo veel wilde hij weten. Zo veel tijd wilde hij vanaf nu met haar doorbrengen. Als maar niet, als maar niet...

Harry keek rond in de bar.

'Het slot van de achterdeur is opengebroken,' zei de politieman achter hem.

Harry knikte. Hij had de splinters rond het slot gezien.

Breekijzer. Werk van een politieman. Daarom was het alarm niet afgegaan.

Harry had geen tekenen van een vechtpartij gezien, geen omgevallen spullen op de grond, stoelen of tafels die aan de kant waren geschopt. Alles stond nog zoals de zaak gisteravond was afgesloten. De eigenaar werd nu verhoord. Harry had gezegd dat hij hem niet hoefde te spreken. Had niet gezegd dat hij hem niet *wílde* spreken. Hij had geen reden gegeven. Bijvoorbeeld dat hij niet het risico wilde lopen herkend te worden.

Harry keek naar de kruk bij de bar, reconstrueerde hoe hij die avond daar had gezeten met een onaangeroerd glas Jim Beam voor zich. De Rus die van achteren was gekomen, die had geprobeerd met het Siberische mes zijn halsslagader door te snijden. Harry's vingerprothese van titanium die in de weg had gezeten. De eigenaar die ontzet achter de bar had staan toekijken terwijl Harry de kurkentrekker naar zich toe had gehaald. Het bloed dat de vloer onder hen had gekleurd als een pas geopende, omgevallen fles rode wijn.

'Geen sporen tot nu toe,' zei Bjørn.

Harry knikte weer. Uiteraard niet. Berntsen had de plek voor zichzelf gehad, had de tijd. Kon opruimen voor hij haar natmaakte, overgoot, haar... Het woord kwam zonder dat hij dat wilde... haar marineerde.

Toen had hij zijn aansteker aangeknipt.

De eerste tonen van Gram Parsons 'She' klonken en Bjørn bracht zijn mobieltje naar zijn oor: 'Ja? Match in het register? Wacht...'

Hij pakte een potlood en zijn vaste Moleskine-notitieboekje. Harry verdacht Bjørn ervan dat hij zo van het patina van de omslag hield dat hij de notities in het boekje uitgumde als het boekje vol was zodat hij het weer opnieuw kon gebruiken.

'Nee, geen strafblad, maar heeft gewerkt met moordonderzoekers. Ja, daar hielden we al rekening mee. En zijn naam is?'

Bjørn had zijn notitieboekje op de bar gelegd, hij stond klaar om te schrijven. Maar de potloodpunt stopte: 'En wat is de naam van de vader, zei je?'

Harry hoorde aan de stem van zijn collega dat er iets fout was. Helemaal fout.

Op het moment dat Ståle Aune de deur van het klaslokaal openrukte, schoot hem de volgende gedachte door het hoofd: dat hij een slechte vader was. Dat hij niet eens wist of Aurora een vast klaslokaal had.

En als ze dat had, of dit dan nog steeds het lokaal was.

Het was twee jaar geleden dat hij hier voor het laatst was, tijdens een open dag toen alle klassen hun tekeningen, lucifermodellen, kleibeeldjes en allerlei andere dingen waar hij maar matig enthousiast over was geweest, hadden tentoongesteld. Een betere vader was natuurlijk geïmponeerd geweest.

De stemmen verstomden en gezichten draaiden zich naar hem om.

En in de stilte scande hij de jonge, zachte gezichten. De onbeschadigde, onbezoedelde gezichten die nog niet zo lang leefden, die nog recht hadden op tijd, de gezichten die nog gevormd moesten worden, karakter moesten krijgen, met de jaren verstijfden tot het masker dat in hen zat. Zoals dat bij hem het geval was. Op zoek naar zijn meisje.

Zijn ogen vonden gezichten die hij herkende van klassenfoto's, verjaardagspartijtjes, van handbalkampen, afsluitingsdagen. Sommige kende hij bij naam, de meeste niet. Hij ging verder, zocht verder naar dat ene gezicht terwijl haar naam werd gevormd, groeide als een snik in zijn keel: Aurora, Aurora, Aurora.

Bjørn liet zijn mobiel in zijn zak glijden. Stond bewegingloos met zijn rug naar Harry toe bij de bar. Schudde langzaam zijn hoofd. Toen draaide hij zich om. Uit zijn gezicht leek al het bloed te zijn getrokken. Bleek, bloedeloos.

'Het gaat om iemand die je goed kent,' zei Harry.

Bjørn knikte langzaam als een slaapwandelaar. Slikte.

'Het is verdomme toch niet mogelijk...'

'Aurora.'

De muur van gezichten staarde Ståle Aune met open mond aan. Haar naam was als een hik over zijn lippen gekomen.

'Aurora,' herhaalde hij.

Aan de rand van zijn gezichtsveld zag hij de docent naar hem toe komen.

'Wat is niet mogelijk?' vroeg Harry.

'Zijn dochter,' zei Bjørn. 'Dat... dat kan toch niet.'

Ståles ogen zwommen in de tranen. Hij voelde een hand op zijn schouder. Toen zag hij een gedaante voor hem opstaan, naar hem toe komen, de contouren vervaagden als in een lachspiegel. Toch vond hij dat de gedaante eruitzag als zij. Als Aurora. Als psycholoog wist hij natuurlijk dat het een vlucht van de hersenen was, dat het de manier van een mens was om het ondragelijke te tackelen, om te liegen. Te zien wat je wilde zien. Toch fluisterde hij haar naam.

'Aurora.'

En zelfs van de stem kon hij zweren dat die van haar was: 'Is er iets gebeurd...'

Hij hoorde ook het laatste woord aan het eind van de zin, maar hij was er niet zeker van of zij het was of dat zijn hersenen dat eraan toe hadden gevoegd: '... papa?'

'Wat kan toch niet?'

'Dat...' zei Bjørn en hij staarde Harry aan alsof hij er niet was.

'Ja?'

'Dat ze dood is.'

HOOFDSTUK 41

Het was een stille ochtend op begraafplaats Vestre Gravlund. Het enige dat je hoorde was het gebrom van de auto's in de verte op de Sørkedalsvei en het gezoef van de metro die mensen naar het centrum vervoerde.

'Roar Midtstuen, ja,' zei Harry en hij liep met grote passen tussen de grafstenen door. 'Hoeveel jaar werkt hij eigenlijk al bij ons?'

'Dat weet niemand,' zei Bjørn die probeerde Harry bij te houden. 'Sinds het begin der tijden.'

'En zijn dochter is omgekomen bij een verkeersongeluk?'

'Afgelopen zomer. Dit is toch heel ziek. Dat kan verdomme niet kloppen. Ze hebben nog maar het eerste deel van de DNA-code, er is nog steeds tien tot vijftien procent kans dat het DNA van iemand anders is, misschien is het...' Hij botste bijna tegen Harry aan toen deze abrupt stilstond.

'Tja,' zei Harry, hij ging op zijn hurken zitten en stak zijn vingers in de aarde voor de grafsteen waarop de naam van Fia Midtstuen stond. 'Die kans is zojuist tot nul gereduceerd.'

Hij tilde zijn hand op en pas omgespitte grond viel tussen zijn vingers door.

'Hij heeft het lijk opgegraven, heeft het naar Come As You Are vervoerd. En het daar in brand gestoken.'

'Verdomme...'

Harry hoorde de tranen in de stem van zijn collega. Keek hem niet aan. Liet hem met rust. Wachtte. Sloot zijn ogen en luisterde. Een vogel zong een voor levende mensen zinloos liedje. De wind duwde onbezorgd en fluitend tegen de wolken. Een metro zoefde naar het westen. De tijd verstreek, maar had die een doel? Harry opende zijn ogen weer. Kuchte.

'We moeten vragen of ze de kist willen opgraven om het bevestigd te krijgen voor we haar vader bellen.'

'Daar zal ik voor zorgen.'

'Bjørn,' zei Harry. 'Het is beter. Het was geen levend meisje dat in brand is gestoken. Oké?'

'Het spijt me, ik ben gewoon moe. En Roar is nog steeds kapot, dus ik...' Hij gebaarde hulpeloos met zijn handen.

'Het is goed,' zei Harry en hij kwam overeind.

'Waar ga je heen?'

Harry tuurde naar het noorden, naar de weg en de metro. De wolken kwamen naar hem toe gedreven. Noordenwind. En daar was het weer. Het gevoel iets te weten zonder dat hij het wist, iets wat daaronder in het donkere water zat, diep in zichzelf, maar wat niet naar de oppervlakte wilde komen.

'Ik moet iets doen.'

'Wat dan?'

'Iets wat ik al te lang heb uitgesteld.'

'Juist. Er is trouwens nog iets wat ik me afvraag.'

Harry keek op zijn horloge en knikte kort.

'Toen jij gisteren met Bellman sprak, wat dacht hij toen wat er met de kogel moest zijn gebeurd?'

'Hij had geen idee.'

'En hoe zit dat met jou? Jij hebt altijd minstens een hypothese.'

'Hm. Ik moet nu gaan.'

'Harry?'

'Ja?'

'Niet...' Bjørn lachte schaapachtig. 'Niet iets doms doen.'

Katrine Bratt zat achterovergeleund en keek naar het scherm. Bjørn Holm had zojuist gebeld en gezegd dat ze de vader hadden, ene Midtstuen die had meegewerkt aan het Kalsnes-onderzoek. Zijn dochter was dood en daarom stond hij niet op de lijst van vaders met jonge dochters. Aangezien dat Katrine voorlopig even werkloos maakte, keek ze naar de zoekresultaten van gisteren. Ze hadden geen hits gehad op de combinatie Mikael Bellman en René Kalsnes. Toen ze had gevraagd naar een lijst van personen met wie Mikael Bellman de meeste combinatiehits had, waren er drie namen die duidelijk opvielen. Bovenaan stond Ulla Bellman. Daarna kwam Truls Berntsen. En op de derde plaats Isabelle Skøyen. Dat zijn vrouw bovenaan stond was logisch en dat de wethouder, die immers zijn baas was, op de derde plaats stond, was misschien ook niet zo vreemd.

Maar wat ze wel vreemd vond, was Truls Berntsen.

Om de simpele reden dat er een link was naar een interne notitie van Economische Delicten aan de commissaris, dus hier op het hoofdbureau geschreven. Waarin, tegen de achtergrond van een contante betaling aan Truls Berntsen waarover hij geen informatie wilde geven, toestemming werd gevraagd om een onderzoek naar vermeende corruptie te starten.

Ze kon geen antwoord vinden, dus ze ging ervan uit dat Bellman mondeling had geantwoord.

Wat ze vreemd vond, was dat de commissaris en een mogelijk corrupte politieman zo vaak met elkaar hadden gebeld en ge-sms't, hun creditcards op dezelfde plek en hetzelfde tijdstip hadden gebruikt, gelijktijdig hadden gereisd met vliegtuig of trein, op dezelfde dag hadden ingecheckt in hetzelfde hotel, in dezelfde schiethal waren geweest. Toen Harry haar had gevraagd Bellman grondig te checken, had ze ontdekt dat de commissaris gayseks had bekeken op internet. Zou Truls zijn minnaar zijn?

Katrine zat een poos naar het scherm te kijken.

En wat dan nog? Dat hoefde niets te betekenen.

Ze wist dat Harry gisteravond op Valle Hovin een ontmoeting had gehad met Bellman. Om hem te confronteren met de vondst van de kogel. En voor hij vertrok had hij gemompeld dat hij wel een idee had wie die kogel bij het bewijsmateriaal had gestopt. Toen ze het hem vroeg, had Harry gezegd: 'De schaduw.'

Katrine was verder teruggegaan in de tijd met de zoekopdracht.

Ze las het resultaat door.

Bellman en Berntsen hadden elkaar gevolgd in hun carrière als erwten in een peul. Die carrières waren, na de politieacademie, gestart op het politiebureau in Stovner.

Ze kreeg een lijst van de andere politiemensen die daar in die tijd werkten.

Ze liet haar blik over het scherm gaan. Stopte bij een naam. Toetste een nummer in Bergen in.

'Dat werd ook wel tijd, juffrouw Bratt!' zong een stem en ze voelde hoe bevrijdend ze het vond om het Bergens dialect weer te horen. 'U had hier allang weer moeten zijn voor een onderzoek!'

'Hans...'

'Dokter Hans, graag. Wilt u zo goed zijn uw bovenkleding uit te trekken, juffrouw Bratt.'

'Hou op,' zei ze terwijl ze eigenlijk moest lachen.

'Mag ik u vragen om de geneeskunde niet te verwarren met ongewenste seksuele intimiteiten op het werk.'

'Ze zeiden al dat je weer terug bent.'

'Yep, en waar zit jij op het moment?'

'In Oslo. Ik zie op een lijst dat jij ook op het bureau van Stovner hebt gewerkt, samen met Mikael Bellman en Truls Berntsen?'

'Dat was toen ik net van school kwam en dat was alleen vanwege een vrouw, Bratt. Een groot drama, heb ik je nooit over haar verteld?'

'Waarschijnlijk wel.'

'Maar toen het voorbij was met haar, was het ook voorbij met Oslo.' Hij zette in: 'Vestland, Vestland über alles...'

'Hans! Toen jij samenwerkte met...'

'Niemand werkt met die jongens samen, Katrine. Of je werkt voor hen of je werkt tegen hen.'

'Truls Berntsen is geschorst.'

'Dat werd verdomme ook hoog tijd. Hij heeft zeker weer iemand in elkaar geslagen, neem ik aan.'

'In elkaar geslagen? Slaat hij arrestanten in elkaar?'

'Nog erger, hij slaat politiemensen in elkaar.'

Katrine voelde de haren op haar arm omhoogkomen. 'O? Wie dan?'

'Iedereen die iets probeerde met de vrouw van Bellman. Beavis Berntsen was immers smoorverliefd op hen beiden.'

'Wat gebruikte hij?'

'Wat bedoel je?'

'Waarmee heeft hij ze geslagen?'

'Hoe moet ik dat weten? Iets hards, neem ik aan. Het leek er in elk geval op dat die jonge vent uit het noorden zo dom was om tijdens de kerstviering een beetje te intiem met mevrouw Bellman te dansen.'

'Hoe heette die vent uit het noorden?'

'Hij heette... even denken... iets met een r. Rune. Nee, Runar. Ja, het was Runar. Runar... tja, wat was het ook alweer... Runar...'

Vooruit, dacht Katrine terwijl haar vingers vanzelf over de toetsen renden.

'Het spijt me, Katrine, het is te lang geleden. Misschien moet je je bovenlichaam even ontbloten?'

'Verleidelijk aanbod,' zei Katrine. 'Maar ik heb hem zojuist al gevonden, er was in die tijd maar één Runar in Stovner. De groeten, Hans.'

'Wacht! Zo'n onderzoek hoeft niet zo lang te duren.'

'Ik moet opschieten, zieke man.'

Ze hing op. Twee simpele handelingen met de pc op de naam. De zoekmachine laten werken terwijl zij naar de achternaam staarde. Er was iets mee. Waar kende ze die van? Ze sloot haar ogen, mompelde de naam voor zich uit. Die was zo ongebruikelijk dat het geen toeval kon zijn. Ze opende haar ogen weer. Het resultaat van de zoekactie was er. Het was veel. Genoeg. Ziekmeldingen. Opname om af te kicken. Mailcorrespondentie tussen een leider van een van de afkickcentra in Oslo en de commissaris. Overdosis. Maar het eerste wat haar opviel, was de foto. Die heldere, onschuldige, blauwe ogen die haar aankeken. Ze wist ineens waar ze die eerder had gezien.

Harry draaide de voordeur van het slot, liep zonder zijn schoenen uit te doen naar binnen en ging naar de platenverzameling. Stak zijn vingers tussen Waits' *Bad as Me* en *A Pagan Place* die hij vooraan in de rij van de platen van The Waterboys had gezet, hoewel het om een remaster van 2002 ging. Het was echter de veiligste plaats in huis, want Rakel noch Oleg had ooit vrijwillig muziek gedraaid waar Tom Waits of Mike Scott in zong.

Hij peuterde de sleutel uit de hoes. Messing, klein en een gat, woog bijna niets. En toch voelde hij zo zwaar dat zijn hand naar beneden werd getrokken toen hij naar de hoekkast liep. Hij stak hem in het sleutelgat en draaide hem rond. Wachtte. Wist dat er geen weg terug was nadat hij hem had geopend, dat hij de belofte dan had gebroken.

Hij moest kracht zetten om de kastdeur, die een beetje uit het lood hing, te kunnen openen. Hij besefte dat het gewoon oud hout was dat loskwam uit zijn omlijsting, maar het klonk als een diepe zucht die uit het donker kwam. Alsof hij begreep dat hij eindelijk vrij was. Vrij om een hel op aarde te maken.

In de kast rook het naar metaal en olie.

Hij haalde adem. Had het gevoel zijn hand in een slangennest te stoppen. Zijn vingers gingen tastend rond voor hij de koude, hobbelige huid van staal vond. Hij kreeg het reptielenhoofd te pakken en tilde het op.

Het was een lelijk wapen. Fascinerend lelijk. Sovjet-Russische ingenieurskunst, brutaal en effectief, verdroeg net zoveel slaag als een kalasjnikov.

Harry woog het pistool in zijn hand.

Wist dat het zwaar was en toch voelde het licht. Licht, nu het besluit was genomen. Hij ademde uit. De demon was vrij.

'Hoi,' zei Ståle en hij deed de deur van de Vuurkamer achter zich dicht. 'Ben je alleen?'

'Ja,' zei Bjørn, die in zijn stoel naar de telefoon zat te staren.

Ståle ging op een stoel zitten. 'Waar...?'

'Harry moest iets doen. Katrine vertrok toen ik kwam.'

'Je ziet eruit als iemand die een zware dag heeft.'

Bjørn glimlachte bleekjes. 'Jij ook, dokter Aune.'

Ståle ging met zijn hand over zijn schedel. 'Tja, ik heb zojuist in een klaslokaal gestaan, huilend mijn dochter in mijn armen genomen terwijl de hele klas toekeek. Aurora beweert dat het een ervaring was die haar voor het leven zal tekenen. Ik heb geprobeerd uit te leggen dat de meeste kinderen geboren worden met genoeg kracht om de last van de overdreven liefde van hun ouders te dragen, dus dat ze dit darwinistisch gezien moet kunnen overleven. En dat allemaal omdat ze bij Emilie had gelogeerd, ze hebben twee Emilies in de klas en ik heb de verkeerde moeder gebeld.'

'Heb je niet gehoord dat de bijeenkomst van vandaag is uitgesteld? Er is een nieuw lijk gevonden. Van een meisje.'

'Jawel, dat weet ik. Het was erg, begreep ik.'

Bjørn knikte langzaam. Hij wees naar de telefoon. 'Ik moet nu haar vader bellen.'

'Daar zie je natuurlijk tegen op.'

'Uiteraard.'

'Je vraagt je af waarom de vader op deze manier moet worden gestraft. Waarom hij haar twee keer moet verliezen, waarom één keer niet genoeg is.'

'Zoiets.'

'De kwestie is, Bjørn, dat de moordenaar zichzelf ziet als de goddelijke wreker.'

'Is dat zo?' zei Bjørn en hij keek de psycholoog met een lege blik aan.

'Ken je het Bijbelcitaat niet? "Een naijverig God en een wreker is de Here, een wreker is de Here en vol van grimmigheid; een wreker is de Here voor zijn tegenstanders, en toornen blijft Hij tegen zijn vijanden."* Het is weliswaar een oude vertaling, maar snap je wat ik bedoel?'

'Ik ben een simpele jongen uit Østre Toten die wel belijdenis heeft gedaan maar...'

'Ik heb erover nagedacht en daarom ben ik hiernaartoe gekomen.' Ståle leunde voorover op zijn stoel. 'De moordenaar is een wreker en Harry heeft gelijk, hij moordt uit liefde, niet uit haat, of uit sadistisch genoegen of om gewin. Iemand heeft de persoon afgepakt van wie hij hield en nu pakt hij van de slachtoffers af waar ze zelf het meest van houden. Dat kan hun leven zijn. Of degene van wie ze het meest houden: hun kind.'

Bjørn knikte. 'Roar Midtstuen zou graag het leven dat hij nu leidt willen geven als zijn dochter maar weer terugkwam.'

'Dus waar we naar op zoek moeten, is iemand die een geliefde heeft verloren. Een liefdeswreker. Want dat...' Ståle Aune balde zijn rechterhand, '... dat is het enige motief dat sterk genoeg is, Bjørn. Snap je?'

Bjørn knikte. 'Ik geloof het wel. Maar ik moet nu Midtstuen bellen.'

'Doe dat, ik ga de kamer uit zodat je dat in alle rust kunt doen.'

Bjørn wachtte tot Ståle buiten was, toetste toen het nummer in waarnaar hij zo lang had zitten kijken dat hij het gevoel had dat het op zijn netvlies was gebrand. Hij haalde diep adem terwijl hij telde hoe vaak de telefoon overging. Hij vroeg zich af hoe lang hij hem moest laten overgaan voor hij kon ophangen.

Ineens hoorde hij de stem van zijn collega.

'Bjørn, ben jij het?'

'Ja, dus mijn telefoonnummer staat in jouw lijst?'

'Ja, uiteraard.'

'Juist. Nou. Er is dus iets wat ik je moet vertellen.'

Stilte.

Bjørn slikte. 'Het gaat om je dochter, ze...'

'Bjørn,' onderbrak de stem hem scherp. 'Voor je verdergaat. Ik weet

* Uit: Vertaling Nederlands Bijbelgenootschap 1951

niet waar het om gaat, maar ik kan aan je horen dat het iets ernstigs is. En ik verdraag geen berichten meer over Fia via de telefoon, dat ging toen ook precies zo. Niemand durfde me in mijn ogen te kijken, iedereen belde. Kennelijk makkelijker. Maar zou je alsjeblieft hierheen willen komen? Me willen aankijken als je het vertelt? Bjørn?'

'Maar natuurlijk,' zei Bjørn Holm verbaasd. Hij had Roar Midtstuen nog nooit zo open en eerlijk over zijn problemen horen praten. 'Waar ben je?'

'Het is vandaag precies negen maanden geleden, dus ik ben op weg naar de plek waar ze is gestorven. Om bloemen te leggen, na te denken.'

'Zeg maar waar het is, dan kom ik direct.'

Katrine Bratt gaf het vinden van een parkeerplaats op. Het vinden van het telefoonnummer en het adres was makkelijker geweest, gewoon via internet. Maar nadat ze al een aantal keren had gebeld en er niet werd opgenomen en ze ook geen antwoordapparaat had kunnen inspreken, had ze een auto geregeld en was ze naar de Industrigate in Majorstua gereden. Een straat met eenrichtingsverkeer, een winkel met mediterrane producten, een paar galerieën, minstens één restaurant, een lijstenmaker, maar geen vrije parkeerplaatsen dus.

Katrine nam een besluit, zette de voorwielen van de auto op het trottoir, twee meter van de bocht, deed de motor uit, zette een bordje voor de ruit waaruit bleek dat ze van de politie was, maar waarvan ze wist dat het geen indruk maakte op de bonnen schrijvende verkeerspolitie. Volgens Harry stonden de agenten van de verkeerspolitie tussen de beschaving en de totale chaos in.

Ze liep dezelfde weg terug als ze was gekomen, in de richting van de Bogstadvei met zijn gestylede shoppinghysterie. Ze bleef staan voor een appartementengebouw in de Josefinesgate waar ze tijdens haar studententijd aan de politieacademie twee keer was geweest. Na een feest. Zogenaamd om alleen nog wat te drinken. Beslist niet alleen om nog wat te drinken. Niet dat ze er iets op tegen had gehad. Het politiedistrict Oslo was eigenaar van dit appartementencomplex en verhuurde eenvoudige flats aan studenten aan de politieacademie. Katrine vond de naam waarnaar ze zocht op het paneel met intercombellen, ze drukte erop en wachtte terwijl ze naar de eenvoudige gevel van het gebouw met vier verdiepingen keek. Drukte opnieuw. Wachtte.

'Niemand thuis?'

Ze draaide zich om. Glimlachte automatisch. Ze schatte dat de man in de veertig moest zijn, eventueel een goed geconserveerde vijftiger. Lang, niet kalend, flanellen overhemd, Levi's 501.

'Ik ben de conciërge.'

'En ik ben Katrine Bratt, politieagent bij de afdeling Geweld. Ik zoek Silje Gravseng.'

Hij keek naar haar ID-kaart die ze hem voorhield en nam haar ongegeneerd van top tot teen op.

'Silje Gravseng, ja,' zei de conciërge. 'Ze is kennelijk gestopt met haar studie aan de politieacademie, dus ze woont hier niet meer zo lang.'

'Maar nu woont ze hier nog wel?'

'Ja hoor. Op 412. Kan ik iets doorgeven?'

'Ja, graag. Vraag haar dit nummer te bellen. Ik wil met haar praten over haar broer, Runar Gravseng.'

'Heeft hij iets verkeerd gedaan?'

'Dat denk ik niet. Hij zit op de gesloten afdeling van een psychiatrisch ziekenhuis en zit altijd midden in de kamer omdat hij denkt dat muren mensen in elkaar slaan.'

'Oef.'

Katrine pakte haar notitieboekje en begon haar naam en nummer op te schrijven. 'Je kunt haar vertellen dat het gaat om de politiemoorden.'

'Ja, daar is ze behoorlijk mee bezig.'

Katrine stopte met schrijven. 'Hoe bedoel je?'

'Ze gebruikt de krantenartikelen als behang voor haar kamer. Uitgeknipte artikelen over vermoorde politiemensen, bedoel ik. Niet dat het mijn zaak is, de studenten mogen opplakken wat ze willen, maar het is een beetje... onsmakelijk, vind je niet?'

Katrien keek hem aan. 'Wat was je naam ook alweer?'

'Leif Rødbekk.'

'Luister, Leif. Denk je dat ik even in haar flat zou kunnen kijken? Ik zou die uitgeknipte artikelen graag even zien.'

'Waarom dan?'

'Zou dat kunnen?'

'Natuurlijk, als je me het huiszoekingsbevel even laat zien.'

'Ik heb nu geen...'

'Ik maak maar een grapje,' grinnikte hij. 'Ik loop met je mee.'

Een minuut later stonden ze in de lift naar de vierde etage.

'Er staat in het huurcontract dat ik de flat in mag als ik dat maar van tevoren heb gemeld. Op het ogenblik zijn we bezig alle verwarmingsketels te controleren op ingebrand stof, vorige week hebben we daardoor een brandje gehad. Aangezien Silje haar telefoon niet opneemt, hebben we geprobeerd haar van tevoren te waarschuwen voor we haar flat binnen gingen. Dat klinkt toch allemaal logisch, niet, politieagent Bratt?'

Opnieuw een grijns. Een grijns van een wolf, dacht Katrine. Helemaal niet onaantrekkelijk. Als hij de vrijheid had genomen haar voornaam te gebruiken aan het eind van de zin, was het over en uit geweest, maar hij had kennelijk manieren. Haar ogen gingen naar zijn ringvinger. De ring was van mat goud. De liftdeuren gleden open en ze liep achter hem aan door de smalle gang tot hij bij een van de blauw geverfde deuren bleef staan.

Hij klopte aan. Wachtte. Klopte weer aan. Wachtte.

'Dan gaan we naar binnen,' zei hij en hij draaide de sleutel in het slot om.

'Je helpt me enorm, Rødbekk.'

'Leif. Ik vind het alleen maar fijn dat ik kan helpen, het komt niet elke dag voor dat ik te maken heb met zo'n...' Hij opende de deur voor haar, maar hij stond zo dat als ze naar binnen wilde, ze zich langs hem heen moest persen. Ze keek hem waarschuwend aan.

'... ernstige zaak,' zei hij met een lach dansend in zijn ogen en hij stapte opzij.

Katrine ging naar binnen. De flats van de politieacademiestudenten waren niet erg veranderd sinds de laatste keer dat ze hier was. De kamer had een keukenhoek en een deur naar de badkamer aan de ene kant en een gordijn aan de andere kant. Achter het gordijn, Katrine herinnerde zich dat nog goed, stond het bed. Maar het eerste wat haar nu opviel, was dat ze in een meisjeskamer terecht was gekomen, dat hier geen volwassen vrouw kon wonen. De bank in de hoek werd bevolkt door beren, poppen en diverse andere knuffels. De kleren die over de tafel en de stoelen hingen, waren kleurrijk, met roze als hoofdkleur. Aan de muur hingen foto's, een menagerie van gestylede, jonge jongens en meisjes van onbekende herkomst, maar Katrine gokte op een boyband of iets van Disney Channel.

Het tweede wat haar opviel, waren de uitgeknipte, zwart-witte krantenartikelen die tussen de kleurige glamourfoto's hingen. Ze hingen op alle muren, maar vooral boven het iMac-scherm op haar bureau.

Katrine stapte erop af, maar ze had de meeste al herkend, het waren dezelfde als op de muur in de Vuurkamer.

De knipsels waren vastgezet met punaises en er stonden geen andere notities op dan de datum, die met ballpoint was geschreven.

Ze verwierp de eerste gedachte en testte in plaats daarvan een andere: dat het niet vreemd was dat een student aan de politieacademie zo in beslag werd genomen door zo'n grote, indrukwekkende moordzaak.

Naast het toetsenbord lagen kranten waarin was geknipt. En tussen de kranten lag een ansichtkaart met een foto van een bergtop die ze herkende: Svolværgeita op de Lofoten. Ze pakte de kaart, draaide hem om, maar de kaart had geen postzegel, geen adres en geen afzender. Ze had de kaart al neergelegd toen haar hersenen haar vertelden wat ze hadden geregistreerd toen ze naar de afzender had gezocht. Een woord in blokletters geschreven waar de tekst stopte. POLITIE. Ze pakte de kaart weer, ditmaal aan het uiterste randje en las vanaf het begin.

> 'Ze denken dat de politiemensen zijn vermoord omdat hij iemand is die haat. Ze hebben nog niet begrepen dat het omgekeerde het geval is, dat ze worden vermoord door iemand die van de politie houdt en de heilige opdracht van de politie is: de anarchisten, nihilisten, atheïsten, de trouwelozen en de ontrouwen, alle destructieve krachten moeten worden opgepakt en gestraft. Ze weten niet dat ze jacht maken op een apostel van de rechtvaardigheid, iemand die niet alleen de vandalen straft, maar ook wie voor zijn verantwoordelijkheid wegloopt, die uit luiheid of onverschilligheid niet voldoet aan de eisen, die het niet verdient om deel uit te maken van de POLITIE.'

'Weet je wat, Leif?' zei Katrine zonder haar blik van de microscopisch kleine, sierlijke, bijna kinderlijke, met een blauwe pen geschreven letters af te halen. 'Ik zou erg graag wel dat huiszoekingsbevel hebben.'

'O?'

'Ik kan er vast eentje krijgen, maar je weet hoe dat gaat, dat kost tijd. En in die tijd kan wat ik graag wil weten, verdwenen zijn.'

Katrine keek op naar hem. Leif Rødbekk beantwoordde haar blik.

Niet als een flirt, maar om een bevestiging te vragen. Dat dit belangrijk was.

'Weet je wat, Bratt,' zei hij. 'Ik bedenk net dat ik even naar de kelder moet, de elektriciens moeten daar een stoppenkast verwisselen. Kun je het hier een poosje alleen af?'

Ze glimlachte naar hem. Toen hij die glimlach retourneerde, wist ze niet precies wat voor lach dat was.

'Ik zal het proberen,' zei ze.

Katrine duwde op de spatiebalk van de iMac op hetzelfde moment dat ze de deur achter Rødbekk hoorde dichtvallen. Het scherm lichtte op. Ze ging naar Finder en toetste in 'Mittet'. Geen hits. Ze probeerde een paar andere namen, plaatsen delict uit het onderzoek en het woord 'politiemoord', maar kreeg geen hits.

Dus Silje Gravseng had de iMac niet gebruikt. Slim meisje.

Katrine trok aan de lades van het bureau. Op slot. Vreemd. Welk meisje van in de twintig deed in haar flat de lades op slot?

Ze stond op en liep naar het gordijn, trok het opzij.

Eigenlijk was het een slaapalkoof.

Met boven het smalle bed twee grote foto's aan de muur.

Op de ene foto stond een jongeman van wie ze niet wist wie het was, maar ze kon het wel raden. Ze had Silje Gravseng maar twee keer gezien, de eerste keer was toen ze Harry op de politieacademie had bezocht. De familiegelijkenis tussen de blonde Silje Gravseng en de persoon op de foto was zo opvallend dat ze er tamelijk zeker van was.

Over de man op de andere foto had ze geen enkele twijfel.

Silje moest een foto met een hoge resolutie op internet hebben gevonden en die vervolgens hebben vergroot. Elk litteken, elke rimpel en elke porie in de huid van het vernielde gezicht was duidelijk te zien. Maar het leek of dat niets uitmaakte, alsof die verdwenen in de weerschijn van de blauwe ogen en de woedende blik die zojuist de fotograaf had gevonden en hem vertelde dat de camera niets te zoeken had op deze plaats delict. Harry Hole. Dit was de foto waarover de meisjes in de banken van het auditorium hadden gesproken.

Katrine deelde de kamer in in imaginaire vierkanten en begon links in de kamer, liet haar blik over de grond gaan, keek op en ging naar het volgende vierkant, precies zoals ze het had geleerd van Harry. En ze herinnerde zich zijn devies: 'Zoek niet naar iets, zoek gewoon. Als je naar iets zoekt, worden de andere dingen vergeten. Laat alle dingen tegen je spreken.'

Toen ze klaar was met de flat, ging ze voor de iMac zitten. Dacht met zijn stem nog steeds in haar hoofd: 'En als je klaar bent en je denkt niets gevonden te hebben, dan moet je anders denken, in spiegelbeeld, en de andere dingen tegen je laten praten. De dingen die er níét zijn, maar die er wel moeten zijn. Het broodmes. De autosleutels. Het colbertje van een kostuum.'

Het was het laatste voorbeeld dat haar tot de conclusie bracht wat Silje Gravseng op dit ogenblik deed. Ze ging door haar kleding in de kast, door het vuile goed in de wasmand in de kleine badkamer, bekeek de kapstok bij de voordeur, maar ze kon de kleding die ze de laatste keer aanhad toen Katrine haar zag niet vinden. De zwarte sportkleding die ze droeg toen ze met Harry in de woning was waar Valentin had gewoond. Van top tot teen in het zwart. Katrine herinnerde zich dat ze leek op een commando tijdens een nachtelijke missie.

Silje liep buiten hard. Trainde. Zoals ze had gedaan voor het toelatingsexamen voor de politieacademie. Om aangenomen te worden en te kunnen doen wat ze wilde doen. Harry had gezegd dat het motief voor de moorden liefde was en geen haat. Liefde voor een broer bijvoorbeeld.

Het was de naam geweest waardoor ze had gereageerd. Runar Gravseng. Toen ze verder zocht, was er veel opgedoken. Onder andere de namen Bellman en Berntsen. Runar Gravseng had in gesprekken met de leider van de afkickkliniek beweerd dat hij, terwijl hij werkzaam was op het politiebureau van Stovner, in elkaar was geslagen door een gemaskerde man en dat dat de reden was van zijn ziekmelding, ontslag en toenemende drugsgebruik. Gravseng beweerde dat de dader ene Truls Berntsen was en diens motief was dat hij tijdens de kerstviering een beetje te intiem met de vrouw van Bellman had gedanst. De commissaris had geweigerd deze beschuldigingen verder te onderzoeken gezien het feit dat ze van een rancuneuze drugsgebruiker kwamen, en de leider van de afkickkliniek had dat besluit ondersteund, hij had alleen de informatie door willen geven, had hij gezegd.

Juist toen Katrines blik viel op iets wat onder het ladeblok van het bureau uit stak, hoorde ze op de gang de lift zoemen. Ze keek aandachtig, dat was haar nog niet opgevallen. Ze bukte zich. Een zwarte knuppel.

De deur ging open.

'Hebben de elektriciens hun werk naar behoren gedaan?'

'Ja,' zei Leif Rødbekk. 'Je kijkt alsof je die wilt gaan gebruiken.'

Katrine sloeg met de knuppel tegen haar handpalm. 'Interessant ding om in je flat te hebben, vind je niet?'

'Jazeker. Ik heb haar dat ook gevraagd toen ik hier vorige week de pakking van haar douchekraan kwam vervangen. Ze zei dat ze hem nodig had voor het trainen voor haar examen. En voor het geval de politieslager zou opduiken.' Leif Rødbekk deed de deur achter zich dicht. 'Heb je nog iets gevonden?'

'Dit dus. Heb je wel eens gezien dat ze ermee buiten liep?'

'Ja, een paar keer.'

'Echt?' Katrine schoof naar achteren op de stoel. 'Wanneer op de dag dan?'

''s Avonds natuurlijk. Dan liep ze uitgedost met hoge hakken, gewassen haren en een knuppel.'

Hij lachte zacht.

'Waarom in hemelsnaam...'

'Ze zei dat het tegen verkrachters was.'

'En daarmee ging ze naar de stad?' Katrine woog de knuppel in haar hand. Hij deed haar denken aan het uiteinde van een kapstok van IKEA. 'Het is simpeler om niet door de parken te lopen.'

'Integendeel, ze liep juist door de parken. Daar wilde ze heen.'

'Wat?'

'Ze liep door het Vaterlandpark. Ze wilde trainen in man-tot-man-gevechten.'

'Ze wilde dat de verkrachters probeerden om... en dan...'

'En ze dan bont en blauw slaan, ja.' Leif Rødbekk liet zijn wolvengrijns weer zien en terwijl hij naar Katrine keek, waardoor ze niet zeker wist wie hij bedoelde, zei hij: 'Wat een dame.'

'Ja,' zei Katrine. 'En ik moet haar vinden.'

'Druk?'

Als Katrine al onbehagen voelde bij die vraag, dan bereikte die haar pas bewust toen ze al langs hem was gelopen en in de gang stond. Maar op de trap op weg naar beneden dacht ze: nee, zo wanhopig was ze niet. Zelfs als die trage vent op wie ze wachtte haar nooit met een vinger zou aanraken.

Harry reed door de Svartdals-tunnel. De lichten gleden over de carrosserie en de voorruit. Hij reed niet harder dan was toegestaan, hij hoefde er niet eerder te zijn. Het pistool lag naast hem op de stoel. Het was geladen en had twaalf Makarov 9×18 mm-kogels in het magazijn. Meer dan genoeg voor wat hij ging doen. Het was alleen een kwestie van doen.

Het lef had hij wel.

Maar hij had nog nooit eerder iemand in koelen bloede doodgeschoten. Maar toch was het een klus die geklaard moest worden. Zo simpel was het.

Hij pakte zijn stuur anders vast, schakelde over naar een lagere versnelling toen hij uit de tunnel kwam. In het vallende avondlicht, de heuvel op naar Ryen. Hij voelde dat zijn mobieltje ging, hij viste het met zijn ene hand uit zijn broekzak. Wierp een blik op de display. Het was Rakel. Het was een ongebruikelijk tijdstip voor haar om te bellen, het was een onuitgesproken afspraak dat ze hun praatuurtje ergens na tien uur 's avonds hadden. Hij kon nu niet met haar praten. Hij was te opgefokt, ze zou het merken en vragen stellen. Hij wilde niet meer liegen.

Hij liet het mobieltje bellen, schakelde het toen uit en legde het naast het pistool. Want er was niets meer om over na te denken, alles was al gedacht, nu weer twijfel binnen laten glippen zou betekenen dat hij weer opnieuw moest beginnen om tot dezelfde slotsom te komen en te eindigen waar hij nu was. Het besluit was genomen, dat hij terug wilde krabbelen was begrijpelijk, maar niet toegestaan. Verdomme, verdomme! Hij sloeg op het stuur. Dacht aan Oleg. Aan Rakel. Dat hielp.

Hij nam de rotonde, sloeg af bij Manglerud. Reed naar het woonblok van Truls Berntsen. Voelde dat er rust over hem kwam. Eindelijk. Dat gebeurde altijd als hij de drempel over was en het te laat was, dan kwam hij in die heerlijke vrije val waar de bewuste gedachten ophielden en alles om voorgeprogrammeerde handelingen, doelgericht werken en geoliede routine ging. Maar het was lang onzeker geweest of die vrije val kwam en dat voelde hij nu. Hij was onzeker geweest of hij het nog steeds in zich had. Nou, dat had hij.

Hij reed kalm door de straten. Boog zich voorover en keek naar de lucht, waar blauwgrijze wolken binnenzeilden, als een onaangekondigde armada met een onbekend doel. Hij leunde weer achterover. Zag de hoge flats tussen de lagere daken.

Hij hoefde niet naar het pistool te kijken om zeker te weten dat het er lag.

Hoefde niet de volgorde door te nemen van hoe hij het zou doen om zeker te weten dat hij het zich allemaal herinnerde.

Hoefde niet zijn pols te voelen om te weten dat zijn hart rustig sloeg.

En een ogenblik sloot hij zijn ogen en visualiseerde hij het. En daar kwam het, het gevoel dat hij een paar keer eerder had gehad in zijn leven als politieman. De angst. Dezelfde angst die hij af en toe kon voelen bij degene op wie hij jacht maakte. De angst van de moordenaar om zijn eigen spiegelbeeld te zien.

HOOFDSTUK 42

Truls Berntsen tilde zijn heupen op en duwde zijn hoofd in het kussen. Hij sloot zijn ogen, gromde zacht en kwam. Hij voelde het spasme door zijn lichaam gaan. Daarna bleef hij roerloos liggen en zweefde in en uit dromenland. In de verte – hij ging ervan uit dat het van de grote parkeerplaats kwam – begon een autoalarm te piepen. Verder was het daverend stil buiten. Vreemd eigenlijk dat het op zo'n vredige plek waar zoveel zoogdieren dicht op elkaar woonden, stiller was dan in het gevaarlijkste bos waar een klein geluidje al kon betekenen dat je een prooi werd. Hij tilde zijn hoofd op en zijn blik kruiste die van Megan Fox.

'Was het voor jou ook zo goed?' fluisterde hij.

Ze gaf geen antwoord. Maar ze keek niet weg, haar glimlach vervaagde niet, de uitnodigende lichaamstaal bleef dezelfde. Megan Fox, de enige in zijn leven die betrouwbaar en trouw was, op wie hij kon rekenen.

Hij boog zich naar het nachtkastje en pakte de wc-rol. Veegde zich schoon en vond de afstandsbediening van de dvd-speler. Richtte die op Megan Fox, die licht trilde in het bevroren beeld op de flatscreen van 50 inch die aan de muur hing. Een Pioneer in een serie die niet meer werd gemaakt omdat die te duur werd, te goed in verhouding tot de prijs die ze ervoor konden vragen. Truls had hem onlangs aangeschaft, gekocht met het geld dat hij had gekregen door het bewijs te laten verdwijnen tegen een piloot die heroïne had gesmokkeld voor Asajev. Dat hij de rest van het geld naar de bank had gebracht om op zijn rekening te zetten, was natuurlijk stom geweest. Hij was gevaarlijk geweest voor Truls, die Asajev. En het eerste wat Truls had gedacht toen hij hoorde dat Asajev dood was, was dat hij nu zelf vrij was. Dat de teller nu weer op nul stond, dat niemand hem kon pakken.

Megan Fox' groene ogen straalden naar hem. Smaragdgroen. Hij had er een poosje over nagedacht of hij smaragd voor haar zou kopen. Dat groen Ulla goed stond. Die groene trui bijvoorbeeld die ze af en toe aanhad als ze thuis op de bank zat te lezen. Hij was zo ver gegaan dat hij een juwelier had bezocht. De eigenaar had al snel zijn oordeel over Truls klaar, het karaat en de waarde ingeschat en hem uitgelegd dat smaragd van sieraadkwaliteit duurder was dan diamanten, dat hij misschien iets anders moest overwegen. Een mooi opaal bijvoorbeeld als hij per se groen wilde hebben. Of eventueel een steen met chroom erin, het chroom gaf smaragd immers de groene kleur, mysterieuzer was het niet.

Mysterieuzer was het niet.

Truls had de juwelier verlaten met een belofte aan zichzelf. Dat hij de volgende keer dat hij gevraagd werd voor een mol-opdracht zou voorstellen deze juwelier te overvallen. En hij zou worden gemold, in de letterlijke zin. Net zo gemold als dat meisje in Come As You Are. Hij had erover gehoord op de politieradio terwijl hij door de stad reed, had overwogen om erlangs te rijden om te horen of hij moest helpen. De schorsing was immers opgeheven, Mikael had gezegd dat het een kwestie was van een paar formaliteiten regelen voor hij weer aan het werk kon. Het terreurplan tegen Mikael had hij nu op ijs gelegd, ze zouden vast hun vriendschap weer nieuw leven in kunnen blazen, alles zou weer worden als vroeger. Ja, nu zou hij er eindelijk weer deel van uitmaken, zich erin kunnen storten, eraan bij kunnen dragen. Die verrekte, zieke politieman pakken. Als Truls de kans kreeg zou hij persoonlijk... ja. Hij keek naar de kastdeur naast zijn bed. Daarin zaten genoeg wapens om vijftig van dergelijke types te expediëren.

De bel van de intercom ging.

Truls zuchtte.

Er stond iemand beneden en die wilde iets van hem. De ervaring leerde dat het om een van de vier volgende zaken ging. Dat hij Jehova's getuige kon worden waarmee zijn kans om in het paradijs te komen dramatisch zou stijgen. Dat hij geld kon geven aan een of andere inzamelingsactie voor een Afrikaanse president die zijn bestedingspatroon aanpaste aan de inzamelingsacties. Dat hij open moest doen voor een stelletje jongens dat beweerde de sleutel te zijn vergeten, maar dat gewoon rotzooi wilde trappen in de kelder. Of het was de buurtcommissie die wilde dat hij naar beneden kwam omdat hij weer vergeten was zijn plicht te doen. Geen van die opties was een reden om zijn bed uit te komen.

Er werd voor de derde keer aangebeld.

Zelfs een Jehova's getuige gaf het na twee keer op.

Het kon natuurlijk Mikael zijn. Die wilde praten over zaken die niet via de telefoon gingen. Hoe ze de verklaringen op elkaar moesten afstemmen als ze werden verhoord over het geld op de rekening.

Truls dacht er even over na.

Toen zwaaide hij zijn benen uit bed.

'Dit is Aronsen van blok C. Is de zilvergrijze Suzuki Vitara van u?'

'Ja,' zei Truls in de intercom. Het had een Audi Q5 2.0 6-bak moeten zijn. Dat zou de beloning zijn voor de laatste opdracht van Asajev. De laatste opdracht waarbij hij die klier van een Harry Hole zou serveren. In plaats daarvan was het een Japanse auto geworden waar vaak grapjes over worden gemaakt.

'Hoor je het alarm?'

Truls hoorde het nu duidelijker door de intercom.

'Verdomme,' zei hij. 'Ik zal even kijken of ik vanaf het balkon met de sleutel dat alarm de nek om kan draaien.'

'Als ik jou was zou ik direct naar beneden komen. Ze hebben de ruit ingeslagen en wilden net de cd-speler en de radio eruit halen toen ik kwam.'

'Verdomme!' herhaalde Truls.

'Niets te danken,' zei Aronsen.

Truls trok zijn joggingschoenen aan, checkte of hij zijn autosleutel had en dacht even na. Toen liep hij terug naar de slaapkamer, opende de kastdeur en pakte er een van de pistolen uit, een Jericho 941, stopte dat onder zijn broekband. Bleef staan. Wist dat het bevroren beeld in het plasmascherm zou branden als hij het te lang zo liet staan. Maar hij zou niet lang wegblijven. Hij liep snel de galerij op. Ook hier geen mens te zien.

De lift was op zijn etage, hij stapte in, drukte op het knopje voor de begane grond, bedacht dat hij zijn voordeur niet had dichtgedaan, maar hij stopte de lift niet, dit zou maar een paar minuten duren.

Na een halve minuut ging hij in looppas door de heldere, frisse maartavond naar de parkeerplaats. Die lag tussen de flats in en er werd daar vaak ingebroken in auto's. Ze zouden meer lantaarns moeten zetten, het zwarte asfalt slurpte al het licht op, het was te eenvoudig om daar in het donker tussen de auto's te sluipen. Na de schorsing had hij problemen gekregen met slapen, dat ging nu eenmaal zo als je de hele dag niets anders te doen had dan slapen, aftrekken, slapen, aftrekken, eten, aftrekken. Soms had hij 's nachts op het balkon gezeten met zijn nachtkijker en met het Märklin-geweer in zijn hand in de hoop iemand in het oog te krijgen op de parkeerplaats. Helaas had hij niemand gezien. Of gelukkig. Nee, niet helaas. Hij was verdomme geen moordenaar.

Natuurlijk was er die motorclubkerel van Los Lobos bij wie hij een gat in zijn schedel had geboord, maar dat was een ongeluk geweest. En hij was nu een terras geworden in Høyenhall.

En dan was er nog die keer dat hij naar de Ila-gevangenis was gegaan en daar het gerucht had verspreid dat Valentin Gjertsen achter die kindermoorden in Maridalen en Tryvann zat. Niet dat ze er absoluut zeker van waren dat hij die had begaan, maar als hij het niet was, waren er genoeg andere redenen waarom dat zwijn het zo zwaar mogelijk moest hebben in de nor. En hij kon toch niet weten dat die gekken die kerel van het leven zouden beroven. Als hij het inderdaad was geweest die ze te grazen hadden genomen. De communicatie via de politieradio kon op een ander scenario duiden.

En natuurlijk was er de moord in Drammen op die opgemaakte vent die wel een meid leek. Maar dat was iets geweest wat moest gebeuren, hij had erom gevraagd. Godverdomme, ja, dat had hij gedaan. Mikael was naar Truls gekomen en had hem verteld dat hij een telefoontje had gehad. Een kerel beweerde dat hij wist dat Mikael en een collega die homo die bij Kripos werkte hadden afgetuigd. Dat hij bewijzen had. En nu wilde hij geld zien anders ging hij ermee naar de leiding. Honderdduizend kronen. Hij wilde het geld op een afgelegen plek ontvangen, net buiten Drammen. Mikael zei dat Truls het moest regelen, want hij was die keer te ver gegaan, hij had hier schuld aan. Truls was in de auto gestapt om die kerel te ontmoeten, wist dat hij het alleen moest doen. Moederziel alleen. Dat was altijd al zo geweest.

Hij had de aanwijzingen gevolgd, buiten Drammen de stille bospaden genomen en was op een parkeerplaats uitgekomen waar een steile afgrond naar een rivier was. Hij had vijf minuten gewacht. Toen kwam de auto. Die stopte, zonder de motor uit te schakelen. En Truls had gedaan wat afgesproken was, hij had een bruine envelop met geld meegenomen en was naar de auto gelopen, waarvan het zijraampje werd opengedaan. De kerel had een muts op gehad en een zijden sjaal over zijn neus en mond. Truls vroeg zich af of de kerel achterlijk was: de auto was waarschijnlijk niet gestolen en het kenteken was goed zichtbaar. Bovendien had Mikael het gesprek al opgespoord, dat was vanuit een club in Drammen gekomen waar niet erg veel mensen kwamen.

De kerel had de envelop geopend en het geld geteld. Hij leek zich te vergissen en begon opnieuw, fronste toen geïrriteerd zijn wenkbrauwen en keek op. 'Dat is geen honderd...'

Met de eerste klap raakte hij zijn mond en Truls had gevoeld dat de knuppel ver de mond in kon komen doordat de tanden afbraken. De tweede klap had de neus geraakt. Makkelijk. Zacht kraakbeen. De derde klap maakte een dof, krakend geluid toen die het voorhoofd recht boven de wenkbrauwen trof.

Toen was Truls omgelopen en was op de stoel van de passagier gaan zitten. Hij wachtte een poosje tot de kerel weer bij bewustzijn kwam. Toen dat het geval was, hadden ze een kort gesprekje gevoerd.

'Wie...'

'De ene van de twee. Waar is het bewijs dat je hebt?'

'Ik... ik...'

'Dit is een Heckler & Koch en die snakt ernaar om te gaan praten. Dus wie van jullie twee is het eerst?'

'Niet...'

'Vooruit.'

'De man die jullie in elkaar hebben geslagen. Hij heeft het me verteld. Alsjeblieft, ik had alleen...'

'Heeft hij onze namen genoemd?'

'Wat? Nee.'

'Maar hoe weet je dan wie we zijn?'

'Hij vertelde me alleen het verhaal. Toen heb ik zijn beschrijving gecheckt bij Kripos. En het moest wel om jullie gaan.' Het klonk als het gejank van een stofzuiger die je uitzet toen die kerel naar zijn gezicht in het spiegeltje keek. 'Mijn god! Je hebt mijn gezicht kapotgemaakt!'

'Hou je kop en zit stil. Weet de man van wie jij zegt dat we hem in elkaar hebben geslagen dat jij ons chanteert?'

'Hij? Nee, nee, hij zou nooit...'

'Ben je zijn minnaar?'

'Nee! Dat denkt hij misschien, maar...'

'Iemand anders die het weet?'

'Nee! Ik zweer het! Laat me gaan, ik beloof dat ik...'

'Dus er is niemand die weet dat jij nu hier bent?'

Truls genoot van het bange gezicht van de kerel toen de implicatie van Truls' vragen moeizaam zijn hersenen binnen drong. 'Jawel! Jawel, er zijn meerdere mensen die...'

'Je bent niet heel slecht in liegen,' zei Truls, terwijl hij de pistoolloop tegen zijn hoofd zette. 'Maar ook niet zo heel goed.'

Toen had Truls de trekker overgehaald. Het was geen moeilijke keus. Want er was geen keus. Gewoon iets wat moest gebeuren. Pure overleving. De kerel wist iets van hen, iets wat hij vroeg of laat zou gebruiken. Want zo zaten hyena's als hij in elkaar, laf en onderdanig als je onder elkaar bent, gulzig en geduldig, bereid tot vernedering, deemoedig het hoofd buigend, maar klaar voor de aanval als je hun de rug toekeert.

Daarna had hij de stoel schoongeveegd en alle andere plaatsen waar zijn vingerafdrukken op konden zitten, hij had zijn zakdoek om zijn hand gebonden toen hij de handrem had losgetrokken en de auto in zijn vrij had gezet. Die was langzaam naar de afgrond gehobbeld. Hij had naar die merkwaardig stille seconde geluisterd terwijl de auto viel. Gevolgd door een doffe dreun en het geluid van metaal dat brak. Hij had even naar de auto in de rivier onder hem gekeken.

Daarna had hij zo snel mogelijk gezorgd dat hij de knuppel kwijtraakte. Een eind verderop had hij het raampje opengedraaid en hem tussen de bomen gegooid. Die zou wel niet gevonden worden en als dat wel gebeurde, zouden er toch geen vingerafdrukken of DNA op zitten die de knuppel aan de moord of aan hem zouden linken.

Met het pistool was het moeilijker, de kogel zou gelinkt kunnen worden aan het pistool en dus aan hem.

Hij had gewacht tot hij over de Drammen-brug reed. Hij had langzaam gereden en het pistool met zijn ogen gevolgd toen het over de reling verdween en in de Drammenelv terechtkwam, op de plek waar de rivier en de Drammens-fjord elkaar ontmoeten. Een plek waar ze het nooit zouden vinden, tien of twintig meter diep in het water. Brak water. Twijfelachtig water. Zoet noch zout. Niet helemaal goed, niet helemaal fout. Op het randje van de dood. Maar hij had gelezen dat er speciale diersoorten waren die konden leven in dit bastaardwater. Soorten die zo geperverteerd waren dat ze niet eens konden leven in het water dat normale levensvormen nodig hadden.

Truls drukte nog voor hij bij de parkeerplaats was op de knop van het autoalarm en het alarm verstomde onmiddellijk. Er was niemand te zien, niet buiten en niet op de omringende balkons, maar Truls meende een gezamenlijke verzuchting van de bewoners van de flats om hem heen te horen: dat werd verdomme tijd, pas beter op je auto, je kunt toch wel zo'n alarm op je auto zetten dat maar een begrensde tijd afgaat, idioot.

Het zijraampje was inderdaad kapot. Truls stak zijn hoofd naar binnen. Hij zag geen tekenen dat de radio was aangeraakt. Wat had die Aronsen bedoeld met... en wie was Aronsen? Woonblok C kon iedereen zijn. Iemand die...

Voor Truls het staal tegen zijn nek voelde, hadden zijn hersenen een fractie van een seconde eerder de conclusie getrokken. Hij wist instinctief dat het staal was. Het staal van een pistoolloop. Hij wist dat er geen Aronsen bestond. Geen stelletje jongens dat aan het inbreken was.

De stem fluisterde in zijn oor: 'Draai je niet om, Berntsen. En als ik mijn hand in je broek steek, verroer je je niet. Nee maar! Wat voel ik hier, mooie, strakke buikspieren...'

Truls wist dat hij in gevaar was, hij begreep alleen niet in wat voor gevaar. Er was iets bekends aan de stem van Aronsen.

'Oei, je zweet, Berntsen! Of vind je dit prettig? Maar het was alleen omdat ik dit hier wilde pakken. Jericho? Wat was je daarmee van plan? Iemand in het gezicht schieten? Zoals je met René hebt gedaan?'

En nu wist Truls Berntsen in welk gevaar.

Levensgevaar.

HOOFDSTUK 43

Rakel stond bij het keukenraam, kneep in de telefoon en staarde weer naar de schemering. Ze kon zich vergissen, maar ze dacht dat ze een beweging had gezien tussen de sparren aan de andere kant van de oprit.

Hoewel, ze zou altijd bewegingen in het donker blijven zien.

Dat was de schade die ze had opgelopen. Niet aan denken. Wees bang, maar denk er niet aan. Laat je lichaam zich bezighouden met dat verwerpelijke spel, maar negeer het zoals je een onredelijk kind negeert.

Ze stond zelf te baden in het licht van de keukenlampen, dus als er echt iemand buiten was, kon die haar goed bekijken. Maar ze bleef staan. Ze moest niet de angst laten bepalen waar ze ging staan, het was haar huis, haar thuis, verdorie!

Van boven kwam muziek. Hij had een van Harry's oude cd's opgezet. Een waar zij ook van hield. Talking Heads' *Little Creatures.*

Ze keek weer naar de telefoon, probeerde hem aan te sporen te bellen. Ze had Harry twee keer gebeld, maar hij nam niet op. Ze hadden gedacht dat het een leuke verrassing was. Het bericht van de kliniek was gisteren gekomen. Het was eerder, maar ze hadden besloten dat hij er klaar voor was. Oleg was door het dolle heen en het was zijn idee dat ze niet zouden verklappen dat hij meekwam. Gewoon naar huis gaan en dan, wanneer Harry thuiskwam van het werk, tevoorschijn komen en ta-daa!

Dat was de term die hij had gebruikt: ta-daa.

Rakel had haar twijfels gehad, Harry hield niet van verrassingen. Maar Oleg had erop gestaan, Harry kon er toch wel tegen om ineens blij te worden. Dus ze was erin meegegaan.

Maar nu had ze spijt.

Ze liep bij het raam weg, legde de telefoon op de keukentafel naast zijn koffiebeker. Normaal gesproken was hij pijnlijk precies in het opruimen van alles voor hij het huis verliet, hij moest erg gestrest zijn door deze politiemoordenzaak. Hij had de laatste tijd tijdens hun late telefoongesprekken niet gesproken over Beate Lønn, een tamelijk duidelijk teken dat hij aan haar dacht.

Rakel draaide zich snel om. Deze keer was het geen inbeelding, ze had iets gehoord. Schoenen die over het grind kraakten. Ze liep terug naar het raam. Staarde in het donker, dat met de seconde dichter leek te worden.

Ze verstijfde.

Daar was een gedaante. Die had zich zojuist losgemaakt van de stam waartegen die leunde. En nu kwam die haar kant op. Een persoon in het zwart gekleed. Hoe lang had die daar gestaan?

'Oleg!' riep Rakel en ze voelde dat haar hart als een razende tekeerging. 'Oleg!'

De muziek op de eerste verdieping werd zachter gezet. 'Ja?'

'Kom naar beneden. Nu!'

'Komt hij?'

Ja, dacht ze. Hij komt.

De gedaante die naderde, was kleiner dan ze eerst had gedacht. Maar toen die bij de voordeur was gekomen en in het licht van de buitenlamp kwam, zag ze tot haar opluchting dat het een vrouw was. Nee, een meisje. In hardloopkleren, leek het. Drie seconden later ging de voordeurbel.

Rakel aarzelde. Ze zag Oleg halverwege de trap staan en haar vragend aankijken.

'Het is Harry niet,' zei Rakel en ze glimlachte even. 'Ik doe wel open. Ga jij maar weer naar boven.'

Het meisje dat voor de deur stond, zorgde ervoor dat Rakels hart weer rustiger ging kloppen, want ze zag er bang uit.

'U bent Rakel,' zei ze. 'De vriendin van Harry.'

Rakel dacht dat die inleiding haar misschien moest verontrusten. Een jong, knap meisje dat zich met een licht bevende stem tot haar wendde en sprak over haar toekomstige echtgenoot. Dat ze misschien dat strak zittende trainingsshirt moest checken op een lichte bolling.

Maar ze was niet ongerust en ze checkte niet. Ze knikte slechts en zei: 'Dat ben ik.'

'En ik ben Silje Gravseng.'

Het meisje keek Rakel afwachtend aan alsof ze een reactie verwachtte, ze dacht kennelijk dat haar naam haar iets zou moeten zeggen. Het meisje hield haar handen op de rug. Een psycholoog had haar eens uitgelegd dat mensen die iets te verbergen hadden hun handen op de rug hielden. Ja, dacht ze. De handen.

Rakel glimlachte. 'Waarmee kan ik je helpen, Silje?'

'Harry is… was mijn docent.'

'Ja?'

'Ik moet iets over hem vertellen. En over mij.'

Rakel fronste haar voorhoofd. 'O ja?'

'Mag ik binnenkomen?'

Rakel aarzelde. Ze had geen zin in andere mensen in huis. Alleen Oleg en zij moesten er zijn als hij thuiskwam. Met hun drieën. Niemand anders. In elk geval niet iemand die iets over hem te vertellen had. En over zichzelf. Maar het gebeurde toch. Haar blik ging onwillekeurig naar haar buik.

'Het duurt niet lang, mevrouw Fauke.'

Mevrouw. Wat had Harry haar verteld? Ze dacht na over de situatie. Oleg had zijn muziek weer harder gezet. Toen deed ze de deur open.

Het meisje stapte naar binnen, boog voorover en begon haar joggingschoenen uit te doen.

'Dat is niet nodig,' zei Rakel. 'We handelen dit even snel af, oké? Ik heb het een beetje druk.'

'Juist,' zei het meisje glimlachend. Nu pas, in het fellere licht, zag Rakel dat haar gezicht bezweet was. Ze liep achter Rakel aan naar de keuken. 'De muziek,' zei ze. 'Is Harry thuis?'

Rakel voelde het nu. De onrust. Het meisje had de muziek automatisch gekoppeld aan Harry. Was dat omdat ze wist dat Harry naar deze muziek luisterde? En de gedachte kwam op voor Rakel haar kon verwerpen: was het muziek waar hij en dit meisje naar hadden geluisterd?

Het meisje ging aan de grote tafel zitten. Legde haar handpalmen op de tafel, ging over het tafelblad. Rakel nam haar bewegingen op. Ze streelde het hout alsof ze al wist hoe ruw, onbehandeld hout tegen de huid voelde, dat het behaaglijk en levend was. Haar blik bleef hangen bij de koffiebeker van Harry. Had ze…

'Wat wilde je me vertellen, Silje?'

Zonder haar blik af te wenden van de beker glimlachte het meisje triest, het was bijna een verdrietige glimlach.

'Heeft hij echt niets over me verteld, mevrouw Fauke?'

Rakel sloot een ogenblik haar ogen. Dit gebeurde niet. En wat ook niet gebeurde, was dat ze dacht dat het niet gebeurde. Ze vertrouwde hem. Ze opende haar ogen weer.

'Zeg wat je te zeggen hebt alsof hij niets heeft verteld, Silje.'

'Zoals u wilt, mevrouw Fauke.' Het meisje keek op van de beker en keek haar aan. Het was een bijna onnatuurlijk blauwe blik, onschuldig en onwetend als een kind. En, dacht Rakel, wreed als van een kind.

'Ik wil u vertellen over de verkrachting,' zei Silje.

Rakel merkte plotseling dat ze problemen had met ademhalen, alsof iemand zojuist had gestofzuigd en alle zuurstof had opgezogen. Als het vacuüm zuigen van plastic zakken waarin dekbedden zitten.

'Welke verkrachting?' kon ze uitbrengen.

De duisternis viel al bijna toen Bjørn Holm eindelijk de auto ontdekte.

Hij was afgeslagen bij Klemetsrud en in oostelijke richting doorgereden over de provinciale weg 155, maar had kennelijk het bord Fjell gemist. Pas op de terugweg, toen hij begreep dat hij te ver was doorgereden en moest omkeren, had hij het gezien. De weg was nog rustiger dan de 155 en nu het donker werd, leek de omgeving volkomen verlaten. Het dichte bos aan weerszijden leek al op te rukken toen hij de achterlichten van de auto langs de kant van de weg zag.

Hij ging langzamer rijden en keek in de spiegel. Alleen maar donker achter hem, alleen maar een paar brandende rode lichten voor hem. Bjørn zette zijn auto achter de ander en schakelde de motor uit. Stapte uit. Ergens in het bos riep een vogel hol en melancholiek. Roar Midtstuen zat op zijn hurken langs de kant van de weg in het licht van zijn koplampen.

'Je bent gekomen,' zei Roar Midtstuen.

Bjørn pakte zijn broekriem vast en hees zijn broek op. Dat was iets wat hij was gaan doen, hij wist niet precies waar dat gebaar vandaan kwam. Hoewel, dat wist hij wel. Zijn vader hees altijd zijn broek op als inleiding op iets, een prefix op iets belangrijks wat gezegd, uitgesproken, gedaan moest worden.

'Dus hier is het gebeurd,' zei Bjørn.

Roar knikte. Keek naar het boeket bloemen dat hij op het asfalt had gelegd. 'Ze had hier in de buurt met vrienden geklommen. Onderweg terug stopte ze hier om even te plassen in het bos. Ze zei dat de anderen moesten doorfietsen. Ze denken dat het gebeurd moet zijn toen ze uit het bos kwam en weer op de fiets stapte. Gretig om de anderen weer in te halen, snap je? Weet je, zo'n meisje was ze.' Hij moest zijn best doen om zijn stem onder controle te houden. 'Toen moet ze wat geslingerd hebben, misschien was ze nog niet helemaal in balans en daardoor...' Roar keek op om aan te geven waar de auto vandaan moest zijn gekomen, '... er waren geen remsporen. Niemand die zich herinnerde hoe de auto eruitzag, hoewel hij de anderen kort daarna is gepasseerd. Maar ze waren druk aan het praten over de klimtocht die ze hadden gemaakt en ze zeiden dat ze door meerdere auto's waren ingehaald. Ze waren al een heel eind op weg naar Klemetsrud voor ze ineens dachten dat Fia er allang had moeten zijn, dat er iets met haar gebeurd moest zijn.'

Bjørn knikte. Schraapte zijn keel. Wilde het achter de rug hebben. Maar Roar gaf hem niet de gelegenheid: 'Ik mocht niet meehelpen bij het onderzoek, Bjørn. Omdat ik haar vader was, zeiden ze. In plaats daarvan zetten ze die nieuwe op de zaak. Toen ze eenmaal doorhadden dat het niet om een simpele zaak ging, dat de bestuurder zich niet zou komen melden of op een andere manier gevonden zou worden, was het te laat om de grote kanonnen in stelling te brengen, het spoor was koud, het geheugen van de mensen blanco.'

'Roar...'

'Simpel politiewerk, Bjørn. Gewoon, simpel politiewerk. We werken ons hele leven voor het korps, geven alles wat we hebben en dan – als we het dierbaarste kwijtraken wat we hebben – wat krijgen we daarvoor terug? Niets. Het is puur verraad, Bjørn.' Bjørn keek naar de kaken van zijn collega, die rond maalden in een vaste ellips terwijl de kaakspieren zich spanden en weer ontspanden, hij dacht dat de kauwgum nu toch wel gekauwd was.

'Daarom schaam ik me nu dat ik een politieman ben,' zei Midtstuen. 'Net zoals bij de Kalsnes-zaak. Broddelwerk van start tot finish, we laten de moordenaar vrijuit gaan en daarna wordt niemand verantwoordelijk gesteld. Niemand stelt iemand verantwoordelijk. Controle en gecontroleerd worden, Bjørn, daar gaat het om.'

'Het verbrande meisje dat vanmorgen in Come As You Are is gevonden...'

'Anarchie. Dat is het. Iemand moet de verantwoordelijkheid op zich nemen. Iemand...'

'Het was Fia.'

In de stilte die volgde, hoorde Bjørn de vogel weer roepen, maar van een andere plek dan de vorige keer. Hij moest in een andere boom zijn gaan zitten. Er kwam een gedachte bij hem op. Dat het een andere vogel was. Dat het om twee vogels van dezelfde soort ging. Dat ze in het bos naar elkaar riepen.

'Harry's verkrachting van mij.' Silje keek Rakel aan met een kalme blik alsof ze zojuist het weerbericht had doorgegeven.

'Harry heeft je verkracht?'

Silje glimlachte. Even maar, niet meer dan het vertrekken van een paar spieren, een uitdrukking op het gezicht die de ogen niet bereikte. En in plaats van met een lach vulden haar ogen zich met tranen.

Mijn god, dacht Rakel. Ze liegt niet. Ze hapte naar adem en wist het absoluut zeker: het meisje was misschien gek, maar ze loog niet.

'Ik was zo verliefd op hem, mevrouw Fauke. Ik dacht dat we voor elkaar bestemd waren. Dus ik ben naar zijn kantoor gegaan. Ik had me opgedoft. En hij trok daar de verkeerde conclusie uit.'

Rakel keek toe hoe de eerste traan zich losmaakte van de wimper en een klein stukje viel voor hij werd opgevangen door de jonge, zachte wang. Een eindje naar beneden biggelde. In de huid trok. De huid werd rood. Ze wist dat er recht achter haar op het aanrecht een keukenrol stond, maar ze pakte hem niet. Verdomme, nee.

'Harry trekt geen verkeerde conclusies,' zei Rakel en ze was verbaasd over de rust in haar stem. 'En hij verkracht niet.' De rust en de overtuiging. Ze vroeg zich af hoe lang die stand zouden houden.

'U vergist zich,' zei Silje, glimlachend door haar tranen heen.

'Is dat zo?' Rakel had zin om een vuist in dat zelfverzekerde, verkrachte gezicht te slaan.

'Ja, mevrouw Fauke, u begrijpt het nu verkeerd.'

'Zeg wat je te zeggen hebt en maak dan dat je wegkomt.'

'Harry...'

Rakel haatte het zo intens om zijn naam uit haar mond te horen dat ze automatisch op zoek ging naar iets om die mond te stoppen. Een koekenpan, een bot mes, tape, wat dan ook.

'Hij dacht dat ik iets kwam vragen over de studie. Maar hij begreep het verkeerd. Ik kwam hem verleiden.'

'Weet je wat, mijn kind? Ik had al begrepen dat je dat deed. En nu wil je beweren dat je kreeg waar je om vroeg, maar dat het toch een verkrachting was? Dus wat gebeurde er, zei je uit geilheid met een gemaakt kuis stemmetje "nee, nee" totdat het een "nee" werd waarvan je later dacht dat het gemeend was en waarvan je vond dat hij het eerder had moeten begrijpen dan jijzelf?'

Rakel hoorde hoe haar retoriek ineens klonk als het refrein van een advocaat uit de vele processen van verkrachtingszaken die ze had bijgewoond. Een refrein dat ze haatte, maar als jurist begreep en accepteerde ze dat het moest worden gezongen. Maar het was niet alleen de retoriek, het was ook hoe ze het voelde, zoals het moest zijn geweest, het kón niet anders zijn gegaan.

'Nee,' zei Silje. 'Wat ik u wilde vertellen is dat hij me niet heeft verkracht.'

Rakel knipperde met haar ogen. Ze moest het bandje een paar seconden terugspoelen om er zeker van te zijn dat ze het goed had begrepen. Niet verkracht.

'Dat ik hem heb gedreigd het aan te geven omdat...' Het meisje gebruikte de knokkel van haar wijsvinger om de tranen uit haar ogen te vegen die direct weer volliepen, '... omdat hij bij de schoolleiding wilde klagen dat ik me onbehoorlijk had gedragen. Waar hij alle recht toe had. Maar ik werd wanhopig, ik probeerde hem voor te zijn door hem te beschuldigen van verkrachting. Ik wilde hem vertellen dat ik heb nagedacht, dat ik er spijt van heb dat ik het heb gedaan. Dat het... ja, dat het een overtreding is. Het doen van een valse aangifte. Wetboek van Strafrecht, artikel 188. De straf die daarop staat, is acht jaar.'

'Dat klopt,' zei Rakel.

'O ja,' zei Silje glimlachend door haar tranen heen. 'Ik vergat dat u jurist bent.'

'Hoe weet je dat?'

'O,' zei Silje en ze snufte. 'Ik weet veel over Harry's leven. Ik heb hem bestudeerd, kun je wel zeggen. Hij was mijn idool en ik was het domme meisje. Ik heb zelfs de politiemoorden voor hem onderzocht, beeldde me in dat ik hem kon helpen. Ik hield een exposé over hoe alles met elkaar in verband stond. Ik, een studente die niets weet, wilde Harry Hole vertellen hoe hij de politieslager moest vangen.' Silje dwong zichzelf te glimlachen en schudde haar hoofd.

Rakel pakte de keukenrol achter zich en gaf die aan haar. 'En je kwam hierheen om hem dat allemaal te vertellen?'

Silje knikte langzaam. 'Ik weet dat hij zijn telefoon niet opneemt als hij ziet dat ik het ben. Dus ik heb mijn hardlooprondje zo gepland dat ik hierlangs kwam om te kijken of hij thuis was. Ik zag dat de auto weg was en wilde doorlopen, maar toen zag ik u voor het keukenraam staan. En ik vond dat het eigenlijk beter was dat ik het aan u zou vertellen. Dat dat het beste bewijs was dat ik het meende, dat ik geen bijbedoelingen heb.'

'Ik zag je daar buiten staan,' zei Rakel.

'Ja, ik moest even goed nadenken. En mezelf onder controle krijgen.'

Rakel voelde dat haar woede verschoof van dit verwarde, verliefde meisje met die veel te open blik naar Harry. Hij had hier geen woord over gezegd! Waarom niet?

'Het is goed dat je gekomen bent, Silje. Maar misschien moet je nu gaan.'

Silje knikte en stond op. 'Ik heb schizofrenie in de familie,' zei ze.

'O?' zei Rakel.

'Ja, ik denk dat ik misschien ook niet helemaal normaal ben.' En ze voegde er kinderlijk verstandig aan toe: 'Maar het is goed zo.'

Rakel liep met haar mee naar de deur.

'U en Harry zullen me niet meer zien,' zei ze toen ze buiten stond.

'Het ga je goed, Silje.'

Rakel bleef met haar armen over elkaar in de deuropening staan en keek hoe ze het erf af rende. Had Harry haar dit niet verteld omdat hij dacht dat ze hem niet zou geloven? Dat er ondanks alles een schaduw van twijfel zou blijven?

Toen kwam de volgende gedachte. Zou die er zijn, die schaduw van twijfel? Hoe goed kenden ze elkaar? Hoe goed kon een mens een ander kennen?

De gedaante in het zwart gekleed met haar blonde, dansende paardenstaart verdween ver voor het geluid van de joggingschoenen in het grind.

'Hij heeft haar opgegraven,' zei Bjørn Holm.

Roar Midtstuen zat met gebogen hoofd voor hem. Krabde zich in zijn nek, waar de korte haren als op een borstel omhoog stonden. De duisternis viel, de nacht sloop geluidloos naar hen toe terwijl ze in het licht van de koplampen van Midtstuens auto zaten. Toen Midtstuen eindelijk iets zei, moest Bjørn zich vooroverbuigen om het te horen.

'Mijn enige kind.' Toen een korte knik. 'Hij heeft gedaan wat hij moest doen.'

Bjørn dacht eerst dat hij het niet goed had verstaan. Toen begreep hij dat Midtstuen het verkeerd moest hebben gezegd, dat dit niet was wat hij bedoelde, dat hij een verkeerd woord had gebruikt, dat hij een woord was vergeten. Maar toch was de zin zo helder en duidelijk dat het logisch klonk. Dat het klonk als de waarheid. Dat de politieslager alleen maar deed wat hij moest doen.

'Ik zal de rest van de bloemen halen,' zei Midtstuen en hij kwam overeind.

'Ja, doe dat,' zei Bjørn, starend naar het kleine boeketje dat er lag terwijl de andere man uit het licht verdween en rond de auto liep. Hij hoorde hoe de kofferbak werd geopend en dacht aan het woord dat Midtstuen had gebruikt. Mijn enige kind. Mijn eniggeboren. Ze waren met hun drieën. Hoe noemden ze dat ook alweer in de Kerk?

Bjørn hoorde een rinkelend geluid uit de kofferbak, misschien dat de bloemen onder iets van metaal lagen.

De drie-eenheid. Dat was het. De derde was de Heilige Geest. Het spook. De duivel. Hij die niemand ooit zag, die alleen af en toe opdook in de Bijbel en dan weer weg was. Het hoofd van Fia Midtstuen was aan de waterleiding vastgemaakt zodat ze niet in elkaar zou zakken, zodat het lijk zou worden tentoongesteld. Als een gekruisigde.

Bjørn Holm hoorde voetstappen achter zich.

Die zoon was geofferd, gekruisigd door zijn eigen vader. Omdat het volgens de geschiedenis zo was gegaan. Wat waren de woorden?

'Hij heeft gedaan wat hij moest doen.'

Harry staarde naar Megan Fox. Ze trilde in haar mooie, huidkleurige contouren, maar hield zijn blik vast. De glimlach vervaagde niet. De uitnodigende houding van haar lichaam was duidelijk. Hij tilde de afstandsbediening op en zette de televisie uit. Megan Fox verdween en bleef toch. Het silhouet van de filmster was op het plasmascherm gebrand.

Zowel weg als aanwezig.

Harry keek rond in Truls Berntsens slaapkamer. Toen liep hij naar de kast waarvan hij wist dat Berntsen daar zijn snoepgoed in bewaarde. In theorie kon daar iemand in zitten. Harry had zijn Odessa getrokken. Sloop naar de kast, duwde zijn rug tegen de muur en opende de deur met zijn linkerhand. Zag dat het licht in de kast automatisch aanging.

Verder gebeurde er niets.

Harry stak even zijn hoofd naar voren en trok het snel weer terug. Maar hij had kunnen zien wat hij wilde zien. Er was niemand. Hij ging voor de geopende kast staan.

Truls had de spullen vervangen die Harry, de vorige keer toen hij hier was, had meegenomen. Het kogelvrije vest, het gasmasker, de MP5, een riotgun. Hij had nog dezelfde pistolen als de vorige keer, voor zover hij kon zien. Behalve midden op de achterwand, daar was de omtrek van een pistool rond een van de haken.

Had Truls Berntsen in de gaten gekregen dat Harry onderweg was, begrepen wat zijn doel was, had hij het pistool meegenomen en was hij zijn flat uit gevlucht? Zonder de tijd te nemen om zijn deur dicht te doen en de televisie uit te zetten? Waarom had hij zich in dat geval niet hierbinnen verschanst?

Harry had de hele flat doorzocht en hij wist dat er geen levende ziel was. Nadat hij de keuken en de woonkamer had geïnspecteerd, had hij de deuren dichtgedaan alsof hij de flat had verlaten en was op de leren bank gaan zitten met de Odessa schietklaar, een goed zicht op de voordeur, maar zonder dat hij door het sleutelgat te zien was.

Als Truls hierbinnen was, was degene die zich het eerst liet zien in het nadeel. Harry was klaar voor een duel in wachten. Hij zat roerloos, ademde rustig, diep en onhoorbaar en had het geduld van een luipaard.

Toen er veertig minuten waren verstreken zonder dat er iets was gebeurd, was hij de slaapkamer in gelopen.

Harry ging op het bed zitten. Zou hij Berntsen bellen? Dat zou hem waarschuwen, maar zoals het er nu uitzag, was het hem al duidelijk dat Harry jacht op hem maakte.

Harry pakte zijn mobieltje en zette het aan. Wachtte tot het verbinding had met een zendmast en toetste het nummer in dat hij uit zijn hoofd had geleerd voordat hij twee uur geleden uit Holmenkollen was weggereden.

Nadat de telefoon drie keer was overgegaan zonder dat er werd opgenomen, gaf hij het op.

Hij belde Torkildsen van het telecombedrijf. En binnen twee seconden werd er opgenomen: 'Wat wil je, Hole?'

'Ik wil een basisstation laten opzoeken. Ene Truls Berntsen. Hij heeft een werkmobieltje van de politie, dus hij is vast klant bij jullie.'

'We kunnen niet doorgaan elkaar op deze manier te ontmoeten.'

'Dit gaat om een officieel politiebevel.'

'Volg dan de procedures. Neem contact op met de jurist van de politie, stuur de kwestie naar de commissaris en bel terug als je toestemming hebt.'

'Het heeft haast.'

'Hoor eens, ik kan niet doorgaan met jou...'

'Het gaat om de politiemoorden, Torkildsen.'

'Dan moet het je maar een paar seconden kosten om die toestemming van de commissaris te krijgen, Harry.'

Harry vloekte zacht.

'Het spijt me, Harry, ik moet aan mijn baan denken. Als ontdekt wordt dat ik zonder autorisatie bewegingen van personen bij de politie heb gecontroleerd, dan... Waarom kun je niet voor zo'n autorisatie zorgen?'

'We spreken elkaar nog.' Harry verbrak de verbinding. Hij had twee gemiste oproepen en drie sms'jes ontvangen, zag hij. Die moesten zijn gestuurd toen hij zijn mobiel had uitgezet. Hij opende ze. Het eerste was van Rakel.

GEPROBEERD JE TE BELLEN. THUIS. MAAK IETS LEKKERS KLAAR ALS JE ME ZEGT HOE LAAT JE KOMT. HEB EEN VERRASSING BIJ ME. IEMAND DIE JE GRAAG WIL VERSLAAN MET TETRIS.

Harry las het bericht nog een keer. Rakel was al thuis. Met Oleg. Zijn eerste ingeving was direct in zijn auto te stappen en naar hen toe te rijden. Het hele project laten vallen. Hij had zich vergist: hij was hier niet. Tegelijkertijd wist hij dat het dat ook was: een eerste ingeving. Een poging om te vluchten voor het onontkoombare. Het tweede sms'je kwam van een nummer dat hij niet herkende.

IK MOET MET JE PRATEN. BEN JE THUIS? SILJE G.

Hij wiste het bericht. Het telefoonnummer van het derde bericht herkende hij direct.

IK GELOOF DAT JE ME WILT SPREKEN. IK HEB DE OPLOSSING VOOR ONS PROBLEEM GEVONDEN. KOM ZO SNEL MOGELIJK NAAR PLAATS DELICT VAN G. TRULS BERNTSEN

HOOFDSTUK 44

Toen Harry over de parkeerplaats liep, viel hem een auto met een kapotte ruit op. Het licht van de straatlantaarn reflecteerde in de glassplinters op het asfalt. Het was een Suzuki Vitara. Berntsen reed in zo'n auto. Harry toetste het nummer in van de meldkamer.

'Harry Hole. Ik wil graag de eigenaar weten van een kenteken.'

'Iedereen kan dat via internet doen, Hole.'

'Dus doe het even voor me, wil je?'

Hij kreeg een grom als antwoord en las het kenteken op. Het antwoord kwam binnen drie seconden.

'Truls Berntsen. Het adres is...'

'Het is goed.'

'Wil je iets melden?'

'Wat?'

'Is hij in iets verwikkeld? Lijkt het erop dat de auto is gestolen of is er bijvoorbeeld ingebroken?'

Stilte.

'Hallo?'

'Nee, de auto ziet er goed uit. Alleen maar een misverstand.'

'Mis...'

Harry verbrak de verbinding. Waarom reed Truls Berntsen niet in zijn eigen auto? Met het politiesalaris van tegenwoordig nam niemand meer een taxi. Harry probeerde zich het metronet in Oslo voor de geest te halen. Er was hier op honderd meter een metrostation. Station Ryen. Hij had geen metro gehoord. Kennelijk was er een tunnel. Harry knipperde in het donker. Hij had zojuist iets anders gehoord.

Het knetterende geluid van zijn eigen nekharen die overeind kwamen.

Hij wist dat het onmogelijk was om dat te horen, toch was dat het enige dat hij hoorde. Hij pakte zijn mobieltje weer. Toetste K in en toen 'bellen'.

'Eindelijk,' antwoordde Katrine.

'Eindelijk?'

'Je hebt toch wel gezien dat ik je heb geprobeerd te bellen?'

'O ja? Je klinkt buiten adem.'

'Ik heb hardgelopen, Harry. Silje Gravseng.'

'Wat is er met haar?'

'Ze heeft in heel haar flat krantenknipsels hangen. Ze heeft een knuppel waarmee ze volgens de conciërge verkrachters aftuigt. En ze heeft een broer die in het gekkenhuis zit nadat hij in elkaar is geslagen door twee politiemannen. En ze is gek, Harry. Knots knetter.'

'Waar ben je nu?'

'In het Vaterlandpark. Hier is ze niet. Ik vind dat we een opsporingsbevel moeten laten uitgaan.'

'Nee.'

'Nee?'

'Ze is niet degene naar wie we op zoek zijn.'

'Wat bedoel je? Motief, aanleiding, dispositie. Alles is er, Harry.'

'Vergeet Silje Gravseng. Ik wil dat je voor me op zoek gaat naar een statistiek.'

'Statistiek!' Ze schreeuwde zo hard dat het membraan kraakte. 'Ik sta hier met een hele club kwijlende zedendelinquenten om me heen terwijl ik naar een mogelijke politieslager zoek en jij wilt dat ik statistieken chéck? Verrek, Hole!'

'Je moet de statistieken van de FBI checken van personen die zijn overleden in de periode dat ze officieel zijn opgeroepen als getuige en de start van het proces.'

'Wat heeft dat ermee te maken?'

'Geef me gewoon de getallen, oké?'

'Niet oké!'

'Nou, je kunt het opvatten als een order, Bratt.'

'Ja, zeg, maar... hé, wacht! Wie van ons is hier de chef?'

'Als je het zo vraagt, dan ben ik dat toch zeker.'

Harry hoorde een onvervalste Bergense vloek voor de verbinding werd verbroken.

Mikael Bellman zat op de bank en keek televisie. Het journaal was afgelopen en nu begon sport. Mikael keek uit het raam naar het donkere Oslo dat onder hem lag. De reportage over de wethouder van Sociale

Zaken had slechts tien seconden geduurd. Er was uitgelegd dat wisselingen in het gemeentebestuur heel gewoon waren en dat het in dit geval ging om een ongewoon hoge werklast voor juist deze post, waardoor het logisch was dat het estafettestokje werd doorgegeven. En dat Isabelle Skøyen weer terugging naar haar oude post en dat het gemeentebestuur erop rekende dat haar competentie van groot nut zou zijn. Skøyen zelf was niet bereikbaar voor commentaar.

De stad glinsterde als een juweel. Zijn stad.

Hij hoorde hoe de slaapkamerdeur van de kinderen zacht werd dichtgedaan en even later vlijde ze zich neer op de bank, dicht tegen hem aan.

'Slapen ze?'

'Als marmotten,' zei ze en hij voelde haar adem tegen zijn hals. 'Wil je televisiekijken?' Ze beet hem in zijn oorlelletje. 'Of...'

Hij glimlachte, maar verroerde zich niet. Hij genoot van dit moment, voelde hoe perfect het was. Om hier te zijn, precies nu. Op de top van de berg. Het alfamannetje met de vrouwen aan zijn voeten. De ene hangend in zijn armen. De andere geneutraliseerd en onschadelijk gemaakt. Met de mannen was dat net zo. Asajev was dood, Truls opnieuw aangesteld als zijn handlanger, de voormalige commissaris opgesloten in hun gezamenlijk verbond zodat die, de volgende keer dat hij hem nodig had, hem zou gehoorzamen. En hij wist dat hij het vertrouwen van het gemeentebestuur had, zelfs als het nog wel even duurde voordat ze de politieslager hadden.

Het was lang geleden dat hij zich zo goed had gevoeld, zo ontspannen. Hij voelde haar handen. Wist wat ze gingen doen voor zij het wist. Ze kon het vuurtje bij hem opstoken. Niet in vuur en vlam zetten zoals de ander dat kon. Zij die hij had verslagen. Hij die in de Hausmannsgate was gestorven. Maar ze kon hem tenminste zo geil maken dat hij zin kreeg om haar te neuken. Dat was het huwelijk. En het was goed. Het was meer dan genoeg en er waren belangrijkere dingen in het leven.

Hij trok haar naar zich toe, schoof zijn hand onder haar groene trui. Blote huid, het voelde of hij een hand op een lauwwarme kookplaat legde. Ze zuchtte zacht. Boog met haar hoofd naar hem toe. Hij hield eigenlijk niet van tongzoenen met haar. Misschien had hij het ooit prettig gevonden, maar nu niet meer. Dat was iets wat hij haar nooit had gezegd, waarom zou hij dat doen? Zolang het iets was wat zij prettig vond en hij kon verdragen. Huwelijk. Toch voelde het een beetje als een opluchting toen de draadloze vaste telefoon op het tafeltje naast de bank begon te kwetteren.

Hij pakte hem. 'Ja?'

'Hallo Mikael.'

De stem zei zijn voornaam op zo'n vertrouwde manier dat hij ervan overtuigd was dat hij hem kende en slechts een paar seconden nodig had om hem te plaatsen.

'Hallo,' antwoordde hij daarom en hij stond op van de bank. Liep naar het terras. Weg van het geluid van de televisie. Weg van Ulla. Het was een automatisme, jarenlang geoefend. Half uit beleefdheid tegenover haar, half om zijn geheimen.

De stem aan de andere kant lachte zachtjes. 'Je kent me niet, Mikael, relax.'

'Bedankt, ik ben bezig te relaxen,' zei Mikael. 'Thuis. Daarom zou het prettig zijn als je direct ter zake komt.'

'Ik ben verpleger in het Rikshospital.'

Het was geen gedachte die Mikael eerder had gedacht, in elk geval niet voor zover hij zich kon herinneren. Toch leek het of hij al wist wat er zou komen. Hij trok de terrasdeur dicht en liep verder over de stenen tegels van het terras zonder de telefoon van zijn oor te halen.

'Ik was de verpleger van Rudolf Asajev. Je herinnert je hem vast, Mikael. Ja, uiteraard doe je dat. Jij en hij deden immers zaken. Hij heeft me in de uren dat hij was ontwaakt uit zijn coma in vertrouwen genomen. Over wat jullie deden.'

Het was bewolkt geworden, de temperatuur was gedaald en de stenen tegels waren zo koud dat het door zijn sokken heen pijn deed. Toch voelde Mikael Bellman dat zijn zweetklieren hard aan het werk waren.

'Wat die zaken betreft,' zei de stem. 'Misschien moeten jij en ik daar ook eens over babbelen?'

'Wat wil je?'

'Aangezien je kennelijk niet van lange formuleringen houdt, kan ik heel simpel zeggen dat ik wat van jouw geld wil hebben.'

Hij moest het zijn, die verpleger uit Enebakk. Die kerel die Isabelle had gehuurd om Asajev te expediëren. Ze had beweerd dat hij zijn honorarium heel graag in de vorm van seks incasseerde, maar het was blijkbaar niet genoeg geweest.

'Hoeveel?' vroeg Bellman resoluut, maar hij merkte dat het niet zo koud klonk als hij zou willen.

'Niet zo veel. Ik ben een man met eenvoudige behoeftes. Tienduizend.'

'Te weinig.'

'Te weinig?'

'Dat klinkt als een eerste aanbetaling.'

'We kunnen ook zeggen honderdduizend.'

'Dus waarom zei je dat niet?'

'Omdat ik het geld nu vanavond nodig heb, de banken zijn dicht en je krijgt niet meer dan tienduizend kronen uit de pinautomaat.'

Wanhopig. Dat was goed nieuws. Of niet? Mikael liep naar de rand van het terras, keek naar zijn stad, probeerde zich te concentreren. Dit was een van de situaties waarin hij gewoonlijk op zijn best was, wanneer er veel op het spel stond en een misstap fataal kon zijn.

'Hoe heet je?'

'Tja, noem me maar Dan. Als in Danuvius.'

'Prima, Dan. Je begrijpt dat als ik op je voorstel inga, dat niet wil betekenen dat ik iets beken? Dat het ook kan zijn dat ik je voor de gek probeer te houden en een val opzet zodat ik je kan arresteren voor chantage.'

'De enige reden dat je dit zegt, is dat je bang bent dat ik een journalist ben die een gerucht heeft gehoord en nu probeert een bekentenis aan je te ontfutselen.'

Verdomme.

'Waar?'

'Ik ben op het werk, dus je moet hierheen komen. Maar naar een discrete plaats. Kom naar de gesloten afdeling, daar is nu niemand. Over drie kwartier in de kamer van Asajev.'

Drie kwartier. Hij had haast. Het kon natuurlijk uit voorzorg zijn zodat Mikael niet de tijd had een val te zetten. Maar Mikael geloofde in simpele verklaringen. Bijvoorbeeld dat hij te maken had met een drugsverslaafde anesthesieverpleger die ineens een tekort had aan eigen medicijnen. In dat geval konden de zaken simpel zijn. Het kon zelfs een mogelijkheid zijn om de beerput weer goed af te sluiten.

'Goed,' zei Mikael en hij verbrak de verbinding. Hij snoof die wonderlijke, bijna misselijkmakende lucht op die uit het terras leek te komen. Toen liep hij de kamer in en schoof de terrasdeur dicht.

'Ik moet weg,' zei hij.

'Nu?' zei Ulla, hem aankijkend met die gekwetste blik die hem nogal eens verleidde tot het maken van geërgerde opmerkingen.

'Nu.' Hij dacht aan zijn pistool dat in het afgesloten handschoenenvakje in zijn auto lag. Een Glock 22, een cadeau van een Amerikaanse collega. Ongebruikt. Niet geregistreerd.

'Wanneer ben je terug?'

'Dat weet ik niet. Wacht niet op me.'

Hij liep naar de gang, voelde haar blik in zijn rug. Bleef niet staan. Niet voordat hij bij de voordeur was gekomen.

'Nee, het gaat niet om haar. Oké?'

Ulla gaf geen antwoord. Ze draaide zich om naar de televisie en deed alsof ze geïnteresseerd was in het weerbericht.

Katrine vloekte zwetend in de klamme warmte van de Vuurkamer, maar typte verder.

Waar zat die verdomme verstopt, die statistiek van de FBI over de dode getuigen? En wat moest Harry daar verdomme mee?

Ze keek op de klok. Zuchtte en toetste zijn nummer in.

Geen antwoord. Uiteraard niet.

Ze stuurde hem een sms dat ze meer tijd nodig had, dat ze in het allerheiligste van de FBI was, maar dat de statistieken zo verrekte geheim waren óf dat hij het niet goed had begrepen. Ze smeet het mobieltje op het bureau. Bedacht dat ze zin had Leif Rødbekk te bellen. Nee, hij niet. Een andere idioot die de moeite wilde nemen haar vannacht te neuken. Van de eerste persoon die in haar hoofd opkwam, moest ze fronsen. Waar kwam hij ineens vandaan? Lief, maar... maar wat? Was het iets waar ze langer over nadacht zonder zich dat bewust te zijn?

Ze verwierp de gedachte en concentreerde zich weer op het scherm.

Misschien was het niet de FBI, maar de CIA?

Ze typte nieuwe zoekwoorden in. Central Intelligence Agency, *witness*, *trial* en *death*. *Return*. De machine werkte. De eerste hits kwamen op het scherm.

Achter haar ging een deur open en ze voelde de tocht van de tunnel.

'Bjørn?' zei ze zonder van het scherm op te kijken.

Harry parkeerde zijn auto voor de Jakob kirke en liep van daar naar de Hausmannsgate 92.

Hij bleef staan en keek omhoog naar de gevel.

Op de tweede verdieping brandde zwak licht en voor de ramen zaten tralies. De nieuwe eigenaar had blijkbaar genoeg van de inbraken via de brandtrap aan de achterkant.

Harry dacht dat hij meer zou voelen. Hier was immers Gusto vermoord. Hier had hij bijna zelf moeten boeten met zijn leven.

Hij voelde aan het hek. Net als eerst, open, vrije toegang.

Onder aan de trap pakte hij de Odessa, ontgrendelde hem, keek naar de trap, luisterde terwijl hij de stank van urine en hout gemarineerd met braaksel inademde. Volkomen stil.

Hij begon aan de traptreden. Stapte zo geruisloos mogelijk over nat krantenpapier, melkpakken en gebruikte injectienaalden. Toen hij op de tweede was aangekomen, bleef hij voor de deur staan. Ook die was nieuw. Metalen deur. Combinatieslot. Alleen extreem gemotiveerde dieven zouden moeite doen om het te proberen.

Harry zag geen reden om aan te kloppen. Geen reden om een mogelijk verrassingsmoment weg te geven. Dus hij duwde de deurklink naar beneden en voelde dat de deur werd dichtgehouden door sterke veren, maar niet op slot zat. Hij greep de Odessa met beide handen vast en schopte de zware deur met zijn rechtervoet open.

Hij stapte snel naar binnen en naar links, zodat hij niet een silhouet in de deuropening was. Door de veren sloeg de metalen deur met een harde klap achter hem dicht.

Toen was het stil, alleen een zacht tikgeluid was te horen.

Harry knipperde verbaasd met zijn ogen.

Afgezien van een kleine draagbare televisie die stand-by stond en met witte cijfers op een zwart scherm de verkeerde tijd aangaf, was er binnen niets veranderd. Het was nog datzelfde smerige drugshol met matrassen en vuilnis op de grond. En dat ene stuk vuil zat op een stoel naar hem te kijken.

Het was Truls Berntsen.

Hij dacht tenminste dat het Truls Berntsen was.
Dat het Truls Berntsen was geweest.

HOOFDSTUK 45

De kantoorstoel stond midden in de kamer, onder de enige lamp, een lamp met een kapotte kap van rijstpapier.

Harry stelde vast dat zowel de lamp als de stoel en de televisie, met het tikkende geluid van een stervend elektrisch apparaat, producten moesten zijn uit de jaren zeventig, maar hij was er niet helemaal zeker van.

Datzelfde gold voor de inhoud op de stoel.

Want hij was er niet helemaal zeker van of dit Truls Berntsen was, geboren ergens in de jaren zeventig, gestorven in dit jaar en aan de stoel getapet. De man had namelijk geen gezicht. Dat wat het ooit was geweest, was nu een brij van relatief vers, rood bloed, opgedroogd bloed en witte splinters bot. Die brij zou zijn uitgelopen als die niet bij elkaar werd gehouden door een doorzichtig vlies van plastic dat strakgetrokken rond het hoofd zat. Een van de botten stak door het plastic. Het hoofd in folie verpakt als vers gehakt dat je in de winkel koopt.

Harry dwong zichzelf rond te kijken en probeerde zijn adem in te houden om beter te kunnen horen terwijl hij zijn rug tegen de muur duwde. Met het pistool voor zich scande hij de kamer van links naar rechts.

Staarde naar de hoek waar de keuken achter zat, zag een stukje van dezelfde oude koelkast en het aanrecht, daar kon iemand staan. De deur van de wc was weg.

Geen geluid. Geen beweging.

Harry wachtte. Dacht na. Als dit een val was waarin iemand hem wilde lokken, dan moest hij nu al dood zijn. Hij haalde diep adem. Hij had het voordeel dat hij hier al eerder was geweest, dus hij wist dat er geen andere verstopplaatsen waren dan de keuken en de wc. Het nadeel was dat hij de ene ruimte de rug moest toekeren om de andere te kunnen checken.

Hij nam een besluit, sloop naar de keuken, stak zijn hoofd snel om de hoek, trok het even snel weer terug, liet zijn hersenen de informatie verwerken die ze hadden gekregen. Fornuis, stapel pizzadozen en koelkast. Niemand aanwezig.

Hij liep naar de wc. De deur was om de een of andere reden verwijderd en het licht was uit. Hij ging naast de deuropening staan en duwde op de lichtschakelaar. Telde tot zeven. Hoofd naar voren en weer terug. Leeg.

Hij zakte langs de muur naar beneden en voelde nu pas hoe hard zijn hart tegen zijn ribben bonkte.

Een paar seconden zat hij zo. Kwam even op adem.

Toen liep hij naar het lijk in de stoel. Ging op zijn hurken zitten en staarde naar de rode massa achter het plastic. Zonder gezicht, maar met dat naar voren stekende voorhoofd, de onderbeet en het slecht geknipte haar was er geen twijfel mogelijk: het was Truls Berntsen.

Harry's hersenen waren al begonnen met het verwerken van het feit dat hij zich had vergist, dat Truls Berntsen niet de politieslager was.

De volgende gedachte volgde ogenblikkelijk: in elk geval niet de enige.

Zou het kunnen dat hij ermee te maken had? Een moord door een medeplichtige, een moordenaar die zijn sporen wiste? Kon Truls 'Beavis' Berntsen hebben samengewerkt met een persoon die net zo ziek was als hijzelf en zou die persoon dit hebben gedaan? Kon Valentin met opzet voor een bewakingscamera in het Ullevaal-stadion zijn gaan zitten terwijl Berntsen de moord in Maridalen pleegde? En hadden ze de moorden onderling verdeeld, voor welke moorden had Berntsen zich een alibi verschaft?

Harry rechtte zijn rug en keek rond. En waarom had hij het bericht gekregen hierheen te komen? Het lijk zou toch wel ontdekt worden. En er waren meer dingen die niet klopten. Truls Berntsen was nooit betrokken geweest bij het onderzoek naar de moord op Gusto. Er was een klein onderzoeksteam geweest, bestaande uit Beate, een paar andere technisch rechercheurs en nog wat rechercheurs die niet veel werk hoefden te verrichten nadat Oleg direct na de moord was gearresteerd en de technische bewijzen de arrestatie hadden ondersteund. De enige...

In de stilte hoorde Harry nog steeds dat zachte tikgeluid. Gelijkmatig en onveranderlijk als een uurwerk. Hij voltooide de gedachte.

De enige andere die de moeite had genomen om deze onbelangrijke dertien-in-een-dozijn-drugsmoord te onderzoeken, stond nu in de kamer. Dat was hij zelf.

Hij was – net als de andere politiemensen – gelokt om op de plaats delict van zijn onopgeloste moord te sterven.

In de volgende seconde was hij bij de deur en duwde op de deurklink. En er gebeurde wat hij al had gevreesd: de deurklink bood geen weerstand. Hij trok aan de deur zonder dat er beweging in kwam. En er was geen slot te zien, de deur was als de buitenkant van een hotelkamerdeur. Waar hij geen sleutelkaart van had.

Harry's blik ging door de kamer.

Het dikke glas met de tralies aan de binnenkant. De ijzeren deur die vanzelf dicht was gevallen. Hij was in de val gelopen als de jachtbeluste idioot die hij altijd was geweest.

Het tikgeluid was niet harder geworden, dat leek alleen maar zo.

Harry staarde naar de draagbare televisie. Naar de seconden die aftikten. Het ging niet om de verkeerde tijd. Want er werd geen tijd aangegeven, de klok ging niet vooruit.

Hij had op 00.06.10 gestaan toen hij binnenkwam, nu stond hij op 00.03.51.

Er werd afgeteld.

Harry liep ernaartoe, greep de televisie en probeerde hem op te tillen. Tevergeefs. Hij moest vastgeschroefd zijn aan de grond. Hij schopte hard tegen het bovenste deel van de televisie en de plastic kast scheurde met een knal. Hij keek naar de binnenkant. Metalen pijpjes, glazen buisjes, draadjes. Harry was absoluut geen expert, maar hij had genoeg televisies vanbinnen bekeken om te weten dat er te veel in zat. En hij had genoeg foto's gezien van geïmproviseerde explosieven om te weten dat het om een pijpbom ging.

Hij keek naar de draadjes en verwierp even snel weer de gedachte. Een van de bomexperts van Delta had hem eens uitgelegd dat met het doorknippen van het blauwe of rode draadje alles weer safe was, iets was uit de goede, oude tijd. Maar dat zo'n bom nu een digitaal duivelskind was met draadloze signalen naar bluetooth, codewoorden en safeguards die onmiddellijk op nul gingen als je met iets knoeide.

Harry nam een aanloop en dreunde tegen de deur aan. De deurpost kon zwak zijn.

Dat was hij niet.

En ook de tralies voor het raam niet.

Zijn schouders en benen deden pijn toen hij klaar was met zijn aanvallen. Hij schreeuwde naar het raam.

Geen geluid binnen en geen geluid buiten.

Harry pakte zijn mobieltje. De alarmcentrale. Delta. Die konden met springstof de deur open krijgen. Hij keek naar de klok op de televisie. Drie minuten en vier seconden. Ze hadden niet eens de tijd om uit te rijden naar het adres. Twee minuten en negenenvijftig seconden. Hij staarde naar zijn adressenlijst. R.

Rakel.

Haar bellen. Afscheid nemen. Van haar en Oleg. Vertellen dat hij van hen hield. Dat ze moesten leven. Beter leven dan hij had gedaan. De laatste twee minuten met hen samen zijn. Niet alleen sterven. Gezelschap hebben, deze laatste traumatische gebeurtenis met hen delen, hen van de dood laten proeven, hen voor de rest van hun leven zijn laatste nachtmerrie meegeven.

'Verdomme, verdomme!'

Harry liet de telefoon weer in zijn zak glijden. Keek rond. De deuren waren verwijderd. Zodat niemand zich daarachter kon verstoppen.

Twee minuten en veertig seconden.

Harry liep naar de keuken, die in het korte deel van het L-vormige appartement zat. Hij was niet diep genoeg, een pijpbom van die grootte zou alles hierbinnen ook vernielen.

Hij staarde naar de koelkast. Deed hem open. Een pak melk, twee flesjes bier en een blikje leverpastei. Een seconde twijfelde hij tussen het bier en de paniek voor hij voor de paniek koos. Hij rukte de glazen platen, de la en de plastic bakken uit de koelkast. Ze kletterden achter hem op de grond. Hij kroop in elkaar en probeerde zichzelf erin te persen. Kreunde. Hij kon zijn nek niet voldoende buigen om zijn hoofd erin te krijgen. Probeerde het opnieuw. Vervloekte zijn lange benen terwijl hij probeerde ze zo min mogelijk volume in te laten nemen.

Het ging verdomme niet!

Hij keek op de klok van de televisie. Twee minuten en zes seconden. Harry deed eerst zijn hoofd erin, trok zijn knieën onder zich, maar nu wilde zijn rug niet voldoende buigen. Verdomme, verdomme! Hij lachte luid. Het aanbod in Hongkong van gratis yoga dat hij had afgeslagen, zou hem dat nu de kop kosten?

Houdini. Hij herinnerde zich iets over in- en uitademen en ontspanning.

Hij ademde uit, probeerde nergens anders aan te denken, concentreerde zich op ontspanning. Niet aan de seconden denken. Alleen maar voelen hoe de spieren en de ledematen coöperatief werden, flexibeler. Hij voelde hoe hij zichzelf beetje bij beetje comprimeerde.

Het ging.

Wel verdomd, het ging! Hij zat in de koelkast. Een koelkast met voldoende metaal en isolatie om het te kunnen overleven. Misschien. Als het geen pijpbom uit de hel was.

Hij legde zijn hand op de rand van de deur, wierp een laatste blik op de televisie voor hij de deur wilde dichtdoen. Een minuut en zevenenveertig seconden.

Hij wilde de deur dichtdoen, maar zijn hand luisterde niet. Luisterde niet omdat de hersenen weigerden af te wijzen wat de ogen hadden gezien, maar wat het verstandige deel van de hersenen probeerde te negeren. Negeren omdat het geen relevantie had voor het enige dat belangrijk was: overleven, zichzelf redden. Negeren omdat hij geen mogelijkheid zag, geen tijd meer had, geen medelijden had.

Het gehakt in de stoel.

Daar waren twee witte vlekken in gekomen.

Wit als van oogwit.

Dat hem door het plastic aanstaarde.

De duivel leefde nog.

Harry schreeuwde, wrong zichzelf weer uit de koelkast. Draafde naar de stoel terwijl hij de televisie van opzij in de gaten hield. Een minuut en eenendertig seconden. Hij rukte het plastic van zijn gezicht. De ogen in het gehakt knipperden en hij hoorde vaag een ademhaling. Hij moest een beetje lucht hebben gekregen doordat er een gat in het plastic was geprikt door het gebroken bot.

'Wie heeft dit gedaan?' vroeg Harry.

Hij kreeg slechts een zucht ten antwoord. Het vleesmasker begon als gesmolten kaarsvet naar beneden te druppen.

'Wie is hij? De politieslager?'

Nog steeds alleen maar een zucht.

Harry keek op de klok. Een minuut en zesentwintig seconden. Het kostte tijd om weer in de koelkast te kruipen.

'Vooruit, Truls! Ik kan hem pakken.'

Een bel bloed begon te groeien en Harry begreep dat daar de mond moest zitten. Op het moment dat de bel knapte kwam er een bijna onhoorbaar gefluister: 'Hij had een masker. Sprak niet.'

'Wat voor masker?'

'Groen. Alles groen.'

'Groen?'

'Chi... rurg...'

'Chirurgenmasker?'

Een knikje en toen ogen die weer dichtgingen.

Een minuut vijf.

Er was niet meer te halen. Hij liep terug naar de koelkast. Deze keer ging het sneller. Hij gooide deur dicht en het licht ging uit.

Hij huiverde in het donker, telde de seconden. Negenenveertig.

Die duivel zou toch sterven.

Achtenveertig.

Beter als iemand het werk deed.

Zevenenveertig.

Groen masker. Truls Berntsen had Harry gegeven wat hij wist zonder er iets voor terug te vragen. Dus er zat toch nog iets van een politieman in hem.

Zesenveertig.

Niet aan denken, er was immers geen plaats voor meer dan één persoon.

Vijfenveertig.

Bovendien was er geen tijd om hem los te maken van de stoel.

Vierenveertig.

Zelfs als hij wilde, had hij geen tijd meer.

Drieënveertig.

Helemaal geen tijd meer.

Tweeënveertig.

Verdomme.

Eenenveertig.

Verdomme, verdomme!

Veertig.

Harry schopte met zijn ene voet de deur open en de andere wierp hij naar voren zodat hij vrijwel direct uit de koelkast was. Hij rukte de la onder het aanrecht open, greep iets wat een broodmes moest zijn, stormde naar de stoel en begon de tape van de armleuningen te snijden.

Hij lette niet op de televisie, hoorde wel het getik.

'De duivel moge je halen, Truls!'

Hij liep om de stoel, sneed de tape op de rugleuning en rond de stoelpoten door.

Legde zijn armen rond Truls' borst en tilde.

Die duivel was nog zwaar ook!

Harry trok en vloekte, sleepte en vloekte, hoorde niet meer welke woorden er uit zijn mond kwamen, hoopte slechts dat hij hemel en hel voldoende beledigde zodat ten minste één ervan ingreep en een einde maakte aan deze idiote, maar onontkoombare toestand.

Hij richtte op de openstaande koelkast, probeerde vaart te meerderen en Truls Berntsen in de koelkast te proppen. Het bloederige lichaam zakte in elkaar en gleed er weer uit.

Harry probeerde hem erin te duwen met zijn voeten, maar dat lukte niet. Hij trok Berntsen weg van de koelkast, trok strepen bloed over het linoleum, liet hem zakken, trok de koelkast van de muur, hoorde dat de stekker uit het stopcontact werd getrokken, gooide het apparaat op de grond tussen het aanrecht en het fornuis. Pakte Berntsen en duwde hem er opnieuw in. Kroop er zelf ook in. Gebruikte zijn benen om Truls zo ver mogelijk tegen de achterwand te duwen, waar de zware koelmotor zat. Ging op Berntsen liggen, rook de stank van zweet, bloed en pis. Natuurlijk pis je als je op een stoel vastgebonden zit en weet dat je wordt doodgeslagen.

Harry had gehoopt dat er plaats voor twee zou zijn omdat het eerst alleen de hoogte en de breedte, en niet de diepte, van de koelkast waren geweest die het probleem vormden.

Maar nu was het wel de diepte.

Hij kon verdomme de deur niet achter zich dichtkrijgen.

Harry probeerde hem nog meer naar zich toe te trekken, maar het lukte niet. Het was niet meer dan twintig centimeter, maar als de koelkast niet hermetisch was afgesloten, zouden ze kansloos zijn. Door de schokgolf zouden de lever en milt kapotscheuren, de hitte zou de ogen verbranden, elk los object in de kamer zou een geweerkogel worden, ze hadden te maken met een mitrailleur die verscheurde en versplinterde.

Hij hoefde niet eens een besluit te nemen, het was te laat.

Harry schopte de deur weer open, sprong eruit, ging achter de koelkast staan, tilde hem weer op. Zag over de bovenkant dat Truls er weer uit viel. Kon het niet laten om even naar de klok te kijken. Die wees 00.00.12 aan. Twaalf seconden.

'Sorry, Berntsen,' zei Harry.

Toen greep hij Truls rond zijn borst, sjorde hem omhoog en stapte achterwaarts de koelkast in. Stak zijn handen voor zich uit, kreeg de deur te pakken en begon te wiebelen. De zware koelmotor zat zo hoog dat de koelkast een hoog zwaartepunt zou krijgen dat hem hopelijk zou helpen.

De koelkast wipte naar achteren. Ze bleven op het kantelpunt staan. Truls zakte tegen Harry aan.

Ze moesten niet die kant op vallen!

Harry leunde tegen, probeerde Truls terug te duwen, in de richting van de deur.

Toen nam de koelkast een besluit en viel terug. Wipte de andere kant op.

Harry had een laatste glimp opgevangen van het televisiescherm op het moment dat de koelkast doorviel, op zijn deur ging vallen.

De adem werd uit hem geperst toen de koelkast op de grond smakte, hij voelde de paniek toen hij geen lucht kreeg. Maar het was donker. Helemaal donker. De zware koelmotor en de koelkast hadden gedaan waarop hij had gehoopt: ze hadden de deur tegen de grond dichtgeduwd.

Toen ging de bom af.

Harry knipperde in het donker.

Hij moest een paar seconden weg zijn geweest.

Het piepte afgrijselijk in zijn oren en hij had het gevoel dat iemand een zuur in zijn gezicht had gegooid. Maar hij leefde nog.

Voorlopig.

Hij moest lucht hebben. Harry perste zijn handen langs Truls, die onder hem lag, en duwde uit alle macht tegen de koelkastdeur terwijl hij zijn rug tegen de achterwand drukte. De koelkast draaide rond zijn scharnieren en viel op zijn kant.

Harry rolde eruit. Stond op.

De kamer zag eruit als een of andere dystopie uit een sciencefictionfilm, een grijze hel met stof en rook, zonder een voorwerp dat kon worden geïdentificeerd, zelfs dat ding dat ooit een koelkast was geweest zag er als iets heel anders uit. De metalen deur naar de gang was uit zijn scharnieren geblazen.

Harry liet Berntsen liggen. Hij hoopte slechts dat die verrekte idioot dood was. Wankelend liep hij de trap af, de straat op.

Hij staarde naar de Hausmannsgate. Zag de politiesirenes, maar hoorde alleen het gepiep in zijn oren als een printer zonder papier, een alarm dat uitgezet moet worden.

En terwijl hij daar zo stond en naar de geluidloze politieauto's keek, dacht hij hetzelfde als toen hij luisterde naar de metro in Manglerud. Dat hij hem niet hoorde. Dat hij niet hoorde wat hij zou moeten horen. Omdat hij niet had nagedacht. Niet voordat hij daar in Manglerud had gestaan en erover na had gedacht hoe de metrolijnen in Oslo liepen. En hoe het hem eindelijk duidelijk was geworden wat het was, wat er diep in het donker had gelegen en niet naar de oppervlakte wilde komen. Het bos. Er was geen metro in het bos.

HOOFDSTUK 46

Mikael Bellman bleef staan.

Hij luisterde en staarde de lege gang in.

Als een woestijn, dacht hij. Niets om je blik op te vestigen, alleen maar trillend, wit licht dat alle contouren uitwiste.

En dat geluid, het zoemende geluid van de tl-buizen, van de woestijnhitte, als een preludium op iets wat toch nooit zou gebeuren. Alleen maar een lege ziekenhuisgang met aan het eind niets. Misschien was alles een fata morgana. Isabelle Skøyens oplossing voor het probleem-Asajev, het telefoontje van een uur geleden, de duizendkronenbiljetten die hij net uit de pinautomaat in het centrum had gehaald, deze lege gang in een verlaten ziekenhuisvleugel.

Laat het een luchtspiegeling zijn, een droom, dacht Mikael terwijl hij begon te lopen. Maar hij voelde met zijn hand in zijn jaszak dat de Glock 22 ontgrendeld was. In de andere jaszak zat de bundel bankbiljetten. Als de situatie verlangde dat hij moest uitbetalen. Als ze met meerderen waren bijvoorbeeld. Maar hij vermoedde van niet. Het bedrag was te klein om te delen. Het geheim te groot.

Hij passeerde een koffieautomaat, sloeg een hoek om en zag dat de gang doorliep in dat witte, vlakke landschap. Maar de stoel zag hij ook. De stoel waarop de politiebewaker van Asajev had gezeten, was niet weggehaald.

Hij draaide zich om, voor hij verderliep wilde hij er zeker van zijn dat hij niet werd gevolgd.

Hij nam grote passen, maar zette zijn schoenen zacht neer, bijna geluidloos. Hij voelde onderweg aan de deuren. Ze waren allemaal op slot.

Toen stond hij bij de deur naast de stoel. In een ingeving legde hij even zijn hand op de stoelleuning. Koud.

Hij haalde diep adem en trok zijn pistool uit zijn zak. Keek naar zijn hand. Die trilde niet, toch?

Op zijn best op beslissende momenten.

Hij stopte het pistool weer terug in zijn zak, duwde de deurklink naar beneden.

Geen reden om een verrassingsmoment weg te geven, dacht Mikael Bellman, hij duwde de deur open en stapte naar binnen.

De kamer baadde in het licht, maar was afgezien van het bed waarin Asajev had gelegen leeg en kaal. Het bed stond midden in de kamer en er hing een lamp boven. Op een verrijdbare tafel van metaal naast het bed blonken scherpe, glimmende instrumenten. Misschien hadden ze er wel een eenvoudige operatiekamer van gemaakt.

Mikael zag een beweging achter het ene raam en hij klemde zijn hand rond zijn pistool in zijn zak terwijl hij aandachtig keek. Had hij een bril nodig?

Toen hij beter keek, besefte hij dat hij naar een spiegelbeeld keek, dat de beweging achter hem was. Maar toen was het al te laat.

Hij voelde een hand op zijn schouder en hij reageerde direct, maar het leek of de prik in zijn hals ogenblikkelijk de verbinding naar zijn pistoolhand doorsneed. En voordat de duisternis helemaal viel, zag hij in de zwarte spiegel van de ruit het gezicht van de man dicht naast dat van hem. Hij had een groen mutsje op en een groene lap voor zijn mond. Als een chirurg. Een chirurg die ging opereren.

Katrine was zo in beslag genomen door wat ze op haar pc-scherm zag dat ze niet reageerde op het feit dat ze geen antwoord had gekregen van de persoon die achter haar was binnengekomen. Maar toen de deur dichtviel en alle geluiden van de gang buitensloot, vroeg ze: 'Waar ben je geweest, Bjørn?'

Ze voelde een hand op haar schouder en in haar nek. En haar eerste gedachte was dat het helemaal niet onprettig was om een warme hand tegen haar blote huid te voelen, een vriendelijke hand van een man.

'Ik ben op een plaats delict geweest en heb bloemen neergelegd,' zei de stem achter haar.

Katrine fronste verbaasd haar voorhoofd.

No files found, stond er op het scherm. Echt? Helemaal nergens files die de statistieken laten zien van het aantal dode kroongetuigen? Ze drukte op haar mobieltje op de naam Harry. De hand begon haar nekspieren te masseren. Katrine kreunde, vooral om te laten merken dat ze het prettig vond, ze sloot haar ogen en boog haar hoofd voorover. Ze hoorde dat het aan de andere kant begon te piepen.

'Een beetje verder naar beneden? Welke plaats delict dan?'

'Op een landweg. Een meisje dat is doodgereden. Nooit opgehelderd.'

Harry nam niet op. Katrine haalde de telefoon van haar oor en toetste een sms in. GEEN HITS OP DE STATISTIEK. Ze drukte op *send.*

'Het duurde lang,' zei Katrine. 'Wat heb je daarna gedaan?'

'Voor de ander gezorgd die daar was,' zei de stem. 'Hij stortte in, kun je wel zeggen.'

Katrien was klaar met wat ze moest doen en het leek of de andere dingen in de kamer eindelijk tot haar zintuigen doordrongen. De stem, de hand, de geur. Ze draaide zich langzaam om op haar stoel. Keek omhoog.

'Wie ben je?' vroeg ze.

'Wie ik ben?'

'Ja. Je bent niet Bjørn Holm.'

'Niet?'

'Nee, Bjørn Holm is vingerafdrukken, ballistiek en bloed. Hij geeft geen massage die een suikersmaak in je mond teweegbrengt. Dus wat wil je?'

Ze zag het bleke, ronde gezicht voor zich blozen. De vissenogen puilden nog een beetje meer uit dan anders en Bjørn trok snel zijn hand terug en begon fanatiek de kotelet op zijn ene wang te krabben.

'Nee, nee, ja maar, het spijt me, ik wilde niet... ik wilde... ik...'

Het blozen en gestotter werden steeds erger tot hij ten slotte zijn hand liet vallen en haar aankeek met een verwilderde, vertwijfelde blik. 'Verdomme Katrine, dit is gênant.'

Katrine keek hem aan. Wilde bijna gaan lachen. Verrek, wat was hij lief als hij zo was.

'Heb je een auto?' vroeg ze.

Truls Berntsen kwam bij.

Staarde voor zich uit. Het was wit en licht om hem heen. En hij voelde geen pijn meer. Integendeel, het was heerlijk. Wit en heerlijk. Hij moest dood zijn. Natuurlijk was hij dood. Vreemd. En nog vreemder was dat hij verkeerd was gestuurd. Naar de goede plaats.

Hij voelde zijn lichaam bewegen. Misschien was hij een beetje te snel met die goede plaats, hij was nog steeds op transport. En hij kon het geluid nu ook horen. Een klagende misthoorn in de verte die omhoogging en weer daalde. De misthoorn van de veerman.

Iets dook voor hem op, iets wat in het licht stond.

Een gezicht.

Een stem: 'Hij komt bij.'

Een ander gezicht dook op. 'Hij krijgt meer morfine als hij begint te schreeuwen.'

En daar voelde Truls ze terugkomen. De pijnen, zijn hele lichaam deed pijn, zijn hoofd leek uit elkaar te spatten.

Beweging. Een ziekenauto. Hij lag in een ambulance die hem met loeiende sirenes wegbracht.

'Ik ben Ulsrud van de politie,' zei het gezicht boven hem. 'Je ID-kaart zegt dat je Truls Berntsen bent.'

'Wat is er gebeurd?' fluisterde Truls.

'Een bom die afging. Alle ruiten in de buurt zijn gesprongen. We hebben je gevonden in de koelkast. Wat is er gebeurd?'

Truls sloot zijn ogen en hoorde dat de vraag werd herhaald. Hoorde de ander, de verpleger waarschijnlijk, vragen de patiënt niet onder druk te zetten. Bovendien kon hij onder invloed van morfine van alles zeggen.

'Waar is Hole?' fluisterde Truls.

Hij voelde de schaduw weer die het scherpe licht wegnam. 'Wat zei je, Berntsen?'

Truls probeerde zijn lippen nat te maken, maar voelde dat hij geen lippen had.

'Die andere man. Was hij ook in de koelkast?'

'Alleen jij zat in de koelkast, Berntsen.'

'Maar hij was er wel. Hij... heeft me gered.'

'Als er nog iemand anders in het appartement was, ben ik bang dat hij nieuw behang en verf is geworden. Alles daarbinnen is versplinterd in kleine stukjes. Zelfs de koelkast waarin jij lag was behoorlijk beschadigd, dus je mag blij zijn dat je nog leeft. Als je me kunt vertellen wie er achter deze bom zit, kunnen we beginnen met zoeken naar de dader.'

Truls schudde zijn hoofd. Hij dacht tenminste dat hij zijn hoofd schudde. Hij had hem niet gezien, hij had de hele tijd achter hem gestaan, vanaf het ogenblik dat hij hem van die gefingeerde auto-inbraak naar een andere auto leidde en op de achterbank zat terwijl Truls reed, met een pistoolloop tegen zijn achterhoofd. Hij moest naar Hausmannsgate 92 rijden. Een adres dat zo vaak genoemd werd in verband met drugscriminaliteit dat hij bijna vergeten was dat het ook een plaats delict was. Gusto. Uiteraard. En op dat ogenblik besefte hij wat hij probeerde te verdringen. Dat hij zou sterven. Dat het de politieslager was die achter hem de trap op liep, door de nieuwe metalen deur ging en hem aan de stoel tapete terwijl hij naar hem staarde vanachter het groene chirurgenmasker. Truls had hem rond de draagbare televisie zien lopen, een schroevendraaier zien gebruiken en geconstateerd dat het getal, dat op het televisiescherm terugtelde sinds de deur achter hen was dichtgevallen, was gestopt en was teruggezet op zes minuten. Een bom. Daarna had de in het groen geklede man een zwarte knuppel gepakt, hetzelfde type dat hij ook had, en begon hij op zijn gezicht te slaan. Geconcentreerd, zonder zichtbaar genoegen of gevoelsmatige inleving. Zachte slagen, niet genoeg om botten te breken, alleen om bloedvaten en aders kapot te laten springen zodat zijn gezicht opzwol door het vocht dat zich onder de huid ophoopte. Truls was het gevoel in zijn huid kwijtgeraakt, voelde wel dat die opensprong, voelde het bloed over zijn hals en borst lopen, de bonkende pijn in zijn hoofd, in zijn hersenen – nee, dieper dan de hersenen – elke keer dat de knuppel landde. En hij zag de in het groen geklede man, hij leek op een ernstige klokkenluider die zich bewust was van het serieuze werk dat hij verrichtte. Het slaan van de klepel tegen de binnenkant van het brons terwijl kleine bloeddruppeltjes Rorschach-vlekken maakten op het groene schort. Hij hoorde het krakende geluid van het neusbeen en het kraakbeen dat werd gebroken, voelde de tanden afbreken en zijn mond vullen, voelde dat zijn kaak los kwam te hangen aan de spieren... en toen – eindelijk – werd het zwart.

Totdat hij weer bijkwam, in een pijnhel, en hij hem zonder chirurgenmasker zag. Harry Hole stond voor een koelkast.

Eerst was hij in verwarring.

Toen was het ineens logisch. Hole wilde van hem af, hij kende zijn lijst met zonden zo goed dat hij het zou camoufleren als een politiemoord.

Maar Hole was langer dan die ander. Had een andere blik. En Hole wilde in die verrekte koelkast. Ploeterde om erin te komen. Ze zaten in hetzelfde schuitje. Er waren twee politiemannen op dezelfde plaats delict. Die samen zouden sterven. Zij tweeën, wat een ironie! Als het niet zo'n pijn had gedaan, had hij gelachen.

Toen kwam Hole weer uit de koelkast, maakte hem los en sleurde hem naar de koelkast. Ongeveer daar had hij het bewustzijn weer verloren.

'Kan ik meer morfine krijgen?' fluisterde Truls, hopend dat ze het hoorden boven die verrekte sirene uit. Hij wachtte ongeduldig op die golf welbehagen die door zijn lichaam zou spoelen, die angstaanjagende pijn zou wegspoelen. En hij dacht dat het de narcotica moesten zijn waardoor hij dacht wat hij dacht. Want dit paste weer perfect bij hem. Maar toch dacht hij het.

Dat het verdomme ook weer Harry Hole moest zijn die zo doodging.

Als een verrekte held.

Zijn plaats afstaan, zich opofferen voor zijn vijand.

En daar mocht zijn vijand mee verder leven, dat hij in leven was omdat een beter mens ervoor had gekozen voor hem te sterven.

Truls voelde het via zijn ruggenmerg komen, de kou die de pijn voor zich uit schoof. Voor iets sterven, wat dan ook, niet kiezen voor je zielige ik. Misschien dat het daar uiteindelijk om ging. In dat geval, de duivel moge je halen, Hole.

Hij zocht met zijn ogen naar de verpleger, zag dat de autoruit nat was, het moest zijn gaan regenen.

'Meer morfine, verdomme!'

HOOFDSTUK 47

De politieman met een naam – Karsten Kaspersen – als fonetische struikelblok zat in het wachthokje van de politieacademie te staren naar de regen. Die viel in het nachtelijke duister loodrecht naar beneden, roffelde op het asfalt en droop van het hek.

Hij had het licht uitgedaan zodat niemand kon zien dat het wachthokje zo laat nog bemand was. Met 'niemand' bedoelde hij de personen die knuppels en andere uitrusting stalen. Een deel van de rollen oud afzetlint, die ze bij de training van studenten gebruikten, was ook weg. Aangezien er geen inbraaksporen waren, moest het iemand zijn die een sleutelkaart had. En aangezien het iemand was met een sleutelkaart, was het probleem niet zozeer die een paar lullige knuppels of rollen afzetlint, maar het feit dat ze een dief in hun midden hadden. Een dief die misschien over een poos als politieagent aan de slag ging. En die wilden ze uiteraard niet hebben, niet in zijn korps.

Nu zag hij iemand in de regen naderbij komen. De gedaante in het donker was uit de richting van de Slemdalsvei gekomen, was onder de lantaarns voor Chateau Neuf door gelopen en had koers gezet in de richting van het hek. De manier van lopen herkende hij niet. Het leek haast of hij wankelde. De hele kerel leek wel scheef, alsof er aan bakboord een flinke wind stond.

Maar hij deed een kaart in de automaat en even later was hij op het terrein van de school. Kaspersen – die de manier van lopen van iedereen in dit deel van het gebouw kende – sprong op en stapte naar buiten. Want dit was niet iets wat je kon bagatelliseren, je had toegang of je had het niet. Een tussenweg was er niet.

'Hé, jij!' riep Kaspersen en hij liep op hem af, maakte zich al breed, iets uit het dierenrijk om zich zo groot mogelijk te maken, had hij wel eens gehoord, hij wist het niet zeker, maar wist wel dat het werkte. 'Wie ben jij, verdomme? Wat doe je hier? Waar heb je die kaart gekregen?'

Het scheve, drijfnatte individu voor hem draaide zich naar hem om, het leek of hij een poging deed rechtop te gaan staan. Zijn gezicht was verborgen in de schaduw van een capuchon, maar hij zag een paar ogen fonkelen en Kaspersen had het idee dat hij de warmte kon voelen in die intense blik. Hij hapte automatisch naar adem en voor het eerst besefte hij dat hij niet gewapend was. Dat het van de zotte was dat hij daar niet aan had gedacht, hij had iets mee moeten nemen waarmee hij de dieven onder controle kon houden.

Het individu trok de capuchon van zijn hoofd.

Vergeet onder controle houden, dacht Kaspersen. Ik heb iets nodig om me mee te kunnen verdedigen.

Want het individu voor hem was niet van deze wereld. Zijn jas was gescheurd en had grote gaten en hetzelfde gold voor zijn gezicht.

Kaspersen liep achterwaarts terug naar zijn wachthokje. Vroeg zich af of de sleutel aan de binnenkant van de deur zat.

'Kaspersen.'

De stem.

'Ik ben het, Kaspersen.'

Kaspersen bleef staan. Hield zijn hoofd scheef. Zou het werkelijk...?

'Mijn god, Harry. Wat is er met jou gebeurd?'

'Alleen maar een explosie. Het ziet er erger uit dan het is.'

'Erger? Je ziet eruit als een kerstsinaasappel met kruidnagels.'

'Het is alleen...'

'En dan bedoel ik bloedsinaasappel, Harry. Je bloedt behoorlijk. Wacht hier, ik haal verbandmiddelen.'

'Kun je naar het kantoor van Arnold komen? Ik moet iets doen wat haast heeft.'

'Arnold is er nu niet.'

'Dat weet ik.'

Karsten Kaspersen sjokte naar het medicijnkastje in het wachthokje. En terwijl hij pleisters, gaas en een schaar pakte, was het of zijn onderbewuste het gesprek doornam en steeds opnieuw stopte bij de laatste zin. De manier waarop Harry Hole die had uitgesproken. De nadruk erin. Dat wéét ik. Alsof hij het niet tegen hem, Karsten Kaspersen, had gezegd, maar tegen zichzelf.

Mikael Bellman kwam weer bij en opende zijn ogen.

En kneep ze direct weer dicht toen het licht werd gebroken in het netvlies en de lenzen, maar hij bleef een brandend gevoel houden in de zenuwen in zijn nek.

Hij kon zich nauwelijks verroeren. Hij draaide zijn hoofd een beetje en keek rond. Hij was nog steeds in dezelfde kamer. Hij keek langs zijn lichaam. Zag de witte tape die gebruikt was om hem vast te maken aan het bed. Zijn armen aan de zijkant van het bed en zijn benen bij elkaar. Hij was een mummie.

Nu al.

Achter zich hoorde hij gekletter van metaal, hij draaide zijn hoofd naar de andere kant. De persoon naast hem verplaatste instrumenten en was nog steeds in het groen gekleed. Met een masker voor zijn gezicht.

'Oei, toch,' zei de groene man. 'Is de narcose al uitgewerkt? Tja, ik ben ook geen expert in anesthesie natuurlijk. Eerlijk gezegd ben ik helemaal geen specialist als het om ziekenhuiszaken gaat.'

Mikael dacht na, probeerde zijn verwarring van zich af te schudden. Wat gebeurde er, verdomme?

'Ik heb trouwens het geld gevonden dat je bij je had. Mooi van je, maar ik heb het niet nodig. En het is hoe dan ook niet mogelijk om goed te maken wat jij hebt gedaan, Mikael.'

Als hij niet de anesthesieverpleger was, hoe wist hij dan van zijn samenwerking met Asajev?

De groene man hield een instrument tegen het licht.

Mikael hoorde de angst kloppen. Hij voelde hem nog niet, de verdoving lag nog als flarden mist in zijn hersenen, maar als de sluier van de verdoving helemaal was opgetrokken, zou alles wat daaronder zat bloot komen te liggen. De pijn, de angst. En de dood.

Want Mikael begreep het nu. Het was zo vanzelfsprekend dat hij het had moeten begrijpen voor hij van huis wegreed. Dat dit een plaats delict was van een onopgeloste moord.

'Jij en Truls Berntsen.'

Truls? Dacht hij dat Truls iets te maken had met de moord op Asajev?

'Maar hij heeft zijn straf al gekregen. Wat denk jij dat je het best kunt gebruiken als je iemands gezicht afsnijdt? Handgreep drie met lemmet nummer tien is voor huid en spieren. Of deze, dat is handgreep nummer zeven met lemmet nummer vijftien.' De groene man hield twee ogenschijnlijk identieke scalpels omhoog. Het licht werd weerkaatst in het snijvlak, waardoor er een streepje licht viel over het gezicht en het ene oog van de man. En in dat oog zag Mikael iets wat hem vaag bekend voorkwam.

'De leverancier heeft niet precies aangegeven welke ik hiervoor het best kan gebruiken, begrijp je.'

Er was iets bekends aan de stem, of vergiste hij zich?

'Jaja, we moeten maar roeien met de riemen die we hebben. Ik moet je hoofd nu vast tapen, Mikael.'

Nu was de mist helemaal opgetrokken en hij zag hem. De angst.

En de angst zag hem en greep hem direct bij zijn keel.

Mikael hapte naar adem toen hij voelde hoe zijn hoofd tegen de matras werd gedrukt en de tape over zijn voorhoofd werd getrokken. Hij zag het gezicht van de ander recht boven zich. Het monddoekje was naar beneden gegleden. Mikaels hersenen verwerkten het beeld maar langzaam. Toen herkende hij hem. En begreep hij waarom.

'Herinner je je mij?' vroeg hij.

Hij was het. De homo. Hij die geprobeerd had hem, Mikael, te kussen toen hij nog voor Kripos werkte. Op de wc. Iemand was binnengekomen. Truls had hem in zijn garage bont en blauw geslagen en hij was nooit meer teruggekomen. Hij had geweten wat hem te wachten stond. Net zoals Mikael dat nu wist.

'Genade.' Mikael voelde dat zijn ogen zich vulden met tranen. 'Ik heb Truls gestopt. Hij had je doodgeslagen als ik hem...'

'... niet had gestopt en zodoende mijn eigen carrière redde en commissaris kon worden.'

'Luister, ik ben bereid te betalen wat het...'

'O, je krijgt de kans te betalen, Mikael. Je zult ruimhartig mogen betalen voor wat jullie me hebben afgenomen.'

'Afgenomen... Wat hebben we je afgenomen?'

'Jullie hebben me de wraak afgenomen, Mikael. De straf voor degene die René Kalsnes heeft vermoord. Jullie hebben de moordenaar vrijuit laten gaan.'

'Niet alle zaken kunnen worden opgelost. Dat weet jij als...'

Gelach. Koud, kort; het stopte abrupt. 'Ik weet dat jullie het niet eens hebben geprobeerd, dat is wat ik weet, Mikael. Het kon jullie niets verdommen, om twee redenen. Ten eerste werd er een knuppel gevonden in de buurt van de plaats delict, dus jullie waren bang dat wanneer er te hard werd gezocht, jullie zouden ontdekken dat een van de eigen mensen dat onderkruipsel, die akelige homo, had vermoord. En wat was de tweede reden, Mikael? René was niet zo hetero als politiemensen dat graag zien. Of niet, Mikael? Maar ik hield van René. Hield van hem. Hoor je me, Mikael? Ik zeg hardop dat ik – een man – hield van een jongen, hem wilde kussen, over zijn haar wilde strelen, lieve woordjes in zijn oor wilde fluisteren. Vind je dat akelig? Maar diep vanbinnen weet je het, is het niet? Dat het een gave is om van een andere man te kunnen houden. Dat is iets wat je jezelf eerder had moeten vertellen, Mikael, want nu is het voor jou te laat. Jij zult het nooit meemaken, dat wat ik je aanbood toen we beiden nog bij Kripos werkten. Jij werd zo bang voor die andere ik dat je kwaad werd, hem eruit moest slaan. Mij eruit moest slaan.'

Hij was langzaam steeds harder gaan praten, maar nu liet hij zijn stem zakken tot gefluister.

'Maar het is een domme angst, Mikael. Ik heb die zelf gekend en ik zou je daarvoor nooit zo hard straffen als ik nu van plan ben. Waar jij en al die andere zogenaamde politiemensen in de René-zaak de doodstraf voor hebben gekregen, is dat jullie het enige dat ik ooit van mijn leven heb liefgehad, hebben bezoedeld. Zijn waarde als mens is gekleineerd. Daarmee werd eigenlijk gezegd dat hij het werk waarvoor jullie worden betaald niet waard was. De eed die jullie hebben afgelegd om de gemeenschap en de rechtvaardigheid te dienen. Dat betekent dat jullie ons allemaal in de steek hebben gelaten, die hele waardeloze club van jou, Mikael. Het korps is heilig. Het korps en de liefde. Daarom moeten jullie worden verwijderd. Zoals jullie mijn oogappel hebben verwijderd. Maar genoeg gepraat, ik moet me concentreren, zodat we dit goed doen. Gelukkig voor jou en voor mij staan er instructievideo's op internet. Wat denk je daarvan?'

Hij hield een foto voor Mikaels gezicht.

'Moet eenvoudige chirurgie zijn, dacht je niet? Nee maar, Mikael! Niemand kan je horen, maar als je zo brult, moet ik je mond ook nog dicht tapen.'

Harry plofte op de stoel van Arnold Folkestad. Die liet een lange, hydraulische zucht horen en zonk onder zijn gewicht in elkaar terwijl Harry de pc aanzette en het scherm in het donker oplichtte. Het apparaat reutelde, startte programma's op en maakte zich klaar voor gebruik en Harry las de sms van Katrine nog een keer.

GEEN HITS OP DE STATISTIEK.

Arnold had hem verteld dat de FBI statistieken had waaruit bleek dat er in vierennegentig procent van de gevallen waarin kroongetuigen in belangrijke rechtszaken overleden, sprake was van verdachte sterfgevallen. Die statistiek had ertoe geleid dat Harry de dood van Asajev nader ging onderzoeken. Maar nu bleek dat die statistiek helemaal niet bestond. Net als in die grap van Katrine, die was blijven knagen aan Harry's hersenen en waarvan hij maar niet begreep waarom dat was: 'In tweeënzeventig procent van de gevallen waarin mensen statistieken gebruiken, gaat het om iets wat ze zelf verzinnen.'

Harry moest het al langer hebben gedacht. Een verdenking hebben gehad. Dat Arnold deze statistiek had verzonnen.

Maar waarom?

Het antwoord was simpel. Om Harry over te halen de dood van Asajev beter te onderzoeken. Omdat Arnold iets wist, maar niet direct kon zeggen wat dat was en hoe hij aan die informatie was gekomen. Omdat dat hem zou ontmaskeren. Maar Harry was nu eenmaal overdreven ijverig en ziekelijk bezeten van het ophelderen van een moord en daarom had Arnold het risico wel willen nemen om Harry indirect op het spoor te zetten.

Want Arnold Folkestad wist dat het spoor Harry niet alleen kon leiden naar de ontdekking dat Rudolf Asajev was vermoord en naar zijn moordenaar. Het kon Harry ook leiden naar Arnold Folkestad en een andere moord. Want de enige die kon weten wat er werkelijk was gebeurd in het ziekenhuis, en ook de behoefte kon hebben om dat te vertellen, was Anton Mittet. De beschaamde bewaker die verdoofd was geweest. En er was maar één reden waarom Arnold Folkestad en Anton Mittet – absolute vreemden van elkaar – ineens contact konden hebben gehad.

Harry huiverde.

Moord.

De pc was klaar voor een zoekopdracht.

HOOFDSTUK 48

Harry staarde naar het pc-scherm. Belde het nummer van Katrine weer. Hij wilde net ophangen toen hij haar stem hoorde: 'Ja?'

Ze was buiten adem, alsof ze had hardgelopen. Maar de akoestiek duidde erop dat ze binnen was. En hij dacht weer dat hij het had moeten horen die keer 's nachts dat hij Arnold Folkestad had gebeld. De akoestiek. Hij was buiten geweest, niet binnen in bed.

'Ben je in een fitnesszaal of zoiets?'

'Fitnesszaal?' Ze vroeg het op een manier alsof ze nog nooit van dat woord had gehoord.

'Ik dacht dat je daarom je telefoon niet opnam.'

'Nee, ik ben thuis. Wat is er?'

'Oké, rustig maar. Ik zit nu op de politieacademie. Ik heb zojuist iets gevonden waar de betreffende persoon naar heeft gezocht op internet. Maar ik kom niet verder.'

'Wat bedoel je?'

'Arnold Folkestad is op sites geweest van leveranciers van ziekenhuisinstrumenten. Ik wil weten waarom.'

'Arnold Folkestad? Wat is er met hem?'

'Ik denk dat hij onze man is.'

'Arnold Folkestad is de politieslager?'

Naast Katrines uitroep hoorde hij een geluid dat hij direct herkende als Bjørn Holms rokershoest. En iets wat het gekraak van een matras kon zijn.

'Zijn Bjørn en jij in de Vuurkamer?'

'Nee, ik zei dat ik... we... ja, we zijn in de Vuurkamer.'

Harry dacht na. Maar zei bij zichzelf: nee, in al die jaren bij de politie had hij nog nooit zo'n slechte leugen gehoord.

'Als je, waar je nu bent, toegang hebt tot een pc, wil je dan Arnold Folkestad checken met betrekking tot die instrumenten? En ook wat betreft de plaatsen delict en de moorden? En bel me dan terug. En geef me nu Bjørn.'

Hij hoorde dat ze haar hand op de hoorn legde, iets zei en vervolgens hoorde hij Bjørns schorre stem: 'Ja?'

'Trek je kleren aan en maak dat je in de Vuurkamer komt. Zorg dat je toestemming van de officier van justitie krijgt voor het checken van de mobiel van Arnold Folkestad. En dan bekijk je welke nummers vanavond naar Truls Berntsen hebben gebeld, oké? In de tussentijd vraag ik Bellman om Delta te mogen inzetten. Goed?'

'Ja, ik... we... dus, je begrijpt...'

'Is het belangrijk, Bjørn?'

'Nee.'

'Oké.'

Harry verbrak de verbinding en op dat moment kwam Karsten Kaspersen binnen.

'Ik heb wat jodium en watten gevonden. En ook een pincet. Dus ik kan die splinters eruit halen.'

'Bedankt, Kaspersen, maar de splinters houden de boel dicht, dus leg de spullen maar op tafel.'

'Maar mijn god, je...'

Harry wuifde de protesterende Kaspersen weg terwijl hij het mobiele nummer van Bellman intoetste. Na zes keer overgaan kreeg hij de voicemail. Hij vloekte. Zocht het nummer van Ulla Bellman op de pc, vond een nummer van de vaste telefoon van Bellman in Høyenhall. En even later hoorde hij een zachte, melodieuze stem de familienaam zeggen.

'Met Harry Hole. Is uw man thuis?'

'Nee, hij is net weggegaan.'

'Het is belangrijk. Weet u waar hij is?'

'Dat heeft hij niet gezegd.'

'Wanneer...'

'Dat heeft hij niet gezegd.'

'Als...'

'... hij terugkomt zal ik hem vragen Harry Hole te bellen.'

'Bedankt.'

Hij verbrak de verbinding.

Dwong zichzelf te wachten. Hij wachtte met zijn ellebogen op het bureau en zijn hoofd in zijn handen en luisterde naar de bloeddruppels die op de nog niet gecorrigeerde tentamens drupten. Hij telde ze als tikkende seconden.

Het bos. Het bos. Er gaat geen metro of tram door het bos.

En de akoestiek, hij was niet binnen geweest, maar buiten.

Toen Harry Arnold Folkestad die nacht had gebeld, had Arnold beweerd dat hij thuis in bed lag.

Toch had Harry op de achtergrond een metro gehoord.

Het kon best om een heel onschuldige reden zijn dat hij had gelogen over waar hij was. Het gezelschap van een dame die hij geheim wilde houden, bijvoorbeeld. En het kon toeval zijn dat het tijdstip waarop Harry had gebeld ongeveer samenviel met het tijdstip waarop het meisje op Vestre Gravlund moest zijn opgegraven. Waar de metro vlak langs kwam. Toevalligheden. Maar er waren ook andere dingen naar de oppervlakte gekomen. De statistiek.

Harry keek weer op de klok.

Dacht aan Rakel en Oleg. Ze waren thuis.

Thuis. Waar hij zou moeten zijn. Waar hij moest zijn. Waar hij nooit meer zou zijn. Nooit helemaal, nooit volledig, nooit zoals hij zich het wenste. Want het was waar, hij had het niet in zich. In plaats daarvan had hij dat andere in zich, als een ziekte, een vleesetende bacterie, die alles in zijn leven verteerde wat zelfs de alcohol niet helemaal onder controle kon houden en waarvan hij nog steeds, na al die jaren, niet precies wist wat het was. Alleen maar dat het op de een of andere manier moest lijken op dat wat Arnold Folkestad had. Een dwingende opdracht zo sterk en allesomvattend dat die nooit kon rechtvaardigen wat er kapot werd gemaakt. Toen – eindelijk – belde ze.

'Hij heeft een aantal weken geleden een groot arsenaal aan chirurgische instrumenten en kleding gekocht. Je hebt geen autorisatie nodig om dat te doen.'

'Nog iets anders?'

'Nee, volgens mij is hij niet veel op internet geweest. Het lijkt er eerder op dat hij voorzichtig was.'

'En verder?'

'Ik heb op zijn naam gezocht en op verwondingen om te zien of hij ergens bij betrokken is geweest. En ik heb gevonden dat hij jaren terug in het ziekenhuis heeft gelegen vanwege letsel. Maar in het dossier staat dat hij dat zichzelf had toegebracht.'

'O?'

'Ja, hij werd opgenomen met verwondingen die de arts als slagwonden typeerde, maar die volgens de patiënt van een val van de trap kwamen. De arts betwijfelt dat en verwijst naar de wonden over zijn hele lichaam, maar hij schrijft dat de patiënt politieman is en zelf mag besluiten of hij eventueel aangifte doet. Hij schrijft ook dat de knie waarschijnlijk niet volledig zal herstellen.'

'Dus hij is zelf in elkaar geslagen. Hoe zit het met de plaatsen delict van de politieslager?'

'Daar heb ik geen links van kunnen vinden. Het lijkt er niet op dat hij, toen hij nog bij Kripos zat, heeft meegewerkt aan het onderzoek naar de oorspronkelijke moorden. Ik heb daarentegen wel een verband gevonden tussen hem en een van de slachtoffers.'

'O?'

'René Kalsnes. Eerst dook hij in zijn eentje op, toen heb ik een gecombineerde zoekopdracht gedaan. Die twee hebben veel met elkaar ondernomen. Vliegreizen naar het buitenland waarvoor Folkestad betaalde. In diverse Europese steden tweepersoonskamers en suites geregistreerd op beide namen. Sieraden, die Folkestad volgens mij niet zelf droeg, in Barcelona en Rome. Kort samengevat, het ziet ernaar uit dat die twee...'

'... geliefden waren,' zei Harry.

'Ik zou eerder zeggen in het geheim minnaars waren,' zei Katrine. 'Wanneer ze uit Noorwegen vertrokken, zaten ze nooit naast elkaar, soms hadden ze zelfs verschillende vluchten. En wanneer ze in een hotel in Noorwegen verbleven, hadden ze altijd aparte kamers.'

'Arnold was een politieman,' zei Harry. 'Hij vond het veiliger in de kast.'

'Maar hij was niet de enige die René met reisjes en cadeaus overlaadde.'

'Vast en zeker niet. En wat ook zeker is, is dat de rechercheurs dit eerder hadden moeten zien.'

'Nu ben je te streng, Harry. Ze kunnen niet over mijn zoekmachines beschikken.'

Harry ging voorzichtig met een hand over zijn gezicht. 'Misschien niet. Misschien heb je gelijk. Misschien is het onrechtvaardig van me dat ik denk dat een moord op een hoererende homo niet al te veel werklust bij de betrokken rechercheurs opwekte.'

'Ja, dat kan best eens kloppen.'

'Goed, heb je nog meer?'

'Voorlopig niet.'

'Oké.'

Hij liet zijn mobiel in zijn broekzak glijden. Keek op de klok.

Er schoot een zin door zijn hoofd die Arnold Folkestad had uitgesproken.

'Iedereen die een loopje neemt met rechtvaardigheid, moet een slecht geweten hebben.'

Was dat wat Folkestad deed met deze moorden? Rechtvaardig zijn?

En wat hij had gezegd toen ze over Silje Gravsengs mogelijke OCD hadden gesproken, die persoonlijkheidsstoornis bij mensen die geen middel of consequentie schuwen. 'Ik heb enige ervaring met OCD.'

Die kerel had naast Harry gelopen en in duidelijke taal over zichzelf gesproken.

Het duurde zeven minuten voor Bjørn belde.

'Ze hebben de telefoon van Truls Berntsen gecheckt en hij is vanavond niet gebeld.'

'Hm. Folkestad is dus direct naar zijn huis gegaan om hem op te halen. Hoe zit het met de telefoon van Folkestad?'

'Volgens de signalen van het basisstation staat zijn mobiel aan en hij is gepeild in de buurt van de Slemdalsvei, Chateau Neuf en...'

'Verdomme,' zei Harry. 'Hang op en bel zijn nummer.'

Harry wachtte een paar seconden. Toen hoorde hij ergens een zoemgeluid vandaan komen. Het kwam uit het ladeblok onder het bureau. Harry trok aan de lades. Op slot. Behalve de onderste, de diepste. Er lichtte een display naar hem op. Harry pakte de mobiel en drukte op het hoorntje.

'Gevonden,' zei hij.

'Hallo?'

'Dit is Harry, Bjørn. Folkestad is slim, hij heeft de mobiel die geregistreerd staat op zijn naam hier laten liggen. Ik gok dat dat op de tijdstippen van alle vorige moorden ook het geval was.'

'Zodat de provider aan de hand van zijn mobiel niet kan traceren waar hij op welk tijdstip was.'

'En hij kan bewijzen dat hij meestal hier zat te werken en dat kan hij gebruiken als alibi. Aangezien de mobiel niet eens achter slot en grendel ligt, gok ik dat we niets in het apparaat zullen vinden wat hem zou kunnen ontmaskeren.'

'Je bedoelt dat hij een ander toestel heeft?'

'Prepaid, contant betaald, eventueel op naam van iemand anders. Daarmee heeft hij zijn slachtoffers gebeld.'

'En nu ligt daar dus vanavond het toestel...'

'Hij is op jacht, ja.'

'Maar als hij zijn telefoon als alibi gebruikt, is het vreemd dat hij hem nu niet heeft opgehaald. Mee naar huis heeft genomen. Als de signalen van de provider uitwijzen dat de mobiel de hele nacht in de politieacademie heeft gelegen...'

'Zal dat geen plausibel alibi zijn. Er is nog een andere mogelijkheid.'

'Wat dan?'

'Dat hij nog niet klaar is met zijn klus van vanavond.'

'O, verrek! Geloof je...?'

'Ik geloof niets. Ik kan Bellman niet te pakken krijgen. Kun jij Hagen bellen, de situatie uitleggen en hem vragen een mobilisatie van Delta te autoriseren? Jullie moeten naar het huis van Folkestad.'

'Denk je dat hij thuis is?'

'Nee, maar we...'

'... beginnen te zoeken waar het licht is,' maakte Bjørn de zin af.

Harry hing weer op. Sloot zijn ogen. Het gepiep in zijn oren was bijna weg. In plaats daarvan was een ander geluid gekomen. Het getik. De seconden die werden afgeteld. Verdomme, verdomme! Hij duwde de knokkels van zijn wijsvingers tegen zijn ogen.

Kon iemand anders vandaag een anoniem telefoontje hebben gehad? Wie? En waar vandaan? Van een prepaid toestel. Of uit een telefooncel. Of vanuit een grote centrale waar het gekozen nummer niet zichtbaar was en ook niet werd geregistreerd.

Een paar seconden zat Harry zo.

Toen haalde hij zijn handen weg.

Keek naar de grote, zwarte vaste telefoon die op het bureau stond. Hij aarzelde. Toen pakte hij de hoorn op. Kreeg de zoemtoon van de centrale. Drukte op de *repeat*-knop en met kleine, geestdriftige bliepgeluidjes belde de telefoon het laatstgekozen nummer. Hij hoorde het toestel overgaan. Er werd opgenomen. Dezelfde zachte, melodieuze stem: 'Bellman.'

‘Het spijt me, verkeerd nummer,’ zei Harry en hij hing weer op. Sloot zijn ogen. Verdomme, verdomme!

HOOFDSTUK 49

Niet hoe en waarom.

Harry's hersenen probeerden het overbodige te verwijderen. Zich te concentreren op het enige dat nu belangrijk was. Waar?

Waar zou Arnold Folkestad in godsnaam kunnen zijn?

Op een plaats delict.

Met een chirurgenuitrusting.

Toen Harry het ineens besefte, frappeerde hem vooral één ding: dat hij daar niet eerder op was gekomen. Het lag zo voor de hand dat zelfs een eerstejaars met een gemiddelde fantasie kans zou hebben gezien de informatie te combineren met de gedachtegang van de dader. Plaats delict. Een plaats delict waar een man verkleed als chirurg, met mondmasker en al, niet bijzonder zou opvallen.

Met de auto was het twee minuten van de politieacademie naar het Rikshospital.

Hij kon het halen. Delta kon dat niet.

Harry had vijfentwintig seconden nodig om het gebouw te verlaten.

Dertig om naar de auto te komen, hem te starten en de Slemdalsvei op te rijden, die hem bijna rechtstreeks zou brengen waar hij wilde zijn.

Eén minuut en vijfenveertig seconden later stopte hij voor de toegangsdeur van het Rikshospital.

Tien seconden later had hij de draaideur geforceerd en passeerde hij de receptie. Hij hoorde een 'hé, daar!' achter zich, maar rende door. Zijn eigen voetstappen weerklonken tussen de muur en het plafond. Terwijl hij rende, greep hij achter zijn rug. Kreeg de Odessa te pakken die hij achter zijn broekriem had gestoken. Hij bleef aftellen, sneller, sneller.

Hij kwam langs een koffieautomaat. Ging wat langzamer lopen om niet te veel geluid te maken. Bleef bij de stoel voor de deur staan. De deur leidde naar de plaats delict, wist hij. Veel mensen wisten dat de Russische drugsbaron hierbinnen was gestorven, maar slechts een paar mensen wisten dat hij was vermoord. Dat de kamer een plaats delict was van een onopgeloste moord. Inclusief Arnold Folkestad.

Harry stapte naar de deur. Luisterde.

Checkte of het pistool was ontgrendeld.

Hij was klaar met aftellen.

Een eind terug op de gang hoorde hij rennende voetstappen. Ze waren op weg om hem te stoppen. Voordat Harry Hole geluidloos de deur opendeed en naar binnen stapte, kon hij nog één ding denken: dat het een afschuwelijke droom was die maar bleef terugkomen, keer op keer, en dat die hier en nu moest worden gestopt. Dat hij wakker moest worden. Moest knipperen tegen een zonovergoten ochtend, omgeven door een koud, wit dekbed en in haar armen die hem vasthielden. Die weigerden hem los te laten, weigerden hem ergens anders te laten zijn dan bij haar.

Harry sloot de deur voorzichtig achter zich. Staarde naar een rug in het groen, die gebogen stond over een bed waarop een persoon lag die hij kende. Mikael Bellman.

Harry tilde zijn pistool op. Haalde de trekker naar achteren. Hij zag al voor zich hoe het salvo de groene stof open zou rijten, de zenuwen kapot zou scheuren, de buik zou perforeren, hoe de rug omhoog zou komen voor hij voorovérviel. Maar Harry wilde dat niet. Hij wilde de man niet in de rug schieten. Hij wilde hem in het gezicht schieten.

'Arnold,' zei Harry met een verstikte stem. 'Draai je om.'

Er klonk een kletterend geluid toen de groene man iets glimmends op het metalen blad legde. Een scalpel. Hij draaide zich langzaam om. Trok het groene masker weg. Keek Harry aan.

Harry staarde terug. Zijn vinger klemde zich rond de trekker.

De voetstappen buiten waren dichterbij gekomen. Ze waren met meer. Hij moest haast maken als hij het zonder getuigen wilde doen. Hij voelde de weerstand van de trekker, hij was in het oog van de storm gekomen waarin alles stil was. Stilte voor de explosie. Nu. Niet nu. Hij had zijn vinger iets teruggetrokken. Dit was hij niet. Dit was Arnold Folkestad niet. Had hij zich vergist? Zich weer vergist? Het gezicht voor hem was gladgeschoren, de mond hing open, de donkere ogen waren van een onbekende. Was dit de politieslager? Hij zag er zo... verbijsterd uit. De groene man deed een stap opzij en pas nu zag Harry dat hij voor een vrouw had gestaan, ook in het groen.

Op hetzelfde ogenblik ging de deur open en werd hij aan de kant geduwd door nog twee personen in groene operatiekleding.

'Hoe is de situatie?' zei een van de pas gearriveerden met een harde, autoritaire stem.

'Buiten kennis,' antwoordde de vrouw. 'Lage pols.'

'Bloedverlies?'

'Er ligt niet veel bloed op de vloer, maar het kan de maag in zijn gelopen.'

'Bepaal de bloedgroep en bestel drie zakken.'

Harry liet zijn pistool zakken.

'Ik ben van de politie,' zei hij. 'Wat is er gebeurd?'

'Maak dat je wegkomt, we proberen een leven te redden,' zei de autoritaire stem.

'Ik ook,' zei Harry en hij hief het pistool weer op. De man staarde hem aan. 'Ik probeer een moordenaar tegen te houden, meneer de chirurg. En we weten niet of hij zijn werkdag er al op heeft zitten, oké?'

De autoritaire man draaide Harry zijn rug toe. 'Als het alleen gaat om deze wond, is het bloedverlies niet zo groot en er zijn ook geen inwendige organen geraakt. Is hij in shock? Karen, help de politieman.'

De vrouw sprak door haar mondkapje zonder van haar plaats te komen. 'Er was iemand in de receptie die een man in bebloed chirurgenpak en met een mondkapje voor uit de lege vleugel zag komen en linea recta naar buiten zag lopen. Dat was zo ongebruikelijk dat ze iemand heeft gestuurd om dat uit te zoeken. De patiënt was bezig dood te bloeden toen we hem vonden.'

'Iemand die weet waar de man naartoe kan zijn gegaan?' vroeg Harry.

'Ze zeiden dat hij gewoon verdwenen is.'

'Wanneer komt de patiënt weer bij bewustzijn?'

'We weten niet eens of hij het overleeft. U ziet er trouwens ook uit of u een arts nodig hebt.'

'We kunnen nu niet veel meer doen dan een verband aanleggen,' zei de autoritaire stem.

Er was verder geen informatie te halen, toch bleef Harry staan. Deed twee stappen naar voren. Staarde naar het witte gezicht van Mikael Bellman. Was hij bij bewustzijn? Het was moeilijk te zeggen.

Het ene oog staarde hem recht aan.

Het andere was er niet meer.

Alleen maar een zwart gat waaruit bloederige sliertjes en witte draden hingen.

Harry draaide zich om en liep de kamer uit. Viste de telefoon uit zijn zak terwijl hij door de gang draafde op weg naar frisse lucht.

'Ja?'

'Ståle?'

'Je klinkt opgewonden, Harry.'

'De politieslager heeft Bellman te grazen gehad.'

'Te grazen gehad?'

'Hij heeft hem geopereerd.'

'Wat bedoel je?'

'Hij heeft zijn ene oog verwijderd. En is toen bij hem weggelopen met de bedoeling hem dood te laten bloeden. En de politieslager zat achter de explosie vanavond waarover je vast op het journaal hebt gehoord. Probeerde twee politiemannen te doden, inclusief mijzelf. Ik moet weten hoe hij denkt, want ik heb verdomme geen ideeën meer.'

Het werd stil. Harry wachtte. Hoorde Ståle Aune zwaar ademen. En ten slotte was zijn stem er weer: 'Ik weet werkelijk niet...'

'Dat hoef ik niet te horen, Ståle. Doe alsof je het weet, oké?'

'Oké, oké. Wat ik kan zeggen, is dat hij de controle aan het verliezen is, Harry. De emotionele druk is zo geëscaleerd dat hij nu overkookt. Hij is gestopt met het volgen van zijn vaste patroon. Hij kan nu van alles verzinnen.'

'Dus wat je zegt, is dat je geen idee hebt van zijn volgende stap?'

Opnieuw stilte.

'Bedankt,' zei Harry en hij verbrak de verbinding. Op hetzelfde ogenblik ging de telefoon over. B voor Bjørn.

'Ja?'

'Delta is onderweg naar het adres van Folkestad.'

'Mooi! Geef aan hen door dat het mogelijk is dat Folkestad daar ook naar op weg is. En dat we een uur wachten voordat we een algemeen opsporingsbevel laten uitgaan zodat hij niet nu al via de politieradio, of op een andere manier, kan horen dat we hem zoeken. Bel Katrine en vraag of ze naar de Vuurkamer komt, ik ben al onderweg.'

Harry kwam langs de receptie, zag dat mensen hem aanstaarden en verschrikt terugdeinsden. Een vrouw schreeuwde en sommige mensen doken achter de balie. In de spiegel achter de balie zag Harry zichzelf.

Een bloederige man van bijna twee meter met nog steeds het lelijkste automatische pistool van de wereld in zijn hand.

'Sorry mensen,' mompelde Harry en hij ging door de draaideur.

'Wat gebeurt er?' vroeg Bjørn.

'Niks aan de hand,' zei Harry, hij hield zijn gezicht in de regen en een ogenblik werd de brandende pijn minder. 'Zeg, ik ben vijf minuten rijden van huis, ik ga daar even heen om te douchen, pleisters te plakken en schone kleren aan te trekken.'

Ze verbraken de verbinding en Harry ontdekte een parkeerwachter die bezig was een bon uit te schrijven.

'Ben je van plan me een boete te geven?' vroeg Harry.

'Je verspert de ingang van het ziekenhuis, dus daar kun je vergif op innemen,' zei de parkeerwachter zonder hem aan te kijken.

'Misschien is het beter dat je aan de kant gaat, dan kan die auto weg,' zei Harry.

'Ik geloof niet dat je me moet vragen om...' begon de parkeerwachter, hij keek op en verstijfde toen hij Harry en de Odessa zag. En hij stond nog steeds als vastgevroren aan het asfalt toen Harry in de auto stapte, het pistool op zijn rug achter zijn broekriem stopte, de contactsleutel omdraaide, de auto in de versnelling zette en wegreed.

Harry reed over de Slemdalsvei, gaf gas, passeerde een metro. En bad in stilte dat Arnold Folkestad, net als hij, onderweg was naar huis.

Hij reed de Holmenkollvei in. Hoopte dat Rakel zich niet rotschrok als ze zag hoe hij eraan toe was. Hoopte dat Oleg...

Mijn god, wat verheugde hij zich erop hen weer te zien. Zelfs nu. Juist nu.

Hij remde om de oprit van het huis te kunnen nemen.

Bleef abrupt stilstaan.

Zette zijn auto in de achteruit.

Ging langzaam naar achteren.

Hij keek naar de geparkeerde auto's waar hij zojuist langs was gereden, de auto's die langs het trottoir stonden. Stond stil. Ademde door zijn neus.

Arnold Folkestad was inderdaad op weg naar huis. Net als hij.

Want tussen twee meer stereotiepe auto's voor de Holmenkollvei, een Audi en een Mercedes, stond een Fiat van een onbekende jaargang.

HOOFDSTUK 50

Harry stond een paar seconden onder de sparrenbomen het huis op te nemen.

Vanwaar hij stond zag hij geen tekenen van inbraak, niet bij de voordeur met zijn drie sloten en niet bij de tralies voor de ramen.

Het was uiteraard niet zeker dat het Folkestads Fiat was die langs de kant van de weg stond. Veel mensen hadden een Fiat. Harry had een hand op de motorkap gelegd. Die was nog warm. Hij had zijn eigen auto midden op de weg laten staan.

Harry rende onder de sparrenbomen door naar de achterkant van het huis.

Wachtte, luisterde. Niets.

Hij sloop gebukt naar het huis. Rekte zich uit, keek door de ramen, maar zag niets, alleen maar donkere kamers.

Hij liep verder langs het huis tot hij bij de verlichte ramen van de keuken en de woonkamer kwam.

Ging op zijn tenen staan en keek naar binnen. Dook weer in elkaar. Duwde zijn rug tegen het ruwe hout van het huis en concentreerde zich op zijn ademhaling. Omdat hij nu moest ademhalen. Ervoor moest zorgen dat zijn hersenen zuurstof kregen zodat ze snel konden denken.

Een vesting. En wat was die verdomme waard?

Hij had ze.

Arnold Folkestad. Rakel. Oleg.

Harry concentreerde zich om zich precies voor de geest te halen wat hij had gezien.

Ze zaten in de voorkamer vlak bij de voordeur.

Oleg zat op een van de keukenstoelen die midden in de kamer was gezet, Rakel stond direct achter hem. Oleg had een witte doek over zijn mond en Rakel was bezig hem aan de stoelleuning vast te binden.

En een paar meter achter hen, weggedoken in een leunstoel, zat Arnold Folkestad met een pistool in zijn hand terwijl hij duidelijk commando's gaf aan Rakel.

De details. Folkestads pistool was een standaard Heckler & Koch-dienstpistool. Betrouwbaar, zou niet haperen. Rakels mobiel lag op tafel. Geen van hen was gewond. Nog niet.

Waarom...

Harry zette de gedachte stil. Er was geen plaats voor, geen tijd voor waarom, alleen maar voor hoe hij Folkestad kon stoppen.

Harry had al vastgesteld dat het voor hem, vanuit de hoek waar hij nu stond, onmogelijk was Folkestad neer te schieten zonder het risico te lopen Rakel of Oleg te raken.

Harry keek weer even over het raamkozijn en bukte toen snel.

Rakel was bijna klaar met haar werk.

Hij had de knuppel gezien, die stond tegen de boekenkast naast de leunstoel. Zo meteen zou Folkestad het gezicht van Oleg kapotmaken, net zoals hij dat met de anderen had gedaan. Een jonge jongen die niet eens politieman was. En Folkestad moest er toch van uitgaan dat Harry dood was, dus hij had al genoeg wraak genomen. Waarom... stop!

Hij moest Bjørn bellen. Delta hierheen laten sturen. Die reden nu aan de verkeerde kant van de stad, door het bos. Het zou minstens drie kwartier duren eer ze hier waren. Verdomme, verdomme! Hij moest het zelf doen.

Harry vertelde zichzelf dat hij tijd had.

Dat hij vele seconden had, misschien wel een minuut.

Maar hij kon niet rekenen op een verrassingsaanval, niet met drie sloten op de voordeur die allemaal van het slot moesten worden gedraaid. Folkestad zou hem horen en zou klaarstaan, lang voor hij binnen was. Met het pistool op een van hen gericht.

Snel, snel! Iets, wat dan ook, Harry.

Hij pakte zijn mobiel. Wilde een sms sturen naar Bjørn. Maar zijn vingers luisterden niet, ze waren verstijfd. Ze waren gevoelloos alsof de bloedtoevoer was dichtgedraaid.

Niet nu, Harry, niet verstijven van angst. Dit is gewoon werk, dit zijn ze niet, dit zijn... slachtoffers. Gezichtsloze slachtoffers. Dit zijn: de vrouw met wie je zult trouwen en de jongen die jou, toen hij klein was en moe van het spelen, papa noemde. De jongen die jij nooit wilde teleurstellen, maar van wie je altijd de verjaardag vergat waardoor hij moest huilen, waarop jij weer moest jokken. Altijd maar jokken.

Harry knipperde in het donker.

Verdomde jokkebrok.

Haar mobiel op de tafel. Zou hij de telefoon van Rakel bellen zodat Arnold Folkestad op moest staan en misschien uit de schootslijn van Rakel en Oleg kwam? Hem neerschieten als hij de mobiel pakte?

En wat als Arnold dat niet deed, maar bleef zitten?

Harry keek nogmaals. Dook in elkaar en hoopte dat Folkestad de beweging niet had gezien. Folkestad was namelijk opgestaan met de knuppel in zijn hand terwijl hij Rakel aan de kant schoof. Maar ze stond nog steeds in de weg. Zelfs als hij een vrije schootslijn had, was het niet erg waarschijnlijk dat hij op een afstand van tien meter zoveel geluk had dat hij Folkestad met één schot ogenblikkelijk kon uitschakelen. Daarvoor had hij een wapen nodig dat hij preciezer kon richten dan deze roestige Odessa en een grover kaliber kogels dan Makarov 9×18 mm. Hij moest dichterbij zien te komen. Het liefst binnen twee meter.

Hij hoorde Rakels stem door het raam: 'Neem mij! Alsjeblieft.'

Harry duwde zijn achterhoofd tegen het hout, kneep zijn ogen dicht. Doen, doen. Maar wat? Grote god, wat? Geef een verrekte zondaar, een jokkebrok, een tip en hij zal u terugbetalen met… met wat u wilt. Harry haalde adem, fluisterde een belofte.

Rakel staarde naar de man met de rode baard. Hij stond recht achter de stoel van Oleg, liet de punt van de knuppel op Olegs schouder rusten. In zijn andere hand had hij het pistool, dat hij op haar gericht hield.

'Het spijt me echt, Rakel, maar ik kan de jongen niet sparen. Hij is het eigenlijke doel, begrijp je?'

'Maar waarom?' Rakel voelde niet dat ze huilde, er waren tranen die warm over haar wangen liepen, als een fysieke reactie die was losgekoppeld van wat ze voelde. Of niet voelde. Verdoofd. 'Waarom doe je dit, Arnold? Dat is toch… dat is toch gewoon…'

'Ziek?' Arnold Folkestad keek haar bijna meelijwekkend aan. Lachte even. 'Dat is wat we graag zouden geloven. Dat we ons allemaal kunnen vermaken met die geweldige wraakfantasieën, maar dat niemand in staat is ze werkelijk uit te voeren.'

'Maar waarom?'

'Omdat ik in staat ben lief te hebben, ben ik ook in staat te haten. Dat wil zeggen, nu zal ik niet meer kunnen liefhebben. Dus dat heb ik vervangen door…' Hij tilde de knuppel even op. '… dit. Ik eer mijn geliefde. René was namelijk meer dan zomaar een geliefde. Hij was mijn...'

Hij zette de knuppel op de grond tegen de stoel en ging met zijn hand in zijn zak, maar zonder dat het pistool ook maar een millimeter zakte.

'... mijn oogappel. Die me is afgenomen. Zonder dat daar iets aan werd gedaan.'

Rakel staarde naar wat hij in zijn hand hield. Wist dat ze gechoqueerd, verlamd van schrik, bang moest zijn. Maar ze voelde niets, haar hart was allang bevroren.

'Hij had zulke mooie ogen, Mikael Bellman. Dus ik heb van hem afgepakt wat hij van mij heeft afgepakt. Het beste wat hij had.'

'De oogappel. Maar waarom Oleg?'

'Begrijp je het echt niet, Rakel? Je ziet bij hem de kiem al. Harry heeft me verteld dat hij politieman wil worden. En hij heeft zijn plicht nu al verzaakt en dat maakt hem een van hen.'

'Plicht? Welke plicht?'

'De plicht om moordenaars te vangen en te veroordelen. Hij weet wie Gusto Hanssen heeft vermoord. Je ziet er verbaasd uit. Ik heb naar de zaak gekeken. En het is duidelijk: als het niet Oleg zelf is die hem heeft vermoord, dan weet hij wie de dader is. Iets anders is logisch gezien onmogelijk. Heeft Harry je dat niet verteld? Oleg was daar toen Gusto werd vermoord, Rakel. En weet je wat ik dacht toen ik Gusto zag op de foto's van de plaats delict? Dat hij zo mooi was. Dat hij en René mooie jongemannen waren met hun hele leven nog voor zich.'

'Dat heeft mijn jongen ook! Alsjeblieft, Arnold, je hoeft dit niet te doen.'

Op het moment dat zij een stap in zijn richting deed, richtte hij zijn pistool. Niet langer op haar, maar op Oleg.

'Niet verdrietig zijn, Rakel. Jij zult ook sterven. Je bent geen doel op zich, maar ik moet me wel ontdoen van een getuige.'

'Harry zal je ontmaskeren. En hij zal je vermoorden.'

'Het spijt me dat ik je nog meer pijn moet doen, Rakel, ik mag je echt. Maar ik vind dat je het moet weten. Harry zal helemaal niemand ontmaskeren, want hij is namelijk dood, begrijp je.'

Rakel staarde hem argwanend aan. Hij vond écht dat hij haar dit moest zeggen. De telefoon op tafel lichtte ineens op en liet een simpel fluittoontje horen. Ze wierp er een blik op.

'Het lijkt me dat je je vergist,' zei ze.

Arnold Folkestad fronste zijn voorhoofd. 'Geef me de telefoon.'

Hij duwde het pistool tegen de nek van Oleg terwijl hij de telefoon uit haar hand griste. Las het snel. Keek Rakel woest aan.

'LAAT OLEG HET CADEAU NIET ZIEN.'

'Wat betekent dat?'

Rakel haalde haar schouders op. 'Het betekent in elk geval dat hij leeft.'

'Onmogelijk. Ze zeiden op de radio dat de bom was afgegaan.'

'Kun je niet gewoon maken dat je wegkomt, Arnold? Voor het te laat is.'

Folkestad keek nadenkend terwijl hij haar aanstaarde. Of misschien door haar heen keek.

'Ik begrijp het. Iemand is Harry voor geweest. Is het appartement binnen gegaan. Ka-boem. Uiteraard.' Hij lachte even. 'Harry is hierheen op weg, of niet? Hij is zich van geen gevaar bewust. Ik kan eerst jullie doodschieten en dan wachten tot hij de deur binnen komt.'

Hij leek het allemaal nog een keer in zijn hoofd te herhalen, knikte toen alsof hij tot dezelfde conclusie was gekomen. En richtte zijn pistool op Rakel.

Oleg begon te bewegen op zijn stoel, probeerde ermee te springen, kreunde wanhopig door de prop in zijn mond. Rakel staarde in de pistoolloop. Voelde dat haar hart al bijna stilstond. Alsof haar hersenen het onafwendbare al hadden geaccepteerd en alles platlegden. Ze was niet langer bang. Ze wilde sterven. Eerder sterven dan Oleg. Misschien zou Harry hier zijn voor... misschien zou hij Oleg kunnen redden. Want ze wist het nu. Ze sloot haar ogen. Wachtte op iets, ze wist niet op wat. Een klap, een steek, pijn. Donker. Ze had geen goden tot wie ze kon bidden.

Er klonken klikgeluiden in het slot.

Ze opende haar ogen.

Arnold had het pistool laten zakken en staarde naar de deur.

Een korte stilte. Toen begon het opnieuw.

Arnold deed een stap achteruit, rukte de plaid van de leunstoel en gooide die over Oleg zodat zowel hij als de stoel bedekt was.

'Doe of er niets aan de hand is,' fluisterde hij. 'Als je een woord zegt, plaats ik een kogel in de nek van je zoon.'

Er klonken weer klikgeluiden. Rakel zag dat Arnold zich zo achter de gecamoufleerde stoel van Oleg opstelde dat het pistool vanaf de voordeur niet te zien was.

Toen ging de deur open.

En daar stond hij. Torenhoog, met een brede lach, een open jas en een kapot gezicht.

'Arnold!' riep hij stralend. 'Wat gezellig!'

Arnold lachte terug. 'Wat zie je eruit, Harry! Wat is er gebeurd?'

'De politieslager. Een bom.'

'Echt?'

'Niets ernstigs. Wat brengt jou hier?'

'Ik kwam langs je huis. En bedacht dat ik een paar zaken over het rooster met je moest overleggen. Kom even hier en kijk ernaar, als je wilt.'

'Niet voordat ik haar even goed heb omhelsd,' zei hij en hij opende zijn armen in de richting van Rakel, die zich in zijn omhelzing stortte. 'Hoe was je vliegreis, schat?'

Arnold kuchte. 'Het zou fijn zijn als je hem nu losliet, Rakel. Ik moet vanavond nog meer doen.'

'Doe niet zo streng, Arnold,' lachte Harry, hij liet Rakel los, duwde haar van zich af en trok zijn jas uit.

'Kom even hierheen,' zei Arnold.

'Hier hebben we beter licht, Arnold.'

'Ik heb last van mijn knie. Kom maar hierheen.'

Harry boog voorover en trok aan zijn veters. 'Ik heb vandaag een vreselijke explosie meegemaakt, dus neem me niet kwalijk dat ik eerst even mijn schoenen uittrek. Die knie moet je toch gebruiken als je hier weer weg wilt, dus pak dat rooster dan kunnen we ernaar kijken, als je zo'n haast hebt.'

Harry staarde naar zijn schoenen. De afstand vanwaar hij op zijn hurken zat tot Arnold en de stoel met de plaid erover was meer dan zeven meter. Te ver voor iemand die Harry onlangs had verteld dat de schade aan zijn oog en het trillen van zijn handen maakten dat hij zijn doel op een halve meter voor zich moest hebben om kans te maken op een voltreffer. En nu was zijn doel ineens in elkaar gedoken en maakte hij de schietschijf ook nog eens kleiner door zijn hoofd te laten zakken en zijn bovenlichaam naar voren te brengen.

Hij trok aan de veters en deed alsof ze niet meewerkten.

Hij lokte Arnold naar zich toe. Hij moest dichterbij komen.

Want er was maar één manier. En dat was misschien wat hem zo kalm en relaxed maakte. *All in.* Het was al gedaan. De rest bepaalde het lot.

En misschien voelde Arnold die kalmte.

'Zoals je wilt, Harry.'

Harry hoorde Arnold op zich af komen lopen. Hij concentreerde zich nog steeds op zijn veters. Wist dat Arnold al langs Oleg op de stoel was gelopen, Oleg die doodstil was alsof hij wist wat er gebeurde.

Nu passeerde hij Rakel.

Nu was het moment gekomen.

Harry keek op. Staarde in het zwarte oog van de pistoolloop dat hem op dertig centimeter afstand aanstaarde.

Hij wist dat Arnold bij de geringste beweging zou schieten op degene die het dichtst bij hem was. Bij binnenkomst was dat Oleg. Nam Arnold aan dat Harry gewapend was? Had hij begrepen dat hij naar de fictieve ontmoeting met Truls Berntsen een pistool had meegenomen?

Misschien. Misschien niet.

Het maakte hoe dan ook niets uit. Harry zou nu nooit kans zien een wapen te trekken, hoe makkelijk hij er ook bij zou kunnen.

'Arnold, waarom...'

'Vaarwel, mijn vriend.'

Harry zag de vinger van Arnold Folkestad zich rond de trekker krommen.

En hij wist dat die niet zou komen, de uitleg. De uitleg die we voor ons zouden zien aan het eind van de reis. Niet de grote uitleg, waarom we zijn geboren en waarom we sterven en wat de bedoeling is van beide gebeurtenissen en wat de bedoeling is van het stuk ertussenin. En ook niet een kleine uitleg, wat een mens als Folkestad beweegt om zijn leven op te offeren voor het kapotmaken van de levens van anderen. In plaats daarvan zou het deze syncope, deze snelle vernietiging, deze banale maar logisch geplaatste punt midden in het woord worden. Waar-om.

Het kruit verbrandde met een – letterlijke – explosieve snelheid en de druk die daardoor ontstond, zond het projectiel met een snelheid van driehonderdzestig meter per seconde door de messing buis. Het gladde lood vormde zich naar de ribbels in de loop waardoor de kogel ging roteren en stabieler door de lucht zou gaan. Maar in dit geval was dat niet nodig. Want na slechts enkele centimeters lucht drong het stukje lood door de hoofdhuid en remde af door de ontmoeting met de schedel. Toen de kogel de hersenen binnendrong, was de vaart afgenomen tot driehonderd kilometer per uur. Het projectiel ging eerst door het deel van de hersenschors dat de motoriek aanstuurt, waardoor er een totale verlamming optrad, daarna door de temporale kwab, vernielde de functies in de *lobus dexter* en de *lobus frontalis*, doorkliefde de gezichtszenuw en trof aan de andere kant de binnenzijde van de schedel. De hoek en de afgenomen vaart zorgden ervoor dat de kogel, in plaats van de schedel te verlaten, afketste en andere delen van de hersenen trof, de vaart nam verder af en de kogel stopte ten slotte. Toen had hij al zoveel schade aangericht dat het hart was gestopt met slaan.

HOOFDSTUK 51

Katrine huiverde en kroop onder Bjørns arm. Het was koud in de kerk. Koud binnen en koud buiten, ze had meer aan moeten trekken.

Ze zaten te wachten. Iedereen in de kerk van Oppsal wachtte. Gehoest. Waarom was dat toch dat je altijd begon te hoesten zodra je de kerk in kwam? Had het ermee te maken dat je keel werd dichtgesnoerd door de ruimte zelf? Zelfs in een moderne kerk als deze van glas en beton? Of was het de angst om geluid te maken dat door de akoestiek werd versterkt waardoor er een soort dwanghandeling ontstond? Of was het gewoon de manier waarop mensen onderdrukte gevoelens naar buiten brachten in plaats van uit te barsten in gelach of gehuil?

Katrine draaide haar hoofd. Er waren niet veel mensen, alleen naaste familie en vrienden. Zo weinig dat de meesten slechts met één letter in Harry's contactenlijst stonden. Ze keek naar Ståle Aune. Voor deze gelegenheid met een stropdas. Zijn vrouw. Gunnar Hagen, ook met zijn vrouw.

Ze zuchtte. Ze had echt meer moeten aantrekken. Hoewel Bjørn het niet koud leek te hebben. Donker pak. Ze had niet geweten dat hij er zo goed uit kon zien in een pak. Ze veegde over zijn revers. Niet dat daar iets op zat, het was gewoon een gebaar. Een intiem gebaar uit verliefdheid. Apen die luizen plukken uit elkaars vacht.

De zaak was opgelost.

Een poosje waren ze bang geweest dat hij – Arnold Folkestad, nu ook bekend als de politieslager – was verdwenen. Dat het hem was gelukt weg te komen, naar het buitenland of dat hij ergens in Noorwegen een gat als schuilplaats had gevonden. Dat moest dan wel een diep en donker gat zijn, want in de loop van de vierentwintig uur sinds het opsporingsbevel was uitgegaan, waren het signalement en de persoonlijke kenmerken zo grondig door alle media naar buiten gebracht dat ieder normaal functionerend mens in het land moest hebben meegekregen wie Arnold Folkestad was en hoe hij eruitzag. Katrine had zich ook gerealiseerd hoe dicht ze indertijd bij de oplossing waren geweest toen

Harry haar had gevraagd verbanden te zoeken tussen René Kalsnes en andere politiemensen. Als ze toen gewoon die zoektocht had uitgebreid naar voormálige politiemensen, zou ze Arnold Folkestads relatie met de jongeman hebben ontdekt.

Ze sloot het afvegen van Bjørns revers af en hij glimlachte dankbaar naar haar. Een snel, krampachtig lachje. Een korte trilling van de kaakpartij. Hij zou gaan huilen. Ze zag het nu, dat ze vandaag Bjørn Holm voor het eerst zou zien huilen. Ze hoestte.

Mikael Bellman ging snel aan het eind van de rij zitten. Keek op zijn horloge.

Over drie kwartier had hij een interview. Met *Stern*. Een miljoen lezers. Weer een buitenlandse journalist die wilde horen hoe een jonge politiecommissaris onvermoeibaar week na week, maand na maand had gewerkt om af te kunnen rekenen met die moordenaar. Hoe hij uiteindelijk zelf bijna vermoord was door de politieslager. En Mikael zou daar wederom een korte pauze nemen en zeggen dat het oog dat hij had moeten offeren een lage prijs was voor wat hij had bereikt: verhinderen dat een gestoorde moordenaar nog meer levens van zijn korpsleden zou nemen.

Mikael Bellman trok zijn overhemdsmouw over zijn horloge. Ze zouden nu beginnen, waar was het wachten nog op? Hij had goed nagedacht over de keuze van zijn pak voor vandaag. Zou hij voor zwart gaan? Dat paste goed bij de gelegenheid en matchte goed bij het ooglapje. Het ooglapje was een geluk bij een ongeluk, het maakte zijn verhaal zo dramatisch en effectief dat hij volgens *Aftenposten* dit jaar de meest afgebeelde Noor in de internationale pers was. Hij kon ook een wat neutraler donker pak kiezen dat hier acceptabel was en niet zo opvallend tijdens het interview. Na het interview moest hij direct door naar een bijeenkomst met vertegenwoordigers van het gemeentebestuur, dus Ulla had gekozen voor het neutralere donkere pak.

Verdorie, als ze nu niet begonnen, zou hij te laat komen.

Hij dacht na. Voelde hij iets? Nee. Wat moest hij eigenlijk voelen? Het ging immers maar om Harry Hole, niet bepaald een goede vriend en ook niet een van de leden van zijn korps, politiedistrict Oslo. Maar de mogelijkheid bestond dat er buiten pers zou staan en voor zijn pr was het natuurlijk goed dat hij aanwezig was in de kerk. Je kon immers niet ontkennen dat Hole de eerste was die met zijn vinger in de richting van Folkestad had gewezen. En met de dimensie die de zaak had gekregen, waren Mikael en Harry tot elkaar veroordeeld. En pr zou nog belangrijker voor hem worden dan eerst. Hij wist al waar die bijeenkomst over zou gaan. De partij was met de val van Isabelle Skøyen een sterke persoonlijkheid kwijtgeraakt en men was nu op zoek naar een ander. Een populair en gerespecteerd persoon die ze graag in hun gelederen wilden hebben, die zou meehelpen bij het besturen van de stad. Toen de voorzitter van het gemeentebestuur had gebeld, was hij begonnen met zijn bewondering uit te spreken over de sympathieke, beschouwende indruk die Bellman had gemaakt in het interview met *Magasinet*. En vervolgens had hij gevraagd of het partijprogramma enigszins harmonieerde met Mikael Bellmans eigen politieke opvattingen.

Harmonieerde.

Stad besturen.

Mikael Bellmans stad.

Maar trap nu toch eens op dat orgel!

Bjørn Holm voelde Katrine bibberen onder zijn arm, voelde het koude zweet onder zijn pantalon en dacht dat het een lange dag zou worden. Een lange dag voordat Katrine en hij hun kleren konden uitdoen en in bed kruipen. Samen. Doorgaan met het leven. Zoals het leven voor iedereen die hier zat doorging, of ze dat nu wilden of niet. Toen hij langs de aanwezigen in de kerkbanken keek, dacht hij aan alle mensen die er niet waren. Aan Beate Lønn, aan Erlend Vennesla, Anton Mittet. Aan de dochter van Roar Midtstuen. En aan Rakel Fauke en Oleg Fauke, die hier ook niet waren. Zij hadden hun prijs betaald voor de relatie die ze hadden met de man die voor het altaar stond. Harry Hole.

Op een vreemde manier was het of hij die daar vooraan stond nog steeds was wat hij altijd was geweest: een zwart gat dat alles wat goed was om hem heen naar binnen zoog, alle liefde verteerde die aan hem werd gegeven en ook die niet aan hem werd gegeven.

Katrine had het gisteren, toen ze samen in bed lagen, tegen hem gezegd, dat ze verliefd was geweest op Harry. Niet omdat hij het verdiende, maar omdat het onmogelijk was om niet van hem te houden. Net zo onmogelijk als het was om hem te vangen, vast te houden, met hem te leven. Jazeker, ze had van die man gehouden. De verliefdheid was overgegaan, de begeerte was bekoeld, maar ze had tenminste iets geprobeerd. Maar dat kleine, fijne litteken na dat korte liefdesverdriet dat ze met veel vrouwen gemeen had, zou altijd blijven. Hij was iemand geweest die vrouwen een poosje hadden geleend. En nu was het voorbij. Bjørn had haar gevraagd nu te stoppen.

Het orgel zette in. Bjørn had altijd een zwak gehad voor orgels. Moeders orgel thuis in de kamer in Skreia. Het B3-orgel van Gregg Allman. Het krakende orgel waaruit een oude psalm werd geperst, dat was hetzelfde als in een bad met warme klanken zitten en hopen dat je niet overmand werd door tranen.

Ze hadden Arnold Folkestad niet gepakt, hij had zichzelf gepakt.

Folkestad had kennelijk wel ingezien dat zijn opdracht volbracht was. En daarmee zijn leven. Dus hij had het enige logische gedaan. Het had drie dagen geduurd voor ze hem hadden gevonden. Drie dagen van wanhopig zoeken. Het hele land was op de been geweest, zo had hij het gevoeld. En misschien had het daarom een beetje als een anticlimax gevoeld toen de melding binnenkwam dat ze hem hadden gevonden in het bos in Maridalen. Op slechts een paar honderd meter van de plek waar Erlend Vennesla was gevonden. Met een klein, bijna discreet gaatje in zijn hoofd en een pistool in zijn hand. Zijn auto had hen op het spoor gezet, die was gezien op een parkeerplaats vlak bij het begin van de wandelroutes. Een oude Fiat waarnaar ook werd gezocht.

Bjørn gaf zelf leiding aan het team van de technische recherche. Arnold Folkestad had er zo onschuldig uitgezien zoals hij daar op zijn rug in de hei had gelegen, als een tuinkabouter met een rode baard. Hij lag onder een stukje open hemel zonder de beschutting van de bomen die rondom hem stonden. In zijn zakken hadden ze sleutels gevonden van onder andere de Fiat en het slot van de ontplofte deur in de Hausmannsgate 92, een dienstpistool, naast het pistool dat hij in zijn hand hield, en in zijn portemonnee hadden ze een gekreukte foto gevonden van een jongen die Bjørn onmiddellijk had herkend als René Kalsnes.

Omdat het minstens een etmaal lang onafgebroken had geregend en het lijk drie dagen onder de blote hemel had gelegen, waren er niet veel sporen geweest. Maar dat was niet zo erg, ze hadden wat ze wilden. De huid bij de rechterslaap had brandplekken van de steekvlam en de restanten van ingebrand kruit en na ballistisch onderzoek kon worden vastgesteld dat de kogel in het hoofd afkomstig was uit het pistool in zijn hand.

Daarom hadden ze het onderzoek niet meer op de plaats delict geconcentreerd, het was direct begonnen toen ze in zijn huis inbraken. Daar hadden ze het meeste gevonden wat ze nodig hadden voor de oplossing van alle politiemoorden. Knuppels met bloed en haren van de vermoorde slachtoffers, een bajonetzaag met het DNA van Beate Lønn erop, een schep met aarde- en kleiresten die overeenkwamen met het grondmonster van Vestre Gravlund, plastic strips, afzetlint van de politie van hetzelfde type als ze bij Drammen hadden gevonden, laarzen met profiel dat overeenkwam met een voetafdruk die ze bij Tryvann hadden gevonden. Ze hadden alles. Geen losse eindjes. Het was alleen nog een kwestie van een rapport schrijven. Ze hadden het afgesloten. Daarna was datgene gekomen waar Harry het zo vaak over had gehad, maar wat Bjørn Holm zelf nooit had gevoeld. De leegte.

Omdat er ineens geen vervolg meer was.

Je was niet langer op weg naar een doel, naar een haven, een tussenstation.

Het was alsof de rails, het asfalt, de brug ineens onder je verdwenen. Dat de weg ophield en daarna het ravijn naar de leegte kwam.

Afgesloten. Hij haatte dat woord.

Dus bijna uit wanhoop had hij zich gestort op de oorspronkelijke moorden. En hij had gevonden waarnaar hij zocht, een link tussen het meisje bij Tryvann, Judas Johansen en Valentin Gjertsen. Een kwart vingerafdruk is geen match, maar dertig procent waarschijnlijkheid kon je niet negeren. Nee, het was niet afgesloten. Het was nooit afgesloten.

'Ze gaan beginnen.'

Het was Katrine. Haar lippen raakten bijna zijn oor. De orgeltonen zwollen aan, werden muziek, muziek die hij kende. Bjørn slikte moeizaam.

Gunnar Hagen sloot een ogenblik zijn ogen en luisterde naar de muziek, wilde niet denken. Maar de gedachten kwamen. Dat de zaak voorbij was. Dat alles voorbij was. Dat ze hadden begraven wat ze moesten begraven. Maar toch was er dat ene, dat ene wat hij nooit kon begraven, nooit onder de grond kon stoppen. En wat hij nog tegen niemand had gezegd. Niet had gezegd omdat het nergens toe diende. De woorden die Asajev met een hese stem tegen hem had gefluisterd in die paar minuten dat hij die dag in het ziekenhuis bij hem was: 'Wat bied je me aan als ik jou aanbied te getuigen tegen Isabelle Skøyen?' En: 'Ik weet niet met wie, maar ik weet dat ze heeft samengewerkt met iemand die een hoge positie heeft binnen de politie.'

De woorden waren dode echo's van een dode man. Niet te bewijzen beweringen die meer schade konden toebrengen dan van nut kon zijn bij het vervolgen van Isabelle Skøyen, die natuurlijk toch al buitenspel stond.

Dus hij hield ze voor zichzelf.

Bleef ze voor zichzelf houden.

Zoals Anton Mittet met die verdomde knuppel.

Het besluit was genomen, maar hij bleef er 's nachts wakker van liggen.

'Ik weet dat ze heeft samengewerkt met iemand die een hoge positie heeft binnen de politie.'

Gunnar Hagen opende zijn ogen weer.

Liet zijn blik over de aanwezigen glijden.

Truls Berntsen zat met het raampje van de Suzuki Vitara naar beneden gedraaid zodat hij de orgelmuziek uit het kerkje kon horen. De zon scheen aan een wolkeloze hemel. Warm en duivels. Hij had nooit van Oppsal gehouden. Alleen maar uitschot. Veel klappen uitgedeeld. Veel klappen geïncasseerd. Niet zoveel als in de Hausmannsgate natuurlijk. Gelukkig had het er erger uitgezien dan het was. En in het ziekenhuis had Mikael tegen hem gezegd dat het voor iemand met zo'n lelijk smoelwerk als dat van hem toch niet zo erg was en hoe ernstig kon een hersenschudding zijn voor iemand die geen hersenen had?

Het was natuurlijk als grapje bedoeld en Truls had geprobeerd snuivend te lachen om aan te geven dat hij het wel kon waarderen, maar de gebroken kaak en neus hadden pijn gedaan.

Hij had nog steeds sterke pijnstillers en grote pleisters op zijn hoofd en natuurlijk was het verboden om auto te rijden, maar wat moest hij verder doen? Hij kon toch niet de hele tijd thuis zitten wachten tot de duizeligheid en wonden weg waren? Zelfs Megan Fox begon hem te vervelen en bovendien had hij van de dokter eigenlijk geen toestemming om televisie te kijken. Dus hij kon net zo goed hier zitten. In een auto voor een kerk om... om wat eigenlijk? Om zijn respect te tonen aan een man voor wie hij nooit respect had gehad? Een leeg gebaar voor een verrekte idioot die niet wist wat goed voor hem was, maar het leven redde van een persoon van wie je niets goeds kon verwachten? De duivel mocht Truls Berntsen halen als hij het wist. Hij wist alleen dat hij weer zou gaan werken zodra hij daartoe in staat was. En dan zou deze stad weer zijn stad worden.

Rakel ademde in en uit. Haar vingers klemden zich rond het boeket bloemen. Ze staarde naar de deur. Dacht aan al die mensen die daar zaten. Vrienden, familie, kennissen. De priester. Niet dat het zoveel mensen waren, maar ze zaten te wachten. Konden niet beginnen zonder haar.

'Beloof je dat je niet gaat huilen?' vroeg Oleg.

'Nee,' zei ze, ze glimlachte even en streelde hem over zijn wang. Hij was zo lang geworden. Zo knap. Torende boven haar uit. Ze had een donker pak voor hem moeten kopen, en pas toen ze in de winkel stonden en zijn lengte opnamen, had ze zich gerealiseerd dat haar eigen zoon bijna de lengte van Harry had bereikt. Eén meter drieënnegentig. Ze zuchtte.

'We gaan naar binnen,' zei ze, haar arm door die van hem stekend.

Oleg opende de deur, kreeg een knik van de koster die binnen stond en samen begonnen ze door het middenpad te lopen. Terwijl Rakel naar alle gezichten keek die naar haar waren gericht, voelde ze dat de nervositeit verdween. Dit was niet haar idee geweest, ze was ertegen geweest, maar het was uiteindelijk Oleg die haar had overgehaald. Hij vond dat het klopte, dat ze het zo moesten afsluiten. Dat was precies het woord geweest dat hij gebruikte: afsluiten. Maar was het niet in de eerste plaats een begin? De start van een nieuw hoofdstuk in hun leven? Dat voelde in elk geval wel zo. En het voelde juist. Om hier nu te zijn.

En ze voelde hoe de lach op haar gezicht steeds breder werd. Ze lachte tegen alle andere lachende gezichten. En een ogenblik dacht ze dat als zij, of iemand anders, nog breder zou willen lachen, het dan helemaal verkeerd zou gaan. En de gedachte daaraan, het geluid van het scheurende gezicht, iets waarom ze eigenlijk zou moeten huiveren, zorgde ervoor dat het begon te borrelen in haar buik. Niet lachen, zei ze tegen zichzelf. Niet nu. Ze merkte dat Oleg, die zich tot dan had geconcentreerd om in de maat te lopen met de orgelmuziek, haar vibraties voelde. Ze keek naar hem. Ontmoette zijn verbaasde, waarschuwende blik. Maar toen moest hij wegkijken, hij had het gezien. Zijn moeder moest bijna schaterlachen. Nu, op dit moment. En hij vond het zo ongepast dat hij zelf ook bijna begon.

Om haar gedachten op iets anders te krijgen, op dat wat stond te gebeuren, op de ernst, richtte ze haar blik op degene die daar voor het altaar op haar stond te wachten. Harry. In het zwart.

Hij had zich naar hen omgedraaid met een idiote grijns op zijn mooie, foeilelijke gezicht. Slank en trots als een haan. Toen Oleg en hij in de kledingzaak Gunnar Øye rug tegen rug hadden gestaan, had de winkelier met een meetlint vastgesteld dat er nog drie centimeter tussen hen beiden zat. In het voordeel van Harry. En de twee uit de kluiten gewassen jongens hadden elkaar een high five gegeven alsof het om een wedstrijd ging en ze blij waren met de uitkomst.

Maar op dit moment zag Harry er erg volwassen uit. De stralen van de junizon vielen door het kleurige glasmozaïek en vingen hem in een soort hemels licht. Hij leek groter dan ooit. En nog net zo relaxed als hij de hele tijd was geweest. Ze had het eerst niet begrepen, dat hij zo relaxed kon zijn na alles wat er was gebeurd. Maar langzaam was dat gevoel ook over haar gekomen, die rust, dat rotsvaste vertrouwen dat alles nu ten goede was gekeerd. De eerste weken na dat met Arnold Folkestad had ze niet kunnen slapen, zelfs al had Harry dicht tegen haar aan gelegen en in haar oor gefluisterd dat het voorbij was. Dat het goed was gegaan. Dat ze geen gevaar meer liepen. Dezelfde woorden had hij avond na avond herhaald, als een slaapverwekkende mantra die toch niet genoeg was geweest. Maar toen, heel langzaam, was ze het gaan geloven. En na vele weken wist ze het. Dat alles ten goede was gekeerd. En kon ze weer slapen. Diep en zonder dromen die ze zich kon herinneren, tot ze wakker werd omdat hij voorzichtig uit bed kroop terwijl hij dacht dat ze het niet merkte en zij meestal deed of ze het niet merkte omdat ze wist hoe trots en gelukkig hij zo meteen was als hij dacht dat ze pas wakker werd als hij met een ontbijt voor haar bed stond en zacht kuchte.

Oleg had het nu opgegeven om in de maat te lopen met Mendelssohn en de organist, en wat Rakel betreft was dat best, ze moest toch twee stappen doen tegen één stap van hem. Ze hadden besloten dat Oleg een dubbelfunctie had. Het voelde heel natuurlijk op het moment dat ze het bedacht. Dat Oleg haar naar het altaar zou brengen en haar aan Harry zou geven en ook getuige zou zijn.

Harry zelf had geen getuige. Dat wil zeggen, hij had degene die hij eerst had willen vragen. De stoel van de getuige aan zijn kant was leeg, maar op de zitting was een foto gezet van Beate Lønn.

Ze waren er. Harry had zijn blik geen ogenblik van haar afgewend.

Ze had het nooit kunnen ontdekken hoe een man met zo'n lage bloeddruk, die dagenlang in zijn eigen wereld kon vertoeven, bijna zonder iets te zeggen en zonder dat hij er behoefte aan had dat er iets gebeurde, een schakelaar om kon zetten en ineens alles kon doen – elke seconde, elk tiende deel van een seconde, elk honderdste deel. Een man met een rustige, rauwe stem die met weinig woorden meer emoties, informatie, verwondering, verstandige en onverstandige zaken kon uiten dan waar alle praatjesmakers kans toe zagen tijdens een zevengangendiner.

En dan was er die blik. Die op een prettige, bijna verlegen manier het vermogen had je vast te houden, je te dwingen daar te zíjn.

Rakel Fauke ging trouwen met de man van wie ze hield.

Harry keek naar haar zoals ze daar stond. Ze was zo prachtig dat hij tranen in zijn ogen kreeg. Dat had hij helemaal niet verwacht. Niet dat ze niet mooi zou zijn. Het was vanzelfsprekend dat Rakel Fauke er verbluffend uit zou zien in een witte bruidsjurk. Maar dat hij zo zou reageren. Hij had vooral gehoopt dat het allemaal niet zo lang zou duren en dat de priester niet te spiritueel en geïnspireerd zou zijn. Meestal was hij op momenten die om de grote gevoelens gingen immuun, verdoofd, een koude, beetje teleurgestelde observator van de golf emoties bij anderen. Hij hield het altijd droog. Dus hij had besloten om zijn rol zo goed mogelijk te spelen. Hij had immers zelf gestaan op trouwen in de kerk. En nu stond hij hier met tranen, echte, dikke zoutwaterdruppels in zijn ooghoeken. Harry knipperde en Rakel keek hem aan. Hun blikken kruisten elkaar. Niet met die nu-kijk-ik-naar-jou-en-allegasten-zien-dat-ik-naar-jou-kijk-en-ik-probeer-er-zo-gelukkig-mogelijk-uit-te-zien-blik.

Dit was een blik van een teamlid.

Van iemand die zegt: dit kunnen we, jij en ik. *Let's put on a show.*

Toen lachte ze. En Harry merkte dat hij ook lachte, zonder te weten wie van hen beiden was begonnen. Hij zag dat ze een beetje schudde. Dat ze inwendig lachte, dat die lach zo snel in haar opbouwde dat het slechts een kwestie van tijd was voor ze zou uitbarsten in een schaterlach. Een serieuze gelegenheid had vaker dat effect op haar. En op hem. Dus om niet te schaterlachen verplaatste hij zijn blik naar Oleg. Maar dat hielp ook niet, want de jongen leek ook bijna te exploderen van het lachen. Hij kon het nog voorkomen door zijn hoofd te laten zakken en zijn ogen dicht te knijpen.

Wat een team, dacht Harry trots en hij richtte zijn blik op de priester.

Het team dat de politieslager had gepakt.

Rakel had zijn sms begrepen. LAAT OLEG HET CADEAU NIET ZIEN. Niet zo ongewoon dat het bij Arnold Folkestad wantrouwen zou opwekken. Duidelijk genoeg voor Rakel om te begrijpen wat hij wilde. De oude verjaardagstruc.

Dus zodra hij binnenkwam, hadden ze elkaar omhelsd, ze had het pistool gepakt dat op zijn rug achter de broekriem zat en was daarna naar achteren gestapt met haar handen voor zich zodat de ander, die achter haar stond, niet kon zien wat ze in haar handen hield. Dat ze een geladen, ontgrendelde Odessa had.

Wat verontrustender was, was dat zelfs Oleg het had begrepen. Hij was stil blijven zitten, wist dat hij niet moest storen in wat er nu gebeurde. Dat zou betekenen dat hij nooit in de verjaardagstruc was getrapt, maar dat niet had gezegd. Wat een team.

Wat een team. Het had Arnold Folkestad zover kunnen krijgen naar Harry te lopen zodat Rakel achter hem kwam te staan en zij, als hij aanstalten maakte Harry van het leven te beroven, van dichtbij een schot kon afvuren.

Een verdomd onoverwinnelijk team, dat waren ze.

Harry haalde snel zijn neus op en vroeg zich af of die verrekte megadruppels zo verstandig zouden zijn in de ooghoeken te blijven of dat hij ze weg moest vegen voor ze hun tocht over zijn wangen begonnen.

Hij vermoedde het laatste.

Ze had hem gevraagd waarom hij erop stond in de kerk te trouwen. Voor zover ze wist was hij net zo christelijk als een scheikundige formule. En datzelfde gold voor haar, ondanks haar katholieke opvoeding.

Maar toen had Harry geantwoord dat het een belofte was die hij aan een fictieve god had gedaan, vlak voor hij die avond haar huis binnen stapte. Namelijk dat hij, als alles goed zou aflopen, zich zou overgeven aan die idiote rituele handeling: het huwelijk laten inzegenen voor het aangezicht van God. Toen had Rakel hard gelachen en gezegd dat dat geen echt geloof in God was, dat was kinderpoker, een jongenseed, dat ze van hem hield en dat ze natuurlijk in de kerk gingen trouwen.

Nadat ze Oleg hadden losgemaakt, hadden ze elkaar omhelsd in een soort groepsomhelzing. Een lange, zwijgende minuut hadden ze zo gestaan, elkaar omhelsd, aangeraakt om te voelen of de ander inderdaad heel was. Het leek of het geluid en de geur van het schot nog steeds tussen de muren hadden gehangen en of ze moesten wachten tot die waren verdwenen voor ze iets konden doen. Daarna had Harry gezegd dat ze aan de keukentafel moesten gaan zitten en hij had koffie ingeschonken, die nog steeds op het plaatje stond. En onwillekeurig had hij gedacht: als het Arnold Folkestad was gelukt om hen alle drie te vermoorden, zou hij dan het koffiezetapparaat hebben uitgedaan voor hij het huis verliet?

Hij was gaan zitten, had een slok uit zijn eigen beker genomen, een blik geworpen op het lijk dat in de voorkamer op de grond lag, een paar meter van hen vandaan. Daarna had hij hen aangekeken, hij had de vraag in Rakels ogen gezien. Waarom had hij de politie nog niet gebeld?

Harry had nog een slok genomen, geknikt naar de Odessa die op tafel lag en haar vervolgens aangekeken. Ze was een intelligente vrouw. Dus hij moest haar even de tijd gunnen. Dan zou ze snel tot dezelfde conclusie komen. Dat hij, op het moment dat hij de telefoon pakte, Oleg naar de gevangenis stuurde.

En Rakel had langzaam geknikt. Dat ze het begreep. Als de technisch rechercheurs zouden ontdekken dat het projectiel dat de forensisch arts uit het hoofd van Arnold Folkestad had gepulkt afkomstig was uit het Odessa-pistool, dan zouden ze het al snel linken aan de oude moord op Gusto Hanssen, waarvan het moordwapen nooit was gevonden. Er werd immers niet elke dag – of elk jaar – iemand gedood met een Makarov 9×18 mm-kogel. En wanneer ze ontdekten dat de kogel matchte met een wapen dat ze konden linken aan Oleg, zou hij weer worden gearresteerd. En deze keer zou hij worden aangeklaagd en veroordeeld op basis van onomstotelijk bewijs.

'Jullie moeten doen wat jullie moeten doen,' had Oleg gezegd. Hij had allang begrepen hoe de vork in de steel zat.

Harry had geknikt, maar zijn blik niet van Rakel afgewend. Er moest volledige overeenstemming zijn. Het moest hun gezamenlijke besluit zijn. Zoals nu.

De priester was klaar met de Bijbellezing, de aanwezigen gingen weer zitten en de priester kuchte. Harry had hem gevraagd de toespraak kort te houden. Hij zag de lippen van de priester bewegen, keek naar de rust in zijn gezicht en herinnerde zich dezelfde rust bij Rakel die avond. De rust nadat ze eerst haar ogen heel stevig dicht had geknepen en ze toen weer had geopend. Alsof ze er eerst zeker van wilde zijn dat het geen nachtmerrie was waaruit ze wakker kon worden. Toen had ze gezucht.

'Wat kunnen we doen?' had ze gevraagd.

'Het bewijs laten verdwijnen,' had Harry gezegd.

'Verdwijnen?'

Harry had geknikt. Verdwijnen. Zoals Truls Berntsen deed. Het verschil met mollen als Berntsen was dat ze het voor geld deden. Dat was alles. Een groter verschil was er niet.

Toen waren ze aan het werk gegaan.

Hij had gedaan wat er moest worden gedaan. Ze hadden gedaan wat er moest worden gedaan. Oleg had Harry's auto van de weg naar de garage gereden, terwijl Rakel het lijk in vuilniszakken had gepakt en met touw omwikkeld. Harry had een provisorische baar gemaakt van canvasdoek, touw en twee aluminium buizen. Nadat ze het lijk in de kofferbak hadden gestopt, was Harry met de sleutels van de Fiat naar de weg gelopen, waarna Harry en Oleg elk in een auto naar Maridalen waren gereden, terwijl Rakel aan de gang ging met het schoonmaken en verwijderen van sporen.

Het parkeerterrein was volkomen verlaten toen ze bij Grefsenkollen arriveerden. Het regende en het was stikdonker. Toch hadden ze de smalle paadjes genomen om er zeker van te zijn dat ze niemand tegenkwamen.

De regen had de paadjes glibberig gemaakt en het was moeilijk om de baar te dragen, maar aan de andere kant wist Harry dat de regen hun sporen wegspoelde. En hopelijk ook de sporen van de baar en het lijk, want anders zou men kunnen vaststellen dat er met het lijk was gesjouwd.

Het had een uur geduurd voor ze een geschikte plek vonden, een plek waar de mensen het lijk niet direct zagen liggen, maar die de politiehonden niet al te moeilijk konden bereiken. Dan was er waarschijnlijk wel zoveel tijd verstreken dat de technische sporen waren uitgewist of op zijn minst weinig duidelijkheid konden verschaffen. Maar het lijk moest ook niet zo moeilijk te vinden zijn dat de zoektocht de samenleving bakken met geld kostte. Harry had bijna om zichzelf moeten lachen toen hij zich realiseerde dat dat laatste ook echt een factor was in het nemen van het besluit. Dat hij hoe dan ook een product was van zijn opvoeding, ook hij, zo'n verrekt kuddedier van een sociaaldemocraat dat bijna fysiek leed als hij het licht had laten branden of plastic in de natuur had achtergelaten.

De priester was klaar met zijn toespraak en een meisje – een vriendin van Oleg – zong van de galerij. Dylans 'Boots of Spanish Leather'. Een wens van Harry met de zegen van Rakel. De toespraak van de priester ging vooral om het belang van samenwerking in een huwelijk en minder om het aangezicht van God. Harry bedacht hoe ze Arnold uit de vuilniszakken hadden gehaald, hem in een houding hadden gelegd die logisch was voor een man die het bos in was gelopen en een kogel door zijn hoofd had gejaagd.

Harry wist dat hij Rakel nooit zou vragen waarom ze de pistoolloop tegen de rechterslaap van Arnold Folkestad had gezet voor ze de trekker overhaalde in plaats van wat negen van de tien mensen zouden hebben gedaan: zo snel mogelijk in zijn achterhoofd of rug schieten.

Het kon natuurlijk zijn dat ze bang was dat de kogel door Arnold heen zou gaan en vervolgens alsnog Harry zou treffen.

Maar het kon ook zijn dat haar razendsnelle, bijna angstaanjagend praktische hersenen kans hadden gezien verder te denken en wisten wat er daarna moest gebeuren. Om hen allemaal te redden zou een dekmantel nodig zijn. Een herformulering van de waarheid. Een zelfmoord. Het kón zijn dat de vrouw aan Harry's zijde de tegenwoordigheid van geest had gehad te denken dat zelfmoordenaars zichzelf niet van een halve meter afstand in het achterhoofd schoten. Maar uitgaande van het gegeven dat iemand, zoals Arnold Folkestad, rechtshandig is door de rechterslaap.

Wat een dame. Alles wat hij van haar wist. Alles wat hij niet van haar wist. Want dat was de vraag die hij zichzelf moest stellen nadat hij haar in actie had gezien. Nadat hij maanden was opgetrokken met Arnold Folkestad. En meer dan veertig jaar met zichzelf. Hoe goed kon je een mens eigenlijk kennen?

Het meisje was klaar met zingen en de priester was begonnen met de huwelijksbelofte: 'Wil je deze vrouw liefhebben en eren...' maar Rakel en hij hielden zich niet meer aan de regie en stonden nog steeds met de gezichten naar elkaar toe gekeerd. Harry wist dat hij haar nooit zou laten gaan, hoezeer hij nu ook zou moeten liegen, hoe moeilijk het ook was om te beloven dat je een mens zou liefhebben tot de dood. Hij hoopte dat de priester snel zijn mond zou houden zodat hij het ja dat nu al in zijn borst juichte zou kunnen uitspreken.

Ståle Aune pakte de zakdoek uit zijn borstzakje en gaf die aan zijn vrouw.

Harry had zojuist 'ja' gezegd en de echo van zijn stem hing nog steeds onder het kerkgewelf.

'Wat?' fluisterde Ingrid.

'Je huilt, schat,' fluisterde hij.

'Nee, jíj huilt.'

'Is dat zo?'

Ståle Aune voelde aan zijn wang. Ja, verdomd, hij huilde. Niet erg, maar genoeg om natte plekken op zijn zakdoek te krijgen. Hij huilde geen echte tranen, zei Aurora altijd. Het was slechts een dun, bijna onzichtbaar stroompje water dat zonder al te veel waarschuwing vooraf langs beide kanten van zijn neus begon te lopen, zonder dat iemand anders om hem heen de situatie, de film of het gesprek bijzonder ontroerend vond. Het was slechts de pakking waarin ineens barstjes kwamen en dan kwam het water. Hij had het fijn gevonden als Aurora er nu bij was geweest, maar ze had een tweedaags toernooi in de Nadderudhall en ze had hem zojuist een sms gestuurd dat ze de eerste wedstrijd hadden gewonnen.

Ingrid trok de stropdas van Ståle recht en legde een hand op zijn schouder. Hij legde de zijne erop en wist dat ze aan hetzelfde dacht als hij. Hun eigen trouwerij.

De zaak was afgesloten en hij had een psychologisch rapport geschreven. Daarin had hij gespeculeerd over het feit dat het wapen waarmee Arnold Folkestad zichzelf had doodgeschoten, hetzelfde was als van de moord op Gusto Hanssen. Dat er meerdere overeenkomsten waren tussen Gusto Hanssen en René Kalsnes, dat ze beiden jonge, beeldschone jongens waren die geen scrupules hadden om hun diensten te verkopen aan mannen van elke leeftijd en dat het erop leek dat Arnold Folkestad zich aangetrokken had gevoeld tot zulke jongens. Het was ook niet onwaarschijnlijk dat Folkestad met zijn paranoïde en schizofrene neigingen Gusto kon hebben vermoord uit jaloezie of om andere redenen die voortkwamen uit waandenkbeelden die het gevolg waren van een diepe – maar voor de omgeving niet noodzakelijkerwijs merkbare – psychose. Bij dat deel had Ståle zijn notities toegevoegd van de consulten die Arnold Folkestad bij hem had gehad toen hij nog bij Kripos werkte en waarin hij had aangegeven dat hij stemmen hoorde in zijn hoofd. Hoewel de psychologen het er allang over eens waren dat stemmen in het hoofd niet eenduidig hoefden te betekenen dat de cliënt schizofreen was, was Aune indertijd wel geneigd die conclusie te trekken en was hij begonnen een diagnose uit te werken die tot gevolg kon hebben dat Folkestad moest stoppen als rechercheur. Maar tot het verzenden van het rapport was het niet gekomen omdat Folkestad zelf had besloten ontslag te nemen nadat hij Aune had verteld over zijn toenaderingspoging tot een niet nader bij naam genoemde collega. Hij had de behandeling ook afgesloten en daarmee was hij uit het zicht van Aune geraakt. Maar het was evident dat een aantal gebeurtenissen tot een verslechtering had geleid. Ten eerste was er het hoofdletsel dat hij had opgelopen, waarvoor hij langere tijd in het ziekenhuis had gelegen. Uit onderzoek was gebleken dat zelfs een lichte beschadiging aan de hersenen kon leiden tot veranderingen in gedrag, bijvoorbeeld toename van agressie en een verminderde impulscontrole. Het letsel leek overigens op dat wat hij zijn slachtoffers later toebracht. Ten tweede was er een geluidsopname van René Kalsnes waarin hij getuigde dat Folkestad heftig, bijna manisch verliefd op hem was. Dat Folkestad uiteindelijk, toen hij klaar was met wat hij als zijn opdracht zag, zelfmoord pleegde, was niet verwonderlijk. Het enige dat daar opvallend aan was, was het feit dat hij geen schriftelijke of mondelinge verklaring had achtergelaten waarin hij zijn daden motiveerde. Dat kwam nogal eens voor bij zeer gestoorde daders, kennelijk hadden ze de behoefte om herinnerd, begrepen, bewonderd te worden als een genie dat zijn plek in de geschiedenis verdiende.

Zijn psychologische rapportage was goed ontvangen. Het was het laatste stukje dat ze nodig hadden om alles kloppend te maken, had Mikael Bellman gezegd.

Maar Ståle Aune had het idee dat het andere aspect belangrijker voor hen was. Namelijk dat hij met deze diagnose een eind had gemaakt aan de problematische discussie over hoe het mogelijk was dat een van de eigen mensen binnen de politie achter deze slachtpartij zat. Folkestad was weliswaar een ex-politieman, maar toch, wat zei dit over de politie als beroepsgroep en over de politiecultuur?

Nu konden ze het debat in de kiem smoren omdat een psycholoog had gezegd dat Arnold Folkestad gek was. Gekte kent geen motieven. Gekte is er gewoon, een soort natuurramp die nergens vandaan komt, het gebeurt gewoon. En daarna is het een kwestie van doorgaan, want wat kun je verder doen?

Zo dachten Bellman en de anderen.

Dat was niet hoe Ståle Aune dacht.

Maar hij moest het nu laten rusten. Ståle was weer fulltime op kantoor, maar Gunnar Hagen had gezegd dat hij graag het team uit de Vuurkamer als een vaste oproepbare groep wilde hebben, zo'n beetje als Delta. Katrine had al een vaste aanstelling aangeboden gekregen als rechercheur op de afdeling Geweld en ze had gezegd dat ze die accepteerde. Ze beweerde dat ze meerdere goede redenen had om te verhuizen van het prachtige Bergen naar de armzalige hoofdstad.

De organist begon weer, Ståle kon het gekraak in de pedalen horen, toen kwamen de tonen. En toen kwam het bruidspaar. Het echtpaar nu. Ze hoefden niet naar links en naar rechts te knikken, er waren niet zoveel mensen in de kerk. Hun ogen gleden over de aanwezigen.

Het feest zou in Schrøder zijn. Harry's stamkroeg was uiteraard niet echt een gelegenheid die geschikt was voor een bruiloft, maar volgens Harry was het Rakels idee, niet dat van hem.

De aanwezigen volgden Rakel en Harry, die tussen de lege kerkbanken door naar de deur liepen. Naar de junizon, dacht Ståle. Naar de dag. Naar de toekomst. Deze drie, Oleg, Harry en Rakel.

'Maar Ståle toch,' zei Ingrid en ze trok de zakdoek uit zijn borstzakje en gaf die aan hem.

Aurora zat op de bank en hoorde aan het gejuich van haar teamgenoten dat ze weer hadden gescoord.

Het was de tweede wedstrijd vandaag die ze zouden winnen en ze moest eraan denken papa een sms te sturen. Zelf maakte het haar niet zo veel uit of ze wonnen of verloren en mama ook niet. Maar papa reageerde elke keer als ze gewonnen hadden alsof ze met haar team meisjes 12 de nieuwe wereldkampioen waren.

Aangezien Emilie en Aurora bijna de hele eerste wedstrijd hadden gespeeld, kregen ze in deze wedstrijd meer rust. Aurora was begonnen met het tellen van de toeschouwers op de tribune aan de andere kant van het veld en ze moest nog twee rijen. Het waren natuurlijk vooral ouders en spelers van andere teams in het toernooi die zaten te kijken, maar ze meende één bekend gezicht te zien.

Emilie stootte haar aan. 'Volg je de wedstrijd niet?'

'Jawel. Ik ben... Zie je die man daar op de derde rij? Die een beetje apart van de anderen zit. Heb jij hem al eerder gezien?'

'Weet ik niet, hij zit te ver weg. Was je graag naar de bruiloft gegaan?'

'Nee, daar zijn alleen maar volwassenen. Ik moet plassen, loop je mee?'

'Tijdens de wedstrijd? Stel je voor dat we moeten wisselen.'

'Het is Charlottes of Katinka's beurt. Ga nou even mee.'

Emilie keek haar aan. En Aurora wist wat ze dacht. Dat Aurora nooit vroeg of je meeging naar de wc. Dat ze nooit om gezelschap vroeg.

Emilie aarzelde. Keek naar de wedstrijd. Keek naar de trainer die met zijn armen over elkaar langs de lijn stond. Ze schudde haar hoofd.

Aurora overwoog of ze zou wachten tot na de wedstrijd en de anderen ook naar de kleedkamer en de wc liepen.

'Ik ben zo terug,' fluisterde ze, ze stond op en rende in looppas naar de deur. Toen ze de deur naar de trap had opengedaan, draaide ze zich om en keek naar de tribune. Ze zocht het gezicht dat ze meende te herkennen, maar vond het niet. Toen rende ze de trap af.

Mona Gamlem stond alleen op het kerkhof bij de Bragernes kerk. Ze was van Oslo naar Drammen gereden, het had even geduurd voor ze de kerk had gevonden. En ze had moeten vragen naar het graf. Het zonlicht deed de kristallen in de steen rond zijn naam glinsteren. Anton Mittet. Het zag er stralender uit dan zijn leven was geweest. Maar hij had van haar gehouden. Dat had hij, daar was ze zeker van. En ze had hem daarom liefgehad. Ze stopte kauwgum in haar mond. Ze herinnerde zich dat hij de eerste keer dat hij haar van het Rikshospital naar huis had gereden en ze hadden gekust, had gezegd dat hij hield van die muntsmaak op haar tong. En dat ze bij de derde keer, toen ze voor haar huis hadden geparkeerd en zij zich over hem heen had gebogen, zijn gulp open had geknoopt en – voor ze begon – discreet het stukje kauwgum uit haar mond had gehaald en dat onder zijn stoel had geplakt. En na afloop had ze een nieuwe kauwgum genomen voor ze elkaar weer kusten. Want ze moest naar munt smaken, dat was de smaak die hij wilde hebben. Ze miste hem. Zonder het recht te hebben hem te missen en dat maakte het nog erger. Mona Gamlem hoorde achter zich krakende voetstappen op het grind. Misschien was zij het wel. Die ander. Laura. Mona Gamlem liep zonder zich om te draaien de andere kant op, probeerde de tranen weg te knipperen, probeerde op het grindpad te blijven.

De deur van de kerk ging open, maar Truls zag nog niemand naar buiten komen.

Hij keek naar het tijdschrift dat op de stoel naast hem lag. Portretinterview met Mikael Bellman. De gelukkige familieman afgebeeld met vrouw en drie kinderen. De bescheiden, verstandige commissaris van politie die zegt dat het ophelderen van de politieslagerzaak niet mogelijk was geweest zonder de steun van zijn vrouw Ulla. Zonder al zijn goede mensen van het hoofdbureau. En dat met de ontmaskering van Folkestad ook een andere zaak was opgelost. Uit het ballistiekrapport was namelijk gebleken dat het Odessa-pistool waarmee Arnold Folkestad zich had doodgeschoten hetzelfde was als het pistool waarmee Gusto Hanssen was gedood.

Truls had moeten grijnzen toen hij dat las. Dat klopte verdomd niet. Harry Hole was gegarandeerd bezig geweest en had de boel gefikst. Truls had geen idee waarom of hoe, maar het betekende wel dat Oleg vanaf nu niet meer over zijn schouder hoefde te kijken. Je zou zien dat Harry die jongen nog op de politieacademie kreeg.

Prima, Truls zou geen problemen gaan maken, hij had wel respect voor dit mollenwerk. En het was niet om Harry, Oleg of Mikael dat hij het tijdschrift had gekocht.

Dat was om de foto van Ulla.

Alleen maar een tijdelijke terugval, hij zou het tijdschrift wegdoen. Hij zou haar uit zijn hoofd zetten.

Hij dacht aan de dame die hij gisteravond in het café had ontmoet. Date-afspraak via internet. Ze voldeed uiteraard niet aan de Ulla-norm of Megan Fox-norm. Een beetje te oud, een beetje te dikke kont en ze praatte te veel. Maar verder had hij haar wel gemogen. Ja, hij had zich uiteraard afgevraagd hoeveel vrouwen hij kon vinden die goed scoorden qua leeftijd, uiterlijk en kont en die óók nog in staat waren hun mond te houden.

Hij had geen idee. Hij wist wel dat hij haar leuk had gevonden.

Of beter gezegd, hij had het leuk gevonden dat ze hém kennelijk leuk vond.

Misschien kwam het alleen door zijn kapotte gezicht dat ze medelijden met hem had. Of misschien had Mikael gelijk – zijn gezicht was van nature zo lelijk dat deze verbouwing hem misschien geen kwaad had gedaan.

Of misschien was er op de een of andere manier iets veranderd bij hem. Hij wist niet precies hoe en wat, maar een paar dagen geleden was hij wakker geworden met het gevoel nieuw te zijn. Hij dacht op een nieuwe manier. Hij kon zelfs op een nieuwe manier met mensen om zich heen praten. En het leek wel of ze het merkten. Alsof ze hem ook op een nieuwe manier behandelden. Een betere manier. En dat had hem de moed gegeven om nog een muizenstapje in de nieuwe richting te doen, hij wist niet eens waarheen die richting hem bracht. Niet dat hij helemaal verlost was of zoiets. Het verschil was klein. En soms was hij helemaal niet nieuw.

Hij was in elk geval van plan haar weer te bellen.

De politieradio kraakte. Hij hoorde aan de stem, voordat de woorden kwamen, dat het belangrijk was. Iets anders dan die vermoeiende files, kelderinbraken, huisvredebreuk of woedende alcoholisten. Een lijk.

'Lijkt het een moord?' vroeg de centralist.

'Dat zou ik zeggen.' Het antwoord had die laconieke, coole toon die vooral jongens van de nieuwe lichting probeerden te bezigen, had Truls gemerkt. Niet dat ze nooit eens de oude garde imiteerden. Zelfs al werkte Hole niet meer bij hen, zijn manier van formuleren leefde nog voort. 'Haar tong... Ik geloof dat het haar tong is. Die is afgesneden en gestopt in...' De jonge politieman bewaarde geen afstand, zijn stem brak.

Truls voelde dat hij in een beter humeur kwam. Zijn hart klopte een beetje sneller.

Dat klonk niet best. Ze had mooie ogen gehad. En hij gokte ook behoorlijk dikke tieten onder haar kleding. Jazeker, dit kon een mooie zomer worden.

'Heb je een adres?'

'Alexander Kiellandsplass 22. Verdomme zeg, wat een haaien hier.'

'Haaien?'

'Ja, op die kleine surfplanken. De kamer staat er vol mee.'

Truls zette zijn Suzuki in de versnelling. Duwde zijn zonnebril recht op zijn neus, gaf gas en liet de koppeling opkomen. Sommige dagen nieuw. Andere niet.

De toiletten voor de meisjes zaten aan het eind van de gang. Toen de deur achter Aurora dichtviel, bedacht ze hoe stil het er was. De geluiden van de mensen daarboven verstomden, ze was helemaal alleen.

Ze ging snel een wc binnen en draaide de deur op slot, trok haar korte broek en onderbroek naar beneden en ging op het koude plastic zitten.

Dacht aan de bruiloft. Dat ze daar eigenlijk liever was. Ze had nog nooit iemand zien trouwen, niet echt. Ze vroeg zich af of ze zelf ooit zou trouwen. Ze probeerde het voor zich te zien, dat ze voor de kerk stond, lachend terwijl ze bukte omdat ze rijst gooiden, witte jurk, een huis en een baan die ze leuk vond. Een jongen met wie ze kinderen kreeg. Ze probeerde de jongen voor zich te zien.

Er ging een deur open, iemand kwam binnen.

Aurora zat op een schommel en de zon scheen in haar ogen zodat ze de jongen niet kon zien. Ze hoopte dat hij leuk was. Een jongen die dezelfde dingen snapte als zij. Een beetje zoals papa, maar alleen niet zo verstrooid. Nou ja, eigenlijk wel net zo verstrooid.

De voetstappen klonken zwaar, te zwaar voor een vrouw.

Aurora strekte haar hand uit naar het toiletpapier, maar ze stopte. Ze wilde ademhalen, maar er was niets. Geen lucht. Haar keel werd dichtgeknepen.

Te zwaar om van een vrouw te zijn.

Ze stonden nu stil.

Ze keek naar de grond. In de grote kier tussen de deur en de vloer zag ze een schaduw. En een paar lange, spitse schoenpunten. Als van een paar cowboylaarzen.

Aurora wist niet of het de kerkklokken waren of dat ze haar hart in haar hoofd hoorde slaan.

Harry stond boven aan de trap. Kneep zijn ogen dicht tegen het felle zonlicht. Stond een ogenblik zo met zijn ogen dicht terwijl hij luisterde naar de kerkklokken die over Oppsal schalden. Hij voelde hoe alles in harmonie, in overeenstemming, in orde was. Wist dat het zo moest eindigen.

Met dank aan
Erlend O. Nødtvedt en Siv Helen Andersen.